夜

ベルナール・ミニエ
伊藤直子 訳

NUIT
BY BERNARD MINIER
TRANSLATION BY NAOKO ITO

Japanese translation rights arranged with XO EDITIONS
through Japan UNI Agency, Inc., Tokyo

Published by K.K. HarperCollins Japan, 2021

ローラ・ムニョスへ
この小説はきみのものでもある
ジョーへ

こんな風吹く夜更けに馬を走らせているのは誰だ?
子どもを連れた父親だ。
——ゲーテ『魔王』より

また別のときも。
やはり夜だった。
——イヴ・ボヌフォア"Les planches courbes"より

夜

おもな登場人物

マルタン・セルヴァズ――トゥールーズ署の警部。犯罪捜査部班長
シュステン・ニゴール――オスロ警察の国家犯罪捜査局（クリポス）の刑事
カスペル・ストラン――ホルダラン警察犯罪課の刑事
インゲル・パウルセン――聖マリア教会で殺害された女性
フロリアン・ジャンサン――レイプ犯
ステーラン――トゥールーズ署の署長
ヴァンサン・エスペランデュー――セルヴァズの部下。警部補
サミラ・チュン――セルヴァズの部下
ロラン・ランボー――国家警察監察総監（IGPN）の監察官
ベルンハルト・ツェートマイヤー――ウィーン・フィルハーモニー管弦楽団の指揮者
ヨーゼフ・ヴィーザー――オーストリアの富豪
ロラン・ラバルト――トゥールーズ・ジャン・ジョレス大学の教授
オロール・ラバルト――ロランの妻
グスタフ／ギュスターヴ――写真の少年
グザヴィエ――博士。元ヴァルニエ精神医療研究所の所長
マルゴ――セルヴァズの娘
マリアンヌ――行方不明のセルヴァズの元恋人
ジュリアン・アロイス・ハルトマン――スイスの殺人鬼。元検事

プレリュード

シュステン・ニゴールは腕時計を確認した。まもなく午前零時になるところだった。ノルウェーの夜を、シュステンを乗せた夜行列車が駆けていく。夜行列車。それは時空の裂け目、あるいはパラレルワールド。静寂と静止のみが存在する、人生が一時停止した世界。夢うつつの乗客たちはぐったりしていびきをかいている。列車は乗客たちの体ごと、すべて――現在、過去、未来――を運び、レールの上の車輪は闇に隠れたまま、行く先の見えないどこかに向けて、ガタゴトと規則正しい音を響かせる。

A地点とB地点のあいだで何が起こるかなんて、誰にもわからない。線路の上に木が倒れるとか、乗客の一人がよからぬ行動に走るとか、運転手が居眠りするとか……。

いつのまにか空っぽになっていた車両で、シュステンはつらつらとそんなことを考えた。怖かったからではない。まったく眠くならず、暇でしかたがなかったのだ。

列車が順にアスキル、ドラムメン、フーネホス、ゴル、オルと停車して、ヤイロ駅を過ぎてしまうと、この車両にいるのはシュステンただ一人になった。いや、わかっているかぎり、ここまで誰も乗ってこない。どこの駅のホームも、今まさに停車中のウースタオセ駅のように、そのうち雪に埋まって一つか二つの小屋くらいしか見えなくなりそうだった。列車は乗客を一人だけ降ろすと、果てしなく広がるノルウェーの夜に向かって、また動きだした。ごくたまに、遠方にぽつぽつと明かりが見える。一軒家が門灯をつけっぱなしにしているのかもしれない。

　車両に乗客がいないのは、今日が水曜日だからだろう。この路線はスキー場を通るので、冬が来ると、木曜日から月曜日まではたいてい、若者とアジアからの旅行者でごったがえす。オスロとベルゲンを約七時間かけて結ぶ、全長四百八十四キロメートルのベルゲン鉄道。トンネルの数は百八十二もあり、鉄橋、湖、フィヨルドが見られて、夏にはもっとも風光明媚な景色が待っている。ただし、秋が終わろうとしてる、こんな週のなかばの冷え込んだ夜に利用する乗客はほぼいない。車両は通路や座席を覆いつくす静寂のせいで、息が詰まりそうだった。まるで、警報が鳴り、乗客がいっせいに逃げだしたあとのようだ。

　シュステンは思わずあくびをした。毛布にくるまってアイマスクをつけても、どうしても眠ることができない。意識を手放せないのだ。自宅から離れたとたん、常に周囲を警戒せずにはいられなくなる。乗客のいない車両にいても、まったく気が休まらない。こうなってしまうのは職業のせいだった。

　あたりに耳を傾けても何の音も聞こえなかった。身じろぎする音や、開け閉めされるドアの音、誰かが鞄を動かす音すらしない。

　今度はアイマスクを外してみた。誰もいない座席、灰色の壁、空っぽの通路、真っ暗な窓ガラス。シュステンはため息をつき、無理やり目を閉じた。

青灰色の夜空、真っ暗なトンネル、青味がかった白い雪、それより少し灰色が強い氷。その光景に深紅の線を引くようにして、真っ赤な列車が黒いトンネルに突っ込み、また飛びでていく。列車はやがてホームに到着した。

フィンセ駅。標高千二百二十二メートルの、ベルゲン鉄道でもっとも高い地点に位置する駅だ。駅舎は雪と氷に固められ、屋根には白い羽毛布団がかかっていた。ホームにカップルと女性が一人立っている。こんなふうに黄色いライトに照らされると、クロスカントリースキー場に見えなくもない。

シュステンは窓ガラスから顔を離した。車内の照明のせいで、ホーム以外、外は真っ暗闇で何も見えなかった。車両のドアが開く音が聞こえ、視界の端が通路の奥に動きを感知した。乗ってきたのは自分と同じ四十代の女性らしい。シュステンは視線をノートパソコンに戻した。

あれから、シュステンは一時間ほど眠ることができた。オスロを出てから四時間以上たって、ようやくである。終点のベルゲンが目的地なので、本当は飛行機か寝台車がよかったのだが、上司は夜行列車の切符しか渡してくれなかった。予算がないのはわかっているのでしかたがない。

シュステンはオスロ警察の国家犯罪捜査局(クリポス)に所属する刑事だった。今回は、ベルゲンの聖マリア教会(マリアシルケン)で女性の死体が見つかった件で、ベルゲンを管轄するホルダラン警察から協力要請があったのだ。女性は祭壇の上で、聖具に囲まれた状態で殺されていたという。シュステンは先ほどからノートパソコンで、ベルゲンから送られてきた捜査資料に目を通していた。

「ごめんなさい、ちょっといいかしら」

シュステンは顔をあげた。ホームにいた女性が笑みを浮かべ、鞄を持って目の前に立っている。

「向かい側に座ってもいい？ 邪魔をするつもりはないの。ほら、その……全然お客さんがいないでしょう？ 二人でいるほうが安心だと思うのよ」

「どうぞ。ベルゲンまで？」

「ええと……そう、ベルゲン。あなたも？」

返事はせずに資料に戻る。シュステンはホルダラン警察の担当者に思いを馳(は)せた。カスペル・ストラン——電話口ではあらまししか教えてもらえなかったが、実際の捜査でもあんなふうに大雑把(おおざっぱ)なのだろうか。カスペルによると、日没後、聖マリア教会の前を通りかかったホームレスの男が、なかで悲鳴があがるのを聞いて一目散に逃げだし、二人組のパトロール警官と鉢合わせになったらしい。警官たちは、あわてる男から悲鳴の話を聞いてあからさまに疑ったが（カスペルの話しぶりからすると、男は地元警察のなじみ客なのだろう）、寒くて雨が降っていたので、教会のほうがまだましだろうと現場に向かったのだという。

教会のなかで撮影された映像を見る段になり、シュステンは向かい側に座っている女性が気になって、このままパソコンを使ってもいいものか一瞬ためらった。うたた寝でもしてほしいのに、女性はまったく眠る気配がない。シュステンはため息をつき、女性をちらっと見た。女性のほうもこちらを見ていて、口元には好意なのか馬鹿にしているのか判別しがたい笑みが浮かんでいた。女性は画面をのぞき込み、目を細め、はばかることなく内容を読もうとしている。

「あなたは警察の人なの？」

確かに、画面の端にはライオンと王冠のマーク、それに警察(ポリティエ)の文字がしっかり映っていた。シュステンは感情の変化を悟られまいと、女性に向かって敵意でもなければ好意でもない視線を投げて、不快感を与えない程度の慎重な笑みを浮かべた。

「ええ」

「部署はどこか教えてもらえる？　もし差しつかえなければ」

差しつかえあるに決まっているではないか！

「クリポスに勤務しているわ」

「あら、やっぱり。違うの、わたしが言いたいのは……つまり、たいした職業だってことよ」

「そうとも言えるでしょうね」

「じゃあベルゲンに行くのは……その……」

手助けしてやるつもりは一切なかった。

「つまり……犯罪捜査のためなのね？」

「ええ」

そっけなく答える。女性は自分でも踏み込みすぎたと思ったらしく、口元を引きしめ、頭を振った。

「ごめんなさい、わたしが口を挟んでいい話じゃなかったわ」

そう言うと、今度は鞄を指さした。

「魔法瓶にコーヒーを入れてきたの。一杯いかが？」

シュステンはしばらく迷ってから「いただくわ」と答えた。

「長い夜になりそうね。わたしはヘルガよ」

シュステンも短く自分の名前を告げた。

「つまり、あなたは一人暮らしで、今は恋人がいないってことね？」

シュステンはヘルガを慎重に眺めた。どうやらしゃべりすぎたらしい。そうと気づかないうちに、誘導に乗せられて話をしていた。ヘルガはジャーナリスト以上に鼻がきくようだ。シュステンは仕事柄、ごくありふれた人間関係においても、相手の話を聞くことは常に真実の追究につながるとわかっていた。ヘルガなら証人尋問でも力を発揮するだろう。

一瞬そう考えて、シュステンは思わず微笑(ほほえ)んだ。ヘルガより能力が劣るクリポスの同僚が数名、頭に浮かんだからだ。ただし、今はもう笑っていない。今は彼女の厚かましさが神経にさわりはじめていた。

「ヘルガ、そろそろ寝るわ。明日は長い一日になりそうだから。いえ、もう今日と言ったほうが正しいわね」腕時計を確認して訂正を入れる。「ベルゲンに到着するまであと二時間もないから、寝ておかないと」

ヘルガがおかしな顔でこちらを見つめ、うなずいた。

「どうぞ。あなたがそうしたいなら」

そのそっけなさにシュステンは面食らった。最初はわからなかったものの、ヘルガは明らかにおかしかった。自分の意見に反対されることを拒み、こらえ性がなく、怒りっぽくて、何ごとにも白黒つけないことには気がすまない……。つまり彼女には、演技性パーソナリティ障害の疑いがあった。シュステンは、警察学校で各パーソナリティ障害への対処法を教わったことを思い出し、これで話が終わればいいと願って目をつぶった。

「ごめんなさい」目を閉じたままの自分に向かって突然ヘルガが告げた。

シュステンは目を開けた。

「邪魔して申しわけなかったわ。わたし、席を移るわね」

言葉とは裏腹に、ヘルガの顔にもったいぶった笑みが浮かび、目を見開いて、また何か言おうとしている。

「ねえ、あなた、あんまり友だちがいないんじゃない？」

「今なんて言ったの？」シュステンは思わず聞き返した。

「だって、性格が悪すぎるもの。ずいぶん高飛車に人をはねつけるし。一人ぼっちだっていうのもうなずける話よ」

思わずシュステンの体がこわばった。言い返す前にヘルガがいきなり立ちあがり、荷棚に載せていた鞄を下ろした。

「邪魔して申しわけなかったわ」そっけない声でまた同じことを言いながら、ヘルガが離れていった。

わかったから、さっさと次のターゲットを見つけてちょうだい。シュステンは胸の内でそうつぶやいた。

シュステンはいつのまにかまどろんでいた。まどろみながら、自分が夢を見ていることに気づいていた。夢のなかで、毒を含んだ猫なで声が耳元でささやいている。

「あばずれええ、くそったれのおおお、あばずれええええ」

シュステンは思わず飛び起き、ヘルガがすぐそばにいるのがわかって、また体が跳ねた。隣の席に座り、顕微鏡でアメーバを観察する研究者のように、じっとこちらを見つめている。

「そこで何をしているの？」シュステンは感情を排除して尋ねた。

本当にヘルガがあばずれと言ったのだろうか？　それともあれはただの夢だったんだろうか？

「あなたに言いたかっただけよ。くたばりやがれ、って」

「もう一度言ってみなさいよ」

シュステンは一瞬で、自分が嵐を運ぶどす黒い雲のような怒りに包まれるのを感じた。

七時一分、列車はベルゲン駅に入った。十分くらいの遅れならノルウェー国鉄にしては上出来だと、ホームを踏みしめながらシュステンは思った。あたりはまだ真っ暗だった。この天候では午前九時まで真っ暗なままだろう。シュステンは顔をあげて、まばらな人影のなかにカスペル・ストランと思われる人物を特定した。

一方のカスペルのほうも、ステップからおりてホームに足をつけるシュステンを確認し、自分を見つめる視線のなかに〝おまわり〟の文字が浮かび、同時に自分をどう評価したのかを読みとった。なんだかまぬけそうな刑事だ。そう思ったに違いない。頭は空っぽで、無精ひげを生やし、時代遅れの革ジャンの下にビール腹が突きでているじゃないかと。これはベルゲンのビール、ハンザを飲みすぎるせいだった。

カスペルは、できるだけ相手の脚を見ないように努力しながらシュステンに近づいていった。年齢は四十代から五十代だろう。丈が短めの毛皮のフード付きコートの下に、タイトスカートのスーツを着て、ベージュのストッキングとヒールの高いショートブーツを履いている。カスペルは、オスロ警察ではこんなスタイルが流行っているのかと驚き、そもそも警官というよりは、オスロ中央駅そばのラディソン・ブル・プラザホテルの会議室か、デーエヌベー・ノル銀行から出てきたようだと思った。そのくらい、シュステンは文句なく美しかった。

「シュステン・ニゴール？」

「ええ、そうよ」

シュステンが手袋をはめたままの手を差しだすので、カスペルはそれに触れてから、握り返していいものかとためらった。骨がないか、手袋のなかに空気が詰まっているのかと思うほど柔らかかったのだ。

「ホルダラン警察のカスペル・ストランだ。来てくれて感謝している」

「とんでもない」

「それほど長旅ではなかっただろう？」

「長かったわね」

「眠れたか？」

「あんまり」

「じゃあ行こうか」

カスペルは鞄の持ち手に赤らんだ手を伸ばしたが、シュステンは、「大丈夫、自分で持てる」と告げる代わりに首を振った。

「警察署に行けばコーヒーがある。パンとハムとジュースとブラウンチーズも準備しておいた。食事を済ませたら仕事を開始しよう」

「先に現場に行きたいわ。この近くなんでしょ？」

　二人で大きなガラス屋根の下を歩きながら、シュステンがそう要求を出した。前を歩くカスペルは振り返り、眉をあげて、ひげを伸ばしっぱなしの顎をこすった。

「嘘だろ？　このますぐに？」

「ええ。迷惑じゃなければ」

　カスペルは苛立ちを隠そうとしたが、うまくいかなかった。シュステンが微笑んでいる。熱のない微笑みは、自分に向けているわけではなく、初対面で下した判断が正しかったと思ったからだろう。

　駅構内にある『ベルゲン新聞』の栄光をたたえる大時計が、足場と巨大なシートで覆いかくされていた。ノルウェー西部で一、二を競うこの日刊紙にも、今朝の一面記事に教会の殺人事件が掲載されるに違いない。

　二人は右に曲がり、コンビニの〈デリ・デ・ルカ〉の前を通りすぎて、吹きさらしの小さなアーケードに入り、タクシー乗り場に出た。いつものようにタクシーは一台も来ておらず、吹きつける雨のなか、五、六人の列ができている。カスペルは反対車線の石畳にサーブ9－3をとめていた。周囲の公園と建物はどれもみな慎ましく、ある種の田舎くささは否めない。少なくとも、オスロで理解されている意味での田舎くささがあった。

カスペルはこのままサーブで署に戻り、朝食を食べたかった。ホルダラン警察の捜査チームと一晩中現場にいたので腹が減っていたのだ。

シュステンが助手席に座る。座ったはずみに、コートが開いてスカートがずりあがり、室内灯の下で美しい両膝がむきだしになった。ストレートの金髪がコートの襟で波打ち、頭頂で左サイドにきっちりと分け目ができていた。

金髪は地毛ではない。染めているのは根元が黒くなっていることと、濃い眉毛の色でわかった。その眉も細く脱毛処理されている。瞳の色は困惑するほど青く、鼻は高く筋がすっと通り、唇は薄いながらも形がいい。顎の先の、少し左にずれた位置に一つほくろがあった。

この顔を見れば一目瞭然だった。

自分自身を支配下に置き、落ち着きはらったまま、強迫観念的に行動する女性。

ほんの十分前に出会ったばかりなのに、カスペルはシュステンとは仕事をしたくないと判断した自分に驚いていた。彼女の性格にはそう長いこと耐えられそうもないし、脚に向けた視線も外せそうになかった。

シュステン

1　聖マリア教会

外は雨が降りしきり、街はまだ眠りのなかにいた。港にも人影はなく、アンテナとクレーンを積んだ巨大なばら積貨物船が、埠頭(ふとう)に横づけされている。その埠頭のあたりに並ぶ木造家屋が、〈ブリッゲン〉と呼ばれる倉庫街で、その先に聖マリア教会があった。

教会に入ると、身廊がかすかな明かりに照らされていた。シュステンは犯行現場のすぐそばでろうそくの火が燃えつづけていることに驚いた。一応、現場の周囲にはオレンジと白の規制線が張られ、祭壇が置かれている至聖所(サンクチュアリ)と内陣に入ることはできない。

溶けた蠟(ろう)の臭いに鼻を刺激され、シュステンはコートのポケットから平らな金属ケースを取りだした。なかにはあらかじめ巻いておいた短い煙草が三本入っている。そのうちの一本を唇に挟んだ。

「ここは禁煙だぞ」カスペル・ストランが忠告する。

シュステンは何も言わずカスペルに微笑みかけてから、安物のライターで不格好な手巻き煙草に火をつけた。そのまま身廊をざっと眺めて、祭壇で視線をとめる。すでに死体は運びだされていた。祭壇を覆っていたはずの白い布もない。布にはきっと茶色の筋と大きな染みがつき、乾けばごわごわして堅くなっていただろう。

子どもの頃から教会には通っていなかったが、たしか司祭はミサを始めるために内陣に入ると、一礼して祭壇に唇を寄せ、ミサが終わって退場する前に、もう一度キスをするのではなかったか。

シュステンは目を閉じてまぶたをさすり、列車で会った女を心のなかで罵(ののし)って、煙草を吸い、目を開けた。被害者の血は、ずいぶん高い位置にあるキリストの十字架像までは達しなかったにせよ、その少し下の聖母子像と聖櫃(せいひつ)に飛んでしまっている。赤茶けた小さな染みがあちこちに散って、金箔と、超然としたマリアの顔に黒っぽい線が引かれていた。まさしく、三メートルにも満たない距離で、流血の惨事が起こっていた。

ミサのことを思い出したついでに、また、子どもの頃のことがよみがえってきた。あれはたしか十歳のときだった。シュステンは妹と一緒に、トロンハイム近郊のヘルという村で冬休みを過ごした。そこに祖父母が住んでいたのだ。祖父は膝の上に二人を一緒に抱きかかえ、よく面白い話を聞かせてくれた。シュステンは、なんだかおかしな顔をした祖父が大好きだった。

ある日の晩、シュステンは祖父に、納屋で寝ているジャーマン・シェパードのヘイムダルに餌をやってくれと頼まれた。その日はすごく冷えて、暖房のきいた家から外に出ると、血が凍りそうになるほど寒かった。足を踏みしめるたびに雪が鳴り、背後の月が前方に大きな蝶のような影をつくる。納屋にたどり着いても、あたりは真っ暗で、なかの様子がまったくわからなかった。今思うと、あんな夜更けに小さな子どもを外に出すなんて、どうかしていたとしか思えない。祖父にはそういうサディスティックな一面があったのだ。

もちろんヘイムダルは気がついて、吠えながら鎖を引いて近づいてきた。体をなでてやると、おかえしに顔を舐められた。体に抱きついたら、あたたかくて心臓の音が伝わってきた。鼻をうずめて毛の臭いを嗅ぎながら、シュステンは思った。こんな夜に家の外で眠らせるなんてひどすぎる。

と、そのとき、かすかな鳴き声が聞こえた。ヘイムダルが一瞬でも黙ってくれないと気がつかないくらい小さな声が、外から聞こえてきたのだ。シュステンは怖くなり、おかしな生き物が哀れな声で自分を外に誘いだし、つかまえようとしているのだと思い込んだ。

それでも勇気をふりしぼって納屋の外に出ると、左手にある、納屋と家のあいだの暗がりに、檻の格子がうっすらと光っているのが見えた。シュステンはそばに近づいた。胸の鼓動が速くなり、鳴き声がはっきりしてくるにつれて――今では引き裂くような声に変わっていた――胸さわぎがした。ものすごく嫌な予感がしたのだ。さらに雪のなかを六歩進むと檻に手が届き、なかに視線を走らせた。奥のほうで、何かがコンクリートの壁にもたれかかっている。目を細めて見ると、そこにいたのは子犬と言っていいほどの若い犬だった。

鼻が長く、耳が垂れた、茶色い短毛の雑種犬。首輪がコンクリートの壁に埋まっている環に固定されていたので、頭が壁面にくっつきそうになっていた。犬は後ろ足を草と雪にうずめ、ガタガタと震えながらシュステンを見ていた。今でもまだあの人なつこい、懇願するような目を覚えている。あの目はこう言っていた——お願い、助けて。シュステンはあんなに悲しい場面に出くわしたことはなかった。あれを見て、まだ少女だった自分の無垢な心臓が、粉々に砕け散ってしまったのだ。

犬はもう吠える力もなく、かすかな鳴き声をあげただけで、疲れはてたように目を開け閉めしている。シュステンは冷たい鉄の格子を握りしめた。檻を壊して犬を出し、抱きかかえたまま一緒に逃げたかった。今すぐにでも。

シュステンは苦しみと絶望のまま駆けだし、雪に足をとられながら農場まで走って、犬を助けてと祖父に頼んだ。ところが祖父はどうやってもうんと言ってくれない。生まれて初めてわがままを聞いてもらえなかったのだ。祖父は言った。あれは飼い主のいない野良犬で、肉を盗んだ罰を受けなければならないんだと。

何もしなければ、夜明け前にあの犬は死んでしまう。犬の苦しみ、悲しみ、孤独を想像し、シュステンは泣き叫び、わめいた。最初はそれをあっけにとられて見ていた妹も、怖くなって泣きだした。祖母は慰めてくれようとしたのに、祖父は厳しい目でにらみつけると、一瞬のうちに自分を檻に押し込み、首輪をつけて、それを壁の環に通したのだ。あの犬の代わりに。

「わたしを檻に入れてよ！　犬と一緒に檻に入れて！」確かに自分はそう叫んでいた。

「かわいそうに、おまえは正気を失ったんだ」祖父は冷酷な声でそう言った。

　このときのことは、前にも一度振り返ったことがある。ノルウェーが世界に先駆け、警察内に動物虐待を取り締まる部署を設立するという新聞記事を読んだときだった。

　入院していた祖父が死ぬ間際、シュステンは、妹やほかの親族が離れた瞬間を待って、別れの言葉を告げるため耳元に口を寄せた。祖父は愛情のこもった目で自分を見つめていた。だから言ってやったのだ。

「くそじじい、〝地獄〟に堕ちな」

　祖父が住むヘル村にひっかけて〝ヘル〟という英語を使ったが、祖父は言いたいことがわかっていたに違いない。


　シュステンは物思いにふけったまま、説教壇、祭壇画、キリストの十字架像、宗教画を見つめ、ふと、マザー・テレサことアグネス・ゴンジャ・ボヤジュは、ほぼ一生涯を信仰の闇夜のなかで過ごし、それを手紙のなかで《トンネル》や《すべてが死んでしまったようなひどい暗闇》と表現していたことを思い出した。いったい何人の信者がこんな真っ暗闇のなかで生きつづけ、胸に秘めた信仰の砂漠をさまよっていたのだろうか。

「大丈夫か？」横にいたカスペル・ストランが声をかけてきた。

「ええ」

　そう答えて、シュステンはノートパソコンを操作した。ホルダラン警察の鑑識が撮影した短い映像がまた画面に現れた。

この人を見よ（エッケ・ホモ）。

一．祭壇の上であおむけに横たわっている女性。アーク放電をくらったか、オルガズムに達しているかのように、背骨が海老反りになっている。

二．祭壇からはみ出た頭が下に垂れて、大きく開いた口から舌が飛びでている――頭を逆さまにして聖体のパン（ホスチア）を待っているかのようだ。

三．おそらくHDカメラでズームイン撮影したほの暗いクローズアップショット。顔面が真っ赤に腫（は）れて、顔のほぼすべての骨――鼻骨、頬骨、篩骨（しこつ）、上顎骨、下顎骨――が折れ、前頭骨の中央に、溝を掘ったような真っ直ぐで深い陥没がある。つまり、金属製の棒のような細長い鈍器で強打されたに違いない。

四．最後、衣服の一部が破け、右足の靴が脱げて、かかとが汚れた白いウールの靴下があらわになっている。

シュステンはそれらの詳細をじっくり頭に叩き込んだ。

これまでのところ、女性はまず鉄の棒で胸郭と頭部をつぶされ、そのあと聖体顕示台（オステンソリウム）で撲殺されたと見られている。鑑識は、祭壇に横たわる血まみれの遺体に非常に特徴的な傷（きず）痕（あと）があったことから、こう結論づけた。オステンソリウムは、太陽を模した光線で縁（ふち）取られている。被害者の顔と両手に、その光線でできたと思われる深い裂傷が残っていたのだ。そして最後は、喉を切り裂かれて聖櫃に血が飛び散り、心肺停止に至った……。シュステンは集中していた。どこの犯行現場にも、必ず核となる詳細がある。それを見つけなければならない。

そう、靴だ。

ノース・フェイスのトレイル・ランニングシューズ――黒地に白い模様が入り、ソールが蛍光イエローになっているタイプ。それが、祭壇からゆうに二メートルは離れている壇の足元でひっくり返っているのが見つかった。なぜあんな場所で？

「被害者の女性は、身分証明書を携帯していたの？」

「ああ、見つかったよ。名前はインゲル・パウルセン。念のため犯罪者名簿を探してみたが、記録はなかった」

「年齢は？」

「三十八歳だ」

「結婚してるの？　子どもは？」

「独身だ」

シュステンはカスペル・ストランをしげしげと眺めた。結婚指輪ははめていないが、明らかに既婚者に見える。仕事中は指輪を外しているのかもしれなかった。少しだけ近づいて、親密な関係と思われるところまで距離を詰める――つまり五十センチ以内――と、カスペルの体がこわばった。

「職業はわかった?」

「北海にある石油プラットフォームの作業員だ。血液検査では、高いアルコール濃度が検出されている」

自国で起こる犯罪について、シュステンは統計の数値をすべて暗記していた。ノルウェーで殺人事件が発生する率は、スウェーデンよりだいぶ低く、フランスの約三分の二で、イギリスのほぼ半分、アメリカにいたってはその七分の一でしかない。とはいえ、国連によると国民生活の豊かさを示す人間開発指数がもっとも高いとされるノルウェーであっても、暴力と教育水準が相関関係にあることは変わりない。加えて、殺人犯のうち失業していない者はたったの三十四パーセントだ。なお、殺人犯に占める男性の割合は八十九パーセント、事件発生時にアルコールの影響下にあった者は四十六パーセントとなっている。

つまり、この事件においても犯人はおそらく男性であり、二分の一の確率で被害者同様に酒を飲んでいた可能性がある。また配偶者、友人、恋人、同僚といった近親者である可能性も高い。もちろん、これらはあくまでも統計であって、新人警官のように数字を鵜呑みにすることはなかった。

「動機はなんだと思う?」カスペルの顔に煙を吹きかけながらシュステンが訊く。

「きみはどう思うんだ?」

シュステンは微笑んで、考えをまとめた。

「喧嘩(けんか)の可能性が高いわね。密会から喧嘩になったというところかしら。資料を見たところ、服が破けているし、セーターの下に着ているシャツの襟がちぎれそうになっている。特に、靴が祭壇の遠くまで飛んでいるじゃない。二人は喧嘩を始めて、片方が優位に立ち、そのまま怒りに我を忘れて殺してしまったのよ。派手な演出は、ギャラリーを楽しませるためだけにやったんでしょう」

いったん区切りがついたところで煙草の灰を落とし、話を続ける。

「それで、あなたは二人が教会で何をしていたと思う？　ここは夜になっても鍵がかからないの？」

「普段はほぼ閉まっているから、どっちかが合鍵を手に入れていたんだろう。それから、もう一つある」

そう言うと、カスペルが歩きだした。シュステンはコートに落ちた煙草の灰を振りはらい、寒かったのでボタンをかけてからあとに続いた。二人は入ってきたときと同じ横の扉から外に出た。カスペルは薄く積もった雪――初雪だ。例年に比べ今年は早かった――に残る足跡を指さした。すでに雨で雪が溶けはじめている。鑑識が墓石のあいだに残していった規制線に沿って歩くうちに、シュステンは足跡が二つあることに気づいた。一つだと思ったのは、片方がもう片方の足跡を追っていたからだ。

「犯人は被害者のうしろについて教会に入った」シュステンの考えを読んだかのようにカスペルが言った。

二人は一緒だったのだろうか。あるいはどちらかが先に着いたのか？　盗みを働いて、分け前でトラブルになった？　それとも、ここで待ち合わせをしていただけ？　ヤクの売人とその顧客？　神父？　教会でやりまくっていた恋人たち？

「被害者のパウルセンが、敬虔なクリスチャンだったとか？」

「まったくわからんね」

「彼女、どこのプラットフォームで働いていたの？」

シュステンはカスペルの返事を聞きながら、教会の壁に煙草の先端をこすりつけて火を消した。石に黒い筋が残った。吸い殻を持ったままあたりを見まわすと、向かいの建物の窓が明るくなっていた。朝の九時だというのにあいかわらず暗く、十八世紀に建てられたという木造の倉庫が並ぶブリッゲン地区も、雨の下で輝いていた。街灯の明かりに照らされた雨風が火花のような線を描き、シュステンの髪を濡らす。

「近隣への聞き込みは終わっているのよね？」

「ああ、だがまったく成果はなかったよ。ホームレスの男は別として、誰も何も見ていないし、何も聞いていない」

カスペルが教会の扉を施錠し、二人はいつも開きっ放しになっている門扉を抜けて車に戻った。

「それで、司教のほうにも訊いてみたの？」

「ベッドから叩き起こしてやったさ。今まさに話を聞いている最中だろう」

シュステンは、凶器に使われたという鉄の棒についてまた考えてみた。

「逆ということはないかしら？」

車を発進させながらカスペルが助手席のほうを見た。

「何が逆なんだ？」

「つまり、犯人のほうが先に教会に到着して、被害者がそのあとをつけたってことよ」

「罠にかけたんだな？」カスペルが眉をひそめる。

シュステンは何も言わずカスペルを見つめた。


ホルダラン警察署の八階で、ビルギット・ストレム署長がシュステンを待っていた。ストレムは顔が魚のようにのっぺりとして大きく、ぴったりと閉じた口の両端が、上にも下にも絶対に曲がるまいと拒否しているかのようだった。署長は、奥に引っ込んだ小さな目で、同じ女性であるシュステンを探るように見ていた。

「動機は喧嘩ということですか？」

詳細を報告するなり、署長は錆(さ)びたヤスリのような声で尋ねた。シュステンは、署長も煙草を吸うのだろうと判断した。署長が続ける。

「計画的犯行ではないとすると、犯人はなぜ教会に鉄の棒を持ってきたのでしょう？」

「喧嘩ですからね」シュステンが返事をした。「しかしパウルセンは抵抗しました。防御の姿勢を取ったことで、手のひらに聖体顕示台(オステンソリウム)による裂傷が残っています。二人は喧嘩になり、パウルセンはその最中に片方の靴をなくしたのでしょう」

魚のような目が一瞬きらりと光った。署長はカスペルを見てから、シュステンに視線を戻した。

「よろしい。そうすると、被害者のポケットからこんなものが出てきたことは、どう説明するべきでしょうね」

机の端に大きな尻を乗せていた署長が、うしろにのけぞって、少し離れたところに置いてあった透明の袋をつかむ。この動きが署長の豊満な胸を強調し、カスペル並びにホルダラン警察に所属する捜査チームの面々は、サーブを決めようとするセリーナ・ウィリアムズを見ているかのように、署長の動きに反応した。

署長がシュステンにその透明な袋を渡した。もちろん、シュステンにはその中身がわかっていた。このせいで、こんな遠くまで来るはめになったのだから。

警察署の建物に入るとき、シュステンはオルヘルゲンス通りに面した正面玄関ではなく、ハルフダン・シェルルフ通り沿いの小さな装甲扉から案内された。しかもこの扉には、暗証番号式の鍵がついていた。まるで、自分が建物に入るところを誰にも見られたくないかのようだった。

シュステンは昨日の段階で、カスペルから、証拠物件となるメモの存在を知らされていた。だからここで驚くことはできない。あのときはまだ、死体発見から一時間もたっていなかった。

シュステン・ニゴール

袋に入っていたのは、自分の名前が書かれた手書きのメモだった。

2

83ソウル

ターボメカ社製の強力なタービンを二基搭載したヘリコプターが、突風をかき分けて上空を進んでいく。シュステンは暗闇のなかでも、二人のパイロットの首と、ヘッドセットとヘルメットが確認できた。

彼らは今晩、一瞬たりとも気が抜けないはずだ。サバイバルスーツを着込み、後部座席に座っていたシュステンは、心のなかでそう思った。外はそのくらいひどい嵐だった。フロントガラスにぶつかってくる大量の雨粒を、シングルワイパーが必死になってなぎ払う。その向こうには真っ暗な闇が広がり、搭載されている計器の光で、かろうじて、大きな雨粒が圧力を受けてフロントガラスを上に向かって転がっていくのが見える。

シュステンは、海洋プラットフォームと行き来するヘリの事故について思い出していた。直近の事故は、二〇一三年の〈スーパーピューマL2〉だった。この事故で、乗客十八人のうち四人が命を落とした。その前が、二〇〇九年にスコットランド沖で墜落した〈ピューマAS332〉で、このときは十六人が亡くなっている。二〇一二年にも二度の事故があったが、いずれも犠牲者は出ていない。

ここ数日の悪天候で、各所のプラットフォームで働く二千人以上の作業員はスタヴァンゲル、ベルゲン、フローラの各都市に足止めを余儀なくされた。それが今夜、ヘリコプターが飛ぶことになり、彼らもようやく古巣に戻った。とはいえ、天候が完全に回復したわけではない。

右横に座っているカスペルは、目がどんよりとして口が開いていた。シュステンは前を見て、ついにあれの姿を確認した。暗闇に突如現れたあれは、海面約二十メートルの高さに、まるで宇宙船のように漂っている。

緯度　五六・〇七八一七度

経度　四・二三二一六七度

陸からの距離は、約二百五十キロメートル。宇宙で迷子になるよりはましかもしれないが……。

下を見ても真っ暗で、いくら目を凝らしても、荒れ狂う海から真っ直ぐに突きでているはずの鋼鉄の支柱は確認できなかった。支柱は海面から百四十六メートル下の海底に達しており、それは四十九階建てビルの高さに相当するという。ただし、実際にそういう頑丈なビルが建っているわけではない。その代わりに、激しく波打つ海面から浮遊する四本の〝脚〟が突き出ている。まさにこの〝脚〟が、海洋都市を支えているのだ。

ヘリが近づくにつれて、スタトイル社（二〇一八年、エクィノールに社名変更）のプラットフォームは、なんとも言いようのない混沌としたかりそめの山にしか見えなくなった。足場、キャットウォーク、階段、クレーン、コンテナ、無限にはりめぐらされたケーブル、パイプ、フェンス、オイルデリック――これらが一センチの隙間もなく混在し、さらには建築現場のプレハブ住宅に似た七階建ての居住施設もある。そしてこのかりそめの山は、場所によってまばゆいほど明るく照らされているところもあれば、闇に飲み込まれてまったく見えないところもあり、それらが互い違いになっているのだ。

と、ひときわ激しい突風が吹き、ヘリが横にぶれた。

まったく、なんて夜なのよ。シュステンはうんざりしてつぶやいた。

このプラットフォームには、約三十の国から人々が集まっていた。ポーランド、スコットランド、ノルウェー、ロシア、クロアチア、ラトビア、フランス……。性別による内訳は、男性が九十七人、女性が二十三人。彼らはみな、夜勤と日勤のシフト制で動き、夜勤が一週間のあとは日勤が一週間続き、十二時間交代のローテーションで四週間働くと、四週間の休暇がもらえることになっている。休暇中はオーストラリアでサーフィンをするもよし、アルプスに行ってスキーをするのもよし。もちろん、家族の元に帰ってもいい。離婚した者――実は結婚している者や未婚の者より人数が多い――は派手に騒いだり、タイまで出かけてとんでもなく若い彼女を見つけたりして、稼いだ金を使いつくす。何しろ金が稼げて、自由な時間がたっぷりあって、貯まった飛行機のマイルで旅行にも行けるのだ。これこそが、プラットフォームで働くメリットだった。

ただし、ストレスは多そうだとシュステンは思った。それでも、精神的に病む者が出ようが、こぜりあいになろうが、管理者側はほどほどに関与すべきというのがシュステンの持論だった。それにしても、こんなところまで働きにくるのは、どういう人間なのだろう。シュステンは、よくある行動パターンによる分類を引きあいに出して、短気で攻撃的な、〈タイプA〉と呼ばれる人々が大部分を占めそうだと思った。ついでに、カスペルも自分のことを、この〈タイプA〉の人間だと判断したのかもしれないと考えた。そうでなかったら、単純にうるさいやつだと思ったか。逆に自分なら、テディベアのようなカスペルを、〈タイプB〉に分類するだろう。作業の達成にこだわらず、寛容で攻撃的ではないとされる人々だ。いや、ここまで見てきたかぎり、カスペルはむしろ穏やかすぎる。ところがヘリコプターに乗ったカスペルは、穏やかどころか、図体だけが大きい小さな男の子のように怯えていた。

プラットフォームまで、もうあと三十メートルの距離に迫った。ヘリが着陸する薄暗い六角形のエリア――〝着水〟エリアと呼ぶべきか――が見えてきて、その中央に、大きくHの文字が描かれている。ヘリポートの床にはネットが張られ、ネットの先端は、プラットフォームの端から虚空に向かって垂れさがっていた。鋼鉄製の階段も見える。カスペルも、闇夜に揺れるHの文字を、ゲームのなかの動く標的であるかのように凝視していた。

オイルデリックの先端でトーチが燃えている。ヘリポートはもうすぐそこだった。と、搭乗中の〈H225〉が旋回を始め、一瞬、視界からHの文字が消えた。そこからもう一回転したあと、ヘリのスキッドがヘリポートに触れた。あたりに響く轟音にも負けず、カスペルのしゃっくりが聞こえた気がした。このパイロット、腕は確かなようだ。

シュステンはヘリポートに足を置いた。とたんに氷雨に打たれ、髪が風にあおられる。風はときおり突風になり、シュステンはその都度海に吹き飛ばされそうになった。歩きだすと、靴の裏に網の感触が伝わった。足元を照らす蛍光灯以外、あたりは真っ暗闇で何も見えない。そのとき、どこからともなくヘルメットとヘッドセットをつけた男が現れ、シュステンの腕をつかんだ。

「正面から風を受けないで！」駒のようにシュステンを回転させながら男が叫んだ。「いいですか、正面から風を受けたらだめです！」

言っていることはわかっても、同時にあらゆる角度から風を受けるので、正面がどっちなのかわからない。男に下りの階段まで案内されて、その先は自分たちで行くよう促された。シュステンは数段おりるだけでめまいがしそうだった。下まで三十メートルはありそうだし、ステップとステップのあいだに潜んでいる闇に飲み込まれそうな気がしてならない。巨大な波が泡のように湧いてはプラットフォームの支柱にぶつかって砕け散り、また北海の闇に消えていく。

「くそっ！」背後では、カスペルが叫び声をあげながら手すりにしがみついていた。

シュステンも階段をおりられない。向かい風が壁となって吹きつけ、あられ混じりの雨が頬をめったうちにする。まるで、風洞実験を行う部屋に、誤って足を踏み入れてしまったかのようだ。

「ああ、もうやってられない！」思わず声を張りあげたが、どうしても下におりられない。するど、カスペルがうしろから両手で背中を押してくれたので、シュステンはついに風の壁を越えることができた。一歩、また一歩、ステップを踏みしめる。

階段の下では、プラットフォームの責任者と思われる、ひげを生やした長身の四十代くらいの男が待ちかまえていた。その横に、反射ベルト付きのオレンジの服を着た大男が並んでいる。

「大丈夫ですか？」ひげの男が声をかけてきた。

「どうも、現場監督。クリポスから来たシュステン・ニゴールです。こっちはホルダラン警察犯罪課所属のカスペル・ストラン刑事」そう言って、シュステンは手を差しだした。

「イェスペル・ニルセンです。私は現場監督じゃなくて監督官ですよ。これを着てください、規則なんでね」

有無を言わさぬ声でオレンジの服を渡される。シュステンはおとなしく服を羽織ったが、重くて着心地が悪いうえに、大きすぎて手が袖にすっぽり隠れた。

「現場監督はどこですか？」

「今は手が離せなくて」ニルセンがついてくるよう促しながら、まわりに負けじと大声で叫ぶ。「ここはいつでも人でごった返していて、止まることがないんです。一日にかかるプラットフォームの維持費を考えたら、ぐずぐずしてはいられません」

シュステンはニルセンのあとに続こうとして、突風で手すりに押しつけられ、体が二つに折れ曲がった。しかたなく、手すりにしがみついたまま、足を引きずるようにして前に進む。体が風にもっていかれそうになり、雨で目が見えない状態で、右に曲がり、左に曲がり、また右に曲がって、ステップを下り、床面が格子状になった鋼鉄製のキャットウォークを渡る。大きなコンテナの裏に回ると、それが一瞬、風よけになった。あたりには、ヘルメットをかぶりゴーグルをかけた作業員が行ったり来たりしている。シュステンは顔をあげて、そのあまりに過酷な環境にめまいを起こしそうになった。北海の嵐に取り憑かれた、ネオンと鋼鉄のラビリンス。いたるところに禁止事項を記したパネルがかかっている。《禁煙》《ヘルメットを外さない》《乗り越え禁止》——このなかに《口笛禁止》とあるのは、どれほど周囲がうるさくても、そこに異質な音があれば危険と感知されるからだろう。

プラットフォームでは、轟きやうなり声をあげながら、あらゆるものがぶるぶると振動していた。パイプがぶつかりあい、機械が鳴り、海が荒れ狂う。シュステンは右、左、右へと歩きつづけ、ついに扉を抜けて建物のなかに入った。入ってすぐが、ベンチとロッカーを備えたエアロックのような部屋だったので、びしょ濡れだった全身がいつのまにか乾いていた。ニルセンがロッカーを開け、ヘルメットとグローブをとり、安全靴を脱いで、ようやく話ができる状態になった。

「ここでは全員が安全第一なんです。そうそう事故は起こらなくても、起こってしまうとダメージが大きすぎるのでね。ちょうど今、溶接作業中のドリルフロアで、緊急の修理を行っています。私たちはこれを〝ホットワーク〟と呼んでいるんですが、待ったなしの慎重を要する段階なので、できれば邪魔しないでいただきたいんです。どうか、こちらの指示に従ってください」ニルセンが重ねて強調した。

「かまいませんよ、全域に立ち入り許可を出してもらえるなら」

「それは無理です」

「イェスペルさんでしたっけ？　これは殺人事件の捜査であり、被害者はお宅の――」

「先ほど私が話したことを理解していないようだ」ニルセンがシュステンの話をぶった切った。「私が何より重要視しているのは安全なんです。そちらの捜査ではない。おわかりになりましたか？」

シュステンは顔を拭いながら考えていた。この男はあらかじめ現場監督と打ち合わせをしていたに違いない。警察が到着する前に、マーキングする猫のように、あちこちに小便をかけてまわっていたのだろう。二人がプラットフォームの支配者になってしまえば、ノルウェー警察は許可された範囲でしか動けなくなる。と、カスペルがしかめ面をしているのに気づき、シュステンは驚いた。カスペルも現場監督と監督官のやり口を見抜いていたのだ。そのカスペルが穏やかな口調で話しはじめた。

「現場監督が眠ることはありますか？」

ニルセンは戦闘態勢を崩さず、さげすむようにカスペルを見た。

「ありまえです」

「そのときは、誰かが代理を務めるんですか？」

「何が言いたい？」

「あんたに質問しただけだ」

カスペルの声色に、ニルセンだけでなくシュステンも驚いた。どうやらカスペル・ストランは〈タイプB〉ではなかったらしい。

「ええ、おっしゃるとおりですよ」

カスペルににじり寄られたニルセンは、相手より頭半分背が高いというのに、うしろにさがらざるを得なくなった。

「おれが何を言いたいか、それが知りたいわけだな？ では教えてくれ、ここに会議室のような場所はあるか？」

ニルセンは用心深くうなずいた。

「それは結構」カスペルが続ける。「ではさっそく――」

「待ってください。私の話を聞いていました？ 二人とも、わかってないんじゃないですか？ あなた方はただ――」

「黙れ」

カスペルの言葉に、シュステンが口元をゆるめた。ニルセンは顔を真っ赤にして、目を見開いている。

「いいか、これからおれが言うことをしっかり聞け」カスペルが警告した。

奥歯を嚙みしめ、暗い目でニルセンがうなずく。

「よろしい。では我々を会議室に案内してから、現場監督と、人事の担当者を全員連れてこい。ただし就業中の人間はその限りではない。わかったか？　〝ホットワーク〟もクソもないんだよ。このプラットフォームはノルウェーのものだ。だったら権限があるのは国だろう？　つまり、ノルウェーの司法省とノルウェーの警察だ。おわかりになりましたか？」

現場監督のトルド・クリステンセンは、おそらくは自分ではまったく気づかずに、先ほどからさかんに鼻をつまんでいた。気に入らないことがあると、そうするくせがあるのだろう。今は二人の警官の存在が気に入らなくてしかたない顔をしている。会議室にはクリステンセンのほか、ニルセン、医師、現場を離れても差し支えないと判断されたチームリーダーたちが集められた。それから、シュステンの理解が正しければメンテナンス・コーディネーターをしている褐色の髪の女性と、安全管理者だという金髪の女性もいる。金髪の女性は白いセーターの上に青いベストを重ねていた。その全員を前に、シュステンが口を開いた。

「ここで働くインゲル・パウルセンという女性が、二十四時間以上前にベルゲンの教会で撲殺されました。我々はプラットフォームへの立ち入りを許可する、検察の正式な捜査令状を持っています。みなさんは円滑な捜査のために我々の指示に従ってください」

「ちょっと待って。ここのスタッフにいかなる危害も及ばないことが条件ですよ」さっそく、金髪の女性が反応した。「そうじゃなきゃ、わたし個人としては協力できない」

全員が一致団結して小便を飛ばしているのは明らかだった。

「誰に対しても危害が及ぶことは我々の本意ではありません」今度はカスペルが如才なく返す。「今現場を離れられない人には、のちほど声をかけます」

「インゲル・パウルセンは個室を使っていましたか？」シュステンが尋ねた。

「いや、個室ではない」クリステンセンが答えた。「生産担当の技術者は二人一組で部屋を使い、日勤と夜勤でまわしているんだ」

「昨日、ここを不在にしていたスタッフの名簿はありますか？」

「ああ、探しておこう」

「全員戻りましたか？」

現場監督は返事をする代わりに監督官のほうを向いた。

「いや、全員ではありません。この天候のせいでヘリが一機飛ばなかったので、まだ七人が陸に残っています。もうまもなく戻るはずですが」ニルセンが答える。

「わかりました。ではドクター、精神疾患による問題が生じていると疑われる患者はここにいますか？」

「医者の守秘義務がありますので」丸眼鏡をかけた背の低い男が、シュステンを凝視しながら答えた。

「犯罪捜査ではその限りではありません」切って捨てるようにシュステンが反論する。

「そういうことがまかり通るなら、患者には今すぐ仕事を辞めてもらおう」

「言い方をかえましょうか。心理的な問題を抱えている患者はいますか？」

「可能性はありますね」

「つまり、いるんですか？　いないんですか？」

「います」

「リストを出してください」

「それは私にできるかどうか——」

「責任はわたしが負います。それでも拒否なさるなら、あなたを逮捕します」

もちろんはったりだが、医師はそれを聞いて震えあがった。

「今日は、何人がこのプラットフォームに？」

現場監督は、シュステンが第一印象で振り子時計だと思っていたものを指さした。黒地に太文字で白く、《83》という数字が表示されている。その下に、英語で書かれた《ソウル・オン・プラットフォーム》の文字が見えた。

「安全上の理由で、なくてはならないものなんだよ」現場監督が説明する。「プラットフォームにいる人間の数は、いつでも正確に把握しておく必要があるので」

「女性は何人ですか？」今度はカスペルが尋ねた。

「全部で二十三人だ」

「キャビンの数は？」

「二人部屋がおよそ五十、そのほかに現場監督と、監督官や各チームリーダー、それにエンジニアたちが使う個室がある」

シュステンは少し考えてから質問した。

「誰がどこにいるのか、どうやって把握するんですか？」

今度は金髪の安全管理者の女性が答えた。

「コントロール室側で把握できます。プラットフォームで行われる作業はすべて、前もって決められているので、コントロール室の担当者は、各人がどこで何をしているかわかるんですよ」

「そういうことですか。では、今働いていない人は何をやっているんですか？」

クリステンセンが笑顔を見せた。

「この時間なら、寝ていると思います」

「なるほど。では全員を起こし、部屋から出してどこかに集めてください。部屋は立ち入り禁止にするように。我々はまずインゲル・パウルセンの部屋を捜索してから、ほかのすべての部屋を確認します」

「冗談でしょう？」

「そう見えますか？」

インゲル・パウルセンの部屋は、広さが九平米もなかった。ルームメイトの名前はパーニール・マッドソン。彼女は今作業中なので、部屋は無人だった。下に白い引き出しがついた二段ベッドに、青い寝具がセットされている。ベッドは上下がAとBで区別され、カーテンと、小さなテレビが一台は天井、もう一台は、上段の下に据えつけられていた。部屋の真ん中に小さな窓があり、数段の棚と、二台のノートパソコンを載せた机、扉のすぐうしろに小さなクローゼットが二台ある。

「殺風景に思えるかもしれないけど」部屋に案内した金髪の女性が、シュステンの背後で言った。「ここで過ごすのは一年のうちたったの五カ月だし、勤務時間以外はたいてい食堂やカフェテリアにいますから。ビリヤード台が三台、大画面の衛星テレビ、映画室、ジム、図書館、楽器が使える部屋やサウナもあります」

シュステンは反射ベルト付きの安全服を脱いで椅子の背にかけた。外は極寒だが、なかはむっとするほど暑い。

「つらいのはクリスマスと年末年始ね」女性が続けた。「家族と離れているから」

淡々とした物言いから、鋭い敵意が伝わってくる。

二段ベッドの下の引き出しと机の引き出し、それから壁の棚を確認した。女性用の下着、Tシャツ、ジーンズ、いらない書類、角が折れ曲がったペーパーバックの推理小説、テレビゲーム……。事件につながるものは何もない。部屋を探しているあいだにも、かすかな振動――機械、送風機、モーターだろう――が壁に伝わっている。金髪の女性があいかわらず背後で何か話しているが、シュステンはまったく聞いていなかった。二段ベッドは、片方がきちんと整頓されていて、もう片方はかなり乱れていた。部屋のなかが暑すぎて、汗がブラジャーのストラップを伝って流れ落ちる。シュステンは頭が痛くなってきた。

カスペルがクローゼットのなかを確認し、身振りで何もなかったと告げた。二人は部屋から通路に出た。

「事件の夜に陸にいた男性作業員の部屋に案内して」

金髪の女性がシュステンを見据え、まばたきをした。どの仕草も敵意に満ちている。女性はきびすを返し、先頭に立って、青いカーペットが敷きつめられた廊下を歩きだした。カーペットはふわふわで、踏みしめるたびに足が沈む。女性がいくつかの扉を示し、シュステンは身振りで開けろと指示を出した。カスペルが部屋を一つひとつ見てまわる。金髪の女性は動かない。廊下に立ったまま、開いている扉越しになかを見ている。カスペルではなく、自分を見ているのだ。シュステンは部屋をあさりはじめ、五分もたたないうちにはっきりとわかった。ここにも特筆すべきものはない。

ここの壁も、プラットフォームの深層部から伝わる振動で揺れていた。シュステンは、自分の頭もこの振動に直接揺さぶられているような錯覚に陥った。部屋が暑すぎて軽いめまいがするし、背中に金髪の女性の鋭い視線が貼りついたままとれない。

次の部屋に移動した。

また同じことを繰り返す。部屋を眺め、二段ベッドの下にある引き出しを開け、なかを確認する。次の引き出しも開ける。と、服の山のなかに女性用の下着が現れた。使用済みの下着だ。シュステンは振り返り、金髪の女性を問いただした。

「この部屋は女性が使っているの？」

違うと身振りで返されて、確認作業に戻る。

服は明らかに男性用で、ブランドものばかりだった――ボス、カルバン・クライン、ラルフローレン、ポール・スミス。次の引き出しを開け、シュステンは眉をひそめた。またもや女性用の下着が出てきたのだ。そのうちの一つに血痕があった。これはいったいどういうことだろう？　とたんに脈が速まる。

振り返って、扉越しに金髪の女性を見た。何かを感じたのか、女性も自分を見ている。おそらくこちらの振るまいを見て、何かが起こっているというシグナルが伝わってしまったのだろう。

シュステンは身をかがめて次々と下着を確認した。すべてがほぼ同じサイズだった。また振り返った。うしろからかすかな音が聞こえた気がしたのだ。金髪の女性が場所を移動していた。戸口に肩をもたせかけて立っている。かなり近くからこちらを見つめ、まったく目を離さない。思わず体に震えが走り、呼吸が速くなる。シュステンもじろりと女性を見て尋ねた。

「この部屋は誰が使っているの？」

「わかりません」

「でも、知る方法はあるのよね？」

「もちろん」

「それなら、わかる場所に連れていって」

二人の話を聞きつけ、カスペルが部屋に入ってきた。シュステンは引き出しを指さして、血に染まったショーツを見せてから、視線をカスペルに戻した。カスペルはうなずいて理解したことを示した。

「なんだか簡単すぎてしっくりこないのよ。宝探しゲームをやらされているみたい」

「だとしたら、ターゲットはきみじゃないか？」カスペルが答える。

悪くない。この人はやっぱり見た目と違うと、シュステンはあらためて思った。

「じゃあ、案内します」金髪の女性が言った。

「あの部屋を使っているのは、ラースロ・サーボとフィリップ・ヌーヴですね」

シュステンとカスペルは書類だらけの、窓のない小さなオフィスに案内されていた。

ヌーヴ……フランス人の名前だ。

「二人のうち、昨日ここにいなかったのはどっち？」

「ヌーヴのほうです」

「今どこにいるのか教えて」

金髪の女性が壁にある大きな予定表を調べた。表にはたくさんの溝が刻まれていて、そこに色付きのカードが差し込まれている。

「この時間は溶接を担当しています。場所は〈グリルフロア〉」

「ヌーヴはフランス人？」

女性は下にあるスチールキャビネットの引き出しをあさり、ファイルを取って二人に差しだした。写真には、褐色の髪を短く切りそろえた細面の男が写っている。シュステンは男を四十五歳前後と見積もった。

「ええ、本人はフランス人だと言っていました。それで、いったい何が起こっているのか、正確なところを教えてもらえますか？」

シュステンは血まみれのショーツが入っている袋を見て、次にカスペルを見た。視線が交わった瞬間、どっとアドレナリンが湧き、自分もカスペルと同じ表情をしているのだろうと思った――つまり、獲物を追う二匹の犬になっている。

「どうしたらいい？」シュステンは落ち着いた声でカスペルに尋ねた。

「増援は難しいだろうな」カスペルが返す。

シュステンは女性のほうを向いて言った。

「ここに銃はある？　警備の担当者は誰？　海賊の襲撃やテロに対する備えはできているはずよね？」

オフショア企業はこの手の問題に神経をとがらせている。誰もはっきり口にしたがらないが、テロリストに本気を出されると、企業側は太刀打ちできないと気づいているのだ。それでもノルウェーは、国をあげて年に一度〈ジェミニ〉と呼ばれる対テロ演習を実施しており、警察、特殊部隊、沿岸警備隊に加え、石油とガスに関連する多くの企業が参加している。シュステンはこの演習に二度参加しているうえに、いくつかの講習会に出席した。現時点で専門家の意見は一致している――ノルウェーは近隣諸国に比べ、テロ対策が不十分なのだ。

ノルウェーは最近まで、無邪気にも、自国はテロと無縁であると思い込んでいた。それが二〇一一年七月二十二日、ウトヤ島でアンネシュ・ブレイヴィクによる虐殺事件が勃発したことで、この思い込みが断たれた。加えて、二〇一三年にアルジェリア南東部イナメナスの製油所が襲撃されたことをきっかけに、ようやくスタトイル社は警備を強化した。だが、これらの事件を目の当たりにしても、ノルウェーはまだテロをひとごとのようにとらえているふしがある。これに対し、たとえばスコットランドでは、石油施設に武装警官を派遣していた。

実際問題、こんな状態のプラットフォームによく訓練された武装勢力がヘリで乗り込み、ライフル銃を片手に人質をとったらどうするのだろう？　爆発物を仕掛けられた場合は？　北海には四百以上の海上施設があるが、空まで警備の目を光らせているのだろうか？　そもそも、作業員の身元は確かなのだろうか？　誰かが銃を持ち込む可能性はいつだってあるのだ。

金髪の女性がマイクのボタンを押して呼び出しをかけた。

「ミッケル、すぐに来てちょうだい」

三分後、カウボーイのような大男が小さなオフィスに入ってきた。

「ミッケル、こちらの刑事さんたちが、あなたが銃を持っているか知りたいそうなの」

ミッケルは眉をひそめ、ボディビルダーのような肩を回しながら二人を見つめた。

「持っているが、なぜだ？」

シュステンはその種類を尋ね、返事を聞いて顔をしかめた。

「ほかに銃を持っている人は？」

「現場監督だよ。監督は自分の部屋に保管しているんだ。ほかにはいない」

なんてことなのよ。シュステンは心のなかで悪態をついてから、真っ暗な窓から嵐を見つめ、またカスペルを見た。カスペルがうなずき返す。考えていることは目にはっきりと表れていた。

「わたしたちだけでやらなきゃならない」シュステンはそう結論づけた。

「しかも、我々と違って、ここはやつのテリトリーだ」カスペルが補足する。

「どういうことか、説明してもらえるか？」ミッケルが尋ねた。

シュステンは、すぐに拳銃が出せるように腰のホルスターを調整しながらミッケルに言った。

「あなたも銃の準備をして。ただし、必ずわたしの指示に従うこと」

ミッケルは顔が真っ青になった。

「いったい何の話をしているんだ？」

「わたしたちはこれからある人物を逮捕するの」

金髪の女性のほうは、目を大きく見開いていた。

「案内しなさい」

女性はすぐ指示に従い、壁のフックにかかっているレインコートをつかんだ。反抗心は影をひそめ、見るからに怯えている。一行はオフィスを離れ、狭い廊下を一列になって進み、鋼鉄製の階段のところまでやってきた。ステップの上のほうで、屋外用の照明が光っていた。

真っ暗闇の大海で荒れ狂う波の音が、先ほどよりも耳にいっそう強く響く。

金髪の女性が先頭に立ち、横殴りの雨に打たれながら前に進んだ。土砂降りのなかで、ライトが当たる場所だけ雨が浮かびあがって見える。コートの襟を立てても、凍えるほど冷たい雨が首を濡らし、背中を伝って落ちていく。キャットウォークを踏むたびにやかましく音が鳴ったが、プラットフォームの喧噪にかき消された。

てっぺんまであがると、上から整然と垂れさがる巨大なパイプの列が、パイプオルガンのように目の前に迫った。どのパイプも一軒家の高さより長く、それらがウインドチャイムのように、嵐のなかで歌い、踊っている。また階段が現れて、ステップを駆けおり、泥と油にまみれたグリルフロアの足場にやってきた。ここも機械とパイプだらけだった。

ようやく人影が見えた。闇のなか、膝をついた人影が溶接の火花で断続的に照らしだされる。シュステンは腰にそっと手をまわして、銃が取りだしやすい位置にあるか確認した。アドレナリンが体を駆けめぐる。人影の手元から強力な光線が放たれるたびに、溶接用のシールドが光に浮かび、火花と煙があたりに飛び散った。シールド付きのヘルメットが、まるで騎士の兜に見える。人影は仕事に集中しているせいか、一行が近づいていく気配に気づかない。

「ヌーヴ！」金髪の女性が叫んだ。

ヘルメットとシールドが上を向き、光線が消えた。シュステンはシールド越しに、一瞬、笑みが浮かんだのを見た。

「どいて」シュステンは落ち着いた声で女性を押しのけた。「あなたがフィリップ・ヌーヴね？　ノルウェー・ポリス！」最後は英語で告げた。

男は反応しなかった。溶接用のトーチを握りしめたまま何も言わず、まったく動かない。シュステンには男の目も顔も見えなかった。やがて、男が膝をついたまま床にノズルを置き、ゆっくりと両手の手袋を外した。それから、白く浮き出た手をヘルメットに近づけた。シュステンは右手を腰に置いたまま、男の一挙手一投足から目を離さない。男の手がヘルメットを持ちあげ、ついに顔が現れた。写真の男に間違いない。

男の両目があやしく光り、シュステンは全身で警戒態勢に入った。

男がゆっくりと立ちあがる。一つひとつの動きを見ていると、背の高い痩せ細った体が、スローモーションで空に飛び立とうとしているようだった。

「そう、ゆっくりよ。スローリィ」

シュステンは右のポケットに手を突っ込んだ。ポケットをまさぐって手錠を出そうとしたが、見つからず、今度は左のポケットに手を突っ込んだ。手錠はそっちに入っていた。カスペルにちらっと視線を走らせる。自分と同じくらい緊張していて、顎の筋肉を痙攣させたまま、男からじっと目を離さない。

六メートル。

それが男とのあいだをへだてる距離だった。

手錠をかけるにはこの距離を越えなければならない。周囲を見ると、カスペルはすでに銃を用意していて、警備員は西部劇のカウボーイよろしく、自分のホルスターに手をかけている。金髪の女性は目を大きく見開いて怯えていた。

「キープクワイエット！　アンダースタンミー？」手錠をつかみながらシュステンが叫んだ。

男は動かない。あいかわらず、狩りだされた獲物のような目を向けている。

あの眼差しはまったく気にくわない。シュステンは目の前に垂れてきた前髪を指で払った。頭に落ちた雨が顔を伝って鼻先に流れる。

「手を頭のうしろに置きなさい！」

ようやく男が命令に従った。用心深く、ゆっくりと。警察の失態を誘うことがあってはならないと危惧しているかのように。ただしそのあいだもずっと、自分だけを見つめている。ほかの誰でもない、この自分を。

男は驚くほど身長が高かった。近くに行くなら細心の注意を払わなければならない。男の頭めがけて鉄骨の梁(はり)から水が落ちているのに、男はそれに気づくそぶりもなく、ただあきらめたようにこっちを見ている。

「ゆっくり回って、膝をつきなさい。両手はずっと頭の上よ。わかった？」

返事の代わりにうなずいて、男はそっとうしろを向いた。と、そのとき、男が一瞬のうちに姿を消した。完全に消えたと思ったのに、まるでマジックのように、男はいつのまにか円筒形の巨大タンクと分電盤のうしろを走っていて、そのまま右に曲がったのが見えた。

「くそったれ！」

シュステンは悪態をつくと銃を抜き、薬室に弾(たま)を込めてから駆けだした。男のあとを追ってタンクを回る。かかとを踏み込むたびに、格子状の足場が揺れた。男がボルト止めされたL字管を左に曲がり、階段を十メートルほど駆けおりるのが見えた。シュステンもあとに続く。下には荒波の上に渡されたキャットウォークがあって、ここよりも暗い別のフロアにつながっていた。

「シュステン、戻れ！」背後でカスペルが怒鳴っている。「戻るんだ！　やつはここから出られやしない」

苛立ちのあまり頭が回らず、シュステンは階段をおりきって、暗闇に埋もれるフロアを目指してキャットウォークを渡った。

「シュステン、戻ってくれよ！　ちくしょう！」

格子の足場越しに、泡を乗せた巨大な波が立ちあがるのが見えた。シュステンは、自分はいったい何をしているのか、なんの遊びを始めたのかと自問しながら、銃を手に疾走し、真っ暗で閑散とした隣のフロアに飛び込んだ。

鋼鉄製の梁、階段、フェンスでできた迷路。

目の前に現れたのはまさにラビリンスのような光景で、構造的には、巡回路でつながっている城壁の側防塔のようだった。自分でも、ここまで追ってくるべきでないことはわかっていた。だが、あの男はくそ重たい作業服というハンディを背負ったうえに、武器を持っていなかった。危険をかえりみずになぜあとを追ったのだと聞かれたら、それが理由だったと答えるしかない。あのときは、それしか判断できなかった。

ひときわ高い波がプラットフォームを支える支柱にぶつかり、凍えるほど冷たい水しぶきが顔を打った。シュステンは男を探してみたが、見つからない。だが、自分を囲むこの暗闇のどこかにいることは間違いなかった。そのままじっとしていれば、闇に紛れていられると思っているのだろう。

「ヌーヴ！　あきらめなさい。あんたはどこにも行けないんだから」

風の音しか返ってこない。ふとうしろを向くと、男が暗闇から浮きあがり、奥に駆けていくのが見えた。

「待ちなさい、戻れと言っているの！」

すぐあとを追ったのに、男は視界から消えて、シュステンはまた取り残された。このフロアにいるのは、男と自分の二人だけになった。カスペルも警備員も来てくれなかったのだ。それでもシュステンは両手で銃を構えて、軽く膝を曲げて前に進んだ。たまにうっすらと闇のベールが開いたと思ったら、また元の闇に戻る。

ついにあたりが真っ暗闇になって、まったく何も見えなくなった。やっぱり、あそこであきらめるべきだったのだ。なぜこんな場所まで追ってきた？　自分でもわかっている。ギャラリー、いや〝ファン〟のためとしか考えられない。

と、足が何か柔らかいものを踏んだ。床に積まれた防水シートだった。シュステンはまわりを確認しながら慎重に防水シートをまたぎ、かかとを置いた。その瞬間、何かがくるぶしをつかんだ。わけがわからないまま足が引っ張られ、体がひっくり返る。

背中と肘が鋼鉄製の床にぶつかった衝撃で、銃が手から離れ、音を立てながら遠くにすべっていった。すかさず防水シートが盛りあがり、男が襲いかかってくる。男の顔がゆがむのが見えた。とっさに足で蹴り返そうとしたとき、闇夜が突然明るくなった。いっせいに無数の照明が点灯し、カスペルの声が響きわたる。

「ヌーヴ、うしろにさがれ！　両手を頭に載せてさがるんだ！」

シュステンはカスペルのほうに顔を向け、それからヌーヴを見た。

男は心配そうにこちらを見て、そのまま目を離さずに両手をあげた。

3　望遠レンズ

ヌーヴに対する尋問は、質問に集中させる目的で、窓も装飾もない殺風景な部屋で行われた。シュステンとカスペルは、教会の演出にオリジナリティがあったことや、溶接の仕事に言及しながらうまいことヌーヴを持ちあげたかと思うと、百八十度方針転換して、手がかりを残しすぎたこと、簡単に捕まってしまったことを指摘し、ヌーヴの弱点を突いた。

その三時間のあいだ、ヌーヴはひたすら無実を主張していた。

「下着はおれの彼女のものだ。ほら、そうすりゃアレのときにも思い出せる」

今にも泣きそうなヌーヴの目を見ると、シュステンは殴ってやりたくなった。

「じゃあ血はどうしたんだ」カスペルが尋ねる。

「ちくしょう、生理の血だよ。科学捜査とやらで調べりゃわかるんだろ？」

毎晩、二段ベッドのなかで下着に鼻を押しつけるヌーヴを想像し、シュステンの体に震えが走った。

「そう、だったらなんで逃げたの？」

「それも答えたよ」

「そうね、もう一度聞かせて」

「もう十回も繰り返したじゃないか」

シュステンは肩をすくめた。

「あら、じゃあ次は十一回目ね」

黙り込んでしまったので、シュステンがもっと揺さぶりをかけようかと思った瞬間、ようやくヌーヴが口を開いた。

「実はヤクを持ってきたんだ。職場の仲間にも分けてやろうと思って」

「あなた、ディーラーなの？」

「違う、プレゼントだ」

「馬鹿にするのはやめてくれる？」

「わかった。まあ、ちょっとは売るさ。ここの暮らしはきついときもあるから。でも人は殺してない！　誰かを傷つけたこともないんだよ」

そう言うと、目を真っ赤にして泣きじゃくった。シュステンはカスペルを連れて部屋を出た。

「ひょっとして、あの男は違うんじゃない？」シュステンが言った。

「冗談だろ？」

「本気」

シュステンは廊下を進み、階段をのぼって、現場監督のクリステンセンの部屋に向かった。すでにこのラビリンスの構造を把握しつつあった。

「捜査はどうなった？」クリステンセンは部屋に入ってきたシュステンに言った。

「まだ陸から戻っていない作業員の部屋を見せてください」

「なんのために？」

シュステンは答えない。

「いいだろう。来てくれ」

あきらめたようにクリステンセンが言った。相手が手強すぎて、返事を待つのは時間の無駄だと理解したかのようだった。


四つ目の部屋でついにそれが見つかった。服のあいだから、A4サイズの茶封筒が出てきたのだ。封筒のなかには写真が入っていた。一枚目は、五歳前後の金髪の子どもの写真。裏にグスタフという名前が書いてある。湖を背景に、雪深い村で撮られていた。

残りは男の写真だった。四十代くらいで髪は褐色。同一人物を、望遠レンズで撮影したようだ。写真をすべて並べてみる。二十枚はあるだろうか。男が車をとめようとしているところ、車から降りて鍵をかけようとしているところ。人でいっぱいの道を歩いているところ。カフェに座っているところをウィンドウ越しに撮った写真もある。シュステンは通りの名前が書かれたプレートに気づいた。

フランス語だ。これらの写真は、フランスで撮影されたものだった。

最後のほうの一枚に、レンガ造りの背の高い建物に入る男の姿があった。エントランスホールの手前に金属製のアーチ形の大きな扉があって、その上で、青白赤の旗が揺れている。これもまたフランスの国旗だ。下には〈オテル・ド・ポリス〉の文字が見えた。フランス語がわからなくても最後の文字は理解できる。

ポリスはポリティエ、警察のことだ。

感じのいい顔だが、疲れていて、心配ごとがあるように見えた。目の下にたるみがあり、口角が下を向いている。写真の出来はどうでもいいのか、ピントのあった顔写真があるかと思えば、ピントの甘い全身写真があり、なかには被写体の手前に車体や木の葉、通行人が入ってしまっているものもあった。一方で、男はまったく気づいていなかった。どこに行こうとも、背後にぴったりついてくる完璧な影が存在することを。

シュステンはもう一度、子どもの写真をひっくり返した。

グスタフ

インゲル・パウルセンの遺体のポケットから出てきた紙と同じ筆跡だった。

そう、自分の名前が書いてあったあの紙と。

マルタン

4 感電

トゥールーズも雨だった。この年は十月に入っても気温が十五度もあり、雪はまだ降りそうになかった。

「ハウス・アット・ジ・エンド・オブ・ザ・ストリート」ヴァンサン・エスペランデュー警部補が言った。

「なんだって？」マルタン・セルヴァズ警部が応じる。

「意味はないですよ。ホラー映画のタイトルです（『ボディ・ハント』の原題）」

セルヴァズは暗い車内に座ったまま、土手道を挟んだ線路脇の斜面近くにある、三階建ての家を見ていた。屋根が光って薄気味悪く、陰気な影を落とす大木も立っている。すでに日は落ち、横殴りの雨が降っているせいで、世界の果てにいるかのようだ。

こんな場所でよく暮らしていけるものだ。セルヴァズは心のなかでつぶやいた。線路と大きな川に挟まれ、近隣の集落から百メートルは離れていて、まわりにはスプレーペンキで落書き（タギング）された倉庫しかない。

もっとも、捜査線上にこの家が浮かんだのは、このガロンヌ川のおかげだった。三人の女性がそれぞれ別の日にガロンヌ川沿いをジョギングしていたところ、最初の二人は暴行を受けた末にレイプされ、三人目はナイフで複数回刺されたあと、先日トゥールーズ大学病院センターの集中治療室で死亡が確認されたばかりだった。いずれの事件も、この家から半径二キロメートル圏内で起きている。そしてこの家で暮らしている男は、暴力性犯罪行為の加害者を集めた警察のデータベースに名前が記載されていた。加えて、男は多重累犯者であり、刑期の三分の二を終えたところで、判事の決定により、百四十七日前に刑務所から釈放されていた。

「やつがあそこにいるのは確かなんだな？」

「フロリアン・ジャンサン、パラダイス通り二十九番地」エスペランデューが膝に乗せたノートパソコンを見ながら、確認したことを告げる。

セルヴァズは雨粒が転がり落ちる窓に額をつけたまま、背の高い雑草とアカシアの新芽に占領されている左側の荒れ地を見た。噂ではこの荒れ地に、高速道路建設、電気事業、そして驚くほど高額な駐車場の運営を手がける大企業が、百八十五戸の住宅と保育園、老人ホームを建設予定なのだという。ところがここは古い工場跡地なので、土壌の鉛とヒ素のレベルが通常の二倍に達し、地元の環境保護団体によると、地下水も汚染されているらしい。近隣住民はそれを知ってか知らずか、畑に井戸水を撒いている。

「やつはここにいます」ヴァンサンが言った。

「なぜわかった？」

エスペランデューはパソコンの画面を見せた。

「あの馬鹿、〈ティンダー〉にログインしてるんです」

セルヴァズが視線で、わけがわからないと訴える。

「マッチングアプリですよ」エスペランデューは、上司が自分と違い〝ギーク〟でも〝ナード〟でもないとわかっていたので、笑いながら答えた。「ジャンサンみたいなレイプ犯は、ティンダーを使っている可能性があると思ったんですよ。同じアプリをダウンロードした女の子が自分の設定した距離内に入ると、検知してくれるんです。ああいうゲス野郎にはもってこいでしょ?」

「マッチングアプリだと?」セルヴァズは、宇宙の果てに消えた惑星の話でもされたかのように、エスペランデューの言葉を繰り返した。

「そうです」

「それで?」

「それで、あいつを引っかけるためにニセのプロフィールをつくりました。案の定、マッチングできましたよ。ほら、どうぞ」

手元をのぞき込むと、薄闇にぼんやり輝く画面の上に、若い男の顔が見えた。あの男で間違いない。その横に二十歳前後の金髪美人の顔がある。

「おっと、今すぐ動かないと。僕たち検知されましたよ。いや、検知されたのは〈ジョアンナ〉なんだけど」

「ジョアンナ?」

「僕がつくったニセのプロフィール名です。金髪、百七十センチ、十八歳、フリー。なんてこった、三日もたたないうちにもう二百件以上もマッチングしてるよ。このアプリはデート革命だな」

　何のことを言っているのか、セルヴァズはあえて説明を求めなかった。エスペランデューは自分よりほぼ十歳若いが、これほど似ているところがない二人もいないだろう。四十七歳のセルヴァズは、今風の社会――テクノロジー、のぞき趣味、広告、大量販売の不自然な掛け合わせ――に対して、驚きと困惑を隠さない。ところがエスペランデューは、フォーラムやSNSを渡り歩き、テレビよりもパソコンの前にいる時間のほうがずっと長い。セルヴァズは、自分が過去の人間だとわかっていた。いや、すでに過去という言い方すら適切ではないかもしれない。むしろ、バート・ランカスターが『家族の肖像』で演じた主人公に近いのだろう。ランカスター演じる老教授は、ローマのアパルトマンで、絵画に囲まれた隠遁生活を送っていたところ、ある日不幸にも、騒々しくて下品な今風の家族に上の階を貸すことになった。やがて教授は、自分が理解できない世界と直面せざるを得なくなり、最終的に、その世界に惹かれてしまうわけだが……。セルヴァズも教授同様、どうしてみんなそろっておもちゃのようなツールを使い、子どものように騒ぐのか、よく理解ができなかった。

「お、メッセージを返してきました。引っかかりましたね」

エスペランデューはノートパソコンを閉じてから、グローブボックスに入れようとして、固まった。

「銃が入れっぱなしです」

「知ってる」

「持っていかないんですか？」

「持っていってどうするんだ。やつはいつもナイフを使うが、これまで逮捕のときに抵抗されたことはないぞ。それに、きみが持っていればいい」

そう返事をしてセルヴァズは車から降りた。エスペランデューは肩をすくめると、自分のホルスターに銃があるのを確認し、安全装置を外して車外に出た。すぐに、横殴りの冷たい雨が吹きつける。

「ほんと、筋金入りの頑固者なんだから」どしゃぶりのなかを歩きだしながら、エスペランデューが言った。

「ケーダント・アルマ・トガエ。武器はトガに譲るべし」

「警察学校ではラテン語も教えるべきですね」

「先人の知恵だ」皮肉交じりの声を聞き、セルヴァズが言い返す。「私はいくつか、役に立ちそうなものを知っているだけだ」

二人は家の前にある、柵に囲まれた小さな庭を目指して、ぬかるんだ土手道を進んだ。家の南側の壁は、ほぼ一面にスプレー缶を使った大きな落書きがしてあり、ひとつだけ、石積みの窓があった。庭のある表側は、各階に二つの窓があるが、どれも雨戸が閉まっている。

庭の門を押した瞬間、錆びついた音が鳴った。あまりに甲高い音だったので、この悪天候であっても、家のなかにいた者はすぐ気づいただろう。セルヴァズはエスペランデューを見て、エスペランデューもうなずいた。

二人はそのまま玄関に向かい、ほったらかしの野菜畑とあちこちに雑草が生えている庭の小道を進んだ。

突然、セルヴァズが立ちどまった。玄関のすぐ手前、右手に黒い塊があった。大きな犬が小屋から出て、二人をじっと見ている。犬はまったく吠えない。

「ピットブルだ」エスペランデューが険しい顔でセルヴァズの横に立ち、小声で言った。

「本当なら、こういう第一カテゴリーの犬種は流通されてないはずなんですけどね。一九九九年に繁殖が禁止になり、去勢が義務づけられたんです。それなのに、トゥールーズだけで百五十頭はいるらしいですよ。第二カテゴリーにいたっては千頭以上ですから……」

犬をつないでいる鎖を確認したが、この長さでは襲われる可能性がある。セルヴァズはエスペランデューが出した銃を見て、本気で嚙んできたら、はたして間に合うのだろうかと思った。

「銃が二挺(ちょう)あれば助かる確率はあがったと思います」

エスペランデューの言うことはもっともだった。ありがたいことに犬は吠えずに、ただ影のように黙っている。二つのつぶらな瞳を持つ影だ。セルヴァズは雨に濡れたステップをあがり、横目で犬を見張りながら、呼び鈴を押した。家のなかで甲高い音が響くのが聞こえる。汚れたガラスの向こう側は真っ暗だった。

やがて足音が聞こえ、玄関の扉が開いた。

「ちくしょう、いったいなんの用だ」

セルヴァズは目の前に現れたジャンサンと自分を見比べた。相手のほうが背が低く、痩せすぎている。身長百七十センチ、体重は六十キロ前後といったところか。年はジャンサンのほうが若くて、三十代かもしれない。頭は完全な坊主頭で、頬も目も落ちくぼみ、まち針の頭に似た小さな瞳からは、なんの光も感じられなかった。

「こんばんは」セルヴァズは警察の身分証を見せながら礼儀正しく語りかけた。「司法警察です。入ってもよろしいですか」

ジャンサンが躊躇(ちゅうちょ)している。

「川の近くで三人の女性が襲われたでしょう。その件で少しお尋ねしたいだけです。もう新聞で読んだかもしれませんが」

「新聞は読まないから」

「じゃあ、インターネットとか」

「それも見ないし」

「そうですか。実は、現場から半径一キロ以内にある家には、全部聞いてまわっているんですよ。よくある周辺の聞き込みでしてね」

セルヴァズの嘘を聞いて、まち針の頭のような目が、二人の警官のあいだを行ったり来たりする。ジャンサンの肌は骨のように真っ白で、首が細く、肩は骨張っていた。ついさっきまで、ティンダーで〝マッチ〟した金髪の娘のことでも考えていたのだろう。こんな顔の男にとってはミラクルとしか言いようがない。ジャンサンの願いはただ一つ。マッチングアプリに戻れるよう、二人に早く出ていってもらいたいのだ。セルヴァズは考えた。本当に女性をひっかけられたなら、こいつは何をするつもりだった？　ジャンサンの調書を読んだかぎりでは……。

「何か問題があるんですか？」

セルヴァズはあえて疑わしげに尋ね、困惑した様子で眉をひそめる。

「は？　いや、問題なんてそんな……わかったよ、入ってもいいけど、さっさとやってくれよ。母さんに薬を飲ませなきゃならないから」

ジャンサンが一歩うしろにさがり、セルヴァズはなかに入った。暗くて狭い、炭坑の横穴のような廊下を歩いていくと、かすかな明かりが見えて、二メートル先の左手の扉から灰色に輝く細長い光の帯が流れている。まるで、ぼんやりとヘッドランプに照らされた洞窟だった。しかもこの家には、猫の小便とピザ、汗、それから煙草の吸い殻の臭いが染みついていた。もう一つ、都心部のアパルトマンで何度も嗅いだ特徴的な臭いもする。孤独死した老婆の死体が発見されたアパルトマン。そこには薬の甘ったるい匂いと、加齢臭が充満していた。

廊下の奥のほうは、両サイドの壁に沿って、ほぼ肘の高さまで、段ボール箱が山積みになっていた。なかに入っているものの重みでどれもこれもつぶれてしまっている。古びたランプシェード、埃っぽい雑誌の山、がらくたが入った籐のバスケット。また別のところは、重くて品のない家具に占領され、一人がやっと通れるほどの広さだ。これでは、家というよりトランクルームにしか思えない。

ようやく左手の扉に到着して、ざっとなかを確認した。最初は、黒くてこんもりとした家具の塊と、ナイトテーブルに置かれたランプが星のように光っているのが見えただけだった。それが、だんだんと様子がはっきりしてくるにつれて、ベッドに誰かが寝ているのだとわかった。まさに一点の曇りもない〝病気の母親〟だ。こんなことは想像していなくて――むしろ、誰が想像できる？――セルヴァズは思わず唾を飲み込んだ。

彫刻の施された樫の木のヘッドボードに枕の山が積みあがり、そこに座っているような、横たわっているような姿勢で、老婆がもたれかかっている。すり切れた寝間着がはだけ、染みのある骨張った胸元が見えた。頬骨がでっぱり、目は眼窩に深く落ちくぼみ、灰色の髪が少しだけこめかみにかかっている。ナイトテーブルの敷物の上に薬のケースが並び、痩せ細った腕からのびた管が、T字の支柱にかかった点滴バッグにつながっていた。

まもなく死を迎えることは明らかで、まさに今、その行程が始まったところなのだろう。この部屋では生よりも死がはるかに幅をきかせていた。だがここで何より不快なのは、老婆の目だった。潤んだ瞳がベッドの奥からじっと自分を見ている。病気と戦うことに疲れはてて、うんざりしているはずなのに、冷酷な輝きは衰えない。セルヴァズは、老婆が向かっているのは天国ではなく、地獄ではないかと思った。しかも、このミイラのような老婆は、ひび割れた唇に煙草をくわえて、ひっきりなしに煙を吸い込んでいる。脇に置かれた灰皿がいっぱいになり、ベッドの上に厚い雲が漂っていた。

続いてリビングに向かった。リビングではつけっぱなしのテレビと、大きな作業台の上に並ぶ複数台のパソコンモニターが、ほのかな照明代わりになっている。どうやらこのモニターで各部屋の様子を確認しているらしいが、木の階段と暗がりしか見えない。

と、何かがセルヴァズの足元をかすめた。足元以外でも、その何かが暗い部屋のなかを歩きまわったり、家具に飛び乗ったりしている。猫だ……。柄も大きさもさまざまな猫が十匹ほどうごめいている。あちこちに餌をのせた皿があって、中味が乾いていたり、黒っぽくなったりしていた。これは注意して歩かなければならない。

リビングの空気は廊下よりもさらに重く耐えがたかった。しかも、腐りかけの餌のほかに、かすかな刺激臭がする。魚か漂白剤のような臭いだ。セルヴァズは鼻をつまんだ。

「照明をつけてもかまいませんよね。これじゃ暗すぎるので」セルヴァズは言った。

ジャンサンが腕を伸ばす。電気スタンドのスイッチが入り、モニターが載った台の一部が淡い光に照らされた以外、ほかは真っ暗なままだった。セルヴァズは、どうにかソファとサイドボードの存在を確認した。

「それで、さっきの質問は?」

ジャンサンはSの発音が若干あやしく、舌足らずなところがあった。本当は気が弱いのに、けんか腰な態度で隠しているのかもしれない。

「ガロンヌ川の曳舟道はよく散歩に行くんですか?」ジャンサンのうしろからエスペランデューが尋ねた。ジャンサンは思わず振り返った。

「いや」

「一度も行ったことがないと?」

「行かない、と言っただろ」セルヴァズを横目で見ながらジャンサンが答えた。

「最近起こった事件について、噂くらいは聞いていませんか?」

「あんたたち、馬鹿にしてんのか? 母さんとおれがどんな場所に住んでるか、わかっただろ? 誰がこんなところに噂話を持ってくるんだ。誰も来ないよ。来るのは郵便局員くらいなもんだ」

「川沿いを走るランナーは来るでしょう」セルヴァズが指摘する。

「まあな。そこの土手道に車をとめるくそ野郎はいるよ、確かに」

「男性、それとも女性?」

「どっちもだ。犬を連れてくるやつらもいるから、ファントムが吠えるんだよ」

「あなたはそれを窓から見ているわけだ」

「それがどうした?」

セルヴァズはリビングに入ってすぐ、サイドボードの下に何かがあることに気づいていた。暗くてよくわからないが、その何かはまったく——あるいはほぼ、動く気配がない。セルヴァズは一歩近づいた。

「なあ、どこへ行くつもりだよ。家を調べるなら、あんたら——」

「ここから二キロ以内の場所で三人の女性がレイプ被害にあいました」エスペランデューが話に割り込み、ジャンサンの注意を引きつけた。「三人とも同じ証言をしています」

ジャンサンの動きが止まったので、セルヴァズはサイドボードにゆっくりと近づいた。

「三人とも犯人についてこう言っていました。フード付きのパーカーを着込み、身長は百七十センチ前後、痩せ形で、体重は六十キロくらいだったと」

実際のところは、よくある話だが、三人の目撃証言はバラバラだった。ただ、背の低い痩せ形の男で、ものすごく力が強かったという点だけは一致していた。

「九月十一日、九月二十三日、十月三日の十七時から十八時のあいだ、あなたは何をしていましたか?」

ジャンサンは眉をひそめ、いかにも頭をしぼるようにして考え込んでいる。セルヴァズはそれが、『七人の侍』に出てくるエキストラのようだと思った。

「九月十一日は、友だちのアンジェルとロランと一緒だった。アンジェルの家でトランプをしたんだ。二十三日も同じだな。十月三日はアンジェルと映画を見に行った」

「おかしいな」セルヴァズが満を持して口調を変えると、ジャンサンは振り返らずにはいられなかった。「私は記憶力がいいほうなんだが、九月十一日のことも、二十三日のことも、すぐには思い出せないぞ。二十五日なら覚えているよ。同僚が退職した日だからな。そういう日は特別なんだ。だが、友だちとトランプをするとか、映画に行くとかは、特別な日と言えるのか？」

「あいつらに聞けばわかるよ」ジャンサンがふてくされたように言い返した。

「そうだな、きみの証言を裏づけしてくれるはずだ」セルヴァズはそう答えながら、三人の過去の調書にも、各々のアリバイ証言があるはずだと確信した。「その二人のファミリーネームを教えてくれ」

ジャンサンは待ってましたとばかりに答えたあと、急に思い出したようにつけ加えた。

「そうだ。ここまではっきり覚えていた理由がわかったよ」

「おや、本当か？」

「レイプされた女の子のことを新聞で読んだとき、犯行があった日に自分が何をしたか、すぐメモしたんだ」

「新聞は読まないと言ってなかったか？」

「まあね、あれは嘘だよ」

「なぜそんな嘘をついた？」

ジャンサンは肩をすくめ、指輪だらけの手を、タトゥーが彫られた首筋に持っていった。暗闇のなかで坊主頭が光っている。

「あんたたちと話をしたくなかったからだろうね。さっさと帰ってほしかったんだ」

「忙しかったからだな？」

「たぶんね」

「つまり、毎回、自分がやったことをメモしているわけだ」

「ああ、そうだよ。みんなそうするってことは知ってるよな？」

「〝みんな〟とは誰を指す？」

「おれみたいなやつらだよ。そういう事件でいろいろ言われたことがある連中のことさ。あんたらのようなサツがおれらに最初に訊くことは、そのときどこにいたかってことだ。逮捕歴のあるやつが、近くでレイプ事件があった日に、自分がどうしてたか思い出せなきゃ、得点をあげるチャンスは大いにある。わかるかい？」

「きみの友だちの、アンジェルと誰だったかの二人にも逮捕歴があるんだな？」

ジャンサンが悲しげな顔をする。

「そのとおりだ。それがどうした？」

セルヴァズはサイドボードの下に視線をやった。影が動き、臆病そうな二つの目が見つめ返してくる。

「初めてのときはいくつだったんだ？」唐突にエスペランデューが訊いた。

雷鳴が窓ガラスを震わせ、稲光が一瞬リビングを照らす。

「初めてのとき？」

「初めて女性をレイプしたときだよ」

ジャンサンの目つきが変わったことにセルヴァズは気づいた。文字どおり、獲物を追う目になっている。

「十四歳だ」いきなり冷淡できっぱりした物言いになった。

セルヴァズはもう少し体をかがめた。サイドボードの下から真っ白な子猫が顔を出し、こちらを見あげている。近づきたいが、まだ怖いようだ。

「調書は読んだよ。相手はクラスメートで、体育館の裏でレイプしたんだったな」エスペランデューが続ける。

「あいつがおれを誘ったんだ」

「彼女を罵倒したあと、平手打ちして、殴った……」

「あいつは売女だった。誰とでも寝ていたんだよ。行列におれ一人加わっただけで、どうってことはないだろ？」

「何度も殴った。頭を力いっぱい。外傷性脳障害を負うくらいに……。それからおまえは、体育館にあった空気入れを使ってレイプしたんだ。ボールの空気入れだったな。そのせいで彼女が子どもを産めない体になったことは知っているか？」

「ずいぶん昔の話じゃないか」

「あのとき、どんな気持ちだったんだ？　覚えているか？」

返事はない。

「あんたらにわかるわけがない」唐突に、ひどく自慢げな声になった。

どこまでも傲慢でエゴイスチックな声に、セルヴァズの体がこわばった。サイドボードの下に手を伸ばすと、白い子猫がゆっくりと出てきた。おそるおそる近づき、ザラザラした小さな舌で指の先を舐める。セルヴァズは子猫に集中するために、そばに来たほかの猫たちを追い払った。

「わからないと思うなら、説明してくれよ」

感情を抑えたエスペランデューの声から、怒りと不快感がこだまのように伝わる。

「意味ないだろ？　あんたらは自分でもわかっていないことをしゃべる。おれらのような人間が、感情の力とか、経験の力をどう思ってるのか、全然わかっちゃいないんだ。あんたらみたいに法とモラルを守り、他人の目と正義を恐れて生きてるやつらは、夢を見ているようなもんさ。その夢は本当の自由や、本当の力とは何光年も離れてるんだよ。おれらの命はあんたらのものより、ずっとリッチで強烈なんだ」

もはや舌足らずな口調はどこかに消えていた。

「おれは刑務所に入った。罪は償ったんだから、あんたらはもう何もできない。今ではおれも法律を守って生活してるんだ」

「おや、そうか。具体的にはどうしてるんだ？　どうやって衝動を抑えているのか、教えてくれよ。どうやったらレイプを我慢できる？　マスターベーション？　娼婦を買う？　それとも医者から薬をもらってるのか？」

「……だが、おれは何も忘れちゃいない」追及などなかったかのようにジャンサンが続ける。「何も後悔してないし、否定もしない。罪悪感もないからな。おれは懺悔しない、いくら神がおれに――」

「そういう思いが復活したんだな？　ガロンヌ川で三人の女性をレイプしようとしたときに」エスペランデューが何かをこらえているような声で尋ねる。「僕は今、しようとしたと言ったんだ。なぜならおまえは抜けなかったからだ。あんなにめった刺しにしたのは、勃たせてもらえなかったせいか？」

セルヴァズにはエスペランデューのやりたいことがわかっていた。ジャンサンを揺さぶり、自己弁護させて、自分から手柄を吹聴させようとしているのだろう。

だが、こいつにその手は通用しないぞ……。

「おれは四人をレイプして、その罪を償った」ジャンサンが冷淡に答える。「そのうちの三人は病院送りになった。おれはいつだってそんな生ぬるいやり方はしない。だから、今回はおれじゃないことはわかるはずだ」

サッカーでゴールしたことを自慢するかのような言い草と、にやりと笑った顔を見て、セルヴァズは鳥肌が立った。こいつは本当のことを言っている。少なくとも今回だけはジャンサンが最初に口を開いたときから、犯人ではないとわかっていた。

そう思いながら、白い子猫を見つめた。そして、震えあがった。

子猫には片耳がない。耳があるはずの場所に、ピンクの傷痕が残っている。

片方の耳がない真っ白な子猫――確かにどこかで見ている。

「おれの猫にかまうな」ジャンサンが言う。

おれの猫にかまうな……。

思い出した。六月に、モントーバン郊外の一軒家で女性が殺された事件。セルヴァズはその調書を読んでいた。一人暮らしのその女性は、レイプされたあと首を絞められて死んでいた。解剖の結果、朝食のあとだったことはわかっている。胃のなかの未消化物を調べたら、コーヒー、穀物パン、柑橘類のジャム、キウイが出てきたのだ。その日は暑く、朝のさわやかな空気を取り込むために、すべての窓が全開になっていた。だから犯人は、どこからでも入っていけた。朝七時、隣の家とは三十メートルも離れていない。それなのに、誰も何も見ておらず、聞いていないので、憲兵にはなんの手がかりもなかった。まったくなかったのだ。そこにはただ、ペットの猫がいなくなったとだけ記されていた。

片方の耳がない白い猫が……。

「おまえの猫じゃない」セルヴァズは立ちあがりながら小さな声で告げる。

空気が重くなり、セルヴァズは顔をしかめた。すべての筋肉が毒素を吸ってこわばっていく。ジャンサンはもう動かない。ただじっと黙ったままだ。また稲妻が光って、リビングを照らす。まち針の頭のような目だけが、白い顔のなかでぐるぐると動いていた。

「さがれ」ジャンサンが突然声を出した。

いつのまにか、指輪だらけの手にナイフが握られていた。セルヴァズはエスペランデューを見て、ここからは自分がやると目で告げた。

「さがるんだ」

二人は指示に従った。

「馬鹿な真似はやめろ」エスペランデューが言う。

と、ジャンサンがいきなり前に飛びだし、ネズミのように素早くあちこちの家具を回り込んだと思ったら、勝手口の扉を開けて闇のなかに消えた。とたんに家のなかに雨風が吹き込んでくる。セルヴァズはあっけにとられていたが、すぐにあとを追った。

「どこに行くんですか」背後でエスペランデューが叫ぶ。「マルタン！　とまって！　銃を持っていないんですよ！」

ガラスの扉が風を受け、外壁にぶつかってバタバタと音を立てる。勝手口は線路脇の斜面に面しているが、なかに入れないようにフェンスがあった。セルヴァズは表に出たところで、稲光を頼りに、土手の上に見える線路の電線に目を凝らしてジャンサンを探した。そしてついに、振り返った先にある小さなトンネルのあたりで、ジャンサンを見つけた。ここに来るときエスペランデューと通ってきたトンネルで、上には主線につながる別の線路が走っている。

トンネルの右側、線路が合流する地点の下に《感電注意》の標識を掲げた門扉が見えた。その先のコンクリートのスロープをあがりきったところにある、落書きだらけのトーチカのような建物は、おそらく信号扱い所だろう。

ときおり起こる稲光を浴びて、暗闇に雨粒が浮かびあがる。雷鳴が轟き、トゥールーズ一帯に嵐が渦巻いていた。土手に生えた草の上を、線を描きながら雨水が転げ落ち、フェンスを越えてぬかるんだ土手道を這う。雨はそこで三角州をつくった。

ジャンサンはすでに門扉をよじのぼり、スロープのてっぺんに向かっている。信号扱い所を越えて、その上にある線路を目指しているのだ。線路にはたくさんの鉄塔が立ち、フェンスと、一次と二次の配電線、変圧器、カテナリ吊架式架線からなる複雑なネットワークを支えていた。さながら変電所のようで、セルヴァズは即座に高圧電流に思いいたった。嵐、雷鳴、稲光、雨、そして感電……。電線を伝う数千ボルトの電圧、数千アンペアの電流が、死を呼ぶ罠のように待ちかまえている。セルヴァズは心のなかでつぶやいた。なんてことだ、あんなところまで追っていったら、どうなるかわかっているのか？　ジャンサンは罠の存在に気づいてもいないようだ。貨物列車が減速しながら目の前を通過する瞬間だけを待ちかまえているのだろう。

セルヴァズも門扉にたどり着いた。靴のなかで靴下が水音を立て、シャツの襟もびっしょりで、額に髪が貼りついている。

顔を拭い、門扉をよじのぼってコンクリートの地面に飛びおりたとき、布が裂ける音が聞こえた。上着がどこかに引っかかったらしい。

上ではジャンサンがためらっていた。ついに列車が来たのだ。

スピードを落とした列車がジャンサンの横を通過していく。ジャンサンが体をかがめて車両の下を見て、次に車両のあいだをのぞき込んだ。速度がどれほどゆっくりでも、ボギー車に轢(ひ)かれて死ぬのは怖かったのか、最後ははしごに飛びついて、屋根に向かってのぼりはじめた。

ばかな真似はやめろ！

そこはだめだ、危険すぎる！

「ジャンサン！」

声を聞いてジャンサンが振り返り、追っ手に気づくとスピードをあげて、一気に屋根までよじのぼった。レールが雨に濡れて光っていた。セルヴァズも枕木の下にある砂利を踏みながら、車両のはしごを握りしめる。

「マルタン！　何してるんですか！」

下でエスペランデューの声がしたことはわかっていたが、セルヴァズははしごに片足を置き、すべりやすくなっている枠をぐっとつかんでもう片方の足を置いた。頭上では、架線を走る電気がスズメバチのようなうなりをあげていた。屋根に跳ね返った雨が、髪や眉毛を伝って流れ落ちていく。

ようやく屋根から顔が出た。ジャンサンの姿を確認する。次に取るべき行動を決められないまま立ちすくんでいる姿が、稲光に照らしだされた——カテナリ吊架式架線からほんの数メートルの距離だ。そのときだった。

バチバチバチバチバチバチッ！

激しい音とともに、端から端までサージ電流が走った。

思わず全身に鳥肌が立ち、セルヴァズはまた顔を伝う雨を拭った。それから自分も屋根にあがる。雨は叩きつけるように上からもろに降ってくる。ジャンサンは顔だけこちらに向けてから、どうしていいかわからなくなったように、足を踏ん張った状態でキョロキョロと左右を見ていた。

「ジャンサン、このままでは二人とも焼け焦げる」

返事はない。

「ジャンサン！」

そして……。

セルヴァズはその続きを、霧のようなものに包まれた状態で眺めていた。何もかもがぶつかりあって反発しあいながら、急に時間が加速して、突然、わけもわからずに横に揺さぶられる。そんなふうにして、ジャンサンが体ごと振り返るのが見えた。同時に、手に持った銃口から炎が噴きでる。その瞬間、カテナリ吊架式架線から、耳をつんざく音とともに白くまぶしい電気のアーチが放たれ、ジャンサンに襲いかかった。面白いことに、電気は頭のてっぺんではなく、顔の左サイド、耳と顎のあいだから入り、全身を通って、手足から水浸しの屋根に抜けた。焼け焦げたジャンサンが、その場に崩れ落ちる。ほんの数メートルの距離に……。その電気が、濡れた屋根を伝って自分の足元に到達した瞬間、セルヴァズの髪が逆立った。同時に、銃口から噴きでた炎は、びしょ濡れの上着を通過して、左胸から数センチの位置で左心室に入り、反対側に抜けていった。まるで、鋼鉄のスズメバチに心臓を突き刺されたかのようだった。

衝撃で、体がうしろに吹っ飛んでいく。

最後に知覚できたのは、足元の静電気と、頬を伝う冷たい雨粒、空気中のオゾン臭、そして、土手の下にいるエスペランデューの悲鳴だった。

5 死に隣接する領域

「AFによる傷とTPT」近くで女性の声がする。「繰り返します。火器による傷と胸部貫通性外傷です。心臓に貫通性の傷がある可能性が高く、開口部は前胸部、閉口部は背面。CRT（毛細血管再充満時間）三秒以上。百二十超の頻脈。痛みに対する反応なし、光に対する瞳孔反応なし。唇にチアノーゼ、手足の末端に冷え。状態は非常に不安定。すみやかに手術の準備が必要」

声は幾重にも重なるガスを通ってセルヴァズに伝わっていた。女性は落ち着いているが、切迫した様子で、自分ではないほかの誰かに話しかけている。それはわかっていても、彼女の声しか聞こえないのだ。

「もう一名は架線の高圧電流による三度の熱傷。状態は安定。熱傷治療センターに連絡して場所を確保のこと。急ぎましょう！　ここじゃ何もできない」

「もう一人の警官はどこへ行った？」また別の声が、若干冷ややかな声でどなる。「銃の口径と弾薬の種類が知りたいんだ！」

空ではビートのきいた稲光が発生し、閃光が大きな縞模様を描きながらまつ毛をかき分け、目に飛び込んできた。右側には、もっとカラフルでもっとリズミカルに拍動する光があった。さまざまな音も聞こえてくる。遠くのほうでしゃべっている複数の声、響きわたるサイレン、ガチャガチャと音を立てて揺れながらポイントを越えていく列車……。

《銃も持たずにあの男を追っていくなんて、おまえはなんて馬鹿なんだ》

と、突然、あり得ないはずの声を聞き、セルヴァズは途方に暮れた。この声は父親の声だ。父親が担架に横たわる自分のそばに立ち、じっとこちらを見つめている。セルヴァズは内心でつぶやいた。なんでここに父さんがいる？　私が二十歳のときに自殺したはずだろう？　見つけたのは私だ。父さんはソクラテスのように、セネカのように自殺したんだ。原稿をしまっていた机の上で。マーラーの音楽を流しながら。あの日、大学から帰省したとき、私が見つけたんだ……。それなのに、なんでこんなところにいるんだよ？

《本当に馬鹿な真似をしたな》

父さん、父さん？　くそ、どこへ行ったんだ！

周囲はかなりざわめいていた。顔の上のマスクが邪魔でしかたがない。大きな肉球を押しつけられている気分だが、この邪魔なマスクが肺に空気を送ってくれていることもわかっていた。どうしようもなく取り乱した、また別の聞き覚えのある声がしゃべっていた。

「生きているんですか？　ねえ、生きていますか？　助かりますよね？」

ああ、そうだ、エスペランデューの声だ。なぜそんなにパニックになっているんだろう？　セルヴァズは気分がよかった。そう、恐ろしく気分がいい。エスペランデューに大丈夫だと言ってあげたかった。本当に大丈夫なのに。だがセルヴァズは、話すことも動くこともできない。

「まずは血液量の確保。始めます！」すぐそばでまた新しい声が叫ぶ。「ラインを確保して。輸液ポンプをください！」

この声もパニック寸前だった。セルヴァズは、こっちにも大丈夫だと言ってあげたかった。私は大丈夫だから……。なんなら、今までで一番調子がいいと。ところが、いきなり方向感覚がおかしくなり、自分の体の上を漂っている気分になった。空気に乗って、何もないところで浮いているのだ。自分のまわりに人が大勢いるのが見える。よく訓練された人々が、目的意識をもって、整然と動いている。もう一人の自分は下のほうで伸びていた。セルヴァズは、他人を見るようにして自分を見つめた。ああ、なんて顔色が悪いんだ。まるで死人のようじゃないか。浮いている自分はまったく痛みを感じない。いまだかつてないほど精神が安定している。下で伸びている体のまわりでは、みんなが動きまわっていた。彼らを愛していると思った。まわりにいる人すべてを。

そして、その事実をまわりの人たちに知ってほしいとも思った。どれほど彼らを愛しているかを。全員が、どれほど大切な存在であるかも――ここで初めて会った相手であっても。これまでなぜ、愛していると伝えてこなかったのだろうか？　今となってはもう遅いのに。遅すぎるのだ。できればマルゴにいてほしかった。別れた妻のアレクサンドラと、シャルレーヌにも。そして、マリアンヌ……。彼女を想うと突き刺されるような痛みが走る。どこにいるのだろう。どうなってしまったのだろう。生きているのか、死んでしまったのか。答えもわからないまま、自分は死んでしまうのだろうか？

「よし、いいか、三で動かすぞ。一、二……」

セルヴァズは救急車の天井に背中をつけるようにして、上から下を眺めていた。自分に覆いかぶさっている看護師は髪を染めているらしいが、しわだらけの顔にこの金髪はそぐわない。担架につながれたもう一人の自分は、両腕にチューブを、顔に酸素マスクを載せていた。看護師はずっと、救急救命室に患者の容態を報告している。彼は何歳くらいだろうか……。セルヴァズはまた自分自身に語りかけた。そんなことはどうだっていい、人生にはもっと大切なことがあるじゃないか。たとえば、愛する人に愛していると言うこととか……。マリアンヌはどこだ？　生きているのか、死んでしまったのか。それもすぐにわかるはずだと自分に言い聞かせる。

先ほどからたまに――まさに、今この瞬間のように――心と体が完全に分離しはじめていた。間違いなく、〝大いなる旅路〟についているのだろう。セルヴァズは思った。いい気分だ。とても気分がいい。準備はできたから、きみたちはもうその辺でやめてくれていいんだ。と、そのとき、救急車の扉が大きく開いた。

病院に到着したのだ。

第三手術室！
止血だ。
とにかく止血しろ！

カチャカチャという音。人の声。まつ毛のあいだから入ってくる光の束。そして廊下。ストレッチャーの車輪が床にこすれる音が聞こえた。扉がバタバタと鳴り、エタノール臭が鼻腔（びくう）に届く。もちろん、うっすらと目も開いている。それなのに、まわりの人間にとっては見えていないことになっているらしい。「意識レベル、昏睡度二」と誰かが叫ぶ。聞こえないことにもなっているようだ。夢を見はじめているだけかもしれないのに？　だが、〈止血（エモスターズ）〉は確かに聞きとった。こんな、聞いたことはないが明確な意味を持つ言葉を、ぽっと出せるとでも思っているのだろうか？　この問題はいずれ解明しなければならない。解明だなんて……。職業病に違いないと、セルヴァズは苦笑した。もちろん心のなかで笑ったのだが。

すでに、完全なる不明瞭と明晰な不安定が行ったり来たりを繰り返している。急に、メディカル・キャップと青い服を着たたくさんの人々が覆いかぶさってきた。視線だ。レンズから出る光線のように、すべてが自分に集中している。

「徹底的な病変評価をたのむ。赤血球、血小板、血漿（けっしょう）はどこだ？」

体が持ちあげられて、そっと別の場所に置かれた。ここでまた、霧のなかに沈み込む。

「左の前側方開胸手術を行う。器具を準備してくれ」

最後にもう一度、意識が浮上した。片方の目からもう片方の目に向けて、瞳孔の前をかすかな明かりが移動する。

「瞳孔は反応しません。痛みにも反応なしです」

「麻酔は順調か？」

また、ハイイログマの肉球のようなマスクが顔を覆い、今までで一番大きな声が聞こえた。

「よし、始めよう！」

突然、自分が長いトンネルのなかにいるのがわかった。トンネルが上に向かって伸びている。あのヒエロニムス・ボスが描いたおかしな絵――なんというタイトルだった？――にあるトンネルのように。セルヴァズはトンネルをのぼっていった。この状態はなんと言うんだったか――そう、飛んでいるんだ。端に光が見える。くそ、どこへ行こうとしている？　近づけば近づくほど光は……強烈になっていく。自分が知るどの光よりも。

ここはいったいどこだ？

実際は手術台の上にいるはずなのに――セルヴァズは光に満ちた神々しい景色のなかを歩いていた。なぜこんなことが可能なんだろう？　息がとまるほど美しい（息が、と、ま、る、だなんて、ブラック・ユーモアもいいところじゃないか！　酸素マスクのことを思い出しながらセルヴァズは心のなかでつぶやいた)。遠くに見えるのは青い山々とどこまでも清らかな空、小高い丘、そして〝光〟だ。たくさんの光が見える。実に素晴らしいブリリアントな光。自分のいる場所がようやくわかった。おそらくあちら側の、死に隣接する領域にいるのだろう。だがまったく怖くなかった。

何もかもが美しく、幻想的で輝いている。そして、私はここに受け入れられている……。

セルヴァズは高みに立ち、数々の小高い丘と、あちこちで地形の変化に合わせ蛇行している輝く小川を眺めた。五百メートルほど下方の中央に、地平線から自分のほうに向かってゆっくりと流れる大きな川があった。そちらに向かってどんどん下っていくと、川の姿がさらにはっきりしてくる。なんと超常的な川なのだろうか。記憶にあるかぎり、もっとも美しい川だった。そして、セルヴァズは突如理解した。川の正体が、連れだって歩く人間の列であることに。目の前にあるのは人類の川、その過去と現在と未来なのだ。

何十万、何百万、何十億という人間の……。

最後の距離を一気に駆けおり、この大勢の人々のなかに入ったとき、セルヴァズは確かな愛に飲み込まれ、満たされた。人々でできた巨大な川の真ん中で、喜びのあまり泣きじゃくった。これまで生きてきたなかで、ほんの一分たりとも、これほど幸せだったことはなかった。自分とも、他人とも、これまでで一番安らかにいられた。命がこれほど甘く香ったことはなく、人からこれほど愛を伝えられたこともない。それは、魂の奥底までが満たされる愛だった。

《命？　では、わかっていないのだな？　この光と愛が、死であることを……》

突然、耳障りな声が自分のなかでそう訴えた。セルヴァズは、いったいどこから来た声なのか、自問した。急に現れたこの調子外れな声は——そう、マーラーの交響曲第十番のアダージョの終わりのように力強かった。

枕元に誰かがいた。まつ毛のあいだから、視界の端に誰かがいるのが見える。一瞬、この若くて美しい、悲しみに沈んでいる女性の名前が出てこなかった。年齢は二十代の前半だろうか。それから、霧が晴れて思考がクリアになった。マルゴだ……私の娘の。いつ来たのだろう？　ケベックにいると思っていたのに。

マルゴが泣いている。ベッドのそばに座り、頬を涙で濡らして。セルヴァズは、娘がどれほど悲しんでいるのか感じることができた。そして、急に恥ずかしくなった。

ここが手術室ではなく、病室であることもわかっていた。

きっと集中治療室だろうと、セルヴァズは思った。

扉が開き、看護師を連れて白衣の男が入ってくる。男が深刻な顔でマルゴのほうを向いたとき、セルヴァズは一瞬パニックになった。父親が死んだと告げるつもりなのだ。

違う、私はまだ死んでない、その男の言うことを聞くんじゃない！

「昏睡状態です」男が言った。

マルゴが男に質問をしている。視界から外れて見えなくなったが、セルヴァズは動けない。娘が話していることのすべては聞きとれなくても、その声色に、懐かしいサインを感知する。専門用語を駆使して難解な言い回しをしてくる医師に対し、マルゴが苛立っているのだ。ついに口に出して、もっとわかりやすく説明しろ、質問に対し簡潔に答えてくれと頼んでいる。なぜなら、男はプロとしての同情心を見せつつも、傲慢で尊大な態度で答えているからだ。セルヴァズも、警官として医師と頻繁につきあってきたなかでわかっていることだった。

そうだそうだ。医者だからと言って偉そうにするんじゃない！

なんと、男は態度を変えた。トーンも変え、簡単な言葉で説明するようになった。おい、私はここにいるぞ！ セルヴァズは二人にそう叫びたかった。こっちだ、こっちを見てくれ！ きみたちは私の話をしているんだろう？ だが、セルヴァズはそれを声に出すことができない。そもそも、口のなかにおかしなものが突っ込まれていた。

「あたしの声、聞こえる？」

どこに、どれほどの時間行っていたのか、セルヴァズはよく覚えていなかった。人の光と川を見つけたことはなんとなく記憶にあるが、はっきり覚えていなかったのだ。結局、自分はまた病室にいるらしく、天井になんとなくアフリカ大陸に似た染みがあることは、ちゃんと思い出した。

「ねえ、聞こえてる？」

ああ、聞こえているとも！

「聞こえてるの、パパ？」

ああ、聞こえているよ。

「パパ、聞こえる？」

セルヴァズは娘の手を取ってサインを送ってやりたかった。まばたき、指先の震え、音、気づいてもらえるならなんでもいい。だが、自分は今、命の兆しのない石棺のような体にとらわれの身となっている。

ついさっき、どこに行っていたのかどうしても思い出せなくて、そのことが頭を離れない。あの光、あの人々、あの景色——あれは本物だったのだろうか？　実際、やけに生々しかった。マルゴが話している。マルゴが自分に話しかけている。それなら自分は聞かなくてはならない。

娘よ、おまえはなんて美しいんだ。

ベッドのかたわらでかがみ込むマルゴを見て、セルヴァズはそう思った。

セルヴァズは現状を把握するために、手がかりを集めることにした。たまに看護師を呼ぶ声や、鋭いナースコールが鳴り響くことから、集中治療室は個室のように分かれていて、自分のほかにも患者がいることがわかった。

開きっぱなしの扉の前を看護師が足早に通りすぎ、見舞い客が不快な声でしゃべっている。これらの音が、霧を通しているかのように耳に届いた。その一方で、頭がはっきりしているときは、まわりの状況が理解できた。自分は今、包帯でぐるぐる巻きにされて、チューブ、コード、電極、ポンプにつながれ、右側には音の出る機械があった。まるで蜘蛛(くも)の巣にとらわれているようなので、セルヴァズはこのシステムを〝クモマシン〟と呼ぶことにした。こんなものは、現代によみがえった魔道具か、自分を縛りつける呪いにしか見えない。呪いのなかでは、口に突っ込まれたシリコンのチューブがとにかく耐えがたかった。こんな機械があるから、自律できず、起きることもかなわず、動くことも身を守ることもできないのだ。これではまるで生ける屍(しかばね)だった。

いや、おそらく自分は……もう死んでいるのではないか？

なぜなら、夜が来て、部屋から生きている人間がいなくなると、その代わりに死んだはずの人々が姿を現すからだ。

夜になり、しんと静まり返った集中治療室に、彼らは突然現れる。今日は父親が話しかけてきた。

《フェレンツ叔父さんは覚えているか？》

フェレンツ叔父さんは母さんの弟で、詩人だった。父さんが言っていた。母さんとフェレンツ叔父さんはハンガリーで生まれたので、そのぶん、いっそうフランス語が好きだったのだと。

《おまえは死ぬんだ。死んで私たちの仲間になるんだよ。だが、それほど悪いもんじゃな

いぞ。一緒に楽しく過ごせるさ》
　父親に優しく語りかけられ、セルヴァズは彼らを見る。昼間は頭が動かないのに、夜になるとちゃんと動く。彼らは部屋のあちこちにいた。壁際に立っていたり、扉のそばにいたり、椅子やベッドに座っていたりする。みんなセルヴァズの知った顔だった。美人で胸が大きいセザリナ叔母さん。セルヴァズは十五歳のとき、叔母さんに恋をした。
《おいで》
　今度はフェレンツ叔父さんが話しかけてくる。
　十二歳のとき白血病で死んだ、いとこのマティアスもいる。マダム・ガルソンは中学のときの国語の先生で、授業中にクラスでセルヴァズの作文を読んでくれた。それから、馬を愛し、雪崩(なだれ)で死んだ億万長者のエリック・ロンバール。あっちは、バスタブのなかで手首を切って自殺した元宇宙飛行士のミラ――自殺した夜、誰かが彼女のそばにいたはずだが、セルヴァズは追及を断念したのだ。そして、もちろんマーラーがいた。偉大なるマーラー。疲れた顔をした天才作曲家。鼻眼鏡をかけ、おかしな帽子をかぶっているマーラーが、呪いの数字〈9〉について語っている。
《ベートーヴェン、ブルックナー、シューベルト……全員が、交響曲第九番を作曲したのちにこの世を去っている。だから私は、第八番の次は『大地の歌』をつくった。神の定めた策に抗おうとしたのだ。なんたる思いあがりだったことか。だが私は……》
　死者が現れるたびに、同じ愛に包まれた。セルヴァズは、今までこうした形の愛があるとは考えてもみなかった。その一方で、今はもうその愛を疑いはじめている。彼らの望みはわかっていた。一緒に旅立ってほしいのだろう。だが、セルヴァズはまだ準備ができていなかった。まだその時ではないのだ。それを理解してもらおうとしても、死者は話を聞いてくれず、ただ微笑み、痛々しいほどの柔らかさで自分を包んでくる。確かに、彼らがいる場所では草が青々とよく繁り、空は真っ青で、光は何倍もまぶしかった——そうだとしても、ベッドの横にいるマルゴを見てしまったら、どうしたってこちらにいるべきだと思う。

ある朝、病室におかしな服を着た女性が現れた。

覆いかぶさるようにのぞき込まれた瞬間、ドクロとフードをかぶった顔が見えた。顔が引っ込んだあと、セルヴァズは記憶をたぐり、この独特な顔の持ち主を探した。なぜそう感じたかは、細かいディテールの積み重ねなので説明が難しい。目が飛びでていて、鼻が低すぎるかと思えば、口は異様に大きく、とにかく全体のバランスが悪いのだ。こんな顔をしているのは……サミラ・チュン。そう、優秀な刑事で、ヴァンサンと同じく自分の捜査チームの一員だ。

「ちょっと、ボス。なんて顔してるのよ……」

セルヴァズは笑いたかった。実際は、心のなかで笑っている。これは本物のサミラだ。どれほどおかしいと指摘しても、上司である自分をかたくなに〝ボス〟と呼ぶ。サミラはベッドを一周したあと視界から消えて、ブラインドを開けていた。おかげで全身が見えたので、サミラの〝最高の尻〟が健在であることが確認できた。

これこそがサミラの矛盾だった――完璧な体と、これまでお目にかかったことがないほど独特な顔。これは性差別になるだろうか？　可能性はあるが、サミラのほうも、一緒に寝た男の解剖学的特徴について、いつも忌憚のない意見を言っている。


「……看護師はどんな感じですか？　脱ぐと裸っていう白衣のドリーム、ボスはどう……明日また来ますよ……約束……」


それからまた昼と夜が過ぎていった。体調には波があった。いい朝があれば、悪い夜もある。どれほどの昼とどれほどの夜が過ぎていったのか、セルヴァズにはわからなかった。なぜなら――ここでは時間が存在しないからだ。基準になるのは看護師だった。交代で枕元にやってくる彼女たちだけが、セルヴァズのリズムとなってくれる。

看護師たちに無限の力があることを、セルヴァズは完全に理解していた。彼女たちは全能であり、至高の存在であって――おしなべて有能であり、献身的であり、働きすぎであるとしても――その仕草、声のトーン、言葉で、ある事実を自分にわからせようとしていた。

「あなたは重体だから、わたしたちに頼るしかないのよ」と。

朝が来て、また見舞い客が現れる。ベッドのそばに輪郭のぼやけた顔が二つ見えた。マルゴと、もう一つは……アレクサンドラだ。マルゴの母であり、別れた妻であるアレクサンドラが、場所を移動した。目が赤くなっているが、悲しんでいるのだろうか？ 彼女とは離婚したあとも、意見の相違でもめていたものだが、そのうちに、部分的であっても、同意できるようになっていた。もちろんそれは共通の思い出があったからだろう。マルゴの成長とともに三人は一つのチームになり、素晴らしい日々を過ごしていた時代もあったのだ。あの頃に比べ、アレクサンドラはかなり太った。セルヴァズは底意地悪く、女のほうが見苦しく老けるものだと、胸の内でつぶやいた。自分でも今回は、ちゃんと笑っている（もちろん内心の笑いだ）と気づいている。くそ、こんな笑いのために高い金を払ったものだ！

「……言ってるんですよ、何も聞こえてないって」エスペランデューが椅子に座ったまま話している。

部屋には自分とエスペランデューの二人きりだった。扉はいつものように開きっぱなしになっている。

エスペランデューが立ちあがった。そばに来て、耳にヘッドホンをかけてくれる。

おお、ありがたい！ セルヴァズは感激した。この音楽！ もっとも美しいこのテーマ！ このざわめき、この血、そしてこの愛の言葉。

マーラー、私のマーラー。なぜ誰も、もっと早くこれに気づいてくれなかったのだろう？　セルヴァズは、涙があふれ、頬に流れていくのを感じた。ところが、どんな些細な動きも、どんな感情の変化も見逃すものかと、こちらを凝視する顔に、失望のみが浮かび、やがてエスペランデューはヘッドホンを外して椅子に戻った。

ヘッドホンを返せ！　私は涙を流したじゃないか！

だが、セルヴァズは理解した。叫んでいるのは自分の脳だったのだと。

別の日の夜。この日はまた父親が来ていた。椅子に座り、大きな声で『宝島』を読んでいる。子どもの頃はよくこうして本を読んでもらったものだった。セルヴァズは父親の朗読を聞きながら、本の内容を思い出していた。

《この話は気に入ったか？　おまえが普段読んでいるものとはひと味違うだろ？》

〝おまえが普段読んでいるもの〟とは、このあいだ買ったSF小説のことを言っているのだろう。あるいは、最近の読書傾向についてか。セルヴァズは話の流れでまた別の物語を思い出した。これもなかなかの作品で、読んでいたのは十二、三歳の頃だった。

ハーバート・ウェスト医師と私のなかで、恐怖と嫌悪感が耐えがたいほど激しくなった。今夜、私はそれを思い出して、今朝以上に震えあがっている。今朝、ウェスト医師はこんな言葉をささやいていた。

「おやおや、こいつは完全には新鮮じゃなかったんだな」

なぜ、今、ラヴクラフトの『死体蘇生者ハーバート・ウェスト』を思い出したのだろう？　それは、ほかでもない今夜、ここに老婆がいるからだ。病室の暗がりに彼女の存在を感じ、セルヴァズは震えおののいている。線路脇のパラダイス通りに面した不気味な家で見つけた老婆が、次々と祟る相手を替える恐怖映画のように、自分を追ってここまでやってきたのだ。老婆はきっとこう言っている。

「おやおや、こいつはまだ完全には準備ができていないようだね」

6　覚醒

セルヴァズは目を開けた。

そして、まばたきをした。

このまばたきは……想像上の動きではない。今回は本当にまぶたが動いた。そばにいる看護師は背を向けている。彼女が看護報告書を読んでいるあいだ、セルヴァズは白衣の肩と腰のあたりがはち切れそうになっているのを確認した。

「これから採血しますからね」こちらを振り向くことなく看護師が話している――もちろん返事も期待していない。

「う……うぅ」

今度は看護師が振り返り、まじまじとこちらを見つめている。セルヴァズはまた、まばたきをした。彼女が眉をひそめ、セルヴァズはもう一度まばたきをする。

「なんてこと！　わたしの声が聞こえていますか？」

「うぅ……う」

「なんてこと、なんてことなの！」

看護師は大あわてで部屋を出ていき、数秒後、若いインターンを連れて戻ってきた。このインターンは初めて見る顔だとセルヴァズは思った。金属フレームの眼鏡をかけて、顎に無精ひげを生やしている。ベッドのそばにきて、至近距離から顔をのぞき込まれるので、視界がインターンだけになってしまった。呼気からコーヒーと煙草の臭いがした。

「聞こえますか？」

うなずいたせいで、頸椎（けいつい）に痛みを感じた。

「ううう」

「私は医師のカヴァリです」インターンが左手を持って言う。「私の言葉が理解できたら、手を握り返してください」

弱々しく手を握り返す。それしかできなかったのに笑顔が見えた。医師が看護師と視線を交わす。

「急いでコショワ先生に知らせるんだ」

またこちらを向き、ペンを見せて、左右にゆっくり行ったり来たりさせた。

「ペンの動きを目で追えますか？　体は動かさないで、目だけで追ってください」

言われたとおり、目を動かす。

「素晴らしい！　これからチューブを抜いて、水を持ってきましょう。いいですか、体は動かさないでください。すぐに戻ってきます。わかったら手を握って」

セルヴァズは手を握った。

また目を覚まし、目を開ける。近くにマルゴの顔があった。娘の目には涙がたまっていたが、それが喜びの涙であることはわかっていた。

「パパ、目を覚ましたの？　あたしの声が聞こえる？」

「もちろんだ」

セルヴァズはマルゴの手を取った。冷たくてしっとりした自分の手に比べると、温かくて乾いている。

「パパ、本当によかった」

「私もだ。私……」喉の奥が引っかかり、紙ヤスリでこすったかと思うほどの痛みがあった。「わた、し、は……嬉しい、おまえがいて……」

どうにか一回で言い終えると、セルヴァズは枕元に置かれた水の入ったコップのほうに手を伸ばした。マルゴがそれを取って、乾ききった唇にあててくれる。セルヴァズは娘を見て言った。

「だ……だいぶ前から、来ていたのか？」

「病室？　それともトゥールーズ？　何日か前だよ」

「ケベックの仕事はどうした？」

マルゴはケベックに移ってから数年のうちに複数の仕事を勝ちとり、最終的にはカナダの出版社に落ち着いた。そこで海外ニュースの担当者として働いている。セルヴァズは二度会いにいったが、飛行機の旅は二度とも試練でしかなかった。

「無給休暇を取ったの。心配しなくていいよ。ちゃんと調整できてるから。パパ、素晴らしいね。目を覚ましてくれたなんて……」

素晴らしい。若いインターンも同じことを言っていた。私の人生は素晴らしい、この映画は素晴らしい、この本はとにかく素晴らしい、すべてが素晴らしい、どこもかしこも、いつだって素晴らしいのだ！

「おまえを愛している。素晴らしいのはおまえのほうだ」

なぜこんなことを口に出したのだ？　セルヴァズは驚いて娘を見つめ、顔を赤らめた。

「あたしも愛している……。ねえ、覚えてる？　雪崩に巻き込まれたあと、パパが担ぎ込まれた病院で、あたしがなんて言ったか」

「いや、覚えてないな」

「『あたしにもうこんな心配させないでよ』」

あれは、二〇〇八年の冬のあいだに起こった事件だった。スノーモービルに乗って犯人を追跡するさなか、雪崩に巻き込まれたのだ。あのときも、目覚めたとき、枕元にマルゴがいた。セルヴァズは、詫びの気持ちを込めて娘に微笑んだ。

「ボス！　お願いですから、びびらせないでください」

セルヴァズが枕に寄りかかり、新聞を読みながら、まずいコーヒーとトーストと苺ジャム（と最後に薬）の朝食をとっていたところに、サミラが疾風のように飛び込んできて、続いてエスペランデューも現れた。セルヴァズは紙面から目をあげた。

読んでいたのはトゥールーズに関する記事で、同市は毎年一万九千人の人口増加があり、この調子でいくと十年以内にリヨンを抜くこと、現在は学生が九万五千七百八十九人、研究者が一万二千人いること、ヨーロッパの四十三都市と直行便でつながっていること、パリには毎日三十便以上が飛んでいることが述べられていた。記事は最後にトゥールーズ警察にも触れていた。

二〇〇五年から二〇一一年のあいだ、トゥールーズ警察もほかと同様に、予算削減を理由にした人員の減少がとまらなかった。残念なことに、いまだにこの深刻な人員不足の補塡がなされていない。また、同様の理由で二〇一四年に、一部の警官が技術訓練を受けられない事態に陥った。ところが二〇一五年十一月十三日にパリで起こった同時多発テロ事件によって、情勢は転換を迫られた。この事件をきっかけに、警察と司法に優先権が戻り、手続きの簡略化と、夜間の家宅捜索が認められることになったのである。これについて、セルヴァズは常々、午前六時前に危険人物を逮捕できないという決まりは、戦時中に片方の陣営だけが勝手に夜間の休戦協定を申し出るくらい馬鹿げたことだと思っていたので、大賛成だった。一方で、市民の自由の制限についてと、この措置を延長することの是非についての議論もすぐに活発化した。こちらについても、民主主義においては健全で正常な動きであると、セルヴァズは考えていた。

二人の顔を見て、セルヴァズはがさがさと音を立てながら新聞をたたんだ。サミラはファスナーとバックルだらけの黒い服を完璧に着こなし、檻のなかのライオンのようにベッドをぐるぐると回っている。エスペランデューは、ジーンズにボーダーのトップスと灰色のウールのジャケットをはおっていた。いつものように、二人そろってまったく警官らしさがない。エスペランデューが携帯電話を出して、カメラのレンズを向けてきた。

「しゃ、し、ん、は、だ、め、だ」セルヴァズはそう言いながら、目の前の錠剤を見つめた。鎮痛剤が二種類と抗炎症剤。小さな丸薬がもっとも手強いのは世の常らしい。

「記念の一枚でもだめですか？」

「うむ……」

「ボス、いつ退院できるんですか？」サミラが尋ねる。

「ボスはやめてくれ。馬鹿みたいだから」

「わかりました」

「退院の時期はわからん。検査の結果次第だろう」

「退院したら自宅療養？」

「それも検査の結果次第だ」

「復帰してくれないと困るんですよ、ボス」

セルヴァズはため息をつき、それから笑顔になった。

「サミラ」

「はい」

「私がいなくてもきみたちならうまくやれる」

そう言って、また新聞を読みはじめる。

「まあ……そうかもしませんが……でも」

サミラはその場でくるりと回った。

「コーラを買ってきます」

高さ十五センチのヒールの音が廊下を遠ざかっていく。

「サミラは病院が苦手なんですよ」エスペランデューがフォローするように言った。

「具合はどうですか？」

「いいよ」

「なるほど……それで、本当のところは？」

「準備はできている」

「仕事のことですか？」

「ほかに何があるんだ」

エスペランデューがため息をついた。前髪を垂らして口をとがらせていると、まるで学生のようだ。

「数日前まで昏睡状態だったんですよ？　準備なんてできているわけがないでしょう？　まだベッドで寝たきりなのに！　いいですか、あなたは心臓の手術を受けたんですから

――」

扉を軽くノックする音が聞こえ、そちらに顔を向けたとたん、セルヴァズは胃に穴が開いたような気分になった。

シャルレーヌだ。エスペランデューの美しすぎる妻が戸口に立っていた。紅葉のように色づいた赤毛の髪が、茶色い毛皮のコートの白い襟の上で、豊かに波打っている。乳白色の肌と緑色の大きな目を見れば、誰もが天にも昇る気分になるだろう。

シャルレーヌの顔が近づいてきたとき、セルヴァズは、彼女と会うたびに感じる荒々しい欲望を覚えた。

そのことにシャルレーヌが気づいていると、セルヴァズ自身もわかっていた。シャルレーヌは気づいている。自分のせいでセルヴァズが暴力的な欲望を覚えてしまうことを。そして、すべての男が同じ思いに駆られることも。シャルレーヌは長い爪で突き刺すようにセルヴァズの頰をなで、微笑んだ。

「よかったわ、マルタン」

よかった――たったひと言にもかかわらず、セルヴァズはそれが彼女の嘘偽りのない心情だとわかった。

それからの数日で、捜査班の全メンバーはもとより、犯罪捜査部、麻薬捜査局、組織犯罪対策部、鑑識の面々までが見舞いにやってきた。セルヴァズは、自分が疫病神から〝奇跡の人〟に変わってしまったことを知った。弾を食らったのに、しぶとく生き残ったからしい。トゥールーズ署の警官はみんな、巡礼のつもりでやってきて、死の淵から復活した同僚の顔をおがみ、教えを乞う。なんとしてでもこの幸運にあやかりたいのだ。

ある日の午後遅く、今度は署長のステーランが病室に顔を見せた。

「いやはや、マルタン。心臓に弾を食らって生きているとはな。奇跡としか言いようがないじゃないか」

セルヴァズは静かに語りだした。

「心臓に傷を負った場合は、六十パーセント以上がその場で死にますが、生きた状態で病院に到着すると、八十パーセントが助かります。ただ、心臓の場合は、銃創のほうが、刃物で刺された場合より致死率が四倍高いというのは確かなようですね。弾が貫通した場所は、頻度の高いものから順に右心室、左心室、心房……。貫通しても、弾が軽いと不安定になり、貫通したあとで方向転換する傾向があります。また、鉛の露出したソフトポイント弾は、衝突時に弾丸の直径が大きくなり、空洞現象が起こる率が高まります。最後、本来は狩猟を目的とするバックショット弾は、距離によって銃創が変わって、三メートル以下で撃たれた場合はパンチで開けたような傷になり、十メートル以上では榴散弾(りゅうさんだん)による傷に近くなります」

ステーランがあっけにとられた顔で自分を見つめ、それから表情をゆるめた。セルヴァズは、万事をとことんまで突きつめるいつもの手法で、医師を質問攻めにしていたのだ。

「ところで、ジャンサンは死んだんですか？」

「助かったぞ」ステーランは灰色の上着を椅子の背にかけながら答えた。「熱傷治療センターに搬送されたよ。今は専門施設でリハビリを受けているはずだ」

「本当ですか？　では逮捕されていないんですね？」

「マルタン、三人の女性に対するレイプと殺害の件だが、やつはシロだった」

セルヴァズは窓の外を眺めた。病院の建物の上にふてぶてしく雲が居座っている。

「あいつは人を殺しています」

「犯人は逮捕されて、自供した。決定的な証拠もある。ジャンサンは無実だ」

「無実なわけがないんです」グラスに溶かした苦味のある抗炎症剤を飲み込んで、また口を開く。「ジャンサンは別の人間を殺しているんです」

「なんだって？」

「モントーバン近くで女性が殺害された事件、犯人はあいつです」

ステーランが眉をひそめた。これまでの実績から、自分の意見は無視できないとわかったのだ。

「なぜそう考える？」

「ジャンサンの家に猫がたくさんいましたが、どうなりましたか？　それと母親は？」

「母親は入院した。猫は保護団体が引き取った」

「すぐ保護団体に連絡して、片耳しかない若い白猫がいるか訊いてください。あるいはその猫をどこかに譲渡したか。それから、事件があった日のジャンサンの行動を確認するんです。やつの携帯電話があのエリアの基地局に来ていたかどうかも」

セルヴァズは、ジャンサンの家のサイドボードの下で子猫を見つけたことと、それがやつの猫ではないと本人に告げた——小声だったのでエスペランデューには聞こえなかったのだろう——瞬間に、ジャンサンが逃げたことを説明した。

「若い白猫か」ステーランは納得しきれないことを隠そうともせずに言った。

「ええ、そうです」

「ちくしょう、猫か……。マルタン、おまえ、本当に見たのか？　つまりだ、やつの家に猫がいたぐらいじゃ逮捕はできんだろ？」

「できるでしょう？」

「判事が信じるもんか」

「身柄を拘束できませんか？」

「罪状はどうするんだ！　やつにはうるさい弁護士がついているぞ」

「どういうことですか？」

いつも広々とした署長室でやっているように、ステーランが部屋のなかを行ったり来たりしだしたが、病室が狭すぎて、すぐ壁にぶつかっていた。

「やついわく、おまえが銃で脅して、やつを無理やり列車の屋根にのぼらせたのだそうだ。感電するかもしれないとわかったうえで、そうしたんだと言っている」

「感電というよりは、電力供給でしょうね」セルヴァズは訂正を入れた。「ジャンサンはそこから無事生還したわけですか」

セルヴァズは胸に手を置いた。傷を縫合した糸が引き攣れた気がしたのだ。ペンチかノコギリで胸骨を切られたので、骨が完全につながるには数週間かかる。もちろんそのあいだは、腕に負担をかけることも、ものを持ちあげることもしてはならない。

「言葉はどっちでもかまわん。ジャンサンの弁護士によると、〈犯罪の意図〉と〈犯罪の完了を直接の目的とした行為からなる犯罪の開始〉が存在するそうだ」

「なんの犯罪ですか?」

「殺人未遂だ」

「は?」

「おまえがジャンサンを感電死させようとしたらしい。おまえは門扉の標識に気づいていながら、雨のなか、銃を振りかざして列車の屋根にあがれと脅したんだそうだ……」

ステーランはさかんに手を動かしながら説明を続けた。

「いや、ちゃんとわかっている、つじつまがあわないし、おまえは銃すら持っていなかったんだ。だがやつはそうだと言い張って、脅しをかけるつもりでいる。そういう状況だから、火に油を注ぐわけにはいかない」

「ジャンサンは人を殺しています」

「証拠はあるのか？　猫以外の」

7　セファール

「今の時代、臨死体験について語っても、誰かに批判されることはなくなった。その一方で、死後の生についてはまだタブー視されている。きみもそうだが、死の淵を経験したとはいえ、もちろん死んだわけではない。こうやってちゃんと生きているんだから」

グザヴィエ博士はそこまで言うと、温かい微笑みを浮かべた。白髪まじりのひげに囲まれた唇が「だからみんなで楽しもう」と語りかけるようだった。

セルヴァズは二〇〇八年の冬に起きた事件を思い出していた。あの事件は、精神的にも肉体的にも自分を変えてしまったわけだが、まさにあのさなかに、ヴァルニエ精神医療研究所の所長だったグザヴィエ博士と出会ったのだ。博士は背が低く、髪を染めて、派手な赤縁の眼鏡をかけ、偉そうで気取っているように思えた。

「臨死体験はすべて、脳の機能障害と〈意識と相関する神経活動〉という言葉で説明できる」

意識と相関……。なにやら幻惑的な言葉だが、博士の権威を知らしめる表現としては悪くなかった。このやり方はモリエールの時代から変わっていないのだろう。グザヴィエのこうしたところは初対面の頃と同じでも、実際のところは、あの頃と比べると別人と言ってよかった。

まず、額と目尻に、艶のない金属片のようなしわができた。それから、あいかわらず難解な言い回しが好きだが、今はもったいぶらずもっと無邪気に口に出している。そして何より、二人は友情と言っていい関係を結んでいた。

当時、ヴァルニエ研究所は、ピレネー地方サン＝マルタン・ド・コマンジュの山奥にあった。その研究所が火事で焼けたあと、グザヴィエはそこからわずか数キロしか離れていない今の場所に、自身のクリニックを開いたのだ。セルヴァズは年に二、三度グザヴィエを訪ね、一緒に山道を歩いた。互いに話す内容には気をつけても、過去は午後四時を過ぎると町にかかる山の影のように、そっと会話の端々にしのびよった。

「きみは昏睡状態にあっただろう？　きみの言う〈幽体離脱〉は、ローザンヌ大学の神経科学の研究者たちが、手術前に脳のさまざまな領域を刺激することで、健康な人にも誘発させることに成功しているんだ。例の〈トンネル〉もそうだ。あれは脳の灌流（かんりゅう）が不足することが原因だと言われている。それにより、大脳皮質の視覚野の活動が亢進（こうしん）するのだよ。そうすると、正面からの強烈な光が生まれ、結果として周辺視力が喪失し、トンネルが見えたと思ってしまう」

「では、あれほど心が満たされ、無条件に愛を感じていたのはなぜだ？」セルヴァズは、グザヴィエならこれも説明してくれるはずだと信じていた。

と同時に、内心で自分を罵っていた。くそ、おまえの合理性はどこへ行ったんだ？　おまえは不可知論者だろう？　宇宙人もテレパシーも信じたことはなかったじゃないか！

「ホルモンのせいだろう」グザヴィエは答えた。「エンドルフィンが分泌されたんだな。一九九〇年代にドイツの研究者が失神について研究した結果、意識を失った多くの患者が満足感を覚え、過去のシーンを回想し、上から自分の体を見ていたと証言している」

セルヴァズはカウンセリングルームを眺めた。エレガントな家具と照明が、計算されたうえで配置されている。窓の向こうには石畳と美容院が見えた。クリニックは、グザヴィエが市街地に購入したタウンハウスの一階部分が使われていて、繁盛しているようだった。国家警察に所属する百六十二人の精神科医がもらっている給与とは、比べものにならないだろう。あちらは一九八二年から二〇一一年まで手つかずだった公務員俸給表に、ようやく最低限の見直しがされた程度なのだから。

グザヴィエのもとに通うと決めたのは、セルヴァズ自身だった。我ながら、変われば変わるものだとセルヴァズは思った。マリアンヌの死に打ちひしがれて、数カ月間うつ病の療養施設に入っていたときは、精神科医を疫病神のように避けていたのだが……。

「私が見た死者たちはどうなんだ？　川と見間違うほど大勢いたぞ？」

「まず、薬の副作用という可能性もある。手術中だけでなく、集中治療室で服用していた分も考慮したほうがいいだろう。夢という可能性もあるね。人は夢で信じられないものを見る。空を飛ぶ、崖から落ちても死なない、ある場所から違う場所に移動する、死んだはずの人や知り合いでないはずの人に会う」

「あれは夢じゃなかった」

グザヴィエは聞かなかったかのように話を続けた。

「夢のなかの自分がいつもより輝いているとか、知的だと感じたことはないかい？　普段よりものを知っているとか、通常なら理解できないことが理解できるとか、いつもより強くて頭の回転が速いとか。あるいは、目覚めたときに、夢の内容を如実に覚えているとか、夢の力に驚き、むしろ夢のほうがリアルだと感じたとか……」

もちろんそうだと、セルヴァズは内心でうなずいた。誰でもそうじゃないだろうか。小説を書いていた学生時代、夜になると、これまで書いたことのないほど完璧な文章を、驚くほど簡単に書いている夢を見たものだった。目覚めたとき、夢で見た単語や美しい文章はほんの一瞬だけ残っていた。ただし、時間がたつとどうやっても思い出すことができず、自分に腹を立てるしかなかった。

「それでは」セルヴァズはまた質問した。「骨の髄から合理主義で無神論者だったのに、そうした経験をすることで、信条を変える人についてはどう思う？」

グザヴィエは膝の上でほっそりした手を交差させ、答えた。

「その人々は、本当に無神論者だったのだろうか？　私が知るかぎり、そうした人々に対して、臨死体験以前の生活をさかのぼり、宗教観や哲学に対する主義主張を科学的に調べたことはなかったと思うね。それに、臨死体験者のほぼすべての人にこうした変化が観察される以上、変化そのものに疑問の余地はないんだ。ただし、虚言癖がある人間や、エキセントリックな人間はのぞかせてもらおう。世のなかにはいるからね、警察に電話をしてやってもいない罪を告白する人や、この機会に金をとって講演会を開く人が。一方で、まともな著名人による真摯（しんし）な発言もある。彼らが昏睡状態や臨死体験を経験したのちの〝根本的な人格の変化〟や〝価値観の変化〟は疑うべきではない」

いかにもかつての自分が言いそうなことだとセルヴァズは思った。かつての自分なら、確実に同じことを言っていただろう。いったい何が起こったんだ？

「だから、彼らの証言には耳を傾けるべきなんだよ」グザヴィエは飼い猫をかまうように優しい口調で続けた。「彼らを突き放してはならない。マルタン、きみもそうだ。きみの経験が説明できるかより、それによって、きみがどう変わったかが重要なんだ」

窓から差し込む淡い秋の太陽光が、中国製の花瓶に生けられた花を照らした。セルヴァズはその光景に心を奪われ、あまりの美しさに突然泣きたくなった。窓の向こうを人々が通りすぎていく。帽子をかぶり、肩にスキーを担ぎ、スノーブーツを履いて。

「きみは生き返り、すべてが変わってしまった。大変な時期だと思う。なぜなら、きみが戻ってきた世界には、あちらで見たものも、発見したものもないからだ。きみは新たな道を模索しなければならない。このことについて、親しい人と話してみたかい？」

「まだだ」

「話ができそうな相手は？」

「娘がいる」

「では話してみることだ。必要ならここに来させるといい」

「私だけがこんな経験をしたわけじゃないだろ？　特別というわけではない」

「今はきみの話をしているんだぞ。きみがここにいるということは、きみにとって大事な問題だからだ」

セルヴァズは座ったままだった。

「きみのなかで急激な変化が起こったんだ。圧倒的な経験をへたことで、性格も大きく変わるだろう。頼んでもいないのに、知識が勝手に転がり込んできたようなものだ。しかも、そのせいでなんらかの変化は避けられない。だが、私がきみの助けになろう。この先どうなるかの見当はついている。きみのような患者を診たことがあるからね。きみは前よりもっと生きていることを実感し、精神がクリアになり、まわりに気を配るようになるだろう。一方で、前と同じ生き方に戻っても、それが意味のないものに思えてくるはずだ。物質的なものは価値を失い、人に愛していると告げたくなるが、相手の理解は得られない。きみに起こったことを理解できるはずがないからね。この先は、多幸感や生きる希望を抱きながらも、自分がもろくなったことを実感するはずだ。うつ状態になることも考えられる」

グザヴィエが、エルメネジルド・ゼニアのネクタイに手をやり、結び目を締めなおした。それから、前に掛けてあった上着を取ってはおり、ボタンをとめながら立ちあがった。グザヴィエにもろさや多幸感は見られず、もちろんうつ状態でもない。

「今のところは問題ないよ。とても元気そうだ。私も目を光らせているからね。そうだ、担当医は休養をすすめてくれたかい？」

「むしろ仕事に復帰したいんだ」

「こんなに早く？　きみは生活を変えるんじゃなかったのか？」

「誰もが使命をもって生まれてきたんだよ。私の使命は悪者を捕まえることだ」セルヴァズは笑って返事をした。

「使命だと？　本気で言っているのか？」

セルヴァズは、〝ほら騙された〟とでも言いたげな笑顔を見せた。

「死を免れた者は、そんなふうに言うべきなんだろう？　大丈夫だよ、博士。今もＵＦＯは信じていない」

グザヴィエは弱々しく笑ったが、大事なことを思い出したかのように、いきなり眼光鋭く尋ねてきた。

「アルジェリアのサハラ砂漠にある〈タッシリ・ナジェール〉は知っているかい？」

「場所の名前はたしかセファールだったか」セルヴァズは答えた。

「ああ、セファールだ。私は三十年以上前に、そこを訪れたんだ。二十二歳だったかな。世界に一つきりの素晴らしい場所だった。一万五千ほどの岩絵があってね。砂漠の偉大な書物として、新石器時代の戦争や文明を、ああやって、この先の数千年も語りつづけていくんだろう。高さ三メートルの『火星人』や、『白い巨人』もあったか……。不思議なことに、あのとき自分で見たものが、まだうまく表現できないんだ。医者の私でも、難しいものなんだよ」

夕方の五時。クリニックを出ると、外はもう暗くなっていた。セルヴァズにとって、サン＝マルタンはかつて恐怖でしかなかった。それも今はもう過去の話になった。この町で起こった事件を思い出すと、心臓はまだ激しく脈打つけれど……。

今夜は何も起こらず、町は落ち着きはらっていた。若干古びているが、温泉保養地としての魅力を取り戻したように思え、ホテル、並木道、公園には、過去の名声が感じられた。近隣の山々にはスキーリゾートもある。セルヴァズは、先ほどまでのグザヴィエの言葉を振り返っていた。すべてに納得できたわけではないにしろ、現実に戻る助けになってくれたのは確かだった。

とめておいた車に向かう。最近になってようやく、近距離の運転が許されたのだ。セルヴァズは勝手に、往復四時間の運転も近距離の範疇(はんちゅう)だと決めつけた。

車が切り立った崖に囲まれた谷を離れ、二十キロ下流のもっと広い谷を越え、だんだんと低くなる山々とともにモンレジョとトゥールーズのあいだに広がる平原に来たところで、セルヴァズはあたりの素晴らしい景色に感嘆した。青みがかった夜に沈む山々と、その慈愛に満ちた存在感。ただ遠くから見るだけの、はかなげな小さな明かりが灯(とも)る〝世界の果て〟にあるような村々。まだ厩舎(きゅうしゃ)に戻されていないのか、薄暗がりのなかを馬が動いていた。ただのサービスエリアですら、窓越しに輝くファストフード店のカウンターの明かりに心が躍った。

一時間半後、セルヴァズはアンブシュール港そばで高速を降り、トゥールーズに入った。しばらくブリエンヌ運河沿いを走ってから、バラ色のレンガでできた建物のあいだを抜けて、ヴィクトル・ユゴー広場のショッピングセンターの上にあるパーキング階にボルボをとめた。それから、自宅がある建物の暗証番号を押しているときに、ふと、現実の世界のほうが、夢のように思えてしまった。実は、病室に置いてきた世界のほうが、現実なのではないかと。

集中治療室、まさか、あっちのほうが現実なんだろうか……。

もちろん、昏睡状態だったときに見たものが、体内に取り込まれた化学物質や、機能不全に陥り暴走状態にあった脳のせいであることはわかっていた。では、なぜこうした喪失感を抱くのだろうか？　あちらで感じた多幸感が懐かしくてしかたないのはなぜなんだろう？　セルヴァズは意識を取り戻したあと、この問題に関する本を何冊か読んでみた。グザヴィエが言うように、体験後の証言が事実を語ったものなのかを問うことは難しい。かといって、自分が見たものは幻影だったと認める準備はできていないのだ。セルヴァズはそのくらい、度が過ぎた合理主義者だった。それにしても、あの幸せそうな人の流れ、あれこそは——不合理そのものではないか。

階段をあがって自宅に入ると、明るい色のズボンをはき、茶色のウールのカーディガンを着たマルゴに出迎えられた。マルゴの視線には、病人に対する鷹揚な優越感が垣間見られ、セルヴァズは、自分だって健康だと言いたくなるところを我慢した。

食卓にろうそくが飾られ、キッチンからスパイスの香りが漂っている。もちろん、ステレオから流れてくる音楽にも気づいていた——マーラーだ。娘の気遣いに、思わず涙がこみあげる。セルヴァズは隠そうとしたが、娘に気づかれないわけがなかった。

「どうしたのよ、パパ？」

「何でもないよ。いい匂いだな」

「タンドリーチキンをつくったの。言っておくけど、コルドン・ブルーで修業したわけじゃないからね」

この瞬間にもまた心情を打ち明けたくなりながら、セルヴァズはそれをぐっとこらえた。どれほどおまえが大切なのか、関係がうまく築けなかったことをどれほど申しわけなく感じているか。いいや、焦ってはだめだ。セルヴァズはそう思いなおした。

「マルゴ、おまえに謝りたくて——」

「やめて。必要ないから。ちゃんとわかってるよ」

「いや、おまえはわかってない」

「あたしが何をわかってないの？」

「私が向こうで見てきたことだ」

「え、わかんない。どこの話？」

「向こうだ。昏睡状態だったときに……」

「何を話そうとしてるの？」

「向こうで……昏睡状態だったときに見たものについて話そうと思っている」

「あたしは知らなくていいよ」

「聞きたくないか？」

「うん」

「どうしてだ？　あのときどうだったか、興味はないか？」

「そういう意味じゃないけど……ただ、知りたくないんだ。あの手の話はなんか落ち着かなくて」

その瞬間、セルヴァズは一人になりたくなった。マルゴは無給の休みを取ったので、必要なだけいられると言っていたが、それはどういう意味で、いつまでいるつもりなのだろう？　二週間、一カ月、もっと？　セルヴァズは、退院後に自分の許可もなく部屋が掃除されていたのを見て腹が立った。キッチンもリビングもバスルームも綺麗になっていたが、それにもやはり腹が立った。すぐに考えなおしたのだが……。掃除に限らず、セルヴァズの心は一事が万事、この調子だった。キスして抱きしめ、語りあかしたくなったかと思えば、一人きりで孤独に閉じこもってしまいたくなる。今はまた、光の光景とすべての人間に対する無条件の愛情を思い出し、胸が締めつけられていた。

　夕食後、セルヴァズは手のくぼみに載せた、大小さまざまな薬を見つめた。これらを飲むようになってから、吐き気や下痢、冷や汗が続いている。もちろん、昏睡状態が関係している可能性もあるだろう。薬の件は、いずれ報告するべきだとわかっていたが、本当は医者も病院も、もううんざりだった。あれから二カ月以上も心臓外科医、精神科医、栄養士、理学療法士のところに通いつづけ、看護師には週に二回も会っている。心臓移植やバイパス手術を受けたわけではないので、拒絶反応や心臓の血管に起こりうるリスクを心配する必要はない。肉体や呼吸器のリハビリは順調であり、二回目のストレステストでは、十分な改善が見られた。

　洗面台で手を広げ、蛇口を開ける。薬は冷たい水に流され、排水口に消えていった。こんなものはもう必要ない。昏睡状態を脱し、向こう岸に渡らずにすんだのだ。高級ワインで乾杯するつもりはないにせよ、日常に戻るための手段は目一杯確保しておきたかった。痛々しい傷痕以外、違和感はなく、ほかの誰かに起こったことのように感じていた。

　眠くなかった。数時間後に警察署に戻れば、野次馬が押し寄せてくるだろう。班長の職に戻してもらえるだろうか？　自分がいないあいだ、誰がこの職務についていたのだろう？　ここまで来るので必死で、セルヴァズはそれを考える暇すらなかった。

　これは本当に自分の望みなのかと、セルヴァズは自問した。自分は本当に、以前の生活に戻りたいのだろうか。

8　夜の訪問

家の前に車をとめたとき、すでにあたりは真っ暗になっていた。闇に包まれた家はまるで廃墟のようで、閉めきられた鎧戸(よろいど)の向こうに、明かりはまったく見えない。土手道の上では、列車がガタガタと音を立てながら、一定の速度でポイントを通過していく。新たに列車が通りすぎるたび、セルヴァズは鳥肌が立つのを感じた。

運転席に座ったまま、前にここへ来たときのように、土手の斜面と落書きだらけの倉庫、そしてぽつんと一軒で建っている背の高い家を見つめる。

何一つ変わっていない。それなのに、自分のなかではすべてが変わってしまった。ヘラクレイトスが《万物は流転する》と説いたように、自分はもう二カ月前にここに来た自分ではない。仲間たちは自分が変わったことに気づくだろうか。セルヴァズは明日、二カ月以上のブランクを経て、久しぶりに出勤する。

ドアを開けて、車から降りた。

雲はなく、月が土手を照らしていた。あの日の水たまりは干あがり、今はもう影も形もない。遠くに聞こえる町のざわめきと列車の音以外、あたりはしんと静まり返っている。

まわりを見ても誰もいなかった。大木は変わることなく、家の正面に不安な影を落としていた。セルヴァズは自分が緊張していることを認めながら、前庭に向かい、小さな門を押した。錆びついた門が耳障りな音を立てて開く。ピットブルはどこだろう？　犬小屋はあるが、鎖は脱皮した蛇の抜け殻のようにまったく動かず、端には何もついていなかった。安楽死させられたのかもしれない。

枯れた植物に囲まれた小道を進み、玄関のステップをあがって呼び鈴を鳴らす。扉の向こうで甲高い音が響くが、何も動かず誰も応えない。セルヴァズはドアノブを回した。鍵がかかっている。ジャンサンはどこに行った？　温泉地で治療中という話は、ステーランの冗談ではなかったのかもしれない。あの男、女性をレイプして殺しておきながら、自分は優しく治療されて、温泉施設のジェットバスを楽しんでいるのだろうか？

もう一度、まわりを見わたした。視界には誰もいない。上着のポケットから汚い布に包まれた鍵の束を出した。強盗がピンシリンダーを開けるために使う、バンプキーだ。これから〝メキシコ女〟の隠語で呼ばれる違法な家宅捜索をやるつもりなのだ。セルヴァズはかつて、宇宙飛行士のレオナール・フォンテーヌ宅にもこの方法で侵入していた。違法行為に手は出しても、悪党に成りさがったわけじゃない……。セルヴァズは自分にそう言い訳した。

錆びついた鍵に手を焼いたが、どうにか扉を開けてなかに入ったとたん、猫の糞尿と煙草の吸い殻と老人の臭いがして、セルヴァズは思わず鼻をつまんだ。廊下の電球は前回のまま替えられておらず、この暗闇を照らす別のスイッチを探さなければならない。左手にある扉の向こうの壁に手をやると、ついにそれが見つかった。明るくなった老婆の部屋はまったく変わっていなかった。乱れたベッドの上にある枕の山も、点滴バッグも、明日には部屋の主が戻ってくるかのように、そっくりそのままの状態だった。あれほど痩せ細っていたにもかかわらず、ベッドに体の跡が残っている。

それを見て、思わず背筋が寒くなった。

馬鹿息子がまた自由の身になると知れば、母親も戻ってくることだろう。

続いてリビングに移った。いったい何を探しているのか、自分でもわからなかった。ここにどんな証拠を期待しているのだろう？　まず机の引き出しから探しはじめた。書類とアルミホイルに包まれたマリファナ以外、たいしたものはない。机の上にパソコンのモニターが並んでいる。答えはおそらくここにあるが、オタクのエスペランデューと違い、セルヴァズにはまったく知識がない。かといって、情報処理班を呼びだし、ハードディスクのデータを回収してもらうわけにはいかないのだ。セルヴァズは一か八か（ばち）で適当な一台の電源を入れた。とたんにパスワードを要求される。くそ……。

と、そのとき、外でエンジンの音が聞こえた。

車はすぐそこまで来ている。エンジンがとまり、車のドアが開閉する音がした。土手道に駐車したんだろうか？　鎧戸が閉まっているので、外からは何も見えないはずだった。男たちの声がする。セルヴァズはそのうちの一人の声に気づき、バネのように立ちあがった。相手は司法警察の警官だった。誰かが捜査の再開を指示したのかもしれない。

セルヴァズはあわててすべての明かりを消し、暗闇のなかで勝手口に走った。家具に膝をぶつけ、痛さに悶絶する。なんと、勝手口にも鍵がかかっていたが、バンプキーを使う時間はない。警官はもう小道を歩いている。セルヴァズは廊下を戻って部屋に入り、明かりをつけて窓を開け、鎧戸に手をかけた。そして、窓を飛び越える寸前に考えなおした。自分がとめていた車も、当然チェックされているだろう。

窓を閉めてリビングに戻る。呼び鈴が鳴った。セルヴァズは脈打つ鼓動をなだめながら、できるだけ自然に「お疲れさん」と声をかける態勢を整えた。ところが足音は玄関前のステップをおりて遠のいていく。どうやら令状があるわけではなく、家宅捜索も行われないらしい。またエンジンの音がして、車が遠ざかった。セルヴァズは暗闇のなか、心臓が破裂しそうな状態で待ちつづけ、ようやく自分も家を出ていった。

シュステンとマルタン

9　あたりはまだ暗かった

月曜の朝、あたりはまだ暗いなか、セルヴァズは地下鉄のカナル・デュ・ミディ駅を出て、遊歩道を渡り、防弾チョッキを着た警官の横を通り抜けた。二〇一五年十一月十三日にパリでテロ事件が勃発して以来、警察署に入るには、検問を通過しなければならない。セルヴァズはガラス張りの扉を抜けて、左手のエレベーター乗り場に向かった。まだ受付に被害や苦情を訴えでようとする人々の姿はないが、もうまもなく行列ができるだろう。

ステーラン署長によると、トゥールーズは、腺がホルモンを分泌するように犯罪を分泌する街なのだそうだ。署長はさらにこの街を人体にたとえた。大学が脳、市役所は心臓で、各地を走る大通りが動脈になる。警察は？　警察は肝臓であり、肺であり、腎臓だという。これらの臓器のように毒を濾過して、有害物質をできるかぎり除去し、ときには不純物を一時的にため込むことで、街の安定を確保するのだ。回収できないゴミは刑務所、あるいは路上——つまり街の腸だ——に流される。もちろん臓器同様に、街が機能不全に陥ることもあるわけで……。

セルヴァズは、この分析には納得しかねると思いながら、三階の廊下を歩いて署長室に向かった。昨晩、ステーランから電話があり、日曜日にわざわざ体調を確認されたことに、セルヴァズは驚いてしまった。現場に戻る準備はできている。うまくやっていくためには、自分に起こった変化を隠し、昏睡状態で見たものを誰かに話してはならないこともわかっていた。気分の乱高下によって、幸せと不幸があっという間に入れ替わってしまうことも。一方で、復帰の相談をした際に、心臓外科医から言われたことはあまり気にしていなかった――「あり得ません。どうしてもと言うならデスクワークは許しましょう。ですが、それ以外はだめですよ。心臓に負担をかける行動は絶対に許しません。あなたの心臓はまだ不安定なんです。手術を受けたのがたった二カ月前だったことを忘れたんですか?」

そんなことよりセルヴァズは、ステーランがなぜあれほど自分の復帰を待っていたのかといぶかしんでいた。

人影のない廊下にコーヒーの香りが漂っている。どうやらすでに出勤しているか、ここで朝を迎えた警官がいるようだが、ほとんど物音が聞こえてこない。まるで、こんな早朝には声を張らない、騒がないという暗黙の協定でもあるかのようだった。薄暗いオフィスのあちこちで、電球がぼんやりと輝いている。いくつか窓が開いていたので、雨音だけは廊下に届いた。

こうしたすべての情報が一気に流れ込んできて、セルヴァズは自分が約二カ月前に戻ってしまったような錯覚を覚え、この休職すらもほんの一日の出来事に思えた。何もかもが、壁に間隔を空けて設置されているあのゴミ箱のように懐かしい。ただし、あれはゴミ箱ではなく、発泡スチロールとケブラーという防弾生地を詰め込んだ残弾処理ボックスなのだが。実は、事故を回避するため、警官は仕事が終わるたびこのボックスを使い、銃から弾倉を外して薬室が空であることを確認することになっている。ところが大半の警官は権威への抵抗を示すため、その手順を踏まないのだ。そのせいで、オフィスではたびたび、銃のスライドを動かす音が響いた。

セルヴァズは右に曲がり、年中開きっぱなしの防火扉を越えて、前室にある革製のソファの横を通りすぎ、署長室の二重扉をノックした。

「入れ」

扉を開けると二組の視線が飛んできた。一つはステーラン署長で、もう一つは金髪の見知らぬ女性のものだった。女性はステーランの大きな机の正面に座り、振り返って、肩越しにこちらを見つめている。何かを探るような冷たい目。同業者の臭い——警官だ。セルヴァズは自分がつまびらかに暴かれているようで落ち着かない気分になった。女性は笑いもしない。印象をよくするつもりはまったくないらしい。顔の半分が、机上にあるスタンドの明かりに照らしだされ、もう半分は暗がりのなかにあった。

その半分の表情だけで、女性の並々ならぬ決意がうかがえる反面、どこかで犯した失点を取り戻そうとしているようにも見える。署内の別の部署か？　いや、別の行政機関？　税関職員、検事とか……。ステーランが立ちあがり、女性もスカートを引っ張りながら立ちあがった。ウエストが少しきつそうだった。紺色のスーツ、貝ボタンの白いブラウス、その上にライトグレーのスカーフを巻いている。足元は光沢のある黒のハイヒールだ。隣の椅子の背に、大きなボタンのついたコートがかけてあった。

「調子はどうだ」

ステーランが机を離れ、重要書類が保管されているキャビネットの前を通りすぎて、セルヴァズのそばに来た。無意識なのか、心臓のあたりに視線を走らせている。

「もう万全なのか？　医者はなんと言っていたんだ」

「心配ありません。それより、何があったんですか？」

「慌ただしくてすまんな。わかっていると思うが、すぐ現場に戻すわけにはいかないから、ゆっくり復帰させるぞ。ただ、今朝だけは来てもらう必要があったんだ」

ステーランはこちらを見据えたあと、少し芝居めいた仕草で視線を女性に向けた。ここまでずっと、病院にいるような、入院中の自分を気遣うかのような小声だった。あるいは、早朝すぎて声を出すのがはばかられるのかもしれない。

「マルタン、こちらはノルウェーのオスロ警察から来たシュステン・ニゴールだ。クリポスという、国家犯罪捜査局に所属している。シュステン・ニゴール、こっちはマルタン・セルヴァズ警部。トゥールーズ署の犯罪捜査部班長だ」

後半は英語に切り替えられていた。つまり、面倒な事件なのだろうか？　ノルウェーの警官がトゥールーズに現れた……。こんな遠いところまで来て、何をするつもりなんだろう？　セルヴァズは、シュステン・ニゴールの顎に大きなほくろがあることに気づいた。

「どうも、こんにちは」シュステンが少しなまりのある英語で先に挨拶してきた。

セルヴァズも挨拶して、差しだされた手を握り返した。シュステンに冷たい目で見つめられたので、セルヴァズはまた探りを入れられ、今度は評価までつけられたような気分になった。それならば、つい最近自分に起こったことと内面の変化については、どんな評価がついたのだろうか。

「座ってくれ、マルタン。問題がなければこの先は英語で話す」

ステーランが机に戻りながら言った。その顔は驚くほど心配そうだった。もっとも、フランス警察は問題を重大視しているのだと、ノルウェーから来た警官――そういえば階級すら教えられていない――に伝えたかっただけかもしれないが。

「我々はまず、スコポール経由で、シュステンの部署から情報の提供を求められ、スコポールに回答した。その後、ノルウェーの司法機関から、法的相互支援の依頼があったんだ。それと平行して、シュステンが所属するクリポスの部長から電話があり、それから何度も電話とメールをやりとりして、今後の進め方について同意に至った」

セルヴァズはうなずいた。国際的な調査では同じような手順を踏む。スコポールとは、フランスのナンテールを本拠地とする、警察の国際技術協力機関、欧州刑事警察機構（ユーロポール）、欧州各国の警察、フランスの各種機関のあいだの橋渡し役を担っている。

「いったいどこから始めたものやら……」ステーランはそう言って、シュステンと自分を交互に見ている。「どうにも信じられない話でな……。ニゴール警官はオスロ警察所属だが、あるときベルゲンから支援要請を受けた」

署長の英語は自分よりかなり悲惨なようだと、セルヴァズは悟った。

「ベルゲンはノルウェーの西海岸に位置する、ノルウェー第二の都市だ」

ステーランが承認を得るようにシュステンを見るが、まったく反応がない。

「ある日そこで殺人事件が起こった。被害者は若い女性で、北海に建設された石油プラットフォームに勤務していた」

喉がつかえたのか咳払いをして、ステーランがこちらに目を合わせようとした瞬間、セルヴァズは警戒態勢に入った。呼び出された理由がわかったのだ。面倒な事件だからではない。自分が関わっている事件だからだ。

「ニゴール警官がベルゲンまで行った理由は、被害者が着ていた服のポケットに……なんだ……その、彼女の名前を書いたメモがあったからだ」ステーランはもうシュステンを見ていない。「本土に外出中の作業員のなかに、プラットフォームに戻ってこなかった者がいた。ニゴール警官は、そいつが使っていた部屋のなかで、望遠レンズで撮影した写真を見つけたんだ」そう言って、今度はこっちを見ている。

この流れはまるで……グノーシス主義の創造神デミウルゴスが、三人をマリオネットのように操って、見えない糸で何かの影を引っ張ってきているようだった。その名が告げられる前に、セルヴァズには影の正体がわかっていた。影は巨大化して、自分を闇のなかに飲み込もうとしていた。

「被写体はおまえだ、マルタン」ステーランが写真を渡す。「木の様子や光の加減から判断して、かなり長いあいだ、おまえを撮りつづけていたようだ」そこでいったん話を切る。「それから、こっちは四、五歳くらいの子どもの写真だ。裏に名前が書いてある」

ギュスターヴ。あるいは、グスタフとも読める。

それに気づいたとたん、ピンを外した手榴弾が耳元で爆発したような気がした。そんなことがありうるのだろうか？

「今回の捜査中に見つかったものです」今度はシュステンが英語で説明を始める。メロディアスだが、ハスキーな声だった。「その写真がきっかけで、こちらに来ることになったんです。まず、フランス語の〈オテル・ド・ポリス〉の意味を調べました。それから、そちらの内務省が、所属の……ポリティスタショーネン……ええと、警察署を教えてくれたんです。最後は、ここにいるあなたの上司が、あなただと確認しました」

それで日曜日だというのに電話をしてきたのか。心臓が脈打つのを感じながら、セルヴァズは結論づけた。

息をひそめたまま、渡された写真を見ていく。脳は驚異のコンピュータだ。セルヴァズはこの角度の自分を鏡越しですら見たことがなかったが、瞬時に、被写体は自分だとわかった。

遠くから、望遠レンズを使って撮影されている。朝、昼、夜。自宅から出たところ、警察署から出たところ、車に乗るところ、本屋に入るところ、歩道を歩いているところ、キャピトル広場のテラスで昼食をとっているところ。地下鉄のなかや、市街地の駐車場にいるところまでも。車に囲まれている姿が、遠くから連写されていた。

いったいいつから撮っていたんだ？　どのくらいの期間？

疑問があとからあとから湧いてくる。

とにかく、これだけはわかった。誰かが影のように自分のあとをつけてきて、じっと様子をうかがっていたのだ。昼も夜も、ずっと。

首筋をいきなり冷たい指で触れられたような気がした。広々とした署長室が急に狭くなって、息ができない。こんなに暗いのに、なぜ照明をつけないのか？

ふと、窓を見あげた。暗かった空が灰色に変わろうとしていた。思わず左胸に手を置いたら、ステーランがめざとくそれに気づいた。

「マルタン、大丈夫か？」

「問題ありません。続けてください」

セルヴァズは息が苦しかった。自分を追ってくる影には名前があった。五年のあいだ、その名前を忘れようと努力していたのだけれど。

「作業員の部屋と共有スペースのDNA検査が行われたそうだ」

ステーランが決まり悪そうに続けるのを聞いて、セルヴァズは続きを覚悟した。

「部屋は使用者によって定期的に掃除がされていた。だが、それほどきっちりやっていたわけではない。おかげでDNAの断片が見つかり、解読できたんだ。この分野の発展はめざましいからな」

　またステーランが咳払いして、自分の目を見つめる。

「つまりだ、マルタン。ノルウェー警察は痕跡を見つけたらしい……ジュリアン・ハルトマンの」

10 班

また幻覚を見ているのだろうか？　それとも集中治療室に戻ったのか？　体のほうはクモマシンにつながれたままで、存在しないはずのものを見聞きしているとか？

最後にハルトマンから連絡があったのは五年ほど前だった。あのとき、ハルトマンは心臓を送りつけてきて、セルヴァズはそれをマリアンヌのものだと思い込んだ。あれからまったく音沙汰はない。なんのサインも、ちょっとした兆しすらなかった。ジュネーブ裁判所の元検事であり、少なくとも五カ国で四十人以上の女性を殺したとされるハルトマンが、レーダーから消えた。セルヴァズが知るかぎり、全警官のレーダーからだ。

まるで蒸発したかのように。

それなのに、ノルウェーから来た女性警官が、たまたまやつの痕跡を見つけたと訴えている。冗談ではないのか？

聖マリア教会で見つかった死体の話を聞かされても、違和感は増すばかりだった。確かに、説明を聞けばハルトマンのやり口に似ている。被害者像もハルトマンのターゲットだ。だが、ポーランドの農場で起こった事件でも、被害者の死体は発見されていない。それななのに、ノルウェーでこれほど多くの痕跡を残しているのはなぜなんだろう？シュステンの話によると、被害者の女性はハルトマンと同じプラットフォームで働いていたらしい。ハルトマンの正体に感づいたんだろうか？　だからハルトマンは女性を黙らせ、逃げた？あるいは、ずっと前から女性をつけ狙い、ついに姿を消す段になって、殺したとか。いや、何かがしっくりこない。では、ポケットに入っていたというメモ書きは？　いったいなんのために？

「あの男らしくないですね」

最終的にセルヴァズがそう結論づけると、シュステンが鋭い目でにらみつけてきた。

「それはどういう意味ですか？」

「ハルトマンなら、これほど痕跡を残さないでしょう」

今度は納得したとばかりにうなずいている。

「それならわかります。もちろん、わたしはあなたほどハルトマンのことを知りません」

おそらく、自分の立場はわきまえていると知らせる意図で、手振りを交えて言った。「でも、自分なりにあの男のことを調べてみました。すると……」

セルヴァズは続きを待った。

「……あの殺害現場の状況と、雪の上の足跡、それから棒を使った殺し。これは被害者に対する罠じゃないかと思えてきて」

「なんだって？」

「被害者がハルトマンの正体に気づいたのではないかしら。もしくは、なんらかのやり方でハルトマンをゆすったのかもしれない。だからあの教会で会うことになった……」

二人はしばらく黙り込んだ。

「結果、ハルトマンは、彼女を殺して逃げた」自分をにらみつけたまま、ついにシュステンが言った。

「いや、それではつじつまが合わない。逃げることが前提なら、殺す必要はない」

「罰を与えたかったとか？　もしくは楽しみたかった。もしくは、その両方かもしれない」

「そうだとしたら、なぜ写真を残していった？　それに、被害者のポケットにあったというメモ書きは？　あなたの名前が書いてあったんだろう？」

うなずいたあとも、シュステンは何も言わずじっとこちらを見ている。ふいにシュステンの手が伸びてきて、手首に触れた。長い爪に、コーラルピンクのマニキュアが塗ってある。セルヴァズは思わず体が跳ねた。

「理由なんてわからない。どうしてわたしだったのか、まるで見当がつかないわ。でも、あなたとハルトマンのほうには、共通の長い歴史がある」シュステンが自分を見つめている。「たぶん、誰かに写真を見つけてもらいたかったのかもしれない。それで、あなたに伝えたかったのよ……その……」

しばらく考え込んで、ようやくふさわしい言葉が見つかったらしい。

「……元気でやってるか、って」

「この男の子は誰です？」子どもの写真を見せながらセルヴァズは尋ねた。「身元は判明しているんですか？」

「いいえ。ハルトマンの息子とか？」

セルヴァズはシュステンの顔をまじまじと見つめた。

「ハルトマンの息子？」

「可能性はあるでしょう？」

「ハルトマンに子どもはいない」

「姿を消したあとで生まれたのかもしれない。その写真が最近のものなら、四歳か五歳くらいね。ジュリアン・ハルトマンの消息が途絶えて六年になる？」

今度はセルヴァズも納得した。急に、喉が締めつけられた。六年……。マリアンヌがさらわれてからの年月に一致する。

「たぶん相手ができて、子どもが生まれたんでしょう。ハルトマンは、二年前からそのプラットフォームで働いていた。それ以前に何をやっていたのかわかっていません。それに、プラットフォームは休みが多いんです」

混乱したままシュステンのほうを向くと、そのまま見つめ返された。心に去来しているものに気づいているかのようだった。シュステンが手首に触れたまま言う。

「あなたが心に抱えていることを話してください。隠しごとがあったら仕事はできません。あなたの考えをぜんぶ教えてほしい」

セルヴァズは一瞬だけシュステンに視線をやって、ためらい、最後はうなずいた。

「ハルトマンとは、ピレネーの精神科病院で出会った」

「ピレ、ネー？」

よくわからないようなので、窓を指さして説明する。

「山だ……近くにある……」

今度はしっかりうなずかれた。

「山奥にある奇妙な場所だった。重度の精神疾患のある犯罪者を収監する施設で、ハルトマンは、もっとも危険と判断された犯罪者がいる区画に入れられていたんだ。ある日、そこから数キロ離れた事件現場でハルトマンのＤＮＡが見つかり、私は面会にいくことになった」

シュステンが眉をあげた。

「ハルトマンは外に出られたの？」

「いや、不可能だ。何重にもセキュリティ対策が取られていたから」

「じゃあ、どうして？」

「長い話になるが……」

かつてセルヴァズは、二〇〇八年の冬に起こった謎の事件を捜査するさなか、命を落としかけた。首のない馬、標高二千メートルの高さに立つ水力発電所と、地下七十メートルに掘られた一連の発電施設……。

　手首に触れる指が燃えるように熱い。セルヴァズが身じろぎすると指が離れた。

「独房に足を踏みいれると、ハルトマンは音楽を聴いているところだった。やつが好きな作曲家の曲だ……。それは私の好きな作曲家でもあった。私たちは同じ音楽を愛していた。同じ音楽とは、同じ作曲家のことだ。マーラー。グスタフ・マーラー」

「そう言えば、プラットフォームの部屋にもＣＤがあったわ」

　シュステンは携帯電話を取りだして写真アプリを探し、中指でそのなかの一枚を開くと、画面を見せた。

「確かにグスタフ・マーラーね」

　セルヴァズは子どもの写真の背景にある、湖、背の高い山々、ほっそりとした鐘楼を指さして尋ねた。

「村と湖の名前は？」

　シュステンがうなずいた。

「ハルシュタット。オーストリアで一、二を争う美しい村で、ユネスコの世界遺産にも登録されています。オーストリア連邦警察と近隣のシュタイアーマルク警察にも、独自に捜査をしてもらっていますが、子どもがそこに住んでいるのか、数日滞在しただけなのかはわかっていません。旅行客に人気のスポットなので」

そう言われて、セルヴァズはハルトマンが五歳児と手をつないで観光している姿を想像してみた。するとここでステーランが腕時計を確認し、二人に告げた。

「そろそろ会議の時間だ」

セルヴァズは問いただすような目でステーランを見た。

「おまえの班を招集したんだ、マルタン。準備はできているか?」

もう一度うなずいたが、今回は本心ではなかった。シュステンは、わかっているとでも言いたげな目でこっちを見ていた。

＊

朝十時、続々と人が集まってきた。ヴァンサン・エスペランデュー、サミラ・チュン、ピュジョル、残りの捜査班のメンバー三人、犯罪捜査部の部長マルヴァル、そして署長のステーラン。加えて、サイバー犯罪班五人のうち、エスカンド、少年課のロクサーヌ・ヴァラン。

シュステンは集まってきた人々と、左隣に座るセルヴァズの様子をうかがった。ハルトマンについては、セルヴァズからおおまかな説明があった。どうやってピレネーの収容施設から脱走したのか。どうやってセルヴァズの知り合いの女性を連れ去ったのか（言葉にためらいが感じられ、シュステンはすぐに、相手がただの知り合いでないことを察知した）。二人は完全に消息を絶ったが、五年ほど前にポーランドから保冷箱が送られてきて、なかに、マリアンヌのものらしき〝心臓〟が入っていたという。その後、再度のＤＮＡ検査が行われ、マリアンヌの心臓ではないことが明らかになったのだ。

　信じられない話だったうえに、セルヴァズの話し方には妙な距離感があった。まるで、ほかの誰かのことを話しているようなのだ。恐ろしいことが起きたのは自分ではなく、自分にはまったく関係ない出来事だったと言わんばかりだった。シュステンは、セルヴァズの態度をどう理解したらいいものかわからなかった。

「みんなにオスロ警察のシュステン・ニゴールを紹介する。ノルウェーから来てくれた」国名も添えるべきだと判断したかのように、セルヴァズが言った。

　事件の概要があらためて説明されているあいだ、シュステンは各人の表情を探った。全員がセルヴァズの顔を食い入るように見つめている。話を聞いているのではなく、セルヴァズを観察しているのだ。話の内容だけでなく、セルヴァズ本人に興味があるらしい。

　それが、ジュリアン・ハルトマンの痕跡がノルウェーで見つかったという発言で、彼らの態度ががらりと変わった。セルヴァズを見るのをやめて、互いに視線を交わしあっている。最初のリラックスムードは一発で吹っ飛び、部屋のなかは重く異様な雰囲気に包まれ、視線が自分とセルヴァズとを行ったり来たりしている。

「シュステン」ついにセルヴァズがこちらを向いた。

　一瞬、窓の外から聞こえる心拍のような雨音に耳を傾けてから、シュステンは聴衆のほうを向いて口を開いた。

「我々は欧州司法機構にコンタクトを取り、少しずつですが、ノルウェー、フランス、ポーランド、スイス、オーストリアの五カ国による国際調査が進行しつつあります」

欧州司法機構は、多国籍犯罪と闘うための欧州レベルの司法協力連合だ。ヨーロッパ全土の司法官たちが国際捜査に挑むことで、自国の司法や警察を活性化させている。

シュステンは一呼吸置いて、自分に向けられる視線を見つめ返した。ここにいる警官たちが考えていることはわかっていた――ノルウェーと言ったら、例のスカンジナビア半島にある国だろう？　あそこの刑務所は北の〝クラブ・メッド〟だから、生ぬるい尋問しかできないんじゃないのか？

だが、彼らは知らないのだ。ノルウェーはここ数十年、警察署の独房や刑務所の監視房を濫用しすぎだと批判されている。それに、ノルウェーとフランスの両方で逮捕されたヴァルグ・ヴィーケネスの例もある。ノルウェーの過激派で、メタル・ミュージシャンでもあるヴィーケネスは、〝ギャング団ことノルウェー警察〟のやり方と比較すると、フランス警察がどれほど模範的だったかを褒めたたえていた。

当時シュステンは、このくそナチ野郎のくそメタルギターを、やつの目的外の穴にぶっ込んでやると憤っていた。ところが当の本人は、フランスの刑務所でのんびりと刑期を務めていたのだという。

シュステンはリモコンのボタンを押し、背後にあるテレビ画面の電源を入れた。全員の顔が自分のほうを向く。しばらく待つと、数秒画面がちらついたあと、最初の画像が映しだされた。鋼鉄製の支柱と、床が格子状になっているキャットウォーク、荒れ狂う海――プラットフォームに設置された監視カメラの映像だった。

キャットウォークの端に黒いシルエットが現れ、カメラに近づく。シュステンはここで映像を一時停止した。セルヴァズが、過去からよみがえり、画面の上で固まっている亡霊を凝視していた。間違いなくハルトマンだとわかったのだろう。少し長くなった髪が、朝の風を受けて顔のまわりを舞っている。ほかは記憶のままなのではないか。

「ハルトマンは、このプラットフォームで二年間働いていました。勤務先に提出されている住所、履歴書、身分証明書、これらの内容はすべて偽造されたものでした。ただし、やつの部屋で押収した書類から、ひとつだけわかったことがありました。これについてはあとで言及しますが、ほかはたいした情報はありません。それから、給与の振込口座を差し押さえたところ、複数ある送金先の一部が判明しました――あくまでも一部です。すでに少なくない額を、タックスヘイブンにあるほかの口座に移していますから。現在はそのルートを調べているところです。それから、ノルウェー警察は今回の事件だけでなく、オスロで発生した複数の失踪事件についても、ハルトマンが関与していると考えています。それが、わたしがここにいる理由の一つです」

もう一つの理由についてはあえて触れず、シュステンは室内をざっと見わたして先に進めた。

「ハルトマンはだいぶ別にノルウェーを離れたと思われます。彼は一度逃亡していますね……」シュステンはメモを確認した。「二〇〇八年十二月に、ヴァルニエ研究所から。二〇一〇年六月にまたこちらに来て、二〇一一年にポーランド。このポーランドでは、ビャウォビエジャの森にある一軒家から、数人分の犠牲者のものと思われるDNAが発見されました。すべて若い女性のものです。あれから五年間、我々はあの男の消息をまったくつかめていません。うち二年は北海のプラットフォームで働いていたのだとしても、五年の空白はブラックホールも同然だったわけです。こうなったら、現実を直視しなければなりません。ジュリアン・ハルトマンのような男は、数カ月、数年の単位で、警察の目をあざむき、完全に姿を消すことができるんです」

ここまで語ってから隣を見ると、セルヴァズはあいかわらずもの思いにふけったまま、カモメが飛翔中の状態で固まった、先ほどの静止画面を見つめていた。

「それに、ハルトマンのような男が、五年も人を殺さずにいられるわけがありません。考えられないんです。ですから今回の捜索では、この五年の犯罪履歴を洗いだします。先の事件で直近の消息を得られたわけですから、これを利用して足跡をたどりましょう。ただし、移動範囲はヨーロッパに限りません。仕事柄、貯まったマイルでどこにでも安く行けたはずですし。もちろんこれも仮説であって、実際に行ったかどうかはわかりません。ただ、プラットフォームの仕事はハルトマンにうってつけでした。勤務日数より休暇のほうが多く、給与がよくて、マイルのおかげでほぼ制限なく移動できたということです。とりあえず、我々はハルトマンの写真を配ることから始めましょう。あの男の手口は、被害者のプロフィールと、やつが書いた数冊の本からもわかっています。被害者は、スイス国境に近いイタリアのドロミーティ、ドイツのバイエルン、オーストリア・アルプスや、ポーランドに住む若い女性でした。つまり、ハルトマンはどこにでも潜伏し、殺すことができたわけです。これまでの捜索は完全に失敗しています。言うまでもありませんが、成功の可能性は極めて低い……」

シュステンは話を中断し、左隣に目をやった。セルヴァズは、英語がわからない同僚のためにできるかぎりの通訳をしている。そこで、右隣の人物に子どもの写真を渡した。

「まわしてくれ」セルヴァズが言葉を添えた。

「二番目のポイントは、この子どもについてです。この写真は、プラットフォームにあるハルトマンの部屋で見つかりました。子どもの身元はわかっていません。どこに住んでいるのか、まだ生きているかどうかも……。まったく情報がないのです」

「ハルトマンは、これまで子どもに手を出したことはなかったけど」

若い女性に発言をさえぎられ、シュステンは女性のほうを向いた。女性は仲間からサミラと呼ばれ、完璧な英語を話した。サミラが続けた。

「やつは小児性愛者じゃありませんよ。狙われたのは常に大人の、若くて魅力的な女性です。さっきのあなたからの説明にあったように」

サミラは机のへりにフェイクのパイソンのブーツを履いた脚を載せて、うしろ側に体重をかけ、椅子の二本の脚だけでゆらゆらと揺れていた。革ジャンの下の胸のあたりに小さなドクロが顔をのぞかせている。

「ええ、そのとおりだと思います」シュステンが答える。「我々は、その子どもがハルトマンの息子ではないかと考えています。あるいは、被害者の息子かもしれません」

「この子について、ほかにわかっていることは？」

背が高く頭に髪がない男が、メモパッドに何かを殴り書きしながら尋ねてきた。どう考えても、この自分の似顔絵だろう。

「名前だけしかわかっていません。国籍も不明です。撮影場所はわかりました。オーストリアのハルシュタットです。オーストリア連邦警察が現地で調査中ですが、人気の観光地なので、たまたまここに立ち寄っただけかもしれません」

「ハルトマンが観光客のふり？」サミラが疑うような声で言った。

「それも人が大勢いるところでね」ヴァンサンと呼ばれている男が続ける。「そんなに馬鹿じゃないだろ……でも、木を隠すなら森ということか？」

「そっちはいいとして、おれたちの役割はなんだ？」また似顔絵を描いていた男が言う。「ここで時間ばっかり無駄にするわけにはいかないだろ？　あんたはどうか知らないが、おれはこれだけやってるわけじゃないんだ」

男にフランス語で話され、シュステンは何を言われているのかわからなかった。だが男の口調と、それ以外の人が困惑している様子を見て、誰かに嫌みな言葉を吐いたのだとわかった。それは自分かもしれないし、ノルウェー警察に対してかもしれない。

「もちろん我々は、プラットフォームにいる同僚やルームメイトから、じっくり話を聞きました」シュステンが答える。「ハルトマンは一人でいることが多く、陸に行ってもかなり慎重に行動していました。プラットフォームでは、本を読むか音楽を聴くことが多かったようです。クラシック音楽ですね」

シュステンはセルヴァズのほうを見た。

「でもまあ、特筆すべきはそちらの警部の写真でしょう。これを見れば、ハルトマンがこの町に長期にわたり滞在していたことと、何かしらの理由があって、戻ってきたことがわかります。ここに。いえ、マルタン、あなたのところに。我々はあの男の銀行口座を調べ、出金状況を追ったうえで確信しています。ハルトマンはこの二年のあいだ、頻繁にこの地を訪れていたと」

今度はセルヴァズ本人を見る。

「再びここに来る可能性も排除できません」次いで全員に告げた。「ハルトマンは数えきれないほど犯罪を繰り返してきました。もう一度言います。我々はあの男の手口と、被害者のプロフィールを熟知しています。地域全体から、あるいはそれ以外でも、類似の事件がないか洗いだしましょう。期間はこの数カ月間、女性の行方不明事件です」

「もうやったけど。何も出てこなかったわ」

サミラの言葉に何人もうなずいている。

「それは何年も前の話じゃないか」セルヴァズが訂正を入れる。「あれから状況は変わっている」

シュステンは、サミラとヴァンサンが視線を交わしているのに気づいた。二人の考えていることはわかっている。簡単すぎる、単純すぎると言いたいのだろう。

「もちろん、あなた方は立派な仕事をしてくださいました」めぼしい結果がなかろうが、シュステンは如才なく言ってのけた。「わたしはしばらくこちらに滞在します。ステーラン署長から、セルヴァズ警部と共同で捜査をする許可をいただきました。あなた方にはほかにやるべきことがあり、そちらのほうが重要であることはわかっています。ですから、これだけ頭の片隅に置いてください。ここにハルトマンがいるかもしれない――その前提があれば、目を見開いて探ってみる価値も出てきそうでしょう？」

＊

セルヴァズはシュステンの手腕に感心していた。「ここにハルトマンがいるかもしれない」――なんとたくみな誘導だろうか。現にこの言葉は、各人の意識の表面に氷を張るように着地した。はったりだがうまくいったことは、同僚の目を見ればわかる。ハルトマンが自分の心に取り憑いたように、彼らの心にも取り憑いて、その先は離れなくなるだろう。

これこそが、シュステンの狙いだったのだ。

11 夜

この夜、オーストリアの空に雪が舞い、カールスプラッツ通りに面したウィーン楽友協会の古めかしい明かりは、いっそう美しく輝いていた。ドリス式円柱、尖塔アーチの高窓、三角形のペディメント――それらすべてが光に包まれた姿は、あたかも神殿のようだった。世界屈指の音響にひたり、唯一無二の体験ができる音楽の神殿。少なくとも、公式にはそう評価されている。だがその裏で、モーツァルトやベートーヴェンなど、観光客向けの安易なプログラムが多すぎることに、ウィーンの音楽愛好家たちは不満を抱いていた。

ところがこの日の公演は特別だった。ウィーン・フィルハーモニー管弦楽団が、ベルンハルト・ツェートマイヤーの指揮で、マーラーの『亡き子をしのぶ歌』を演奏したのだ。八十三歳という齢ながら、〝皇帝〟ツェートマイヤーは、今もまったく情熱を失っていなかった。常に正しい音を求め、リハーサル中にたるんだ様子を見せる者がいれば、容赦なく叱責を飛ばす。伝説によると、あるとき皇帝は指揮台を降りて隣と話をしていた第二ヴァイオリンのところに行き、椅子から転げ落ちるほど強烈な平手打ちをくらわせたという。そして、指揮台に戻る前にこう言ったのだ。

「きみはその平手打ちの音階を、正しく聞きとったか?」

もちろんこれは一つの伝説にすぎない。バーンスタイン亡きあと、ウィーンでもっともマーラー的と称される指揮者には、ほかにもまだたくさんの伝説があった。

これもまた一つの伝説と言えるかもしれないが、今回のこの『亡き子をしのぶ歌』は、その内容を考慮して、〈黄金のホール〉と呼ばれる豪奢（ごうしゃ）な大ホールでなく、〈ブラームス・ホール〉と呼ばれる小ホールで演奏されることになった。当然支配人は抗議した。なぜなら黄金のホールは千七百人入るのに対し、ブラームス・ホールは六百人しか収容できないからだ。それでもツェートマイヤーは、マーラー自身が指揮した一九〇五年の初演の形式にこだわった。また、この曲は現在、大半が女性の声で歌われるのに対して、マーラーの時代に則って、テナーとバリトンを採用した。

そして今、ブラームス・ホールの天井に、コーダの最終小節が鳴り響いた。始まりが無秩序で激しかっただけに、いっそうもの悲しく、平安に満ちていた。ホルンのかすれた音が、最後の苦しみのなかで、チェロの消えいるようなトレモロに加わる。数秒間の沈黙が続き、ホール内は喝采に包まれた。皇帝とオーケストラを称えるために、観客がいっせいに立ちあがる。虚栄心の塊であるツェートマイヤーは、ひっきりなしにあがる「ブラボー」の声を素直に受けとめた。それから、腰の痛みとプライドが許す角度までおじぎをして、客席で見つけたある人物に小さくサインを送り、楽屋に戻った。

二分後、扉をノックする音がした。

「入れ」

現れたのは、ツェートマイヤーと同年代の、八十二歳の老人だった。ツェートマイヤーがほぼ髪を失い、背が高くて痩せ形であるのに対し、老人はたてがみのような白髪と伸び放題の眉毛を生やし、背が低く太っていた。彼ならウィーン・フィルの指揮者に皇帝の呼び名をつけるなど、考えもしなかったはずだ。この楽屋に皇帝がいるとしたら、それはむしろこの男、ヨーゼフ・ヴィーザーのほうだろう。ヴィーザーは石油化学、セルロース、製紙業界からなる、オーストリアで一、二を争う強力な産業帝国を築いた。この国に豊富な森林資源があったことも大きいが、資産家の娘と結婚したことで資金を得たことに加え、ウィーンの利権屋や意思決定者が集まる小さな輪に門戸が開かれたことが大きかった。ちなみにこの結婚が破綻したあと、ヴィーザーは二度結婚して、八十二歳の今は、四十歳年下の経済紙の記者と四度目の結婚を予定している。

「何があった？」ヴィーザーが尋ねた。

「知らせが来たぞ」ツェートマイヤーはそう言いながら、アンダーシャツの上に糊（のり）のきいた洗いたての白いシャツをはおった。

「知らせ？」

「やつの足どりが見つかったんだ」

ヴィーザーは一瞬、口をあんぐりと開けた。

「なんだって？」

感情が高まり、声が震えている。

「どこにいるんだ」

「ノルウェーだとさ。石油プラットフォームにいた。情報屋の一人が知らせてきたんだ」

反応がないので、ツェートマイヤーは話を続けた。

「やつはそこで働いていたらしい。ベルゲンの教会で女を殺して姿をくらましたそうだ」

「そのまま逃げおおせたのか？」

「ああ……」

「ちくしょう！」

「刑務所よりは簡単に外に出られるからな」

「そうでもないだろう」

「もう一つ情報がある」

「今度はなんだ」

「子どもだよ」

ヴィーザーはいぶかしげな目でツェートマイヤーを見つめて言った。

「なんなんだそれは。子どもだと？」

「持ち物のなかに五歳くらいの子どもの写真があった。その子の名前、当ててみてくれ」

わからないと言う代わりにヴィーザーは首を横に振った。

「グスタフだ」

ヴィーザーは目を丸くしてツェートマイヤーを見返した。まさかの事態に当惑し、希望を抱きながらも、理解が追いつかない。

「つまり、おまえはその子どもが……」

「やつの息子だという可能性はあるだろう」

ツェートマイヤーは正面にある鏡のほうを向き、寂しげで厳しい表情をしている自分の顔を見つめた。眉毛が、隣の男と同じくらい伸び放題になっている。ツェートマイヤーは、その下にある意地悪な目に吸い寄せられた。

「まあ、可能性などいくらでもあるがな」

「その子どもについて、ほかにわかったことは？」

「今のところ、たいしたことはわかっていない」ツェートマイヤーは少しためらってから続けた。「どうも、自分のためにこの子の写真を撮ったようにも思えるんだよ」

ツェートマイヤーはヴィーザーに、山と湖とハルシュタット教会の鐘楼を背景に写るグスタフの写真を見せた。それから、互いに顔を見合わせた。

二人の出会い――神の思し召し、あるいは単なる偶然かもしれないが――は、また別の『亡き子をしのぶ歌』のコンサートだった。ツェートマイヤーはそこでも大成功を収め、客席にいたヴィーザーは魂を揺さぶられるほど感動し、最後の音が天井に消えたところで、ずいぶん久しぶりに熱い涙を流した。娘を亡くし、父親の心を失っていた彼に、『亡き子をしのぶ歌』はダイレクトに響いたのだ。オーケストラの演奏は、指揮者がこの予言めいた作品を深く理解していたことの表れだった。皮肉なことにマーラー自身も、曲が完成して初演が行われた数年後に、長女を猩紅熱（しょうこうねつ）で失っていた。

終演後、ヴィーザーは高名な指揮者に挨拶したいと望み、楽屋に案内された。感動覚めやらぬヴィーザーは、これほど臨場感のある演奏に到達できた秘訣を知りたいと尋ねた。

「子どもを失わねばなりますまい」

ヴィーザーはその返事にうろたえ、震える声で言った。

「お子さんを亡くしたとおっしゃる？」

ツェートマイヤーは冷たい目でヴィーザーを見つめた。

「娘を亡くしました。この世でもっとも優しく、もっとも美しい存在でした。ザルツブルクで音楽を学んでおりました」

「いったいなぜ？」ヴィーザーは思いきって尋ねた。

「怪物に殺されたのです」

ヴィーザーは足元が崩れそうになるのを感じた。

「怪物？」

「ジュリアン・ハルトマンですよ。ジュネーブ裁判所の検事でした。やつは大勢をころ

――」

「ジュリアン・ハルトマンの正体ならよくわかっております」

「ああ、新聞で読みましたか……」

「違います」顔を背け、ヴィーザーが語りはじめる。「私自身が……娘を……あの怪物に殺されたのです。少なくとも、そうではないかと思われています。遺体が出てこないのでね。だが、娘が行方不明になったとき、ハルトマンはその近辺におりました。警察はほぼ確信しているようですが……」

あまりに小さな声で言ったので、ヴィーザーは、ツェートマイヤーに届いたのか確信がもてなかった。だがツェートマイヤーは、驚きの目でヴィーザーを見つめてから、楽屋にいたほかの人々に出ていくよう目で指示を出した。

「今はどんなお気持ちですか」二人きりになってから、ツェートマイヤーが尋ねた。

ヴィーザーはうなだれて床を見つめていた。

「絶望と怒りを感じます。父親の愛情を粉々に打ち砕かれました。娘が生きていた頃に戻りたくてしかたありません」

「復讐を望んではおられない？　憎しみはないのですか？」

その問いに顔をあげたヴィーザーは、見あげた先にあるツェートマイヤーの目に、ほぼ狂気と言っていいほどの、激しく渦巻く巨大な憎しみを認めた。

「私は娘が殺されたと知ったその日から、ハルトマンを憎みつづけてきた。十五年前のことでした。あの日から、私は憎しみとともに目覚めるのです。この憎しみというやつは、まったく変わらずに、生まれたてのままでそこにいる。時とともに薄らぐものと思っていたのに、その逆のようですよ。どうでしょう、こうなったら我々が警察に手を貸して、ハルトマンを見つけてもらいませんか」

こうして二人は友人になった。愛ではなく憎しみの上に築かれた奇妙な友情だった。二人の老人は、子を失った哀しみと復讐心によって心を通じあわせている。そして、同じ妄執を共有していた。全財産を情熱に注いで生きる人々のように、彼らは経費を惜しまなかった。

最初のうち、二人はウィーンのカフェでとりとめのない話をするだけだった。また、仮説を立て、情報交換をするときは、ツェートマイヤーからの一方通行だった。彼はハルトマンに関するものであれば、ほぼすべて目にしていた。書籍、記事、テレビ番組、ドキュメンタリー。言語はドイツ語、英語、フランス語に至るまで。狂気は伝染するもので、ヴィーザーはすぐに、ツェートマイヤーからもらった大量の資料に興味を持ち、没頭するようになった。

それから数週間、数カ月、二人は話しあいを続け、やがてある計画が形をなしつつあった。当初は二人の金と、おもにはヴィーザーのつてを使い、ハルトマンの足どりを追った。ところが私立探偵を雇っても情報はつかめず、ヴィーザーは知り合いのオーストリアの警官を頼ったが、これも失敗に終わった。そこで今度は、インターネットとソーシャルネットワークの利用を思いついた。二人は一千万ユーロ以上の資金を集め、全額をハルトマンの懸賞金に充てた。重要な情報には百万ユーロを渡すことにして、さっそく情報提供者が接触してくるための専用のホームページを開いた。もちろんおかしなメールは山のように届いたが、鍵を握ると思われる人物からも連絡が来たのだ。力のある探偵やジャーナリストのみならず、さまざまな国の警官からも接触があった。

「これはハルシュタットか？」写真を指さしてヴィーザーが確認した。

「ああ、見るからにハルシュタットだ」ツェートマイヤーは「これはエッフェル塔か？」と尋ねられたかのようにそっけなく答えた。「どう見てもそう思うが、おまえは違うのか？」

「どういう意味だ」

「我々に、オーストリアから絵はがきを送ってきたようなものだ。よくある『ここに来ています』というメッセージ入りのはがきだよ」

「別に我々の手にわたることは想定されていないぞ。警察の手にも」

「何か意図がなければハルトマンは部屋にそんなものを残していかないだろ？　この子がハルトマンの息子だったとしても」ハルトマンに息子がいることが納得できないツェートマイヤーがためらいがちに言った。「なぜ置いていったんだということだよ」

「ほかにも持っていたからじゃないか？」ヴィーザーが考えを述べる。

　ツェートマイヤーは返事に納得しかねる様子で鼻を鳴らして続けた。

「誰かに見つけさせるつもりだったんじゃないか？　世界中の警察の捜査を攪乱するため

にな。もちろん、子どもはもうそこにはいないんだ」

そう言うと、ツェートマイヤーは壁の飾り棚に置いてあった香水の瓶を取った。瓶のなかには、フランスの高級ブランドに作らせた彼専用のオードトワレが入っていた。

「では、我々はどう動く？」ヴィーザーは鼻をつまみながら言った。オードトワレの瓶から放たれた香しいミストが楽屋中に充満している。

ツェートマイヤーはヴィーザーを軽蔑の目で見つめ、心のなかで思った。この馬鹿は自分じゃ何一つ決められないのに、どうやって億万長者になれたのだろう？

「とにかくこの子どもを見つけよう。まずはホームページに写真を公開する。あとは資金を全額投入するだけだ」

12
夜Ⅱ

「マルタン」ステーラン署長が言った。「よく考えたんだが、今回の捜査にはおまえ以外の人員を投入するぞ」

セルヴァズは聞き違いをしたのかと思った。

「何を言ってるんですか？」

「背後にいるのが本当にハルトマンなら、おまえはまだ——」

「理解できません」突然、シュステンが会話に割って入ってきた。「セルヴァズ警部以上にハルトマンを理解している警官はいません。それに写真に撮られているのはセルヴァズ警部です。それなのに、どうしてですか？」

「その……なんだ……セルヴァズ警部はまだ全快していないじゃないか」

「でも、元気になったんですよね？　職場に復帰するくらいだから」

「それはそうなんだが、ただ——」

「よろしければ、わたしはセルヴァズ警部と仕事をしたいと思っています」シュステンがきっぱり言いきった。「それに、この件については警部がもっとも適任だと思います」

ステーランが顔をしかめるのを見て、セルヴァズはひっそりと笑った。

「いいだろう」ステーランが納得しかねる顔で答えた。

「それならそちらは」今度はセルヴァズがシュステンに尋ねる。「上司から何日分の許可をもらってきたんですか？」

「五日です。五日たったら帰国します。もちろん、何か進展があれば別ですが」

セルヴァズは、自分につきまとってくるこのノルウェーの警官をこの先どう扱うべきか考えた。ガイドになるつもりはないし、自分でも下手だとわかっている英語に無駄な時間を費やして、理解してもらおうとも思わない。現場に復帰したはいいが、体調が万全だと周知させることすら至難の業なのに、このうえシュステンにつきまとわれたら、周囲から距離を置かれることは目に見えている。その一方で、シュステンが言うように、確かに被写体は自分だった。ハルトマン本人に写真を撮られていたと思うと、血がたぎってしかたがない。

「いいか、万が一にも手がかりを見つけたときは、すぐに報告しろ」ステーランが言った。

万が一にも、か。セルヴァズは上司の言葉を噛みしめた。

「では、万が一にも、やつが私たちを陥れるために、子どもの写真を残したということはありませんか？」

二人がそろって自分を見つめる。

「この写真が、捜査を攪乱するためのものだと？」

シュステンの言葉にセルヴァズはうなずいた。

「わざと子どもの写真を見つけさせたということですね？　ノルウェー警察もその可能性は考えました」シュステンが目を細めて言う。「でも、考えすぎでしょう。簡単すぎますから」

「ほかには何を？」セルヴァズは重ねて尋ねた。

「おっしゃる意味がわかりません」

「この写真についていろいろ考えたんですよね？」

「何が言いたいんですか？」

「まだ公表していないことがあるんでしょう？」

また二人の視線がそろって自分にそそがれた。シュステンの目には興味と戸惑いが見てとれるが、ステーランの目は、早くこの話を切りあげろと言っている。トゥールーズ警察はほかにも事件を抱えているのだろう。この空気感は、会議が終わって全員が席を立つときにも感じられた。ヴァンサンとサミラも例外ではない。二人はそこそこの興味しか示さず、急いで業務に戻っていった。もちろん、上司の健康状態を確認してからだが。

「あなたが言うとおり、この写真は、捜査の攪乱を狙ったものではありません」セルヴァズは断言した。「ハルトマンは子どもを連れて世界中のどこにでも隠れられるのに、そんな必要はまったくない」

シュステンは視線をそらすことなく口を開いた。

「それで？」

「ハルトマンのことは、わかりすぎるくらいわかっています。やつは、そんな雑なことはしません。一方で、必然的な行動と思われるものもある。私の写真と、あなたの……いや、きみの名前が書かれたメモ書きで、二人が一緒になるよう仕向けたんだ。いったいなんのために？　私はその理由が知りたいんだ」

顔合わせが終わり、シュステンはホテルに戻った。部屋に入ってドアチェーンをかけると、ベッドの上でスーツケースを開く。

まずブラウス、スカート、ズボンを出した。続いてセーターが二枚、洗面道具、化粧品、パジャマ。パジャマは上がTシャツ、下はネル生地でできた花柄のズボンだ。シュステンはそれらすべてをベッドの上に広げた。次は、百貨店の〈スティーン&ストロム〉で買った、エージェント・プロヴォケーターとヴィクトリアズ・シークレットのレースのランジェリー。繊細で小さなサテンのリボンがついているショーツを、誰が見るわけでもないことは知っていたが、そんなことはどうでもよかった。お堅い服の下に、こうした挑発的な下着を身につけているという行為に興奮するのだ。あえてその先に進もうとする者に用意された宝物と言ってもいい。すべてをクローゼットにしまいながら、シュステンは考えた。フランス滞在中に、そんな勇者が現れるだろうかと。

ヴァンサン・エスペランデューは問題外だった。彼がバイセクシャルだということはすぐにわかったから。この手のことに対し、シュステンは第六感が働くのだ。続いてデイクリーム、香水、歯ブラシを浴室の洗面台に置いた。ホテルのシャンプーは信用できないので、普段使っているシャンプーも横に並べる。ついでに鏡を見てうなずいた。そこに映っている美しい顔から、過剰な自制心と頑固そうな一面が見え隠れしていた。つまり、真面目で少し気の弱い四十代の女性の顔だ。これでいい。自分に見えているものは、人にそうだと思われたい姿そのものだった。

3Pもいいかもしれない。シュステンは化粧を落としながらまた考えた。オスロでそんなことをすれば同僚の耳に入り、あっという間に部の全員にばれるだろうが、オスロから遠く離れたここなら……。

部屋に戻っておもちゃを出した。これは、カール・ヨハンス通り沿いの、アーケード街の正面にある、アダルトショップの〈コンドメリエ〉で見つけたものだ。店の奥は、小さな悲鳴をあげながら肘でつつき合う若い女性たちと、自分と似たような年齢の女性、そしてカップルで賑わっていて、カップルの女性が自慰行為をするように、立派なおもちゃにゆっくりと手を這わせていた。シュステンはそこで買ったおもちゃをわざと機内持ち込みの手荷物に入れ、X線検査機のモニターの前に座っている担当者の反応を観察した。ベルトコンベアに乗ってトンネルから出てくる荷物を回収したとき、担当者は思いきり自分のほうを見ていた。

衝動的な欲望を感じ、シュステンはバスルームに行った。セルヴァズの人物像をつかもうとするが、うまくいかない。間違いなく異性愛者のはずなのに、あの男には分析をはねのける何かがあった。脆弱性。それと同時に強さもあった。あとは、醜さとセクシーさをあわせもつサミラ。彼女も理解が難しかった。

ショーツとストッキングをくるぶしまで下ろし、便器に腰かけて携帯電話をつかむ。

それからシュステンは、電話をかけた。


初めて雪が降りつもった日の夜、少年は外に出て、月明かりが新雪を照らす様子を観察していた。すると、どこからか動物が現れ、納屋をまわって森に消えていった。真っさらな新雪に、深い足跡が残った。

きらきらと輝く雪は砂金のようだった。谷の向こうの山々はとうてい越えられない境界線のようにそびえ、少年はそれを漠然と、自分の安全と子ども時代の居心地のいい世界を永久に守ってもらえる、防波堤のようなものだと思っていた。少年はテレビのニュースを見ない。〝おじいちゃん〟は時々見ているので、映像だけ眺めることはあった。だから、たまに出てくる戦争や紛争は、あの山々の向こうで起こっているのだろうと思っていた。幼い少年にとっては難しい話だが、動物の子どものように察知したのだ。

危険は谷の向こうからやってくる。少年はそう理解していた。危険とは、山々の向こうで暮らす見知らぬ人々のことだ。おじいちゃんは言っていた。知らない人と話をしてはいけない、スキー場に遊びにきたスキー客に話しかけられても、絶対に返事をするなと。もっとも、学校にいるときをのぞけば、祖父母とかかりつけ医以外に会うことはない。友だちは少ないし、家に来る者はおじいちゃんがしっかりふるいにかけた相手だけだった。

　百メートルほど先では、紙提灯のような淡い月明かりのなか、夜になって動きをとめたゴンドラリフトが、ケーブルにぶらさがったまま明日を待っていた。少年はこれを見ると、いつも想像ごっこをして楽しんだ。あのなかに誰かが閉じ込められているとする。その人が自分を見つけて、寒さに震えながら水滴で曇るガラス窓を叩き、叫び声をあげ、大きく手を振ってくる。でも自分は手を振り返すだけで、その人を凍える夜に置き去りにして家に帰る。叫び声を聞いたのは自分しかいないのに……。次の日、その人は半分凍った死体になって発見されるのだ。その人が、死ぬ前に脳裏に焼きつけた映像も想像した。見たよとサインを送ってくれたのに、家に帰ってしまった小さな男の子の映像を。その人はおそらく最後の瞬間まで、男の子が救援隊を連れて戻ってくると信じていたに違いない。

　少年は家に戻った。なかは暖かくてすぐに体がぽかぽかしてきた。マットで靴の雪を払い、体についた雪を落としながら奥に進んで靴を脱ぎ、帽子とダウンジャケットも脱いで、唾液と溶けた雪で湿ったマフラーを取り、着ていたものを壁のフックにかける。廊下の向こうから、暖炉で火がはぜる音が聞こえる。少年の顔は部屋に近づくにつれて、熱い空気で真っ赤になった。

「こんな時間に外で何をやっていたんだ、ギュスターヴ」椅子に座ったままおじいちゃんが言った。

「狼の足跡を見てた」ギュスターヴは返事をしながらおじいちゃんのそばに行き、大きな両手で膝に抱きかかえられた。

おじいちゃんは具合がよくないので、あまり風呂に入らず、同じ服を着たままでいることが多い。だがギュスターヴはそんなことは気にしなかったし、おじいちゃんのひげをなでることと、お話を読んでもらうことが大好きだった。

「このあたりに狼はいないぞ?」

「いたよ。狼は森のなかにいて、夜になると出てくるんだ」

「ちゃんと見たのか?」

「見てない。足跡だけだよ」

「おまえを食べてしまうかもしれないのに、怖くないのか?」

「そんないじわるじゃないよ。それに、ぼくのことが好きなんだ」

「どうしてそんなことがわかる?」

「だって、うちを守ってくれてるし……」

「ああ、そうだな、おまえの言うとおりだ。さて、本を読んでやろうか?」

「ぼく、お腹が痛い」

おじいちゃんは一瞬返事に詰まった。

「ものすごく痛むか?」

「ちょっと痛い。パパはいつ来るの?」ふいにギュスターヴは尋ねた。

「わからんな」

「パパに会いたい」

「もうすぐ会えるさ」

「もうすぐっていつ？」

「パパにはパパの都合がある」

「じゃあママは？」

「ママも同じだよ」

　ギュスターヴは突然泣きたくなった。

「二人とも絶対に来てくれないよ」

「そんなことないさ。もうすぐパパが来てくれる。それとも二人に会いにいくか？」

「パパとママに？」ギュスターヴは期待にはち切れそうになりながら言った。

　二人そろって会えたのは、もうだいぶ前の話だった。

「そうだ、パパとママの二人だ。約束してやる」

「できもしない約束なんてするもんじゃないよ」キッチンから出てきておばあちゃんが叫ぶ。

「おまえは口を挟むな」おじいちゃんが苛立った声で答えた。

「あんたがこの子にぬか喜びさせているからじゃないか」

　おばあちゃんはそう言いながらエプロンで手をふいた。手の甲のあちこちに、太い静脈が根のように走っている。

ギュスターヴは二人から視線をそらし、暖炉の炎をうっとりと見つめた。火は薪（まき）を舐めるように燃えながら、蛇、もしくはドラゴンのようにとぐろを巻き、踊って、小さくなって、また踊る。そうやって火に集中することで、おばあちゃんの声が耳に入らないようにしていた。ギュスターヴはおばあちゃんが好きではない。いつも文句を言うか、おじいちゃんを怒ってばかりだからだ。それに、おばあちゃんが本物ではないことはわかっていた――おじいちゃんも本物ではないが。でもおじいちゃんは真面目に役柄を演じているし、自分を愛してくれていた。おばあちゃんはかろうじてそのふりをするだけだ。ギュスターヴはまだ幼すぎて、こうしたすべてをはっきり認識できているわけではない。二人の態度に違いを感じて、漠然とそんなふうに思っている。そして祖父母に限らずたくさんのことについて、本当にわかっていなくても本能で理解していた。狼の子のことを感じとったように。

ある日、ギュスターヴはパパにこう言われた。こっちもよくわからなかったが、言いたいことはわかった気がした。

「おまえはそのままでいい、怖がる必要はないからな」

うん、パパの言うとおりにするよ。

13 夢

朝九時半、セルヴァズはブラインド越しに入ってきた太陽の光で目を覚ました。朝四時まで寝付けず、ようやく眠ったと思ったら〈ギュスターヴ〉の夢を見ていたのだ。

夢のなかの自分は、ピレネーの山奥にある大きなダムの上にいた。アーチダムだ。季節は冬で、夜だった。ギュスターヴがダムの防護柵を乗り越えた。少年が立っているつま先の向こうには、目がくらみそうな百メートル以上の深淵しかない。空気より固いものが何もないのだ。

セルヴァズはそこから五メートルほど離れた、防護柵の内側にいた。

「ギュスターヴ」セルヴァズが言う。

「こっちに来ないで！　来たら飛びおりる」

雪が舞う凍える夜で、ダムも山々も、雪と氷で真っ白だった。防護柵には小さなつららが垂れさがっていた。セルヴァズは完全に動けなくなった。ギュスターヴが立っているコンクリートのへりにも、厚い氷が張っている。柵から手を離せば足をすべらせ、あの深淵に真っ逆さまに落ちてしまう。そうなったら百メートル下の岩に激突するかもしれない。

「ギュスターヴ……」

「パパに会いたい」

「きみのパパは怪物だ」夢のなかでセルヴァズが返事をする。

「そんなの嘘だ！」

「信じられないなら新聞を読みなさい」

セルヴァズが右手に握ったラ・デペッシュ紙を突きだすと、突風がそれを奪い去った。やがて地面に落ちた新聞紙が雪に濡れて、インクの文字がにじむ。

「ちゃんと書いてあるんだ」

「パパに会いたい」ギュスターヴがもう一度言う。「会えないなら飛びおりる。ママでもいい」

「きみのママの名前は？」

「マリアンヌ」

月明かりを浴びて青白く光る周囲の山々が、何かを期待しているかのようだった。そう、物語の終結を待っているのだ。セルヴァズの鼓動が激しくなった。マリアンヌ……。一歩前に進む。

もう一歩。

ギュスターヴが背を向けて、深淵をのぞき込む。耳まわりの柔らかい金髪が突風にあおられ、か細い首が見えた。その向こうにある闇も……。

さらにもう一歩。

ついに腕を伸ばすと、ギュスターヴが振り返った。違う、ギュスターヴではない。会ったことのないギュスターヴの顔ではなく、女性の顔が見えた。緑の瞳の大きな目。マリアンヌだ。

「マリアンヌ、きみなのか？」

なぜ二人を混同したのだろう？　だが、確かにあれはギュスターヴだった。この呪いはいったいなんなんだ？

と、振り返って自分に手を伸ばそうとしていたマリアンヌが、へりの氷に足を取られた。緑の瞳を恐怖で見開き、ぽっかりと開いた口から声なき悲鳴をあげながら、真っ逆さまに落ちていく。

この瞬間、セルヴァズは目を覚ました。

それから、ブラインド越しの太陽光で縞模様に飾られた部屋を見まわした。心拍数があがり、胸のあたりは汗びっしょりだった。たしかグザヴィエが、夢についてこんなことを言っていた――「目覚めたときに、夢の内容を如実に覚えているとか、夢の力に驚き、むしろ夢のほうがリアルだと感じたとか……」

そうだ、ものすごくリアルだった。自分はギュスターヴに会った。あれが夢だったわけがない。

一晩中ギュスターヴのことを考え、そのせいで眠れなかったことは事実だった。少しして、冷えたのか、体が震えた。もちろん、恐怖と孤独のせいでもある。セルヴァズは布団をはがして起きあがった。ギュスターヴはいったい何者なんだろう？　本当にハルトマンの息子なんだろうか？　そうだとしても恐怖だが、もう一つ胸によぎった考えがさらに悲劇的で、夢はこれを反映したものかもしれなかった。

この子の母親はマリアンヌかもしれない。そう思うともはや立っていられなくなる。

キッチンに入ると、マルゴが調理台にひと言「ランニング」とメモを残していた。とたんに日常を浸食する英単語ブームに腹が立って、セルヴァズの意識はまた、写真を見せられて以来、呼吸すら妨げてくるあのしつこい不快感に引き戻された。子ども……。いったいこれから誰を捜せばいいのだろう？　怪物じみた殺人鬼なのか、子どもか、あるいはその両方か。どこを捜す？　この近辺か、もっと遠くか。セルヴァズはコーヒーカップを持ったまま本棚に近づき、考えごとをしながらそこに並ぶ背表紙を眺め、あるタイトルに目をとめた――シャルル・ボードレールが訳したエドガー・アラン・ポー作『世にも怪奇な物語』の旧版。セルヴァズはキッチンのテーブルに戻り、コーヒーを飲んだ。

玄関で音が聞こえ、走ったせいで真っ赤な顔になったマルゴが現れた。マルゴが微笑み、蛇口のところに行って、大きなグラスに水を注ぎ、ほぼひと息で飲みほす。

それからキッチンのテーブルに来て、正面に座った。セルヴァズはどうしたわけか、なんとなく苛立った。もともと朝食は一人で食べるのが好きで、マルゴが泊まり込むようになってから、初めて訪れた機会だった。

「おまえ、昼間は何をやっているんだ？」セルヴァズが唐突に尋ねる。

そう訊かれた理由を即座に悟ったらしく、マルゴはとたんに警戒を強め、単刀直入に切りだした。

「あたしがいたら邪魔？」

いつものように、マルゴはあまりに率直だった。率直すぎて、言われる側としては理不尽に感じるほどだった。いつでも真実を伝えるべきだと思ったところで、真実は一つに限らないはずなのに、マルゴはこの考えが受けつけられない。もちろん、誰でも自分の立場に固執するのはわかっているが、セルヴァズはこういう言い方をされたことが恥ずかしくなり、大げさに否定した。

「邪魔なわけがないだろう！　なぜそんなことを言う？」

笑顔の消えたマルゴがこちらをじっと見つめている。セルヴァズは、娘の目によって丸裸にされた気がした。

「知らない。ちょっと前からそんな気がしてたし……。あたしシャワーを浴びてくる」

マルゴは立ちあがって出ていった。

14 サン＝マルタン

セルヴァズは署に来るなり、まず〈ラ・440〉を調べはじめた。ラ・440とは、フランス国内全域で発生した事件を対象にした一種の被害届のことだ。これには未成年の行方不明者、殺人、放火、各種捜査依頼なども含まれていて、司法警察に所属するほとんどの警官が、毎朝、ラ・440に目を通す。セルヴァズは、誰がこんな名前をつけたのかは知らないながらも、名前の由来は知っていた――〈ラ〉はオーケストラのチューニングの音で、〈440〉はその周波数を指す（もっとも、最近のオーケストラは442ヘルツのチューニングが主流らしい）。ラ・440はまた、警察の各部署をつなぎ、情報を拡散する役目も担っていた。

今のところめぼしい情報はない。もちろんセルヴァズも、ここでダイレクトにハルトマンの足跡を発見できるとは思っておらず、何かやつのくせのようなものが見つかればいいと始めたことだった。

ふと、今朝見た夢が脳裏をよぎり、セルヴァズは思わず身震いした。夢のなかで覚えた危機感を消し去ることができない。どういうわけか、過去が再び表に出たがっている予感と、破滅がすぐそこまで近づいているような予感がしてならないのだ。保冷箱に入っていた心臓がマリアンヌのものでないとわかってからの数カ月、セルヴァズはどうにかして、マリアンヌとハルトマンの足跡を追おうとした。ヨーロッパの各地にいる数十人の警官に大量のメールを送り、同じくらいの電話をかけ、彼らから送られてきた報告書を夜も眠らずに読みふけり、国内外にある大量の書類をあさって、ネットのニュースサイトからも、ハルトマンのことが書いてありそうな三面記事を探しまくった。その結果は、英語が上達しただけで、結局なんの情報も得られなかった。ほんの些細な手がかりすらも、見つからなかったのだ。

かつてハルトマンの追跡に協力してくれた憲兵隊員のイレーヌ・ジーグラーにも連絡を取った。ジーグラーも自分と同じく、情報は皆無の状態だったが、ハルトマンを見つけるためにいろいろと手を打っていた。たとえば、ヨーロッパ全域を対象にした若い女性の行方不明者名簿を、マーラーのコンサートが行われた会場と突きあわせてみるとか。ところがこれも失敗だった。やはり、ハルトマンは地球上から消えてしまったのかもしれない。マリアンヌと一緒に……。

結局、欲求不満ばかりがつのる数カ月間を過ごしたあと、セルヴァズはマリアンヌ――もしくは二人とも――は死んだのだと結論づけた。交通事故だろうと火事だろうと、原因はなんだっていい。二人は死んだのだから、もう記憶から消して考えないと決めたのだ。それでどうにかうまくいったし、時間の経過もあと押ししてくれた。二年、三年、四年、五年……。マリアンヌとハルトマンは、おぼろげな微笑みや声だけ残して、遠い霧の向こうに遠ざかった。

ところが、そうやってやっとの思いで消したものが、今また表に出てこようとしていた。過去に隠れながら、現在に戻ってくることを虎視眈々と狙っていた黒い心臓が、自分が何か思うたびに、その一つひとつを汚染していくのだ。

と、そこへシュステンが現れた。

「ボンジュール」シュステンはフランス語で挨拶してきた。

「おはよう」

「よく眠れた？」

「そうでもないね」

「今、何してるの？」

「たいしたことは何も。ファイルを見ていたんだ」

「なんのファイル？」

セルヴァズがラ・440について説明すると、シュステンは、ノルウェーにも似たような被害届が存在すると答えた。

ラ・440を閉じたあと、セルヴァズは流れるような指使いでキーボードを打ち、検索結果を確認する。

それから、スクロールバーをさげて、ようやく話しだした。

「トゥールーズには、百十六の幼稚園がある。小学校もほぼ同数だ」

シュステンが眉をあげた。

「あの子が学校に通っていると考えているの?」驚いた様子で尋ねる。

「確信があるわけじゃない」

「それで、学校に行っていちいち写真を見せるつもり?」

「一時間に二校のペースで回るとして、そこでまた情報を持っている人を捜したり担当者に写真を見せるとなると、何週間もかかるだろうね。それに申請書も必要だ」

「何が必要ですって?」

シュステンに目配せで断ってから、セルヴァズは内線電話をかけた。

「ロクサーヌ、ちょっと私の部屋まで来てもらえるかい?」それだけ言うと、今度はシュステンのほうを向いた。「許可なしに捜査することはできないんだ。特に、対象が子どもで、犯罪が関わっていないとなると、本来は生活安全部少年課の仕事になる」

セルヴァズは、ノルウエーもこれくらい複雑だろうかと自問しながら説明した。そのすぐあとにロクサーヌ・ヴァランが入ってきた。頰が丸く、茶色い髪を額で切りそろえた、小柄で美しい女性だ。シュステンは顔を見て、昨日会議中に感じたように、やはりジュリエット・ビノシュに似ていると思った。ロクサーヌはグレーのスキニージーンズにデニムシャツを合わせていた。

「調子はどう?」セルヴァズの頰にキスしながらロクサーヌが言った。

それから、恥ずかしそうにシュステンと握手をした。シュステンは手を握られながら、彼女はおそらく大人より子どもと接するほうが楽なのだろうと思った。ロクサーヌはギュスターヴの写真を持って一つだけ空いていた椅子に座り、話しはじめた。

「該当の大学区に在学調査を頼んだわ。この手のことは、あの人たちが管理しているから。ただ、残念なことに、〈生徒ベース〉には写真のデータがないの。そうなるとファーストネームで調べるしかないわね。普通はやらないけど」ロクサーヌは悲観的な見通しを隠しもしなかった。

「その生徒ベースとは？」セルヴァズが尋ねた。

「パソコンのアプリよ。これで初等部の生徒の就学状況を管理しているの。つまり、幼稚園から、ＣＭ２に通う十歳の子どもたち」

「全部の学校が登録しているのか？　公立も私立も」

「ええ、そう」

「どんなふうに機能しているんだ？」

「データ管理は大学区が担当して、記入は各学校の校長と市がやっているわ。生徒の学校選択と入学手続きは市の仕事ですからね。登録内容は、住民登録情報と同じよ――ファミリーネーム、ファーストネーム、出生地と誕生日、現住所といったところかしら。それと保護者の住民登録情報、生徒のカリキュラム、それから国民生徒ＩＤ」

「国民生徒ＩＤ？」

「フランスにいる子どもが全員持っている、十一桁の識別番号のこと。生徒ベースに話を戻すわね。このアプリのおかげで、大学区が生徒の在学調査を管理できるようになったの。以前は、大学区によっては、週に十件も在学調査をやらなきゃいけなかったのに、アプリができてからは依頼の数がものすごく減ったたし、たとえば離婚で親権を取った親から依頼があった場合に、生徒が捜しやすくなったのよ。それだけでも、すごく価値のあるアプリだわ。ただ、最初のうちはリスト化に反対する組合や保護者がいたし、メディアも大騒ぎしたので、特定の項目はカットされたの。国籍、出欠状況、フランスに来た年、出身文化、両親の職業……。これがぜんぶ除外されたのに、反対派はまだ、アプリは安全保障と警察のためだ、実際は移民の動きを監視するためにあるんだ、なんて言い張ってるんだから！　二〇一〇年には、パリ検察庁が保護者からのこうした苦情を二千件以上却下したの。二千件よ？　どうかしてるわよ。生徒ベースは学級管理にも、生徒のフォローアップにも、本当に便利なのに」

「それで、その生徒ベースにアクセスしてみたんだな？」

ロクサーヌが笑った。シュステンはその輝く瞳を見てきれいな笑顔だと思った。

「いいえ。国民教育省以外はどの行政機関もアクセスできないの。もちろん市はアクセスできるわ。生徒を登録しなきゃならないもの。それでも特定のデータは見られないの。精神科医のサポートが必要、なんていう場合がそうね。それに大学区であればファーストネームとファミリーネームで調べられるけど、市町村に置かれた事務局ではだめなのよ。これも守秘義務ということみたい」

言い終えると、ロクサーヌはシュステンのほうを向き、同じ内容を英語で伝えはじめた。何度も言いよどみ、単語を換えて話しつづけ、シュステンのほうは、わからなくなると眉をひそめた。

「二つ目の問題は、データの保存期間ね。子どもが初等部を出るとすべて消去されるの」

これも苦労して通訳されると、シュステンは理解したしるしにうなずいた。

「それから、生徒ベースで見つからない場合に備えて、写真を使った従来型の依頼も出しておいたわ。関係各所に伝わってくれるといいけど。どのくらい時間がかかるかは、見当もつかない」

ロクサーヌは立ちあがってセルヴァズに言った。

「本当にその子がここにいると考えているの、マルタン?」

声を聞くかぎり、ロクサーヌも会議に出ていたほかの同僚たちと同じくらい懐疑的だった。セルヴァズは返事をせず、ただロクサーヌに差しだされた写真を受け取り、机の上の目立つところに置いた。セルヴァズがほかのことに気を取られている様子だったので、ロクサーヌはシュステンにウインクして笑いかけ、肩をすくめながらオフィスを出ていった。ほかに急ぎの仕事を抱えているらしい。シュステンはロクサーヌに笑みを返してから、窓の外を眺めているセルヴァズのほうを向いた。

「ちょっと出かけてみないか?」外を見たままセルヴァズが誘った。

シュステンはセルヴァズの背中を見つめた。

「エドガー・アラン・ポーの『盗まれた手紙』を読んだことはあるかい？」

セルヴァズは昨晩インターネットで確認した英語の原題を告げてから、シュステンのほうに振り返った。

「どんな話？」

「ニル・サピエンテ・オディオシウス・アクミネ・ニミオ——知恵にとって賢さより憎いものはない。『盗まれた手紙』の冒頭に置かれたセネカのエピグラムだ。遠くにあると思って捜しているものが、案外手元にあることを教えてくれる物語だよ」

「つまり、ギュスターヴがここにいると思っているのね？」

「物語に出てくる警官は、捜している手紙が巧妙に隠されていると思い込んで、すぐそばにある手紙を見つけることができないんだ」セルヴァズはシュステンの話を無視して説明を続けた。「そこにデュパンという登場人物が現れる。彼はシャーロック・ホームズや、分析能力に優れた知りたがり屋の祖先なんだ。デュパンには、手紙を隠すのに一番ふさわしい方法が、机の上に目立つようにして置いておくことだとわかっていた。ただし、裏返しにして、筆跡と封蠟の刻印を別のものにしておく」

「ねえ、まったく理解できないわ。何が言いたいの？」

「机をサン゠マルタン・ド・コマンジュだと思えばいい。始まりはあそこだったんだから。きみが自分で言ってたじゃないか？　ハルトマンはあそこに何度も舞い戻ってきたと。なぜだと思う？」

「あなたのせいでしょう。あなたのことが頭から離れなかったのよ」

「ほかに理由があったとしたら？　ただのおまわりに張りつくより大事な理由だ。たとえば息子とか……」

シュステンは黙って続きを待った。

「サン＝マルタンに息子を紛れ込ませておくんだ。『盗まれた手紙』のように、名前だけ換えて。子どもはここの学校に通い、ハルトマンがいないあいだは、つまりほぼ大半の時間、別の誰かに面倒を見てもらっている」

「誰も何も気がつかないってこと？」

「気がつくとは？　どこにでもいる子どもだよ、ただ、学校に通っているだけの」

「だから、誰もその子の正体を気にしないわけ？」

「毎日ちゃんと送り迎えをする人間がいるんだろう。国民教育省が無能なんだよ。小児性愛行為で有罪判決をくらった職員がいても、リストアップすらできないんだから。やつらに見抜けるわけがないんだ。あるいは、里親を装っているのかもしれないな」

「サン＝マルタンって言ったわね」

「ああ、サン＝マルタンだ」

「特別な理由があるの？」

なぜサン＝マルタンなのか。ハルトマンが息子に会いに来ると仮定して、なぜその息子はサン＝マルタンにいなければならないのか。この近辺であれば、どこだってかまわないのではないか。

「ハルトマンは何年も前にサン＝マルタンに来て――」セルヴァズが答える。

「精神科病院に閉じ込められた」シュステンがあとを引き取った。

「そうだ。だが、やつには外部にリーザ・フェルネのような共犯者がいた」

「ヴァルニエ研究所の看護師長だった人ね。彼女は働いていたわけだから、ただの住民とは違うわ」

セルヴァズは考え込んだ。なぜ、自分は常に、ハルトマンにはさまざまな共犯者がいると思っていたのか。なぜ、あのときも、共犯者全員を見つけられずに終わったと思っていたのか。確固たる証拠があるわけではなく、論理に一貫性もない。いや、少なくとも、自分の論理には偏りとゆがみがあり、論理的でないところに、なんらかの兆候もしくは偶然の一致が見えた。人はそれを誇大妄想と呼ぶのかもしれないが……。それでも自分の魂はいつでもサン＝マルタンにあり、磁石の針のようにそこばかり指していた。

「サン＝マルタンは、あなたが殺されそうになった場所ね？」

シュステンはよく情報をさらっていた。セルヴァズはうなずきながら答えた。

「私はずっと、やつの共犯者がサン＝マルタンにいたと思っていた。あの夜の逃げ方から考えるとそうとしか思えない。車が事故を起こし、吹雪（ふぶき）のなか、徒歩で山を越えるなんて……。共犯者なしに遠くへ逃げることはできない」

「じゃあ、その共犯者がギュスターヴの面倒をみているの？」

シュステンの口調はロクサーヌほど懐疑的ではなかった。

「ほかに誰がいる？」

「その可能性はものすごく薄いってわかってるのよね？」

「ああ、知っているよ」


セルヴァズはモンレジョで高速道路を降りて、単調な平野を進み山に入った。それから、まばらになった木々や雪に覆われた牧草地、冬の訪れとともに活動を停止した村々や、流れの速い川を通りすぎた。標高が高くなると、遠くから見たときはただの丸みだったものが、次第に雪に埋もれたうっそうとした森に姿を変える。やがて、奥のほうに越えられそうにない壁が見えた。ギザギザにとがったピレネーの尾根だった。

ロータリーで四車線道路を離れ、川を渡って、次に現れた一時停止の標識を左折する。山はさらに近づいた。車は今や、高い岩壁のあいだを流れる荒々しい小川を見下ろしていた。そのあとは、対岸に水を放出しているダムと、真っ黒な口にしか見えない岩壁に掘られた水力発電所を見ながら、つづら折りの途中にあるトンネルに入る。トンネルを抜けると、ついに石の欄干(らんかん)の下に広がる町が見えた。二万八百六十二人が暮らすサン＝マルタン・ド・コマンジュだ。車は道なりに下っていき、ついに町に到着した。

助手席に座っていたシュステンは、ノルウェーのちょうど中心くらいに位置するネスナで育ったので、道にできた雪の吹きだまりを見てもなんの感慨もなかった。

歩道にはたくさんの人々がいた。山頂のスキー場からゴンドラリフトで戻ってくるスキーヤー、温泉施設を出て中心街のカフェやレストランに向かう湯治客、ベビーカーや子ども連れの家族。セルヴァズはこの光景を見て、ハルトマンは誰にも気づかれずに歩きまわれたのだろうかと思った。ハルトマンの顔は地方紙でも全国紙でも一面を飾ったうえに、一度見たら忘れづらい。そうすると、見かけを変えたのだろうか？　整形手術を受けたのか？　セルヴァズはこの手のことに詳しくないが、昨今の手術が奇跡を生みだしているという話は聞いている。なかには一夜にして美人女優そっくりに変身した事例もあるらしいが、それでも、奇跡は言いすぎではないかと疑っていた。

市役所の前に車をとめて外に出ると、水の音が聞こえた。山の木立に銀の筋を引きながら滝が流れているのだ。ふと、人混みに紛れて現場に戻るハルトマンのやり方を思い出し、あたりに視線を走らせる。遊歩道、公園、あちこちにあるカフェのテラス、野外ステージ――そこにいる見知らぬ人々とハルトマンが、電気のようなものでつながっているかのように。今日もまた、二〇〇八年の冬に起こったあの事件のときと同じく、家屋の向こうにそびえる、うっそうとモミの木が茂る山が、自分たちの到着を冷ややかに見つめていた。

「やつはここで我々に何をさせようとしてるんだ？」突然セルヴァズが言った。

「いったいなんのこと？」

「きみと私がここに来たのは、やつがそう望んだからだ。なぜだ？　なぜ、やつは私たちを結びつけた？」

シュステンは問いかけるような眼差しを向けてから、市役所へと消えた。

市長はあれから代替わりしていた。今の市長は若くて背が高く、恰幅（かっぷく）がいい。濃いひげが顔を覆い、青白い眼球の下には、睡眠不足か怠惰（たいだ）な生活習慣のせいか、あるいは遺伝のせいかもしれないが、ぶよぶよした大きなふくらみがあった。ひげはなんとも形容しがたい赤と茶色で、あいだにいくつも白い線が入っている。

「セルヴァズというお名前に聞き覚えがあります」

甲高い声で言いながら、市長が大きな手を差しだす。セルヴァズが握り返すと、手は湿っていて冷たかった。そのあと市長は、シュステンに今日一番の笑顔を見せた。左手に結婚指輪はない。市長がまた探るような視線でセルヴァズを見た。

「秘書に聞きましたが、子どもを捜しているそうですね」

市長が背中を向け、先頭に立って歩きだした。オフィスは広々として明るく、ベランダが付いた大きな二つのフランス窓から風が入り、その先には連なる山々の頂上が見えた。これは、サン＝マルタンの市長に約束された特典かもしれない。

市長は机に戻って椅子に座った。セルヴァズはギュスターヴの写真を机に置いてから腰をおろし、話しはじめた。

「この子どもはおそらくサン＝マルタンの幼稚園に通っています」

「なぜこの子どもを捜しているんですか?」

「申しわけありません、捜査中なので」

市長は肩をすくめ、パソコンのキーボードを叩いた。

「ここにいるなら生徒ベースに出てくるはずです。どうぞ、こちらに来てください」

セルヴァズとシュステンは立ちあがって机を回り、市長のうしろに立った。市長は引き出しから小さなデジタル画面のついたプラスチック製のUSBメモリらしきものを出し、データベースについて軽く説明した。

「もちろんセキュリティがかかっています」

パソコンの画面に〈ログイン〉〈ID〉〈パスワード〉の文字が現れる。

「まず私のIDを入力してから、パスワードを入れます。パスワードは四桁の数字でできた私の認証コードと、このセキュリティキーに出てくる六桁の数字を合わせたものです。生徒ベースは大学区ごとに違うアドレスが用意されています」

無事ログインが完了し、ホームページに切り替わった。上のほうに三色に色分けされたボックスが出ていて、オレンジのボックスの下に〈学校〉、青の下に〈生徒〉、緑の下に〈定期管理〉の文字がある。

「市のページでは登録しかできません」

市長が〈登録と入学のフォローアップ〉をクリックする。

「子どもの名前は?」

「ファーストネームしかわかりません」

　くるりと椅子が回り、市長がうしろを向いた。困惑した様子の眼球とぶよぶよしたふくらみが二人を交互に見つめる。

「ご冗談でしょう？　私はいつもフルネームで検索していますよ？　それに、ここを見て。アステリスクがついていますよね？　ファミリーネームは必須項目なんです」

　ロクサーヌの言ったとおりだった。手をつけたと思ったらもう行きどまりだと思いながらも、セルヴァズは続けた。

「ファーストネームはギュスターヴ。生徒ベースで捜せなくても、ここ数年のクラス名簿ならどこかに保管されているはずでしょう。サン＝マルタンに幼稚園の数は多くない」

「令状はお持ちですか？」唐突に市長が訊いた。

　セルヴァズはポケットから紙を出して見せた。

「では、私にはこの子どもを捜す義務があるわけですね。まあ、この綴りのギュスターヴは近頃珍しいので、見つけられるかもしれません」

　内心では、ハルトマンが子どもを本名で登録させているわけがないと思いながらも、セルヴァズはわずかなチャンスに賭けた。子どもとスイスの連続殺人鬼が近しい関係にあると、誰が思う？　サン＝マルタンの学校に子どもを通わせていると、誰が想像できる？　つまり、これほど疑われない隠し場所はないということではないか。

　セルヴァズは窓から遊歩道を眺めた。山頂に雲が出たらしく、一帯が影のベールに覆われ、そこに膜がかかったような、緑とグレーの奇妙な色彩が降ってくる。野外ステージの屋根についている照明の色だった。

「まあ、やれる範囲でやってみましょう。ただし時間はかかると思いますよ?」

「我々も立ちあいます」

遊歩道に男が一人立っていた。膜がかかった光のせいではっきり見えないが、背は高そうだ。暗い色のコートを着ている。おそらく黒の。男が市役所の窓に向かって顔をあげた。なぜだか自分を見ているような気がした。

「トライ・〝ギュスターヴ・セルヴァズ〟」背後でシュステンの声がした。

セルヴァズはびくっと跳ねて、勢いよく振り返った。市長が驚いたようにまじまじとシュステンを見つめ、それからセルヴァズに目を向ける。

「では一般的な、末尾にeがつくほうのギュスターヴで検索しましょうか?」

「ノー。トライ・〝ギュスターヴ・セルヴァズ〟。ウィズアウト・e」シュステンが指示を出す。

「〝セルヴァズ〟の綴りを教えてください。ハウ・ドゥ・ユ・ライト・ディス?」

シュステンが答えた。

「これはあなたのファミリーネームでしょう?」何が起きているのかわからず、混乱した様子で、市長がセルヴァズに尋ねた。

「彼女が言うとおりにやってください」

セルヴァズの心臓は早鐘を打っていた。これほど呼吸が苦しかったことはない。また窓の外を眺めた。今やあの男は確実に自分を見ているのだとわかった。男は広々とした遊歩道のど真ん中に直立したまま動かず、市長室の窓を見あげている。その脇を人々が、岩を避けて流れる小川のようにかすめていく。

「よし、うまくいったようです」

一瞬待って結果が表示され、市長が勝ち誇ったように言った。

「セルヴァズとギュスターヴ、eがついたギュスターヴでヒットしました」

15　幼稚園

セルヴァズの背筋に震えが走った。遊歩道を覆っていた同じ影が、自分の思考に覆いかぶさってくる気がした。外を見ると、ついさっき男が立っていた場所にはもう誰もいなくなり、通常の人の流れがあるだけだった。

この子はいったい誰なんだ？

「この子は昨年度までジュール・ヴェルヌ幼稚園に在籍していました」心のつぶやきを聞いていたかのように市長が言った。「ですが、もうここにはいません」

「転校した先はわからないんですか？」シュステンが尋ねた。

「私にわかることは」市長が英語で対応する。「この大学区にはいないということです。いれば出てくるんですよ」

顔から血の気が引き、セルヴァズは打ちのめされた。市長が自分のほうを向いて目を細めて見ている。いったい何が起こっているのか気になっているに違いない。

「ジュール・ヴェルヌ幼稚園の場所を教えてください」壁に貼られた地図を指さして、シュステンが言った。

相棒が急に使いものにならなくなったのを見て、自分が捜査の指揮をとることにしたのだろう。だがセルヴァズのほうは、シュステンがあんな質問をした理由が知りたかった。言いたくないようだが、明らかにハルトマン自身と彼の思考パターンを熟知しているように見える。

「いいですよ」市長が返事をした。

長く真っ白な小道の両側に、いつもより早い冬の訪れですっかり葉を落としたプラタナスが並んでいた。雪をかぶった節くれだった枝が人間の腕に見えて、セルヴァズはそれが、子どもの頃に見たディズニー漫画のキャラクターのようだと思った。そのくらい、人間そっくりだった。小道は幼稚園の通学路になっていて、真ん中だけ除雪車が通り、端に小さな雪だるまがあった。年少クラスの子どもたちがつくったのだろう、体が斜めで頭が不格好なので、なんだか不細工で意地悪なノームのようだった。

幼稚園の門をくぐると校庭があり、こっちはアラン・フルニエの『グラン・モーヌ』の世界か、あるいは南西部で過ごした自分の子ども時代を思い起こさせた。

校庭は閑散として、子どもたちはみな授業中だった。あまりの寒さにセルヴァズとシュステンの吐く息が白く立ちあがる。木々に積もっていた雪が風で飛ばされ、二人の髪も乱れた。やがて校庭に一人の女性が現れた。はおったコートを胸の前できつく巻きつけている。頭を金髪に染めて、誠実そうだが表情は厳しい。セルヴァズは、相手を五十代ぐらいだろうと見積もった。

「お二人がいらっしゃると、市長から連絡がありました。警察の方ですね？」

「トゥールーズ警察の者です」セルヴァズは近くに行き、身分証を見せながら言った。

「こちらはシュステン・ニゴールさん、ノルウェー警察から来ました」

女性は園長だと名乗り、眉をひそめ、手を伸ばした。

「それ、確認してもよろしいかしら？」

セルヴァズは身分証を渡した。

「まったく理解できないのですが」身分証を見ながら園長が言う。「市長が言ったとおり、ギュスターヴとファミリーネームが一緒ですね。あなたの息子ですか？」

「偶然の一致です」

それを聞いても、園長は納得しかねる様子だった。

「あの子を見つけてどうなさりたいの？」

「姿を消したということは、危険な状態にあると考えています」

「もう少し具体的にお話しできませんか？」

「申しわけありませんが」

すると園長の顔がゆがんだ。

「何がお知りになりたいの？」

「なかに入りませんか？　外は寒くて凍えそうだ」

一時間後、二人は園長の話から、ギュスターヴについて多少の理解を深めた。ギュスターヴは、頭はいいが、気分にむらがある子どもらしかった。ふさぎがちで一人でいることが多く、休み時間に園庭で一緒に遊ぶ友だちがいないので、たまに、ほかの子どもたちにからかわれていたという。セルヴァズは思った。子どもが残酷で意地悪な偽善者になるのに教師は必要ない。人間は誰しもこうした性質を持って生まれてくるからだ。一方で、他人と触れあうことでましな人間になれるのであり、運がよければましなまま人生を終えることができるだろう。もちろん、そうならない人間もいる。セルヴァズ自身は、十歳のときに、『ボブ・モラーヌ』や、ジュール・ヴェルヌの本に出てくる模範的主人公の冒険談から、誠実であることを学んだと自負していた。

ギュスターヴの保護者は、祖父母ということになっていた。市長と同じく、園長も生徒ベースを照会したのだが、園長いわく、市役所の担当者が父母の情報を載せずに登録を済ませたようで、必須項目の記入漏れアラートが表示されたそうだ。つまり、情報は更新されていないままだった。

園長が見せてくれたファイルを確認すると、まともに入力されているのはフルネームだけで、住所すら空欄になっている。

「マーラー夫妻ですか……」セルヴァズが言った。

血管のなかで血が固まり、激しい滝のような耳鳴りが聞こえる。シュステンと素早く視線を交わし、そこに読みとったのと同じ驚愕が、自分の目にも表れているはずだと思った。〈関係者情報〉を見ると、〈祖父〉〈祖母〉の欄にチェックがついている。

ただし、それ以上の記載は一切なかった。

「この祖父母と話をしたことは？」

ノコギリを引くようなかすれ声が出て、セルヴァズは咳払いをした。

「おじいさんと話したことがあります」困ったことになったと思ったのか、園長が眉をひそめて答えた。「心配だったんですよ。先ほど申しあげたように、ギュスターヴは園庭でよく同級生にからかわれていました。私が仲裁に入っても、翌日にはまた同じことの繰り返しです。でもギュスターヴは何も言わず、泣くこともありませんでした」

園長はつらそうな目で二人のほうを見た。

「体が弱くて、病気がちで、平均より小柄なんです。ほかの子どもたちに比べると、一歳くらい下に見えました。欠席も多いです。インフルエンザ、風邪、腹痛。毎回ちゃんと理由があって、その都度おじいさんも説明してくれました。すごく寂しそうな子で、絶対に笑いません。休み時間に園庭にいる姿を見ると、胸が締めつけられる思いがしました。笑わない子どもなんて、想像できます？　何かがおかしいのはわかっていたので、その何かが知りたかったんです。だからおじいさんと話をしてみました」

「どんな印象を受けましたか？」

「どんな印象？」

みとった。

「どういうタイプの人でした？」

園長は一瞬口をつぐんだが、セルヴァズは目を見ただけで、考えていることを正確に読みとった。

「いいおじいさんでしたよ、もちろん。あの子はいつも抱きついていましたし、二人は十分に心が通じあっているようでした。ただ……」また園長が言いよどんだ。「よくわかりませんが、あそこの家は何かが違っていました。孫を愛しているのは確かなんですが……私がもう少し詳しく話を訊こうとすると、本当にどういうことなのかしら……急に態度が変わってしまうんですよ。だから私は、退職前はいったいなんの仕事をしていたのかしらと思って」

「つまり、どういうことですか？」

「気軽におつきあいしたい相手ではないです。お年は八十歳前後のはずですが、そうね、あの家に強盗が入ったとして、心配なのはおじいさんではなく、強盗のほうではないかと思います」

園長の顔に困惑の表情が浮かんでいる。セルヴァズのほうは、上着とコートの下で汗だくになっていた。これも集中治療室にいたせいだろうか？

「ギュスターヴに関することで何か説明はありましたか？」

園長がうなずく。

「ありました。あの方の息子さんは、仕事のせいで長いあいだ留守にすることがよくあるらしく、そのせいでギュスターヴが不安になり、しょっちゅう父親を恋しがっているようなんです。でも、息子さんはもうすぐ戻ると言っていました。長期の休暇があるので、孫と一緒にいられるだろうって」

「ギュスターヴの父親は何をやっているか聞いていますか？」

舌がもつれて、自分でも焦っていることがわかった。

「ええ、もちろん。石油プラットフォームで働いているそうです。たしか北海の」

セルヴァズとシュステンは園長を見据え、それからまた視線を交わした。

「どうしました？」園長が尋ねる。

「こちらで入手した情報と一致したもので」

「もちろんそれも教えていただけないんでしょうね」むっとしながら園長が言った。

「おっしゃるとおりです」

今度は園長の顔が真っ赤になった。

「どこかで祖父母の住所が入手できませんか？」

「無理でしょう」

「では、祖母のほうとお会いになったことは？」

「一度もありません。おじいさんしか会っていません」

セルヴァズはうなずいた。

「では、トゥールーズ警察署に行って、モンタージュの作成にご協力いただくとともに、

二、三質問にお答えくださいますか。少年課のロクサーヌ・ヴァラン警部をお訪ねください」

「いつですか？」

「できるだけ早く。時間は一日かかると思ってください。そうだ、母親についてギュスターヴに訊いてみたことはありますか？」

「ええ、もちろん」

「なんと言っていました？」

園長の目が悲しげになった。

「何も。私のほうも、それ以上訊いてはいけないと思いましたし」

「では、結局何も訊かなかったんですか？」

セルヴァズが驚いて尋ねると、園長は椅子に座ったまま姿勢を正した。

「ええ……その……」

顔を赤らめながら園長が続けた。

「ギュスターヴに何かあったんですか？　まさかあの子に――」

「いえ、ご心配なく。マスコミが報じたかもしれませんが、姿を消しただけです。ご協力ありがとうございました」

セルヴァズは立ちあがり、園長の手を握った。

「警部、私もまだお訊きしたいことがあるんです」

戸口まで来ていたが、セルヴァズは振り返った。

「あなたとギュスターヴの関係は？」

思いがけない質問に茫然となり、セルヴァズは園長を見つめた。そして突然、恐ろしい予感にとらわれた。


二人はまたプラタナスの小道を通って車に戻った。奇妙にも、雪だるまの首が切り落とされ――あるいは風で落ちたのかもしれないが、雪の上にいびつな頭が転がっていた――さらに奇妙なことに、セルヴァズにはそれがイスラム国のプロパガンダ映像に思えた。これらの映像は、メディアが受動的または能動的に取りあげたことで、西欧にもあまねく浸透するはめになった。ちょっと前であれば、映像が一般に公開されることも、日の目を見ることもなかったはずなのだ。ああやって、誰もがアクセスできてしまったことは、はたして祝福なのか、呪いなのか……。

「じゃあ、ハルトマンがここに来たわけね」

英語でざっと園長室での会話を説明されたあと、シュステンはこわばった声で言った。

「セルヴァズ、マーラー。何もかも織り込み済みってことね。あなたがここまで追ってくるとわかっていたんだわ。そんなこと、できるものなの？」

セルヴァズは何も答えずエンジンをかけ、ところどころ凍りついた道を慎重にバックした。それから、ギアを前に入れると、シュステンのほうを向いて尋ねた。

「なぜあんなことを思いついた？　ギュスターヴと私のファミリーネームを一緒にするなんて、どうして……」

16　帰り道

　車は高速道路のＡ64号線〈ピレネー〉をひた走り、セルヴァズは無言のままハンドルを握りしめていた。シュステンの返事がいつまでも頭を離れない。〝直感〟――この言葉がリシンやアマトキシンといった遅効性の毒のように広がって、完全に思考が汚染されたのだ。園長に「あなたとギュスターヴの関係は？」と問われたとき、自分の胸に芽生えた直感と似ていた。

　セルヴァズは、マルサックで起こった過去の事件に思いを馳せた――グランドゼコールで古代文明を教えていたクレール・ディマールが、口のなかに明かりのついた小型ライトを突っ込まれたまま、バスタブで溺死していた事件だ。自宅のプールにはたくさんの人形が浮かんでいて、プールサイドでは教え子のヒューゴが茫然自失の状態で発見された。そしてこのヒューゴを、息子を助けてほしいと、マリアンヌから電話がかかってきたのだ。そセルヴァズは右往左往しながら捜査にあたった。その過程で一度途切れた過去を結びなおし、ついには第一容疑者の母親であるマリアンヌと一夜をともにすることで、自分の主義主張を木っ端みじんにしてしまった……。その代償は高く、数カ月かかってようやく立ち直ったのだ。いや、本当に立ち直ったのだろうか？

自分のことはどうでもいい。それより、ハルトマンに連れ去られる前に、マリアンヌが妊娠していたとしたら？　セルヴァズは恐ろしさのあまり、吐き気がした。空気を求めるように口を開く。いや、あり得ないし、あってはいけない話だ。そんなことになっても受け入れられない。グザヴィエが言っていたではないか。きみはもろくなってしまったんだと。

スピードがあがり、大型トラックを横目に見ながら次々と追い抜いていく。ハルトマンが手がかりをばらまいているのは確かだった。園長が祖父から聞いたように、やつはここに滞在していたのだろう。プラットフォームの作業員は休みが多いので、それに合わせて定期的に息子の顔を見に来ていたのだ。だとすると、顔が割れているサン＝マルタンで自分だと気づかれないように、整形手術を受けた可能性はある。あるいは小細工でうまくごまかしたのかもしれないが。

では、マリアンヌはどこだ？　セルヴァズは思った。少なくとも生きているのだろうか？　保冷箱で送られてきた心臓がマリアンヌのものでないとわかったときは、生きていると信じられたのに、今はもう疑いはじめている。ハルトマンがそんなに長く生かしておくわけがないのだ。それはやつのやり方ではないし、生かしておくのは大変すぎる。一方で、死んだのであれば、どうにかして自分に伝えようとするだろう。〝友人〟の根本にかかわる事件なのに、黙って見過ごすはずがないじゃないか。

ハンドルを握る手に力が入る。セルヴァズは頭が爆発するのではないかと思った。

「ちょっと！　スピードを落としなさい！」シュステンが隣で叫んだ。

なんてことだ！　スピードメーターが時速百八十キロを回っている。ペダルから足をあげると、エンジンがおとなしくなった。

「本当に大丈夫なの？」

セルヴァズは喉が締めつけられる思いでうなずき、ちらっと横に視線を投げた。シュステンは落ち着いた様子で冷静に自分を見ていた。スカートが膝上までずりあがっているが、タイトな黒いコートのボタンは上までしっかりとまっている。根元が黒くなった金髪にはっきり分け目がついていて、爪は完璧に手入れされていた。セルヴァズは思った。シュステンはこの冷たさの下に、いったい何を隠しているのだろう。こんなに隙のない格好がノルウェーでは一般的なのだろうか？　それともこれはシュステンだけのものなのか？　幼少期や育った環境の問題なんだろうか？

シュステンは、こんなふうな外見に加えて、人の温もりや人との接触をあまり求めていないように見えた。五日間の予定で来ていると言っていたが、そんなに短い滞在で何か見つけられるつもりなんだろうか？　いや、それに関しては単純に予算の都合だろう。そう考えて、セルヴァズはほっと息をついた。自分は口数の多いタイプではなく、五日以上一緒にいられたら耐えられなくなりそうだと思った。しかも絶えず観察され、評価されている気がして腹が立った。学校の先生か、男社会でのしあがった女上司に見えてしかたがない。もとからそういう性格なのか、そうならざるを得なかったのか。どっちにしろ、早く帰国してもらうにこしたことはない。

「なんだかがっかりよね」突然シュステンが言った。

「いったいなんの話だ」

「あの子がやつの息子だとしたら……がっかりだわ」

セルヴァズは今の発言をよく考えてみた。確かにがっかりには違いないが……もう少し深刻な話のような気がしてならなかった。

17　足跡

　すでに太陽は何時間も前に山の向こうに隠れたが、五人のハイカーたちはひたすら、森にできた白い筋を追っていた。そのうちの四人は、うつ病や睡眠障害を克服するため、サン＝マルタン・ド・コマンジュに温泉療養に来ていた客で、ガイドのマチューが引率する山スキーツアーに参加しているのだ。帽子をかぶり、フード付きのダウンジャケットを着てマフラーを巻き、裏地付きの手袋をはめ、スキーを履いた五人のシルエットが、木々のあいだを一列になって黙々と前に進む。人里離れた真っ白な大地に、一本の道を刻みながら……。あまりに長い一日で、誰もが途中で黙り込むしかなかった。疲れすぎて呼吸が速まり、口の前に白い湯気が浮かぶ。

　やがて、遠くのほうに山小屋が現れると、五人は気分を取り戻した。雪明かりに浮かぶ黒いシルエットのおかげで、最後の力をふりしぼることができたのだ。まわりをモミの木で囲まれた、丸太とスレート屋根と石でできた山小屋。前に進んでいるのは自分たちのほうなのに、薄暗がりを背景にして、あたかもカナダの絵はがきめいた光景がこちらに迫ってくるようだった。

目の前の景色に、ジルベール・ベルトランは子どもの頃に読んだ『白い牙』や『野生の呼び声』を思い出した。どちらも広大な世界を舞台とした自由と冒険の物語であり、これらの本に感銘を受けた十歳のベルトランは、人生とは自由と冒険であると確信していた。ところが大人になってみると、思いどおりにいくことは少なく、一度決まった方向に進むと方向転換はほぼ不可能であり、何もかもが最初の想像よりもつまらないものだとわかってしまった。今、ベルトランは五十を過ぎて、二十六歳の恋人と別れたばかりだった（別れを告げたのは彼女のほうだったが）。とにかく金のかかる女で、三人の元妻に払う慰謝料も合わせると、ベルトランは破産寸前だったが、この騒動のおかげで、自分の馬鹿さ加減を思い知ることができた。あいつは本当に失礼な女だった……。元恋人のことを思い出しながらも、ベルトランはもうくたくたで、筋肉痛がつらくて、胸は酸素を欲していた。今はただ、息をしなければならない……息を……。

ベルトランはまた、子どもの頃に読んだ本や漫画に思いを馳せた。あの頃のヒーローは、人間であろうと動物であろうと、みんな勇敢で真っ直ぐで正直だった。ところが近頃のテレビドラマや映画には、無気力で嘘つきで皮肉屋で、人を操ることが好きなヒーローしか出てこない。正義感、体を張る勇気、モラルといったものは、もはや評価されないご時世なのだ。

うしろから女性の声が聞こえ、ベルトランは正気に戻った。

「もう死にそう」

振り返ると金髪が見えた。すらりとして健康的な飾り気のない美人で、ベルトランは彼女の年齢を三十五歳くらいと見積もった。さっきのセリフはベッドのなかで聞きたかったとベルトランは思った。いや、だめだと決まったわけじゃない。要は心の持ちようではないか。今夜誘ってみればいいのだ。もちろん、プライバシーが確保されていればの話だが。

ようやく山小屋に到着したとき、あたりはすでに真っ暗だった。時刻はまもなく十八時、温度計はマイナス一度を示している。山小屋は思った以上に大きく、片側は、八十センチほど積もった雪面のすれすれまで屋根が垂れさがり、もう片側は、上部をモミの木に覆われた高い岩壁に面していた。その周囲を、山脈から降りてきた、水を混ぜたインクのような影が流れていく。最近は日が落ちるのが早くなり、青みがかった緑の上に立つ山小屋の黒い塊は、森そのものより不気味に映った。

ベルトランはふと、ベッドにもぐってジャック・ロンドンの小説を読んでいる小さな子どもの気分になった。くそっ！　そんなに今の自分がかわいそうなのか？　なんで本のことばかり思い出す？

入り口の前に立っていると、別れた恋人くらいの年齢の、金髪の若いガイドが山小屋の扉を開けて、照明のスイッチを入れた。黄色の光が入り口で丸く円を描き、五人の足跡がついた雪の上を照らす。五人以外の足跡も見えた。最近ついたらしい、もっと深いスノーシューズの足跡が。足跡は山小屋をまわり、交差して重なりあっていた。自分たちの前にだいぶ誰かが来ていたのだ。発電機を動かしにきたか、あるいは、ソーラーパネルの上に雪が積もったので、電気が使えるか確認しにきたか。はたまた、夏は管理が滞っていたので、冬のシーズンが始まる前に修繕メニューを決行したか。いずれにせよ、山小屋のなかにはマットレスと寝具、簡単な食器類、ストーブ用の薪、それに緊急時用のトランシーバーがそろっているはずだった。

それにしても、あの足跡はつい最近のものに見えるが……。

ベルトランはあたりを見わたして、一人の男のところで視線を留めた。口のまわりと左頬に火傷の痕があり、いつもフードを深くかぶる危ない目つきの男。ベルトランは男と温泉場で一緒になったときに、火傷の原因は列車の屋根の上で感電したせいだと聞かされていた。男はまず熱傷治療センターに数週間入院してから、火傷の傷痕の治療に特化したリハビリ施設に移り、それからここに来たらしい。ふつうベルトランは、顔の一部に醜い傷がある相手に同情を覚えるが、この男を見ると、冬の夜と同じくらい血が凍えそうだと思った。それはおそらく、あの目つきのせいかもしれなかった。男が誰かを眺める目つきに純粋な悪意を感じたのだ。あるいは男がいつも、同じグループにいる二人の女性の胸と尻を盗み見しているからかもしれない。もしくは、相手をじっと見つめながら、自分で巻いた煙草の端をいやらしい舌使いで舐めるからか。

ふと、相手もフードの下から自分を見ていることに気づき、ベルトランは震えあがって、真っ先に山小屋のなかに入った。こんな森のなかでこれから夜を迎えると思うと、落ち着かなくてしかたがない。気分はベッドのなかでジャック・ロンドンを読む子ども時代そのままだった。

山小屋の外にいたエマニュエル・ヴァンギュッドは、横に立っているガイドのマチューに笑いかけて、ダウンジャケットのポケットから煙草を出した。エマニュエルは火をつけながら思った。この澄んだ空気のなかでこそ、煙草を吸わなければならない。うしろめたさと喜びが同居する背徳的な行為。少なくとも一時間前からそうしたくてたまらなかったのだ。ひたすら歩きつづけながら胸を満たした澄んだ空気、あれはあれで、このあたりの標高と相まって素晴らしかったが、煙草の酩酊(めいてい)感は格別のものがある。と、突然、ノコギリのような甲高い錆びついた悲鳴が、更けゆく夜を引き裂いた。

「今のは何?」

マチューは森を見て、肩をすくめた。

「まったくわからない。おれ、鳥のことは全然知らないから」

「本当に鳥だった?」

「ほかに何がある?」

そう言いながら、手袋をはめた指を相手の煙草に伸ばす。

「もらってもいい?」

「ねえ、きみみたいな健康で若いスポーツマンが煙草を吸うの?」

できるだけ砕けた言葉遣いにしてみたが、あからさますぎたかもしれないとエマニュエルは不安になった。

「おれの悪行はそれだけじゃないよ」

笑い返すマチューと視線をからめ、エマニュエルは考えた。これは暗に誘っている？　それともこの子が純粋なだけ？　これが夫なら話は決まっていた。エマニュエルは煙を深く吸って、肺の奥に送った。

「旦那さんは山スキーが好きじゃないの？」

エマニュエルは体が震えた。いつのまにかうしろに来ていたマチューに、耳元でささやかれたからだ。

「あんまり好きじゃないわね」

「じゃあ、あんたは好きなんだ？」

また身震いした。今度は、耳元の声が別の人の声に変わっていたせいだった。これはマチューの声ではなく、どこか舌足らずの……顔に火傷の痕がある男の声だ。どうしたことか、エマニュエルはいつのまにか、火傷の痕がある男と二人きりで取り残されていた。マチューは自分を置き去りにして、山小屋に行ってしまったのだ。外は寒くて湿気があるのに、エマニュエルは突然、首のまわりと頰と股間にほてりを感じた。気持ちのいい熱ではない。アドレナリンが吹きだし、少しめまいがした。熱い息が耳をかすめ、スキーウェアの下で心臓が激しく脈打つ。エマニュエルは傷痕を見たくなくて、男のほうに目を向けるのを躊躇した。

男はエマニュエルに煙草をねだり、一服してからまた尋ねた。

「あんたの旦那、なんで来なかった？」

今度はエマニュエルのほうが、なれなれしい口調でこんな質問をされたことに驚き、思わず肩をすくめた。

「不便なところが好きじゃないのよ。それに、他人のいびきを聞かされながら、寝袋で雑魚寝したくないみたい。言っておくけど、山スキーをしないだけであって、滑降は好きなのよ」

それから女をひっぱたくことも。

「じゃあ、あんたがいないあいだは何をしている？」

エマニュエルは体をこわばらせ、わたしの親友と寝ているけど？　と胸の内でつぶやきながら、これ以上は踏み込ませないと心を決めた。それにこの男は、山を歩いているあいだ、胸や尻にぶしつけな視線を向けてきたではないか。火傷はかわいそうでも、それとこれとは話が別だ。エマニュエルは耳元で声を聞かずにすむよう男のほうを向き、正面から顔を見据えた。とたんに傷痕が目に飛び込んできて、思わず視線を外す。

「それを知ってどうするのよ」

「実を言うと……十年前に、この山小屋で悲惨な事件が起こったんだよ。本当に悲惨な事件だった」

思わず背筋が寒気立った。男はさっきよりももっと低く、もっとおどろおどろしい声で、楽しげに言ってのけた。モミの木が風に揺れ、枝が震えてぼとぼとと雪が落ちる。あたりはさらに暗くなっていた。エマニュエルは家に帰りたくなった。

「悲惨な事件って、どんな？」

「女の人がレイプされたんだ。ここで。二人のハイカーに。旦那さんの目の前でね。二人はくったくたになるまで一晩中ヤリまくったらしい」

エマニュエルは少し不安になった。

「それは確かに悲惨ね。それで、二人は捕まったの？」

「ああ、数日後に捕まったよ。二人ともとんでもない前科持ちだったんだ。だけどね、模範囚だったから、刑期が短縮されたんだよ」

「女の人のほうは、亡くなったの？」

「いいや、どうにか助かったみたいだ」

「そのあと、その人がどうなったか知ってる？」

男は首を横に振った。暗くなった空に雲が垂れ込めてきた。

「旦那さんのほうは自殺したらしい。でもただの噂かもしれないな。このあたりの人は噂好きだからさ。煙草ありがとう」男は舌足らずの甘い声で言った。「ほかのことも」

「ほかのこと？」

「おれたち二人のことさ。こんなふうに落ち着いて……自由に話ができたじゃないか。あんたのこと、気に入ったよ」

男がまた近づいてくる。エマニュエルは男を見あげて、眼差しのなかに見えたものに不快感を覚えた。木々のあいだを循環していた夜が、突然、男の瞳に流れ落ちて、虹彩を食い尽くしてしまったかのようだった。底の見えない井戸に似た艶消しの黒。そこにあまりにも純粋で貪欲な欲望を認め、エマニュエルはあとずさった。

「ねえ、頼むから落ち着いてちょうだい」

「どうしてだ、エマニュエル？」

エマニュエルは名前の呼び方にも嫌悪感を抱いた。

「落ち着けるわけがないだろ？　あんたはおれに火をつけた」

「何言ってんの？」

男の声がさらに暴力的で荒々しくなったように感じ、鼓動が速くなった。

「やめて。あなた、頭がおかしいんじゃないの？」

男の瞳に見えていた獣性が怒りに変わり、またさげすむような笑顔に戻った。口元の傷痕が引きつれる。エマニュエルは凌辱の言葉を覚悟したが、結局男は何も言わず、きびすを返すと、肩をすくめて山小屋に入っていった。

喉が詰まるほど鼓動が激しくなり、エマニュエルは森と、その向こうにある真っ黒な山の稜線を見つめた。森の奥からまた悲鳴のような鳥の鳴き声が聞こえ、首筋から腰、そして尾てい骨まで感電したように震えが走った。エマニュエルは、急いで仲間たちのところに戻った。

ベルトランは入り口で金髪の女性が靴を脱ぐのを見ていた。火傷の痕がある男と女性が一緒に外に残ってから五分以上たち、女性の顔は真っ赤になっていた。外で何かあったようで、どうやらそれは楽しいものではなかったらしい。

「大丈夫かい?」ベルトランは声をかけた。

女性は大丈夫だというようにうなずいたが、表情はそうでないことを物語っていた。

エマニュエルはできるだけ人と離れた場所に、無言でマットレスと寝袋を敷いた。寝るためのスペースはそれほど広くなく、臭いといびきに耐えられそうになかった。それに、火傷の痕がある男のそばで寝たくなかったのだ。普段エマニュエルは、週のうち六日、自宅で公認会計士の仕事をしている。今回が初の温泉療法で、山スキーツアーも初めての経験だったから、山小屋に到着するころには誰もが疲れはてて、口もきけない状態になっていると思っていた。ところが実際は、みんなおしゃべりがとまらない。男三人は特に。

「つまり、その女は夫の目の前でレイプされたのか?」ベルトランが尋ねた。

「そうだよ、そこに縛りつけられた状態でね」

火傷の痕がある男が、山小屋の屋根を支える中央の柱を指さして言ってから、周囲にワインをすすめる。

「まるで拷問の杭だな」ガイドのマチューは嫌そうに言って、水でも飲むように一気にワインを飲みほした。

エマニュエルはストーブのそばに行った。火にあたると、乳酸のたまっていた筋肉がゆるんでいくのがわかった。

「それはいつ起こったんだ？」またベルトランが訊いた。

「十年前だよ」

男がベルトランに向かって残酷に微笑む。フードはかぶったままだった。頭皮が露出している場所や深い傷を隠すためだろうとベルトランは思った。

「十二月十日だった」

「今日は十二月十日だわ」ツアーにいたもう一人の女性、コリンヌが言った。

「冗談だよ、日付は今思いついた」男がウインクしながら言い放った。

誰も笑おうとせず、黙ったままでいる。ついにベルトランが口を開いた。

「その話はどこで聞いたんだ？」

「みんな知ってるよ」

「わたしは知らないわ。このあたりに住んでるけど」コリンヌが言い返す。

「山岳ガイドなら知ってるってことだ。あんたは歯医者だろ？」

「あら、それならわたしの患者さんかもしれないじゃない。名前は？」

「知らない」

「ねえ、別の話をしない？」エマニュエルが会話に割って入った。

その声には苛立ちと恐怖がにじみ出ていた。突然、屋根の上で大きな音がした。全員が驚いて天井を見あげた。火傷の痕がある男以外は。

「いったい何が起こったの？」エマニュエルが言う。

「何がって、何？」

「今の音、みんなちゃんと聞こえたわよね？」

「だから聞こえたって、何が？」

「屋根の上で音がしたじゃない」

「雪の塊だろ？」マチューが答える。

「雪の塊はあんな音じゃないでしょ？」

「だったら、雪の重みで枝でも折れたんじゃない？」コリンヌが見くだすような目でエマニュエルを見て言った。「あんなの何でもないわよ？」

　誰もが一瞬口を閉じた。風が屋根を打ち、室内ではストーブの火が音を立てて燃えている。エマニュエルは外の様子を想像した。厚く降りつもった雪に覆われた屋根。その上に伸びるモミの木の枝。その奥の、凍りついてもの言わぬ山頂。その頭上で静かに輝く星……。谷の奥でうずくまったままのちっぽけでつまらない自分たちは、洞窟にいる原初の人間のようだ。

「その女はレイプされただけじゃなかった」男がフードを目深にかぶったまま口を開き、また特徴ある舌足らずな声で言った。「女と夫は拷問されていたんだ。一晩中だぞ。そのまま置き去りにされてのたれ死ぬところだったのを、ガイドをやっていたおれの友だちが見つけたんだよ」

エマニュエルは気づいていた。コリンヌの目が興奮で輝き、飢えた目でマチューを見つめている。

「恐ろしい……」コリンヌがつぶやいた。

まるでマチューを誘っているような言い草だった――「恐ろしいほど刺激的。あなたとその話がしたいから、わたしたち隣どうしで寝てみない？」

エマニュエルが見たところ、コリンヌは四十五歳くらいだった。日に焼けた肌と、切れ長の目にハシバミ色の瞳。耳を出したショートボブで、褐色の髪には艶がない。コリンヌはひっきりなしに肘でマチューに触れて、テーブルに隠れて足でも同じことをしている。

エマニュエルは自分のほうが真っ赤になっているのがわかった。この二人、今晩みんなの前でやりだしかねない。

「それだけじゃないんだ、最悪なのは――」

「もういいわ、やめて！」

四人がいっせいにエマニュエルを見た。マチューは馬鹿にした目で笑っている。

「ごめんなさい」

「みんな疲れただろ？　そろそろ寝るとするか」場をとりもつようにベルトランが言った。

コリンヌとマチューがベルトランに恨めしそうな目を向けた。二人の恋は、まだ十分に温まっていないようだ。

「おれはかまわない」火傷の痕がある男がそっけなく言った。「おれは寝る前に一服してくるよ。一緒にどうだい？」マチューが立ちあがり、コリンヌだけに話しかける。

コリンヌは笑ってうなずき、ガイドについて行った。なんて尻軽な女なの！　エマニュエルは十五歳も年下の男と寝たがるコリンヌに嫌悪感を覚えた。マチューが開けた扉から、モミの木の枝が風に揺れる音が聞こえた。扉はすぐに閉まった。

「あのレイプの話、ちょっとびびった」外に出るとコリンヌが言った。

マチューは笑ってパッケージから煙草を一本取りだした。コリンヌが手を伸ばすと、意地悪するように遠ざけて、自分が先にフィルターをくわえた。今度はコリンヌが笑い、金色のひげの真ん中にある、果物のように真っ赤な唇から目を離さない。マチューも見つめ返すとコリンヌの口にも一本煙草をくわえさせ、ライターの火を近づけた。

「あなたの名前はマチューで間違いない？」

「ああ、そうだよ」

「わたしね、一人で寝るのは嫌いなの、マチュー」

二人はかなり接近していたが、煙草のせいでコリンヌが希望するほど近づくことができない。コリンヌは離婚していたし、行動に制約があるわけでもなかったので、これまでも機会があれば自由を有効活用してきた。

「一人になれるわけがないだろ。これから三人の男をはべらせるのに……」

「そういう意味じゃないわ。寝袋に一人は嫌だってことよ」

二人はほぼ同時に煙草を口から離し、顔がさらに近づいた。マチューからワインの香りがする吐息が降ってくる。

「あとの三人がぐっすり寝ている横でやりたいんだな？　そのほうが興奮するんだろ」

マチューが確認するように言った。

「少なくとも、一人くらいは起きていてほしいわ」

「ここでとっととやっちまうってのは？」

「寒すぎるわよ」

コリンヌはマチューの目をのぞき込んだ。なんの感情もない空っぽの目。一方のコリンヌの目には、マチューしか映っていなかった。と、そのとき、背後の茂みで何かが動いた。マチューの首と肩のあたりから何かの影が確認できる。コリンヌは震えあがり、甘い空気はどこかに吹っ飛んだ。

「今のはなんだったの？」

「は？」

すでにコリンヌは、壁とマチューのあいだの隙間から抜けでていた。

「何かいたのよ」

マチューはめんどくさそうに振り返り、暗い森を見つめた。

「何もないぞ」

「絶対に何かいたのよ！　あそこの森のなかに！」

コリンヌの声はパニック混じりになっている。

「何もないと言っただろ。枝が風で揺れたんだ、それだけさ」

「違うわ。別のものだった」

「じゃあ動物だろ……ちくしょう、あんたはいったいどうしたいんだ？」

「戻りましょう」コリンヌは吸い殻を雪に落として言った。


「外に誰かいるわ」

室内の三人がコリンヌを見つめ、そのうしろから現れたマチューは天井を仰いだ。

「わたし見たの。誰かいたんだってば」

「影だろ」マチューはコリンヌを追い抜き、三人のそばへ行った。「森で影を見たら、風に揺れる木に決まっている。誰もいやしないんだよ。こんなに寒いのに、森に立ってるやつなんているかよ？　なんのためにそんなことをするんだ？　おれたちのｉＰｈｏｎｅやスキーを盗もうってのか？」

「本当に誰かを見たのよ」コリンヌが言い張った。マチューとの火遊びはもはやどうでもよくなっていた。

「確かめにいこう」ベルトランが提案した。「懐中電灯はあるかい？」

マチューはため息をつくとリュックサックをあさり、二本の懐中電灯を取りだした。

「そんなに言うなら見にいこうぜ」

マチューはベルトランと連れだって山小屋を出た。

「おれの言ったとおりじゃないか。人間なんているわけがないんだ」マチューが歩きながら文句を言った。

懐中電灯の光線が木々のあいだをぎくしゃくと照らしながら、森の深部を暴いていく。どこまで照らしても夜は果てがなかった。夜は雪と同じく、隅々まで徹底的に、あらゆるものを隠す。

「おい、ここに足跡がある。新しいぞ」

マチューはしぶしぶベルトランのそばに行った。確かに、森の外れに深い足跡が残っていた。山小屋から数メートル先の、雪が一番深くて、何かあったとしても霧で隠れてしまいそうな場所に。懐中電灯の光線を浴びて雪がきらめいた。

「だからなんだってんだよ。誰かがここを通っただけさ。昨日の足跡かもしれないぜ？いや、この寒さじゃ足跡も固まるから、もっと前のものかもな」

ベルトランは眉をひそめてマチューを見つめた。認めたくないが、言っていることは正しいと思えた。それに、考えてみれば騒ぐほどのことでもない。そばに農場くらいあるだろうし、足跡を追って森のなかに入ったとして、それからどうするのだ？　あの男がレイプの話を持ちださなければ、こんな面倒なことにはならなかったのだ。

「もういいだろ？」

マチューが言い、ベルトランはうなずいた。

「ああ、戻ろう」

「おれたちは何も見なかったってことでいいな？　足跡はなかった。みんなを怯えさせる必要はないさ」

18　動揺

トゥールーズまで戻ると、シュステンは気分転換したいと告げて、ホテルまで送ってもらわずに繁華街で車を降りた。そのままサン・ジョルジュ広場のバーに入り、隅の丸テーブルに座ってウオッカベースの〈カミカゼ〉を飲んでいるところに、学生グループにいる一人がじっと視線を送ってきた。いや、いかにも若者らしく貪欲に、飢えた野獣のように虎視眈々と狙っているのだ。視線を合わせてやると、学生が笑顔になった。シュステンは笑い返さない代わりに、視線を外さない。学生は席を立ち、テーブルのあいだを縫うように歩いて近づいてきた。たいていの男は厳格で冷たい外見に恐れをなして退却するのに、学生にその様子は見られない。

学生がフランス語で何か話しかけてくる。それから、これで相手を虜(とりこ)にできると確信しているような微笑みを投げかけられ、シュステンも虜になりかけた。

「フランス語は話せない」

そう言うと、すぐフランス語なまりの教科書的な英語に切り替わった。

「誰かを待っているんですか？」

「いいえ」

「じゃあ、僕を待っていたのかな？」

下手くそな誘いを受けて、どうにか笑みを返す。

「そうかもね？」励ますようにたたみかけると、学生の目が光った。

害のなさそうな、つい先日まで子どもだったような顔をしているが、その目の輝きは、別の一面があることを物語っている。学生が空いている椅子を見て言った。

「座ってもいいですか？」

一時間後、シュステンは相手のすべてを把握し、もてあましていた。おおざっぱな英語を正しく理解できたとすると、学生は今、トゥールーズ宇宙センターの航空宇宙高等学院で修士論文を書いていて、将来は人工衛星に関する仕事をしたいらしい。将来のことについて語りだしたら話がとまらなくなり、最初は興味のあるふりをしていたシュステンも、面倒くさくなってきて、ｉＰｈｏｎｅを出して触りはじめた。

「僕の話、つまらないですか？」

「ええ、ちょっとね」

学生の顔が青くなり、瞳に厄介な色が浮かびあがった。やはり、見た目ほど無害な男ではなさそうだ。そこでシュステンは、テーブルに隠れて靴の先端で学生のくるぶしに触れながら上半身を寄せた。学生も身を寄せてきたので、二人の顔は数センチの距離まで接近した。シュステンは学生の目を見つめて言った。

「わたし、違うことがしたいの」

するとすると、脈拍と血圧が上昇したことを知らせるように、学生の瞳孔がかっと見開いた。靴の先はすでにジーンズの裾から足を伝っている。相手の顔が真っ赤になったのを見て、生殖器に血が集まっていることも想像できた。

「場所を変えませんか……」学生がしゃれた誘いをかける。「うちがいい？　それともきみのところ？」

「いやよ。ここでいいじゃない」

シュステンは顎と視線で奥のトイレを指すと、先に席を立って男性用と女性用トイレのあいだにある狭い空間に入り、白い陶器の洗面台に寄りかかって学生を待った。扉が開くなり学生が飛びついてきて、熱すぎる手を太もものあいだに入れてくる。好きなように触らせていたら、膣が湿り気を帯びてきた。二人でペニスにコンドームをはめたあと、シュステンは個室に立たされ、便器の上部にある木の仕切り壁に両手をつかされた。学生は前戯なしにいきなり挿入し、性急に動きだした。シュステンは、喉の奥でうめき声をあげ、あえぎ、壁に爪を立てた。そのせいで左手人差し指の爪の下にとげがささったことにも気づかないくらい、一気に達してしまった。相手も同じだった。シュステンは学生にキスして礼を言ってから、雨の町に出ていった。

真夜中になる少し前に、シュステンはホテルの部屋に戻った。すぐにシャワーを浴びて体を洗い、性器に長々と水流を当てる。シャワーから出ると充電器から携帯電話を外し、振り返って便器に腰かけた。

「カスペル？　わたしよ」相手が出るなり話しだす。

「ようやくつかまったな。それで今、どこにいるんだ？」電話の向こうで、ベルゲンの刑事が返事をした。

繁華街でシュステンと別れたあと、セルヴァズはヴィクトル・ユゴー広場に面した自宅がある建物の下で煙草を吸っていた。視線をあげると自宅のベランダと明かりのついているリビングが見えて、たまに窓の向こうで人影が動いているのがわかる。マルゴが夕飯の支度をして、父親の帰りを待っているのだ。夜空には雲一つなく、背後には一階に市場が入っている五階建ての駐車場が建っていた。自宅から眺めるときには、整然と並ぶ車の列が眠る動物のように見えるのに、夜になるといつも、市場が閉まったあとのこの閑散とした建物から、不気味な気配を感じとってしまう。

セルヴァズは煙草をふかし、ギュスターヴのことを考えた。

園長の言葉についても、また考えてみる。

「あなたとギュスターヴの関係は？」

こんなことを言われたせいで、運転中に恐ろしい可能性に気づいてしまい、今もずっとその不安が頭を離れない。

ハルトマンに連れ去られる前に、マリアンヌが妊娠していたとしたら？

いや、そんなはずはない。

そう思っても、写真を出して子どもの顔を見ずにはいられなかった。あれからこの動作を何度繰り返したか、数えたくもなかった。数えてしまったら、自分が狂気の手前まで来ていることを、認めなければならない。子どもの顔に何を探しているのだろう？　似ているところか、あるいは似ていないところか。自分に似ていなければ、ハルトマンが父親だと言えるのか……。

今、この瞬間も、セルヴァズは写真を手に取り、広場の薄暗い明かりの下で、自分を見つめる子どもの顔を凝視していた。と、そのとき、ズボンのポケットの奥で携帯電話が震えた。画面を見ると知らない番号が並んでいる。アドレス帳にない番号だ。

「もしもし？」

「心臓はどうなった？」

セルヴァズは飛びあがり、人気（ひとけ）のない広場と歩道に素早く視線を走らせた。見わたすかぎり、携帯電話を使っている人間はおろか、誰の姿もない。

「なんだって？」

「あのくそったれの夜を覚えているか、マルタン？　列車の上にいたよな？」

相手の声に聞き覚えがあった。

「おまえは誰だ」

バイクが通りすぎた瞬間にエンジン音で電話の声が聞こえなくなり、一瞬、さっきまでの声は幻なのかと思った。

「……二人とも焼けちまいそうに――」

「ジャンサンだな?」

「くそ、おまえのせいでおれはフレディ・クルーガーだ。自分でもあいつにしか思えねえ」

セルヴァズは息を呑み、耳を澄ました。

「ジャンサン? おまえ、今どこにいるんだ? 火傷の治療を受けたらしいが――」

「ああ、そうだとも。リハビリの最終段階だ。サン゠マルタン・ド・コマンジュ、知ってるよな? あそこで今日おまえを見たぞ。市役所に出入りしてたな」

確かに遊歩道に黒いコートを着た男が立っていて、自分を見あげ、その横を人々が通りすぎていったが……。違う、男は背が高かったが、ジャンサンは低い。

「何がしたい?」セルヴァズが訊く。

一瞬の沈黙が流れる。

「話がしたい」

このくそ野郎が! セルヴァズは電話を切りたい衝動をどうにかしてこらえた。ジャンサンとはなんとしても距離をとらなければならなかった。前回は正当防衛を認められたが、監察の連中が周囲を嗅ぎまわりながらこっちのミスを待っている。セルヴァズは誰かが見ている場合に備え、広場を囲む回廊の陰に隠れた。

「なんの話だ」

「わかっているはずだ」

セルヴァズは目を閉じて歯を食いしばった。はったりに決まっている。自分を罠にかけ、ストーカー行為で告発するつもりなのだ。

「悪いがほかにやることがある」

「おまえの娘のこと、おれは知ってるぜ……」

一瞬で怒りが体中に広がった。

「今、なんと言った？」

「どれくらいでサン＝マルタンに着く？　夜中の零時に温泉場の前で待ってるぞ。じゃあな、アミーゴ」

これで終わりだと思ったら、一拍置いて続きがあった。

「おまえの娘によろしくな」

最後のセリフが耳に入った瞬間、セルヴァズは携帯電話をにらみつけ、市場のコンクリートの壁に叩きつけそうになった。ジャンサンはすでに電話を切っていた。

セルヴァズは猛スピードで車を走らせた。高速道路は閑散としていたため、前方にトラックが見えたと思ったら、瞬く間にテールランプが近づいてくる。怒りをこらえてトラックを追い越し、そのまま法定速度の三十キロオーバーで突っ走った。

始末書を書くはめになることはわかっている。どう書けばいいか、セルヴァズは考えた。ジャンサンが娘の話をしたのでそうせざるを得なかった——これならどうだ？　いや、監察の連中がそんなたわごとを聞くわけがない。行かなければいいんだ。やつらはそう言うだろう。上司に報告のうえ、単独行動は避けるべきだと。まったく……。いったいこれから何が起こるんだろう？　ジャンサンは自分に何をさせたい？

高速道路を降りてすぐ、月明かりだけが光る不気味に暗い田園地帯に入った。それからセルヴァズは真っ暗な山々に飲み込まれ、昼間と同じ谷をのぼった。まるで、夜と山々という二つの存在に圧倒されながら、廃墟となったあちこちの大寺院を逃げまどっている気分だった。

サン＝マルタンに到着しても、街路に人影はなかった。ごく稀に明かりがついている窓があるくらいで、繁華街は、地方の小さな町にありがちな秘密と夢を抱えたまま、重い眠りについていた。車はエティニー通りを進んだ。いくつか、明かりの消えたカフェのテラスとシャッターが下りている店の前を通りすぎると、その先に温泉場が待っていた。地方の町のこんなふうに寝静まった姿は、どことなく死の予感めいたものがあるが、セルヴァズはもう死が怖くなかった。死を正面から見つめたせいだった。

遊歩道まで来て、入り口に車をとめた。人っ子ひとり見あたらない。左手の公園には真っ黒な木々と藪があり、誰でも簡単に隠れられそうだった。右手には、山々をバックに、ギリシャ・ローマ時代の共同浴場をヒントにつくられた列柱が並んでいる。その奥には新しくなった平行六面体のガラス張りの温泉施設が、月明かりを浴びてきらめいていた。セルヴァズは突然逃げだしたくなった。ここにいたくなかった。証人がいない場所でジャンサンに会うべきではない。やはり来ないほうがよかったのだ。

「おまえの娘によろしくな」

そのとき、あの最後の言葉が頭をよぎり、セルヴァズは覚悟を決めた。車を降りて、できるだけそっとドアを閉める。

あたりは静まり返っていた。セルヴァズは円柱のうしろからジャンサンが現れるのを待った。映画ならそうなるではないか？　前に進むと、照明技師の手による絶妙な逆光をバックに、あやしい影が浮かびあがる……。ところがそうならないので、セルヴァズは反対側にある公園の藪と影をえぐるように見つめた。風が吹いたが、裸の枝は骸骨の手足のように動かない。

セルヴァズは遊歩道を進み、振り返って自分のうしろにあった風景を眺めた。昼間は立派な町の心臓部なのに、この時間になると、撮影クルーが置き去りにした映画のセットに見える。

「ジャンサン！」

あの嵐の夜も同じように相手の名前を呼んだことを思い出し、セルヴァズは怖くなった。今日も銃はグローブボックスに入れっぱなしにしてある。車に戻ろうかと思ったが、そうする代わりに、右手にある建物と列柱に近づいた。今日の証人は、この月しかない。ジャンサンがすぐそばにいると思うと、セルヴァズは体が震えた。

いきなり、あの日の映像がフラッシュバックしてきた。車両の屋根に雨が降りしきるなか、空で稲妻が光り、ジャンサンが振り返って、銃が火を噴き、飛んできた弾丸が心臓を貫く。あのときはまったく弾丸の衝撃を感じることがなくて、こぶしで胸を打たれただけかと思っていた。今回もやつに撃たれるのだろうか？

「心臓はどうなった？」

いや、そこまでする理由がない。三件のレイプにジャンサンはかかわっていなかった。だからこそ、罠にかけられたと思って追いつめられたのか。いったい、なぜ自分に会おうと思ったのだ？　そして、なぜここに姿を現さない？

「ジャンサン？」

列柱の奥にある建物にもやはり人はいなかった。セルヴァズは遊歩道に戻り、二本の円柱のあいだからまた公園の影を見つめる。と、突然、三十メートルほど先の公園の外れに、灌木（かんぼく）とは違う真っ黒で動かない影を認めた。目を細めると、木々のあいだにある影が、さらにはっきりした。人影に間違いない。

「ジャンサン！」

セルヴァズは人影に近づこうと遊歩道を歩きだした。すると人影も動いた。向かってくるのでなく、公園の奥に入っていく。ちくしょう！　どこに行くつもりだ？

「おい、待て！」

人影が早歩きになり、生け垣のあいだを先に進みながら、たまに振り返っては二人の距離を確かめる。セルヴァズが公園の小道まで行くと、人影は自分の優位を見せつけるように走りだした。突然、人影が右に曲がり緑の大きな建物の裏手に消えた。セルヴァズもあとを追ったが、脇腹に釘で刺されるような痛みを覚え、緑の建物を曲がったところでスピードをゆるめた。するとそこは砂利の敷かれた坂道になっていて、道はハイキングロードに続き、そのまま森へと向かっていた。人影はあとかたもなく消えていた。

空には雲がなく、モミの木がうっそうと茂る森が、月明かりを浴びて巨大なシルエットを浮かびあがらせる。

影と闇しかない世界だった。セルヴァズは両膝に手を置いて息を整えながら、情けない体力に呆(あき)れはてていた。これからどうするべきか。森に入るのは無謀だろう。何が起こるかわからないのに、銃も懐中電灯も持ってきていない。ジャンサンは、なんのためにこんなお遊びを仕掛けてきたのだろうか？

いや、セルヴァズは今になってようやく、ジャンサンに狙われる理由を理解した――憎しみだ。顔に重度の火傷を負ったことを逆恨みしているのだ。そうすると、森に隠れて待ち伏せしているのかもしれない。なんのため？　もちろん償わせるためだ。方法は？　やつは殺人も辞さないほど絶望しているのか？

前腕に鳥肌が立った。それでもセルヴァズは森に向かって歩きはじめた。ところが、あと数メートルのところで足をとめた。まったく、誰の気配もない。セルヴァズはふと、息が苦しいのは走ったせいだけでなく、ここにいるのが自分と、自分に害をなそうとしている人物しかいないせいだとわかった。

「ジャンサン？」

自分の声に嫌気がさした。隠そうとしたのに、不安が隠しきれていない。そばにいるはずのジャンサンは、恐怖を感じとって狂喜乱舞しているだろう。

セルヴァズはその場で二十分ほど待った。風が葉を揺するたびに、影の動きを目で探す。もうジャンサンはいなくなった、ここにいるのは自分だけだと確信できたとき、セルヴァズはようやく来た道を戻り、公園を抜けて温泉場に向かった。

そして、今夜の出来事に納得できないながらも、ほっとした気持ちで駐車場に戻ったそのときのことだった。

ワイパーの下にメモが挟まれていた。

《どうだ、怖かったか？》

カスペル・ストランは、高台にあるベランダ付きの三部屋のアパルトマンに住んでいた。近くにケーブルカーの駅があって、部屋から市街地と港が一望できる。べらぼうに高いアパルトマンだったが、この景色が購入の決め手になった。雨であろうと——ベルゲンは一日おきに雨が降る——夜が来て、七つの山と七つのフィヨルドを持つ街がイルミネーションできらめくさまは、まったく飽きない。それに、冬場はあっという間に夜になるのだ。

カスペルは、その夜のベルゲンで、夜中の零時が来るのを待っていた。

自分はこれから、ここまで貫いてきた刑事としてのプライドを踏みにじろうとしている。そのせいで、もう鏡に映った自分の姿を見たくなくなることは覚悟していた。だが、どうしてもあの金が必要なのだ。それに、自分が売るつもりの情報は、必要な人にとっては喉から手が出るほど欲しい類いのものだと確信していた。シュステン・ニゴールが教えてくれた情報はあまりに信じがたいものだった。実際どれほどの金額になるか、確認してもらわなければならない。

カスペルは、リビングの真ん中にある作業台を見つめた。スウェーデンの家具屋で人気の組み立て家具を買ったはいいが、二時間奮闘して、引き出しのレールを逆につけていたことに気づいたのだ。もちろんこれは自分のせいでなく、わけのわからないマニュアルのせいに決まっている。これを書いた人間は、組み立て家具など買ったことがないのだろう。床の上には、チップボードパネル、ねじ釘、ドライバー、ボルトが、爆発でもあったかのように散らばっていた。

役に立たないマニュアル付きの組み立て家具キットか……。カスペルはドライバーを拾って部屋の隅で振りまわしながら、やもめになってからの自分の人生のようだと自嘲した。自分は一人で生きていける人間ではなく、反抗期真っ只中の十四歳の少女を育てることはさらに手に余った。妻が死んでからは、失敗の連続だった。

カスペルは腕時計を確認した。本来であれば、マーリットは一時間前には帰宅していなければならない。またいつもの遅刻だが、娘は毎回謝りもしなかった。これまでカスペルはあらゆる手段に訴えた。叱って、外出させないと脅して、家庭教師をつけて、たまに譲歩してみて……。だが、何をしても娘は頑として言うことをきかない。それでもカスペルは娘のために、娘が気に入っているこのアパルトマンを所有していたかった。本来ならカスペルの給料で手の届くものではない。ローンは、夫より稼ぎのよかった妻が支払ってくれていたのだ。その妻が死んでしまった今、カスペルは例の番号だけが頼りだった。それに、ギャンブルの借金もたまっていた。

全面ガラス張りのベランダには、小さなテーブルセットが置いてあった。カスペルはベランダに出て、そのテーブルにウィスキーのグラスを載せた。霧雨越しに見るベルゲンは、無数のきらめきを放っていた。湾に突きでたフィヨルドが濡れた光に埋め尽くされ、港の黒い海水を二分割するように輝いている。倉庫街の木造家屋も美しくライトアップされて、醜い鋼鉄製の建物は影に隠れた。

椅子に座り、インターネットで調べた電話番号を書いたメモをポケットから取りだす。なぜ、直接携帯電話のアドレス帳に入れなかったのか。そうしておくと、監査が入ったときに何か違いが出るとでも思ったか。

カスペルはもらえる金のことを考えた。金がいるのだ、一刻も早く。それに、若い娘たちを危険にさらすわけにはいかないではないか。カスペルは痛む胃をなだめ、ついに電話をかけた。

19　バンッ！

山小屋で寝ていたエマニュエルは、あえぎ声とため息で目を覚ました。

起きたとたんひどく頭が痛み、暗くて何も見えないはずなのに、あらゆるものがハイスピードで自分のまわりをぐるぐる回っているような気がした。闇のなかで、またあえぎ声とため息が聞こえる。たぶんコリンヌと馬鹿ガイドだろう。エマニュエルは、二人がテーブルの下でじゃれあっていたことを思い出した。それでも、じっと耳を澄ますと、男一人分の声色しか判別できない。みんな数センチも離れずに横になっているので、その男以外は静かに眠っているのがわかる。

急に恐怖を感じて悲鳴をあげたくなったが、なんでもないのにほかの人を起こしたら、何を言われるかわかったものではない。それに、ためらっている間にあえぎ声がとまってしまった。もう何も聞こえなかった。耳で脈打つ自分の鼓動以外は。

まさか、寝ぼけていたのだろうか？

怖くて眠れないでいると、しばらくして、また別の音が聞こえた気がした。誰かがキッチンのほうで、泥棒のように気配を殺して歩いている。

あれは、ほかの人を起こさないため？　それとも何か理由があるのだろうか？　また鼓動が速くなった。エマニュエルは闇のなかでじっと動きを追ううちに、マットに張りつけにされて、動きを封じられたような気がしてきた。謎の動きが負の波動——巧妙に隠された敵意のようなもの——を発し、体がそれに反応したかのようだった。

エマニュエルは唾を飲み込んだ。胃にしこりができているのがわかる。昨日の夜に自分が聞いた物音と、コリンヌが外で誰かを見たと言っていたことを思い出した。もっと深く、体がマットに沈んだ気がする。朝が来れば、このおかしな反応はぜんぶ夜のせいだったとわかるはずだ。夜が怖くて、こんな非合理的で幼稚な反応をしたのだと。ところが、そう言い聞かせても安心することができなかった。消えてしまいたかったが、それができない以上、みんなを起こそうと思ったのに、今となってはまったく音が立てられない。エマニュエルは闇のなかで動く影を完全にとらえていた。

いや、影がこっちに向かってくる……。

手で口をふさがれると同時に、首にとがったものを押しつけられた。

「しっ」

口を覆う手から金属のような刺激臭がする。銅管の臭い。エマニュエルは自分で古くなった配管の修理をしたので、この臭いをはっきりと覚えていた。それから血の臭いも。暴力的な感情の餌食になると、決まって鼻血が出るのだ。

耳元で声がした——寝る前よりもずっと舌足らずになった声が。あいつだ、顔に火傷の痕がある男……。

「声をあげても、抵抗しても、おまえを殺す。そのあとで全員を殺す」

脅しでないことを知らせるためか、とがったものがさらに強く首に当たり、刃物の痛みを感じた。大きなタイルを胸に載せられた気がして、息ができない。と、真っ暗ななかで寝袋のファスナーを開ける音がした。

「音を立てずに寝袋から出たら、立て」

エマニュエルはそうする努力をしたが、ひどく足が震え、つまずいて、木のベンチで膝を打った。思わずうめき声が出る。すぐに男の手がのびてきて、細い腕をパジャマの上から折れるほど強くつかまれた。

「静かにしろ！　死にたいのか」男が小声で言う。

闇が少し薄れたので、男がまだフードをかぶっているのがわかった。服も脱がずに、みんなが眠るのを待っていたに違いない。寝台からいびきが聞こえる。裸足のせいで、山小屋の床が凍えるほど冷たかった。男は腕をつかんだまま、自分をどこかに連れていこうとしていた。

「行くぞ」

行き先はわかっていた——外に出れば邪魔者を気にせずレイプできる。終わったら殺されるのだろうか？　動くなら今だ。すると男は抵抗を感じとったらしく、首の左側にまた刃物を強く当てた。

「動いたり叫んだりしたら、喉をかき切る」

一瞬自分が、集団の輪を離れたガゼルや子象になった気がした。獣は狩りの前にそうやって、獲物を集団から孤立させるのではなかったか？　扉が開くとともに風が吹きつけ、冬用のパジャマ一枚では、外の寒さが身に染みた。雪を踏むと足の指が縮こまり、震えはますますひどくなる。これほど一人だと感じたことはなかった。

「なぜこんなことをするの？」

泣き言にしか聞こえないことはわかっていた。それでも、男をとめるために話をしなければならなかった。話をして説得しなければならない。

「どうしてなの？　なんで？」

「黙れ！」

雪混じりの強風が吹き、声を出しても男は気にしなくなった。

「やめて！　お願いだから！　わたしにひどいことをしないで！」

「いいから黙れよ」

「お金ならあげるわ。誰にも何も言わない。わたしはあなたが……」

もはや自分でも何を言っているのかわからなくなり、収拾がつかなくなった。

「黙れよ、ちくしょう！」

エマニュエルは腹を殴られて息ができなくなり、空っぽの肺のまま、雪の上にうずくまった。胆汁が喉元までこみあげてからさがり、腹のあたりが燃えるように痛む。突然足を引っ張られて、うしろに倒れた。はずみで山小屋の石壁に後頭部をぶつけ、目の前に火花が散った。気づくとあおむけに倒れていて、雪の上に尻を引きずったあとが残っていた。体の上に乗った男に、ひどく興奮しながらパジャマのズボンを下ろされる。黒いフードの奥で獣じみた目が光る。エマニュエルは尻の下に雪を感じ、男の口臭に吐き気がした。片手で握ったナイフの切っ先を喉元につきたてられ、息ができない。男はもう片方の手で自分のズボンを下ろしはじめた。

男の背後に見える黒い森が、風に揺れている。

太もものあいだをまさぐられ、エマニュエルは暴れながら「いや！　やめて！　お願い！」と叫んだが、冷たいナイフの切っ先で皮膚を強く押され、悲鳴と呼吸の両方がとまった。口を開けたまま閉めることができない。キスをするつもりなのか、男が顔を近づけてきたそのとき、男のうしろを何かがよぎるのが見えた。

影だ。黒い森から影が立ちあがり、猛スピードで巨大化しながら近づいてくる。

体の上にいた男は、何も見ず、何もわからず、キスもできないまま、背中から影にのしかかられた。影は手に黒い手袋をはめ、銃を握りしめていた。そして、その銃口を男の右のこめかみに押しつけた。

映画やテレビでしか見たことがないシーンだったのに、エマニュエルはこれが現実だとわかった。

「いったいなん――」男が背中の存在に気づき、声をあげる。

直後、銃が火を噴いた拍子に、影の顔にかぶさった目出し帽が見えて、バンッ！と大きな音が鳴った。耳をつんざく爆音が一発だけ響き、夜を揺さぶった。鼓膜に圧を受けて、甲高い異音が続いた。男の首が死んだ鶏のようにあり得ない方向に折れ曲がる。それから、血と骨と脳みそでできた黒い雲が、黒い間欠泉（かんけつせん）さながらにフードの反対側に飛びだして、最後に男の体が雪のなかに倒れた。

エマニュエルはふっと体が軽くなったのを感じ、その拍子にありったけの声で悲鳴をあげた。ただし、耳に聞こえるその悲鳴が、本当に自分の喉から出たものなのか、確証は持てなかった。あいかわらず、両耳の鼓膜が蜂の大群でもいるかのようにぶんぶんと鳴っている。黒い雲が消えて、黒い手袋に握られていた銃から煙が出ていた。

影に見つめられ、エマニュエルは自分も殺されると覚悟した。ところが、影は来たときと同じように去っていった。

今度こそ、エマニュエルは確信した。自分が今、悲鳴をあげていることを。

銃声とヒステリックな悲鳴は山小屋まで届いた。寝ていた三人は目を覚ますと、ダウンジャケットをはおって外に飛びだした。三人は姿が見えないエマニュエルの名前を呼び、返事がないので山小屋のまわりをぐるりと回った。

「うわ、くっそ！」

ガイドのマチューがパジャマ姿のエマニュエルと死体に気づき、あとずさった。死体の頭部から流れた血は雪に吸収され、脳みそと血液が、飛び散った勢いで新雪を深くえぐっていた。

エマニュエルはショックと寒さで激しく震えながら、口を大きく開けて、むせび泣き、あえいでいる。まるで水に溺れて空気を欲しがっているようだ。マチューがそばで膝をつき、エマニュエルの肩を押さえて言い聞かせた。

「もう大丈夫だ、終わったから」

マチューはそう言いながらも、何が終わったのかまったく見当がつかなかった。わかっていることは、誰かが男の頭を吹き飛ばしたということだ。マチューはエマニュエルを温め、落ち着かせるために抱きしめて、そっと尋ねた。

「きみか？　きみがやったのか？　誰がやったんだ？」

エマニュエルは顔をあげ、きっぱりと首を横に振った。涙がとまらず、何も言葉にすることができない。ベルトランとコリンヌも二人のそばに来て、エマニュエルと死体と森を怯えた目で見ている。

「何も触るな。警察を呼ぼう」

ベルトランが言って、携帯電話を出した。

「ちくしょう、電波が来てない」

「山小屋にある緊急時用のトランシーバーを使ってくれ」

マチューが膝をついたまま顔だけあげて言い、またエマニュエルのほうを向いた。

「立てるかい？」

エマニュエルはどうにか立ちあがったが、足の震えがとまらず、マチューの支えがないとその場で崩れ落ちてしまいそうだった。二人は慎重に死体を避けて歩き、山小屋を回ってなかに入った。コリンヌはベルトランと一緒にすでに室内に避難していた。

「いったい何が起こったの？」コリンヌはできるだけ小さい声でエマニュエルに尋ねた。

「あなた……あなたの言ったとおりだったの。いたのよ……誰かが」

エマニュエルの歯がガタガタと大きな音で鳴っている。

「ああ、外に誰かいるんだ」マチューが震えながら言った。「そいつは銃を持っている」

20　ゴールド・ドット

　夜明けの光で山頂と雲がバラ色に染まる頃、県庁所在地であるポーから、国家憲兵隊の鑑識官たちと刑事事件捜査課の車が到着した。現場で一次処理を指揮したサン＝マルタンのサン＝ジェルメス班長は、保全作業が終わっていたことから、車から降りて歩いてくる彼らを、落ち着いて待ちかまえた。実際は、失敗するわけにはいかないという恐怖で、胃をきりきりと痛めながらの作業だったが。

　サン＝マルタン・ド・コマンジュにこうした凶悪事件が起こることはめったになく、サン＝ジェルメス自身、こうした現場に遭遇することは初めてだった。もちろん、二〇〇八年の冬に起こった事件のことは知っていた。あれはもはや伝説と化し、老人たちの世間話のなかでは冬の風物詩となっている。サン＝ジェルメスは、その頃まだこのポストについておらず、ポー憲兵隊の刑事事件捜査課と、トゥールーズの地域圏司法警察とともに捜査にあたったのは、前任のメイヤール班長だった。ただし、メイヤールも当時ここで勤務していた多くの憲兵隊員たちも、とっくに転勤してしまっている。

　そして昨晩、あれ以来の殺人事件が発生した。一報を受けて現場に到着したサン＝ジェルメスは、状況がまったく理解できなかった。証言を無理やりまとめると、ツアーに参加していたハイカーが、朝の三時にレイプ目的で女性を外に連れだして雪の上に押し倒したが、どこからともなく現れた影がそのハイカーのこめかみを撃ち抜き、またどこかへ消えてしまったという。支離滅裂以外の何ものでもない。

すでに空は明るくなり、暗かった山がよく見わたせるようになった。モミの木の香りが漂い、きんと冷えた朝の空気がサン＝ジェルメスの頬を刺す。

ポーから来た車は全部で五台だった。屋根が盛りあがっているバンが移動ラボだろう。こちらに向かってくる集団の先頭は、眼鏡をかけた顎の張った男だった。彼もほかの隊員たちも、ポケットだらけの防弾チョッキの下に厚手のセーターを着ている。男は青く澄んだ瞳でこちらを凝視しながら近づいてきて、目の前まで来ると「モレル大尉だ」と自己紹介して、力強く握手をした。

「それで、現場はどこだ？」

「つまり、こういうことだな？　襲われた女の証言によると、被害者の男に外に連れだされ、ナイフを突きつけられた状態でレイプされそうになったところに、森から誰かが現れて、男の頭を銃で撃ち抜いたと。これでいいか？」

「間違いありません」

「こんな馬鹿げた話は聞いたことがないぞ」モレルが言う。

「ですが、実際ナイフは見つかりました」モレルの尊大な態度に腹を立てながら、サン＝ジェルメスが反論した。

「だからどうした。ナイフは自分で置いたんじゃないか？　まずはその女について確認しろ。心療内科の通院歴はないか。射撃クラブに登録がないか。これまで男とトラブルを起こしたことはないか。二人はすでに顔見知りだったのか。まったく、なんでこんなあやふやな話になるんだ」

　モレルの意図は明らかだった。おまえの聞きとりはなってない。そう言いたいのだ。サン＝ジェルメスは肩をすくめた。事件は自分の手を離れ、まわりではすでに慌ただしい動きが始まっている。そこかしこに電気ケーブルが走り、殺害現場と山小屋が歴史的建造物さながらにライトアップされた。ライトの光は雪で覆われたモミの木の壁にぶつかり、あちこちの石、屋根のスレート板、足跡、枝、そして動きまわる人々のシルエットが照らしだされる。

　白い防護服姿の鑑識官たちは、まるでカモフラージュ服でも着ているように、雪に紛れて見分けがつかなかった。みんな、あたりを行ったり来たりして、雪を掘って、指紋や頭部の残留物や生物学的サンプルを集め、あちこちで声をかけあっている。一見するとカオスの光景だが、誰もが自分が何をやるべきかわかっていた。鑑識とは不思議な職業だと、サン＝ジェルメスは思った。みんな、朝起きるなりまた恐るべき暴力と死体が発生したことを知らされ、素早く朝食を食べて出てきたのではないか。

死体の頭部のそばにしゃがみ込んでいた鑑識官が、サン＝ジェルメスとモレルのほうを見あげ、小さなキセノンランプを持ったまま、青いマスクを顎まで下ろして言った。

「弾は脳頭蓋に入り、生命維持機能をとめて出ていきました。本人には何が起こったのか理解する時間もなかったはずです。スイッチ一つで消されたようなものですよ。見たところ、今年は彼にとっていい年じゃなかったようですね」

鑑識官は手袋をはめた手で、被害者の口のまわりにある火傷の痕と頰を指さした。どちらの傷もまだ生々しい。

「夜間の気温がほぼ一定だったとすると、事件は午前三時から五時のあいだに起こったものと思われます」

この意見はハイカーたちの証言と一致した。今度は、少し離れた場所にいる別の鑑識官が口を開いた。

「こっちにある足跡は、サイズが被害者のものとも女性のものとも一致しません。誰かが森からやってきて、二人に近づき、同じ道から去っていきました」足跡を指さして言う。「最初は走ってきました。つま先がかかとよりずっと深いからです。それから、そこでじっと立ちます。両足の力の入り具合が均等なので。そのあと彼のほうを向いて」今度は死体を指さす。「こっち、来た方向から戻っていきました。帰りは走っていません」

サン＝ジェルメスはちらっとモレルを見た。今の説明に異議はないようだ。

「軍用犬チームはどこだ？」モレルが言った。

「まもなくこちらに来ます」誰かが答える。

「すいません、こっちも見てください！」数メートル先でまた誰かの声がした。

二人はサーモカメラを使っている鑑識官のほうを向いた。赤外線サーモグラフィーだと、サン゠ジェルメスは思った。鑑識官はカメラを横に置いて防護服からピンセットを取りだし、二人に自分のそばに来るよう促しながら膝をついた。鑑識官が青い手袋をはめた手にピンセットを持って立ちあがった。ピンセットの先には破裂した薬莢があった。

「それはなんだ？」モレルが尋ねる。

この鑑識官も、先ほどの仲間のように青いマスクを顎まで下ろした。ただ、こちらの鑑識官は困惑したように眉をひそめている。

「拡張弾頭です」

答えを聞いた瞬間、サン゠ジェルメスは嫌な顔をした。拡張弾頭は、フランスでは一般に販売が禁止されている。使用していいのは、猟師、スポーツシューター、そして……警官に限られる。

「九ミリパラベラム弾ですね」鑑識官は説明を加え、目の前で弾をゆっくりとまわすうちに困惑の表情になり、急にうわずった声になった。「大尉」

「どうした」モレルが言った。

「こいつはスピアー社の〈ゴールド・ドット〉ですよ、ちくしょう」

「本当なのか？」

問われた鑑識官はうなずいた。サン゠ジェルメスとモレルの視線がかちあう。なんと、モレルが急に弱気になった。サン゠ジェルメスは心のなかでつぶやいた。厄介ごとの気配を嗅ぎ取りやがったか……。実際、まったくよくない気配だった。フランスでは、極々限られた人間しかスピアー社の〈ゴールド・ドット〉を使うことができない。それは警官と憲兵隊員だった。

「つまり、ほかの三人が寝ているあいだに、被害者の男があなたをナイフで脅して外に連れだしたんですね?」

「はい」エマニュエルは答えた。

「あなたの腹を殴り、雪の上に倒した……レイプ目的で」

「そうです」

「それからあなたの上に乗って、あなたのパジャマのズボンを下ろした」

「はい」

「その瞬間、銃を持った誰かが森から現れ、男を撃った」

「そのとおりです」

「銃口を男のこめかみに押しつけたんですね? こんなふうに」

ジェスチャーとともに憲兵隊員が尋ねる。

「はい」

ベルトランが証言した。

「やつはうっとうしくてね。なんて言うか……病気なんだと思いますよ。とんでもなく気味の悪い目でした。気持ちが悪かった」

コリンヌが言う。

「あいつは頭がいかれてたのよ。もっと気をつけるべきだったわ。エマニュエルのことを思うと……」コリンヌは泣きだした。「あたしはちゃんと、誰かが外にいるって言ったのに。みんなが信じなかったのよ」

最後はガイドのマチューだ。

「普通にハイカーとしてツアーに参加していました。お客さんはみんな、サン＝マルタンの温泉が目当てなんです。それぞれ理由があるんですよ。ただ、あの男の場合はちょっと悩みました。派手に感電してリハビリを受けていたので、コンディションが心配だったんです。でも本人は参加すると言いはるんでね。そうなるとわかるでしょう？　ああいう性格であんな事件を起こした相手に『だめです』と言う勇気はありませんよ」

「こんな感じでどうですか？」二度目の聞きとりを終えて、サン＝ジェルメスが報告書を出した。

モレルは班長を見あげてしぶしぶ言った。

「証言は一致しているな」

「私があなたに言ったことと、関連性はありますか？」

返事はない。サン＝ジェルメスは躊躇しながらも、次の質問をぶつけた。

「どうなんでしょう？　犯人は本当に……警官なんですかね？」

これに対しても、返事はなかった。

21　ベルヴェデーレ

外は寒かったが雨は降っておらず、シュステンはキャピトル広場に面するカフェのテラス席に座り、フランス式の朝食――泡立てた牛乳を入れたコーヒー、クロワッサン、オレンジジュース――をとっていた。と、セルヴァズが広場を横切り近づいてくる姿が見えた。どうやら何かあったようだ。

そして、あまり眠っていないようにも見える。

初めてトゥールーズ警察署で会って以来、セルヴァズの笑顔には数えるほどしかお目にかかっていないが、今日は笑顔どころか、ものすごく不機嫌な顔をしている。しかも、明らかに悩みを抱えているようだ。

ところがその印象は、正面にセルヴァズが座った瞬間に吹き飛んだ。悩みを抱えているというよりは、困りはてて途方に暮れているように見える。まるで両親と離れて迷子になった子どものようだった。

「どうかしたの？」

シュステンは声をかけてから、セルヴァズには絶対コーヒーが必要だと思い、ギャルソンに追加を二杯頼んだ。セルヴァズがこちらに顔を向けたが、その目に自分が映っていないことがわかって、シュステンは透明人間になったような気がした。それからようやく、セルヴァズが弱々しい声で、昨夜の出来事と、自分がここに来る前に起こったことを語りはじめた。

「なんでわたしに一緒に来るよう頼まなかったの？」話が終わるなりシュステンが言った。

「きみがトゥールーズに来ることになった事件とは、直接の関係がないからな」

「ステーラン署長には話した？」

「いや、まだだ」

「そう。でも、話すつもりではあるの？」

「ああ」

注文していたコーヒーが来た。カップを持つセルヴァズの手が震え、テーブルと太ももにしずくが飛んだ。

「そうすると、あなたはしばらく昏睡状態だったわけね？　初対面のときのあなたの印象がちょっと変だったのは、そのせいなのかしら」

「あり得るな」

「なんてことよ、ひどい話だわ」

セルヴァズが思わず苦笑いを浮かべる。

「きみの言うとおりだ」

「わたしを信用してくれない？　北欧から来たフランス語がわからない女の刑事じゃなくて、パートナーだと思ってほしいのよ。どう？」

厳しい顔で説得を試みるシュステンを見て、セルヴァズはごく自然に笑顔になった。そして、シュステンの厳しい表情は愛情の裏返しであることを理解した。

「なんだ？」

「ねえ、マルタン」


「マルタン、おまえ、真夜中に誰にも言わずに行ったのか！」

ステーラン署長は文字どおり爆発寸前だった。左のこめかみに、太く蛇行する血管が透けて見えて、顔はスイカのように真っ赤になっている。

「ほかに方法がなかったんです。マルゴを襲うと脅されたので」

正確にはこういう言い方ではなかったが、それで通じると見越してのことだった。

「いいや、方法はあった！」ステーランは唾を飛ばしながら吠えた。「報告するべきだったんだよ！　そうすれば誰か別の人間を現場に送ることができた」

「私に話したいことがあると言っていました。それを聞きたかったんです」

「ああそうか。だが実際のところ、おまえは向こうで散歩をさせられただけだ。間違っていたら言ってくれ」

セルヴァズは何も答えない。

「いいか、監察のやつらが知ったらおまえはまずいことになるぞ。それが問題なんだよ。それに、私もとばっちりを受ける」

こっちが本音だな。セルヴァズは思った。

「連中が知ることはないと思いますよ。誰が言うんです？　ジャンサンですか？　私を真夜中に呼びだして走らせてやった、電話で娘の話をしてやった。やつがそう説明するんですか？」

ステーランが、おまえがいるせいでちゃんと話ができないと言いたげに、シュステンをちらっと見つめた。

「マルタン、こうなったらやれることは一つしかない。報告書を書いて、フロリアン・ジャンサンに事情聴取を受けさせるんだ。それで、やつが何を話したがっているかわかるか？」

「見当もつきません」

「何もかも、まったく気に食わん」

「私もそうです」

「マルゴのことははったりだと思うか？」

「それもわかりません。やつは私を恨んでいますから。感電したのも顔に火傷の痕が残ったのも、私のせいだと思っています」

「マルゴに警備をつけるか？」

セルヴァズはしばらく考えた。ハルトマンのことが頭をよぎった。

「お願いします。ジャンサンのせいだけじゃありません。ハルトマンが現れて、マリアンヌ・ボカノウスキーの二の舞になるのはごめんです。そのあいだに、ケベックに戻るよう説得しますので。あっちにいれば安心ですから」

ウィーンでは、ベルンハルト・ツェートマイヤーが、ベルヴェデーレ宮殿美術館の窓辺に立ち、雨に濡れる美術館の庭を見つめていた。庭はレン通りに向かってゆるやかに下り、池があって、綺麗に刈り込まれた植木と彫刻が点在している。広い敷地のあちこちに鎮座するミステリアスなスフィンクスは、降る雨に動じることなく、今日も見る者によって印象を変える奇妙な笑顔を貼りつけていた。

これこそがツェートマイヤーが愛するウィーンだった。十八世紀にベルナルド・ベロットが描いた景観画と、ほぼ変わらない永遠のウィーン。現代社会にはびこる流行、廃退、風俗的堕落、醜悪にはまったく興味を示さない街。今やその面影をすっかり失ってしまった街……。ところが最近は、この街にもヨーロッパのあちこちにも、希望の種が撒かれているように思えた。古い価値観を取り戻す運動が立ちあがり、年々その規模を増しているのだ。ここオーストリアでは、残念ながら、先週末の選挙で惜しくも保守派が敗れた。果てしなく続いた三百五十日間の選挙運動の末に勝利したのは、くそったれのエコロジストだった。ツェートマイヤーとしては、そのエコロジストよりもさらに、保守派の候補者が嫌いだったが、いずれヨーロッパに保守勢力の時代がやってくると信じ、その日が待ち遠しくてたまらなかった。

ツェートマイヤーは振り返った。

ダウンジャケットを着た集団が、美術館の床に水滴を垂らしながら通りすぎていく。ここに来る客の大半は、たいした価値もないグスタフ・クリムトの作品が目当てだ。ただのインテリアデザイナーをこれほど持ちあげるとは、馬鹿が多すぎるとツェートマイヤーは思った。しかも、こいつもグスタフときている。もちろん、マーラーに比べたらちっぽけな存在にすぎないが。ツェートマイヤーは、クリムトの『接吻』より、エゴン・シーレの『死と乙女』のほうが好きだった。少なくともシーレは作品に、金箔やアイシャドー、それにキャバレーのポスターでも使わないような技巧をちりばめない。それに、シーレの筆致は生々しく荒削りで、圧倒的だった。早世の画家は最後に、妊娠六カ月でありながら、スペイン風邪により死の床にある妻のエーディトを描いた。妻が亡くなった三日後、シーレ自身もまたスペイン風邪で世を去った。芸術にとってなんたる痛手だろう……。クリムトがウィーンを代表する画家とは、この街の凋落(ちょうらく)ぶりを物語っている。
と、人の群れからずんぐりしたヴィーザーの姿が近づいてきた。

このところツェートマイヤーは、公共の場所で待ち合わせるのに疲れていた。カフェで話せばいいのに……。まったく、誰が老人の会話に興味を持つのだ？　心のなかでそう文句を言いながらも、ツェートマイヤーは、先ほど入手したばかりの情報のおかげで上機嫌だった。

「元気だったか？　新しい展開は？」

先に挨拶してきたヴィーザーも、こんな場所で会うことが面白くない様子だったが、ツェートマイヤーは一緒に不機嫌になるのをこらえて、さっそく本題に入った。

「グスタフの足どりがわかった」

ヴィーザーは震えあがった。

「やつの息子だな？」

「子どもはフランス南西部にある山あいの小さな村で暮らしていた。この夏までそこの幼稚園にも行っていたらしい」

「どうやって本人だとわかった？」

「写真を見せたら園長が反応したからな。まず間違いない。それに、ファミリーネームが、ハルトマンが執着しているあの警官のものと同じだ」

「なんだと？　意味がまったくわからないぞ」

だろうな。ツェートマイヤーは思った。

「つまり、近づいているということだ」落ち着いて説明を続ける。「かつてないほど接近している。これを逃したらもう二度とチャンスはない。ハルトマンは子どものところに行くはずだ。子どもの居場所が確定できたら、ハルトマンが現れそうな場所がわかる。今回は全力で調べねばなるまい。あの子どもは天からの贈りものだ」

22 モンタージュ

「その人物の顔を見ましたか？」モレル大尉が尋ねた。

エマニュエル・ヴァンギュッドは眉をひそめ、記憶をたぐった。

「その人物もフードをかぶっていました……あいつと同じです」考えた末にエマニュエルが答える。「それに、真っ暗だったので、たいしたことはわかりません。でも、顔は見たんです。すごく近かったし——」

「年はいくつくらい？」

また返答に詰まる。

「四十から五十代でしょうか。若くはない、ってことくらいしか」

「髪は金髪？　褐色？」

「その……頭に——」

「フードをかぶっていたんですね、それは知っています」モレルは理解を示しながらもじれたように言った。「凶器の銃について、何か覚えていますか？」

「いいえ、まったくわかりません」

ため息をつき、キーボードを操作する。

「待って、そうだわ」

　モレルは目をあげて続きを待った。

「見たはずなんです」

　声の調子に警戒すべきものを感じたモレルは、椅子ごと体をエマニュエルに向けて、思考の邪魔にならないようそっとうなずいた。

「何か銃に関係するものだったわ」

「本当に？」

「そう、フードの男はホルスターを使っていました。見たんです。男が立ちあがって……あいつのところに行ったときに」

「……ホルスターですか？」

　モレルは殴られた思いがした。深呼吸をして組んでいた指の関節を鳴らす。

「はい。そんなふうに、腰のところに」エマニュエルは相手の腰を指さして言った。

　この情報を知って、モレルは青くなった。

「それは確かですか？」

　今度は自分の声が相手に警戒心を抱かせたようだった。

「どうして？　重要なことですか？」

「ええ、まさに」

「断言できます。ベルトにホルスターを付けていました。あなたと同じ場所です」

ちくしょう、なんてことだ！

「ちょっと待ってくださいね」

モレルは電話をかけた。

「大佐。モレルです。電話ではなく、お目にかかって直接ご相談したいことがあります。できるだけ早く」

それからエマニュエルのほうを向いた。

「フード付きの男のモンタージュをつくりましょう。大丈夫、緊張しなくていいですよ。忘れていたことを思い出すくらいの気持ちでね。たいていは、自分で思っている以上に覚えているものなんです」


あのあと、セルヴァズはステーランの説得に応じ、報告書を作成していた。

結局、ジャンサンから電話があり、マルゴのことを間接的に脅されたことだけ言及して、サン＝マルタンには行っていないことにしたのだ。たとえジャンサンがサン＝マルタンでセルヴァズを見たと言っても、それについては否定する。証人はいないはずだった。唯一の懸念事項は、セルヴァズの移動に伴う携帯電話の基地局の記録だが、ステーランとしては、証人が依頼人だけしかいない状態で、ジャンサンの弁護士が動くとは思えなかった。リスクはあるにしても、そう高くはないだろう。うまくいかなかった場合、ステーランは知らなかったと言って引っ込む。二人はその流れで話がついていた。

ステーランはさっそくジャンサンの拘束を依頼するため、サン＝マルタンの憲兵隊に電話をした。ところが話が終わらないうちに、真っ青な顔で電話を切ってしまった。

「どうしたんですか？」

様子がおかしいことに驚き、セルヴァズが尋ねた。署長は今、知らない相手が目の前にいるかのようにセルヴァズを見ている。当のセルヴァズはわけがわからず、背筋に冷たい液体を流し込まれたような、嫌な予感が走った。ステーランが猛スピードで何かを考えていることは確かだが、その内容がつかめない。

「サン＝マルタンの憲兵隊はなんと言っていたんですか？」

ステーランがようやく正気に戻り、まずセルヴァズ、それからシュステンを見て、またセルヴァズに視線をやった。

「ジャンサンが死んだ。誰かに撃ち殺されたらしい。昨晩、銃で頭を吹っ飛ばされたんだ。サン＝マルタンの憲兵隊は、犯人が警官だと考えている」

マルタン

23　母なる自然、血まみれのメス犬

　あのあと、なぜこれほど早く情報が広まったのかは誰も説明できなかった。漏らしたのは憲兵隊、検事局、あるいは警察なのか……。とにかく、その日の終わりまでに、噂は各部署を巡り、その過程でさまざまな脚色がついて、おおまかにはこんなところで落ち着いていた――ジャンサンがまた誰かをレイプしようとして、どこかのおまわりに撃ち殺されたと。まるで、マスクをかぶったヒーローが、ゴッサム・シティやニューヨークの市民を助けたように、あの真夜中の瞬間に〝正義の味方〟が現れたのだ。

　レイプについては、完遂されたバージョンとそうでないバージョンがあり、撃たれた場所も頭部や心臓のほか、あれこれ斬新な設定――最初に睾丸を吹き飛ばしたとか――が見受けられたが、とりあえず一致していた点は、この地球上でやつの死を嘆く人間は、年老いた母親のほかに誰もいないということだった。地域の女性たちは、やつが死んでくれたおかげでほっと息をつき、安心して外を歩けるようになった。とはいえ上層部では、この〝正義の味方〟（この人物に対し〝殺人犯〟という言葉を使う者はほぼ皆無だった）が身内の人間だった場合、監察が大喜びするだろうことに懸念が高まっていた。

やがて〝正義の味方〟という言葉に代わり、ある人物の名前がささやかれはじめた。セルヴァズ。

トゥールーズ署の警官であれば、犯罪捜査部班長が列車の屋根の上でジャンサンに撃たれ、昏睡状態に陥ったことを知らない者はいない。そうすると、あまりにきわどい仮定の話が広まるのに時間はかからなかった。そんななかで、誰よりもこの状況に困惑し、心配していたのはステーラン署長だった。

署長はまず、目覚めたセルヴァズが、耳のない白い猫の話を持ちだして、モントーバン近郊に住む女性を殺したのはジャンサンだと訴えていたことが何度も頭をよぎった。そこに加え、あれからセルヴァズが変わってしまったことに頭を悩ませていた。それはほかの警官もわかっていたが、おもてだって話題にしたことはなかった。少なくとも本人の前では。つまり、裏では話題になっていたのだ。

きっと昏睡状態のあいだに何かが起こり、ランゲイユ大学病院センターを退院したときには、入院時と別人になっていたということなのだろう。だからといって、セルヴァズが殺人を犯すだろうか？　ステーランにはとうてい考えられなかった。ただし、疑いがなかったわけではない。そして疑いというものは、確信——それが否定的な確信であっても——よりも、恐ろしい毒のように作用した。

かつてのセルヴァズなら、絶対にそんなことはしないとわかっている。だが〝今〟のセルヴァズはどうなのだろうか？

夕刻に警察署を出たステーランは、心労で疲れはてていた。これから大審裁判所に出向き、会議に参加しなければならない。

車がアンブシュール通りを走り、ミディ運河を越えて幹線道路方面に進むうちに、ステーランはまた疑いの毒が浮上してくるのを感じていた。セルヴァズの話は、どこまでが真実で、どこまでが嘘なのだろうか。確かなことは、セルヴァズが昨晩サン＝マルタン・ド・コマンジュに行ったということだけだった。

そして、その数時間後、ジャンサンが警官に銃で撃たれた。

トゥールーズ署の警官は、誰もステーラン署長のように心配も困惑もしていなかった。ヴァンサン・エスペランデューとサミラ・チュンをのぞいては……。もちろん噂は二人の耳にも届いていた。それでも二人はじっと沈黙を守っていたが、頭のなかはこのことでいっぱいだった。

結局サミラが咳払いを合図に口を開いた。

「ねえ、ボスにそんなことができると思う？」

エスペランデューはM83の曲が流れているヘッドホンを耳から外した。

「なんだって？」

「ボスにそんなことができると思うか、訊いたんだってば」

「ふざけてるのか？」暗い目でエスペランデューが訊き返す。

「ふざけてるように見える？」

椅子を回しながらエスペランデューが言う。

「ちくしょう、みんなボスの噂ばっかりだ」

「知ってる」サミラは苛ついた口調で返事をした。「問題は、どっちのボスかってことよ。昏睡前のマルタンか、目覚めてからのマルタンか」

エスペランデューは議論に乗らず、顔をパソコンの画面に向けた。

「連中のことはほっとけよ。僕は聞きたくない」

「気づいてないとは言わせないからね」

ため息をつくと、また椅子を回してエスペランデューが尋ねた。

「何を気づいてないって？」

「ボスが変わったこと」

「……」

「あたしたちのこと、無視してるし……」

「少し待ってやれよ。復帰したばかりじゃないか」

「それにあの女よ。いったい何しにきたの？」

「ノルウェーの刑事？　その話は自分だって聞いてたじゃないか」

「でもボスは、彼女のことしか頭にないみたいじゃない。あんたはそれにも気づいてないって？」

「妬いてんの？」

それを聞き、サミラの顔が曇った。

「いいかげんにしてよ、あんたときどき馬鹿になるよね。ボスがあたしたちより、知らない外国人のほうを信用するのがおかしいって言ってんの」

「どうだろう」

サミラが顔をあげた。

「あたしは怖いの、怖くてたまらないのよ。犯人じゃなくても、ボスのせいにされるわ。もう決まったことなのよ」

「じゃあ僕たちが真犯人を見つければいい」

「ふうん？　どうやって？　それに、真犯人がボスだった場合はどうすんの？」

その翌日、サン＝ゴーダンス大審裁判所の検事正代理オルガ・ランブロソは、くたくたに疲れ、うんざりしていることを隠しもしなかった。野心あふれる者にとっては夢の事件なのだろうが、普段は家庭内のトラブルばかりを扱うランブロソにとって、今回の事件は荷が重すぎた。ランブロソは、長らく機能していなかったサン＝ゴーダンス大審裁判所に久しぶりに派遣された司法官だった。二〇一四年に裁判所が復活した折りには、日刊紙が高らかに《コマンジュ地域に法が帰還した》と報じたほどだ。それ以後、裁判所は自転車操業によりどうにか維持されていた。

職員は全部で十一人。仕事の量は増加の一途をたどり、日々、山積みの書類をどうにかさばいていたところに、こんな桁外れの問題が飛び込んできたのだ。

ランブロソは正面に座るモレル大尉から話を聞き、報告書を読んだ。

「つまり、警官が関わっているということですか?」

「あるいは、そのふりをしている者ですが、その可能性は疑わしいでしょう。警官以外にこの種の弾薬を持ち、腰にホルスターをはめている人間がいますか?」

「憲兵隊員の可能性もありますね」ランブロソが指摘する。

「もちろん」

モレルの顔がこわばった。ランブロソはまた報告書に没頭した。書類を持つ左手の薬指にはくっきりと指輪のあとがあるが、指輪そのものははまっていない。結婚生活をかえりみず、ワーカホリック的な働き方を続けた結果だった。サン＝ゴーダンス大審裁判所の管轄における離婚率は、二〇〇二年に謎の低下を記録した以外、だいたい一年に百六十件のペースで高止まりしている。

「すると、午前三時の氷点下の気温のなか、男が森から現れ、ジャンサンに発砲して、どこかへと消え去った……」

ランブロソは息子にペローの童話を読み聞かせるように、報告書を読みあげた。

「言いたいことはよくわかります。私も同じように考えたので。どう見ても正気の沙汰ではありませんが、それが実際に起こったことです」

「真夜中に現れた〝正義の味方〟ってとこかしら。まるで映画のようですね。レイプの真っ最中を狙って現れるなんて……まったく」

　不信感を隠そうともせずにランブロソが続ける。

「いっそのこと、マスクやど派手なレオタードを見た人はいないの？」

　モレルは席を立つのをこらえた。自分もサン＝ジェルメス班長から話を聞いたときに、同じ反応を示したからだ。それにユーモアで返す才能もない。

　ランブロソはファイルを閉じると、うっかり開けてしまわないよう、その上に両手を置いた。

「この件は控訴院の管轄です」はっきりモレルに告げる。「ここには、こんな事件を扱うための技術も人もありません。トゥールーズ検察のカティ・デュミエール所長に依頼します。むしろ、国家警察監察総監（IGPN）や国家憲兵隊監察総監（IGGN）が対応するべきでしょうね」

　IGPNは警察、IGGNは憲兵隊の内部を監察する組織だ。モレルは慎重にうなずいた。これがあまりにうさん臭く、常軌を逸した事件だということを、ランブロソも理解しているということだった。

「弾丸とホルスターのことを知っている人は、どれくらいいますか？」

「数限りなく。現場には大勢人がいました。情報を抑える努力はしましたが、どこまで広まったかはわかりません」

「では遅かれ早かれ記事になりますね」

ランブロソは顔をしかめてそう言うと、電話の受話器を握った。

「急ぎましょう。こちらとしては、あまりに突然で対応が遅れた、程度のことは周知しておきませんと」

そこで一瞬手をとめる。

「いずれにせよ、現実は見るべきです。嵐は確実にやってきて、すべてを奪うでしょう。〝正義の味方〟の正体が警官だと知れたら……。メディアは大喜びでしょうね」

ハンドバッグのなかで携帯電話が鳴ったとき、カティ・デュミエールはトゥールーズの有名レストラン〈サル・ゴス〉で、温泉卵と子羊のすね肉の昼食をとっていた。デュミエールはすぐに、星占いによる今日の運勢を思い出した——即断即決が鍵、手元にカードがそろっているか確認すること。

トゥールーズ大審裁判所のトップに君臨するデュミエールは、星占いを盲信し、できる範囲で、自分が関わる相手——上層部はもちろん司法官から警官まで——のホロスコープを入手していた。デュミエールはこの座を得るために、検事代理、主席検事代理、副検事、検事と、下から一段ずつ階段をあがってきた。そして、サン゠マルタン・ド・コマンジュの検事正だったときに、首を切られた馬と林間学校の事件で束の間の名声を得た。だが、デュミエールは、サン゠マルタン地方検察局の検事正でいることに飽き足らず、貪欲な野望を叶えるべく、数年後、トゥールーズ大審裁判所に所属する全検事の頂点、所長の座に上り詰めたのだ。

　肉体的に見ても――厳しい表情、猛禽類のような横顔、光る眼差し、薄い唇、意思の強そうな顎――この職にある者の典型と言える。デュミエールをよく知らない人々の多くは、彼女を威圧的だと感じ、知っていれば賞賛するか怖れるか、あるいはその両方だった。ただし、デュミエールが恥をかかせた人々――だいたいが能なしか策士だが――は、彼女を徹底的に憎んでいる。

　電話はサン＝ゴーダンス大審裁判所の検事正代理からだった。カティ・デュミエールは、相手の言葉を最後まで口を挟むことなく聞いてから、こう告げた。

「よろしい。すぐに報告書を出しなさい」

　電話を切ったデュミエールの額には、一本多くしわが刻まれていた。

「いつものデザートをお持ちしますか？」ウエイターが尋ねる。

バノフィーパイにクレープ生地を焼いて砕いたものを混ぜて、キャラメルキャンディアイスを添えたもののことだ。

「今日はやめておくわ。ダブルのエスプレッソ、いえ、トリプルにしてくれる？　それから、アスピリンはないかしら」

「頭痛ですか？」

　デュミエールは若いウエイターの洞察力に笑顔で返事をした。

「まだ大丈夫。でも、もうまもなく痛くなるの」

広告業界を経て大衆行動の専門家になったアメリカ人のハワード・ブルームは、自身の著書である『ルシファーの原則』にこう記した。すなわち、母なる自然は血まみれのメス犬で、暴力と悪はなくてはならない一部であり、複雑さを増しながら進化する世界では、憎しみ、攻撃性、戦争はブレーキではなく、進化の原動力になると。

この説が正しいのなら、近年、進化は猛スピードで加速していることになると、デュミエールは思った。たとえばトゥールーズでは、過去一年間における暴力事件が三千五百件に達した。その大部分は刺傷事件であり、夜間に市街地で摂取されるアルコールや薬物が原因だった。いまや薬物はドーピング程度の扱いで、あまりに安易に摂取されている。

この同じ時期、大審裁判所で働く司法官の人数が、二十三人から十八人に削減された。人口と青少年犯罪が著しい増加傾向にあるのに、トゥールーズが地方の管轄とされたことで、検察の数が圧倒的に不足する事態に見舞われてしまったのだ。その結果、刑事事件に対応しようにも、公判の数がまったく足りないといった、あらゆる種類の克服不可能な課題に直面している。とにかく手段が足りず、三カ所ある軽罪裁判所のキャパシティでは、増えつづける数をさばききれない。

加えて、刑事事件だけでなく民事事件も増加しているため、弁護士だけがたんまりと甘い汁を吸っている。結果として、ここ数年手つかずの書類の数が一気に膨れあがり、その割合は強盗事件の九十五パーセント、その他の事件でも九十三パーセントに達している。

デュミエールはこの現状に常に頭を痛めていた。

そこに来て、今回の事件である。

たとえば、嵐のなかを進む船が四方八方から来る水をかいだしているときに、右舷から大波に来られるわけにはいかないではないか？　それなのに、今起こっていることはまさにそんな状況だと、報告書を読みながらデュミエールは思った。

正面には、検事正のメッジェールが座っている。いつものようにパリッとした服を着て、ネクタイの結び目も非の打ちどころがなく、髪もつい先日美容院に行ったばかりのようだった。すでに報告書を読んでいたメッジェールの目に、貪欲な光が宿っている。そのことにデュミエールは驚き、楽しんでいるのだとわかって嫌悪感を抱いた。大半の検事正同様に、メッジェールもまた、メディアに騒がれて新聞に名前が載ることや、テレビに映ることが大好きだった。たとえそれが見せかけの名声であろうと、メディアの光で羽を焦がしたいと望む蝶はいつでも飛んでいきたがる。

「まさか、喜んでいるわけではないわね、アンリ？」

メッジェールは侮辱されたかのように椅子から立ちあがった。

「むろん、そんなわけはありません」

あまりに見え見えで、信じられるはずがなかった。

「予審判事は誰がいいかしら？」慎重に尋ねる。

「デグランジュでしょう」

デュミエールはうなずいた。もちろん、デグランジュに決まっている……。ほかに誰がいる？　論理的選択だと思いながら、デュミエールは目を細めてメッジェールを見つめた。メッジェール検事正とデグランジュ判事は誰もが認める犬猿の仲だった。

しかもこのデグランジュは、肉体的にも精神的にも、メッジェールのアンチテーゼと言えた。伸ばしっぱなしの白髪にカラフルなジャケットが似合う、燃えるような気質のデグランジュは、司法独立の旗を掲げ、すべての検事正を潜在的な敵と見なしている。一方、キャリアと携帯電話のアドレス帳が命のメッジェールは、デグランジュが嫌悪するものを完全に具現化していた。片方が、突然もう片方のオフィスに現れて口論になることが、これまで何度あっただろうか？　デュミエールはメッジェールの意図を見抜いていた。この事件を毒入りのプレゼントとして送りつけるつもりなのだ。とはいえ、デュミエールとしても、その選択は至極妥当に思えた。

デグランジュは迅速に捜査を進めるだろうし、マスコミの目にも、判事の職に信念を持ち、司法の独立を死守しようとする姿が映るだろう。この状況下では、彼のような判事が立ちあがったと伝えることが必要なのだ。それに、デグランジュは間違いなくもっとも有能な予審判事だ。

「デグランジュで正解ね」デュミエールは同意した。「彼ならボルドーのＩＧＰＮを抑えてくれるわ」

ＩＧＰＮ、すなわち国家警察監察総監には、七カ所の拠点がある。パリ、リヨン、マルセイユ、リール、レンヌ、メス、そしてこのボルドーだ。

「そうでない姿など想像できませんよ」メッジェールは嫌みったらしく言った。「むろん、ＩＧＧＮに対してもです」

メッジェールはすでに、宿敵が司法の暗部の手で窮地に陥る未来を夢見ていた。そう、デグランジュの履歴書に消えない染みがつくことが楽しみでならなかったのだ。


検事局会議に出席していたステーラン署長は、検事正との話しあいから戻るなり、セルヴァズに言った。

「おまえの報告書だが、手を加えてもらうぞ」

セルヴァズは黙って続きを待った。

「遅かれ早かれ、監察はおまえに興味を示す。おまえがあの日いた場所についてもだ。実際はサン＝マルタンに行ったのに、その事実を意図的に省いたことがばれてしまったら……どうなるかわかるな？」

「もちろんです」

「いやしかし、こいつを提出する前で助かった」

あまりの言い草に、セルヴァズは腹が立った。戻ってきた瞬間から、ステーランは自分に対する不信感を丸出しにした。おそらく、会議で視点を変えざるを得ない何かが議論されたのだろう。だが、何年も一緒に働いてきた部下を一番に信用すべきではないか？　本当に自分を信用できなくなったのなら、いったい何が起こったのだろう？　署長は自分のために闘ってくれたのだろうか。あるいは真っ先に保身に走った？　ステーランは前任のヴィルメールとは違い、真っ直ぐな人間で、互いによく理解していたはずだ。だが今は、友人はもちろん、上司を見極めるのも難しい時期にあるのかもしれない。

「マルタン……」

「なんですか？」

「おととい の夜、サン゠マルタンでやつを見たのか？　それとも見なかったのか？」

「ジャンサンですか？　見ていません」セルヴァズは躊躇して、続けた。「いや、シルエットは見ました。言い直します。ジャンサンと思われる人物のあとを追いました。違うのかもしれません。とにかく、シルエットしかわからなかったんです。シルエットが公園から私を見ていて、近づこうとしたら逃げられたんです。あとを追いかけましたが、温泉場の裏手にある森に消えました。その時点で夜中の零時を過ぎていて、車に戻ったら、ワイパーの下にメモ書きが残っていたんです」

「メモ書き？　そんな話は聞いてないぞ」

「そうですね。《どうだ、怖かったか？》と書いてありました」

「なんてことだ」

ステーランが、二年前に死んだ自分の妻を見たような顔をしている。

「ジャンサンは警官の銃で撃ち殺された。監察の連中は犯行動機を探している。そのうち、おまえなら動機があると言いだすはずだ」

セルヴァズは体がこわばった。もちろん、ジャンサンが警官の銃で撃ち殺されたと知ったときには、真っ先に自分の銃が手元にあることを確認していた。

「動機って、私にどういう動機があるんですか?」

「マルタン！　おまえは心臓にジャンサンの弾を食らって死にかけたんだぞ。それに、昏睡状態から復活するなり、モントーバンの女性を殺したのはあの男だと言っていたじゃないか。それなのに、やつは法の手を逃れたんだ。しかもおまえは娘をネタに脅された!」

「いや、ジャンサンは娘のことに触れただけ――」

「脅されたから、サン＝マルタンにすっ飛んでいったんだろう?　あんな真夜中だぞ、ちくしょう!　おまえはやつが死ぬ数時間前に、やつを見ているんだ、マルタン!　くそっ!」

いつものステーランはこんな言葉遣いをする人間ではない。それほど頭にきているか……追いつめられているのかもしれない。

「困った事態になった」

胸の内にあったものをすべてぶちまけたのだろう。セルヴァズは、ボスの声に小さな恐怖を読みとった。そして、過去にも何度かあったように、考えすぎだ、臆病になりすぎているいると感じ、結局は波風を立てたくないだけかと疑った。その結果、部の評判が傷ついてもいいと思っているのだ。セルヴァズはふいに、生き残るためなら自分はばっさり切られると確信した。ステーランは顔色を失って、すでに自分の殻に引きこもっている。

「責任は私がとります」セルヴァズははっきりと告げた。

「一点の曇りもない報告書にしてくれ」ステーランが、今目覚めたかのように見あげて言った。「正確に、起こったそのままを書くんだ」

「サン＝マルタンに行ったことを隠すと決めたのは、私ではありません」セルヴァズは言い返すと席を立ち、椅子を乱暴に押した。

ところがステーランは座ったまま、また別の世界に行ってしまった。先のことを考えているのだろう。これまで順調に積みあげてきたキャリアを振り返りながら。木を守るために、腐った枝をどうやって切り落とそうか。この自分とのあいだに、どうやって防火壁を建てようか、と。


「それで？」〈カクタス〉のテラス席に座っていたシュステンが尋ねた。

「特に何もない」セルヴァズも椅子に座る。「いや、そのうち内部調査があるな」

「あら、そうなの？」

シュステンは昔を思い出した。ノルウェーで直近にあった内部調査は、ウトヤ島で勃発したアンネシュ・ブレイヴィクによる虐殺事件についてだった。あの事件では六十九人の死者が出て、そのほとんどが若者だった。島で銃撃が始まったと知らされたあと、シュステンは到着までに一時間半を要し、その間に若者たちは怒れるブレイヴィクの餌食になった。警察は内部調査でこの説明を求められた。具体的には、なぜヘリコプターではなく陸路と航路を使ったのか。それから、なぜ船が故障したのか――こっちは簡単だった。船が小さすぎて、人員と武器の重みに耐えきれずに浸水してしまったのだ！

「署長はなんて？」

「報告書を出せと言われた。私がある男に会ったあと、その男が夜中の三時に警官の銃で撃ち殺されたこと。そもそも、その男が二カ月前に私を病院送りにしたこと。私のほうは、その男がある未解決殺人事件の犯人であると疑っていること。そして、私の娘について口にして脅したこと。こういうことをしっかり書いておけと言われたよ」

セルヴァズは、なかばあきらめたように説明した。シュステンはあえて言わなかったが、ノルウェーではこの一年間、警官が一万一千人いて、銃を構えたのが四十二回で、実際は二発しか発射していない。しかも、誰も負傷していないのだ。ノルウェー警察が最後に人を撃ち殺したのは、十三年前の話だった。

「そろそろノルウェーに帰るの。ここでやれることはもう何もないわ。わたしたち、完全に行き詰まったわね」

シュステンはセルヴァズを見た。セルヴァズのほうは、無意識のうちにポケットの奥に手を伸ばした。そこにギュスターヴの写真が入っているのだ。

「出発はいつだ？」

「明日よ。朝七時発のオスロ行き。途中で一時間ほど、パリ＝シャルル・ド・ゴール空港に寄っていくけど」

セルヴァズはうなずくだけで、何も言わなかった。シュステンが立ちあがる。

「それまで少し観光でもしていくわ。今晩、一緒に食事はどう?」シュステンが立ちあがる。

セルヴァズはもう一度うなずき、遠ざかる彼女を見送った。黒いかっちりしたコートから美しい脚が伸びている。コート自体も、腰の形が際立ついいつくりだった。あのうしろ姿なら、男は顔が見たくてたまらなくなる。シュステンの姿が小さくなったところで、セルヴァズは携帯電話を出した。

「想像力は正常なものから病的なものまでさまざまだ。ここには、夢、空想、幻覚も含まれる」椅子に座ったままグザヴィエ博士が言った。

「私が言っているのは幻覚ではなく、記憶喪失だ」セルヴァズは言い返した。「記憶喪失は、幻覚とは真逆の言葉じゃないか?」

背後でグザヴィエが動く気配がして、マルセイユ石鹼の匂いが漂った。

「本当のところ、私たちはいったい何について話している?」

少し待ってグザヴィエが尋ねる。セルヴァズは、博士はいつも、色見本から色を選ぶように言葉を選んでいると感じた。

「たとえばの話なんだが……私はある夜サン＝マルタンに来た。そしてあることをしたと思っている。ところが実際は、別のもっと深刻なことをしでかしていて、それを忘れてしまったんだ……」

背後で静寂が続く。

「もう少し具体的に言うことはできないか？」

「無理だ」

「わかった。記憶喪失にはいくつかの型がある。私がつかんでいるわずかな情報から推測するなら、きみの説明と一致しそうなものは〈限局性健忘〉だろう。通常は、頭部の外傷または精神的な混乱のあとに起こる一定期間の記憶障害だ。きみは頭部に外傷を負ったじゃないか……例のあの晩に」

「いや、少なくともそれが原因とは思えない」

「そうかもしれないね。では二番目の可能性は〈部分健忘〉だな。一つまたは複数の具体的な出来事に対する記憶障害だよ。〈選択性健忘〉も同じだ。これらは神経症や精神疾患的なトラブルを抱えている患者に多い」

グザヴィエが一呼吸置いた。

「最後は〈持続性健忘〉だ。これは、記憶を定着させることが困難な状態を指すわけだが……。きみがしでかしてから、忘れたと思っている出来事は――」

「違う、私はやってしまったわけじゃない。純、粋、に、理論上の質問をしたかったんだ」

「そうか、よくわかった。ところで、その純粋に理論上の仮定は、おとといこのあたりで男が警官の銃で撃ち殺されたことと関係はあるのかい？」

夕方五時。クリニックを出るとすでにあたりは暗く、モミの木と薪が燃える匂い、それから排気ガスの臭いがした。冷えきった空気のなかで雪がひらひらと舞っている。町のこの一角は、凝ったつくりの木のバルコニー、シャレーを模したペディメント、石畳の暗い小道などのせいで、半分子ども時代に戻ったような、少し不気味なおとぎ話のような、そんな雰囲気が漂っていた。セルヴァズは川のそばに車をとめていた。近くまで行くと、遊歩道の下方にある急流から、湿気と冷気があがってくるのがわかる。

運転席に座ったところで動きをとめた。何かの匂いがする。アフターシェーブローションのような。どういうことだろう？　後部座席を振り返っても、当然ながら誰もいない。グローブボックスを開けてみたが、拳銃はホルスターに入ったままそこにある。外の匂いだろうか？　ドアを開けたときに入ってきたのかもしれなかった。

ひとまず車を出して市役所前の広場を回り、小道を抜けてからエティニー通り経由で町の出口に向かう。最後のロータリーを越えて、平野と高速道路方面への案内標識の前で曲がろうとしたとき、セルヴァズは後頭部にかゆみを感じ、標識を通りすぎてしまった。次の出口はキャンプ場と小さな工業地帯だったので、三番目の出口から降りると、その先はのぼり坂になった。急カーブをふたつ越えたところで、下のほうに、先ほどまでいたサン＝マルタンの家々の屋根が見えた。

またかゆみがぶり返した。この道を通るのは何年ぶりだろうか。あたりは真っ暗で、眼下では、真っ白な雪のシーツに点在するサン＝マルタンの小さな光が、ジュエリーショップのショーウインドウに飾られたダイアモンドの川に見えた。その奥にある山々は、まるで黒い宝石箱のようだ。セルヴァズはふと、シュステンがいないことを残念に思った。こうした景色など見慣れているのかもしれないが……。やがてその光も見えなくなり、木々に囲まれた森の道に戻った。

四軒しかない小さな集落を通りすぎる。そこから一キロほど行ったところで、また白い屋根と閉じた鎧戸が見えた。この地方の住民は、外には暗くなるのを待って家に押しいろうとしている悪党どもがいるかのように、日が落ちるなり、すべての扉を閉じて家に引きこもる。

次の分岐で左折すると、なだらかな下り坂が始まった。雪が積もった牧草地は、夜の薄闇のなかで青白く柔らかな光を放ち、幾重にも靄が立ちのぼっている。そこを越えたら、もう少し大きな集落に入った。この集落も完全な眠りにつき、道は閑散としていたが、広場に面したカフェのウィンドウにイルミネーションが飾られ、そのウィンドウ越しに、身を寄せ合う常連客らしき姿が見えた。その集落もあっという間に抜けて、また森に戻った。

やがて、左手、遠方の木々のあいだから、イザール林間学校の朽ちはてた建物が見えてきた。ただし、入り口を示す錆びた標識がなくなっている。闇はさらに深まった。セルヴァズは背筋に震えが走ったが、ここに来るつもりではなかったので、そのまま林間学校を通りすぎた。ヘッドライトが真っ暗なモミの木の森に光のトンネルを穿ち、道路脇の雪を載せた下枝のシルエットが切り絵のように浮かびあがった。だんだんと濃くなる霧のなかを、車が突き進む。ほかに見えるものと言えば、ダッシュボードに並ぶ目盛盤の青い光だけだ。この瞬間、セルヴァズにはすべての時空間の概念が無意味なものに思えた。

だが、記憶は違う……。

まるで頭のなかにスクリーンが設置されたかのように、勝手に映像が流れるのだ。やがて、岩を削ってできたトンネルに入った。トンネルを出た先に、まだあの看板はあるだろうか。

あった。川にかかる小さな橋に〈シャルル・ヴァルニエ精神医療研究所〉と書かれた看板が、今も同じ場所に残っていた。

そのまま、吹きだまりのできた険しい山道をジグザグとのぼっていく。モミの木の森を抜けると傾斜がゆるやかになり、やがて山を背景に建物が現れた。まるでタイムマシンで過去にさかのぼり、同じ道をのぼってきたかのようだ。

ただし、研究所の建物は、看護師長のリーザ・フェルネが引き起こした火事のせいで、外壁しか残っていなかった。セルヴァズはその手前に車をとめて外に出た。凍えそうな夜の空気のなか、月明かりを浴びたそれは、ストーンヘンジの巨石群を思わせた。

あるいは、ローマの遺跡を訪れたときのように、かつてここに巨大な建物があったことを実感することができた。もともとは、二十世紀前半にたてられた巨石を使った建造物で、これと似た建物はピレネーのあちこちで見ることができる。たとえばホテル、水力発電所、温泉施設、スキー場……。もっとも、研究所にいたのは、湯治客や観光客ではなかったが。

当時、ヴァルニエ研究所には、八十八人の極めて危険な患者が収容されていた。たとえば、専門施設ですらもてあます暴力的な患者や、収監できないほど重い精神疾患の患者、レイプ犯、法廷で常軌を逸していると認められた殺人犯などが、ヨーロッパ各地から集められた。結局ここは試験的プロジェクトとして、患者を山奥に隔離して社会と距離を置き、実験的なものも含めたあらゆる種類の治療を行っていたのである。セルヴァズは、研究所で働いていたスイス人心理学者のディアーヌ・ベルクが、彼らを〝山中の虎〟にたとえていたことを思い出した。それならあの男は、群れに君臨する雄アルファだろう。

百獣の王、ライオン。

食物連鎖の頂点に立つ男。

ジュリアン・ハルトマン。

つけっぱなしのライトが壁にあたって、二つのまぶしい丸のなかに、スプレーで描いた落書きが浮かびあがる。圧倒的なスケールで迫る山々の上空には、星が輝いていた。月明かりの下、超然とした冷気が漂うなかで、狂気と死の過去を持つ壁の残骸を眺めていると、セルヴァズは若い頃に好んで読んだラヴクラフトを思い出した。ふいに、怪物のそばで暮らしているギュスターヴのことが胸をよぎり、心臓が氷の層に囲まれるのを感じた。警官の銃で殺されたジャンサンのこと、過去の亡霊と現在の影のことも。不安が膨れあがっていく。相手の意図は明白だった――誰かが自分に責任を取らせようとしている。だが、どうやって？

と、どこかから枯れ枝を踏む音が聞こえ、先に進もうとしていたセルヴァズは雪のなかで立ちどまった。とたんに五感が警報を発し、全身に鳥肌が広がる。急に、自分が今たった一人だということを痛感した。しかもここは、肝だめしにはうってつけの場所なので、頭のおかしな連中がやってきたとしてもおかしくない。ところが耳を澄ましても、まったく何も聞こえなくなった。谷に行こうとした動物が、ライトの前を横切っただけだろう。

セルヴァズは後悔していた。なぜこんなところに来てしまった？　何に引っかかっていたのだ？　なんの意味がある？　何を期待していた？

また、何か物音がした。谷の下のほうで、かすかな音が聞こえる。虫の羽音のような……。違う、車のエンジンだ。自分が使った道以外に、ここまで来られる道はない。谷の中腹の、林間学校があるあたりに目を遣ったとき、木々のあいだから点滅する光が見えて、セルヴァズは飛びあがった。一回、数秒後にまた一回。

徐々に車が近づいてくる。

目を細めて見ていると、また、森のなかにライトが現れた。木々のあいだで光を点滅させながら、そのまま数分間のぼったあと、光がトンネルに吸い込まれる。トンネルの先は山の急斜面に隠れ、光はそれ以降見えなくなった。

セルヴァズは、百メートル先にライトが現れ、真っ直ぐ自分に向かってくる瞬間を覚悟した。この時間にこんな場所に来るなんて、いったい何者なんだろう？　まさか、つけられていたのだろうか？　サン＝マルタンを出たあとは、一度もバックミラーを見ておらず、そんな必要があるとは考えもしなかった。

すぐ車に戻り、助手席側のドアを開けて、グローブボックスからホルスターごと銃を取りだす。銃床を握ったときに、手のひらが汗ばんでいることに気づいた。

ホルスターだけ助手席に置いた瞬間、ついに斜面をあがってくるエンジン音が聞こえた。突然音が大きくなって、直後、木の幹のあいだからライトが現れた。車がハンドルを切ると同時に、光がスターマインの花火のように正面から降ってくる。セルヴァズは目がちかちかしたが、どうにか銃に弾倉を入れ、安全装置を外し、腕を下におろしておいた。

車は一直線に向かってきながらも、悪路で揺れて、光が鞭（むち）のように躍っている。あまりのまぶしさに、空いているほうの手を目の前にかざした。

エンジンの回転数があがる。

セルヴァズは銃を構えた。

ところが、そのまま突っ込んでくるかと思ったのに、急に車のスピードが落ちた。眉にたまった汗が目に入り、まばたきしても、涙がたまったときのようによく前が見えない。これでは発砲しても、車に当たらない可能性があった。なにしろセルヴァズは、司法警察でだんとつに射撃の成績が悪い刑事だった。手の甲で汗を拭う。くそっ！　また集中治療室に逆戻りか。

さらにエンジンの回転数がさがり、砂利と雪を踏む音がして、ついに車が停止した。その距離、約十メートル。セルヴァズはその場で待った。自分の重苦しい呼吸音が聞こえる。ひときわきらめくライトの向こうで、ドアの開く気配がした。

シルエットだけが、光にくっきりと浮かびあがる。

「マルタン！　撃つな！　頼むから銃を下ろしてくれ」

セルヴァズは言われるまま銃を下ろした。アドレナリンが急低下したせいか、めまいに襲われ、茫然としたままボンネットに寄りかかった。ライトの明かりを背に、もうもうと息を吐きながら近づいてくるのは、グザヴィエだった。

「先生か。怖すぎて死ぬかと思ったよ」

「申しわけない、悪かった」

グザヴィエのほうも、銃を突きつけられたせいか息切れしているようだ。

「こんなところに何しにきたんだ、先生？」

グザヴィエがさらに近くに来た。手に何か持っているのが見えて、セルヴァズはなんと声をかけたらいいかわからなかった。

「ここにはよく来るんだ」

いつもと様子が違い、ためらっているような、緊張した声だった。

「よく来るんだよ、一日の終わりに。研究所の残骸を見にくるんだ。過去の栄光の残骸だな……。挫折した夢と死の残骸だよ。この場所は思い出が多すぎる……」

まだ歩きつづけている。セルヴァズは、体側に沿って下ろされたグザヴィエの腕の先を見つめた。シリンダーのようなものが握られているが、それが何かはわからない。グザヴィエは、三メートルもない距離まで近づいていた。

「誰かがいて、逃げ帰ったこともある。そんなことは一度しかないが、気持ちのいいものじゃなかったね。相手はここに入院していた患者だった。この場所が頭から離れないんだろう。そういう人間はたくさんいると思う。私もそうだ。今日は、きみだとわかったからここまで来たんだ」

　手があがり、セルヴァズは思わず体をこわばらせた。上にあがったものを見ると、ただの懐中電灯だった。

「一緒にそのあたりを見てまわらないか？」懐中電灯で研究所の残骸を照らしながら、グザヴィエが言った。「それに、きみに話しておきたいこともあるんだ」

24

木

ウィーンのもっとも西に位置するヒーツィング区のエルスラー通り沿いに、古く趣あるヴィラが建っていた。そしてこの夜、そのヴィラの最上階に、一つだけ明かりが灯る部屋があった。ツェートマイヤーの書斎だ。スリッパをはき、シルクのパジャマの上にダマスク風のローブをはおったツェートマイヤーは、就寝前のひとときに、書斎でドビュッシーの『夜想曲』を聴いていた。

かつてこのヴィラは、隙間風が入るほど荒れはて、ツェートマイヤーは最上階を二つのバスルームが付いた豪奢なアパルトマンに改築すると、それ以外は封鎖してしまった。それでも外から見れば、弓形に張りでた窓とツタがからまるファサードが、大理石の噴水をちりばめた公園のような庭とよく調和して、時代遅れの気品を放っている。

今夜、ツェートマイヤーは一人だった。家政婦のマリアはいつものように夕食、入浴、就寝の準備を済ませてから二時間前に帰宅した。運転手のタッシーオは明日の朝まで、看護師のブリジッタ――彼女の脚はいつ見ても素晴らしく、ツェートマイヤーはあの脚が恋しくなった――は明日の晩まで家に来ない。夜明けはまだ先で、夜は長く、なかなか眠くならずにいると、過去のつらい思い出ばかりがよみがえる。そしてその中央には、いつものようにアンナがいた。アンナの瞳。大切な子ども。

光だったアンナ。

子どもの頃も少女時代も光だったのに、今は闇になってしまったアンナ。本当に、才能あふれる美しい子どもだった。男が望む言葉がわかる特殊な能力を持つ母親から遅くに生まれ、ゆりかごにいるときからすでに、美と知と才能の妖精にかしずかれていたアンナ。未来には親の誇りとなり、友人たちからは嫉妬の対象になることが約束されていた娘。ツェートマイヤーはよく思案したものだった。母親とはまったく違う三つ編みにまとめた豊かな黒髪や、あの生き生きとしながらも底の知れない眼差しは、いったいどこから来たのだろうかと。もちろん笑いながら考えていたのだ。妻の浮気は知っていたが、アンナが他人の子であるはずがなかった。自分に性格がそっくりで、頑固で、何より音楽の才能があった。しかも自分があの年頃だったときより、明らかに優れていた。

三歳にして娘に絶対音感があることを発見したツェートマイヤーは、天にも昇る気持ちだった。しかもアンナは、まだ幼い頃から驚愕の能力を見せつけ、ピアノを弾くことも、作曲も、即興演奏すらやってのけた。

ザルツブルクのモーツァルテウム大学に入学したのは、十五歳のときだった。ザルツブルク……ツェートマイヤーはここ数十年、この街に足を向けていない。呪われた街、金欲の街、犯罪にまみれた街。きっとあの街を歩いているときに、ハルトマンに目をつけられたのだろう。どんな手を使って近づいた？　音楽を使ったに決まっている。ツェートマイヤーはある日、ハルトマンが自分と同じマーラーの崇拝者だと知って驚いた。

二人のあいだに何が起こったのかはまったくわからない。しかし、ツェートマイヤーは数限りなく想像した。残された日記に、「ミステリアスな人」と出会って、彼と「三度目の秘密の約束」をしたことが記されていたからだ。アンナは自分が「恋に落ちたのかもしれない」と考え、「年齢差を考えたらどうかしてる」と思い、どうして彼はまだ自分に「触れてくれず、キスもしてくれない」のか悩んでいた。アンナはまだ十七歳だったのだ……。真っ直ぐに続く未来があったはずなのに。この日記が書かれた数日後、アンナは姿を消した。

それから、いつ果てるとも知れない一カ月が過ぎた頃、街を見おろすハイキングコースの近くの茂みで、死体が見つかった——全裸の死体が。娘が受けた虐待の数と内容を知らされたとき、ツェートマイヤーは我を失う寸前だった。神とザルツブルクと人類を呪い、警察とジャーナリストを罵り、苦しみをえぐる質問をしてきたそのうちの一人を殴って、自殺も試みた。娘の死は夫婦を破壊し、結婚は破綻した。もっとも、世界で一番大切なものを失ってしまうと、あとのことはどうでもよくなった。犯人の正体——同時に数十人という被害者の存在——を突きとめたとき、ツェートマイヤーは、ついに憤怒をぶつける対象を得た。

人がこれほど誰かを憎めるとは、思ってもいないことだった。いや、憎しみは愛よりも純粋な感情であると、カインとアベルの時代から言い尽くされていたではないか？

音楽がなかったら正気を失っていたに違いない。『夜想曲』三曲目の最終楽章を聴きながら、ツェートマイヤーはそう思った。だがその音楽をもってしても、自分のなかで毒の花のように咲く狂気や、旧約聖書にある怒り、そしてシェイクスピアが描いた復讐への欲求をとめることはできなかった。

それでも、妻ががんで死んだあとは音楽の世界に引きこもり、孤独に生きていたのだ。自分が傲慢で頑固で執念深いことはわかっていたが、憎しみを行動に移すことなど、考えてもいなかった。それが、ヴィーザーに出会ったことで、狂気に押し流された。

そしてついに、〝子ども〟という名の希望を取り戻したのだ。

部屋の両端に置かれた白い球形のスピーカーから最後の音が消えたのを確認し、ツェートマイヤーは立ちあがった。超ハイエンドモデルの、フランス産ハイファイオーディオ機器。古い家具に囲まれた部屋で、これだけが異彩を放っている。その機器のところまで行こうとしたところで、ツェートマイヤーは腹に鋭い痛みを感じ、顔をしかめたまま動けなくなった。

今日の午後、便にまた血がついていた。だが、今までそれを看護師に言ったことはない。前回体調を崩したときのように、何週間も病院に縛りつけられるわけにはいかなかった。ツェートマイヤーはオーディオの電源と部屋の照明を消すと、書斎を出て、長い廊下の奥にある寝室へ向かった。公（おおやけ）にはいつも元気でエネルギッシュな姿を見せていても、家にいるときは、星柄の模様を入れた寄せ木細工の床を、少し足を引きずりながら歩く。すべるようにベッドに入り、急に普通の人間のような心細さに取り憑かれたツェートマイヤーは、思わず考え込んでしまった。妻の命を奪ったがんに自分も侵されているのだとしたら、はたして復讐を果たす時間は残されているのだろうかと。

シュステンが時間つぶしにトゥールーズの繁華街でウィンドウショッピングをしていると、また、ウィンドウに男のシルエットが映り込んだ。四回目、いや五回目だろうか?眼鏡をかけ、子どものように長く前髪を伸ばした男。今は背を向けて別のウィンドウが気になっているふりをしているが、シュステンは騙されなかった。やはり時間を空けてこちらに視線を飛ばしてくる。

セルヴァズが護衛をつけたのだろうか。だとしたら、前もって言ってくれたはずだ。それに男は警官には見えない。むしろ変質者のほうが納得できる。分厚いレンズの奥にある小さな目がキョロキョロと動く様子が『ミニオンズ』そっくりで、シュステンは思わず笑ってしまった。そうだ、自分は今、ミニオンに追われていると思えばいい。

シュステンはそのまま石畳の道を歩きつづけた。

別のウィンドウに目をやると、また男の姿が映り込んでいる。十メートルもない距離から、あとをつけてきているのだ。すでにあたりは暗くなっていたが、繁華街はまだ人であふれている。それでも、不快感による震えは抑えられなかった。人混みがレイプや暴行の防波堤にならないことは経験から知っている。それに、しばらくすれば人混みは途絶え、誰もいなくなるはずだ。男はたまたま自分に狙いを定めたのか、それとも何か別の理由があるのだろうか。
ナンパ目的、内気すぎて声がかけられない、あるいは……。別の可能性を思いついて、そんなはずはないと即座に否定する。

　ウィルソン広場に来たところで、適当なテラス席に座ってウエイターを呼んだ。目で一分ほど男を探す。もう消えたと思ったら、まだいた。噴水のそばのベンチに座っている。広場を囲む生け垣から男の頭だけが見えていた。誰かに首を切られて、生け垣に置きっぱなしにされたようだった。体に冷たいものが流れる。男の存在に初めて気づいたのは、サン・ジョルジュ広場で昼食をとっていたときだ。三つ先のテーブルに座り、こっちを見たまま巨大なチーズバーガーにかぶりついていた。

　ウエイターがコカ・コーラ・ゼロを運んできたタイミングで一瞬男から目を離し、またすぐに視線を戻す。ところがさっきいたはずの場所に男がいない。広場をくまなく探しても見つからず、蒸発したように消えてしまった。アンモニアのような不快な刺激を感じ、筋肉が緊張する。シュステンは食事の約束を反故(ほご)にしたセルヴァズを呪った。今夜は用事ができたので、明日、挨拶に来るという電話があったのだ。急に寂しさにとらわれた。帰りはタクシーを使い、ホテルのなかに入るまで運転手に見守ってもらおうと思った。こんな夜にあんな男を従えて歩いて帰る気にはなれなかった。

机の上に広げてあったレターヘッド付きの手紙を見て、少年課のロクサーヌは目を疑った。大学区に依頼した学童調査にまさかの回答があったのだ。ロピタレ＝アン＝コマンジュ幼稚園の園長が、ギュスターヴは自分のところにいると知らせてきたのである。電話番号が記されていたので、ロクサーヌはさっそくそこにかけてみた。

「ジャン＝ポール・ロシニョールです」受話器の向こうの声が答えた。

「トゥールーズ署の少年課に所属するロクサーヌ・ヴァランと申します。ギュスターヴという子どもの件でご連絡しました。そちらの幼稚園に通っているということで、間違いないでしょうか？」

「ええ、そのとおりです。この子にいったい何があったんですか？」

「電話ではちょっと。担当がそちらに伺います。園児の調査について、あなたのほかに書類に目を通した方はいますか？」

「ギュスターヴの担任が見ています」

「これ以上は、誰にも知らせないでください。それから、担任に自宅待機を命じてください。非常に重要なことです」

「何が起こっているのか私に――」

「ではのちほど」ロクサーヌはそう言って電話を切った。

すぐにまた別の番号にかけたが、そっちは留守番電話になった。

どういうことよ、いったいどこにいるの、マルタン？

「ノルウェーか。いつか行きたいと思っていたんだ」三分前から一緒のテーブルに座っている男が言った。

年は四十代、スーツにネクタイを締めた既婚者で、指輪もそれを証明している。シュステンはやんわりと笑い返した。男は隣のテーブルから声をかけてきて、しばらくすると、ビールを持ってそっちに行ってもいいかと許可を求めた。

「フィヨルド、ヴァイキング、トライアスロンもあるじゃないか」

シュステンはお返しに、この国では本当にカエルとカビの生えたチーズを食べるのかと訊きたくなるのを必死になってこらえている。まだあった。デモは国技なのか、男には女性を楽しませる会話力がないのか……。とりあえず、肉体だけなら興味深い相手だった。普通と違う面白い肉体を持っている。これなら一石二鳥ではないか？　一緒にホテルに戻れば、男が楽しめて、ミニオンも襲ってこない。いや……一夜かぎりの関係であっても肉体がすべてではないのだ。それにシュステンは、いつしか別のフランス人のことばかり考えていた。

そうやって、次に取るべき行動を決めかねていたそのとき、テーブルに置いていた携帯電話が震えた。シュステンは自分を見る相手の視線に驚いた。おやおや、この〝ノルウェー大好き男〟は、競争や予想外の事態が気にくわないらしい。

「シュステンです」

「あ、シュステン？　ロクサーヌです」おぼつかない英語が聞こえてくる。「マルタンがどこか知らない？　ギュスターヴが見つかったの」

「なんですって？」

先ほどまでヴァルニエ研究所の残骸に冷たい光を浴びせていた月は雲に隠れ、また雪が降りだした。雪がちらちらと壁のあいだを旋回しながら舞っていると思ったら、数分のうちに、数えきれない量になっている。二人は廊下だった場所の真ん中で立ちどまり、振り返った。あの日は、どうしたらいいかわからない人々で大混乱だった。階段だったものや、火事で燃えて形が変わってしまった鋼鉄製の戸枠、吹きさらしになって雪に埋もれている病室……。それでもグザヴィエは、この迷宮をらくらくと進み、どこに何があったか全部覚えているようだった。

「あいつを見たと思う」高い壁のあいだを歩いているときに、突然グザヴィエが言った。

「なんだって？」

「ハルトマンだ。彼を見たよ」

セルヴァズは立ちどまった。

「どこで？」

「ウィーンだ。二〇一五年かな。欧州精神科医協会の学会が開催されて、この第二十三回大会に千人以上の代表が集まったんだ。協会によると会員数は七万以上になるそうだ」

ウィーンか……。セルヴァズはポケットに入れた写真を思い出した。オーストリアの有名観光地の一つ、ハルシュタットにいるギュスターヴ。

「ヨーロッパにそれほど精神科医がいるとは思いもしなかった」

セルヴァズはそう言って、首筋を守るようにコートの襟をたてた。雪を乗せた風がますます強く吹きつける。

「それくらい狂気が蔓延しているということじゃないか、マルタン？　世界を支配しているのは実は狂気じゃないかと思うほどだよ。理性的であろう、理解しようと努めても、わからないことばかりで、世界は日々狂っていく。ヨーロッパ中から千人以上の代表が集まってくれれば、いやでも気づかされる」

「なぜ教えてくれなかった？」

「ずっと錯覚だと思っていたからだ。私の頭のなかにしかない映像だと思っていたんだよ。しかし、考えれば考えるほどハルトマンと思えた。だから何度も考えてしまう」

「説明してくれ」

グザヴィエがターンしたので、二人は来た道を戻りはじめた。地面に落ちた鋼鉄の梁と瓦礫(がれき)をまたぐ。体に積もる雪が、肩に落ちたふけのように見えた。

「私が何かの発表を聞いていたときに、誰かが隣に座っていいかと声をかけてきたんだ。ハサノヴィッチと名乗り、とても感じがよかったので、すぐに冗談を交わしあった。なにしろ、発表の内容も発表者もあまりにひどかったからね。ハサノヴィッチは、ビュッフェに行ってコーヒーを飲まないかと誘ってくれた」

瓦礫の山を越えて反対側に行ってから、また話を続ける。

「サラエボの精神科医だと言っていたよ。ボスニア内戦が終わって二十年だが、いまだに重度の心的外傷後ストレス障害に苦しむ患者は多いそうだ。彼によると、ボスニアの人口の十五パーセント以上がこの患者で、数にすると、紛争に巻き込まれた住人のほぼ半分に相当するらしい。彼が所属しているサラエボの協会では、グループセラピーを行っているそうだ」

「つまり、その男がハルトマンだったと思うのか？　どこか似ているところがあったんだな？」

「身長と年齢は合っているが、見た目は完全に変わっていた。目の色、顔の輪郭と鼻の形、髪の毛、声。それから眼鏡をかけていたな」

セルヴァズは立ちどまり、心の揺れを制御しようとした。

「見た目は太っていたか？　それとも痩せていた？」

「体つきはほぼ変わっていなかったと思う。夕方のレセプションパーティーでまた会ったんだが、ものすごく美人で品のある奥さんを連れていたよ。彼女のドレス姿をみんなが振り返って見ていた。私たちはまた精神科医の仕事について話しあい、私がヴァルニエ研究所の所長だったことに触れると、すぐに食いついてきたんだ。あの一件で、ヴァルニエ研究所は精神科医たちにとっての伝説になってしまったようだ……。彼は研究所にずっと関心を寄せていて、私の名前も知っていたらしいが、私にその話をしていいかわからなくて、あえて聞いてこなかったらしい……」

伝説……精神科医に限った話ではない。セルヴァズは心のなかでそう思ったが、何も言わなかった。

「そのあとは山のように質問をぶつけてきた。使用した薬や患者のこと、セキュリティ対策について。最後に何が起こったのかも。もちろんハルトマンの話も出た」

だんだんとグザヴィエの声が頼りなくなっていく。懐中電灯の光が壁の残骸で躍り、瓦礫を踏むたびに鈍い音が鳴った。グザヴィエのズボンの裾が真っ白になっている。二人は出口に向かった。

「私はしばらくして、相手が詳しすぎることに気づいた。ヴァルニエ研究所のことも、ここで起こったことも、ハルトマン自身についても。そのうち質問だけでは満足できなくなり、独自の意見や驚きの知識を披露しはじめた。いくつか興味を引かれたものもあったな。おそらく、メディアはそこまで言及していなかったものだ」

「具体的には？」

「たとえば、ハルトマンの独房から見える景色とか」

「報道されていたと思ったが」

「本当に？　どこで？　それに、報道されていたとして、ボスニアの精神科医が見られたと思うか？」

「不審に思ったのはそれだけか？」

「いや。彼は、大きなモミの木の話をしていた。ハルトマンがいた独房の窓からは、そのてっぺんだけが見えていたんだ。サラエボの医師は、その木が『自らの根が張られている土と、地表と、空という、宇宙の三層を結ぶ』シンボルツリーであり、聖書にある生命の木と善悪を知る木であり、釈迦（しゃか）が悟りを開いて死んでいった木であると解釈していた」

「それで？」

「その瞬間、かつてハルトマンが、まったく同じ言葉を使ってそういう話をしていたことを思い出したんだ」

セルヴァズはまた立ちどまった。震えているのは寒さのせいだと思いたかった。

「間違いないのか？」

「あのときはそう思った。ショックだったよ。それに、困惑する私を見て、ハサノヴィッチは意地悪く笑っていたんだ。続きはわかるだろ？　これまでのことが疑わしく思えてきてね。メモを取るべきだったが忘れていた。ただのパーティーだったから。記憶のいたずらなのか、相手が本当にそう言ったのか、私があとから勝手にそう組み立てたのか、悩みだしてしまった。そして時がたつほどわからなくなった」

「私に話すべきだったんじゃないか？」

「そうかもしれない。だが話したところで何が変わる？」

二人は病院の跡地を出た。真夜中の空から、ますます大きくなった雪が、びっしりとふんわりと、数限りなく落ちてくる。二人の車は雪で真っ白になっていた。

「結局きみは今、どの考えに落ち着いたんだ?」吹雪のなか、自分の車に向かいながらセルヴァズが尋ねる。

グザヴィエが立ちどまったので、セルヴァズは振り返らざるをえなくなった。

「あれはハルトマンだったと思う」目を見てグザヴィエが返事をした。

「サラエボにハサノヴィッチ博士という精神科医がいるか、確認しなかったのか?」

「もちろんやったさ。存在していたよ」

「どういう人物だった?」

「わからない。そこまで調べていないんだ。あのパーティーのときですら、気の迷いだと思っていたから」

「でも今はその逆のことを考えている」

「そうだ」

突然、ポケットに入れた携帯電話が立てつづけに鳴った。電波が戻ってきたのだ。セルヴァズは電話を出した。電波が途切れていたあいだに、複数回着信履歴が残っている。メッセージも二件入っていた。

脈が速くなる。

相手はシュステンとロクサーヌだった。

25　出会い

「何してるの？」

セルヴァズは視線をあげた。マルゴが部屋の戸枠に肩を預けている。

「何日か家を離れなきゃならない」そう答えながらセーターを畳み、服のあいだに挟んで鞄に入れた。「仕事だ」

「どういうこと？」

再び視線をあげた。マルゴは燃える目で、真っ赤になって怒っていた。いつものことだ。マルゴは思いもしないことがきっかけになって、わずか半秒で怒りに火がつく。こんな凄まじい怒り方は、自分にはまったくない気質だった。

セルヴァズは手をとめて笑顔で言った。

「いったいどうした？」

「行ってしまうの？」

「ほんの数日だよ」

マルゴがいやいやするように首を振る。

「信じられない。あたしがこの家に来てからパパをほとんど見てないよ？　気づいたらいなくなっていて、真夜中に帰ってくるじゃない。今日だって、帰ってきてからまだ一時間もたってない。それなのにもう鞄に荷物を詰めて、しばらく家を空けるなんて言うんだね。あたしはここで何をしたらいいの？　あたし、何かの役に立ってる？　パパがいないからいっつも一人なんだけど。昏睡状態から覚めたのは最近の話だよ？　お医者さんは安静にしてろって言ってたじゃない！」

今度はセルヴァズが怒りだす番だった。頭ごなしに怒鳴られるのは我慢ならない。その一方で、マルゴが正しいこともわかっていた。

「心配しなくていい」セルヴァズは感情を抑えて言った。「もう大丈夫だから、気に病む必要はない。それに、おまえもそろそろ以前の生活に戻るべきだ。若い娘がこんなところにいて幸せなわけがない」

最後の言葉を口に出して、失敗したと思った。骨に飛びつく犬のように、マルゴが突っかかってくることはわかっていた。マルゴは、会話の流れで出てきた言葉をそこだけ抜きだし、ブーメランのように投げ返してくる能力がある。弁護士になっていたらいい仕事をしただろう。

「は？」

声が一段高くなっている。

「嘘、信じられない」

いっそ黙ってしまうべきだった。そうする代わりに冬用ズボンを鞄に詰め込んだあと、セルヴァズはつい言ってしまった。

「いい加減、過保護な母親の真似はやめてくれ。私はちゃんとやれる」

「パパなんてどこへでも消えればいいんだわ！」

あっという間にマルゴの声が遠ざかる。セルヴァズは鞄を閉めて部屋を出た。

「マルゴ！」

マルゴが椅子の背にかけていた上着とテーブルの上のｉＰｏｄをつかむのが見えた。

「どこへ行くんだ！」

自分のほうを見ようともしないが、ｉＰｏｄを操作しているのだろう。その証拠に、イヤホンからいきなり地獄の音があふれだした。マルゴが一瞬耳からイヤホンを離す。

「安心して。パパが帰ってくる頃には、あたしもうここにはいないから」

「マルゴ……」

もう父親の話は聞かず、イヤホンを耳に戻して視線を外している。涙目になっている娘になんと声をかけるべきか、セルヴァズは悩んだ。だが、これまで自分以外の人間の感情をどうにかできたためしはない。ましてや、哀しみを繰り返す娘に寄りそうことなど、できるはずがなかった。

「マルゴ！」いっそう強く呼んでも、マルゴはすでに玄関に向かっている。

鍵をつかんだのが見えた。マルゴは振り返ることなく、扉を鳴らして出ていった。

「ちくしょう！　くそったれが！」セルヴァズは思わず叫んだ。

三十分たってもマルゴは帰ってこなかった。鞄を脇に置いたまま、何通もメッセージを送りつづけている。電話が鳴って、あわてて緑のボタンを表示させた。

「下に来たわよ」シュステンだった。

「今行く」セルヴァズは失望を隠して返事をした。

《もう行かなきゃならない。シュステンが迎えにきたんだ。電話をくれ》

なんで、愛している、自分も変わる努力をすると言ってあげられなかったのか。セルヴァズは娘が愛おしくてたまらず、なぜだか傷ついてしまったので、そのままそっと携帯電話をしまった。玄関に向かいながら、ステーランがまだ、約束してくれていたマルゴの警備を手配していないことを思い出した。

明日朝一番で、話をしておかなければ。

「その男につけられていたのは確かなのか？」セルヴァズは、ヘッドライトに照らされた黒いリボン状の高速道路を見つめたまま、シュステンに尋ねた。白線と点線が強い催眠術のように次々とスクロールされていく。車内の暗がりのなか、横からシュステンの声が聞こえた。

「ええ」

「街なかで女性を追いかけて喜ぶただの変質者じゃないのか？」

「そうかもしれない。でも……」

隣を見ると、シュステンもフロントガラス越しに路面を凝視していた。ダッシュボードのおぼろげな光で横顔が浮かびあがる。一瞬の静寂のあいだに、ガタガタと車体を揺らして走るセミトレーラーを追い抜いた。この標高で雪はないからいずれ雨になると思っていたら、大きな粒がフロントガラスにぶつかってはじけ、二粒目、三粒目が続く。

「だがきみはそうじゃないと思っている」

「ええ」

「こんなときに、トゥールーズの街角で男にあとをつけられるのが、偶然のはずはないからだ」

「そういうこと」

二人は一時間前にトゥールーズを離れ、ロピタレ＝アン＝コマンジュ目指し、A64号線を西に向かって走っていた。嵐が近づいているのか、盛り土に植えられた木々が風で激しく揺れている。

「ねえ、あっちでギュスターヴが見つかると思ってる？」

「簡単すぎる。そうじゃないか？」

「確かに、ハルトマンらしくないわね」

セルヴァズはうなずいただけで、何も言わなかった。

「あっちに着いたら何をするつもり？」

「まずホテルを探そう。捜査は明日の朝からだ。役場と幼稚園に行く……今回は何かしら情報がつかめるんじゃないか？　ロピタレ＝アン＝コマンジュの住民は約二百人だ。そこにいるなら、ギュスターヴは見つかるだろう」

自分で言っておきながら、セルヴァズは半信半疑だった。シュステンが正しいのだろう。らしくないのだ。何かがしっくりこない。こんなに単純なわけがない。そういう場合もあるだろうが、ハルトマン相手にそれはない。ハルトマンならば絶対にないのだ。

マルゴは〈ＶＨカフェ〉のウィンドウ越しに、建物から出てきた父親が、歩道でノルウェーの警官と合流するのを見ていた。二人は親しげに会話をしながら駐車場のほうに歩いていった。嫉妬で胸が少し痛み、そんな自分をうとましく思う。

父親を試すために衝動的に行動した。一度でいいから、仕事より自分を選んでほしかった。自分のために出張をやめてくれるかもしれないと期待した。馬鹿だった。視線を外し、ワイングラスの近くに置いた携帯電話の画面を見つめる。

《もう行かなきゃならない。シュステンが迎えにきたんだ。電話をくれ》

返事は決まっていた。

「一回ここに入らせてくれ」一キロ先のサービスエリアを案内する看板を見ながら、セルヴァズが言った。「ガソリンが切れそうだ」

「ちょうどいいわ。わたしはついでにお手洗いに行くから」

車はいったん高速道路を離れ、雨で路面の濡れた小さなランプを慎重にあがっていき、わずかにさがったところで水しぶきを飛ばし、またあがった。前にいるマリンブルーのバンが時速二十キロでのろのろ運転していたが、セルヴァズはクラクションを我慢した。サービスエリアの駐車場に入り、屋根のある給油ポンプの下に車をとめた。雲が裂けて土砂降りになり、強風で車体が揺れる。コンビニの前に停車中の十台ほどの車にも、横殴りの雨が吹きつけていた。

エンジンが切れるなり、シュステンはシートベルトを外してドアを開け、コートの襟を立てながら明かりが集まるところに駆けていった。セルヴァズも車を降りた。屋根の下にいても風が雨粒を運んでくる。あのマリンブルーのバンのほかに、隣の給油ポンプのところに二台の車がとまっていた。ポンプの番号を覚え、注ぎ口をつかみ、ほぼ機械的に解除レバーを押す。手首に伝わる震えでガソリンがタンクに流れていくのを感じながら、セルヴァズはまた、廃墟のなかでグザヴィエに言われたことを思い出していた。

もちろん、ハルトマンが外見を変えたと考えるのが一番納得できる。だがセルヴァズは、シュステンが持ってきた監視カメラの映像を思い起こした。あそこに映っていたハルトマンは、自分が知るハルトマンそのままで、しかも時期は二〇一五年に開催の学会よりあとだった。おそらく、グザヴィエの勘違いではないか？　ハサノヴィッチ博士は別人ではないか？　グザヴィエの記憶がおかしくなっていたとか？　あるいは、変装したのかもしれない。つけひげ、カラーコンタクト、映画で使うような着脱式のシリコンを顎と鼻に使って……。

ふと、向かい側の給油ポンプにとまっているマリンブルーのバンを眺めた。全体に錆が入り、サイドドアが全開で、なかは完全に真っ暗だ。

支払いに行っているのか、運転手の姿はなかった。無意識にコンビニのほうを見て、水滴が流れるウィンドウ越しにレジを確認する。誰もいない。

背筋に冷たいものが走った。

セルヴァズはバンを憎んでいた。マリアンヌはバンで連れ去られ、同じ高速道路上のサービスエリアに乗り捨てられていた。あれもマリンブルーのバンだった……。ボディとドアに、あの車にあるような錆が入っていて……。たしか車内のバックミラーに、オリーブの木でできたボールチェーンのロザリオと銀の十字架がかかっていた。

また、向かい側のバンに目をやる。

バックミラーに何かかかっていた。あたりが暗くてフロントガラスも汚れているので、それがなんなのかわからない。

だがセルヴァズは、ロザリオであると確信した。

深呼吸をする。

注ぎ口の取っ手から手を離し、向かいの給油ポンプに近づいて、ゆっくりとバンを回る。

ナンバープレートに気づき、足がとまった。うまい具合に文字と数字が消えていて、完全には判読できない。

シュステン……。

セルヴァズは雨のなかに駆けだしていった。


女性用トイレに入るなり、シュステンは業務用洗剤の匂いに混じって香水の匂いが漂っているのに気づいた。しかも男性用の香水だ。だが、あたりには誰もいない。おそらく男性従業員か客が、間違ったことに気づいてすぐ出ていったのではないか。

屋根から雨漏りするらしく、真ん中に室内用のモップとバケツが置かれ、二つの扉の前に《使用不可》の張り紙がついていた。ところが、天井を見あげても染みはない。むしろ、奥にある明かりとりの窓が半開きになっていて、ここまで雨が吹き込んでくる。三つある照明は一つしか点いておらず、ちらちらと光る不気味な薄明かりが、四隅に暗い影を落としていた。

シュステンは思わず眉をひそめたが、一つだけ張り紙がついていない三つ目の個室に入って後ろ手で扉を閉め、ストッキングとショーツをさげると、腰をおろした。シュステンはセルヴァズが言った言葉を思い出していた。簡単すぎる……。プラットフォームに置き去りにされたギュスターヴの写真と、ギュスターヴが通っている幼稚園。セルヴァズはそれが簡単すぎると思っている。いや、見るからに簡単すぎた。

と、扉がきしむ音が聞こえた気がして、シュステンは飛びあがった。音がしたのは隣の個室ではなく、一つ目の個室のようだった。耳を澄ましても、どしゃぶりの雨で音がかき消されてしまう。

　ペーパーを使い、ショーツとストッキングをあげて、水を流す。扉を開ける前に少し躊躇したが、雨音以外は何も聞こえなくなったので、思いきって個室を出て、目の前に並ぶ洗面台と鏡を眺めた。その一つに映っている自分の姿の左側に、シルエットが見えた。

振り返って息を呑む。

やつが、モップを持ってバケツの横に立っていた。トゥールーズの街角で自分につきまとっていた、あの眼鏡をかけた長身の男が。男はモップの柄(え)を持ちあげて、一つしかない照明を叩き割った。

　あたりが真っ暗になる。

シュステンはなすすべもなく、半開きになった明かりとりの窓の下に連れていかれ、壁に押しつけられた。数センチ上の窓にぶつかる雨粒がそのまま、吐きつけられる唾のように、左頬を打つ。

「やあ、シュステン」

シュステン……。名前を呼ばれ、思わず唾を飲み込んだ。どうにか息をしたいのに、うまくできない。こめかみが脈打ち、目に涙が浮かぶ。駐車場の明かりでぼんやりと男の輪郭が浮かび、心臓が跳ねた。いまや二人の距離はあまりに近く、相手の顔がはっきり見えた。目と口に手を加え、かつらでなければ増毛して髪の色を変えている。

ハルトマンだった。

「どうしたいの？」喉を詰まらせながらシュステンが尋ねる。

「しーっ」

コートとスカートの下にいきなり手が入った。右膝から始まって、ストッキングの上から太ももを触られ、さらにあがってくる。大きくて熱い手。シュステンは唇を嚙んだ。

「ずっとこうしたかった」男が耳元でささやく。

何も言えず、ただ脈が速まり足が震える。ショーツとストッキングの上から指で下腹部をまさぐられ、思わず足を閉じた。それからシュステンは目をつぶった。

セルヴァズはコンビニに駆け込み、行く手をふさいでいたカップルの男のほうを突きとばした。

「なんだよ、くそ！」

背後の男がやりあうつもりで怒鳴ってきたが、セルヴァズは相手にしなかった。

女性用トイレの扉を押してなかに入り、シュステンの名前を呼ぶ。照明がついていないことに警戒心が強まった。

そのまま奥に進み、明かりとりの窓の下にシュステンを見つけた。床に座り、雨に打たれながらシュステンがヒステリックに泣きじゃくっている。セルヴァズは洗面台の向かい側にある三つの扉を一つずつ開けてなかを確認し、全部見たあとで、シュステンのそばに膝をついた。腕を伸ばすと同時にシュステンが飛び込んできた。二人はタイルの床に膝を立て、奇妙な無言劇のように抱きあった。

「何があった？」

服は着ているし、着衣の乱れも争ったあともない。

「ただ、あいつに……触られただけ」

「もうそばにはいないはずだ」

セルヴァズは建物のなかも外も確認したところで断言した。バンが乗り捨てられていたが、それも計算のうちだろう。

「高速道路を封鎖できないの？」

「三キロ先に出口がある。だいぶ前に高速道路を離れたと思う」

セルヴァズがあたりを確認しているときに、コンビニの客が、車がなくなったと騒いでいたのだ。憲兵隊を呼んで規制線を張ってもらうことも考えたが、もう間に合わないだろう。司法警察に通報すれば、ステーランや上層部に知らせが行く。そうなったら自分以外の、病みあがりでない誰かに捜査を任せなければならない。それは納得できないし、今となっては捜査も必要なかった。高速道路上のサービスエリアでハルトマンと遭遇したのは間違いないのだから。

「信じられないわ。いったいどうやったら、わたしたちと同時にサービスエリアに入ってこられるの？」

シュステンはまだ目が潤んでいた。二人はレストランに行き、隅にある、プラスチック製のオレンジ色の椅子に座った。この時間なので、ほかに客はいない。車が派手に水しぶきをあげながら、次々とサービスエリアを出ていく。セルヴァズは雨粒が打ちつけるウィンドウ越しに、その様子を眺めていた。

「しばらく私たちの前を走っていたんだろう。それまでは追跡していたんだろうな。前に出て、バックミラーで私がウィンカーを出したのを確認し、一緒に入ったんだ。チャンスを確実につかんだんだよ。やつはイレギュラーな状況にめっぽう強いから」

セルヴァズはトイレの扉を一瞥した。

「気分はどうだい？」

「もう大丈夫よ」

「本当か？　トゥールーズに戻ってもいいんだ。誰かに会わなくていいのか？」

「誰かって、誰よ？　むかつく精神科医のこと？　マルタン、本当に大丈夫だから」

「わかった。じゃあ、そろそろ行くか。もうここに用はない」

「あなたこそ誰かに報告しないの？」

「そんなことをしてどうなる？　やつはもう遠くに行ってしまったし、報告すればステーランは私を担当から外す。それよりホテルを探そう。先に進むのは明日の朝でいい」

「少なくともこれだけは言える。やつはここにいたの。ずっとわたしたちのあとを追っていたのよ」

　もちろんそうだと、セルヴァズも心のなかで同意した。それから、数分前に届いていたマルゴからのメッセージを確認した。マルゴには、サービスエリアに到着してから二度電話をかけていた。いずれも留守番電話につながった。

《もう電話しないで。あたしは大丈夫だから》

　メッセージには、それしか書いていなかった。

　ホテルの外はあいかわらず土砂降りの雨だった。セルヴァズは様子を見ようとしてウィンドウのほうを向き、ガラスに映っている自分の顔に驚いた。そこには、追いつめられ、怒りに駆られた男がいた。セルヴァズは一人だった。テーブルに一人、そしてレストランの客としても一人。シュステンはシャワーを浴びたいと言ってすぐ部屋にあがった。セルヴァズは油っぽいポテトフライを添えたステーキを食べていたが、あまり食欲が出ず、半分くらい残してしまった。

「お口にあいませんでしたか？」店主が尋ねた。

セルヴァズができる範囲で愛想を言うと、店主は客に会話を楽しむ意思がないことを察してテーブルを離れた。

急にギュスターヴのことが頭に浮かんだ。自分とシュステンがどこに行き、誰と会うつもりなのか、ハルトマンはわかっているのだろうか？　またマジックのように、ハルトマンが子どもを消すかもしれないと思うと、セルヴァズは急に怖くなった。明日、子どもが登校してこなかったらどうしたらいい？　セルヴァズは無性に、一番近い場所にいる憲兵隊を呼んで、子どもを探し、保護してくれと頼みたくなった。

ただし、今日はもうくたくたで、何もできそうになかった。

それに、ハルトマンがこんな行動を取る理由がどうしてもわからない。やつは何がしたいのだろう？　こちらの計画を察知したなら、もっと密かに、もっと波風立てずに子どもを連れていくべきではないか？

そうすれば、手出しができないのに……。

ギュスターヴのことを考えると、セルヴァズは落ち着かない気持ちになった。どうしても、あってほしくないもう一つの可能性が頭に浮かんでしまう。小さな子どもを育てる想像をしてみたが、あまりに落ち着かなくなって、すぐにその考えを追い払った。

もう一つ、ジャンサンの死も気にかかった。殺害に使われた警官の銃弾。その同じ日に、自分は現場近くに出没していた。逃れようのない、自分に対する疑惑。

こうしたすべてが折り重なって、どうしようもない孤独を感じる。あたりがあまりに静かなので、ホテルの客は自分たちだけなのかと不審に思うほどだった。高速道路の一件から、頭痛はますますひどくなった。答えが書いてある気がして、コーヒーカップの底をのぞき込んだとき、携帯電話が鳴った。

シュステンだった。

「怖いの。お願い、部屋に来てくれない？」

エレベーターを降りて、一三号室の扉をノックする。返事がない。セルヴァズはこの向かい側の一四号室を取っていた。数秒待ってノック。また返事がない。苛ついてきたのでドンドンと強く叩いたら扉が開き、濡れた髪にバスローブを着たシュステンが現れた。

セルヴァズが部屋に入ると、シュステンが扉を閉めて、部屋の奥に行き、電気ポットとインスタントコーヒーが置かれた小さな机にもたれかかった。セルヴァズはどうしたらいいかわからなかった。どうすれば安心させられるのだろうか？　それに、ホテルの部屋に二人だけでいることが落ち着かない。シュステンは本当に魅力的だし、あんなことがあったからには、絶対に嫌な気持ちにさせるわけにはいかなかった。

「私の部屋は廊下を挟んだ向かい側だ。ダブルロックをかけて、何かあったらすぐ電話してくれ。携帯電話はそばに置いておくから」

「それより、ここで寝てくれない？」

部屋のなかには座り心地の悪そうな椅子しかない。

「コネクティングルームがないか訊いてこよう」

そのあとは、どちらが先に足を踏みだしたのか、セルヴァズにはわからなかった。シュステンの肩越しに、車のボディに反射するホテルの青いネオンが見えた。駐車場の入り口に二本の大きな黒いモミの木が立っていたが、その向こうにあるはずのピレネーの山々は、闇に隠れて見えない。

キスをした瞬間、シュステンの目が大きく見開かれた。どちらも相手に先に目を閉じてほしいと願い、視線は一つに重なったのかと思うほど接近していた。シュステンがじっとセルヴァズを見つめ、耳たぶを噛み、耳のなかを舐めた。もっと。もっと。セルヴァズはバスローブの襟元を開けて、想像より少し小ぶりな乳房を愛撫する。シュステンも、ズボンの上から硬くて柔らかいそれに触れた。

それから彼女はベッドに倒れた。

ギュスターヴ

26
接触

シュステンは足を床につけたまま、膝を折ってベッドに倒れた。ベッドサイドの小さなランプだけが灯り、四隅にできた暗闇に、過去の亡霊たちがうずくまる。夜が二人を包み、前のめりになって欲望しか見えないセルヴァズの瞳に、ランプの明かりが映り込む。セルヴァズが上着を脱いでシャツのボタンを外した。窓を叩く雨音が聞こえ、シュステンは半開きのフランス窓から入ってくる湿った空気に震えた。セルヴァズが覆いかぶさってくる瞬間、シュステンは右足をあげて足の裏でセルヴァズのみぞおちを押さえた。

セルヴァズの手がふくらはぎをさすり、それからくるぶしにおりてきて、足の指とかかとに触れる。シュステンはセルヴァズを見つめたまま、足の裏でシャツの下の上半身を探った。そのまま足を下にすべらせ、ベルトのバックルを越えて、ズボンの上から膨れあがったペニスをさする。

右足を下ろしたとたん、今度こそセルヴァズが覆いかぶさってきた。シュステンはキスしながらセルヴァズのベルトを外し、チャックを開けた。

唇が離れると、今度はセルヴァズが乳首を口に含み、片手で下腹部をまさぐる。すでに濡れて熱くなっていたシュステンは、思わず声をあげた。セルヴァズははやる気持ちをおさえ、舌で濡らした指で優しくなかを愛撫した。シュステンが拒むようにうめき、もっと欲しいとばかりに腰を揺らす。セルヴァズはもう少し愛撫を続けて、それからさらに奥を攻めた。たまらずシュステンが声をあげ、全身をくねらせながら甲高い声であえぐ。すでになかはぐっしょりと濡れて、愛撫から逃げたかと思えばまた欲しがり、指をくわえ込んでは外に押しだす。我慢できなくなったシュステンがセルヴァズを求め、セルヴァズは導かれるままなかに押し入った。すかさずシュステンが締めつけ、すぐに律動をあわせた。律動はますます速く激しくなって、シュステンの長い爪が、セルヴァズの肩と脇腹に痕をつける。耳たぶをしゃぶって甘嚙みすると、セルヴァズのそれがさらに硬くなった。

それから、シュステンは本気でセルヴァズの耳と肩を嚙んだ。セルヴァズは耳たぶに電流が走ったような痛みを感じた。嚙む直前、シュステンは目を開けた。黒く野蛮な視線が、面白そうに挑むように、セルヴァズを貫く。仕返しにシュステンをマットレスに押しつけ、限界まで深く彼女を穿った。シュステンもセルヴァズの尻をつかんで激しく動き、スピードをあげて突っ走る。あまりの激しさにセルヴァズはわけがわからなくなったが、シュステンはもはや自分をとめられず、そのまま絶頂をむかえると、目を閉じて歯を食いしばり、背中をそらして、甲高くむせびなくような声をあげた。

今度はシュステンがセルヴァズの上に乗った。セルヴァズが再び彼女を貫くと、なかはまだ湿っていた。シュステンは驚くほど軽くしなやかだった。シーツに膝をついて馬乗りになった彼女の乳房を愛撫する。鼠径部に数字と文字のタトゥーが入っていた。ノルウェーの言葉かもしれなかった。

シュステン・ニゴールは、厳格な鎧の下に本当の自分を隠しているのだとセルヴァズは思った。決まりきった言い方をするなら、氷の下で燃えさかる炎だ。別に騙されたと言いたいわけではなく、むしろ、簡単に火柱があがる気質であることは、初めから気づいていた。それにベッドのシュステンはまさしく、主導権を握りたがっていた。

朝六時。シュステンは目が覚めると、隣で眠るセルヴァズを見つめた。昨夜はあんなことがあったのに、不思議と心は安らいでいた。起きあがって、バックにノルウェーのロックバンドの名前が入ったコットンのショーツをはき、Tシャツを着て、ジョギングの準備を整える。ホテルを出るなり、そばにある小さな公園のランニングコースを走りはじめた。砂利と雪を踏みしめ、五分で一周するペースを維持しながら五、六周回る。

肺が燃えそうなほど凍える空気でも、気分はよかった。やがて、ベンチと半獣神の像の前で立ちどまり、手足を伸ばしてピレネーの山々に視線を向ける。すでにいくつかの山頂が明るくなっていた。シュステンはボクシングがしたくてたまらなかった。ボクシングは自分を調節するバルブであると同時に、安定をもたらす。スパーリングをしたり、サンドバッグを叩いたりすることで、職務によるフラストレーションを消すことができた。オスロに戻ったらすぐにジムに行かなければ。ふと、バケツとモップが置いてあった暗い女性トイレの光景が頭をかすめたが、これから先のことに意識を切り替え、追い払った。

セルヴァズは六時半に目覚め、ベッドが空なことに気づいた。寝具にはシュステンがいた形跡と匂いが残っている。耳を澄ましても、浴室を含め、この部屋のどこからもなんの音も聞こえない。きっと自分を起こしたくなくて、一人で朝食をとりに行ったのだろう。セルヴァズはそう結論づけると、服を着て自分の部屋に戻った。

シャワーの下で昨夜のことを考える。愛を交わしたあと、二人はさまざまなことを話しあった。ベランダに出て一本の煙草を分けあいながら。あるいはベッドのなかで。セルヴァズはついに、ギュスターヴの母親かもしれない女性のことも打ち明けた。すると、マルサックで起こった事件やマリアンヌのこと、過去のことを尋ねられたので、セルヴァズは時間をかけて正直に答えた。あの事件以来、初めてのことだった。シュステンは時に疑問点を確認しながら、落ち着いて穏やかに話を聞いてくれていた。セルヴァズは同情されなかったことに感謝したし、自分でも自己憐憫に浸ろうとは思わなかった。おそらくシュステンも解決すべき問題を抱えていて、だからあんなふうに対応してくれたのではないか。そういう問題がない人間など、いるわけがないのだ。

そしてついにあの質問がきた。頭の回転が速いシュステンは、すぐさまそこを指摘してきた。ずいぶん前からそのまわりをぐるぐる回るばかりで、結局自分から口にすることができなかった問いを。

「それで、あの子はあなたの子どもなの？」

セルヴァズは清潔な服に着替え、エスカレーターで一階に下りた。朝食会場を探してもシュステンの姿はどこにもない。それでも、そう遠くへは行っていないはずだろう。急にほろ苦い思いがこみあげたが、気づかなかったふりをして、ビュッフェ台と、コーヒーと紅茶があるところへ向かった。

腰をおろし、携帯電話を出してマルゴを呼びだす。

また留守番電話だった。


ホテルに戻ってきたシュステンは、カードキーで部屋の扉を開けるなり、ベッドが空になっているのに気づいた。

「マルタン？」

返事がない。自分の部屋に戻ったのだろう。胃に刺されたような痛みが走った。これ以上は考えたくなくて、急いで服を脱ぎ、シャワーに向かう。何か食べたくてしかたがなかった。

浴室に入ると、タオルが畳まれたまま定位置にあり、床が乾いていた。シャワーを浴びた形跡すらなかったことに胃の痛みがぶり返し、鳥肌が立つ。満足いくほど抱きあったあと、素晴らしい時間を過ごした。だからといって、関係を深める必要はない。それがセルヴァズが残したメッセージなのだろう。

洗面台の上にある大きな鏡を見ながら、小声でつぶやく。

「いいわ、わかってたことじゃない？」


シュステンが朝食会場に現れ、一人でテーブルに座っているセルヴァズを見つけてそばに来た。

「おはよう」カップを手に取って言う。「よく眠れた？」

「ああ。そっちは？　今までどこに？」

「走ってきたの」答えると、シュステンはコーヒーマシンに向かった。

セルヴァズは遠ざかるシュステンを見ていた。話すことはないとでも言いたげな、短くて熱のない会話。つまり、昨夜のことをここで持ちだすつもりはないのだ。セルヴァズは即座にそう解釈すると同時に、強いもどかしさを感じた。実は、シュステンに会ったら告げるつもりだった。ああやって話ができたことがどれほどありがたかったか、とか、誰かとあんなふうに過ごせたのは本当に久しぶりだった、とか。そんな、よくある陳腐な言葉を……。自分が馬鹿になったような気がした。セルヴァズは思った。いいさ、仕事に戻ろう、適切な距離を守りながら。

朝食が正餐のノルウェー人らしく、シュステンはバター付きパン、ジャム、ソーセージ、炒り卵を食べて、薄めのコーヒーと、大きなグラスになみなみ注いだ二杯のオレンジジュースを飲んだ。これに対しセルヴァズは、クロワッサンを半分とエスプレッソと水だけだった。

「あんまり食べないのね」

シュステンは指摘しながらも、ウィルソン広場で声をかけてきたあのろくでなしのように、ノルウェー人の体格を揶揄する決まり文句が返ってくると予測したが、セルヴァズはただ微笑んで、こう言った。

「腹が膨れると頭がまわらないからね」

セルヴァズは食べ物の話をされると、今でもときおり、豪華な料理とセットで判事に毒入りのワインを飲まされたことを思い出す。これはまだ、シュステンには言っていなかった。


ロピタレ＝アン＝コマンジュ村は、スペインとの国境にほど近い、険しい山あいにある。二人は厚い森に覆われた深い谷を見下ろしながら、つづら折りをのぼり、標高約千八百メートルの峠を越えた。車が吹きさらしの黒いモミの木々を抜ける。上空ではカラスが霧を蹴散らしながら、暗い神託を告げて回った。道幅は狭く、石の欄干に守られているところもある一方、ハンドルを切りそこなったら最後、真っ逆さまに落ちるしかないむきだしの場所もあった。

やがて、山を越えた向こう側の下方に、白く輝く教会の鐘楼と雪をかぶった家々の屋根が見えた。それはまるで、身を寄せあって暖を取る羊の群れに似ていた。

車はようやく目的地にたどり着いた。村のなかは寂しげで、訪れる者を拒むような修道院めいたところがあった。ここでは家々が斜面に沿って階段状に建っているため、路地は狭く険しいうえに、一日のうちのほんの短い時間しか日が当たらない。それでも、慰霊碑が建つ広場があり、そこには葉の散ったプラタナスのある気持ちのいい一角や、素晴らしいパノラマが見わたせる見晴台があった。この日は雲が切れて晴れわたり、はるか遠くに、三つの谷が合流するサン゠マルタン・ド・コマンジュの町並みが見えた。

二人は車から降りてドアを閉めた。外は冷たい風が吹いている。ここまで来るあいだ、どちらもまったく口を開かず、それぞれが昨日のことで頭がいっぱいになっていた。それが、村の入り口を示す標識を越えたところで、セルヴァズはギュスターヴのことしか考えられなくなっていた。

セルヴァズは周囲を見まわし、こうしているあいだにも、ギュスターヴが現れるかもしれないと身構えたが、人っ子ひとり歩いていなかった。教会に目をやると、スペインによくあるロマネスク様式で、正面には神を囲む太陽と月と福音史家たちという、古風なモチーフがちりばめられていた。教会の並びにはパン屋と床屋があって、セルヴァズはこんな場所に客がいるのかと心配になった。

役場の階段をあがり、色あせた国旗の下にあるガラス戸を開けようとしたが、鍵がかかっていた。ガラスを叩いてみても返事がない。階段の雪はそれなりに掃かれていたので、すべらずおりられた。

広場をざっと見わたしたところで、角地にカーブした細い坂道が見えた。入り口に〈パスツール幼稚園〉の看板がかかっている。

セルヴァズが目で問いかけるとシュステンもうなずき、二人は慎重な足どりですべりやすい急坂を下っていった。と、道沿いにある家の、二階のカーテンが開いた。ところが亡霊が住む村のように、その裏には誰の姿もなかった。

カーブを曲がった先に園庭が現れた。広場の見晴台同様、園庭からも息を呑むほど素晴らしい谷の景色が見える。それよりセルヴァズは、屋根つきの運動場や入り口のそばにある錆びついた鐘に自分の子ども時代を思い出し、胸が締めつけられた。

ちょうど休み時間らしく、一本だけある古いプラタナスの木のまわりで、子どもたちが楽しそうにはしゃぎまわっている。プラタナスは、アスファルトが持ちあがるほど根を張っていたが、ここも誰かの手で雪が掃かれ、隅のほうに集められていた。運動場に目をやると、灰色の作業着を着て眼鏡をかけた男が子どもたちを見ている。まるで絵画のような光景だったが、セルヴァズは百年前に戻ったかのような、どこか時代錯誤めいた違和感を覚えた。

突然、顔面を殴られたような衝撃を受け、セルヴァズは動けなくなった。

先に坂を下っていたシュステンは、立ちどまってうしろを振り返った。セルヴァズが突っ立ったまま何かを凝視している。口が開き、呼気が白い煙になっていた。シュステンは、見ているものを確認するために、視線の先を追ってまた園庭のほうを向いた。

シュステンも何が起こったかを理解した。

あの子がいる。

ギュスターヴ。

金髪の男の子。あの写真の子どもが、ほかの子どもたちに囲まれていた。セルヴァズの息子かもしれない子どもが。

27　幻

「マルタン」

「……」

「マルタン！」

低く柔らかで、せかすような声がする。セルヴァズは目を開けた。

「パパ？」

「起きなさい。一緒に来るんだ」

「今何時？」

父親はただ微笑み、ベッドのそばに立っている。セルヴァズは体を起こした。まだぼんやりしてまぶたが重かったが、青いパジャマ姿のまま、裸足でひんやりとしたタイル張りの床に立つ。

「ついてきなさい」

セルヴァズは言いつけに従い、静まり返った家のなかを歩く。廊下、階段、そして朝日に輝くリビング。東側の窓にはカーテンがかかっておらず、光があふれていた。壁の時計を見る。まだ五時半じゃないか！　どうりでこんなに眠いわけだ。セルヴァズはベッドに戻りたかった。今なら三秒かからずに眠りにつける。それでも、父親の言いつけは絶対だったので、黙ってあとを追って外に出た。あの時代はみんなそうだったのだ。それに、セルヴァズは父親を愛していた。母親をのぞき、地球上の誰よりも。

五百メートル先の丘の上に夏の太陽が顔を出し、あらゆるものが動きをとめていた。たわわに実った麦も、コナラの葉も、ぴくりともしない。セルヴァズは目を細め、周囲を満たす太陽の光を見つめた。と、突然、鳥の鳴き声が聞こえた。

「何があったんだろう？」セルヴァズが尋ねる。

「あれだ」父親がそう言って、大きな身振りであたりを見わたした。

セルヴァズには理解できない。

「パパ？」

「なんだい？」

「どこを見たらいいの？」

父親が笑う。

「どこもかしこもだ」

セルヴァズは頭をかいた。

「生涯に一度でいいから、おまえにあれを見てほしかったんだよ。のぼる太陽や、朝焼けを……」

父親の声に込められた感情が伝わってくる。

「ぼくの人生は始まったばかりだよ、パパ」

父親は笑って、息子の肩に大きな手を置いた。

「私の息子はとても賢いが、たまには知性を忘れて、感覚や心に身を委ねなきゃならない」

そのとき、何かが起こった。丘の下に牝鹿が現れたのだ。静かに、慎重に、ゆっくりと。そう、美しく、儚く、高貴な幻のように。樹木に覆われていない場所に立ち、首を伸ばしてあたりの様子をうかがっている。セルヴァズは、これほど美しい光景を見たことがなかった。自然のすべてが息をとめていた。これから何かが起こって、この魔法を粉々に壊そうとしているかのように。

と、乾いた音が鳴った。音の正体がわからない。セルヴァズの心臓は激しく脈打っていた。牝鹿はその場で硬直し、倒れた。

「パパ、何が起こったの？」

「家に戻ろう」父親が怒りに満ちた声で言った。

「ねえ、なんの音だったの？」

「なんでもない。さあ、行くよ」

「あの子は死んじゃったの？　殺されたんだね？」

「泣いているのか？　ほら、もう泣くんじゃない。終わったよ、もう終わったから」

牝鹿のそばに行こうとして、父親に腕を引かれた。やがて、銃を斜めがけした大人たちが森のなかから出てきた。セルヴァズも怒りに駆られた。

「パパ、あんなことしていいの？　あの人たちにあんなことをする権利はあるの？」

「あるんだ、あの人たちには。さあ、家に帰るよ、マルタン」

セルヴァズはぶるりと体を震わせた。気づいたら道の真ん中で立ちすくんでいた。あのときは幼くてわからなかったが、今日は父親の言いたいことがわかった。シュステンが自分を見つめている。セルヴァズは思った。ハルトマンだったら自分の息子に何を教えるだろう？　いや、あれは私の息子なのか？

シュステンは息を殺した。いきなり時間の流れが変わった気がして、一秒一秒がいつもよりゆっくりと過ぎていく。子どもたちの歓声が、ガラスの破片のように冷たい空気を突き抜ける。この亡霊の村では、幼稚園だけが〝生〟を感じられる場所に思えた。まわりのものが何も動かないのだ——園庭と運動場以外は。いや、車も一台動いていた。はるか遠くの谷で、太った蟻に見える車がかすかな音を立てながら真っ直ぐな道を走っていた。

セルヴァズはまだ茫然と立ちつくしている。シュステンは坂をのぼってそばに行った。

「あそこにいるわね」

返事はない。セルヴァズがギュスターヴの動きを目で追っている。どんな感情が胸をよぎっているのか、シュステンにはよくわかった。セルヴァズは何も言わず、まったく動かず、目だけで子どもを追っている。子どもの首に巻かれた毛糸のマフラーが、風のなかで躍っていた。シュステンもしばらく子どもを眺めていた。集団のなかであの子が一番小さくて一番細い。青いダウンジャケットを着込み、ひなげし色のマフラーを巻いていても、寒さで頬がリンゴ色になっている。この瞬間、あの子は生きる喜びに満ちあふれていた。体が小さいということ以外、ジュール・ヴェルヌ幼稚園の園長が言っていたような、具合の悪い子どもには見えない。それに、ちゃんと友だちもいるようだ。みんなと一緒になって転げまわっている。シュステンはセルヴァズが動くのを待った。ただし、本来はそれほど気が長いたちではない。

「どうする？」辛抱できず、ついにシュステンが口を開いた。

セルヴァズが周囲を見わたしている。

「行くわよね？　あそこにいる人に聞いてみましょう」

「だめだ」

この「だめだ」は決定事項を告げる言い方だった。セルヴァズがまた周囲を見ている。

「何があるの？」

「ここにいちゃいけない。見つかってしまう」

「いったい誰に？」

「ギュスターヴの世話をしている人物だ、もちろん」

「誰もいないじゃない」

「今のところはな」

「じゃあどうするのよ？」

　セルヴァズが来た道を指さした。

「幼稚園に来るにはこの道しかなくて、しかも袋小路になっている。ギュスターヴを迎えに来た人物は必ずここを通る。この村に住んでいれば徒歩で来るし、車の場合はあの広場にとめる」

　二人は石畳でできたすべりやすい急坂を引き返した。

「上で待とう。だが、車のなかにいては、一時間もしないうちに通報されかねない」

　そう言いながら、セルヴァズはカーテンが動いた窓を指さした。広場に戻ると、今度は役場を指さす。

「あそこならしっかり監視ができる」

「閉まっているじゃない」

　セルヴァズは腕時計を確認した。

「もう開いているさ」

　村長は小太りで背が低かった。目の幅が狭く、顎はがっちりして、鼻の下に細くて茶色いひげを生やしている。鼻の穴は広がり、びっしりと鼻毛が生えていた。村長は法と秩序に明らかな信頼を置いているらしく、役場で張り込みすることを快諾してくれた。

二人は村長の案内で、すり切れた絨毯が銅の棒で押さえられている階段をあがり、三階にある小さな部屋に入った。ワックスがけされた木製の長テーブルと椅子の数から判断するに、ここが村の議会室なのだろう。窓の向かい側の壁に大きな収納棚があって、板ガラスの向こうに、棚と同じくらい年代物の台帳が並び、背表紙が輝いて見えた。棚にはカットガラスの取っ手が付き、暗い木の表面に、唐草模様が彫り込まれている。かつてはこの村の特産品だったのだろうが、大都市で流通している昨今の組み立て家具とは比べものにならないほど素晴らしかった。

「あそこはどうです?」村長が部屋の窓を指さした。

窓には埃っぽい厚手のカーテンがかかっていたが、広場の様子と、学校に続いている袋小路の入り口はしっかり確認することができた。

「完璧ですよ。ありがとうございます」

「とんでもない。困難なときは誰もが市民の義務を果たさねばなりません。我々は助けあい、互いを守らねばならんのです。できることをするのはもちろんだが、今の時代、誰もが互いの安全を意識せねばならんのですよ。なんといっても、戦時下にいるわけですからな……」

セルヴァズは用心深く同意を示した。シュステンはひと言も理解できず、こちらを見て眉をひそめている。セルヴァズも村長が部屋を出ていったあと肩をすくめた。それから窓に鼻を押しつけ、鼻息で白く円を描きながら、腕時計を見て言った。

「まもなくだな」

十二時頃、園児の親たちが次々と広場に現れ、幼稚園に続く袋小路に消えていった。やがて、子ども時代を彷彿させる錆びついた鐘の音が聞こえ、二人は窓に張りついた。数分後、親が子どもと手を握り、おしゃべりしながら戻ってくる。ここには給食室がないらしく、子どもたちは家で昼食を食べたあと、また午後の授業に戻ってくるのだろう。セルヴァズは唾を飲み込んだ。不安で胃が痛くなる。ギュスターヴも誰かに手を引かれてここにやってくるのだ。

ところが、親子の集団が立ち去ったのに、ギュスターヴが現れない。どうも不測の事態が発生したらしかった。

窓を開けたいのを我慢して、また外をのぞき込む。時計の針は十二時五分を指し、広場にはもう誰もいない。ギュスターヴも。なんということだろう。まさか、袋小路の家に住んでいるのだろうか？　だとしたら、村長の助けがあっても張り込みは難しくなる。

しかたなしにいったん窓から遠ざかったその時だった。メタリックグレーのボルボが猛スピードで広場に突っ込み、タイヤを鳴らしながらブレーキをかけた。二人はすぐ窓のそばに行き、車から降りてきた男を観察した。年齢は三十五から四十歳、仕立てのよい冬のコートがよく似合い、きれいに顎ひげを整えている。男は腕時計を見ながら袋小路のほうに駆けだした。

　セルヴァズはシュステンと視線で確認を取った。セルヴァズの心臓は早鐘を打っていたが、それでも二人は落ち着いて待った。子どもたちの歓声が消えたのに、静かな広場がなぜか騒々しく思えた。やがて足音が近づいてきて、大人と子どもの声が響いた。セルヴァズはまたしても、窓を開けたくてたまらなくなった。数秒後、ついに男の姿が現れた。男はギュスターヴの手を握っている。

「くそっ！」シュステンが叫んだ。

　そのまま役場の窓の下を通りすぎて、男が子どもを車に乗せた。

「はしゃぎすぎだぞ」窓越しに男の声が聞こえる。「病気があるんだから、疲れるまで遊んではいけないことはわかっているね？」

「パパはいつ来るの？」子どもがいきなり弱々しい声で尋ねた。

「しっ！　ここでその話はするな」男が周囲を見ながら苛立った様子で制した。

　近くから見ると、歩き方やシルエットから、想定した年齢より上かもしれなかった。五十代かもしれないなと、セルヴァズは思った。職業は、銀行や商社の幹部、デジタル関連会社の社長、高級コンサルタント、あるいは大学の教授……。いずれにせよ、自分の手を汚さずに金を稼いでいるはずだ。子どものほうは、目がくぼみ、頬は寒さで赤くなっているのに、肌は蠟のようで全体的に黄色がかっている。セルヴァズはジュール・ヴェルヌ幼稚園の園長から聞かされた言葉を思い出した――「体が弱くて、病気がちで、平均より小柄なんです。欠席も多いです。インフルエンザ、風邪、腹痛……」

セルヴァズはシュステンのほうを向き、二人はほぼ同時に扉に向かった。階段を一気に駆けおり、玄関ホールを走って扉を開けたその瞬間、雪を飛ばしながらボルボが広場から走り去った。

二人も車に飛び乗った。

村に出入りできる道が、ほかにないことを祈りながら。

セルヴァズは広場に来た道を猛スピードでのぼり、遠くにボルボの姿を確認したところでアクセルから足を離した。体が熱くなって、空いているほうの手で首からマフラーを外して後部座席に投げ、キルティングジャケットのファスナーを下ろす。それから、ボルボとの距離を詰めすぎないように、またスピードを落とした。あの男に警戒心があるかはわからない。だが、ハルトマンからは、何らかの指示が出ているはずだった。

いったい何者なのか。

ハルトマンでないことだけは確かだ。美容整形手術にも限界はある。頬骨や眉骨を高くする、鼻をいじる、植毛する、目の色を変える……こうしたことはいくらでもできるが、身長を十五センチ縮めることはできない。

セルヴァズは興奮すると同時に困惑していた。その気はないのに、他人が決めた選択や岐路に向かって押し流されている気がしてしかたがない。まるで、迷路に放り込まれたネズミを誰かが上からのぞき込んでいるようだ。しかも、ジャンサンの殺害事件まで発生しているではないか。レイプ犯の死とハルトマンの出現。この二つが連続して起こっていることに、戸惑わずにはいられない。セルヴァズはずっと、誰かを追っているというより、誰かに監視され、追われている、いや、誘導されている気がしてしかたなかった。

何もかもが、罠なのだろうか？

ＩＧＰＮからは、詩人と同じ名前を持つランボー警視正が監察官として派遣された。だが当のロラン・ランボーは、アルチュール・ランボーの詩を読んだことがなく、読むのはスポーツ新聞のレキップ紙（それもサッカーとラグビーの記事）か、メールくらいしかない。自分と同じファミリーネームを持つ詩人がいて、その詩人が『地獄の季節』を書いたことも知らなかった。知っていれば、これから血祭りにあげるつもりの警官に、このぴったりのタイトルを捧げたことだろう。

デグランジュ判事のオフィスに座っていたランボーは、血の臭いと大事件の気配を感じとっていた。もともと彼は、同僚からスタローンの映画をもじって〝ランボー〟のあだ名をつけられるくらい飢えた狼であり、不屈の汚職警官ハンターだった。少なくとも、本人はそう見られたいと思っている。特に〝警察のなかの警察〟と呼ばれる部署の地方支部を率いるようになってからは、公安警察と麻薬捜査部の幹部を失脚させ、とある軽犯罪捜査部のメンバーを〝組織的な強盗、恐喝、麻薬の不正所持〟で起訴したうえ、当該部署をまるまる解体に追いやった。

その一方で、怪しげな密売人の証言を鵜呑(うの)みして捜査を進めたあげく、告発が取りさげられたことや、ほかの地方であればハラスメント扱いされるやり方に頼っていたこともあるのだが、上司はいたしかたないこととして、それほど問題視していなかった。

警察は一枚岩ではない。ランボーが思う警察は、縄張り意識と利害関係、ライバル関係、そしてむき出しのエゴイズムが渦巻く場所――つまり猛獣、猿、蛇、寄生虫が集まったジャングルだった。こうした番犬どもの牙を抜くつもりはないが、たまには鎖の長さをわからせるべきだろう。

「今わかっていることは?」デグランジュが尋ねた。

デグランジュは髪が長く、黒いニット編みのネクタイを締め、何回クリーニングに出したのかわからないほどよれよれのチェック柄のジャケットを着ていた。どちらかと言うと、ランボーよりはこのデグランジュのほうが詩人のランボーに近い。

「ジャンサンは、山小屋で女性をレイプしようとしたところを、おそらく警官の銃で撃ち殺されたようです。その前にジョギング中の女性三人をレイプして、うち一人を殺した嫌疑をかけられていましたが、無罪が証明されています。この不審尋問のさなかに列車の上で感電したことで、尋問が……」

ランボーはいったん話をとめた。ここまでは事実に基づき手堅く進めてきたが、これからは足元のすべりやすい、完全なる沼地に足を踏み入れなければならなかった。

「この不審尋問の際に、ジャンサンはトゥールーズ警察のマルタン・セルヴァズ警部の胸部を撃ち、警部はしばらく昏睡状態に陥りました。なお、警部はジャンサンを、モントーバンで起こった殺人事件の犯人だと疑っています。被害者はモニク・デュケロワ、六十九歳、六月に自宅で殺害されました。このセルヴァズ警部という人物は――」

「セルヴァズが何者かはわかっている」デグランジュが口を挟んだ。「続けなさい」

「はい。ジャンサンの弁護人は、警察を訴えるつもりでした。セルヴァズが……その……銃で依頼人を脅し、雨の降るなか列車の屋根に乗るよう強要したと。ジャンサンに感電の危険性があることは明らかに理解していたはずだと……」

「では、セルヴァズに感電の危険性はなかったのか？」デグランジュが言い返す。「私の理解が正しいなら、セルヴァズも屋根に乗り、ジャンサンがセルヴァズを撃った。違うか？　ジャンサンも銃を持っていたようだな」

　判事の額には、もとからある複数のしわに加え、新たに三本のしわができていた。

「正確には、ジャンサンの弁護人は、セルヴァズ警部が自分の依頼人を感電死させようとしたと主張しています」

　デグランジュは咳払いした。

「弁護人の発言を信用するつもりはないんだろう、警視正？　どうもきみは、警官の言葉より、売人の言葉を信用する傾向があるようだが……」

ランボーは判事の発言を聞いて自分の耳を疑い、相手は憤慨しているのかと勘ぐった。だがデグランジュは感情を表に出すことなくじっと自分を見つめている。そこでランボーは、ファイルから一枚の紙を出し、判事の机の上に載せた。

「これは何かね？」判事が尋ねる。

「憲兵隊が、ジャンサンを殺した男のモンタージュを作成しました。証人のエマニュエル・ヴァンギュッドから証言を取れましたので。危うくジャンサンにレイプされるところだった女性です」

デグランジュはモンタージュを手に取った。フードをかぶった特徴のない顔。これでは目と鼻と口があることしかわからない。つまり、まったく参考になりそうになかった。

「まあ、やってみるんだな」判事はそう言って絵を返した。

「彼に似ていると思いませんか？」

「いったい誰のことを言っている？」

「セルヴァズです」

デグランジュは顔を真っ赤にしてため息をついた。

「なるほどな」静かに語りだす。「警視正、きみのやり方は聞いている……。私はそれを評価しない。きみが解体したＢＡＣについては、私の仲間が詳細について少しずつ見直しを始めているところだ。控えめに言って、きみが捜査の根拠とした証言は疑わしいものがある。いや、今回ははっきり言っておくべきだな。私は自分の担当する事件を、あれと同じ状況にするつもりはない。それに、きみについては、ほかの部署からもハラスメントを受けたという告発が公安部長宛てに届いている。今回は派手に動かないほうが身のためだ」

ランボーにとっては、まったく声を荒らげずに言われたことがいっそう脅威だった。しかもデグランジュはほのめかすことさえしなかった。

「だが、誤解しないでくれ。これは、実在する策動を隠蔽するとか、真実をつまびらかにする行為を妨害するという意味ではない。私からの忠告を考慮して、捜査を続ければいい。きみが具体的かつ現実的な証拠を持ってきてくれれば、犯人がセルヴァズであろうがなかろうが正義は通る。それは保証しよう」

「弾道分析を行うための、捜査令状をお願いできますか」ランボーは判事の発言にうろたえることなく尋ねた。

「弾道分析？　きみは管轄内にどれほどの警官と憲兵がいると思っている？　すべての銃を分析するつもりか？」

「いえ、セルヴァズ警部のものだけです」

「警視正、言ったばかり――」

「彼はあの晩サン゠マルタン・ド・コマンジュにいました」ランボーは判事の言葉をさえぎって反論した。「ジャンサンが殺された晩に、現場から数キロしか離れていない場所にいたんです。警部自身が作成したこの報告書に書いてありました。私もつい先ほど知ったんですよ」

ランボーがまたファイルから紙の束を出し、判事に突きつけた。

「ジャンサンに、真夜中に呼びだされたと書いてあります。やつはその日、サン゠マルタンでセルヴァズを見たと言っていたそうです。列車で感電した例の夜のことにも触れて、人生を台無しにされたと罵ったそうです。そのあと、話がしたいと詰めより、セルヴァズが拒むと、娘のことをほのめかしたそうです」

「誰の娘だ？」

「セルヴァズです」

デグランジュが急に興味を示したかに見えた。

「具体的には何をどうほのめかした？」

ランボーは自分の分のコピーを確認した。

「たいしたことは言われていません。セルヴァズはやつに呼びだされた際、ほかにやることがあると言い返しました。すると『おまえの娘のこと、おれは知ってるぜ』と言ってきたそうです。そのひと言で十分だったようですね。セルヴァズは怒りのあまり、真夜中にもかかわらずサン゠マルタンに飛んでいきました。彼の言うとおりなら、町の入り口にある携帯電話の基地局を越えていると思われます。そのあとはまあ、いろいろとあったようですが……」

言葉を濁し、ちらっと正面に視線を投げた。判事が冷たい目で自分を見ている。今の説明でもまったく動じていないようだ。だがランボーは、次の発言で、状況は逆転するはずだと確信していた。

「セルヴァズは、サン゠マルタンの温泉場の向かいにある公園に誰かが立っていて、その人物に近づいたら逃げられたと言っています。あとを追いましたが、温泉の裏手にある森に消えたそうです。それ以上の追跡はあきらめたとありますが……。車に戻ったセルヴァズは、フロントガラスにメッセージを見つけたそうです」

「なんと書いてあったんだ？」

「セルヴァズによると、《どうだ、怖かったか？》と」

「まだ保管されているのか？」

「報告書には書かれていません」

デグランジュはあいかわらず疑わしげな目でこちらを見ている。

「つまり、ジャンサンが殺された夜に、セルヴァズがやっと接触したかもしれないということだな？」

「ええ、警官の銃で撃ち殺された夜に」ランボーが強調する。

「あるいは、警官から盗まれた銃、という可能性もある。銃を紛失したという報告については調べてみたか？」

「今やっております」

「わからんな。ジャンサンは真夜中の三時に山中で殺され、セルヴァズはサン＝マルタンに午前零時頃着いたと言っている。きみはこの間に何があったと考える？」

「セルヴァズが嘘をついているのでしょう。これは電波状況を調べればわかることです。ただ、彼も馬鹿ではないので、携帯電話で足がつくことはわかっていたはずです。あるいは、サン＝マルタンにいたことを誰かに目撃された可能性もある。そこでセルヴァズは、いったんトゥールーズに戻り、携帯電話を置いてから、現場に戻ってきたのではないでしょうか」

「零時頃のジャンサンの足どりは確認したのか？」

「確認中です」

嘘だった。そこはすでに確認済みで、証人全員が、ジャンサンが零時頃サン＝マルタンにいるのはあり得ないと言っている。その時間、ジャンサンは証人らとともに山小屋にいた。ただし、みんなが寝ているあいだに出ていった可能性は残っている。それより、ランボーはセルヴァズのほうの証言を疑っていた。セルヴァズは温泉場で人影など見ていない可能性がある。つまりセルヴァズが嘘をついたのではないか。もちろん、ジャンサンがどこにいるか調べあげていたうえで。

おそらく、セルヴァズはトゥールーズとサン＝マルタン間を往復し、二カ所の基地局で記録を残してから、携帯電話を持たずに現場に戻ったのだ……。若干無理のあるアリバイかもしれないが、警官であれば、自分が悪事を働く予定の現場に初めて行くときには、だめだとわかっていても、どうしたって携帯電話を持っていきたがるものだから。

ランボーはまたモンタージュを眺めた。これと言った特徴がないとはいえ、セルヴァズの可能性も残されている。

だが、これでだめなら……。

銃だ。

　銃が証拠になるだろう。セルヴァズが、紛失したと言いださないかぎり。ランボーは雪面に残っていた足跡についても考えた。

「なぜだ？」デグランジュは顎の下で両手を交差させて、両方の親指で下唇をこすりながら言った。「私にはきみが一つの可能性しか追っていないように思える」

「ですが、彼の犯行としか思えません」天井を見あげ、ランボーが反論した。「殺害があった夜、彼はあそこにいたんです。それに動機もあります」

「馬鹿も休み休み言いたまえ」デグランジュが叱責した。「動機はなんだ？　正義の味方を演じるため？　娘のことを言われたから、相手がレイプ犯だから、そんな理由で人を殺すのか？　自分が撃たれたので復讐する？　私はセルヴァズをよく知っているんだよ、きみと違って。彼はそんな男ではない」

「すでにセルヴァズの同僚から話を聞いていますが、全員が、昏睡状態から目覚めたあとで、彼は変わってしまったと言っています」

「いいだろう、きみの望みを叶える。だがどんな事態になろうと、セルヴァズをマスコミの餌食にすることは許さん。情報の漏洩はあっという間だからな。なんなら司法警察全員分の弾道分析を依頼して、うんざりさせてやればいい」

　ランボーははっきりと笑みを浮かべ、小さくうなずいた。

「私はセルヴァズ本人と直属の上司、それから犯罪捜査部のメンバー全員に対しても尋問するつもりです」

「あくまで参考人聴取だ」

デグランジュはそう釘を刺すと、話し合いは終了だとばかりに立ちあがった。二人は熱のこもらない握手を交わした。

「警視正」すでにドアノブに手をかけていたランボーを、デグランジュが呼びとめた。

「なんですか？」

「きみが指揮したＢＡＣ解体についての記事が新聞の一面に出たことがあったな。今回は絶対に許さんぞ。マスコミには一切漏らすんじゃない。少なくとも現段階では」

28　シャレー

　車は起伏に富んだ山道を蛇行しながら、真っ白な景色に深い溝を残していく。森を抜けた今、斜面はゆるやかになり、雪に覆われたむきだしの道に変わった。セルヴァズは緊張していた。このまま車を走らせれば、白一色のなかを動く車体の色で、自分たちの存在がばれてしまうのは明らかだった。

　路上には自分たちの車と例のボルボ以外、何も見えない。ボルボはやがて山腹の村に入った。セルヴァズもあとに続き、村の入り口にある廃墟になった製材所と、三十軒ほどの家、それから数軒の店を横目に見ながら、村の出口付近にある急カーブを曲がったところで車のスピードをゆるめた。ちょうどそこにホテルがあったのだ。ボルボは三百メートルも行かない先にあるゆったりとしたカーブを曲がったあと、谷全体を見わたすシャレーの前でとまった。その先にはもう道はないようだった。

　セルヴァズもホテルのテラスの下に車をとめた。テラスに客の姿はなく、パラソルも折りたたまれている。壁面はカーブに沿って石づくりになっていた。セルヴァズとシュステンは、ボルボから降りてくる二人の姿をとらえた。シャレーはいくつものテラスとバルコニーを備え、近くの山岳地帯でよく見られる、天然木を使った贅沢(ぜいたく)なつくりになっていた。あれくらい大きければほかにも人がいそうなのに、駐車場には空きがあり、ボルボのほかに車は一台しかとまっていなかった。ということは夫婦？ ギュスターヴは本当にここで暮らしているのだろうか？ あの男と？ ほかに誰がいるのだろう？

男と子どもがシャレーに入るのを見届けると、セルヴァズは車のドアを開けて言った。

「コーヒーでもどうだ？」

それから二人は、周辺の下見にきた観光客を装って、ホテルのテラス席に座った。セルヴァズはダブルのエスプレッソ、シュステンはコカ・コーラ・ゼロを注文し、シュステンは飲み物が運ばれてくるなり、生水が飲めない不衛生な国にいるかのように、グラスの氷を捨ててしまった。外はひどい寒さだが、太陽光が雪に反射してまぶしいほど輝き、それで少しは体が温まった。二人はサングラスをかけ、セルヴァズはどんな小さな動きも逃すまいとシャレーを見張った。

と、セルヴァズに促され、シュステンが振り返った。シャレーのバルコニーに、背の高い金髪の女性が現れたのだ。女性はライトベージュのセーターを着て、栗色のズボンをはいている。距離があるので正確なところはわからないが、セルヴァズは四十代くらいだと見当をつけた。痩せ形で髪をポニーテールにまとめている。

テラスにホテルの主人が現れたので、セルヴァズは声をかけた。

「あそこに見える大型のシャレーは貸し出し用ですか？」

「いえ、違います。あそこにはトゥールーズ大学の教授が住んでいるんです」

「ではご夫婦だけの二人暮らし？」セルヴァズはうらやましそうな声で尋ねた。

「三人です」主人は微笑んだ。「お子さんがいるんですよ、養子ですけど。そういうことについてがある人はいるものでしてね……」

　今のところ、自分たちに関心を持たれたくなかったので、セルヴァズはそれ以上の質問をあきらめた。

「じゃあ、今晩こちらのホテルに部屋はありますか？」

「ええ、ございますよ」

「なんの話をしていたの？」主人が遠ざかるなり、シュステンが英語で訊いた。

　セルヴァズはとりあえず通訳しておいた。

　一時間後、男がギュスターヴを連れてシャレーから出てきた。昼食を食べたので、また幼稚園に送っていくのだ。どうやら今日は、トゥールーズ大学に行く日ではないらしい。セルヴァズとシュステンもテラス席で一時間粘ったことになるので、そろそろ動かなければならなかった。

「ここに部屋を取ったあと散歩に出かけて、夜になったら戻ってこよう」

「部屋は一つ？　それとも二つ？」

セルヴァズはシュステンを見つめた。昨日のことはなかったことにするつもりらしい。サングラスで顔が隠れていても、バストラインを強調するタートルネックのセーターを着て、太陽光の下にいるシュステンは美しかった。セルヴァズはかすかな胃の痛みを感じた。昨晩二人のあいだに起こったことはおろか、今はこの先のこともわからなかった。シュステンを理解することは難しい。昨日のことは、アドレナリンと恐怖のせいだったのだろうか？　誰かにベッドにいてほしかっただけ？　答えはわからないが、シュステンは今、立ちどまりたいという意思を明確に伝えている。

セルヴァズのほうは、結論を先送りすることにした。

「うちの署の銃をすべて調べると？」ステーラン署長は疑わしげに言った。

「そうです」

「それをデグランジュ判事が許可した？」

「ええ」

ステーランはコーヒーカップを口に運び、考える時間を稼いだ。

「弾道分析を行うのは誰です？」

「何か問題がありますか？」ランボーが訊き返す。

「いや。どうやったらそんなことができるのか、見当もつかんからです。すべての銃を同時に装甲車に持ち込むつもりですか？　それでボルドーに行く？　高速道路に乗せて？

本気ですか？」

ランボーは椅子に座ったまま、正面にある重厚な机に身を乗りだした。

「同時にみなさんの銃を取りあげることはしませんよ。それに、トゥールーズから銃を出すつもりはありませんし、分析もこちらのラボで行います。監督は私たちですが」

「なぜトゥールーズ署なんです？　なぜ憲兵隊や公安警察の分をやらないんですか？　うちの警官がそんなことをするとは思えない」そう反論しながらも、ステーランはセルヴァズのことがほんの一瞬頭をよぎった。

「チェスでたとえるなら、ビショップはキングのもっとも近い位置にいるということですよ」ランボーはただ、謎めいた言葉を返した。


セルヴァズとシュステンは、午後の時間を使ってロピタレとサン＝マルタンを散策し、さまざまな仮説を立ててた。ついでにセルヴァズは、コーヒーの飲みすぎで吐きそうになった。セルヴァズはまた、散策の合間を縫って、トゥールーズにいるエスペランデューに頼み、ボルボの持ち主夫婦に関する情報を集めた。夫妻のファミリーネームはラバルトで、夫のロランは四十八歳、妻オロールは四十二歳、公的には子どもがいないことになっている。エスペランデューによると、ロランはトゥールーズ・ジャン・ジョレス大学で比較文化心理学と精神病理学を教えていて、オロールは職に就いていなかった。養子縁組が嘘な夫婦だけでなく、ギュスターヴについても調べなければならなかった。

のか真実なのか、確認する必要がある。こうなった状況や、公的書類はどうなっているのか、そして村長や園長はどこまで把握しているのかも。ただ、このご時世に実子でない子どもを自宅に引き取ることができるかどうかは、少なくともできる期間があったことは想像に難くない。行政は世界的に混乱を極め、社会の大部分において制御不能に陥り、自由裁量にまかされていた。

散策が終わると二人はホテルに戻り、部屋でボルボの帰りを待つことにした。結局セルヴァズは一部屋しか頼まなかった。部屋に入るなり大小二台のベッドがあるのを見て、二人はそれぞれ、これを何かの啓示ととらえた。特にセルヴァズは、二部屋頼んで余計な関心をひきたくないという思いから一部屋にしたのであり、椅子があればそこで寝るつもりだったので、この状況はもっけの幸いと言えた。

とはいえ、昨日の今日で同じ部屋というのは想定外であり、ギュスターヴを追ううちにそうせざるを得なくなったことが、セルヴァズにはいっそういたたまれなかった。シュステンも似たような思いでいることはわかっていた。シュステンの一挙手一投足が、国際宇宙ステーションにいる宇宙飛行士の動きに思えてしかたがなかった。しかも、部屋の窓が一つしかないために、嫌でも距離は近づき、セルヴァズはシュステンの体から発する熱や、首と手首から立ちのぼる香水の匂いを感じるはめになった。

凍える山はあっという間に暗くなり、谷間も頂上も厚い闇に包まれ、向かい側にあるシャレーのそこかしこで照明が灯っているのが見えた。ギュスターヴとラバルト教授はまだ現れず、オロールと思われるすらりとしたシルエットが、携帯電話を片手に部屋を移動しながら、話をしているか、メッセージらしきものを打ち込んでいる。セルヴァズは判事に盗聴許可を得るべきだと考えた。

と、そのとき、ホテルの窓の下をボルボが通過していった。踏みかためられた轍の上を音も立てずに慎重に運転していたので、近づいてくるのがわからなかったのだ。輝く赤い目のようなブレーキランプが遠ざかり、ついでシャレーの正面階段に金髪の女性が現れた。すかさず車から持ってきた双眼鏡で確認すると、オロールにヘッドライトがあたって、満面の笑みが浮かんでいるのがわかった。オロールは両手でギュスターヴを抱きしめると、家のなかに押し込み、ついで夫にキスをした。セルヴァズにはその様子がどことなく芝居じみているように感じられた。

レンズ越しのオロールは、美しいが、冷たく世俗的に見えた。鼻は高めで唇は薄く、首はほっそりとして肌は極端に青白い。身長は少なくとも百七十五センチ以上はありそうだ。アスリート体型とも言えるが、それにしても痩せすぎている。くるぶしまであるライトベージュの服を着た姿が古代ローマの巫女そっくりだったし、しかも靴を履いていないので、階段に積もった雪の上に足跡が残っていた。セルヴァズはオロールの顔つきや視線、態度に、強烈な違和感を覚え、名前をつけるなら夜明けの光よりは〝影〟や〝夜〟のほうがしっくりきそうだとひとりごちた。

「これ見て」突然、横にいたシュステンが声をかけてきた。

シュステンは膝の上にノートパソコンを広げ、インターネットで調べ物に没頭していた。向けられた画面にはオンライン書店のページが表示され、何冊か本が並び、すべての表紙にロラン・ラバルトの名前が書いてある。『サド、監禁による解放、思うがまま行動せよ』『ラブレーによる〈テレームの僧院〉から魔術師アレイスター・クロウリーまで』『悪と自由を称える』『地上の楽園、ザッハー・マゾックからＢＤＳＭ（原註：緊縛、サドマゾ、支配、服従による性行為）まで』……。

セルヴァズは五冊目のタイトルに目が釘づけになった。

『ジュリアン・ハルトマン、あるいはプロメテウス・コンプレックス』

タイトルはいかにもアカデミックで大げさなものばかりだった。しかも、この五冊目を見る限り、ラバルトとハルトマンには、直接的なつながりがあると考えていいだろう。ラバルトにとってハルトマンは研究対象だったのだ。つまり、ラバルトは知的好奇心からハルトマンに魅了され、共犯関係に発展したのだろうか？ 本のタイトルを見ればそうとしか思えなかった。

いずれにせよ、この本は手に入れなければならない。セルヴァズは、遠い昔に履修した哲学の授業に思いを馳せた。あの時期は作家になりたくて、現代文学を専攻していたのだ。プロメテウス・コンプレックスは、ガストン・バシュラールの『火の精神分析』で目にしたことがあった。あまりに昔のことで定かではないが、バシュラールにとって火の征服は知と性に関わるもので、子どもだったバシュラールは、あえて父親に禁止された火遊びに身を投じるのだ。つまり、プロメテウス・コンプレックスとは、知性や知識で父親と並ぶ、あるいは父親以上になりたがる子どもたちを指していた。

ラバルトはハルトマンの過去に何かを発見したのだろうか？　そしてハルトマンは、自分に捧げられた本を読み、ラバルトに接触したのだろうか？

セルヴァズは窓越しに外を眺めた。

完全に日が落ちて、青みがかった雪が、暗い部屋の家具を覆うシーツのように闇の中で光っている。シャレーの窓から光が漏れていた。突然、ギュスターヴが窓に現れ、ガラスに鼻を押しつけて外を眺めはじめた。双眼鏡で見ると、パジャマ姿のギュスターヴが空想か何かに夢中になっているのがわかる。セルヴァズは、しばらくギュスターヴの寂しげで疲れた顔を凝視し、やがて胃にずぶずぶと穴が空いてきたような気がして、目を背けた。自分は今、息子を見ているのだろうか？　それを考えると計り知れないほど恐ろしかった。本当にそうなら、これからどうなるのだろう？　望んでいない息子など欲しくないし、責任も負いたくない。だが、自分の息子が、罪深き知識人とその氷の妻とともに暮らしているのだとしたら……。いや、あり得ない。そう思いながらも、セルヴァズはシュステンのほうを向いた。

「DNA検査をする必要がある」

様子をうかがっていたシュステンは、ただうなずくだけだった。わざわざ訊かなくても、誰のDNAを想定しているのかわかっていた。

「学校に行けばあの子の荷物があるわ」

セルヴァズが首を横に振る。

「危険すぎる。誰かがラバルトに話すかもしれない。そんなリスクは犯せない」

「じゃあどうするの？」

「わからない。だが、やらなきゃいけないんだ」

「自分があの子の父親かどうか知りたいんでしょ？」

セルヴァズは口をつぐんだままでいる。シュステンはじっと答えを待った。そのときいきなり、シュステンのポケットで携帯電話が震え、ガンズ・アンド・ローゼズの『スウィート・チャイルド・オブ・マイン』が聞こえてきた。シュステンはすぐに緑ボタンを右にスワイプした。

「カスペルじゃない、何かあった？」シュステンがノルウェー語で尋ねた。

「いや、どうしてるかと思って」ベルゲンの刑事が答える。「それでどうなんだ？　何か進展はあったのか？」

十八時十二分、トゥールーズ署にいたサミラ・チュンは、自分のシグ・ザウエルをランボーに渡した。サミラはその日、だいぶ前に解散したミスフィッツというパンクバンドのロゴが入ったTシャツを着て、新しく、小さな黒いリングピアスを一つは左の鼻の穴に、もう一つは下唇につけていた。

「おかしいわね、死んだネズミの臭いがするわ」サミラが言った。

「下水から出てきたのかもな？」エスペランデューが自分の銃を出しながら言った。

「きみたちは詩人のようだな」ランボーが応じる。

「あら、警視正みたいな名前なら、さぞかし詩に造詣が深いんでしょうね」

「チュン、そのあたりでやめておけ。型どおりの確認だ。きみたちに含むところはないし、きみたちは素晴らしい警官だと思っている」

「いったい警官の何を知ってるんですか？　あっと、気をつけてください、警視正」二人の銃を持って出ていこうとするランボーに、サミラが言い足す。「おもちゃじゃないんですからね、怪我しますよ」

「セルヴァズはどこにいる？」言い返しもせずにランボーが尋ねる。

「わかりません。知ってる、ヴァンサン？」

「いや、僕にもまったく」

「見かけたらすぐ私のところへ銃を持ってくるよう伝えてくれ」

サミラはいきなり笑いだした。

「ボスの腕じゃ目の前に的があっても当てられませんよ。射撃訓練の結果を見たら笑いますから。そのうち自分の足でも撃つんじゃないですか？」

「やつはまさに、そういうことをやったんだ」

ランボーはかっとなって言い返したことを、いつものように後悔したが、そのまま部屋を出ていった。

十八時十九分、セルヴァズは電話を切るとシュステンに言った。

「車に戻る。すぐ帰ってくる」

「何があったの？」

「なんでもない。煙草が吸いたくなっただけだ。車に置いてあるから」

サミラから、すべての銃が調査対象になると聞かされて、セルヴァズは苛立っていた。手元から離したことがないのに、なぜそこまでされなければならないのか。

ホテルを出ると、突風が吹きつけてきた。風は万国旗――こんなに老朽化したホテルでも国際化の野望はあるのだ――をばたばたと揺らし、薄手のセーターを通り抜けていく。セルヴァズは、キルティングジャケットを持ってくるべきだったと後悔した。そこにひときわ激しい突風が吹き、ホテルの入り口に押し戻されたが、なんとかテラスの端まで歩き、道に続く階段をおりはじめて、ふと目をあげた先に彼らを見つけた。ロラン・ラバルトとギュスターヴが、風を受け笑いながらホテルに向かって歩いてくる。

まずい、こっちに来る！

もうホテルには引き返せない。かといって、ロランに近距離から顔を見られるわけにはいかなかった。そうなったら今後の尾行は困難になる。セルヴァズは慎重に雪の積もった階段をおりて、車のところにいくと歩道側のドアを開け、それからグローブボックスを開けた。煙草はちゃんとそこにあった。セルヴァズは首をすくめながら頭をあげ、あたりを見わたした。二人は別の階段からテラスにあがっていくところだった。すぐに体をかがめて、車内で探しものをしているふりをする。体を起こしたとき、二人の姿はホテルのなかに消えていた。

突風が四方八方から吹きつけ、セルヴァズは凍えそうだった。顔を起こしてふとシャレーのほうを見ると、オロールがシャレーのバルコニーからホテルを見ているのがわかって、心臓がとまりかけた。車に気づかれたかもしれない。妻も警戒を強めているはずなので、いつまでも車のなかにいることはできない。一方で、部屋に行くためのエレベーターはフロントの横にあり、二人に近づく覚悟を決めなければならなかった。

セルヴァズはちらっとシャレーのバルコニーに視線を投げた。オロールが自分のほうを見ているのか、それともホテルを見ているのかわからないまま、一歩一歩階段をあがり、おぼつかない足どりでテラスを横切る。二人はこちらに背中を向けていた。ロランが、ホテルの主人から何かを受け取りながら話をしている。

「本当に助かりますよ。おいくらになりますか？」

そう言って財布をまさぐっている。セルヴァズはロビーを進んだ。足音に気づいたのか、ギュスターヴが振り返った。明るくて大きな目が自分を見つめている。体のなかからすべての内臓が吸いあげられ、空気と入れ替えられたような気がした。セルヴァズは舞いあがってしまった。ギュスターヴはまだ自分を見ている。

《きみは私の息子なのか？》

　返事はない。

《わかっている、きみは私の息子だ》

セルヴァズは頭を振って幻聴を追い払い、三人の横を通り抜けようとした。

するとと今度はラバルトが振り返って声をかけてきた。

「こんばんは」

「こんばんは」セルヴァズも返事をする。

ホテルの主人、ロラン、ギュスターヴ、みんなに見られている。セルヴァズはエレベーターのボタンを押して、振り向きたいという衝動を抑えた。

「すいません」背後でロランの声がする。

ホテルの主人に話しかけているのだろうか？

「すいません」

　今度は疑いようがなかった。声は自分のすぐうしろから聞こえた。セルヴァズが振り返ると、ロランが自分を見ていた。

《セルヴァズ、きみは拷問が好きか？　きみは痛めつけられることが好きか？》

「なんだって？」

「車のライトがつけっぱなしだったので、心配になって」ロランが言いなおした。

「なんてことだ！」

セルヴァズは礼を言って車に戻った。すでにバルコニーにオロールの姿はなかった。ようやく部屋に戻ると、シュステンに詰めよられた。

「いったい何があったの？」

「何もない。ロラン・ラバルトとギュスターヴに会っただけだ。下のロビーで」

ウィーンにあるいくつかのカフェは、今もなお、作家のシュテファン・ツヴァイクが自分の人生に終止符を打つ少し前に『昨日の世界』に描いてみせたものと、まったく変わっていないように見える。ツェートマイヤーは、そのうちの一つに腰を落ち着けながら、これらのカフェは、演劇や文学、芸術を愛した往年のウィーンのなごりなのだろうと思った。かつてのカフェは、今日より高尚な会話が飛びかっていたはずだった。

だが実際問題、今の時代にいったい何が残っているのだろうかとツェートマイヤーは考えた。この街を著名なものにしたユダヤ人たち――マーラー、シェーンベルク、シュトラウス、ホフマンシュタール、シュニッツラー、ベーア゠ホフマン、ラインハルト、アルテンベルク、ツヴァイク、あのフロイトも仲間だったか？――彼らがせっかく世に出したもののうち、いったい何が残っているのだろう？

この日ツェートマイヤーは、夕食をとるために〈カフェ・ラントマン〉に入ると、観光客だらけの新しくできたガラス張りのテラス席には見向きもせず、最奥のベンチシートに腰をおろした。そうして、『クローネ』紙を読みながらシュニッツェルを食べ、たまに重厚なカーテンの隙間から、真っ白に染まった市庁舎前広場を眺めている。先ほどは、鏡に映った自分の姿に驚かされた。もちろんあれが本来の姿なのだろう。しみだらけの黄色い肌と、敵意をむきだしにした老人。だが、襟にカワウソの毛皮がついた黒いロングコートのせいで妙な貫禄があって……。と、そのとき、コートの右ポケットに入れていた携帯電話から、ブラームスの『ハンガリー舞曲第一番』が聞こえた。ツェートマイヤーは重要人物から電話があったときに、特別な音楽が鳴るよう設定している。この『ハンガリー舞曲第一番』は、特に重要な相手であることを意味していた。

「もしもし」ツェートマイヤーはそっけなく電話に出た。

「子どもが見つかった」電話口の声が告げる。

「どこで？」

「ピレネーの村だ」

「やつは？」

「まだ現れない。だが遅かれ早かれ姿を現す」

「雪のなかを歩く者は足跡を隠せない。よくやった」ツェートマイヤーは中国のことわざを出してねぎらった。

返事の代わりに、電話が切れたことを示す通信音が鳴っていた。礼儀も過去のものということか。ツェートマイヤーは、そろそろあの番号に連絡しなければならないと思った。囚人たちに音楽を教えたつてで手に入れた、あの番号に。ツェートマイヤーはマーラーを介して、囚人たちに現実を〝逃避〟するための音楽という手段を授けた。だがそれは、囚人たちがすでにやっていたことだった。彼らはツェートマイヤーが吐くほど嫌いな現代音楽を、逃避の手段に使っていた。

29 冷徹

その夜、小さなホテルの一室で、セルヴァズはパリの地下鉄に乗っている夢を見ていた。おおぜいの乗客のなかにギュスターヴの姿を認め、とたんに心臓の鼓動が速くなる。セルヴァズは立ちあがり、ギュスターヴをつかまえるために、肘をかき分けて座席のあいだの通路を進んだ。その間に、車両はサン゠マルタンという駅に入った。こんな名前の駅はあっただろうか。サン゠ミシェル、サン゠シュルピス、サン゠アンブロワーズ、サン゠ジェルマン゠デ゠プレ、サン゠フィリップ゠デュ゠ルール……すべてあるが、サン゠マルタンはない。なぜならこれは夢だからだ。

セルヴァズは、押しのけた乗客たちに、敵意むきだしの目でにらまれている。それでも、苦労の末にようやくギュスターヴをつかまえられると思ったら、ホームに到着し、ドアが開いていっせいに乗客が降りた。セルヴァズもホームに急いだが、ギュスターヴはもうエスカレーターに向かっている。押しのけようとしても乗客がどんどん密集し、歩くスピードが落ちてギュスターヴとの距離が遠ざかる。

「ギュスターヴ！」セルヴァズは叫んだ。

ギュスターヴが振り返る。こっちを見た。喜びで心臓が破裂しそうになる。ところがギュスターヴの目が恐怖でゆがみ、今度はギュスターヴが乗客を押しのけて、逃げるために駆けだしていく。五歳の子どもが、たった一人で地下鉄に乗っていた。セルヴァズはエスカレーターを一段とばしで駆けあがり、邪魔な乗客を無我夢中で突き飛ばす。のぼりきった先は通路の分かれ道だった。セルヴァズは動けなくなった。周囲に誰もいなくなった。通路からいきなり人が消えてしまったのだ。

自分一人しかいないなんて……。

あちこちに延びる果てしなく長い通路を見ても、まったく人間の姿が見えない。あまりに静かで、沈黙にも特定の周波数があるのではないかと思ったほどだ。振り返ると、のぼってきたエスカレーターからもやはり人がいなくなり、ステップがむなしく昇降するのみだった。下を見てもホームは空っぽになっている。ギュスターヴの名前を呼んだが、自分の声が反響するのみだった。セルヴァズは一人で置き去りにされて、急に、この通路には出口も希望もないのだと悟った。この地下に、永遠に閉じ込められてしまったのだと。叫びたかったが、そうする代わりに目が覚めた。

隣から寝息が聞こえる。シュステンは寝ているようだった。

カーテンを閉めていなかったので、窓がかすかな燐光で長方形に青白く光り、部屋のなかには非現実的な青みがかった薄明かりが満ちていた。セルヴァズは布団から出て、窓に近づき、ガラスに顔を当てた。シャレーの照明が消えて、建物が闇に埋もれている。それでも、建物よりは明るい闇が黒いシルエットを浮かびあがらせ、それがどこか冷たく不気味に見えた。まわりの雪景色は、侵略者から住民を守る要塞の堀に思えた。

呼気で窓が白くなり、何も見えなくなったので、セルヴァズはベッドに戻った。

「わたしはここに残るわ」朝食の席でシュステンが言った。「山スキーをしながらシャレーを監視できないか、確かめてみたいの。それに、閉じこもっていたくないから」

「わかった」

セルヴァズはトゥールーズに戻って銃を提出してから、図書館でラバルトの本を手に入れるつもりだった。それから、今日は土曜日だが、ロクサーヌ・ヴァランに電話をして、月曜の朝一番でギュスターヴの養子縁組について調べてもらおうと思った。その前に、セルヴァズはエスペランデューの自宅に電話をかけた。

「ロラン・ラバルトとオロール・ラバルト夫妻の犯罪履歴を、性暴力犯罪を中心に徹底的に調べてくれ」

ラバルトの著作は、あの二人が犯罪につながるほどの性行為に関心があるというあかしに違いない。

「うへぇ、その二人何者ですか？　で、ボスは今日が土曜日だってわかってます？」エアプレイン・マンの『ウィー・アー・オン・ファイヤー』を聴いていたエスペランデューが尋ねた。

「大学教授とその妻だ。月曜一番で頼む。シャルレーヌによろしく――」

「大学教授？　冗談じゃなくて？　その二人、何をしたんです」

「私はそれが知りたいんだよ」

「ああ、あの子どもと関係があるんですか？」

「ああ、あの子どもが見つかったんだ。今はその二人が子どもの面倒を見ている」

エスペランデューが一瞬黙った。

「それを、こんなふうにして教えてくれたわけですか」

「こっちもようやく昨日わかったんだ」

それでも、エスペランデューは怒っているようだった。

「マルタン、あのノルウェー人と行動するようになってから、友だちを忘れてしまったみたいですね。僕は妬いてしまいそうですよ……。それはそうと用心してください。こっちにボスを待ち構えているやつがいます。完全に狙いをつけられたようですね。そいつ、ボスの銃も狙っていますよ」

「知ってるよ、もうアポイントを取ってある」

今はまだ、それ以上のことは話したくなかった。セルヴァズは電話を切ると車のエンジンをかけ、凍りついた道をそっと走りだした。二時間後、ようやくトゥールーズ署に着いた。土曜の午前中はいつもの四分の一しか人がいなかったが、ランボーが聴取に遅れることはなかった。出向という立場のため、ランボーは離れた場所に用意された小さなオフィスで待っていた。

セルヴァズは、相手の平らな鼻とブルドッグのような顎を見るなり、元ボクサーなのかもしれないと思った。パンチを与えるよりもらってしまったボクサーだ。だが今回は、おそらく自分のほうがパンチングボールになる。

「警部、携帯電話を出して」口を開くなりランボーが命じた。

「なんですか？」

「携帯電話を〈おやすみモード〉にしろ」

セルヴァズは携帯電話をランボーに突きつけて言った。

「ご自分でどうぞ。私はやり方がわかりませんので」

冗談を言っているのか確かめるようにこちらを見たあと、ランボーが電話を操作して、返してきた。

「フロリアン・ジャンサン殺害の件できみを聴取する。わかっていると思うが、警官の銃で射殺された以上、本件は非常に重要な案件であり、慎重な扱いが求められる」

「では、私はどういった扱いで？　容疑者ですか？」

返事はない。セルヴァズは相手がどういった態度で出てくるのか想像した。対決？　協力？　向かいあって座っているということは、対決のほうだ。

「きみには特に、列車の上で起こったことと、サン＝マルタンに行った日のことを聞かせてもらいたい」

「すべて報告書に書いてありますが」

「ああ、それは読んだ。しばらく昏睡状態にあったそうだが、今はどうだ？」

オープンクエスチョンだなと、セルヴァズは思った。マニュアルによると、相手の答えが制限されない〝オープンクエスチョンは話者に発言を促し、最大限の情報を引きだす〟とある。そのあと徐々に、二者択一などのクローズドクエスチョンに移行するのだ。問題はごろつきどもが、このテクニックを警察と同じくらい熟知していることだろう。そして、監察総監の警官にとっての問題は、相手が自分以外の警官だということにある。つまり、彼らはもっとずるくしたたかに、もっと狡猾に動かなければならない。

だがそれはランボーの問題だ。

「私が今どう感じているかですか？　本当にそれをお聞きになりたいんですか？」

「そうだ」ランボーが答える。

「やめておきましょう。精神科医が必要なときは自分で探します」

「つまり、警部は精神科医が必要なのか？」

「ああ、それがあなたのやり方？　相手の言葉を繰り返すんですね？」

「ではきみのやり方は？」

「勘弁してください！　こんな調子でずっと真似っこ遊びを続けるんですか？」

「私は遊んでいないよ、警部」

「もうやめませんか、本当に……」

「いいだろう。では、屋根の上でいったい何が起こった？　あんな嵐のなか、なぜ列車の屋根にあがったんだ？　トーストのように焼けてしまう恐れがあったのに」

「我々を刃物で脅したあと、逃げていった容疑者を追っていました」

「そうすると、そのときにはすでに、脅威は脅威でなくなっていたわけだな？」

「何が言いたいんですか？　逃がすべきだったと？」

「きみも屋根の上で銃を持っていたのだろう？　ジャンサンを狙ったのか？」

「は？　私は銃を持っていませんでした。銃は……その……グローブボックスに入れっぱなしだったんです」

「つまりきみは、自分を襲った武装した容疑者を、銃も持たずに追いかけたと言っているのか？」

これも一種のクローズドクエスチョンだろうが、長すぎて仰々しい。

「はい。そんなふうに描写できますね」

「そんなふうに描写できる？」

「また私の言ったまま繰り返すつもりですか？」

「わかった。つまりジャンサンは、きみを撃った瞬間に感電して、クリスマスツリーになってしまったわけだな？」

「隠喩がお好きなんですね。ランボーという名前だからかかな？」

「馬鹿な物言いはやめろ、セルヴァズ。しかし、ついてなかったな。やつが一秒でも早く感電していたら、きみが昏睡状態のまま昼夜を過ごすこともなかった」

「あるいは、私が脳みそを撃たれた可能性もある」

「昏睡状態から目覚めて、自分が変わったと思うかね？」

セルヴァズは唾を飲んだ。ランボーはおそらく見た目よりもしたたかだ。

「みんな変わるものですよ、警視正。昏睡状態になろうとなるまいと」

「幻覚は見たか？　死んだ両親とか、そういうものを見たか？」

くそったれが。

「いいえ」

「すべてが前と変わりない？」

「では、あなたはどうですか？」

ランボーはまったく反応せず、ただうなずいている。抜け目ない〝客〟を相手にしている以上、この先は攻勢を強めてくるだろう。だがそれは自分も同じことだとセルヴァズは思った。

「ジャンサンから、遅くに電話があった夜、やつが最初に言った言葉を覚えているか？」

セルヴァズは記憶を探った。

「『心臓はどうなった？』」

「ＯＫ、次は？」

「やつはあの夜のことについて話していました……あの列車の屋根の上で起こったことと

か、『くそったれの夜』とか、そういうことを――」

「ＯＫ、続けて」

「私のせいで誰かのようになったと言っていた。誰の名前をあげていたか、まったく思い出せない……。自分でもそっくりだと思ったようです。それから――」

「ＯＫ」

「あの日、私をサン＝マルタンで見たと言っていた」

「そうなのか？　きみは何をやっていたんだ？」

「事件の捜査中でした。市役所にいたんです。子どもが消えてしまったので――」

「子どもが消えた……。犯罪捜査部の管轄か？」

「どっちでもいいです。ジャンサンとは関係ありません」

「いいだろう。では、やつの指摘にどう返した？」

「何がしたいか訊きました」

「するとやつはなんと答えた？」

「私と話したいと」

ランボーがおかしな顔でセルヴァズを見ている。

「私は、何を話したいのか尋ねました」相手の仕事を助けてやる必要はないと知りながらも、質問を待たずにセルヴァズが続ける。

「やつはなんと言った？」

「私が知っているはずだと」

「そうなのか？」

「いいえ」

「ＯＫ、そのとききみは、ジャンサンになんと言った？」

「私にはほかにやるべきことがあると」

「そこで、やつはきみの娘について話した」ランボーが攻勢に出る。最初からこれが狙いだったのだろう。

「はい」

「なんと言っていた？」

「やつはこう言いました。『おまえの娘のこと、おれは知ってるぜ』」

「では、その瞬間に、現場に行こうと決めたんだな？」

「違います」

「きみは娘のことを言われたとき、どう反応したんだ？」

「もう一度言ってみろと言いました」

「きみは怒っていたか？」

「ええ」

「そのあと、やつはなんと言った？」

「夜中の零時にサン＝マルタンの温泉場の前で私を待っていると」

「やつはまたきみの娘のことを言ってきたか?」

「はい」

「OK、やつはなんと言った?」

「『おまえの娘によろしくな』」

「ふん。それできみはさらに怒った……」

「そうです」

ランボーの目が細くなった。セルヴァズは平然としていたが、ここまでの態度を見るかぎり侮辱されたと感じ、ランボーの存在そのものが犯罪に思えた。

「きみの携帯電話が何時にトゥールーズとサン゠マルタンの境界を越えたのか、確認してもらったんだよ。そこから少し計算するだけで、あの晩きみが法定速度を大きく上回っていたことがわかったんだ、警部。そんなに急いでサン゠マルタンに向かいながら、きみは何を考えていた?」

「何も」

「何も?」

「特に何も。直接ジャンサンに会って、娘に近づくなと言いたかっただけです」

「つまり、脅そうとしたわけだね?」

ランボーはそこに誘導したいのだろう。そんなことは、網に囲まれていることに気づいた魚のようにわかっていた。気づいたときにはもう遅いのだが。

「私ならその言葉は使いません」

「では、きみならどの言葉を使う？」

「予告。予告したかったんです」

「何を？」

「私の娘に近づけば、敵をつくると」

ランボーはその表現が気に入ったのか、笑みを見せて、メモ帳に何か記し、キーボードでも何か叩いた。

「どんな敵だね？」

「結局私はやつに会えなかったのに、考える意味はありますか？」

「どんな敵を想定したんだ、警部？」

「無駄な努力はやめてください、合法的な敵ですよ」

ランボーは確信してもいないのに、ただうなずいた。

「サン＝マルタンについて話してくれ。向こうで何があった？」

「私はもうぜんぶ話しました」

「あの晩の天候はどうだった？　雪が降っていたか？」

「いいえ」

「雲は晴れていたか？　月が明るかったか？」

「はい」

「つまり、昼間のようだったんだな？」

「いや、昼間とは違います。それでも、わりと明るい夜でした」

「OK、それなら教えてくれ。それほど明るい夜なら、きみがジャンサンを認識できないことがあるのか？　やつはフレディ・クルーガーばりに口が焦げているんだぞ」

「ああ、そいつです。その名前だ」

「なんだと？」

「ジャンサンが言ったんです。私のせいで誰かに似てしまったと。やつが口にした名前がそれだったんです」

ランボーが苛立ったように頭を振るので、セルヴァズは笑うのをこらえた。

「よし、わかった。いずれにせよ、やつがあんな顔で、月も出ていたのに、きみはやつがわからなかったんだ」

「三十メートルほど先の、公園の木の下にいました。あれがやつだったとしたら」

「きみは疑っているのか？」

「あそこと山小屋で、どうやったら同時にいられるんですか？」

「どうやって……確かにそうだ。するときみは、あれはやつではなかったと思うのか？」

「そう思いませんか？」

「では、あれが誰だったのか、見当はついてるのか？」

「いいえ」セルヴァズは嘘をついた。

「それでも、おかしな話であることはきみも認めるだろ、セルヴァズ？」

セルヴァズは黙った。

「では電話の声は誰だったんだ？」

一瞬答えに躊躇する。

「あのときはジャンサンだと確信していました。ですが、今思い返すと、別の人間だった可能性はあります。いずれにせよ、私に言っていたことは、誰もが新聞で見たことがある程度の内容でした」

「ふむ。誰がそんなことをしたがるのか。私がわからないのはそこだ」

体のなかから怒りがあふれ、爆発させてしまいたかった。だがそれをやってしまえば、ランボーはすぐに、怒りっぽくて簡単に分別を失う人間だというレッテルを貼ってくるはずだ。セルヴァズは、ランボーが、とどめを刺すのに最適な瞬間を狙うマタドールのように、自分の周囲に罠を張っているのだと思った。

「その夜の午前三時頃、きみはどこにいた？」

「ベッドのなかです」

「トゥールーズの？」

「ええ」

「きみが帰宅したとき、娘さんは出てきたのか？」

結局ランボーは、自分で言うと決めている以上のことをつかんでいるのだろう。

「いいえ、寝ていました」

「そうすると、きみはサン＝マルタンから帰宅して寝たということだな？」

「そうです」

「きみの靴のサイズは？」

「はい？」

「きみの靴の――」

「四十二です。なぜです？」

「ふむ。よろしい。今のところもう質問はない。きみの銃は数日以内に返す。いずれ知らせがいくだろう」

セルヴァズは立ちあがった。

「セルヴァズ……」

聞きもらしそうなほど小さな声で呼びとめられ、セルヴァズは振り返った。

「きみのことは一秒たりとも信じられない。私はきみが嘘をついていると証明してみせる」

セルヴァズはランボーを見つめ、何か言おうとして思いなおし、肩をすくめて部屋を出た。

30
鳥

「おまえさんのラバルト夫妻はなかなかのもんだな」

売春斡旋(あっせん)業取締部のルモーは、とりあえずそう評価してからビールに口をつけた。セルヴァズはルモーとともに、ラザール・カルノ通りにある〈カフェ・デ・テルメス〉のテラス席に座っていた。ルモーは昨日の日没からマタビオ・バイヤール・アンブシュール地区の路上やナイトクラブを監視していたせいで、顔色はアッシュグレーになり、目の下にキングサイズのたるみができていた。静脈が隅々まで浮きでて見えるのは、強い酒が好きなせいもあるのだろう。しかも頬がくぼみ鼻筋が骨ばっているせいで、夜の鳥のように見える。その熱っぽい視線は、いまもなお周囲の警戒を怠らない。

「あの二人、売春婦に接触した件で何度もしょっぴかれているぞ」

「二人ともか？」

「二人ともだ。しかも選ぶのは妻のほうだ」

トゥールーズには約百三十人の売春婦がいて、その大半がブルガリア、ルーマニア、アルバニア、ナイジェリアから来た女たちだということは、セルヴァズも知っていた。ほぼ全員がなんらかの組織に属し、街から街へ、場合によっては国から国へ渡り歩く。ルモーがよく言うところの〝ヨーロッパの恥部〟だ。セルヴァズは、暖を取るために煙草に火をつけた。

「一度は女の子に告訴されたんだよ。そんなつもりはなかったのに、気づいたらＳＭパーティーにいて、あの二人に虐待されたという訴えだ。だが告訴は取りさげられた。それ以降、夫婦は田舎に雲がくれだ」

「ああ、知ってる」セルヴァズは辛辣に言った。

「なんでやつらに興味を持った？」

「事件にかかわっているんだ……」

ルモーが薄い肩をすくめた。

「それ以上は言えないということだな、わかった。だが気をつけろ、やつらはとにかくいかれている。そのうち必ずパーティーでとんでもないことをやらかすぞ。おれはいつも思っていたんだ。いつかは犯罪捜査部が出張ってくると」

「どういうことだ？」

テーブルの上の二人のあいだに、ラバルトの本が置かれていた。今日のトゥールーズの空はどんよりと低い。ルモーの鳥のような顔に十二月の太陽が当たると、まるで仮面のように見える。

「やつらが主催するパーティーがえらく暴力的だったんだ。限度を超えていることもよくあった。トゥールーズのセックス業界に強いコネを持っているんだよ。主催の二人も招待される金持ちどもも、これまでにない経験や新しい刺激に飢えている」

セルヴァズは〝新しい刺激〟という言葉に飛びついた。まさに、ジュリアン・ハルトマンがジュネーブの検事だった頃に、レマン湖のほとりにある別荘で開いた乱交パーティーのようなものだろう。またもや一致する点が現れた。

「どうやって知った？」セルヴァズは尋ねた。

ルモーはまた肩をすくめたが、今度は視線をそらした。

「おれは知っている、それだけの話だ。この手の情報がおれの仕事だからな」

「暴力的とは、どんなふうに？」

「セックスがまともでなかったり、行きすぎだったりするんだよ。訴えようとしたのに、断念させられた女の子がたくさんいるんだ」

「誰から？」

「まずは金持ち連中だ。ラバルト家の招待客のなかにいっぱいいるんだ。やつらは金を払ってでも行きたがる。それから権力者だ。司法官、政治家、おまわりまでいる」

いつもの噂だとセルヴァズは思った。この街は噂話が大好きなのだ。目を細め、ルモーを探るように見つめる。

「もう少し具体的に言うわけにはいかないのか？」

「だめだ」

セルヴァズはルモーの態度に苛立ちを感じ、自慢したいのか、あるいは言うほど知らないのかと勘ぐった。ふと、テラス席から五メートルほど離れた場所でキスしている若いカップルを見つめる。男が車にもたれ、女が男に寄りかかっていた。

それからまたルモーに注意を戻し、セルヴァズは理解した。ルモーもパーティーに出ていたのだ。別にこの男が初めてではない。違法賭博、プレイサークル、乱交パーティーに顔を出している警官は。

「最悪なのは女のほうだ」いきなりルモーが言う。

「説明してくれ」

「女王様と言えばわかるな。だがそれだけじゃない。売春婦に弱点を見つけるや、そこに襲いかかっていく。指し棒を持った牛飼いのように男たちをけしかける。言葉で、態度で追い込むんだ。もっとやれ、思いきって行けと。一人の売春婦を十人以上の男が囲むこともある。まるで動物園だよ……。それに、女の子が怯えれば怯えるほど、女は興奮するんだ。そう、あの女が先頭になってびらせるんだよ……」

「おまえもそこにいたのか？」

ルモーは咳払いをした。このあたりでぜんぶ吐いてしまいたくなったらしい。

「ああ、一度だけな……。おれがそこで何をしたかは訊くなよ」

ルモーが唾を飲み込み、なんとも言えない視線を投げる。

「いいか、あの女に近づくんじゃない」

「男のほうは？」

「インテリだ。ものすごくもったいぶったインテリだよ。傲慢でうぬぼれ屋だが、影響力の強い招待客にはぺこぺこしている。ほんとに嫌なやつだ。自分をひとかどの有力者だと思っているが、実際はただの子分で、かみさんの尻に敷かれているんだ」

なんてすてきな夫婦なんだ。セルヴァズは煙草を押しつぶしながら思った。さっきのカップルはもう体を離し、女の子が相手に平手打ちをくらわせ、立ち去った。

セルヴァズはマルゴのことを考えた。あの女の子の雰囲気が、なんとなくマルゴに似ていたのだ。少し若そうだが、性格はそっくりだった。トゥールーズに戻ってくる道すがら、セルヴァズはマルゴと話をすると決めていた。だが今は、自分がまだ家に戻らないと知ったマルゴが、どういう反応を示すのか見当がつかない。間違いなく、とんでもないことになるだろう。マルゴは対立を丸くおさめるタイプではない。セルヴァズは急に、この新たな危機に立ち向かう勇気が持てなくなった。

一日が終わり、太陽がすでに頂の向こうに消えた頃、セルヴァズはロピタレ＝アン＝コマンジュに戻った。山の上が赤く染まり、雪まで桃色に見えて、横を走る川の水は銅板のようだった。やがて谷を離れて頂に向かう途中で、ふわりと旋回しながら雪が降りてきた。除雪車は通っておらず、ホテルまでの道のりを、細心の注意を払って運転しなければならなかった。それでも数回は、急な傾斜の端で後輪がスリップした。駐車場に車をとめたときには、足が少し震えていた。

いつもの夜のように、すべてが闇に覆われ、霧がかかり、眼下の谷はゆっくりと靄に沈んでいく。村の家々に灯った小さな光が霧といっしょになって、青いガーゼが燃えているように見えた。一方、ホテルの向こうにある山々はいっそう暗く感じられた。クリスマスが近くなり、ホテルの軒先に赤と黄色のライトが飾られていた。深まる闇のなかで、電飾は唯一の生き物のようにちかちかと瞬いていた。

ロビーに入ると、シュステンがホテルの主人とバーで話をしていた。シュステンは日に焼けて、髪も明るくなっていた。テーブルの上にはココアが載っている。きれいだ。セルヴァズは思った。今晩も一緒に過ごさなければならないなんて……。

「どうだった?」セルヴァズは尋ねた。

「平穏そのもの。朝は女がギュスターヴを学校に連れていって、昼も彼女が連れて帰ってきたわ。午後に家政婦が掃除にきて、ギュスターヴは雪だるまをつくってソリで遊んでたわよ。男のほうは今朝からずっと見ていないの。トゥールーズに行ったんじゃないかしら」

シュステンは少しためらってから言った。

「実際、普通すぎるのよ」

「どういうことだ?」

「わたしたちのことが、ばれたんじゃないかってこと」

「こんなに早く？」

「ものすごく警戒しているんじゃない？　だからロランが昨日ホテルまで来て、主人と話をしたのよ」

セルヴァズは肩をすくめた。

「旅行中のカップルの滞在など、ホテルにとってはよくあることだ。考えすぎじゃないか？　あいつらが普通にふるまっているほうが、いつものことなんじゃないかな」

そう言ってセルヴァズは笑った。

31　ここに来るものは一切のプライドを棄てろ

セルヴァズはラバルトの本を置いた。ひどすぎる。こんなものは事実をもとにしたフィクションか、面白くもなんともないほら話だった。

いや、事実は書かれているのだが、ハルトマンの気持ちになったラバルトが、そこに個人的な見解を加えてしまっているのだ。その結果、文学を自認する、仰々しくてわざとらしいほら話になったのだろう。

文章を書きはじめた頃、セルヴァズはいつも「難しい言葉や気取った言いまわしをやめて、一番簡単な言葉を使いなさい」と父親に言われたものだった。あとからそれは、トルーマン・カポーティからヒントを得た言葉だとわかった。ラバルトの文章は気取っていてまわりくどく、ただの自己満足でしかない。

ハルトマンは本当にこんな本に惹かれたのだろうか？　傲慢は盲目を招くと言うが……。このねつ造記事に書かれているハルトマンは、まるで聖人のようだった。それほど、ラバルトにとってハルトマンの行為は魅力的だったのだろう。同じことをやりたくても、自分にはできないからか？　だとしたら、ラバルトを引きとめているのは絶対にモラルではなく、牢獄に入るのが怖いからだ。あの手の人間が牢獄でどういう扱いを受けるかはわかっているし、ラバルトはあまり勇敢な人間に見えない。では、なぜギュスターヴの面倒をみているのだろう？　なぜこんなリスクを犯す？　ハルトマンが無理強いしたのだろうか？　二人のあいだに二つのつながりがあることはわかっていた。ＳＭパーティーと本だ。ほかにも何かあるのだろうか？

セルヴァズはシュステンの寝顔をじっと見つめた。シュステンも多くの大人と同じで、眠る姿はまるで子どものようだった。こうやって、大人も夜ごとリセットされるのかもしれない。

シャレーのほうを見ると、二階の一室だけに明かりがついていた。セルヴァズは双眼鏡を手に取り、レンズをのぞき込んで思わず動けなくなった。窓のそばにオロール・ラバルトがいる。オロールが、ライダースーツのような、体にフィットした黒い革の服を着て、ホテルのほうを見ていた。服の真ん中に股間のあたりまで続くファスナーがついていて、オロールがファスナーに指を伸ばし、ゆっくりと下ろしはじめる。セルヴァズは喉が渇き、見つからないようにうしろにさがった。

へそまでファスナーが下りたところで、オロールが左の鎖骨に沿ってなめらかな革をうしろにすべらせ、肩の曲線を見せた。それから向こうをむいた。今度は肩甲骨の三角と、シニョンにまとめた髪の下にあるうなじがあらわになる。なめらかな革が下にすべって、もう片方の肩と両腕の上腕がむきだしになった。まるで、蛹（さなぎ）から羽化する蝶のようだった。

上体すべてがボディスーツから解放されたところで、セルヴァズは唾を飲み込んだ。

ウエストまで裸になったと思ったら、服は重力のまま落下を続け、やがて窓枠の際に完璧な双子の球体が現れる。セルヴァズは自分の下腹部に熱い液体が降りてくるのを感じ、舌と口蓋を湿らせたくなったが、すでに口のなかはからからだった。そのとき、オロールがまたこちらを向いた。完全に生まれたままの姿になって、ホテルを見つめながら片手を太もものあいだに這わせる。

儀式だ。セルヴァズは思った。誰かが見ているのだ。

ホテルの主人だろうか？

オロールが退屈しのぎにやっているささやかな楽しみごとの一つなのだろう。夫は知っているのだろうか？　おそらくそうだ。あの夫婦は完璧に波長が合っている。

セルヴァズはオロールの陰部を拡大して眺めた。美しく色を塗られた長い爪が、秘密の唇のなかで忙しく動きまわっている。レンズを上に向けると、のけぞったオロールの顔が現れた。ピントが甘いのに、半開きのまぶたの向こうで燃えている粗野な輝きが見えて、セルヴァズはその生々しさにショックを受けた。まるで猛禽類(もうきん)か魔女の顔だった。とたんにルモーを思い出し、興奮が一気に冷めた。人間の負の心に惹かれ、パーティーに集まる招待客たち。なんとなく吐き気がして、突然ここから離れ、できるだけ遠くに行ってしまいたいと思った。だが、どこまで行けるだろうか？

もうたくさんだった。セルヴァズは双眼鏡を下ろした。

あいかわらず、汚れのない眠りのなかにいるシュステンを見つめる。まるで、昼間の悪夢から逃れようとしているようだった。おかしな話だが、セルヴァズはそうやって眠っているシュステンに感謝した。

ハルトマンは、ヴィクトル・ユゴー市場の角に並ぶ、背の高いゴミ箱のうしろに立っていた。死角になったその薄暗い場所からなら、バルコニー、リビングの窓、明かりのついたキッチン、そして家具の輝きすらも完璧に見えた。

たまに、車やカップルや、犬の散歩をさせている人が通るが、ハルトマンはそのたびに一歩奥にさがった。十メートルほど先に、ずいぶん前から一台の車がとまり、なかで男が待機している。ボンネットが建物の入り口を向き、男はこちらに背中を向けているので、自分の姿は見えていないはずだった。ただし、バックミラーで監視しているなら話は別だが。そういう理由もあって、ハルトマンはずっと動かずにいた。

見たところ、ジャンサンが殺されたあとも、警備を解除した様子はなかった。

イヤホンからは、マーラーの『交響曲第七番』第一楽章〈ラングザーム、アレグロ・リゾルート、マ・ノン・トロッポ〉が流れてくる。

ハルトマンは、ホテルにいるはずのマルタンを思って微笑んだ。ノルウェーの女にキスでもしているだろうか？　いや、そんなはずはない。ハルトマンはまたバルコニーを見あげ、たまにマルゴがガラス窓の向こうを通っていくのを見つめた。何をするかはまだ決めていなかった。マリアンヌと同じことをしては、ただの焼き直しで面白くない。それに、今はまだ面倒な監視の目がある。

ところがハルトマンは、どうしてもマルタンが必要だった。どうにかして圧力をかけねばならなかったのだ。ギュスターヴのために。

よし、行こうか。ハルトマンはひとりごちた。

ハルトマンは暗がりを出ると、シャンパンのボトルを見せつけながら、いかにも遅刻した招待客のように足早に歩道を歩きはじめた。そのまま車の横を通りすぎる。運転席の警官が顔を向けて、横を歩いていく自分を見つめているのがわかった。

セルヴァズの自宅の二つ上の階、つまり建物の最上階でパーティーが行われていた。歩道にも音楽が聞こえてくるのは、窓を開けているからだろう。ハルトマンはガラスの扉の前で立ちどまり、インターフォンを押して話をするふりをした。実際は、ずいぶん前に入り口の暗証番号を入手していた。その日、スーツ姿で携帯電話に向かって「ああ、私だ、入り口の暗証番号を教えてくれ、インターフォンが壊れている」と大声で怒鳴っていたら、年配の婦人が目の前で番号を押してくれたのだ。

暗証番号を押すと鍵が解除される音がした。玄関ホールに警官の姿はない。

エレベーターだけ下におろし、螺旋（らせん）階段をあがっていく。もう一人の警官は三階にいた。踊り場の角、扉の近くに椅子を置いて座っている。警官が新聞から目をあげた。ハルトマンは驚いたふりをした。アパルトマンの踊り場で誰かが新聞を読んでいるなんて、そうあることではない。

「こんばんは……あの、パーティー会場はどこですかね？」ハルトマンが尋ねた。

警官は返事をせず、面倒くさそうに、指を階段の上のほうに向けた。さっきから同じことを何度も繰り返しているだろう。それでもプロなので、目を細めてこちらを観察している。

「ありがとう」ハルトマンは階段をあがりながら礼を言った。

最上階に着いても、パーティーが行われている部屋には行かず、屋根裏部屋に通じる小さくて低い扉――高さは一メートル三十センチくらいだろうか――に向かう。ハルトマンは一番上の段に座り、シャンパンのボトルを開けると、またイヤホンをはめて、中味を飲みはじめた。アルマン・ド・ブリニャック・ブリュット・ブラン・ド・ブラン。素晴らしいシャンパンだった。

二時間後、立ちあがって、尻の埃を払った。座りっぱなしで尻が痛くなり、膝がきしむ。ハルトマンは階段の手すりにもたれながら、千鳥足でセルヴァズの家がある階までおりた。

「ああ、まだいたんですか？」ハルトマンはいかにも酔っぱらった様子で話しかけた。先ほどと同じ警官が、今度はコーヒーを飲んでいる。「何をしてるんです？　ここに住んでるんですか？」

警官が苛立った目で見ている。ハルトマンはおぼつかない足どりで頭を揺らしながら近づいていった。

「なんで踊り場にいるんですか？　奥さんに叩きだされたとか？」

馬鹿っぽく笑って、相手の鼻に指を突きつける。

「まさか、ここで一晩過ごすつもり？　そんなこと、おれに信じろって？」

「ちょっときみ」警官がまた苛立った様子で言う。「そろそろ帰りなさい」

ハルトマンは眉をひそめ、さらに千鳥足になった。

「そんな言い草は許されないぞ、ああ？」

ついに警官の手に身分証が現れた。

「どうぞご自宅にお帰りください、これでいいですか？」

「はいはい、わかりました。それで、ここに誰が住んでいるんです？」

「早く行きなさい！」

つまずくふりをして、警官が手に持っていたコーヒーカップをひっくり返す。明るいブルーのシャツとグレーの上着に、茶色の染みが飛び散った。

「くそっ！」警官はハルトマンを突き飛ばしながら叫んだ。「とっととうせろと言ったのに、このくそったれが！」

ハルトマンはうしろに倒れて尻もちをついた。そのとき、玄関の扉が開き、パジャマ姿のマルゴが現れた。裸足で髪はぼさぼさ、目の下に隈（くま）ができて疲れきった様子だったが、顔は春の朝のように生き生きとして輝いていた。ハルトマンは、よく似た親子だと思った。

二人とも小鼻の形に特徴があった。

「何かありました？」マルゴが尋ねる。片手をドアノブに添えたままこちらを見て、それから警官を見た。

「来ないで！　なかに入って鍵をかけてください！」

警官は銃を構え、同時にブルートゥースマイクに話しかけている。

「こっちに来てくれ、トラブル発生だ」

尻をついたまま座っていると、数秒後、二人目の警官が現れた。車のなかにいた警官だった。つまり、ここには二人しかいない。

「その酔っ払いを外につまみだしてくれ、ちくしょう！」


日曜の朝、シャレーで動きがあった。夫婦が家と車を行き来きしながら、ボルボの屋根にスキーとスノーボードを載せて、トランクにウエアを、後部座席にピクニックバスケットを詰め込んでいる。やがてラバルト夫妻とギュスターヴを乗せたボルボは、ホテルの前を通りすぎていった。

今日は一日留守になる。セルヴァズとシュステンは視線で確かめあった。

昼どきになってあたりに濃い霧がかかると、シャレーはまるでえんどう豆のピューレに沈むあいまいなシルエットになった。ホテルの主人から積雪が安定していると聞かされたので、二人はクレ峠近くの集落の上で、スノーシューのトレッキングを楽しんでいた。

「最悪の提案ね」シュステンが言った。

セルヴァズは息を切らしながら森の外れで立ちどまり、眼下にわずかに見えている屋根を眺め、それからシュステンのほうを向いた。

「こんな天候じゃ、あの人たちだってすぐに帰ってくるわ」視線から考えていることを理解したのか、説得のためにシュステンが言いたした。

「先に車でホテルに戻ってくれ。彼らが見えたところで連絡してほしい」

セルヴァズは携帯電話を出して画面をシュステンに見せた。

「大丈夫だ、電波は来ている」

そう言うとセルヴァズは霧のなかに突っ込み、大股で斜面を駆けおりていった。


霧の向こうから、シャレーが黒い塊となってゆっくりと姿を現す。ホテルの反対側から眺めるシャレーは想像以上に迫力があった。いったい何部屋あるのだろうか？　近くまで行くと、シャレーは昔の農家に手を加えたものだとわかった。もともと、石づくりの土台は居住者や家畜のため、その上の木造部分は、わらや穀物を貯蔵する場所だったようだが、それを、見た目から何から、完全につくりなおしたのだ。採光のための大きなガラス――おそらく建築家の趣味だろう――がインテリア雑誌から抜けてきたようで、相当金がかかっていそうだった。

アルプスのリゾート地なら、似たような建物が数百万ユーロはするだろう。ただしよく見ると、黒い外壁材はリフォームが必要で、ドアフレームもみすぼらしい。大学教授の給料でも、これほどの建物を購入して維持するには莫大な金がかかる。ラバルト夫妻はそれほど名誉欲が強いのだろうか？　あるいは隠し財産があるとか？　財政面で困窮することはないのだろうか……。セルヴァズは明日、経済財政局の友人に確認することにした。

セルヴァズは、シャレーを支える土台に足を踏み入れた。床面はセメント敷きで、大きな玉砂利が埋まっている。そこから階段をあがると、無垢材をつかった床が現れた。床はそのままシャレーを一周し、テラスにつながっている。隅のほうに雪が積もり、一メートルほど先に木製の勝手口がある。警報システムもセンサーも設置されていない。ここまで来られたことがすでに快挙と言えた。

周囲を確認したが誰もいなかった。ジャンサンの家に続いて、上着のポケットからバンプキーを出す。このまま経験を積めば、そのうち転職できるのではないか。古ぼけた扉の鍵を調べると、つい最近取り替えられていた。ついている。鍵が錆びるとそれだけ開けづらくなるのだ。

七分三十五秒後、セルヴァズはなかに入った。勝手口の先は、洗濯機と乾燥機がある小さなボイラー室になっていて、暖かくて洗濯物のいい匂いがした。金属製の棚の前を通って廊下を進むと、カテドラル式の巨大なリビングルームが現れた。壁一面が窓になっているので、晴れていたら息を呑むような景色が広がっていたはずだ。ただし今は外のテラスで、幽霊船の甲板のように霧が渦巻いていた。中央にピラミッド型の煙突がぶらさがり、その下がオープンタイプの暖炉。エッグシェルレザーのソファが置かれ、石や乾燥させた木、白黒写真が飾ってあり、教会の名にふさわしいスポットライトもある。インテリアに関するかぎり、ラバルト夫妻は多数派に属するようだった。

リビングは完全に静まり返っていた。セルヴァズはこの場を支配する静寂に、どことなく非現実感を覚えた。ゆっくりと前に進みながら、動体検知用の小さな赤い目玉を探したが、外と同じく、室内にも監視カメラは設置されていないらしい。ただし、この天候でもホテルから東側の窓が見えるのはわかっているので、セルヴァズはそちらに近寄らないようにして探索を始めた。

十六分後、リビングにもキッチンにもおかしなものは何もないことがわかった。

三つあるリモコンも、試した結果、それぞれ五十インチの薄型テレビとテレビ台、そして最新ステレオ機器のものだった。

リモートアクセスサービスも導入されている。

ラバルトの書斎もなかなかのものだった。建物のちょうど真ん中の奥まったところに位置し、二方向に窓がある。本棚から透けて見える読書傾向については、関心分野を考えると、当然の本ばかりだった。バタイユ、サド、ギュヨタ、ドゥルーズ、フーコー、アルチュセール……。ラバルト本人の本は目立つ場所に飾られている。机の上には、Ｍａｃ、ワークランプ、革の取っ手がついたペーパーナイフ。請求書と判読不能なメモ書きの山は、授業用か、そのうち出す予定でいる本の資料だろうか。

書斎の先にある細い通路を進むと、一番奥が浴室とサウナで、ジム代わりに使っている部屋に、ローイングマシン、ベンチプレス台、パンチングバッグ、ダンベルラックが置いてある。

セルヴァズは引き返して大階段をあがった。二階には部屋が三つと、浴室があった。最初の二つの部屋は使われておらず、三つ目はギュスターヴの部屋だった——扉に青い大きな字でそう書かれていたのだ。なかに入ると体温が上昇し、自分が緊張と興奮がまざりあったものでがんじがらめになるのがわかった。ついにこの家の中枢部分に来たのだ。

いかにも小さな男の子の部屋らしいインテリアだった。壁に貼られたポスター、棚に並べられた図鑑。羽根布団カバーには、さまざまにアクロバティックなポーズを決めたスパイダーマンが飛んでいた。おもちゃとぬいぐるみもある。あの一メートルはありそうなぬいぐるみは、ヘラジカかトナカイだろうか。セルヴァズはそばに行ってラベルを確認した。

《メイド・イン・ノルウェー》

くそっ！　だめだ、ここにいてはいけない。

腕時計を確認すると、すでにだいぶ時間が過ぎていた。セルヴァズはベッドを調べ、続いて整理ダンスにしまわれた子ども服を調べ、ついに目当てのもの——金髪の髪を見つけた。とたんに鼓動が速くなった。上着から透明な袋を出して、細い髪をすべらせる。できれば部屋のなかを徹底的に調べたかったが、時間がないと判断し、廊下に出た。

階段に戻って、震える足でステップをあがり、最上階の小さな踊り場に出る。すぐそこにある開きっぱなしの扉の向こうが、夫婦の寝室だった。砂色の厚いループパイルカーペットを踏みしめなかに入る。フランス窓の外には、霧のかかった白い景色が広がっていた。大きな松の木の枝に雪が張りついているのを見て、セルヴァズは思わず、ハルトマンが独房から見ていた景色を思い出した。

この部屋はほぼすべてが白かった。傾斜のついた板張りの天井も、ベッドもカーペットも。双眼鏡越しに初めて見たときのオロールも、たしかライトベージュのチュニックを着ていた。

ベッドは乱れたままで、脱いだ服がベッドと椅子の上に散らばっている。そばに行って、両サイドの匂いを嗅いだ。オロールは右側で寝ている。刺激が強く官能的な香水を使っているらしく、シーツに匂いが染み込んでいた。ナイトテーブルの引き出しを開ける。雑誌、耳栓、アイマスク、鎮痛解熱剤、リーディンググラス。

ほかには何もない。

夫婦の寝室にはクローゼットが二つ並び、いずれも学生が住むワンルームのアパルトマンほどのサイズだった。女性用のクローゼットにはジーンズ、ワンピース、白か黒の革製の服がたくさん。男性用には上着、シャツ、セーター、スーツ。

ちくしょう！

ここにも何もないとわかったので、一階までおりてキッチンに入った。巨大な冷凍庫の隣にある扉。先ほど目をつけていたその扉を押すと、むきだしのコンクリートでできた螺旋階段が現れた。照明をつけ、階段をおりはじめる。

前に進むほど鼓動が速くなっていく。ついに何かが見つかるはずだ……。鼓動はついに三速にシフトアップした。扉は軽く抵抗し、それから音を立てて開いた。また……。扉の先はホテ下までたどり着いた先に金属製の扉があった。取っ手を回す。鼓動はついに三速にシフトアップした。扉は軽く抵抗し、それから音を立てて開いた。まただ……。扉の先はホテルから見えていた大きなガレージだった。セルヴァズは二台目の車が小型のＳＵＶであることを確認し、全体をざっと見わたしてから一階に戻った。

窓の外はたいぶ日が傾いていた。セルヴァズはますます高まる苛立ちに翻弄されながら、もう一度考えていたところに、急にひらめきが降ってきた。

そういうことか！　なんでもっと早く思いつかなかったんだ？

最上階に戻って、夫婦の寝室の前にある小さな踊り場に立つ。見あげると、屋根裏部屋に行くためのスライドタラップのハッチがあった。ここならギュスターヴを遠ざけておける。セルヴァズは寝室から持ってきた椅子の上に乗り、取っ手に向かって腕を伸ばした。音を立てながらハッチがさがり、闇が口を開けた。ステップに手をかけて、金属製のはしごを降ろす。椅子は元の位置に戻しておいた。

ステップをあがるたびに、足の裏に揺れが伝わる。ぽっかり開いた穴のそばにあるスイッチをつけると、上で蛍光灯が点滅した。さらにあがって、穴から頭を出した。

あった。

ラバルト夫妻の秘密の隠れ家が。これが彼らの〝喜びの庭〟だ。間違いない。目の前の壁に、額装されたゴシック体の文章がかかっていた。

ここに来るものは
一切のプライドを棄てろ
そして暴君の納骨堂に足を踏み入れるのだ
我々を哀れむな
知恵と快楽を求め
すべての時間を味わいつくす
苦しむがいい
叫ぶがいい
楽しむがいい

セルヴァズは衝撃を受けた。

これほどゆがんだ精神を目の当たりにしてめまいがした。ここ以外の場所で見れば笑えるはずのたわごとさえ、どことなく不気味に感じた。

それでもセルヴァズは穴から這いあがり、洗える素材でできた床面に足をついた。この部屋はむせ返るほど暑く、熱くなった埃の甘い匂いがした。まず目についたのが、ベンチシート、ダンスステージ、バー、スピーカー、録音スタジオで見るような防音の内装だったので、最初はよくあるプライベートクラブに見えた。

それから、奥の壁に設置された肋木（ろくぼく）に引きよせられた。体育館でよく見かけるが、こんなものに筋トレ以外の用途があるとは思えない。斜めになった天井に滑車と二つのフックがつき、壁にも二つフックがあった。三脚に載ったカメラと、奥にはビデオ録画ができる装置。少し進むと、別の部屋に続く扉のない戸枠の手前に、面取りガラスがついたアンティークオークの大きな衣装ダンスがあった。

セルヴァズはその続き部屋に進んだ。窓は半透明のガラスブロックになっていて、複数のロッカーとシャワーが一つついている。前の部屋に戻り、衣装ダンスを開けた。ノーマルタイプの鞭、バラ鞭、ボールギャグ、革紐、鎖、カラビナ——すべてが大工道具のように整然と並んでいた。暗がりのなかで、そのすべてが不気味に反射して光っているのを見ると、まるでこっそりのぞき見している気分になった。

ラバルト夫妻は、どれほど人が押し寄せようと対応できるほどの準備をしていた。セルヴァズはオロールに対するルモーの言葉を思い出し、背筋が凍った。屋根裏部屋のちょっとしたお遊びは、どこまで行くのだろう？

また腕時計を見た。

ほぼ一時間ここにいるのに、まだハルトマンの形跡を見つけられない。

そろそろ出るべきだ。セルヴァズは思った。はしごを下ろしたままのハッチに向かっていたときに、何かが聞こえた。

エンジン音だ。

セルヴァズは動けなくなった。くそっ！　三人がシャレーに戻ってくる。いや、もう戻っているのだ。車のエンジンが切れた。車のドアが閉まる音がして、雪のせいか、こもったような話し声が聞こえる。セルヴァズは携帯電話を確認した。なぜシュステンは知らせてこなかった？　違う、電波が来てない！　おそらく屋根裏部屋に、電波を妨害する装置が仕掛けられていたのだ。

ハッチの前で足をとめた。下ではちょうど玄関扉が開いたところで、三人の声が聞こえる。明るくて楽しげなギュスターヴの声が。

袋のねずみだ。

セルヴァズは汗ばんだ手でできるだけ静かに鋼鉄のはしごをあげて、最後にハッチを引っ張った。完全に閉まる直前に、手を外に出してスイッチを消す。

真っ暗ななかで、いつものように息をしろと自分に言い聞かせた。できるわけがなかったが。

32
澄んだ目をした捕虜

すでにあたりは暗くなっていた。シュステンはホテルからシャレーを見つめ、少し前まで窓の向こうをシルエットが往き来するのを確認していた。

マルタン、いったい何してるの？

そのシルエットが消えてしばらくしたあと、ついにボルボが戻ってきた。急カーブを曲がり目の前を通過した時点で、もう十回は電話をかけたし、メッセージも送っている。だがまったく返信がない。電話はかけてもすぐ留守電につながってしまう。

シュステンがホテルの部屋に戻ってから、すでに一時間がたとうとしているが、セルヴァズはいっこうに戻ってこない。

何か起こったに違いない。どこかに隠れているだけなのか。それとも見つかってしまったんだろうか？　時間がたてばたつほど、その答えが生死を左右するように思えてしかたがない。応援を呼ぶべきだろうか。だが、マルタンはあそこに入るためにあらゆる違反を犯している。ジャンサン殺しの疑いがかかっている今、これがばれたらおそらくキャリアが終わるだろう。いや、そんなことはどうでもいい。あの二人からマルタンを助けださなければ！

おそらくストレスのせいで、首がこわばり頭痛が始まっていた。首をもんで、浴室にあった鎮痛解熱剤を飲み、また窓の近くに戻った。

ギュスターヴが起きているかぎり、あの二人は動かないだろう。やるなら子どもが寝てからだ。まだ手を出していないのであればだが……。シュステンはその思いを頭から振りはらった。ハルトマンは二人にマルタンのことを話しただろうか？　いずれにせよ、自分が動くしかない。だが何ができる？　シュステンはもう一度携帯電話にメッセージを入れた。

《今どこなの？　返事をして！》

反応がない画面を絶望の目で見つめる。ああ、もう！　外に飛びだしたくなって、心配と緊張で筋肉ががちがちに固まっていた。なぜマルタンはわざわざ室内に入っていったのだろう？　シャレーの窓の向こうでは、ギュスターヴがラバルトの腕のなかでふりこのように揺らされて、それから笑いながら走っていった。平和と幸福に満ちた、家族の感動のシーンだった。

セルヴァズは真っ暗ななかで横たわり、耳をリノリウムの床材に貼りつけていた。ずっとではなく、何度か離さざるをえなかった。暖房器具や何かの機械が振動し、それが壁を伝わって広がるせいで、ほかの音がまったく聞こえなくなるからだ。

ハッチに沿ってかすかな光線が漏れだし、闇の中にバーナーで焼ききったような長方形が浮かびあがっていた。

一階のほうから頻繁に聞こえる甲高い声はギュスターヴのものだとわかるが、大人二人の声は聞きとりづらかった。そのうち二人がギュスターヴを寝かしつけるだろう。全員が完全に眠ってしまうまで、どのくらいの時間がかかるだろうか？　いや、夫婦が眠ったとしても、スライドタラップは寝室の横にあるのだ。セルヴァズは、金属製のはしごがぎしぎしと音を立てていたことを思い出した。あれを使うことはできない。残された手は一つ。ここから直接下に飛びおりて、逃げるしかない。

一晩中ここで待っているわけにはいかなかった。それに、誰かが屋根裏部屋にあがってきたらどうする？

脇の下に汗をかいていた。暖かい空気が上に来るので、屋根裏部屋はとても暑い。喉が渇いてしかたがなく、舌が水を吸った段ボールのようにごわごわしてふくれあがった。ずっと同じ姿勢なので肘も肩もしびれている。

セルヴァズは携帯電話を見た。送ったつもりのメッセージが送信済みにならない。

袖の折り返しで額に流れる汗を拭い、また耳を澄ました。一階のテレビがついてアニメが始まっている。三人がリビングで話す声に軽いエコーがかかり、今は聞きわけることができた。と、すぐ下の階で重い足音が響いた。誰かがあがってきたのだ。しばらくして、夫婦の寝室の横にある浴室からシャワーの音がした。

五分後、浴室から人が出て、ハッチの真下でとまった。

喉仏が上下に動く。オロール・ラバルトのような気がした。大切な秘密の庭を、地獄の楽園を眺めるために、毎晩あがってくるのだろうか？　あるいは、物音を聞きつけたのだろうか？

セルヴァズは突然、素早く転がってハッチから離れた。下にいる誰かが、スライドタラップをさげようとしていた。

シュステンがホテルの部屋に戻ってすでに二時間が経過した。これ以上は待てない。さっきまでの霧はくぼみにいくらかたなびく程度に消えて、代わりに大粒の雪が降りだしていた。まるでネットで送られてくる、動くクリスマスカードのような景色だった。外はすべて黄みがかった闇に覆いつくされている。

シャレーのリビングで明かりがちらついていた。テレビをつけたのだろう。今すぐ行動を起こすべきだ。頭のなかであらゆるシナリオができあがり、そのうちのいくつかは、かなり危機的なものだった。アメリカの研究によると、どうなっているかわからないという不確定な状況は、よくない結果が判明するよりも、心と健康に打撃を与えるらしい。

シュステンはその結論におおいに納得していた。問題は、ハルトマンがあの二人にマルタンのことをしゃべったかどうか。そして、ハルトマンがマルタンを特別扱いしていることを知っているのかどうかだ。いや、そんなチャンスはなかったのではないか。ハルトマンはおそらく、知る必要のないことは教えないような気がした。

ハッチが全開になり、穴から出た光が噴火口から流れる溶岩のように映った。まだはしごが動く気配はない。セルヴァズは息を呑み、気がふれたような拍動が聞こえやしないかと、自分の呼吸すら怖くなった。下にいるのはオロールで間違いない。彼女が使っている刺激の強い香水の匂いが、屋根裏部屋まで漂った。

セルヴァズはじっと動かず、音も立てない。オロールはハッチの穴を見あげているのだろうか？　おそらくそうだ。自分がいるとわかっただろうか？　闇の奥に誰かが潜んでいると見抜いただろうか？

と、そのときだった。階下で玄関の呼び鈴が響いた。

オロールは予定をあきらめたらしく、ハッチが閉まった。セルヴァズは頰をリノリウムにつけたまま、息を吹き返した。

シュステンは二度目の呼び鈴を鳴らした。ようやく扉が開き、オロールが現れた。想像以上に背が高く、おそらく百八十センチ近い。しかも裸足だった。温かくて肌ざわりのよさそうなバスローブをはおり、干し草色に輝く濡れ髪が、表情の硬い顔まわりに、カーテンのように垂れている。オロールが前に立ちはだかった。瘦せて、骨と筋肉しかない体。ライトブルーの瞳からはまったく熱が感じられない。

「ハイ」シュステンはにっこり笑って英語で話しかけた。


セルヴァズは耳をそばだてた。新しい声が響く。どこかで聞いたことのある声だ……。ただし、何を話しているかは聞きとれず、それがどうしてなのかを理解するまで数秒かかった。英語、シュステンだ！　いったい何をしようとしている？　それよりセルヴァズは、少し前から小便がしたくてたまらなかった。立ちあがり、闇のなかを手さぐりで歩いてシャワーブースに行き、場所の是非などまったく考えずに尿を出した。ズボンの前を閉めて、また定位置に戻る。

全員が階下にいた。このタイミングを利用するしかない。ハッチを数センチさげると、声がかなりはっきり聞きとれた。


「英語は話せますか？」玄関先でシュステンは尋ねた。

オロールはうなずきながらも、きつく口を閉じたまま、じっと前を見つめている。

「わたしは向かいのホテルに泊まっています。わたしは、ノルウェーのオスロから来た建築家です。今朝、こちらのシャレーを見ました」

おとなしく聞いているようだが、関心はまったく示さない。

「素晴らしいと思いました。あなたがいないあいだに、外から写真を撮りました。それをノルウェーの雑誌に載せてもよろしいでしょうか。フランスの山岳地帯にある建築物として紹介したいのです。それから、もし許可してくださるなら、なかもちょっと見てみたくて……」

これが、どうにかシュステンが考えた作戦だった。この程度ならおそらく信じてもらえるだろう。どうやってもフランス警察の人間には見えないし、彼らはみんな自分ほど英語が話せない。それに、外国人であることは丸わかりだ。ところが、目の前のオロールは先ほどから何も言わないうえに、表情がわかりづらくて反応が読めない。じっとこちらを見ているだけだ。思わず首筋に鳥肌が立った。オロールはとにかく冷たかった。シュステンは、いっそ本物の身分証を見せたほうがいいのではないかと思った。

「もう遅い時間ですし、お邪魔ですよね。また明日出直してきます」

するとオロールが一瞬で顔をほころばせて笑った。

「そんなことありませんよ。どうぞお入りになって」

下で声がするが、誰が何を言っているかはわからず、あたりさわりのない会話だということだけわかった。けんか腰でもなければ、脅しつける様子でもない。だからと言って、セルヴァズはまったく安心できなかった。シュステンのような魅力的な女性が、たった一人でラバルト夫妻のところにやってくるなんて……。狼に食われるために、自分から巣に突っ込んできたようなものだ。屋根裏部屋であんな道具を見てしまった今、ここに自発的に来た者がいるとは考えられない。

セルヴァズは緊張で疲れはてていた。取り返しのつかない事態が起ころうとしている。シュステンはそれに気づいているのだろうか？　行動を起こさなければならない。じっと座ったままでいるわけにはいかなかった。

会話が続いているが、テレビから流れるアニメの音でかき消されてしまう。キャラクターたちがひっきりなしに大騒ぎしているのだ。それはつまりギュスターヴがまだ起きているという意味でもあった。それならば、シュステンに手を出さないだろう。セルヴァズはスライドタラップのハッチをさげ、腕をめいっぱい伸ばしながらはしごを揺らし、そっと下ろした。指を離したときにシャツのうしろが破けるのがわかった。

はしごが床に着地した瞬間、それなりに音がしたが、厚手のカーペットが吸収したようだった。それにテレビの音が騒がしく、どこかで雨戸がばたばたと鳴っている。耳を澄ますと笑い声が響いた。オロールが不吉な声で笑っている。セルヴァズは携帯電話を出してアドレス帳からシュステンを呼びだし、英語でメッセージを送った。

《ここを出るんだ！》

「それは面白いわね」オロールが相槌（あいづち）を打ち、フランス南西部の特産品だと言って、甘口の白ワインを勧めてくる。「わたしも建築にものすごく興味があるの」今度は笑顔とウインクが飛んできた。「サンティアゴ・カラトラヴァ、フランク・ゲーリー、レンゾ・ピアノ、ジャン・ヌーヴェル……。ねえ、チャーチルが『壁をつくるのは人間だが、そのあとは壁が人間をつくる』と言っていたのはご存じ？」

オロールの英語は完璧だった。シュステンは一瞬パニックになった。実際のところ、建築はまったくの門外漢だったのだ。しかたなくグラスから顔をあげて、自分はプロなので、そんなことは熱心なアマチュアから百万回は聞かされていると言わんばかりに、オロールに寛大な微笑みを投げた。そして、どうにか脳裏にひらめいた建築家の名前をあげた。

「あら、ノルウェーにも優れた建築家はいるんですよ。シェティル・トレーダル・トールセンとか」

ノルウェー人であれば誰もが知っているオスロ・オペラハウスの共同設計者だ。オロールは目を細め、慎重にうなずいている。あいかわらずこちらから目を離さない。シュステンはこの視線が気に入らなかった。今、二人はリビングの片隅で向かい合って座り、夫のロランは少し離れたところに立っていた。そこから好きなように観察しているらしい。シュステンはグラスを置いた。少し飲みすぎたようだった。と、ポケットのなかで携帯電話が震えた。どこかからメッセージがきたのだろう。

「そろそろギュスターヴが寝る時間じゃない？」

オロールが夫に話しかけて、二人は黙って視線を交わした。シュステンはこのやりとりに言葉以上の重みを感じ、すぐに気を引きしめた。マルタンはどこだろう？　連絡が途絶えたことがますます心配になってくる。シュステンは再度、身分を明かすべきかと悩みながら、必死で音やサインを探った。同時に、なんとしてでもマルタンに自分の声を聞かせ、二人の注意を引きつけている隙に逃げる手立てを探してほしかった。縛られている可能性を考えると、パニックになりそうだった。

ロランがテレビを消して子どもを呼んだ。

「ギュスターヴ、おいで」

ギュスターヴ……。

シュステンは唾を飲み込んだ。金髪の小さな少年が立ちあがった。

「お子さん、とってもかわいらしいですね。とってもおりこうだわ」

「ええ。ギュスターヴはいい子なの、そうよね？」

そう言って、オロールが金髪をなでる。セルヴァズの息子かもしれない子どもを……。

夫妻は子どもをあいだに挟み、階段のほうに向かった。

「すぐ戻ってくるわね」オロールは振り返ってそう言うと、姿を消した。

急に、家のなかがしんと静まり返った気がした。シュステンは携帯電話を出した。マルタン！　説明の必要などない、あまりにわかりやすいメッセージだった。

《ここを出るんだ！》

セルヴァズは大急ぎで二階の空き部屋に駆けこんだ。半開きになった扉から、廊下を歩いてくる三人の姿が見える。パジャマ姿のギュスターヴが、それよりはるかに背が高いオロールに手を引かれていた。

「彼女がほしいわ」

「オロール、子どもの前ではやめなさい」

「彼女が気に入ったの」オロールは夫の忠告を気にもとめない。「ものすごく気に入ったのよ」

「何を思いついた？」ちょうどセルヴァズがいる場所あたりでロランが尋ねた。ホテルで聞いたときよりも、熱く教養を感じさせる声だった。「美人すぎて、つくりものみたいだと思わないか？」

「彼女を上に連れていってくれない？」返事の代わりにオロールが言った。「彼女なら完璧だわ」

「危険じゃないか？　すぐそこのホテルに泊まっている客だぞ？」

二人はギュスターヴの部屋のほうに遠ざかった。

「ワインをアレンジしておいたから、明日は何も覚えてないわよ」

「薬を入れたのか？」疑うような声で尋ねる。

セルヴァズはとたんに、氷で埋まった浴槽に胃を沈められたような気がした。続きを聞くために扉のほうに身を乗りだす。緊張のあまり耳鳴りがしてきた。

「なんのこと?」ギュスターヴが二人に訊いている。

「なんでもないのよ。さあ、ベッドに入りなさい」

「お腹が痛い」

「何か持ってきてあげる」

「ギュスターヴに鎮痛解熱剤を飲ませるのか?」ロランが落ち着いて言った。

「ええ、わたしは水を取ってくるわ」

戻ってくる足音が聞こえ、セルヴァズはさっと奥に入った。オロールは廊下の反対側にある浴室に入り、水道水を入れたコップを手に持ってまた目の前を通っていく。硬い横顔と温もりのない視線が見えたとき、急に体が重くなったような気がした。夫妻の意図は明白だった。

しかも、シュステンはすでにやつらが入れた薬を飲んでしまっている。

「お手洗いをお借りしてもいいですか?」

ちょうどそのとき、一階でシュステンの声がした。

「私が行こう」夫のほうが言った。「ギュスターヴが眠ったことを確認しろよ」

セルヴァズは前を通りすぎるロランに飛びかかりたい衝動をこらえた。一瞬の不意をつけばいけそうな気がしたが、すぐオロールが来るだろう。それに、あの二人なら殴り返してくるはずだ。ジム代わりの部屋にあった器具——ローイングマシン、ベンチプレス、パンチングバッグ、ダンベルラック――を考えると、優位に立てるとは思えなかった。そのうえ、シュステンは薬を飲まされて、自分は警察に銃を預けたままでは、どうやっても勝ち目はない。もっと頭を使わなければならなかった。

「お手洗いをお借りしてもいいですか?」

シュステンが上の階に向かって叫ぶと、階段から重い足音とともに夫のほうが現れた。最初は足、次は細い顔、それから謎めいた笑顔が見える。

「どうぞ。こちらです」扉を指さしながらロランが言う。

シュステンはトイレに入ると、蛇口を開いて顔に冷たい水をかけた。いったい何が起こったのだろう? 頭がぼうっとして、額が汗で濡れている。このままでは倒れるかもしれないと思った。便器に座って用を足しおわっても動悸が収まらず、どくどくと加速を続けている。

いったいどうしたっていうのよ? シュステンは処理を済ませてどうにか立ちあがると、深呼吸して出ていった。

ラバルト夫妻はリビングに戻り、今度は二人ともソファに座っていた。二人の顔と視線が操り人形のように同時に自分のほうを向くのを見て、シュステンは危うく爆笑するところだった。

自分のなかで小さな声が聞こえる――ちょっと、笑わないでよ。二人にあやしまれるじゃない。でも、わたしならこんな場所、さっさとおさらばするけどね。
だがシュステンにはわかっていた。体がこんな状態では、たとえ玄関に駆けだしたとこ
ろで、あっという間に捕まってしまうはずだ。それに、二人はちょうどこのタイミングで、
ワインを飲みながら建築中――いや、もともとは農家なので改築中――のシャレーの写真
を見せようとしている。
　こうしたすべては、広いリビングを横切りながら考えたことで、シュステンはふと、何
分くらいそんなことをしていたのかと不思議に思った。時空の感覚がなくなり……ああも
う、床が波打ちだしたじゃないの！　オロールが自分の横に座れと手招きし、シュステン
はなすがままそばに行った。
　オロールもロランも自分に笑いかけ、じっと目を離さない。
　わたしが自制心を失ったと思っているなら、あんたたち痛い目にあうからね……。
「もう一杯いかが？」オロールが言う。
「いいえ、もう結構です」
「では、私がいただきますよ」今度はロランが言った。
「さあ、ご覧になって」オロールが膝の上のｉＰａｄを見せた。「シャレーの改築写真よ」
「あら」
　シュステンは画面に視線を落とし、スライドショーに集中しようとした。ところがどう
してもピントが合わず、色までおかしな具合に乱れだした。調節がきかなくなったテレビ

のように、レッド、グリーン、ヴィヴィッド・イエローが互いに浸食しあっている。

「色がおかしくありませんか?」粘ついた声が口から勝手に出ていった。

ロランの乾いた皮肉な笑いが聞こえ、耳のなかでぐにゃりとエコーがかかる。あの男、何がおかしいのだろう? シュステンはソファに身を投げだしたくなった。弱ってしまい、まったく力が出そうにない。

突然、マルタンのメッセージを思い出した。

《ここを出るんだ!》

くそ、しっかりしなさい!

「ごめんなさい、気分が悪くなったみたい」

自分の声にもエコーがかかった。オロールに人差し指で頬をなでられた。そのままオロールのほうに傾き、腕にもたれかかる。

「これを見てちょうだい」写真をスクロールしながらオロールが言った。

オロールの爪は真っ黒でとても長い。

「これはね……」説明が始まった。

この人、なんて言ってるの? シュステンはノルウェー語と英語がごっちゃになった。

二人が自分を面白そうに見ているのがわかり、背筋にぶるっと震えが走る。いや、あの視線にはそれ以上の何かがあった。狡猾、欺瞞、欲望……。二人が何か言って笑ったが、一瞬脳の回路が切れたらしく、彼らが笑った理由がどうしてもわからない。

自分が立ちあがったのはわかった。今は二人が両脇を抱え、階段のほうに誘導している。わたし、いつ立ったの? それすら思い出せなかった。

「どこに行くの?」シュステンは尋ねた。

「ちょっと休んだほうがいいわよ」オロールが優しく答える。「これから行く場所なら、静かに休めるわ」

「そう……そうね。わたしもそっとしておいてほしいわ。わたしも静かに……」

突然オロールがこちらを向き、顎を持って口づけしてきた。そのまま舌が入ってくる。シュステンは抵抗できなかった。脳のなかの何かが、バリケードか鍵のように作用して、反応することを拒んだ。

「そんなに気に入ったのか」うしろで男の声がする。

「ええ、すごく気に入ったわ。さあ行きましょう」

セルヴァズはギュスターヴを見つめた。柔らかに光る青白い常夜灯を浴びて、ぐっすりと眠っている。羽毛布団カバーのスパイダーマンは、照明のせいで紫色になっていた。セルヴァズはもう一度自分に尋ねた。この子はいったい誰だ? いや、この子の父親は誰なんだ?

ズボンのポケットの奥に、ビニール袋にしまった金髪が入っていた。

階下でシュステンの声が聞こえた。粘ついた、調子っぱずれの声。ノルウェー語と英語をミックスして、気分が悪いと訴えている。ラバルト夫妻の笑い声と親切ぶった声も聞こえ、はらわたが煮えくり返る思いがした。

その一方で、やみくもに突撃したところで二人ともとらえられて、上の隠れ家に連れていかれることはわかっていた。なんとしても、あの夫婦より狡猾に立ちまわらなければならない。

いきなり階段で物音がして、セルヴァズは開きっぱなしだった扉のうしろに隠れた。鈍い衝撃音も聞こえる。シュステンだ。

「助けてくれ」ロランが言った。「この女、もう一人じゃ立てない」

セルヴァズは危険をおして部屋の外に視線を向けた。二人がシュステンを抱え、上の階に連れていこうとしている。シュステンはなかば無意識の状態で、引きずられるようにして運ばれていた。

ハッチが開き、はしごを引っ張る音がした。

「ねえ、あなたは美しいわ」オロールが言った。

「ほんとに？」褒められて喜ぶシュステンの声がする。

「ちょっと協力してくれないか」ロランの声は冷たかった。

「もちろん。でも足の感覚がないの」

「大丈夫よ」オロールが甘い声で答える。

「ギュスターヴが眠ったか見てこい」ロランが命じた。

セルヴァズは一瞬パニックになった。オロールはもう二階まで階段を駆けおり、廊下から足音が聞こえる。セルヴァズは大きく開いている扉の裏に走り、壁にへばりついて固まった。

だが扉は先ほどの位置から動かず、足音は遠ざかった。ギュスターヴが何か言いながら寝返りを打った。親指をしゃぶっているのが見える。

脳みそが爆発しそうだった。ずっと暑すぎる屋根裏部屋にいたせいで息が詰まり、何がなんでもここから出て、外の冷たい空気を吸わなければならないと思った。

セルヴァズは悠然と階段のほうに歩いていった。上から、ギシギシと音を立てながらはしごをのぼっている気配がする。セルヴァズは静かに一階までおりて、そのまま玄関に向かった。

外に出たとたん、冷たい夜の風を浴びて、ようやく目が覚めた。

大きく深呼吸して、百メートル走のあとのように膝に手を置いた。おもむろに玄関前の階段をおり、両手に雪を抱えて顔に押しつけた。

それから、応援を呼ぶために電話を出して、ふと考えなおした。

ここに到着するまでどのくらい時間がかかるだろう？　待っているあいだに上で何が起こる？　憲兵隊が突入を拒んだら？　ルモーが、やつらには強力なコネがあると言っていたではないか? しかも、やつらが捕まればハルトマンはもう姿を現さないだろう。
セルヴァズは思索をめぐらせた。
また階段をあがり、深く息を吸って、呼び鈴を鳴らした。

33 駆け引き

呼び鈴を延々鳴らしつづけ、五回目でようやく扉が開いた。

「いい加減にしてくれ！　いったい何が――」

セルヴァズは身分証をロラン・ラバルトの鼻先に突きつけると、なぜ管轄の憲兵ではなくトゥールーズ署の警官が来たのかと疑われる前に、素早くそれをしまった。

「ホテルからうるさいと苦情が来ましてね。パーティーでもやっているんですか？　今何時かわかっています？」

ロランは困惑しきっていた。何が起こっているのか、必死になって理解しようとしている。家のなかは静まり返って真っ暗だった。

「うるさい？　いったいなんの音が聞こえたんですか？」

なかを振り返って疑わしげに言った。会話を終わらせたくてしかたないらしい。

「ここでないことは、見たらおわかりでしょう？　もう寝るところだったんです」

そこまで言って、目を細めた。

「おや、前にお会いしていますね。昨日ホテルにいた方だ。車のライトをつけっぱなしにして──」

「ご迷惑じゃなければ、なかに入って確認してもよろしいですか？」セルヴァズはロランを相手にせず、一方的に言った。

もちろん迷惑だと顔に書いてあったが、ロランは微笑んだ。

「そんな権利はありませんよね。では、おやすみなさい」

セルヴァズはさがって扉を閉められる前に、ロランを押して自分もなかに入った。

「ちょっと！　どこへ行くんですか？　そんな権利はありませんよ。戻りなさい。上で子どもが寝ているんだ！」

いいや、上にはおまえらが連れ込んだ女性がいるんだ、くそったれどもが！　セルヴァズは心のなかでそう叫びながらリビングを突きぬけた。一階の照明はすべて消され、窓の向こうにある雪明かりが、かすかに家具の輪郭を浮かびあがらせていた。プライベート・パーティーの準備はすでに万端らしい。セルヴァズは、このまま屋根裏部屋まで駆けあがり、何もかも暴いてしまいたいという欲求をこらえた。

「近所から苦情がきただけで、家に入っていいわけがないだろう！　何もないとわかったから、無理やり理由をつくろうとしているだけじゃないか！　出ていけ！」

ロランからは、怒りより不安のほうが伝わってくる。上から音が聞こえた。はしごをのぼりきろうとしているのだろう。

「あの音はなんですか？」セルヴァズが言う。

突然、ロランの動きがとまった。

「どの音ですか？」

「上で物音が聞こえました」

セルヴァズは階段に向かおうとした。ロランが前に立ちふさがる。

「とまれ！　あなたにその権利はない」

「なぜそんなに神経質になっているんですか。上に何か隠しているんですか？」

「何も隠してない！　さっき言ったじゃないか、息子が寝ているんだ」

「あなたの息子ですか？」

「ああ、私の息子だ！」

「上に何があるんですか？」

「何もないと言っているだろう！　なんなんだ、いったい。あんたにそんな権利は――」

「何を隠しているんですか？」

「頭がおかしいんじゃないか？　あんたいったい誰だ！　あんたは憲兵隊じゃない。それに昨日はホテルにいたよな？　いったい我々をどうしたいんだ」

まさにその瞬間、ポケットで携帯電話が鳴った。セルヴァズには理由がわかっていた。屋根裏部屋にいるあいだに電波妨害で届かなかったシュステンからのメッセージが、今になって続々と届いているのだろう。よりによって、このタイミングで再送信されたわけだ。

「どうした？　電話が鳴っているぞ」ロランがさらに不信感をつのらせた。

　この機に乗じて形勢を逆転させるわけにはいかない。

「上を確認させてもらいます」セルヴァズはロランの横を通り、階段に向かった。

「待って、待ってくれ！」

「なんですか？」

「令状を見せろ！　令状がなきゃその権利はない」

「令状？　映画の見すぎです」

「いいや、あるはずだ。捜査令状とかそういうものが。名前なんてどうでもいい。言いたいことはわかっているんだろう？　とにかく、こんなふうにして人の家に入ってくる権利はないんだ。あんたが誰かは知らないが、憲兵隊に電話をするぞ」ロランが電話を出しながら言った。

「よろしい」セルヴァズはその場で言った。「電話してください」

　ロランは一瞬電話をかけるふりをして、すぐにしまった。

「わかった。よし、何が望みだ？」

「なぜ憲兵隊に電話をしないんですか？」

「なぜなら――」

「何か問題があるんですか？　ああ、上があやしそうだな。これはちゃんと調べないといけませんね。これからサン゠マルタンに行って判事を叩き起こし、捜査令状を持って戻ってきましょう」

セルヴァズは玄関を出ると、背中にロランの視線を感じながら、シュステンがホテル前にとめていた車に向かった。

ロランは汗びっしょりになってハッチから顔を出した。すでにシュステンは、両腕をあげ、手首を滑車につながれていた。オロールが彼女を目覚めさせるために、顔、髪、首に、濡れた布でとても優しく触れていく。それがいきなり、左頬に鞭のような平手打ちを食らわせた。

「くそっ！　最悪だ！」屋根裏部屋に現れるなりロランが叫んだ。「その女はここに置いておけない。ホテルに連れていくぞ」

オロールが振り返った。

「誰だったの？」

ロランはちらりとシュステンを見た。まばたきしながら頭を揺すり、完全に正気を失っている。

「おまわりだ！」

オロールが固まった。

「どういうこと？　何があったの？」

「ホテルでうるさいと苦情があったらしい。ばかばかしい！」

ロランは大げさな身振りで訴えた。

「昨日ホテルで見かけた男だよ。あそこで何をしてたんだ？　やつはまた戻ってくると言ったんだ。ああ、最悪だ！」

「いったいなんの話よ？」オロールが特にあわてることなく尋ねる。

ロランのほうがずっとパニックになっていた。

「くそっ！　今すぐ女をホテルに戻すんだ！　うちで飲みすぎたとかなんとか言って」

オロールもシュステンをちらりと見て、彼女の携帯電話を夫に渡した。画面にメッセージが出ている。

《ここを出るんだ！》

「私がいつも言ってたじゃないか！　とにかく――」

「いいから」オロールが夫の言葉をさえぎった。「最初から全部話して。息をするの。落ち着いて。さあ、話しなさい」

セルヴァズはホテルの部屋の窓に張りつき、シャレーのほうを見ていた。あと三分で動きがなければあそこに戻るつもりだった。いったんホテルに寄って車に乗り、サン＝マルタンに向かうふりをして、カーブを曲がってすぐの路肩に車をとめ、歩いてホテルに帰ってきたのだ。

腕時計を確認した。あと二分。今だけは銃が恋しくてしかたがない。

来た。セルヴァズは息をとめた。

玄関前の階段に誰かが現れた。ロラン・ラバルトだ。ホテルのほうを見て、それからシャレーのなかにいる誰かに合図を出している。やがてオロールが出てきた。シュステンを抱えている。ロランと二人で両脇から抱えなおし、階段をおりて、酔っ払いを支えるようにして、ホテルのほうに歩いてくる。まさにシュステンが酔っていると思わせたいのだ。

セルヴァズがシャレーを出てから十四分が経過していた。セルヴァズは深く息をついた。シュステンに大きな被害を与える時間はなかったようだ。

34　食料

セルヴァズは汗びっしょりになったシュステンの顔を冷たい濡れタオルで拭うと、浴室にコップの水を取りにいき、シュステンに飲ませた。ところがシュステンは二口目でえずき、コップを押しのけた。

あのあと、シュステンはフロントに預けられ、ホテルの主人が部屋まで連れてきてくれたのだ。

主人によると、夫妻はあらかじめ連絡を入れたうえで、ホテルにシュステンを運んできたらしい。彼らは、ホテルに滞在中のノルウェー人女性が建築に興味があると言って訪ねてきたので、ワインでもてなしたところ完全に酔っぱらってしまった、あの国の人間は飲みすぎだとまで言っていたそうだ。

ホテルの主人が自分たちのことを夫妻にどう説明したかはわからない。だが、二人はシャレーに帰る道すがら何度もホテルのほうを振り返り、窓をいちいち確認していた。そうやって、少しずつ離れていった。

ついに、あの二人の化けの皮がはがれたのだ。これからは、最大限の警戒をしてくるはずだった。

もうハルトマンに報告したに違いない。

いつもはどうやってハルトマンとコンタクトを取るのだろうか？　隠れサイトからしかアクセスできないフリーメールを使うか、エンドツーエンドの暗号化チャットを用いたメッセージアプリを使うのかもしれない。以前エスペランデューが〈テレグラム〉や〈チャットトセキュアー〉を使って実演してくれたことがあったのだ。

「ファック、ものすごくみじめ」突然シュステンが口を開いた。

セルヴァズは振り返った。シュステンはベッドでぐったりと横になっている。顔は青白く、髪は汗で額とこめかみに張りつき、首と肩は三つの枕で支えられていた。

「ひどい顔でしょう」

「ああ、なかなかのものだ」そう言ってコーヒーを渡す。

「もう少しでとんでもない目にあうところだった……。あのSM好きのくそビッチに……舌を……なんて……」セルヴァズは何を言っているのかよくわからなかった。「ぶっ殺してやりたい」

それは私も同じだ。セルヴァズは心のなかで同意した。

「このコーヒー、まずいわ。吐きそう」

シュステンは体を起こして浴室に飛び込んだ。三回吐く音がして、合間にため息が聞こえ、最後に水が流れた。

この日ツェートマイヤーは大嫌いな中国人観光客に取りかこまれながら、シェラトン・プラハ・ホテルで朝食をとっていた。前日にはマラー・ストラナと旧市街を散策したあと、無数の墓石が混沌と並ぶ旧ユダヤ人墓地に足を向けた。いつものように、夕暮れ時の陰鬱な光を浴びながら、数世紀前の記憶が刻まれた墓石の前に立っていると、時が消え去り感動の涙が流れた。その涙が頰を伝って唇に落ち、シャツの襟を濡らしたことをツェートマイヤーは恥じたが、涙を拭おうとはしなかった。いや、恥じる必要などないのだ。勇敢な人間が涙を流し、臆病者の目が乾いたままだったことを、長い人生でたびたび目撃してきたではないか。

静寂のなかで、墓地に眠るすべての魂とその歴史を思ううちに、ツェートマイヤーの心はいつしか浄化されていった。カフカとゴーレム、そして怪物に冒瀆(ぼうとく)され殺された娘のことを思い、無垢の愛があるように、無垢の憎しみがあることを嚙みしめた。

ツェートマイヤーはこの朝食会場で、かつての知りあいであるジリというチェコ人の男を待っていた。

そのジリが、テーブルのあいだを縫うようにして自分のほうに向かってくる。牧神のようなひげ、カッターで切ったような深いしわにえぐられた頰、頑丈そうな胸と熱い視線——一度会ったら簡単には忘れられない顔だ。殺し屋という職業にふさわしいとは思えない。むしろ詩人や役者のようで、チェーホフ俳優、あるいはオペラ歌手でも通じるだろう。

ツェートマイヤーが見るかぎり、ジリは芸術家でもそれなりにやっていけそうだった。
いいではないか。ツェートマイヤーは、殺し屋や泥棒についてまわるロマンティックなたわごとを信じていない。そんなものは、卑しい者との交流を夢見るブルジョワのための神話だった。

ジリは正面に座り、ウエイターを呼んだ。

「コーヒー、ブラックで」

それから立ちあがってビュッフェに行き、ソーセージ、スクランブルエッグ、ベーコン、ペストリー、フルーツで山盛りにした皿を持って戻ってきた。

「おれはホテルの朝めしが好きだ」

説明のつもりでそう言って、ジリが食べはじめる。

「きみはすごい殺し屋だったそうじゃないか」ツェートマイヤーが言った。

「誰がそう言った?」

「共通の友人だ」

「友人じゃない、客だ。あんたは自分の仕事が好きか、ツェートマイヤーさん?」

「仕事じゃない、あれは──」

「あんたは自分の仕事が好きか?」ジリがまた同じ言葉を言った。

おもわず顔が曇る。

「ああ、熱烈に」

「仕事を愛することは大切だ。愛する……人生でこれ以上大切なことはない」

ツェートマイヤーは眉をひそめた。向かいの席には愛を語る殺し屋が座っていた。

翌日の月曜日、朝九時を数分まわったところで、ロラン・ラバルトはiPhoneから〈テレグラム〉にアクセスした。これは、テロリストが好んで使っているとメディアに紹介されたことで有名になったチャットアプリで、この紹介をきっかけに、毎日百億のメッセージがやりとりされるようになったという。ただし、実際のテレグラムは機密サービスとはほど遠い代物だった。それでも、オプションによってはエンドツーエンドの暗号化チャットを用いることができ、ユーザーが設定した期間がくればそのメッセージも自動削除される。

この日、ロランはそのオプションである〈シークレットチャット〉を立ちあげた。宛て先は〈メアリー・シェリー〉。もちろん相手が女性でないことは百も承知の事実だった。二人を結ぶたった一つの共通点、それは、コロニーという、ジュネーブにある基礎自治体で暮らしたことだった（コロニーのディオダディ荘に『フランケンシュタイン』の作者メアリー・シェリーが滞在していた）。

メッセージを送った直後、もうハルトマンからの返信がきた。

《アラートを受け取った。何があった？》

《昨晩おかしなことが起こりました》

《ギュスターヴに関係することか？》

《違います》

《どこで？》

《シャレーです》

《説明しろ。具体的かつ簡潔に事実のみを》

ロランは最低限の情報とともに昨夜のできごとを語った——建築家を名乗るノルウェー人の女がシャレーを訪れたあと、その前日にホテルで見かけた警官が現れて、あちこち探しまわろうとしていたと。

女を屋根裏部屋にあげようとしたことは省いた。ギュスターヴに薬を飲ませたことも。最初に、パーティーの前に薬を飲ませようと言いだしたのはオロールだった。ロランは反対したのだ。ハルトマンにばれたらどうなるか、想像するだけで血が凍りつく。だがオロールはいつも忠告を聞こうとしないのだ。

《パニックになるな。よくあることだ》

《よくあること？　やつらがギュスターヴに興味を持ったらどうするんですか？》

《そうなるだろうな》

《どういう意味です？》

《その二人の目当てはギュスターヴと私だ》
《なぜわかるんですか？》
《私にはわかる》
ロランは心のなかで呪いの言葉を吐いた。たまにハルトマンの言動が神経に障ってしかたがない。
《私たちはどうしたらいいでしょう？》
《きみも二人を監視しろ。あとは何ごともなかったように行動すればいい》
《いつまで？》
《私が姿を見せないかぎり、二人は何もしない》
《では、姿を現すつもりですか？》
《そのうちわかる》
《どうか私たちのことを信頼していただきますように》
少し遅れて返事があった。
《そうでなければ、きみたちにギュスターヴを預けないだろう？　そのままの調子で続け

てくれたまえ。一切心変わりせずに》
《わかりました》
ロランはもう少し続けたかったが、ハルトマンはすでにチャットルームを退室したあとだった。ロランも退室した。この会話は数秒以内に自動削除され、跡形もなく消えてしまうことになっている。
非営利組織の〈電子フロンティア財団〉が告発したように、テレグラムがユーザーに無断で、暗号化されたメッセージを保存していないかぎりは。
ハルトマンは携帯電話から目をあげた。数メートル先では、マルゴ・セルヴァズがヴィクトル・ユゴー市場の通路を歩いている。さまざまな香りと喧噪のなか、果物、魚、チーズ等々、あらゆる食材の前で立ちどまり、手に取って確かめ、吟味し、決断のうえ購入して、また次に行く。その三メートルうしろを私服警官が、雑踏に紛れながら目を離さずについて歩く。
それじゃだめだ。小さなカウンターでコーヒーをすすりながらハルトマンは思った。もっと、あの娘のまわりに注意を向けないと。ハルトマンはカップを置くと料金を支払い、また歩きだした。マルゴは老舗ハム屋の〈ガルシア〉の前でとまっている。ハルトマンはうしろを通りすぎ、三方に伸びたカウンターをまわって、マルゴが注文した法外な値段のイベリコ豚の生ハムが店主の手でカットされている場所まで進んだ。

値段は高いが、ものはいい。

満杯の買い物かごを持ったマルゴを近距離で眺めながら、ハルトマンも一番値段の高いイベリコ豚の生ハムを二百グラム注文した。マルゴはハルトマン好みの、すこぶるつきの美人だった。冬のコートにくるまった姿が、氷のなかで横たわる魚くらい生きいきして、ガルシアの生ハムくらい張りがあり、寒さと暖かさのせいでつやつやになった赤い頬は、店先に並ぶきれいなリンゴのようだった。

ハルトマンは心のなかでつぶやいた。マルタン、マルゴは気に入ったよ。だがきみは私のような婿は嫌なんだろう？　せめてバーに連れていくぐらいは許してくれるよな？

シュステンが浴室で吐いているあいだ、セルヴァズは窓からシャレーを見ていた。あの二人に何をされたかは、シュステンに訊いても要領を得なかった。

と、携帯電話が鳴った。画面を見たセルヴァズは、心のなかで呪いの言葉を吐いた。マルゴ！　ここに来る直前のできごとが頭をよぎり、また小言かとびくびくしながら、携帯電話の緑のボタンをスワイプした。

「パパ」マルゴの声に後悔がにじんでいた。「話がしたいんだけど、いい？」

背後で盛大に吐いていたシュステンが、扉の向こうから、何か理解できない言葉を訴えている。

「もちろんだ。五分後にかけなおす。五分待ってくれ」

セルヴァズはいったん電話を切った。シュステンはまだ自分に何か話しかけているが、

「マルタン？」ついに浴室からしびれを切らしたような声がした。

「マルゴが電話をかけてきた」振り返りもせずにセルヴァズが返事をすると、扉の開く音がした。

「問題はないって？」

「わからない。ちょっと下まで行って電話をかけてくるよ。そうすれば……頭も冷えるだろう」

「マルタン……」

セルヴァズは部屋の扉に向かっていたが、浴室の入り口に立つシュステンが、懇願するような目で見ていることに驚いた。

「どうした？」

「薬、迷惑じゃなければお願いしたいの」

「どの薬だ？」自分は少しまぬけのようだと感じながら尋ねた。

「さっきから言ってるのに……。ここから三百メートルくらい行ったあたりに薬局があるの。そこに行って、この吐き気をとめてくれそうな薬を買ってきてくれない？」シュステンが根気強く説明した。

「ああ、もちろんだ」

「ありがとう」

シュステンは何度も同じことを言いつづけたのだろう。ところが自分の脳はそれを無視したのだ。突然、恐ろしい考えが浮かんだ。昏睡状態が原因でこうなった可能性はないか？　それとも、うわの空だっただけなのか？　脳のどこかにダメージを負って機能しなくなった部分があるのだろうか？　セルヴァズは愕然としながら、これと似たようなことがなかったたか、思い出そうとした。

セルヴァズは困惑したままエレベーターに乗り込み携帯電話を確認した。メッセージがたくさん来ていて、ぜんぶマルゴからだった。昨晩何度も電話をしてきたらしく、最後のメッセージはさっきの電話のほんの数分前だった。セルヴァズはそれだけ開けてみた。

《パパ、あたしが言ったことは本心じゃないよ。パパの話もそうじゃないってわかってる。でもお願い、そっちは順調で何も問題ないことだけ確認させて。心配だから》

ロビーに出ると、ホテルの主人が近づいてきた。

「同僚の方の体調はいかがですか？　昨晩はひどく酔っていたから」

セルヴァズは固まった。

「誰、同僚？」

「警官ですよね?」

「……」

「シャレーを監視しているんですか?」

セルヴァズは黙ったままホテルの主人を見つめた。

「何も言っていませんよ。あの夫婦が昨夜あなたの……同僚を連れてきたときに、あなたのことは話していません。しっかり口を閉じて、あの人たちの与太話を信じるふりをしてやったんです。何をしでかしたのかは知りませんが、あの二人はどうにもいかがわしくてね。私としては、盛大になたを振るっていただきたいものです」

近頃はこんなふうに、頼んでもいないのに自分の意見を言いたがる素人が多い。セルヴァズはホテルの主人が遠ざかるのを見送った。

35　胆汁

トゥールーズ署の射撃場は地下にあるが、発射弾丸の異同識別は、四階にある法医学研究所の弾道課が行っていた。その前段階として、まずは銃本体の埃を調べ、最後の発射からどれほど時間が経過したかを確認する。銃尾よりも銃身近くに埃が多ければ、その銃がしばらく使用されていなかったことを示唆する。興味深いことに、トロシアンが今確認しているシグはそういう状態ではない。ところが持ち主であるセルヴァズは、ここ数カ月この銃を使っていないと断言していた。本人によると、最後に使用したのは署の射撃場で、それが悲惨な結果だったことは誰もがわかっている。トロシアンはおかしいとつぶやいて顔をしかめた。セルヴァズのことは好きだが、この銃は、ここ数日で使われている形跡がある。

トロシアンはそれを小さなメモ帳に書き、セルヴァズの銃にラベルを貼って、ほかの銃の横に戻した。これが終わればいよいよ弾丸の異同識別が待っていた。

さあ、マルゴに電話をしよう。

セルヴァズは携帯電話の呼び出し音を聞きながらテラスの階段をおり、数百メートル先にある商店街に向かって歩きだした。

「パパ」ついに娘の声が聞こえた。「問題ないね？　心配したんだよ」

マルゴが声を詰まらせ泣きそうになっている。セルヴァズは胃が縮む思いがした。

「ああ、大丈夫だ」返事をしながら、危なっかしい足どりで道の端にできた吹きだまりを歩く。「昨日の夜はちょっと動きがあって、時間がなかったんだ。今ようやくメッセージがたまっていることを知ったよ、心配かけてすまない」

「気にしないで。でもね、あたしすごく怒ってたの。そこに書いてあることは全部が全部本心じゃないからね」

「ああ、たいしたことじゃない」

いや、本心であることはわかっている。セルヴァズはすでに全部読んでしまっていたからだ。魂のうねりと不満に満ちたメッセージだった。人生で初めて、自分を無視するのかと娘に疑われ、優先順位の最下位にされたと恨まれていた。セルヴァズは思った。この娘が言うことは、少なからず当たっている。いつのまにかひどい父親になっていたものだ……。

「たいしたことじゃない、ってどういうこと？」マルゴはすぐに反応した。

くそっ！　勘弁してくれ、また喧嘩を始めるのか。

本当はすぐに言ってあげたかったのだ。愛している、これからは時間を見つける、だからチャンスをくれと。ところがさっそくマルゴの説教が始まって、それをとめられないまま着いてしまった。説教はまだ終わりそうになく、薬局の入り口に立ったまたっぷり五分経過したのち、セルヴァズはついになかに入った。

送話口を片手で隠し、消化器用治療薬の〈プリンペラン〉を頼む。

「昨日の夜はパーティーでもあったのかね？」薬局の店主が笑って訊いてきた。

セルヴァズは眉をあげることで、どういう意味かと尋ねた。

「お客さんで二人目だよ、この五分で同じ薬を注文したのは」

マルゴの説教がまったく勢いを失わないまま、セルヴァズは薬局を出るとカフェのテラス席に行き、寒さにもかかわらず腰をおろした。

「ご注文は？」店員が声をかけてきた。

「コーヒーを頼む」

「誰に言ってんの？」急に説教をやめてマルゴが尋ねた。

「カフェの店員だ」若干の苛立ちを込めて返事をした。

「ああそう、ごゆっくり。パパはたまにあたしが母親みたいだって言うけど、実際はパパのほうが子どもなんだよ。それに、ものごとを難しくしてるのはパパだから」

「悪かった」セルヴァズは意に反し謝罪した。

「別にいい。でも変わってよ。じゃあね」

セルヴァズは釈然としないまま電話を眺めた。先に切ってしまうなんて！　十五分も説教されたのに、言い訳も反論もできなかった。

胃の収縮が少しはましになり、吐き気も遠のいた。少なくとも今は抑えられている。シュステンは思った。マルタンは何をしているのだろう？　頭が痛く、口のなかが粘ついて、肩甲骨のあいだに釘を打たれたかと思うほど背中がズキズキする。昨日の晩に全力で吐きつづけたせいだろう。体は汗臭いだろうし、口臭もひどいはずだ。

シュステンは浴室に行って歯を磨き、床にタオルを投げ、服を脱いでシャワーブースに入り、蛇口を開けてお湯を浴びた。

四分後、胸にタオルを巻いた状態で部屋に戻り、換気のために窓を全開にした。とたんにさわやかな冷気が入ってきて、太陽が優しく肌をなでた。風が細かい雪を運んでくる。犬の鳴き声と、遠くで鐘の音が聞こえた。誰かを呼んでいる別の誰かの声も。生きているって素晴らしいことね。シュステンは思った。

と、そのとき、左手からこちらに向かってくる車に気づいた。すぐにシャレーに視線を飛ばす。くそっ、ボルボが消えてるじゃない！　シュステンは、ベッドの上に出しっぱなしの双眼鏡を取ってくると、窓に戻って状況を確認した。

やはり、近づいてくるのはボルボだ。だがここからでは、なかに誰がいるのかわからない。双眼鏡でシャレーをのぞくと、窓の一つが大きく開いていて、風でカーテンが舞い、外に出てしまっている。

シュステンはしばらくその白く輝く静かなダンスに目を奪われた。

そこに突然オロールが現れ、外に身を乗りだしてカーテンをつかみ、なかに戻してから窓を閉めた。

十秒もしないできごとだったが、欲しかった情報の一部が得られた。つまり、車に乗っていたのはこの二つのパターンのうちのどちらかだ。

一．ロランのくそ野郎だけ
二．くそ野郎とギュスターヴ

オロールは、真っ黒な排気ガスを吐きながら戻ってくるボルボを見て、窓を閉めた。薬局まで一キロもないのに、今までいったい何をしていたの？　もっとスピードを出せばいいのに、なんて軟弱でふぬけた男なんだろう……。オロールは腹が立ってしかたがなかったが、今回ばかりは夫が正しかったことを認めていた。二人は追いつめられていて、それが自分のせいだとわかっているので、よけいに腹が立った。鎮痛解熱剤の副作用を完全にみくびっていたのだ。とはいえ、ギュスターヴが肝臓に爆弾を抱えていることは理解していた。ハルトマンが口を酸っぱくして警告していたからだ。

ギュスターヴは胆道閉鎖症を患っていた。これは、一万から二万人に一人の割合で発症する原因不明の小児疾患だ。胆道の閉鎖によって、肝臓から胆汁の排出が妨げられてしまい、治療を受けないと胆汁性肝硬変で亡くなる場合もある。

パーティーのあいだギュスターヴを静かにさせるために、これまで二度も薬を飲ませていたことがばれたら、命の保証はないだろう。ハルトマンに慈悲の心はない。それなのに、そんな男が自分の命よりもギュスターヴに執着している。あの子はいったい何者？ オロールはいつも不思議に思っていた。本当にハルトマンの息子なんだろうか？ そうだとしたら母親はどこ？ ロランも自分も一度も見ていなかった。

オロールは廊下を進みギュスターヴの部屋に入った。嘔吐物（おうとぶつ）の臭いに耐えられず、鼻をつまんだまま、汚れた羽毛布団とシーツをまとめてベッドから床に落とした。

隣の浴室から子どものうめき声がした。

オロールはベッドをまわって浴室に入った。青いパジャマ姿のギュスターヴが便器の前でうずくまり、なかに顔を突っ込んだまままずっと嘔吐している。

ギュスターヴは息を切らしてあえいでいた。汗で金髪が束になって張りつき、ピンク色の頭皮が見えている。自分が来たのに気づいて体を起こし、悲しくつらそうな目を向けてきた。ああ、そうだ、この子は父親のこと以外は、まったくわがままを言わない子だった。

オロールは恥ずかしさのあまり息ができなくなった。

そばに行って額に手を当てると、燃えるように熱い。

下で玄関の扉が開く音がした。

ロランが階段をあがってくる。

オロールはギュスターヴの服を脱がせ、手の甲でシャワーの温度を確かめてから、そっと背中を押した。

「これですっきりするわ」

ギュスターヴは黙ってうなずき、お湯を浴びて飛びあがった。

「熱いよ」

「これですっきりするわ」温度を調整しながらもう一度言った。

ロランが部屋に入ってきて、浴室に来るなりぶちまけた。

「あのおまわり、薬局にいたぞ！」

石鹸でギュスターヴの背中を洗っていたオロールは、振り返って夫を鋭い視線でにらみつけると、空いている手でロランが持っている袋を指さした。

「それをちょうだい」

「私の話を聞いているのか？」プリンペランを渡しながらロランが言った。

「ギュスターヴ、こっちを向いて」

夫を無視してオロールが優しく話しかけ、プラスチックボトルの蓋を開けてギュスターヴに飲ませる。ギュスターヴは顔をしかめた。

「まずい」

「知ってる。でもすぐに気分がよくなるわ」

「やめろ！」横で見ていたロランが驚いて叫んだ。「飲ませすぎだ」

夫をにらみつけながら、オロールはギュスターヴの唇からボトルを離した。

「ベッドを汚しちゃった」すまなそうにギュスターヴが言う。

オロールはギュスターヴの額にキスして、濡れている金髪をなでた。

「気にしないの。すぐ替えてあげるから」

そう慰めてから、夫のほうを向いて言った。

「もちろん手伝ってくれるわね？　部屋を片づけてきて」

妻の辛辣な物言いに、ロランはただうなずくと、歯を食いしばり浴室を出ていった。オロールはギュスターヴの体を拭き、皮膚をさすってから新しいパジャマを渡した。

「少しは楽になった？」

「うん、ちょっと」

「どこが痛いかちゃんと教えてくれる？」

ギュスターヴが腹部に手を当てたので、オロールも触ってみた。腫れて硬くなっている。

「あなたは本当に勇敢な子だわ」

すると、ギュスターヴが弱々しい笑みを返した。本当なのよ？　オロールは思った。あなたは本当に勇敢な子どもなの……。おそらく父親ゆずりなのだろう。小さな兵士のように病気に立ちむかっている。これまでの短い人生で、何か病気以外のものを得られたんだろうか。オロールはじっとギュスターヴを見つめ、膝をついて微笑みかけた。それから立ちあがった。

「さあ、ベッドに戻りましょう。学校はお休みね」

浴室を出ると、ベッドメイキングが完了していた。ただし窓が全開になり、先ほどのようにカーテンが外に飛ばされそうになっている。

「布団に入りなさい」慌てて窓を閉めながらオロールが言った。「またすぐ様子を見にくるわ。本当に楽になった?」

ギュスターヴは布団にもぐったまま真剣な顔でうなずいた。

「よかった! お腹がすいたら言うのよ」

オロールは笑って階段に向かった。

「昨晩の男が――」オロールがキッチンに入ってくるなりロランが口を開いた。

「ええ、聞いていたわ。風が強いわね。なぜあの子の部屋の窓を開けっぱなしにしておいたの?」

「臭かったんだ――」

「吐くだけじゃ足りなくて、あの子に死んでほしいの?」

「私が店を出たところで、やつが来るのが見えたんだよ」ロランはオロールの言葉を聞いていないかのように自分の話を続けた。「あのおまわり……私のことは気づいていなかったな。耳元に携帯電話を貼りつけて、ひどく苛ついている様子だった。私はやつがホテルに戻るか確認したかったんだ」

「それで？」

オロールはエスプレッソ用のパーコレーターに粉をセットした。

「やつがカフェのテラス席に座ってコーヒーを飲むのを確認して、戻ってきた……その、こっちのほうが緊急だったしな……」

言い訳するような口調になってしまい、ロランは後悔した。弱みを見せたら最後、オロールは容赦なく牙を立ててくる。

「そうね、あの馬鹿騒ぎもあいつらが仕組んだんじゃないかしら。それはそうと、あの子のせいで問題が山積みだわ。まだ吐き気が治まってないようだし。あなたが買ってきた薬でよくなればいいけど」

オロールがボタンを押すと、パーコレーターがボコボコと音を立て、茶色の液体を吐きだした。最後まで非難の口調は変わらなかった。ロランは、ギュスターヴの不調が自分のせいにされる理由がわからなかった。確かに、前の幼稚園の園長が〝おじいちゃん〟を質問攻めにしだしたとき、ハルトマンにギュスターヴを預かると申しでたのは自分だった。だが、それにはオロールも乗り気だったのだ。自分たち夫婦には子どもがいない。だからだろうか、オロールはよくギュスターヴの面倒を見ていたし、一緒に過ごす時間を楽しんでいた。とはいえ、あの子に薬を飲ませたがったのはオロールで、自分はそれをとめようとしたのだ。

一方で、オロールと話しあったところでどうにもならないことはわかっていた。こんなふうに張りつめているときは特に。だからロランは話を蒸し返すことをやめて、一番大事なことだけ言っておくことにした。

「一応、彼に伝えておいたほうがいいな」

妻が黙ってしまったことが嵐の前触れに思えた。やがてオロールは、空気を引き裂く鞭のように、答えを返した。

「彼に伝えておく？　あなた馬鹿なんじゃないの？」

ようやくセルヴァズの姿が見えた。シュステンは煙草を消すと窓を閉めて、肩にひっかけていた上着を脱ぎ、洗面台に走った。そこで鏡に映った自分の顔をあらためる。目の下にどす黒い隈ができて、顔色は死体のようだった。口の前に手のひらをかざし、息を吐いて口臭を確認する。

セルヴァズは息を切らして戻ってくるなり薬局の袋を差しだした。それから、シュステンがプリンペランを出して水のように飲みほすのを見ていた。

「そうだ、シャレーから誰かが出ていって戻ってくるのを見たわ」

「誰だ？」

「ロラン・ラバルト。手に袋を持っていたのよ。これとそっくりのを」

セルヴァズは眉をひそめた。

「薬局の袋か。確かなんだな？」

「確かじゃないわよ、遠かったし。でも似てたの。とにかく急いでいる様子だったわ」
セルヴァズは窓に近づいてシャレーを見つめながら、自分が心配していることに気づいた。そう、ギュスターヴのことを心配していたのだ。
机の上で携帯電話が震えた。いつも使っているものではなく、もうひとつの携帯電話だ。ロランは震えあがった。くそっ、まさかハルトマンが嗅ぎつけたのか？　ハルトマンが相手では、パラノイアにならざるを得ない。ロランは画面を見つめた。
《そこにいるか？》
中指で返事を打つ。
《はい》
《よろしい。変更がある》
《なんでしょうか？》
《ギュスターヴに会いたい。今晩、いつもの場所で》
なんということだ……。ロランは息を吐きだした。喉元に巨大な猫が乗って、呼吸ができなくなったような気がした。
《何かあったんですか？》
《何もない。ギュスターヴに会いたいだけだ。では今晩》

ロランは気が動転し、オロールに助けを求めたかった。だが時間は待ってくれず、とにかく答えなければならない。そうでないとハルトマンが疑いだすだろう。いや、続くメッセージがすでにそうなっていた。

《問題があるのか？》

ちくしょう！　さっさと答えろ！　なんでもいいから！

《ギュスターヴが体調を崩しています。インフルエンザだと思いますが》

《熱は？》

《少しあります》

《いつから？》

《昨日の晩からです》

《医者には診せたか？》

《はい》

心臓が早鐘を打っていた。画面を見つめ次のメッセージを待つ。

《いつもの医者か？》

ロランは躊躇した。ハルトマンは何か疑っているのだろうか？　自分を罠にかけようとしているのか？

《いえ、別の医者です。昨日は日曜だったので》

《ギュスターヴに何か飲ませたのか？》

《オロールが付きそっています。呼んできますか？》
《いや、その必要はない。今晩そっちに行く》
《やめてください。ホテルにシャレーを監視している警官がいます》
《それは私の問題だ》
《先生、いい考えとは思えません》
《判断するのは私だ。今晩八時に行く》

ハルトマンが接続を切った。

なんてことだ！　ロランは唾を飲み込んだ。首筋をざわざわと大量の蟻があがってくるような気がして、息が詰まってしかたがない……。窓を開け、白く輝く景色を見つめながら息を吸った。

今晩ハルトマンがやってくる。

なんでインフルエンザだと言ったんだ？　胃腸炎でよかったじゃないか。くそ、いったい何を考えていたんだ！

それに、息子の口から医者には行っていないと聞かされてしまったら？　ロランは本を書くときはいつも、完膚（かんぷ）なきまでにハルトマンになりきっていた。トゥールーズの街を歩きながら女たちを眺めるときも、ハルトマンの目で眺めた。そうすれば、自分も強く、残酷になれる気がしたのだ。今となっては大笑いだ。怯えているのか？　ああ、怯えているとも！　ハルトマンはフィクションではなく実在の人物だ。その人物に、自分たちはどっぷりとかかわってしまった。

ロランは初めて会ったときのことを思い出した。あの日自分はトゥールーズの書店で本にサインを書いていた。いや、サインを書いているはずだった。なぜなら始まって三十分しても誰も来なかったからだ。その後、ようやく一人目が現れた。ロランがファーストネームを尋ねると、相手は〝ジュリアン〟と答えた。ロランは笑ったが、テーブルの向こう側に立っている人物は平然としている。眼鏡の奥から自分を探る目を見て、背中に少し震えが走った。

サイン会が終わり、ジャン・ジョレス駐車場の地下二階にとめた車のところに戻ったとき、暗闇からその男が現れ、ロランは思わず震えあがった。

「やめてくれ、びっくりするじゃないか！」

「百五十三ページに間違いがある。実際はこうではなかった」

理由はわからない。おそらく声のトーンと、堂々とした落ち着きと、言葉遣いのせいだと思うが、その瞬間に、目の前にいる人物が偽物でなく、本物のハルトマンだと気づいたのだ。

「あ、あなたなんですか?」ロランはしどろもどろで尋ねた。

「怯える必要はない。いい本だった。そうでなかった場合は怖がったほうがいい」

ロランは笑おうとしたが、喉が締めつけられて笑えなかった。

「な……なん……なんと言ったらいい……のか。本当に……光栄です」

身長が百七十センチもないロランは、暗闇に立つ顔を見あげた。ハルトマンはポケットから携帯電話を出して、自分に差しだした。

「これを持っているといい。近いうちに会おう。私のことは誰にも言ってはならない」

だがロランは、このことをオロールに打ち明けた。彼女には隠しごとをするつもりはなかった。

「わたしも彼に会いたい」話を聞くなり、オロールはそうねだった。

ロランは書斎を出てオロールを探した。一階に見あたらず上で声がする。二階にあがり、急ぎ足で廊下を進んだ。オロールはギュスターヴと一緒にまた浴室にいた。

「どんどん具合が悪くなってる」ギュスターヴの額を濡れたスポンジで拭いながらオロールが言った。「熱もあがっているわ」

かんべんしてくれ！

「先生と話をしてきた」

「あなたが連絡したの？」オロールが疑わしげに尋ねる。

「違う！　向こうが私に連絡してきたんだ。理由はわからないが、子どもに会いたがっている」

「どういうこと？」

「今晩ここに来るんだ！」

「彼になんて言ったの？」

「ギュスターヴが体調を崩して……インフルエンザにかかったと」

「インフルエンザ？　どうして？」

「知るか！　あのときはそれしか思い浮かばなかったんだ。それで、医者に診せたか尋ねられた」

　オロールは注意深くギュスターヴを見つめ、それから夫を見あげた。

「なんて答えたの？」

「診せたと答えた」

　それを聞いてオロールは真っ青になった。オロールはギュスターヴを見つめ、ギュスターヴも見つめ返す。涙があふれそうな、寂しげで、物憂げで、憔悴（しょうすい）しきった目で。それでいて、愛情と信頼に満ちた目だった。冷酷だったオロールは、生まれて初めて人間らしい感情を覚え、罪悪感ではらわたがちぎれる思いだった。ギュスターヴの頬をなでるうちに、思わず胸に抱きしめた。顔に濡れた髪が触れる。オロールも泣きたくなった。

「心配しないで。よくなるわ、よくなるから」

　オロールは夫のほうを向いて言った。

「この子を救急に連れていかなくては」

「あたりまえだ、ちくしょう」

「やつら、出かけるわ」シュステンが言った。

セルヴァズも窓に近づいた。

「ギュスターヴは完全防備ね。でも具合が悪そう。ここから見てもわかるくらい」

そう言って、シュステンが双眼鏡を渡す。

「今日は学校を休んだようだな」

セルヴァズはまた心配になり、時計を確認した。まもなく午後三時になる。やはり自分と入れ替わりで同じ薬を買っていたのはロラン・ラバルトだった。あれから三時間以上たつのに、ギュスターヴの病状は改善されなかったのだろう。自分があんなことをしたせいで、あの子の病気が悪化したのだ！　セルヴァズは苦しくてしかたがなかった。

夫婦はギュスターヴを後部座席に座らせた。そのあと、オロールが膝かけでギュスターヴをくるみ、髪をなでた。ロランが運転席に座り、ホテルのほうを見る。

「わたしたちはどうする？」

セルヴァズは一心に考えた。

「やつらはすでにこっちを警戒している。あとを追ってもすぐ気づかれるはずだ。それにきみはまだ動ける状態じゃない。やつらが帰ってくるのを待とう」

「本気なの？」

「ああ」

　本当はセルヴァズも部屋を飛びだしていきたかった。こんなあやふやな状態にはいつまでも耐えられないだろう。ギュスターヴはいったいどこに連れていかれるのだ？　今はもう、ラバルト夫妻はおろかハルトマンすらどうでもよくなり、ギュスターヴだけが心配でしかたがなかった。セルヴァズは自問した。なぜこんなに心配なんだろう？

　こんな思いをするのは、自分の子どもだからじゃないのか？

　オロールは目についたズボンとセーターに着替え、ギュスターヴを車に連れていった。それから並んで後部座席に座り、ギュスターヴを抱きしめた。車が走りだし、車内に湿気のある冷たい外気が入ってくる。膝かけでくるまれているのにギュスターヴの震えがとまらない。

「わたしたちを凍らせるつもり？」オロールは運転席に向かって叫んだ。

　ロランは黙って暖房を最大値にあげて、追跡してくる車がないか監視に戻った。

　急カーブの先の除雪された太い道を左折し、サン゠マルタン方面に向かう。

　スピードがあがり、ギュスターヴがつぶやいた。

「ぼく、吐きそう」

　看護師が、休憩室で仮眠中のフランク・ヴァサール医師を呼びにきた。今日の救急の当直なのだ。

「まもなく嘔吐がとまらない子どもがやってきます」

インターンのヴァサールは、くたびれたソファの上で体を起こして座り、伸びをして、腕を交差させながら看護師を見た。ヴァサールは見るからに活力にあふれているが、その理由は年齢だけでなく、病と死という二つの太刀(たち)打ちできない宿敵との闘いに、それほど年月を費やしていないせいもあった。ちなみに宿敵には病と死に加え、親の無知と不信感も含まれる。ヴァサールは、いかにも〝ヒップスター〟的な顎ひげをなでながら看護師に尋ねた。

「年齢は?」

「五歳です。軽い黄染症状も出ています。肝不全の可能性がありますね」

黄染とは黄疸(おうだん)を意味し、血中ビリルビン濃度の上昇により、皮膚と眼球の白目の部分が黄色く見えてしまうことを言う。

「両親は来ているのか?」

「はい」

「熱は?」

「三十八度五分です」

「すぐ行く」

立ちあがり、コーヒーマシンのそばに行った。まったく、もう少し寝ていられると思ったのに……。サン=マルタンは小さな病院なので、救急が大都市の病院にあるような混乱状態に直面することはめったにない。

　二分後、ヴァサールは休憩室を出ると、ストレッチャーと看護師をよけながら騒がしい廊下を進み、すぐに担架に座った子どもに気づいた。そばにいるカップルが、近づいていく自分の姿を見つめている。ヴァサールは二人に奇妙な違和感——女性のほうが男性より十センチ以上背が高いということもあったが——を覚え、落ち着かない気分になった。

「ご両親ですか?」

「いえ、友人の子どもです」顎ひげの男が答えた。「まもなく父親が来るはずです」

「わかりました。では、何があったか教えてください」ヴァサールはそう言って、熱っぽい目をした金髪の男の子のそばに行った。

「活性炭と制吐剤を飲ませましょう。胃洗浄は好きじゃないんです。それに、猛毒を摂取した場合をのぞいて、ほぼやらなくなったんですよ。あなたがたが飲ませた鎮痛解熱剤は、まあそれほどのものではありません」ヴァサールは非難の口調にならざるをえなかった。「それで明日の朝まで容態を観察します。一番の心配は黄疸と肝臓の腫れと腹痛ですね。胆道閉鎖症は厄介なんですよ。その治療は受けていますか?」

　金髪女性があからさまに警戒しながら、陰にこもった目を向けた。

「葛西(かさい)手術を受けています。バロ医師の執刀で」

　女の返事を聞いてヴァサールはうなずいた。バロは評判の医師だった。葛西手術とは、閉鎖した胆管を取りのぞき、代わりに小腸の管をつなげて、肝臓から腸へ胆汁を排出させる処置のことを言う。ところがこの手術は三回に一回の割合でしか成功しない。成功しても肝硬変に移行する可能性は残るのだ。まったく、なんて病気なんだよ、胆道閉鎖症ってやつは……。ヴァサールは子どもを見つめながら心のなかで嘆息した。

「手術は失敗したようですね」ヴァサールはそう言って眉をひそめた。「移植を視野に入れたほうがいいかもしれません。その話は聞いていますか？　バロ医師はなんと言っていました？」

二人は未知の言葉を聞いたかのように自分を見つめている。へんな夫婦だ。ヴァサールは思った。

「それから、もう鎮痛解熱剤は飲ませないでくださいね」返事がないので重ねて言い聞かせる。「この子がひどく痛がっても飲ませちゃだめですよ」

少しでも反応を引きだすために二人をじっくり見てやった。すると女がうなずいた。やはり女のほうが背が高く、革のズボンとぴったりしたセーターがボディラインを強調している。ヴァサールはおかしな気分になり、思わず考え込んだ。彼女を見ていると肉体に魅了される一方で、嫌悪感を抱いてしかたがない。女性に対してこんな相反する感情を抱くのは初めてだった。

男は百メートルほど離れた建物のポーチから、病院の入り口と遊歩道を見つめていた。

あたりはもう真っ暗で、病院の前の街灯が、レンガづくりの建物に丸く黄色い光を映す。ときおり雪がちらちらとその光を通りすぎた。眼鏡のレンズの奥にある小さな目を光らせながら、男はくわえていた煙草を神経質そうに唇から外した。

すべてがあまりに静かで、あまりに暗く、まったくなんの動きもない。日が落ちたあと、サン＝マルタン・ド・コマンジュの住民はどこに行くのだろうか？　男は歩道の雪に煙草を捨てた。

周囲を確かめる。

歩きだした。

早く駆けつけたくてしかたがないのに、落ち着いた足どりで遊歩道を突っ切り、いくつも扉を越えて受付に向かう。

「今日の午後、五歳の男の子が救急に来ているはずです」男が告げると、カウンターの向こうにいた女の看護師がほんの少し注意を向けた。「子どもの名前はギュスターヴ・セルヴァズ。私は父親です」

女はパソコンの画面を確認して、カウンターの左手にあるガラスの扉を指さした。

「あの扉を入って真っ直ぐ進み、突きあたりを右に行ってください。表示が出ているので詳しいことはあっちでどうぞ。面会時間はあと十五分で終了です」

男は少しばかり長めに女を見つめた。

一瞬、カウンターに身をかがめて女の髪をつかみ、ポケットからカッターを出して喉をかき切ってやろうかと思った。

「ありがとう」その男、ジュリアン・ハルトマンはそうする代わりに礼を言った。

カウンターを離れ、言われたとおりに進む。二つ目の廊下の突きあたりに詰め所があった。ハルトマンはまた同じように尋ねた。

「ご案内します」くすんだ髪の疲れた顔をした看護師が言った。

廊下の突きあたりにラバルト夫妻がいた。ロランが走ってくる一方で、オロールはその場から動かずに様子をうかがっている。ハルトマンは祝福を与える教皇よろしくロランを抱きしめ、じっとオロールを見つめた。ふと、屋根裏部屋にいるオロールの姿を思い出した。真っ裸のまま両手首で天井に吊るされ、蹂躙されるがままだったオロール。ロランはそのあいだ、リビングで行為が終わるのをおとなしく待っていた。

「あの子はどこにいる？」

ロランが扉を指さした。

「あそこで眠っています。鎮静剤と制吐剤を与えられました」

いつかばれるとわかっていても、ロランはあえて活性炭の話をしなかった。〝先生〟はいつでも、起こったことを正確に把握していたからだ。

「何が起こった？」自分の考えを読んだかのようにハルトマンが尋ねる。「インフルエンザだと言っていなかったか？」

あのあと、ロランはまたハルトマンに、困ったことになったので病院に連れていくというメッセージを送っていた。

「いきなり病状が悪化したの」オロールが二人の前に来て言った。「ものすごく痛がっていたから、軽い鎮痛解熱剤を飲ませたのよ」

「おまえが……なんだって？」

ハルトマンの口調がはっきりと変わり、声が突然とげとげしくなった。

「医者によると薬は関係ないそうよ」オロールは嘘をついた。「それに、ギュスターヴは快方に向かっているわ」

一瞬、ハルトマンはオロールの首をつかんで壁に押しつけ、顔が紫になるまで締めつけてやりたい衝動に駆られた。その反動で声色は危険なほど穏やかになった。

「それについてはまたあとで話そう。おまえたちの家で。私はここに残る」

「よろしければ、我々も残ります」

ハルトマンはロランを見つめ、次にオロールを見つめた。それから、二人が冷たくて硬い死体になった姿を想像した。

「家に戻れ。それから、この封筒をホテルに届けろ」

ロランは封筒をちらりと見た。マルタン・セルヴァズの名前が書いてある。もちろんこの名前は知っていた。昨晩は身分証の名前を見る余裕がなかったが、家に押しかけてきた男は、実はセルヴァズだったのではないかと疑っていたくらいだ。あの顔になんとなく見覚えがあったのだ。ロランは封筒の中身が知りたくてたまらなかった。

二人が遠ざかり、ハルトマンは病室に入った。ギュスターヴが安らかな顔で眠っている。枕元に立ってしばらく寝顔を見てから、病室に一つだけある椅子に腰かけた。

セルヴァズは窓の前から動かなかった。

耳を澄まし視線を走らせても、まったく何もつかめない。夜が来ても、シャレーは明かりが消えたままで、人の気配がない。セルヴァズは胃が刺すように痛んだ。

みんなどこへ行った？　ギュスターヴはなぜ苦しんでいる？　三人が出ていってから、すでに何時間も経過していた。これ以上は待てそうになく、あとを追っていかなかったことを後悔しはじめていた。しかもシュステンまで、この選択は間違っていたのではないかと繰り返し、悔しさで爆発寸前になっていた。

それでも、前夜からずっと緊張と吐き気に苦しんでいたせいか、今はベッドに倒れて軽くいびきをかいて眠っている。

と、そのとき、近づいてくるエンジン音が聞こえた。窓に耳を押しつけて待っていると、ラバルト夫妻を乗せたボルボが戻ってくるのが見えた。車はスピードをゆるめ、ホテルの前でとまった。部屋の窓からは車の屋根しか見えず、なかの様子はわからない。

ロランが車から降りて、テラスにあがりホテルに入った。しばらくすると出てきて、車はシャレーに向けて走り去った。

車がシャレーでとまりドアが開いたとき、セルヴァズは胸が苦しくて吐きそうになった。

ロランとオロールが出てドアが閉まった。ギュスターヴが出てこない……。セルヴァズは焦った。ギュスターヴはどこに行った？　やつらは何をしたのだ？

その瞬間、時代遅れの大きな黒電話が鳴った。セルヴァズは、シュステンが目を覚ます前に急いで受話器を取った。

「フロントにお客さん宛ての封筒が届いていますよ」ホテルの主人が言った。

ロランだ……。何があったんだろうか？　セルヴァズは再度、見えない糸で操られているような気がした。またもや先を越されたのだ。

「わかりました。今行きます」

セルヴァズは一分もしないうちにフロントに飛び込んだ。ホテルの主人に渡された茶封筒には、手書きの文字が書かれていた。

マルタン・セルヴァズ

「持ってきたのは、あの馬鹿者ですよ」ホテルの主人が言った。

開封し、なかに入っていた四つ折りの紙を見て、セルヴァズは少し体が震えた。

そこに書かれていた文字を読んだ瞬間、ホテルのロビーが回りだした気がした。いや、宇宙に存在する一切のものが回転をはじめたのだ。惑星も星も虚空も……。宇宙の鍵が外れ、すべての創造物が一瞬でひっくり返り、座標も飛んでいってしまった……。

紙にはこんなことが書いてあった。

ギュスターヴはサン＝マルタン病院にいる。きみ一人で来たまえ。我々が力を合わせれば、『亡き子をしのぶ歌』にはならない。

J

36

H

セルヴァズは、眠っているシュステンをホテルに置いて外に出た。アドレナリンを連続注入されているかのように、こめかみに血がどくどくと流れる。車は猛スピードで急カーブに突っ込み、スリップして路肩の雪に乗りあげ、からくも斜面をかすめて、また凍結した路面に戻った。セルヴァズは、さすがに震えがとまらなかった。

あの文章が頭にこびりついて離れない――《我々が力を合わせれば、『亡き子をしのぶ歌』にはならない》。

グスタフ・マーラーの『亡き子をしのぶ歌』に言及する〈J〉の文字を持つ人物といえば、ジュリアン・ハルトマンしかいない。そのハルトマンが、ギュスターヴに死の危険が迫っていると告げている。しかも、自分が協力すればギュスターヴを救えると。ただの罠だという疑念が湧き、それを追い払う。罠だとしたら目的はなんだ？　ハルトマンは数カ月も自分を追っていたのだから、そのあいだにどんな罠でも仕掛けられたはずだし、ホテルで仕掛けるよりずっと楽だったのではないか？

ついにサン゠マルタンに到着し、セルヴァズはようやくアクセルから足を離した。病院の〈H〉のマークを見つけ、目の前のロータリーに入る。六分後、職員専用駐車場に車をとめて、病院のホールに駆け込んだ。

「面会時間は終了しました」カウンターの向こうにいる女性看護師が、携帯電話から顔もあげずに告げる。

セルヴァズはカウンターをのぞき込み、腕を伸ばして画面の前に身分証を突きつけた。

看護師が顔をあげてにらみつける。

「失礼な人ね。ご用件は？」

「今日の午後、救急に男の子が搬送されたはずだ」

看護師は目を細めて警戒するように見つめ、それから書類を確認した。

「ギュスターヴ・セルヴァズかしら」

またしても自分のファミリーネームを聞かされて、セルヴァズは胃にぱっくりと穴が開いた気がした。そんなことがあり得るのだろうか？　恐れと希望が現実味を帯びた今、セルヴァズは真実を追究すべきなのかと自問した。つまり、ギュスターヴが自分の息子なのかを。だがそうなると、もう一つのさらに漠然とした危険な希望も頭をもたげる。ここ数年消えたまま、密かに復活のときを待ちかまえていた希望——マリアンヌ。ついに、彼女の身に起こったことを知ることになるのだろうか？　セルヴァズの心は、どれほどこの問いを闇に葬り、光から遠ざけようとしたことか……。そうすることはできなかったが。

看護師が左手にあるガラスの扉を指さして言った。

「廊下を真っ直ぐ進んでください。その次の廊下を右です」

「ありがとう」

　看護師はすでに携帯電話に没頭していた。セルヴァズはギュスターヴに自分のファミリーネームがついていたことに動揺したまま、両開きの扉を押した。

　廊下を進んだ。

　足音以外は何も聞こえない。二つ目の扉を開けると、突きあたりに煌々と輝く〈救急〉の看板が見えた。その下にある小さな部屋をのぞき込むと、壁一面に色とりどりのラベル付きスケジュール表が貼られていて、一人だけ医師がいた。

　セルヴァズはまた身分証を出した。

「ギュスターヴはどこにいますか」

　自分のファミリーネームを続ける勇気はまだなかった。

「今日の午後に来た子どもです」

　医師は理解しかねるという顔を向けた。ものすごく疲れた様子だった。やがてうなずいて立ちあがり、部屋から出てきて扉を指さした。

「右側の三つ目の扉です」

　どこかで計器の音が鳴り、医師は反対側に立ち去った。

　セルヴァズは前に進んだ。溶けかけた雪だるまのように、足が頼りなく感じられる。いつまでも夢を見ているようだった。教えられた扉までもう四メートルもない。壁に寄せられた空のストレッチャーを二つと、ボタンでいっぱいのキャスター付き機器の横を通りすぎた。振り返って逃げろ──そうささやいてくる声に蓋をする。

耳の奥まで鼓動が響き、頭のなかにパニックの風が吹きあれた。

三メートル。

二……。

一……。

空調の音が聞こえた。扉は大きく開いていて……部屋のなかに、誰かが背を向けて座っているのが見え……男の声が聞こえた。

「入ってくれ、マルタン。待っていたよ。よく来てくれた。ひさしぶりだな。それにしても、ずいぶん時間をかけてくれたものだ。私たちは何度すれ違ったことか。きみはまったく私を見てくれなかった。だが、ついに来てくれたんだな。さあ、遠慮せずに入ってくれ。こっちだ。きみの息子に会ってやってくれ……」

マルタンとジュリアン

37　子どもがいると弱くなる

「入ってくれ、マルタン」

あのときと同じ声が聞こえた。俳優や雄弁家のような、深くて熱い、それでいて都会の人間を感じさせる声が。これまでほぼ忘れかけていた声だった。

「さあ、入って」

セルヴァズは前に進んだ。左手の医療用ベッドで眠るギュスターヴを見て、セルヴァズは胸に鈍い衝撃を受けた。なんの心配もなさそうな穏やかな寝顔なのに、頬が赤い。室内は暖房が効いて暖かかった。部屋の照明が消されていたので、窓から入ってくる街灯の光が、ブラインド越しに平行の線を描く。

ベッドの上部の明かりだけがぼんやりと灯っていた。

おぼろげに、こちらに背を向けて座るシルエットが見える。

「逮捕はしてくれるなよ。話が終わるまではだめだ」

セルヴァズは返事をしなかった。もう少し進んで、左手にハルトマンがいるのを確認し、横顔を見つめる。眼鏡をかけて前髪をつくり、鼻の形が変わっていた。これでは街で会っても気づかなかったかもしれない。

だが、ハルトマンが振り返って顎をあげ、眼鏡の向こうからこちらを見た瞬間、笑顔とわずかに女性的な唇が昔のままだとわかった。

「やあ、マルタン。会えて嬉しいよ」

セルヴァズは黙ったまま、胸の鼓動を聞かれてしまうのではないかと思った。

「ラバルトたちは家に帰した。やつらもそれなりに使えるが、いかんせん頭が悪い。特にロランのほうは本物のまぬけだ。あいつの本にはなんの価値もない。きみは読んでみたか？　もちろん、オロールのほうがずっと危険だな」

そのあと、ハルトマンの声がいきなり冷酷になった。

「だが、あの二人はギュスターヴを薬漬けにした。それなのに、叱責だけで許されると思っている。そういうわけにはいかないだろう？」

あいかわらず、セルヴァズは返事をしない。

「どうやって落とし前をつけさせるかは、まだ決めていないんだ。まあそのうちわかる。とにかく私は素直な人間が好きだ」

セルヴァズは耳をそばだて、声の向こうに別の音が聞こえないか探ろうとした。だが何もなくて、あたりはしんと静まり返っている。

「きみは私たちが初めて会ったときの会話を覚えているか？」

もちろん覚えていた。だが、それを指摘するのはハルトマンに譲った。

「マーラー」

ハルトマンが微笑み、こちらを見あげる顔が輝いていた。

「きみは『マーラー』と言った。私はすぐに何かが起きたことを理解したよ。音楽の話をしたことは覚えているか？」

覚えているに決まっている。

「第四番、第一楽章」

セルヴァズが何日も前から話をしていなかったかのような、かすれた声で答えた。

ハルトマンは満足げにうなずき、言葉を続けた。

「ベデヒティッヒ……ニヒト・アイレン……レヒト・ゲメーヒリッヒ……」

両手をあげてひらひらと手を振る。

「落ち着いて、急がずに、まさにゆったりと」セルヴァズが訳した。

「きみはあの日、私に強烈な印象を残した。そうだとも、簡単には心を動かされないこの私が」

「私たちは昔の思い出を語るためにここにいるのか？」

ハルトマンは咳かと思うほど小さな声をたてて寛大に笑い、ベッドのほうを向いた。

「もっと小さな声で話してくれ。この子が起きてしまう」

セルヴァズは胃が沈み重くなったような気がした。

「この子は誰だ？」

しばらくどちらも話をしなかった。

「わからないのか?」ハルトマンが尋ねる。

セルヴァズは唾を飲んだ。

「私がまだ検事だったときに、子どもの死体を見た話はしたかな?」ハルトマンが語りはじめた。「あの頃の私は、ほんの三週間前にジュネーブの法廷で働きだしたばかりの若造だった。ある日のこと、真夜中に警官から電話がかかってきたんだ。電話の向こうの警官は、動転しているようだった。私は指定の住所に到着した。陰気な場所で、ジャンキーに占領されたろくでもない建物だった。家に入ったとたんひどい臭いがしたよ。吐瀉物と、猫の小便と、食べ物と、糞と、煙草と、垢、それから焦げたアルミホイルの臭いだな。廊下とキッチンはもちろん、家中いたるところゴキブリだらけだった。リビングに足を踏みいれると、そこにいる全員がラリっていた。みんなソファに倒れ、母親は二人の男の膝の上でひっくり返ったまま頭を揺らし、男の一人が警察に悪態をついて、ローテーブルの上にまだ駆血帯と注射器があった。手に入れられたありったけを注射したあとだったんだろう。それから、廊下の奥にある子ども部屋をのぞくと、ベッドの上に女の子が倒れていた。四、五歳くらいだと思ったのに、本当は七歳だったんだな。何年も虐待を受け、栄養失調だったから、実年齢よりはるかに細くて小さく見えたよ」

ハルトマンがベッドのほうに目をやった。

「そのあと、子ども部屋にやってきた検死官が真っ青になっていた。あの検死官は定年間近だったと思うが、本当に優しく子どもの体に触れていた。ひどく殴られていたから、その埋め合わせをしたかったんだろう。救助隊はまだ建物の前に残っていて、そのうちの一人が草むらで吐いていた。あの子を蘇生させるために、心臓マッサージも除細動器も、やれることは全部やったあとだった。一人がなかに戻って両親に殴りかかろうとしていたところを、警官たちにとめられていた。ほかといっしょで、あの子の部屋もゴミだらけだった。瓶や缶が転がっていたし、箱のなかで残飯がかびていたんだ。それからベッドの上も染みだらけだった」

物思いに沈んだようにハルトマンが黙る。

「結局あの子を殴ったのは、二人の男でも母親でもなく、父親だった。父親もラリっていたところに、自分の妻が二人の男と寝ているのを見て逆上し、子どもにあたったんだな。その二カ月後、私はあの母親を殺した。拷問にかけてから。レイプはしていないよ、とてもじゃないがその気にはなれなかった」

「なぜ私にそんな話をする？」

ハルトマンは話が耳に入っていないようだった。

「きみには娘がいるじゃないか。それならば知っているだろう？」

セルヴァズは思わず体をこわばらせた。

私の娘のことは口にするな、このげす野郎が……。

「何を知っているって？」冷えきった声で尋ねる。

「子どもができると、人は思考をとめる。子どもができると、世界は危険なものになる。違うか？　子どもを持つと、人間が弱いものだということを再確認することになる。子どもがいると弱くなるんだよ。もちろん全部わかっているな？　この子を見ろ、マルタン。私が消えたらこの子はどうなる？　私が死んだら、私が刑務所に入ったら、いったいこの子はどうなってしまうんだ？　誰がこの子の面倒を見る？　施設に入れられるかもしれないな？　だがそこはちゃんとしたところなのか？　崩壊しているかもしれないぞ？」

「おまえの息子なのか？」セルヴァズは喉を詰まらせながら訊いた。

ハルトマンが目を細め、レンズ越しにこちらを凝視して言った。

「ああ、私の息子だ。私が育て、私が成長を見守った。この子がどれほど素晴らしいか、きみにはわかるまい」

そこで一呼吸置いた。

「ギュスターヴは私の息子であり、きみの息子でもある。私は自分の子どものようにこの子を育てた――実際そうだからな。だが細胞にあるのはきみのＤＮＡだ。私のものではない」

セルヴァズはもう何も耳に入ってこなかった。耳鳴りらしきものが、ずっとぶんぶんと鳴りつづけている。喉にガラス紙が貼りついているようだった。

「証明できるのか？」ようやくセルヴァズが言った。

ハルトマンが透明な袋を出した。なかに金髪が一束入っている。セルヴァズが自分のポケットに入れていたのと同じものだった。

「その質問を待っていたんだ。これで確かめればいい。もっとも、私のほうですでにやっておいたがな。私も知りたかったんだ。この子が私の子か、きみの子なのか」

また、一呼吸置く。

「ギュスターヴはきみの息子だ。この子はきみを必要としている」

「そうなのか？　だから――」

「だから、なんだ？」

「だからこの子があれほど簡単に見つかったのか。実際は、おまえが全部手はずを整えていたわけだな」

「きみは抜け目ない男だ、マルタン。とても抜け目ない」

「おまえほどではないだろう？」

「確かに私もそれなりに抜け目はない。きみは私をよく知っているので、普段の私があんなミスをしないこともわかっているんだ。だから疑念を覚えたのだろう」

「そうかもしれないな」セルヴァズが答える。「だが、私はおまえが裏で糸を引いていると感じたし、実際そうだった。その理由を考えた結果、いつかは人形遣いが目の前に現れるはずだと思っていた。私の読みがあたっていたようだな」

「そのとおりだ。だから私たちがここにいるわけだよ」

「残念だが、病院のすべての出口に警官が待機している。おまえはもう逃げられない」

「私はそうは思わないね。きみが私を逮捕するのか？　ここで？　きみの息子の病室で？　それはあまりに趣味が悪い」

セルヴァズはベッドに横たわるギュスターヴを見た。あいかわらず汗で額に金髪が貼りつき、唇は半開きで、細い胸部がフリースのパジャマの下でそっと持ちあがっている。閉じたまぶたの下には、細くてやわらかな金色のまつ毛が広がっていた。

ハルトマンが立ちあがる。少し太ったように見えた。流行遅れのジャカードニットと、不格好なベロアのズボンという服装なのに、以前と変わらず、人を引きつける恐ろしい何かを放っていた。

「きみは疲れているようだ、マルタン。そこで提案があるの――」

「この子にいったい何があった？」セルヴァズは厳しい声でハルトマンの話をさえぎった。

「胆道閉鎖症だ」

初めて聞く病名だった。

「重い病気なのか？」

「何もしなければ死ぬだろうな」

「説明してくれ」

「時間がかかるぞ」

「かまわない。時間ならいくらでもある」

ハルトマンはこちらをじっと見つめてから口を開いた。

「フランスでは約二万人に一人の子どもがかかると言われている、厄介な病気なんだ。早ければ母親の腹のなかで、出生前に罹患する子どももいる。おおまかに説明すると、胆汁を排出する胆管が詰まるか狭くなって肝臓に胆汁がたまり、取り返しのつかない事態になるんだ。何もしなければ死ぬしかない。きみもアルコール依存症患者が肝硬変になる話は聞いたことがあるだろう？　子どもの場合は、胆汁がたまることで肝臓が繊維化し、結果的に肝硬変になる。それが二次性胆汁性肝硬変だ。昔ながらの肝硬変に、子どもが殺されてしまうんだよ」

いったん口をつぐみ、ギュスターヴをちらっと見て、ハルトマンが先を続ける。

「今でもまだ原因はわからない。運悪く病気にかかった子どもは、常に健康問題に苦しめられるんだ。体は平均より小さく、感染症にもかかりやすい。ほかにも腹痛、腹部の腫れ、消化器からの出血、黄疸、睡眠障害……。だから私は厄介な病気だと言ったんだ」

ハルトマンは一切の感情を乗せず、ただ事実だけを容赦なく語った。

「最初にやる処置は、胆汁の流れ道をつくることだ。これは手術法を開発した医師の名前をとって、葛西手術と呼ばれている。壊死した胆管を取りのぞいてから、小腸の新しい管とつなぎ合わせるのだよ。配管工事のようなものだろう。ただし、三回に一回の割合でしか成功しないんだ。ギュスターヴもこの手術を受けたが、失敗したようだな」

また一呼吸入った。

「そうなると肝不全になって、症状が悪化すれば死ぬしかない」

セルヴァズは、病院に広がる静けさが、なんらかの振動を生んでいるような気がした。自分の耳のなかだけかもしれないが。

「それ以外の処置はあるのか？」

ハルトマンがじっと自分を見つめている。

「ある。肝移植だ」

セルヴァズは心臓が喉元までせりあがる思いで続きを待った。

「子どもが肝移植を必要とする場合、一番の原因がこの胆道閉鎖症だ。だが、移植を難しくする要因はきみにもわかるだろ、マルタン。この年齢層にドナーとなる死亡者がなかなか現れないことにある」

看護服を着た女性が廊下を通りすぎていく。床を打つゴム底の足音が、自分の胸を打つ鼓動のエコーに思えた。

「ギュスターヴの場合はあらゆる手続きが必要になるだろう。秘密裏に育てていたのを表に出して、最終的には里親に引き取られることも受け入れなければならない。私がコントロールできない、私なら選ぶはずがない、見ず知らずの他人にこの子を預ける……」

まさかラバルトが適任だと思うのかと問い詰めたかったが、それはこらえた。

「しかし、ギュスターヴにはあと一つだけ方法がある。生体肝部分移植だ。健康な人間であれば、肝臓の約六十から七十パーセントを切除しても、問題はないんだ。なぜなら肝臓は再生するからな。大人から子どもに移植することも可能だ。もちろん、誰でもいいわけではなく、近親者でなければならない――兄弟、母親、そして父親……」

セルヴァズは、ハルトマンの襟元につかみかかりたい衝動をこらえた。マリアンヌ……。突然、マリアンヌのことが頭に浮かんだ。今言ったではないか？――「母親、そして父親」と。なぜマリアンヌがドナーになれない？

「母親じゃだめなのか？　マリアンヌでもいいだろう？」セルヴァズはかすれ声で迫った。

「なぜマリアンヌはドナーになれないんだ？」

ハルトマンが思いつめた様子でこちらを見つめた。それらしい答えを探しているのかもしれない。

「あれの肝臓は使えないのではないかな」

セルヴァズは深く息を吸った。

「マリアンヌは死んだ、そういうことか？」

嘘っぽい同情の目で見つめられ、また喉を締めあげたくなった。

「私が拒んだらどうなる？　いったい何がどうなるんだ？」

「その場合、きみの息子は死ぬだろうな、マルタン」

「なぜだ？」セルヴァズは突然尋ねた。

「なぜだ、とは？」

「なぜこの子を殺さなかった？　なぜ、我が子のように育てた？」

二人はベッドの足元に並んで眠っているギュスターヴを見つめていた。唇が動き、何かつぶやいている。

「私は子どもを殺さない」ハルトマンが冷たく答えた。「この子の運命は我々の手のなかにある。この話はしたことがあるか、マルタン？　マリアンヌの妊娠がわかったとき、私は激怒したんだ。流産すればいいと思って何週間も食べ物を与えなかった。この子を殺したくなくて、自然に死んでもらいたかった。だが、結局この子はしぶとく持ちこたえた。ただし、私が与えた薬物のせいでマリアンヌの体はぼろぼろだった。だから、薬物を取りあげ、食事を与え、ビタミン剤を注射してやったんだ」

「ポーランドのことは？」

ハルトマンがこちらを見た。

「マリアンヌはポーランドに足を踏み入れたことはない。きみを少し苦しめたかっただけだ。彼女のＤＮＡを、他人のものと混ぜただけのことだよ」

「彼女はどうやって死んだ？」

「子どもが生まれてすぐに父親を調べ、わたしの子どもでないことがわかった」ハルトマンは質問に返事をせず、話を続けた。「絶対にきみが父親だと思った。だから私は、密かにトゥールーズに来てきみのＤＮＡを採取した。簡単だったよ。きみの銃を借りるより簡単だった。どちらも、きみの車に侵入すればいいだけだからな」

　セルヴァズは呼吸を整え、必死になって考えようとした。

「ジャンサンを撃ったのはきみの銃だ、マルタン」ハルトマンは断言した。「引き金を引いたのは私だがね。サン゠マルタンの公園で私を追っていた夜に、あの銃を拝借したんだ。よく似た銃と取り替えて、後日また戻しておいたんだよ」

　確かにグザヴィエのクリニックを出たあと、車に戻ったら、アフターシェーブローションのような匂いがしていた。銃は今、ランボーの手元にある。すぐに弾丸の異同識別が行われるだろう。セルヴァズはベッドの端にいる子どもを見つめた。

「そうだ、ついでにきみたちの血液型についても調べておいた」

　話は聞こえているのに、まったく現実味が湧かない。なんだか夢を見ているようで、これから目を覚ますのだろうと思った。

「もし……もし私がその手術を受け入れたとして、終わったあとに私を殺さない保証はないんだろう?」

　ベッドの上部に灯る弱い光が、ハルトマンの眼鏡のレンズに反射した。

「信用できないか。ギュスターヴはきみに命の借りができる。命と命のやりとりだ。それが私なりの借金の返済方法だよ。もちろん信じる必要はない。気が変わって、きみたち二人を殺すかもしれないからな。そのほうが私は楽なんだ……」

「条件がある」しばらくして、セルヴァズはようやく口を開いた。

「きみは交渉できる立場にはないと思うね、マルタン」

「ラバルトの馬鹿夫婦に、あの子を託せると思うか？」セルヴァズは突然怒りを爆発させた。

ハルトマンの体が跳ねた。

「では、どうしてほしいんだ？」驚いたようにハルトマンが尋ねる。

「この子は私の息子だ」

「だから？」

「私が育てる」

「なんだって？」ハルトマンがあっけにとられた目をした。

「聞こえていたはずだ。それで、手はずは整えているのか？　手術はどこでやるつもりだ？」

セルヴァズには、ハルトマンが熟考しているのがわかった。

「海外だ。ここではリスクが高すぎるからな。この子にとっても、私にとっても」

今度はセルヴァズが驚く番だった。

「どこの国で？」

「今にわかる」

「どうやってこの子を海外に連れだすつもりだ？」

「では、きみはやるんだな？」質問には答えず、ハルトマンが言った。

セルヴァズはじっとギュスターヴを見つめた。心配で胸がえぐられるようだった。そして、マルゴがこのくらいの年齢だった頃に、同じように怖れて、心配したことを思い出した。

「私に選択の余地はないんだろう？」

セルヴァズはそう言い放った。

38 子羊に囲まれた狼

「この子は誰かから私たちに遣わされたとは思わないか？　きみは神を信じるか、マルタン？　これまでにも、きみにこの質問をしたような気がするよ。神が存在するとしたら、ずいぶんとひねくれた性格なんだろう」

二人は夜の空気を吸うために外に出て、舞いおちる雪を眺めていた。ハルトマンは煙草の煙を吸い込んだ。

「マルキオンという男のことを聞いたことはあるか、マルタン？　マルキオンは千八百年前にローマで暮らしていたキリスト教徒だ。だが彼は異端者と呼ばれていた。マルキオンは、苦しみ、虐殺、病気、戦争、暴力が交差するこの世界を見て、こんなものを創造した神が善であるはずがなく、悪は万物の構成要素であると悟ったんだ。キリスト教のシナリオライターは、苦肉の策のひねり技でルシファーを生みだしたが、マルキオンの答えのほうが優れていると思わないか？　神はすべてに対して責任を負い、もちろん悪に対しても責任がある。つまりギュスターヴの病気は神の責任だ。悪は万物の一部であるだけでなく、原動力にもなっている。暴力と紛争のおかげで、万物は常により優れた形に進化するのだ。

ローマを見たまえ。プルタルコスによると、カエサルは八百以上の都市を占領し、三百の国を鎮圧し、百万人の囚人を抱え、さらに百万人の敵を殺した。ローマは残酷であることを好む悪徳社会である一方、ローマの台頭は世界を進化させ、帝国が国家を統一し、アイデアを循環させ、新しい形の社会をつくりあげた」

「おまえのたわごとを聞いていると疲れる」セルヴァズは自分も煙草を出した。

「私たちが夢見る平和は疑似餌(ルアー)のようなものなんだよ」口を挟まれたことを気にもせずに、ハルトマンが続ける。「どんな階層にも、ライバル関係と競争と戦争はあるものだ。アメリカの心理学の父と呼ばれるウィリアム・ジェームズは、こんな予測を立てた。文明化された生活では、ほとんどの人々が、一抹(いちまつ)の恐怖も感じずにゆりかごから墓場に移動することになると。そのうちの大半は、自分たちのそばにある暴力、憎しみ、悪に気づかない。子羊に囲まれた狼、実に素晴らしいではないか？」

「おまえはマリアンヌに何をした？　彼女はどうやって死んだ？」

人の話に口を挟むとは礼儀がなってないとでも言うように、今度はハルトマンから苛立った視線が返ってきた。

「この話はしたことがあるか、マルタン？　私はギュスターヴの年齢だった頃に、叔父をハンマーで殴ったんだ。叔父は母とリビングに座っていた。適当な理由をつけ、父の留守を狙って家にあがり、二人でしゃべっていたんだよ。私は今もまだ、あの行為を説明することはできない。それに数年たってから、母が死ぬ間際にその話を持ちだしてくるまで、忘れていたんだ。わからないが……ただ単に、ハンマーがそこにあったからではないかな。私はハンマーをつかみ、叔父の背後から近づいて、パァンと一発、頭を殴った。母によると血が噴き出たそうだ」

セルヴァズはライターを出して紙巻き煙草に火をつけた。

「がんが体中をむしばむ少し前に、母が私に言ったんだ。『おまえはいつも悪かった』と。十六歳になっていた私は笑って答えたよ。『そうだよ、がんみたいに悪いんだ、ママ』」

突然、なんの前触れもなく、ハルトマンが唇から煙草を奪い、歩道に積もった雪の上に捨てて、かかとで踏みつぶした。

「いったい何を――」

「ドナーが煙草を吸ってはならないと聞いたことはないのか？　もう遅いかもしれないが、今日から禁煙しろ」

そう宣言すると、ハルトマンはきびすを返し、病院に向かって歩きだした。

「心臓の薬は飲んでいるのか？」

セルヴァズは言い返しかけて、ギュスターヴのことを考えた。それにしても信じられない。まさかハルトマンと、服用中の薬について話す日が来るとは。

「飲んでいたのは、正確に言うと心臓の薬じゃないんだ。バイパス手術や移植を受けたわけじゃないからな。血液凝固抑止剤も、免疫抑制剤も飲んでない。鎮痛解熱剤と抗炎症剤だけだが、もうやめている。気に病むと悪いから言っておくが、あれで肝臓にダメージがあったとは思えない。彼女はどこだ？　おまえはマリアンヌに何をした？」

　ハルトマンのすぐうしろを歩きながら、セルヴァズは低い声でうなるように言った。

　二人が通りすぎたあとで、扉がうしろで次々と閉まっていく。受付を見わたしたが、誰の姿もない。

「彼女はどこだ？」セルヴァズはハルトマンの襟元をつかみ、壁に押しつけて言った。

　ハルトマンは振りはらわない。

「マリアンヌだ……」怒りで顔をゆがませ、セルヴァズが繰り返す。

「息子を助けたくないのか？　私を放せ。ときが来ればわかる。心配するな」

　セルヴァズは手に力を込めた。殴りつけて痛い目にあわせたかった。

「私たちが何もしなければきみの息子は死ぬ。もう時間がないぞ。最後にこれだけは言っておく。きみがフランス国内で手術を受けさせようとするなら……。マルゴのことを考えるんだな。おとといの晩、部屋着でくつろぐマルゴを見たよ。あの娘を警備していた警官にコーヒーを引っかけたら、玄関の扉を開けてくれたんだ。あの娘は美人だな、マルタン」

　セルヴァズはついにハルトマンの顔を殴った。セルヴァズが手を離すと、ハルトマンは野獣のようにうなってかがみ込み、ハンカチで鼻から吹きでた血を押さえた。

「仕返しにきみを殺してやろうか、マルタン。私のような人間から娘を守れないことは、きみもよくわかっているはずだ。マルゴは今、疲れているんじゃないか？　あの娘の目の下にある隈を見たか？」

「くそったれが！」

心臓が恐ろしいほどの勢いで脈打っている。もう一度殴るつもりでいたら、引き戸近くの壁に掛かっていた注意書きが目についた。

勤務中の病院職員に対する身体かつ口頭による攻撃は法的措置の対象となります。

刑法二二二‐七、及び四三三‐三
いや、ハルトマンは病院職員ではない。セルヴァズは心のなかでつぶやき、素早く手錠を出した。

「何をするつもりだ？」目をぎらぎらさせてハルトマンが訊く。

セルヴァズは黙ってハルトマンの片方の手首に手錠をはめたあと、前を向かせた。

「やめろ、マルタン。ばかなことはするな」

腹の前でもう片方にも手錠をはめ、腕を持って出口に向かう。

「くそっ、ギュスターヴがどうなってもいいのか。時間がないんだぞ！」

ハルトマンの声はつるつるして冷たく、セルヴァズは今にも割れそうな薄氷の上を歩いているような気分になった。

詰め所にいた看護師が、二人が通っていくのを見て、なかから飛びだしてきた。セルヴァズは振り返りもせずに、看護師がいる方向に身分証を突きつけ、そのままハルトマンを連行する。

「動揺しているようだな、マルタン」

からかうような無作法な声だった。しかも卑劣で悪意すら感じさせる。

「ドアに尻尾を挟まれた猫のようだよ。なあ、これを外してくれないか。マルゴには手を出してないぞ。きみがやるべきことをやってくれるなら、これからも出さない。結局のところはすべてきみにかかっているんだ」

「黙れ」

ホールに出る両開きの扉を開け、同じく受付の女性に身分証をふりかざす。女性は血まみれのハルトマンの顔と手首の手錠と身分証を、驚いた目で見つめていた。それからセルヴァズは、ハルトマンを連れたまま出口に向かっていくつもの扉を越えた。外に出たとたん冷たい風が吹いたが、セルヴァズはかまわず階段をおりて車をとめていた場所に向かった。

「考えなおせ」横を歩きながらハルトマンが言った。「きみには殺人の嫌疑がかけられている。きみの無実を証明できるのは私だけだ」

「そのときには、おまえが外ではなく刑務所にいてほしいと思っている」セルヴァズはそう言い返してから、助手席側のドアを開けた。

「ギュスターヴはどうなる？」

「そっちは私の問題だ」

「本当に？ ではきみが刑務所に入れられたら、どうやって肝臓を提供するつもりだ？」

ハルトマンは車体にもたれ、手錠をかけられた手首を腹に載せて、じっとこちらを見ている。セルヴァズはためらった。

「わかった。だが私の条件に従ってもらう」

「なんだね、それは？」

「おまえは刑務所に入り、私は外にいる。おまえの指示するクリニックに行って、私の肝臓を提供する。それでギュスターヴを救えるな？　ただしおまえは刑務所で寝泊まりするんだ」

「きみは条件を出せる立場なのか？　選択の余地はないんだ、マルタン。息子を救いたいならそれしか手はない。娘のほうは……私が刑務所にいようとラバルトたちが手を出す。やつらがだめでもほかに人はいるんだよ……。おや、顔が青くなったな、マルタン」

笑っているような、わめいているような声だった。遊歩道から吹く不快な風が、ハルトマンの言葉を白い呼気ごと運びさる。ハルトマンが目を細めたが、セルヴァズは、まぶたの向こうにあるメタリックな輝きに気づいていた。やつが脅しを実行することを、一秒たりとも疑わなかった。

セルヴァズはハルトマンの腹を思いきり殴った。ハルトマンは痛みと怒りで叫びながら、ひざまずいた。

「後悔するぞ」耳障りな声を出す。「いつかきみはこの報いを受ける。今ではないが」

セルヴァズは手錠を外した。


朝の四時にホテルへ戻った。部屋の窓に明かりがついている。シュステンが起きているのだろう。

シュステンは机の前にいた。こちらに背を向け、ノートパソコンを使っている。

「どこに行ってたの?」画面を見たままシュステンが尋ねた。

セルヴァズはすぐには答えなかった。するとシュステンが振り返り、じっと顔を見つめた。

「いったい何があったの?　あなた、十歳は老けたみたい」

39

マルゴ

「私に告げずに出ていくべきだと思ったわけ？」

シュステンはひどく怒っていた。よく眠れなかったようで、目の下に隈ができている。

そのせいでいつもより弱々しく見えた。

「その病院で五時間も子どもと一緒にいて、ほんの一瞬でも、わたしに電話をかける時間がなかったの？」

「きみは寝ていると――」

「ファック・オフ！」

セルヴァズは口答えせずに黙った。

「それで、やつは今どこなの？」

「知らない」

「は？」

「どこにいるかはわからない」

「まさか……逃がしたってこと？」

「ちゃんと聞いていたのか？　ギュスターヴはおそらく私の息子だ。あの子は死ぬかもしれなくて――」

「だから？」

「ハルトマンが抜かりなく準備していた。外国の病院にいる医師が執刀するらしく――」

「マルタン、くそっ、あの子はここでちゃんと手術をしてもらえるわ。ドナーはあなたなんだから、必要ない――」

「だめだ」セルヴァズが話をさえぎった。

シュステンが見つめている。

「どうして？」

「理由があるんだよ」

「馬鹿言わないでよ！」

「マルゴを襲うと脅迫された」

「今いる警備を増やしてもらえばいいじゃない」

「きみもわかっているはずだ。誰かを百パーセント守るのは不可能だ」セルヴァズは、マルゴについてハルトマンが言っていたことを思い出していた。「世界一の警備だろうと無理なんだよ。専門の訓練を受けていない警官が二、三人いるだけで、さらにリスクは高まる。私はそのリスクを取りたくない。それに、ギュスターヴの状況が安定するまでどれほど時間がかかるかわからないじゃないか。あの子は病気だ……。ぐずぐずしている時間はない。半年後じゃだめなんだ、今すぐ手術を受けさせなきゃならない……」

セルヴァズは断固とした口調で言いきった。シュステンがしかたなさそうに首を振る。

「じゃあ、ハルトマンをこのまま泳がせるの？　やつの言いなりになるつもり？」

「今だけだ……。私に選択肢はない」

「あるわよ、そんなものはいつだって」

シュステンは苛立っているようだった。

「次はどうやって会うの？」

「向こうから接触がある」

もう一度シュステンが首を振り、鋭い視線でにらみつけてくる。

「私は行かなければならない」身の回りのものをかき集めながらセルヴァズが言った。

「いったいどこに行くのよ？」シュステンが唖然（あぜん）としながら、怒ったように叫ぶ。

「娘のところだ」


セルヴァズは車の暖房を最大にしてラジオをつけた。自称（この人物も予測を外していたからだ）アメリカ大統領選の専門家が、なぜドナルド・トランプが勝ったのか、なぜフランスでも同じことが起こりかねないかを説明している。同じこととは、専門家連中が数カ月前からこぞって予測していることの正反対を意味していた。

まだ暗いうちにトゥールーズに戻り、ヴィクトル・ユゴー駐車場に車をとめると、通りを渡り、車内で待機中の警官に手を振ってから、自宅のある建物に入った。玄関の前で座っている警官にも、いつからそこにいるのだろうと思いながら挨拶をする。時刻は朝六時十二分だった。

「入ってコーヒーでも飲まないか？」

警官はうなずいて立ちあがった。セルヴァズはマルゴを起こさないようにそっと鍵を開けた。ところが、キッチンで物音がした。

「マルゴか？」

キッチンの入り口から娘が顔を出す。

「パパ？　どうしたの？」

「おはようございます、お嬢さん」背後から警官が挨拶した。

「おはようございます」マルゴが警官に挨拶を返す。「コーヒーはいかがですか？」

「おまえはどうしたんだ？　もう起きているのか？」セルヴァズはそう言いながら、マルゴの疲れはてた顔と目の下の隈を見つめた。

何も言わずマルゴが見つめ返し、背を向けてキッチンに戻った。くたびれたバスローブにくるまれた肩が普段より丸まって見えた。セルヴァズはハルトマンの言葉を思い出していた――「マルゴは今、疲れているんじゃないか？」

昨晩から寝ていないので、いつもの徹夜したあとのように、なんとなくふわふわしたままキッチンに入り、マルゴに渡されたコーヒーカップを受け取った。こういうときは、いつまでたっても非現実感が拭えない。どこか、眠りと覚醒のはざまにいるようだ。早朝に働かざるを得ない哀れな人間と、日常をわかちあっているような気持ち。彼らの大半は外国から来た人々で、日の出前に家を出て、オフィスや尻を乗せる前の椅子をきれいにしてくれる。

「あたし、もうちょっと寝てくるね」

マルゴがあくびを噛み殺してそう言い、キスをしてリビングに入っていった。セルヴァズは娘を目で追いながら、かなり具合が悪そうだと思った。こっちに戻ってからあまり動いていないせいもあるのだろう、少し太ったし、顔も丸くなった。まさかハルトマンは、こんな状態になっていることまでわかっていたのだろうか？　やがてセルヴァズの思考はハルトマンからギュスターヴに移った。病院は今日一日、ギュスターヴの様子を観察することになっている。そのあとは自宅に戻るのだ——つまりラバルト夫妻のところに。考えるだけで胃が締めつけられる思いだった。

それでもセルヴァズは、ひとまず空腹を癒やそうと冷凍庫をあさった。ピザが残り一つになり、電子レンジ用の冷凍食品までなくなっていた。苛立ちが戻ってきた。冷蔵庫のほうは、ハンバーガーが消えて、代わりに大量の果物と野菜が入っている。もちろん無農薬だった。

急に尿意に襲われ、トイレから出たあとにマルゴの部屋に向かう。扉が半開きだったのでそっと押してなかを見ると、娘はもう眠っていた。眠っているのに、疲れはてているようだった。

「あなたの〝息子〟？」

ヴァンサン・エスペランデューが疑わしげに言ったあと、メッセージでも書いてあるかのように、コーヒーカップの底をのぞいた。

「ちょっと信じられないんですけどね。息子か……」

「たぶん、だ」セルヴァズは訂正を入れると、エスペランデューの前に、金髪の束が入った袋と一本だけ毛髪が入っている袋を置いた。「はったりかもしれないんだ。いずれにしても、できるだけ早く結果がほしい。この二つの袋で……」

エスペランデューは二つをじっくり見てから手に持った。

「なんで二つ？　理由がわかりません」

「ちゃんと説明する」

この日、テラス席は異様な寒さだったので、二人はカフェのなかに避難して窓際の席に座った。キャピトル広場に面したガラス窓の向こうは人影もまばらだった。

「もうちょっと早く話してくれようとは思わなかったんですか？」

セルヴァズは何も答えず、ただエスペランデューを見つめた。ぱらりと垂れた前髪と、ぽっちゃりした童顔からは、とても三十代後半とは思えない。十年前に初めて自分のオフィスに現れた日から、まったく変わっていなかった。

エスペランデューは少し気取った、オタク気質のある人間だ。最初はいじめや同性愛嫌悪の対象になっていたところを、上司である自分がやめさせたという経緯がある。そのあとヴァンサンは、警察で出会ったうちの、いやそれ以外も含めて、一番の親友になった。セルヴァズはエスペランデューの息子の名付け親にまでなっていた。

「すまない」セルヴァズが言った。

「本当ですよ。出会って何年になると思うんです？」

「どういうことだ？」

「ちくしょう！　何も言ってくれなくなったでしょう？　僕にも、サミラにも」

「言っている意味がわからない」

「あなたは変わりました、マルタン。昏睡状態を経験してから」

セルヴァズの体がこわばった。

「そんなことはない。その証拠に、きみに一番に話している」

「いいえ、やらかしたじゃないですか。くそ、なんて言ったらいいんだ……。あなたはハルトマンを見て、違うな、ハルトマンに会って、同じ部屋にいて、結局逃がしてしまった……。ああ、もう、なんてことをしてくれたんですか！」

「私はどうするのが正解だったんだ？　私が逮捕をあきらめたとでも思ったか？　あの子が死にそうなんだ……。私の息子かもしれない子が……」

「こっちで治療する道はないんですか？」

「私を助ける気はあるのか？」

「僕にどうしてほしいんですか？」

「ＩＧＰＮからきた男はどこまで嗅ぎつけた？」

「ランボー？　ジャンサンを撃ち殺したのはあなただと思っています」

「ばかばかしい」

エスペランデューが食い入るような目で見つめてきた。

「もちろんばかばかしいですよ。でも、あの馬鹿はほかを一切考えず、ボスの線に固執しています。さすがに異同識別の結果が出たら何もしなくなるでしょうが」

ふと思いついて、セルヴァズは視線をそらした。ヴァンサンが言っていたことは本当だろうか。自分は昏睡状態から回復したあと、そこまで変わってしまったんだろうか……。友人ですら、自分を否定したくなるほどに？

「問題は」エスペランデューが続ける。「誰があのクズに殺意を持ったのか、ですね」

「もちろん私以外に、ということだな？」

「マルタン、そんなつもりじゃなかったんです……」

セルヴァズはうなずいたのに、エスペランデューはまだ続けるつもりらしい。

「いつから友人の言葉を誤解するようになったんですか？　くそっ、そんなに言わせたいなら言ってあげますよ。昏睡状態から生還して以来、僕はいったい誰と話しているのかわからなくなりました。ボスなのか、別の人間なのか！」

そんなことは私が知りたい……。セルヴァズは心のなかでつぶやいた。

「ランボーを見張ることはできるか？」

「難しいでしょうね。やつは僕もサミラも信用していません」

「弾丸の異同識別を担当しているのは誰だ？」

「トロシアンです」

「彼なら知った顔だな。どこまで進んだか探ってくれるか」

「了解です。それから、自分にできることをやっておきます」

エスペランデューが二つの袋を振ってみせた。

「息子だと判明したらどうするんですか？」

「わからない」

「マルゴはどうしてます？」

「なぜそんなことを聞く？」セルヴァズはすぐに問いただした。

「おととい街で偶然見かけたんです。ひどい顔をしていました」

セルヴァズは戸惑ったままエスペランデューを見つめた。

「わかっていたんですね」

視線をさげて、またエスペランデューを見る。

「あの子には申しわけないと思っている。ぜんぶ犠牲にして私のそばに来てくれたのに、私のほうがあの子を一人にさせてしまった。それに、ひょっとしたら……いや、なんと言ったらいいか……何かが起こっている気がしてしかたがないんだ。ものすごく疲れているようだし、ピリピリしている。だが私には何も言わない。今はいい関係とは言えないんだ。もうどうするべきかわからない」

「簡単じゃないですか」

驚いてエスペランデューを見た。

「聞くんですよ、ダイレクトに。変にひねった質問はやめてくださいね。取り調べじゃないんです。あなたの娘なんだから」

セルヴァズは力強くうなずいた。エスペランデューが正しい。

「それで、あのノルウェー人女性とは何かあったんですか？」

「おまえには関係ないだろ？」

エスペランデューがため息をついた。瞳が苛立ちで光っている。

「そうですね、僕には関係ないことだ。でもね、以前のあなたならそんな言い方はしませんでした。いや、ほんと、もうやってられません」

エスペランデューは立ちあがって言った。

「もう行かなきゃ。仕事があるんで。ＤＮＡ検査の結果が出たらお知らせします」

午後三時、ラバルト夫妻が子どもを連れて戻ってきた。シュステンは双眼鏡でそれを確認して、突然、もううんざりだと思った。こんなことをして何になる？　ベッドに双眼鏡を放りなげて、自分もひっくり返ったところで携帯電話が震えた。

ホルダグラン警察のカスペル。情報収集だろう。

シュステンは話したくなくて電話を無視した。捜査に興味を持つのは結構だが、こう頻繁にかけてこられては不信感を覚える。それに、ベルゲンではこれほど関心があるように見えなかった。それなら、なぜ突然こんなふうになってしまった？　ハルトマンが見つかったことは伏せてある。言えばすぐ上に伝わるからだ。セルヴァズも自分の上司には言っていなかった。担当を外され、ほかの誰かに捜査を引き継ぎたくないからだ。ほかにも理由があるのかもしれないが……。シュステンもオスロにたいしたことは報告していない。シュステンがもっとも懸念しているのは、ここで起こっている事件に、クリポスがよけいな口出しをしてくることだった。

天井を見つめ、ラバルト夫妻とあの二人にされたことを考える。時間がなかったせいでやつらが自分にやりそこねたことも……。二人を殺したくなった。あんな目にあわされるなんて、どこでしくじったのか。シュステンはやられっぱなしでいられる人間ではない。オスロの街角で制服警官としてデビューしたときもそうだった。

ある日、シュステンはローゼンクランツ通りのバーで始まった喧嘩をとめようとして、仲間と一緒にいる酔った男に声をかけた。すると、こうした場合の常として、酔っぱらいはまずシュステンに食ってかかり、ある種の男が女に逆らわれた瞬間、口から自動的に出るたぐいの暴言を浴びせてきた。当然警察に連れていかれたが、翌日、男は署にいる警官たちを罵倒してから、何ごともなかったかのように出ていった。

その夜、男がまたもや酔っぱらい、ふらふらしながら自宅近くに戻ってきたとき、シュステンは闇に紛れて男に襲いかかった。男は気づいたときに、何本も肋骨を折られ、顎を殴られ、片方の肩と右手の指が三本脱臼していた。男は今も、いったいあの日何が起こったのか考えているに違いない。

完全に頭のなかが煮つまってしまったので、シュステンは急いでブーツを履き、コートを着て帽子をかぶり、散歩に出かけた。二十センチほど積もった粉雪を踏みしめながら、マルタンのこと、一緒に過ごしたあの夜のことを考える。あれは衝撃なんてものではなかった。あのときは本当に何かが生まれたと思ったのだ。はたしてマルタンも同じように思ってくれただろうか？


「どうするのよ？」オロールが言った。

「どうするのって、どういう意味だ」

オロールは苛立った目で夫をにらみつけた。時刻は午後九時、ちょうどギュスターヴを眠らせたところだった。夜が更けて、シャレーは静まり返っている。

「病院であの男の目を見たでしょう？　そろそろ家に来るわ。今回は罰を受けるわよ」

ロランの顔が真っ青になり、ゆがんだ。

「罰を受けるって、どういう意味だ」

「いつまでわたしの言葉をおうむ返しするつもり？」

オロールが窓のほうを向き、ロランは妻の背中を凶悪な目でにらみつけた。

「ここから逃げなきゃ」

「なんだって？」

「あの男が来て、わたしたちをどうにかしようとする前に」

「なぜ……どうして……先生が私たちを罰するんだ？」

夫の怯える声を聞き、オロールは内心でののしった。なんて弱虫なの！

「あなたはどう思う？　ハルトマンの得意技は罰を受けさせることでしょう？　あなたならわかるはずよ。あなたはあの男の伝記を書いたんだから」オロールは薄ら笑いを浮かべた。「わたしたち、しくじったんだわ」

「おまえがしくじったんだ！」すかさずロランが反発した。「あの子に薬を飲ませようと言ったのはおまえじゃないか。そして二つ目の失敗は、それを先生に知られてしまったことだ」

「あのインターンが告げ口しないとでも思ったの？　いいかげんにして！　それに、あなたびびりすぎよ」

「オロール、そういう話し方はやめてくれ」

「うるさい。こうなったら荷物をまとめてずらかるしかないわね」

「子どもは？」

「ここを出たらすぐハルトマンに電話をして、あの子を迎えにくるよう言えばいいわ。シャレーの鍵はわたしの車のマフラーに入っている、ギュスターヴは子ども部屋のベッドで寝てるって」

「私たちはどこに行けばいい？」

「ここから遠いところよ。気分を変えて、必要なら名前も変えるの。そんなことしてる人はいくらでもいるわ。みんなあっという間に消えてしまうんだから。お金ならもう十分にあるじゃない」

「大学の仕事は？」

「そんなことぐらい自分で考えなさいよ！」

「だがここが買えたのは先生のおかげだし、それに――」

車のエンジン音が聞こえ、二人は黙った。オロールがまた窓のほうを見る。ロランは初めて、恐怖で混乱する妻の顔を見た。それから、自分も外を見て固まった。一台の車がゆっくりと雪の上を進み、ホテルの前を通りすぎて、シャレーのほうに向かってくる。二つのライトが太陽のように輝いていた。

「ハルトマンが来たわ……」

車がシャレーの足元の、吹きだまりの前にとまり、ライトが消えた。

「どうしたらいいんだ？」

「あのノルウェー人にやったのと同じことをするの」オロールが作戦を決めた。「そのあとで殺す。ちょっとだけ楽しんでからね……」

オロールが夫のほうに振り返り、ロランは恐怖で凍りついた。妻の目がギラギラと獰猛に輝いていた。


男が車から降りて、雪が積もった階段をのぼる。

ハルトマンだ……。

シュステンは双眼鏡を動かし、二階の窓にオロールの姿を見つけた。表情からは心配ごとと、それ以外の何かが読めた——狡猾、裏切り、策略。突然、シュステンの五感が警告を発した。シャレーで何かが起ころうとしている。

オロールは明らかに、自分と夫が危険にさらされていることに気づいていた。ハルトマンのほうは待ち伏せされていることに気づいているのだろうか？ シュステンは、もやもやとした黒いインクに思考を邪魔されているような気がした。海のど真ん中で、顔めがけてタコの墨を吐かれたかのようだった。どうしたらいい？ 銃は部屋に置いてきてしまった。マルタンはどこにいる？ こっちに向かっている最中だろう。それでも電話をかけてみたが、留守電だった。

くそっ！

ハルトマンが玄関の前に立った。暗い冬用コートのあちこちに雪がついて、前髪が眼鏡の上で風に躍っている。オロールは、ハルトマンが気に入っている赤い縁飾りのついた黒いシルクのバスローブをはおってから、扉を開けた。ところがハルトマンはまったく反応しない。いつもは体を舐めまわすように見てくるのに、それすらもない。ひたすら目と目を離さずにいる。

「こんばんは、オロール」

夜の凍える外気よりも、もっと冷たい口調だった。シルクの下に鳥肌が立つ。首から仙骨まで、背骨の一つひとつを凍った指でなぞられていくようだった。ハルトマンは鼻が腫れて、鼻の穴にコットンを詰めている。オロールは、いったい何があったのかといぶかしんだ。

「こんばんは、ジュリアン。入って」

オロールはハルトマンを通すために脇へ寄りながら、いったいどのタイミングで襲われるのかと身構えた。それなのにハルトマンは何もせず、リビングに向かって歩いていく。オロールは夫のことが心配になった。キッチンでカクテルをつくっているはずだが、今ごろあの腰抜けは手が震えているに違いない。分量を間違えるわけにはいかないからだ。

ハルトマンが横を通っていったとき、オロールはいつものように、興奮と怖れが混じりあったものを感じてくらくらした。ハルトマンは動物のように鼻を鳴らして匂いを嗅ぎ、納得しながら前に進む。自分の力に自信がありながらも警戒をおこたらず、すぐに反応して動くための準備ができているのだ。オロールはバスローブのベルトを締めなおし、ハルトマンのほうに進んだ。やがてキッチンから、三つのカクテルグラスが並ぶトレーを持ってロランが現れた。すでに飲んでいるようだが、オロールはそれが勇気を奮い起こすためだとわかっていた。

「先生」ロランが丁重に話しかける。「どうぞお座りください」

「茶番はやめよう、ロラン」

ハルトマンはそう言うと濡れたコートを脱いでソファに投げた。

ピラミッド型の暖炉で炎が躍り、ハルトマンの眼鏡のレンズに反射している。その厚いレンズの奥にある眼差しが、純然たる冷酷なさげすみに輝いていた。ロランは視線をそらしたままうなずくと、白いクリームが載ったカクテルをローテーブルに置いた。

「いつもの〈ホワイト・ルシアン〉を用意しました」

ハルトマンはロランをじっと見つめたまま納得したようにうなずいた。ロランはオロールに〈シャンパン・カクテル〉を、自分には〈オールド・ファッションド〉を用意していた。カクテルはロランのもう一つのこだわりで、ゲストがリラックスしてゲームに参加するための〝助け〟になってくれた。

「私のルーツがロシアにあることは言ったことがあったかな?」

グラスを持ちあげながらハルトマンが言った。ロランがそのグラスをじっと見つめている。オロールはそこから目を離せと叫びたかった。思わずハルトマンに視線を向けると、唇から数センチの距離でグラスをとめている。

「ロシアの貴族階級の出なんだよ。母方の祖父が、十月革命前のケレンスキー政権で大臣をやっていてね。住まいはサンクトペテルブルクのボルシャヤ・モルスカヤ通りだ。ナボコフの家のすぐそばだった」

ついにハルトマンがカクテルの上を覆うホイップクリーム状の泡をひとなめしてから、下の液体に口をつけた。

「素晴らしいよ、ロラン。完璧だ」

ハルトマンがグラスを置く。ロランはこっそりオロールを見た。カクテルにはほぼ三グラムのGHB——ガンマ・ヒドロキシ酪酸が入れてあった。これは数分で脳全体に行きわたる量であり、その結果ハルトマンは気分がよくなって、多幸感を覚え、不安とパラノイア気質を溶かされ、運動能力にダメージを受ける。つまり彼は、恐るべきジュリアン・ハルトマンではなく、従順な餌食になるのだ。ただしジュリアン・ハルトマンに限っては、従順という言葉にまったく危険がないという意味はない。

オロールはハルトマンの正面に座り、これ見よがしに両膝を開いた。すると今回はハルトマンの両目がオロールの太もものあいだでとまり、一瞬、もっとも純粋な淫欲と同時に、憤怒に輝いた。

「おまえたちがやったことは許されることではない」グラスを置いたハルトマンが、突然、ナイフよりも鋭い声で言った。

オロールは固まり、ロランは胃が足元まで落ちた気がした。言葉そのものより、その口調に凍りついたのだ。念のため、ハルトマンのうしろにあるキャビネットの引き出しに銃を忍ばせてあるが、オロールは、はたしてそれを使う隙があるのかと自問した。

「おまえたちは、やるべきではなかった……。本当に……がっかりだ」

ハルトマンの声が愛撫のようにねっとりと甘ったるくなった。

「ジュリアン……」オロールが言った。

「黙れ、売女」

オロールは思わず立ちあがった。ハルトマンにこんな言い方をされたのは初めてだった。もちろん、ほかの誰からも言われたことはない。そんな権利は誰にも、たとえそれがハルトマンであってもないはずだ。だがオロールは口答えしなかった。

「どうしても許せない。おまえたちもわかるな？　そんなことをされたら罰を与えなきゃならない」

何か言ってやりたかったが、そんなことをしても無駄だとオロールにはわかっていた。二人を救ってくれるのは薬しかない。オロールは祈った。お願い、間に合って……。ハルトマンの目が二人のあいだを行ったり来たりした。今のところ意識の低下を示すサインは何も出ていない。

「おまえたち……」

話が途切れた。ハルトマンが片手で顔をさわり、目をつぶってまぶたをこする。また目を開けたとき、瞳が変わっていた。瞳孔が広がり、二つの真っ黒な穴になっている。ぽんやりとして、視線が固定できていない。

「このカクテルはとても、驚くほど……うまい」

ハルトマンはソファの背もたれに倒れ、首をクッションに預け、天井を見て笑った。

「人間でもラットでも、コントロールが精神を刺激する。コントロールの欠如は精神力を麻痺させるらしいが、たまにはコントロールの欠如もいいものだな」

そう言うと、ハルトマンがまた体を起こしてグラスを唇に運び、たっぷりと飲んだ。それからいきなり爆笑した。

「くそっ、なかに何が入っているかわからないが、こんなに気分がいいのは初めてだ」

もはや脅すような口調はなくなっていた。

「『今や私は最後の朝日がいつ昇るかを知っている。光が夜も愛もおびやかさなくなったとき……。まどろみが……たった一つの、いつまでも尽きることのない夢となったとき……。私は安らかな疲れを感じるだろう……』」（ノヴァーリス『夜の讃歌』）

ハルトマンはグラスを置き、ソファに横たわって膝を曲げた。

「ちくしょう……寝てしまいそうだ」

オロールが見つめる前でハルトマンが目をつぶり、目を開けて、また目をつぶる。オロールはしばらく黙ってから、夫のほうを見て、顎でキッチンを示した。またハルトマンが目を開けて、キッチンに行こうとして立ちあがりかけたロランをじっと見つめる。ロランは血が凍る思いがした。ところがハルトマンはまた目を閉じて、頭をクッションにうずめた。ロランは震える足でオロールがいるキッチンに向かった。

「いったい何をしたの？」夫が入ってくるなりオロールが言った。「あいつの様子を見たでしょ？　どうやったら上まで連れていける？」

ロランは目を見開いた。

「どうやるも何も、もう私たちの思いのままだ！　殺すんだよ。今すぐここで」

オロールが首を横に振った。

「言ったじゃない。あいつと少し楽しみたいって」

こいつは頭がおかしいのか？　ロランは自分の耳が信じられなかった。オロールの目には苛立ちとフラストレーションが浮かんでいる。

「オロール！　薬を飲んでいようがあの男は危険なんだ。ここで片をつけるべきだ、今すぐに！　これは遊びじゃない、殺しなんだぞ！」

オロールがぎらつく目でロランを見た。

「あんたはただの腰抜けよ。あんたの馬鹿げた妄想はみんな絵空事なの。なんでいつも失敗しなきゃならないの？　なんでいつも間違えるのよ！」

「ロランが何を間違えたって？」

突然、キッチンの戸口からハルトマンの声が聞こえた。夫の肩越しに、長身のハルトマンが満面の笑みを貼りつけているのを見て、オロールは青ざめ凍りついた。ロランも振り返って身震いし、とたんに心拍数があがった。まさか、最初のほうの話も聞いてしまったんだろうか？

「ギュスターヴを起こす前に、みんなで少し楽しみたいという話をしていたんですよ」ロランがおそるおそる言った。「どうでしょう？　別れの挨拶代わりに……上に行きませんか？」

　ハルトマンの頭がゆっくりと揺れた。目を開けていられないのか、まばたきして、それでもまた視線があちこちに行き、焦点が定まらないらしい。オロールは警戒しながらハルトマンを観察し、やがて笑顔になった。ハルトマンが自分から罠にかかろうとしている！興奮のあまり、体に震えが走った。

「ああ、いいだろう……」

　今度はロランが、うまくやっただろ？　と言いたげな目でオロールを見た。ハルトマンはキッチンを出て、よろめきながら階段に向かった。

「あれは演技だと思うか？」

　ロランがハルトマンの背後で尋ねる。オロールは空のカクテルグラスを指さした。

「あなた、どれくらい入れたの？」

「だいたい三グラムだな」

「あり得ない。ハルトマンでも無理よ」

　オロールが言ったとおり、ハルトマンはステップの一段目を踏みはずし、くすくす笑って、またよじのぼってよろめいた。

「くそっ、なんてことだ」

夫婦は目を合わせると、ロランがハルトマンのそばに行って腰に手をまわした。ハルトマンは空いているほうの腕でロランの両肩を包み、優しく抱きしめた。二人が並ぶと、ロランはあまりに小さかった。このまま首をへし折られそうな気がして、ロランは思わず毛が逆立った。

「友よ、私の忠実な友」ハルトマンが言う。

「ええ、この先もずっとそうです」ロランは恐怖だけではない、なんとも言えない感情にとらわれ、返事をした。

「この先もずっと！」ハルトマンも酔っ払いのように自信満々に繰り返した。

階段をのぼる二人のあとをオロールがついていく。最上階まで行くと主寝室の扉が開けはなしてあり、その前にある踊り場でハルトマンが腕を伸ばす。背が高いので、天井にあるハッチの取っ手に楽々と指が届いた。音を立ててスライドタラップがおりてくる。外で吹き荒れる風が屋根裏部屋に響きわたり、ハッチは闇にあいた口のようだった。ハルトマンははしごをつかむと、遊びたくてしかたがない子どものようにあがっていった。その尻を追うように、オロールが続く。

突然、はしごの途中でハルトマンがとまり、心配そうに二人のほうに身を乗りだした。

「ギュスターヴはちゃんと眠っているのか？」

オロールが何か言いたげな目で夫を見た。

「私が行って見てきます」ロランが言う。「先に始めていてください」

そうじゃない！　オロールは夫に何もするなと言いたかった。ハルトマンと二人きりで屋根裏部屋にあがりたくなかったのだ。ところが、ハルトマンが自分たちを見ているのに気づき、オロールは心ならずもうなずいた。

ロランが下の階におりて、子ども部屋に向かう足音が聞こえた。するとハルトマンが照明のスイッチを入れ、はしごをきしませ屋根裏部屋に消えた。オロールもはしごに足をかけた。

どういうわけか、死刑台に向かっているような気がしてしかたがない。

オロールはステップをあがりながら、そんな縁起でもないことを考えるなと自分に言い聞かせた。たぶんロランのほうが正しかったのだろう。下でハルトマンを殺すべきだったのだ。ハッチの穴から頭を出したとき、オロールは震えあがった。ハルトマンがハッチの横に立ち、その高みから、ぎらつく目で自分を見ている。

眼鏡のレンズに自分の姿が映った瞬間、オロールははしごをおりて逃げたくなった。そのとき、壁にかけた滑稽なメッセージが見えた。

ここに来るものは
一切のプライドを棄てろ
そして暴君の納骨堂に足を踏み入れるのだ

これをつくったのはロランだが……あまりに愚かだった。夫はいつも知性と幻想を追うばかりで、行動が伴わない。ゲストを招いた暴力的なパーティーでも、先頭に立ちたがらず、うしろにさがってほかの人々を先に行かせようとした。

オロールは床によじのぼり、足を伸ばして立ちあがった。

その姿を、ハルトマンが飢えた目で見ていた。風がうなるように屋根を揺さぶる。外は凍てつく寒さのはずだが、ここは頭がくらくらするほど熱くて、オロールはすでに背中が汗ばんでいた。

「脱げ」

言われるがままオロールがバスローブを脱ぎ、シルクがかすかな音を立てて足元に落ちる。ハルトマンはオロールの体の隅々にまで、じっくりと純粋な欲望の目を走らせた。

「ここで指示を出すのはわたしよ、それを忘れないで」オロールが言う。

ハルトマンがうなずいた。頭はまだ揺れていて、まぶたが重そうだった。オロールはハルトマンの心臓近くに手のひらを置き、そのままゆっくりと力強く押した。ハルトマンはおとなしくうしろにさがった。オロールはケーブルにつけておいた革のストラップをつかみ、滑車を引っ張って、ハルトマンの左手首に巻きつけた。ハルトマンは笑いながら好きにさせて、オロールの体をむさぼるように見ていた。

「顔を近づけてキスしてくれ」

オロールがためらいながらも顔をあげると、二人の胸はぎりぎりまで接近した。ハルトマンも顔を傾け、空いているほうの手をオロールのうなじにまわし、唇をむさぼった。オロールもキスに応える。ウォッカとコーヒーリキュールの味がして、心臓が胸から飛びそうだった。と、ハルトマンの大きな手がうなじから離れたと思ったら、いきなり喉を締めあげた。

「おまえたち、カクテルに何を入れた？」

首が圧迫され、口が開いた。空気を欲してもハルトマンのこぶしが侵入を拒む。頭に血がのぼり、目の前に小バエの群れに似た黒点が現れる。

「は、な……し、て」

「答えろ」

「何も入れてない、わたしはあな……たに……」

それでもオロールは、反動がつけられないなりに渾身(こんしん)の力を込め、こぶしでハルトマンの胸を殴った。だがハルトマンは手を離さない。叫びたいのに、あえぎ声とひゅうひゅうと空気が漏れるような声しか出なかった。頸動脈を押しつぶされ、脳に血が巡らず、このままでは気絶するかもしれなかった。喉の痛みに耐えられなくなり、息をしたくても、喉がブロックされて、心臓が太鼓のように跳ねる。

いきなりハルトマンが手を離した。

オロールはうしろにさがろうとして、何が起こったのかまったくわからないまま鼻にパンチを食らった。リノリウムの床に黒っぽい血を撒き散らしながらオロールが倒れる。息を吹きかけられたろうそくのように、オロールの意識が消えた。

ハルトマンがろうそくに火をつけた。それを持ってオロールに近づき、目から数センチの距離で、眼科医がライトでやるように、左右の角膜を照らす。

「私の目より燃えているじゃないか」ハルトマンが言った。

意識を取り戻したオロールは弱々しく抵抗した。屋根裏部屋は暑いはずなのに、裸にされて震えている。両手首が頭の上でVの字に固定され、口にはボールギャグを押し込まれて、目を見開き、涙ぐんでいた。殴られた鼻が痛み、口のなかで血の味がした。

と、はしごをのぼってくる音が聞こえ、ハルトマンがハッチに近づいた。

「あがってこい」励ますようにハルトマンがロランに声をかける。

そのハルトマンの背後で、オロールが声を発した。口にボールギャグを押し込まれているせいでうめき声しか出ない。ロランは足をとめて、恐怖で目を瞠(みは)った。あわててはしごを駆けおりようとしたが、ハルトマンはロランの襟をつかむと軽々と持ちあげ、ハッチから屋根裏部屋に放り込んだ。そのまま突き飛ばされて、ロランは床に転がった。

「お願いです、先生、私じゃありません」

ロランがオロールを指さした。

「あいつです。あの売女のせいだ！　私はやりたくなかったのに！」

瞳に涙をためてロランが言う。ハルトマンはオロールのほうを向き、激高したオロールが、殺気だった目でロランをにらみつけているのを見て、思わず賞賛したくなった。

「立て」

ロランはおとなしく命令に従った。両足と下唇がひどく震えて、今にも泣きだしそうだった。強風が吹きすさび、どこかで鎧戸が鳴っている。ハルトマンは一瞬、この音でギュスターヴが起きないだろうかと心配になった。耳を澄ましたが、開きっぱなしのハッチからは何も聞こえてこない。

安心したハルトマンは、ロランの肩に手を置き、部屋の真ん中に引っ張っていった。ロランはされるがまま震え、抵抗する隙もなくあっという間に縛られた。まさに狼にとらわれた羊だった。服は着ていたが、妻と同じように両腕をV字に固定され、恥も外聞もなく泣きじゃくっていた。

口からボールギャグを外された瞬間、オロールがハルトマンの顔に唾を吐く。ハルトマンはそれを無造作に拭い、手の甲に流れる血の筋を見て笑った。オロールは夫のほうを向き口を開いた。

「くそったれ、ぜんぶあんたのせいじゃない！」目をぎらぎらさせて夫を罵倒する。

「おやおや、夫婦間の意見の相違はまた別の機会に解決してほしいものだが、まあ無理かもしれないな……」

ハルトマンはまったくいつもどおりの声だった。

「くたばれ」オロールが叫んだ。

「くたばるのはきみのほうだよ、ハニー。きみは死んでしまうんだ」ハルトマンが静かに言った。

「くたばっちまえ、ハルトマン！」

目もくらむ速さで手に小型ナイフが現れ、鋭い刃がオロールの頬を縦に二回深くえぐった。その縦線から顎と首に血が落ちて、胸に流れ落ちる。

オロールが叫んだ。

今や体中の毛穴という毛穴から、樹液を垂らした幹のように汗がにじみ、オロールはびっしょりと濡れていた。顎と胸は血にまみれ、金髪が汗で貼りつき、あえぎ声にあわせ、腹部がアンプの振動板のように震える。

「ほら、きみは私に抵抗すべきじゃない」ハルトマンの声は落ち着いていた。「おまえたちが入れた薬が効いてきたせいか、目が回ってしかたがない。そろそろ私は退散するとしよう。そうだ、ここに来る前にラードを一キロと、アンフェタミンを飲んできたんだよ。ラードは素晴らしいぞ。薬が胃に吸収されるのを遅くしてくれる。アンフェタミンのほうはGHBの効果を抑えてくれるらしいな。薬の名前は〈ロヒプノール〉だったか？　そんなようなものを飲ませたんだろう？　あのノルウェー人の女にも……。おまえたちのシャレーは催し物が盛りだくさんだな」

ハルトマンはロランに目をやり、「すぐ戻る」と言って出ていった。

それから三分間、オロールはひたすら夫を罵倒した。やがてハルトマンがガソリンタンクを持って戻ってきたのを見て、二人は震えあがった。ハルトマンはそれをオロールの前に置くと、もう一本のろうそくに火をともして石榴色のカーテンに近づけた。

瞬く間にカーテンが燃えあがった。炎は音を立ててカーテンを焼き、たちまち天井をのぼっていく。ハルトマンが、ますます激しくなる火を背にして、二人のそばに来た。それからタンクを開けて、オロールにすべてふりかけた。オロールは動揺して叫んだ。

「ちくしょう、やめて！　いや、やめて！」

ハルトマンは声など聞いていないかのように、空になったタンクをオロールの足元に置き、ロランのほうを向いた。

「おまえはひょっとすると逃げられるかもしれないな」

ロランはぼんやりした目でハルトマンを見つめた。希望と疑念、それに圧倒的恐怖が混じりあったような目だった。混じりあったような目だった。そして、ロランが懇願のために口を開こうとしたそのとき、ハルトマンの手にあった小型ナイフがほぼ水平に孤を描き、頸動脈をとらえた。ハルトマンはそのままの状態でロランを見つめてから、ナイフを引き、今度は鎖骨下動脈を刺した。するとまるでタンクに二つの穴を開けたときのように、首と胴体にある二カ所の穴から鮮血が噴きだした。ハルトマンはロランの目から、驚きと弱さ、そして、自分がまもなく死ぬことが信じられない気持ちを読みとった。これまでも数人、そうした目をする人間を見たことがあったのだ。ロランはあっけなく絶命した。

「まあ、難しいだろうが……」

それだけ言うとハルトマンは血まみれのナイフを床に捨て、ハッチに向かった。

40 二つ欠けて

空高くのぼる炎が夜を照らし、シャレーだったものを飲み込んでいく。舞いあがる火の粉が二本の輝く蟻の列となって、落ちてきた雪と交差した。火は梢の高さに到達し、炎や屋根に水がかかるたびに、シューシューと音を立てて大きな蒸気の柱があがった。あっちで火が消えたと思ったら、こっちですぐまた火がぶり返す。

シュステンは寒空の下、サバイバル毛布にくるまったまま警察車両に寄りかかり、その繰り返しを見つめていた。たまに、カップになみなみ入った湯気のたつコーヒーをすすり、マルタンには自分が状況を説明しなければならないし、マルタンもそれを求めるはずだと考えていた。

思い出したくもないのに、先ほど見た光景がよみがえる。オロールが人間とは思えない叫び声をあげながら火に呑まれていた。頭部から目が飛びだし、燃えている最中のろうそくの蠟のように肉体が溶けていく。あきらめたシュステンがその場を退散してからしばらくして、シャレーのかなりの部分が重みに耐えかねて焼けおち、消防のサイレンがすべての音をかき消した。

「何があった？」いつのまにかセルヴァズが隣に立っていた。

シュステンは振り返り、セルヴァズを見つめた。

「ハルトマンがあの二人を焼き殺したのよ。逃げられないように縛りつけていたみたい。

あなたはどこに行ってたの？」

「きみこそどうした？」煤ですまっ黒になったシュステンの顔に気づき、セルヴァズが尋ねた。

「入ろうとしたの、その――」

「やつらを助けるために？」

シュステンは驚いてセルヴァズに言い返した。

「だから何？　別にやつらは――」

「ハルトマンを見たのか？」

「ええ」顔をしかめシュステンが答えた。「ギュスターヴを連れていったわ。その頃にはもう火の手がまわって、煙が屋根を越えていた」

セルヴァズがシュステンを凝視する。

「銃がなくて何もできなかったの。やつの逮捕って意味だけど。ギュスターヴを連れて、わたしの目の前を何も言わずに通りすぎていったわ。ハルトマンが子どもを後部座席に座らせて、二人は行ってしまったのよ」

シュステンは目に涙をにじませ、頭を振った。

「ハルトマンがあの二人を殺したんだわ、マルタン。それなのにわたしはあの男を逃がした」

　言葉が何も返ってこない。

「そこにいないで」誰かの声がする。「離れてください。建物が倒れます」

　二人はホテルのほうを見た。テラス席は村の住民であふれ、凍える冷気さえなければ、夏祭りの夜のようだった。

　セルヴァズがシュステンの肩に手をまわし、シュステンはセルヴァズに寄りかかって歩いた。

「心配しなくていい。もうすぐ終わる」

　ポケットのなかで携帯電話が震え、セルヴァズは今来たばかりのメッセージを読んだ。場所と時間、それから、《一人で来い》の文字が書いてある。

「ハルトマンだ」シュステンを見つめ、セルヴァズが言った。「一人で行くよ」

「どこに？」

「あとで教える」

　シュステンの顔がこわばった。目に黒い怒りが浮かび、顔つきががらりと変わった。しばらくするといつもの顔に戻り、渋々うなずいた。

41 信用

「私を信じているか？」

ギュスターヴが父親を見つめて力強くうなずく。ハルトマンは月明かりを頼りに、巨大なアーチダムの足元に広がる深さ百メートルの虚空を探り、底に広がる凍りついたモミの木の頂と、雪に覆われた岩、そして雪に埋もれて消えてしまった川の流れを見つめた。ハルトマンはギュスターヴの脇の下に手を入れて立たせ、ダムのほうを向かせた。

「準備はいいか？」

「ぼく怖い」子どもが突然震える声で言った。

ギュスターヴは寒くないように、ダウンのジャケットを着てすっぽりとフードをかぶり、ロシア人形のようにマフラーを巻いている。

「怖いってば！　やりたくないよ、パパ！」

「恐怖を乗り越えるんだ、ギュスターヴ。みんなそうやって生きていくんだよ。怖がっていたら立派な大人になれないぞ。準備はいいか？」

「できてない！」

ハルトマンはギュスターヴを持ちあげると、凍りついた防護柵をまたがせ、目がくらむような虚空の上で支えた。風が耳元でひゅうひゅうと鳴っている。

ギュスターヴは叫んだ。

鋭い悲鳴が周囲の山々を通り抜け、下方の谷に伝わったかと思うと、瞬時にこだまとなって戻ってきた。ところが周囲数キロまでそれを聞く人間は見あたらず、数千年の歳月を生きた山は無関心を貫いた。荒れ狂う風が雲を追い払い、その切れ目から、いつ誕生したかもわからない星が二人を見つめている。月が暗礁（あんしょう）のあいだを航行する船のように、猛スピードで移動しているかに見えたが、実際に動いているのは雲のほうだった。

と、ハルトマンは、凍結したつづら折りの道をのろのろ運転でのぼってくる車のライトに気づき、微笑んだ。自分の車と違い、セルヴァズの車はまったく雪道仕様になっていなかった。メンテナンス車を別にしたら、真冬にこんなところまでのぼってくる人間はいない。いつもはこの道の少し下のほうに進入禁止のバーがおりているが、ハルトマンは南京錠を壊し、バーをあげておいた。

ハルトマンはまたギュスターヴを持ちあげて、防護柵の内側に戻した。ギュスターヴはハルトマンに腕をまわしてぎゅっと抱きついた。

「もう絶対にやらないで、パパ」

「わかったよ」

「おうちに帰る！」

「そんなに長くはかからない」

そろそろセルヴァズの車のヘッドライトが、道の終わりに差しかかった。そのまま進むと小さな駐車場に出る。今は閉まっているが、そこにはテラス席がついたレストランがあり、夏のシーズンだけ開店しているのだ。

「おいで」ハルトマンはギュスターヴを抱きしめた。

駐車場に到着したセルヴァズが、ドアを開けっぱなしにして車から降りた。こんなに標高が高く、凍えるほど寒い場所に来るにしては、あまりにも薄着だった。セルヴァズも二人を見つけたらしい。そのまま車に戻ったので、ハルトマンは銃を取りにいったのだろうと思った。ところがセルヴァズは、そうする代わりに車の位置を変えた。ライトがもろに二人のほうを向き、白い光がダムを染める。ハルトマンは一瞬何も見えなくなった。

ギュスターヴはまぶしそうに手をかざし、ハルトマンはただ目を細めた。セルヴァズがダムに続く階段をおりて、二人のほうに近づいてくる。ところが二人には、ライトのせいで、シルエットとその前に伸びる黒い影しか見えない。

セルヴァズのほうは、もちろん二人がはっきりと見えていた。

「なぜここに呼びだした?」前に進みながらセルヴァズが言う。「この道は、冬場は本当に危険なんだぞ。下りはもっと危険なはずだ。私の肝臓が大切ではないのか?」

「きみのことは信用しているよ、マルタン。私の車のトランクにチェーンがあるから、帰りはそれを使ったらいい。こっちに来てくれ」

　指示には従ったが、セルヴァズはハルトマンではなくギュスターヴを見た。ギュスターヴも顔をあげて、フードの下からセルヴァズを観察している。ハルトマンにしがみついたまま、目を大きくあけて見ていた。かざしたままの手が影になって、顔に狼の絵ができていた。凍えそうな風が吹き、セルヴァズは寒さに震えた。

「こんばんは、ギュスターヴ」

「こんにちは」ギュスターヴが応じる。

「この人が誰かわかるか？」ハルトマンが言う。

　ギュスターヴは首を横に振った。

「そのうち教えてあげよう。この人はおまえにとってすごく大事な人だ」

　セルヴァズはこぶしで腹を打たれ、はらわたまで抉られたような気がした。大人たちの頭上を風が吹き抜け、ハルトマンの声が流される。ハルトマンはコートのポケットに手を突っ込み、何やら印刷された紙とパスポートを出した。

「明日の朝、トゥールーズ・ブラニャック空港にレンタカーを手配しておいた。きみはそれに乗ってオーストリアのハルシュタットまで来てくれ。だいたい十五時間ぐらいかかる。マルクト広場の噴水前に迎えを待たせておく。あさっての正午だ。心配するな、迎えはすぐにわかる」

「ハルシュタット？　絵はがきの場所じゃないか……」

　ハルトマンが笑った。

「またしても、ポーの『盗まれた手紙』だな」セルヴァズが言った。「誰もあそこには捜しにいかない」

「警察がすでにあの村と周辺をひっかきまわしたからな」ハルトマンが同意した。

「病院はそこにあるのか？」

「黙って指示に従うことだ。それから、万が一にもあのノルウェー人を連れていこうとは思うなよ。そうだ、そろそろきみの銃が殺人に使われた凶器だと断定されるはずだ。警察署には近寄らないほうがいい」

ふと、エスペランデューに頼んだＤＮＡ検査は必要なかったと、セルヴァズは今になって気づいた。父親だという確証が百パーセントでないかぎり、ハルトマンが自分をドナーに選ぶはずがないからだ。ギュスターヴが自分の息子であることに間違いはない。ただ、そう思うだけでめまいがした。セルヴァズは途方に暮れた目でギュスターヴを見た。

「この人がぼくに肝臓をくれるの？」セルヴァズの思いを読んだかのように、ギュスターヴが尋ねた。

「ああ、そうだよ」ハルトマンが答える。

「じゃあこの人のおかげで病気が治るんだね？」

「そうだ。さっき言っただろう？　すごく大事な人だって。私を信用するように、この人を信用しなさい。それも大事なことだ」

シュステンが窓の外を眺めていると、セルヴァズの車が戻ってきてホテルのテラス席の下にとまった。雪に覆われた坂道の下方の谷では、マグマの流れのように明かりがきらめいていた。しばらくして、セルヴァズが目を輝かせながら部屋に入ってきた。シュステンは何かあったのだと悟った。

「あの子は確かに私の子だ」

そう言うと、セルヴァズは怯えるような感動したような目でシュステンを見た。シュステンは黙ったままだった。

「あした出発する」セルヴァズはかまわず続けた。

「あした？　どこに？」

「きみには言うなと釘をさされた」

シュステンが悲しげな目で黙ってしまったのを見て、セルヴァズはシュステンの肩に手を置いて言った。

「これは信用する、しないの問題じゃない」

「そう見えるけど」

眼差しがさらに冷たくなり、すっかり意固地になっているようだった。

「シュステン、私はどんな小さなリスクも取りたくないだけだ。誰かに監視されている可能性だってあるじゃないか……」

「ラバルトたち以外にもまだ誰かいるってこと？　何を想像してるの？　ハルトマンなら

軍隊すら動かせるって？　マルタン、あなたはあの男を過大評価してるわ。いずれにせよ、やつはあなたが必要なの。そうね……あなたの肝臓が」

間違いではない。移植が終わるまでハルトマンは手を出してこないだろう。だが終わってしまえば？　セルヴァズは思った。そのあとはどうなる？　邪魔なもう一人の父親など、消してしまうかもしれないじゃないか？

「ハルシュタットだ」ついにセルヴァズが言った。

「絵はがきの村じゃない！」

驚くシュステンにセルヴァズはうなずいた。

「なんて狡猾なの。待ち合わせ場所は？」

「マルクト広場だ。あさっての正午」

「わたしは今晩発つわ。向こうで待機してる」

まさか、ここのホテルの主人がハルトマンの仲間だという可能性はないのだろうか？　セルヴァズは急に心配になると同時に、自分がパラノイア気質になったような気がした。

「そこまでどうやって行くの？」シュステンが尋ねる。

「空港でレンタカーを借りる」

「トゥールーズに戻りましょう。ラバルトたちは死んで、ギュスターヴはいなくなった。もうここでやることは何もないし、あなたは明日の朝、空港にいなきゃならない。私のほうは、ホテルまで送ってもらえたら、あとはこっそり消えるわ。それで数時間は稼げる……」

セルヴァズはうなずいた。シュステンが穏やかに、それでいて共謀者のように自分を見ていた。そばに来てほしい、いや来なければならないと望んでいるようだった。セルヴァズもそれを望んだ。二人とも黙ったまま、腕はまだ体の線に沿ってさがっていた。それが、ふと互いの手が触れて、指が求めあい、やがて絡みあい、愛撫しあった。

シュステンが近づき、二人の唇が重なる。シュステンがセルヴァズの首に触れた。セルヴァズはシュステンの服を脱がせて、ベッドに連れていった。この前と違って、もっと優しく、穏やかだった。それでもシュステンは、またセルヴァズを嚙み、頰を叩いた。もう一度、セルヴァズの肉体に自分の痕跡を残すかのように。シュステンはセルヴァズと律動をあわせ、セルヴァズを絶頂に導いた。


「わたし、あなたにまだ言ってなかったことがある」

シュステンは生えてきたばかりのセルヴァズのひげをなでながら言った。情事が終わったあと、二人は羽毛布団の下で足をからめたまま横になっていた。セルヴァズはシュステンのほうに顔を向けた。

「妹がいるの。職業はアーティスト」

セルヴァズは返事をしなかった。シュステンはこれから大事なことを、ずっと誰にも言えずにいたことを話すのだろうと思った。

「あの娘、キルスティン・ダンストに似てるの。『ファーゴ』じゃなくて『スパイダーマン』シリーズのほう。中味はどう見ても『メランコリア』なんだけど」

どれも見ていなかったが、セルヴァズはそれも言わないでおいた。

「部屋に入るなり注目を浴びる人っているでしょう？　よく言う、ものすごく外面がいい人。でもそういう人って内面は真っ黒なのよ。理由はわからないけど、妹はいつも影と悪に惹かれていたわ。あらゆる能力があって、すべての男性を足元に従えているくせに、どういうわけか、定期的にうつ状態になるの。満足できなくて、いつも、もっともっと欲しがってるわ。愛もセックスも、注目も、ドラッグや危険まで……。アーティストって言ったでしょう？　絵も描くし、写真も撮るの。才能があるし、知り合いは大勢いるから、オスロでもニューヨークでもベルリンでも、展覧会を成功させたわ。記事にもなったのよ？『アートニュース』『フリーズ』『ウォールペーパー』……。でも、妹はそれが気に入らないの。彼女にとって、芸術は金儲けの手段でしかないから。それに、父が死んでも、病院にも葬式にも来なかった。うつ状態になるのが怖かったんですって。その代わり、デヴィッド・リンチ版のベーコンみたいな絵の連作を発表したわ。絵のなかの父は怪物のようで、太っていてグロテスクで傲慢だった。妹にはそう見えたらしいわね。母は唖然としていたけど」

シュステンは羽毛布団の下で肩をすくめた。

「誤解しないで、妹のことは愛している。大好きなの。でも、若い頃はあの娘の尻拭いばかりやらされていたから。馬鹿なことをしても両親には隠して、後始末をして、秘密のデートをするときはアリバイをつくって……。次から次へと、よくあんなたがが外れた男たちとつきあえたものだわ。それが、去年のある日、妹が変わったと感じたの」

　シュステンは片肘を立てて体を起こし、窓に視線を走らせてから、またセルヴァズを見た。

「問いつめたら白状したわ。すごく輝いていて面白い、年上の男性に出会ったって……。妹が誰かのことをこんなふうに話すのは初めてだった。でも、わたしには紹介したがらなかったから、あの娘が騙されているかもしれないと思ったの。わたしに会わせることを怖がるなんて、その人にうしろ暗いところがあるからでしょう？　これは、たがが外れたどころじゃない、頭のおかしな男を好きになったんだとわかったわ。そして、三月のある日、妹は姿を消した。しゅっと消えてしまったのよ。まだ見つかっていないわ」

　セルヴァズも見つめ返していた。

「ハルトマンか？」

　シュステンはうなずいた。

「ほかに誰がいると思う？　妹がいなくなったあと、オスロでは女性の失踪事件が続発したわ。それに、妹から聞いた男の特徴がハルトマンと一致するもの」

「だからきみは、この件にこれほど入れ込んでいたんだな。きみの名前が紙に書かれていたからだけじゃなかったのか……。きみにも個人的な問題があることを、ちゃんと知っておくべきだったよ。だが、ハルトマンはなぜきみを選んだ？　なぜきみをここまで連れてきた？　なぜきみの名が書かれた紙を、被害者のポケットに入れておいた？　ギュスターヴとなんの関係があるんだ？」

シュステンは何も答えず、寂しげな絶望した目でセルヴァズを見つめた。セルヴァズは腕時計を見てからそっとシュステンを押しやり、ベッドのへりに座った。

「マルタン、待って。お願い。バラク・オバマがガールフレンドの一人に『愛している』と言われて、なんて返したか知ってる？」

セルヴァズは振り返ってシュステンを見た。

「答えは？」

「『ありがとう』。お願いだから、わたしに『ありがとう』は言わないで」

ツェートマイヤーはスメタナの交響詩のリハーサルを終えて、ウィーン楽友協会の楽屋に戻っていた。いつものように、部屋にはチョコレートと日本のウィスキーとバラの花を用意させてある。こうした要求は、どちらかというと、自分の〝伝説〟を維持するためのものだった。虚栄心の強さから、伝説はこれからも生き残るはずだと確信する一方で、自分は永遠の夜の訪れとともに消滅するのだと思うと恐ろしく、最近は考えるたびにおじけづいてしまう。実際、死につかまりかけた経験は二度あった。いずれもどうにか逃げきったが、もう次はないだろう。

これまでは、衰えを知らない演奏活動にまぎれて、死に対する思いを隠すことができていた。トルストイに出てくるあの不幸なイワン・イリッチのように、栄光が夜を照らすランプになり得たのだ。ところが今は、満杯の客席が喝采に沸こうと、ツェートマイヤーの目には、静まり返ったがらんどうな空間と椅子に座る骸骨の姿しか見えない。人類が誕生してからこれまで、今生きている人間の約十四倍の数に相当する一千億人の人間が死んだことになる。この死者のなかに、モーツァルト、バッハ、ベートーヴェン、アインシュタイン、ミケランジェロ、セルヴァンデスがいる以上、彼らの中央に立つことはおろか、このうちの誰にもなれないことを、ツェートマイヤーはわかっていた。自分は大勢のなかに埋もれるただの骸骨であり、あっという間に忘れられてしまうのだ……。

ツェートマイヤーはあまりに傲慢で、神を信じていなかった。その精神は恐ろしいほど明晰であり、その明晰さは狂気と見まごうほど純粋だった。

この日もまた、ここ数年の傾向にあるように、強風が吹いて雪が降っていた。ツェートマイヤーが、春は本当に来るのだろうかと疑っていたちょうどそのとき、楽屋の扉をノックする音が聞こえた。ツェートマイヤーはふと、ドンファンを襲った石像と地獄の炎を思い、暗い廊下の向こうに立つ男――これまで何度も人の命を奪ってきた――も、自分の死について考えることがあるのだろうかと自問した。いや、考えることのない人間など、いるわけがない……。

体の大きさの割に、殺し屋のジリは影のように軽やかに楽屋に入ってきた。まるで、劇場にさまようすべての影を引きずってきたかのようだった。いったいどれほどの数になるのだろうか。昨今の、いったいどれほどの音楽家たちが、その人気にもかかわらず忘れ去られてしまったのだろうか。ツェートマイヤーは、刑務所で初めてジリと言葉を交わしたときのことを思い出した。ありふれた会話だった。あのときは、こうして彼と再会することになろうとは思ってもいなかった。それでもあの最初の日から、ジリが絶対に変わらず、ひとたび外に出たら〝活動〟を再開させることはわかっていた。ジリのなかにそれが組み込まれていたのだ。音楽家が絶対に音楽をあきらめられないように。

「よく来てくれた、ジリ。わざわざすまないね」

ジリは返事もせずに、鏡のそばにある開封済みのチョコレートの箱に近づいた。

「食べていいか？」

ツェートマイヤーはうなずいてから、我慢できずに話しだした。

「新しい知らせだ。やつらが来る。このオーストリアに」

ジリはどうでもいいとばかりに、うわの空でチョコレートを食べて、もう二つ目に手を伸ばしている。

「どこに？」ジリが尋ねた。

「ハルシュタットだ。どうやらやつの子どものグスタフが病気らしい。こっちで手術を受けるようだ」

「なぜ？」

「昔からの知り合いがいるんだろう。ハルトマンは、逮捕される前によくオーストリアに来ていたから」

「それで、あんたはおれにどうしてほしい？」

「いっしょに向こうへ行こう」

「それから？」

「それからやつらを見つけるんだ」

それだけ言うとツェートマイヤーは黙り、ジリを見つめ、また口を開いた。

「好きなほうを選んでくれ。やつを殺してもいいし、やつの子どもを殺してもいい。私はどちらでもいいと思っている」

「どういうことだ？」

またツェートマイヤーが黙った。下唇が軽く震えている。

「やつを殺せないと思ったら、子どもを殺せ。これで選択肢は二つだ」

「あんたは頭がおかしくなったようだ」少し考えてジリが言った。

「道はあるはずだ」

ジリは顔をあげた。

「道はいつだってある。そのためには金がほしい」

ツェートマイヤーはにっこりと笑った。

「そんなことだろうと思っていたよ。百万ユーロでどうだ」

「どこにそんな金があった？」

「そのくらいの蓄えはある。それに、子どもがいないから有意義な使い道に思える」

「やつの子どもはいくつになる？」

「五歳だ」

「本気なんだな？」

「百万ユーロだが、前金として十万ユーロ、残りは完了したときに払おう」

いきなり前触れもなく楽屋の扉が開き、二人は同時に戸口を見つめた。闇のなかに、宝石の目をはめた舞台の仮面が現れたと思ったら、よく見るとそれは疲れきった女の顔だった。女は清掃用のカートを引っ張っていた。

「ごめんなさい、誰もいないと思っていました」

女は扉を閉めた。二人はしばらく黙っていた。

「なぜだ？」ジリが尋ねる。「なぜ子どもにも責任を取らせようとする？　おれはその理由が知りたい」

「娘を殺されたからだ」ツェートマイヤーが怒りを込めて言った。「だから私はやつの子どもを殺す。簡単な計算だ。それに、やつは自分よりその子どもを気にかけている」

「それほど嫌いなのか？」

「そんなものではない。これはとても純粋な、憎しみという感情だよ」

ジリのほうは、肩をすくめて思った。やっぱりこいつは頭がおかしい。でもまあ金を払ってくれるわけだし……。

「おれにはよくわからない。感情に支配されたことがないんでね。百万ユーロで請け負うよ。ただし前金は二十五万ユーロにしてくれ」

42 アルプス

翌朝、ベルナール・トロシアンは仕事に向かうために足どり重く家を出た。自宅はトゥールーズ郊外のバルマにあり、活発な五歳の娘と、妹よりはおとなしい十二歳の息子がいて、ウィンストンという名の拒食症のグレイハウンドを飼っている。トロシアンは駅の駐車場に車をとめると、地下鉄A線の地上区間でジャン・ジョレス駅まで行って、そこでB線のボルドルージュ方面行きに乗り換えた。

目的地のカナル・デュ・ミディ駅に到着して地上にあがっても、この日は警察署の入り口までの数百メートルがつらくしてしかたがない。こんなに重い気持ちで職場に到着するのは初めてだった。

カードをかざして入館ゲートを抜けたあと、エレベーターに乗って四階のボタンを押す。弾道課のオフィスに入ると、トロシアンは壁に上着をかけて、自分のパソコンの前に座り、頭を冷やすことにした。昨日から神経が高ぶり、朝四時頃まで眠れなかった。妻に理由を訊かれても返事をしたくなくて、起きてからはずっと胸が締めつけられる思いがしていた。

昨晩、弾丸の異同識別が終わった。結果はトロシアンが尊敬している人物にとって、耐えがたいものだった。彼、マルタン・セルヴァズは、サン＝マルタンとマルサックで起こった事件によって司法警察でほぼ伝説となっただけでなく、人としても、この不幸な惑星の住民としても尊敬できる人物だった――こっちについては、あまり知られていないのかもしれないが。

それなのに、物理学と弾道学がそんな自分の感情をあざ笑う。この二つはどちらも冷静で、事実に基づき、正確で反論の余地がない。トロシアンは自分の職業のそういうところが好きだった。同僚たちのように、人間の感情、直観、推測、嘘、部分的真理のジャングルで闘う必要がなかったからだ。そのトロシアンが、今日は事実を憎んでいる。なぜなら、セルヴァズの銃がジャンサンを殺したと告げているからだ。疑う余地はまったくなかった。科学は嘘をつかないのだ。

窓ガラスをしたたり落ちる涙のような雨を眺めながら、トロシアンは頭を振った。セルヴァズが拳銃で男を殺したなんて。そんなことは絶対あり得ないはずなのに……。トロシアンは受話器をあげて、監察の番号を押した。

セルヴァズはシュステンをホテルに降ろしたすぐあとで、警察署の駐車場に車をとめた。まもなく夜が明ける。セルヴァズはこれから、エスペランデューに自分がいないあいだのマルゴの警備――マルゴはエスペランデューが好きで信頼している――と、有志による監視チームの立ちあげを頼むつもりだった。司法警察は予算不足なので手厚い対策が取れず、自分がいなくなればすぐに人員が減らされるとわかっていたからだ。

署の建物に向かいながら、ハルトマンの言葉を思い浮かべた。まさか、すでにランボーが手ぐすね引いて待ちかまえているのだろうか？　いや、異同識別の結果が出ているなら、ヴァンサンが知らせてくれているはずだ……。

ホールでは告訴を検討する人々が列をつくっていた。セルヴァズはその横を堂々と通りすぎ、左手の入館ゲートを抜け、エレベーターに乗って犯罪捜査部に向かった。三階に出て、鑑識のマンジャンとすれ違った。特に親しい相手ではないが、いつもなら軽く挨拶してくるのに、今日はじっとにらみつけるだけで、何も言わず去っていく。

違う、にらんだわけではない。あれは驚いて困惑していたのだ。

そのあとも似たような状況が続いた。こちらから挨拶すると、相手はようやくおずおずと「おはよう」と返してくる。セルヴァズは嫌な予感がしつつも、方向転換して逃げだしたい気持ちをこらえた。ところが心のなかの声はさかんに、逃げろ、今すぐ逃げろ！　と言ってくる。携帯電話を確認したが、ランボーからのメッセージはない。ヴァンサンからもサミラからも何も入っていなかった。

セルヴァズは自分のオフィスに飛んでいった。なかではヴァンサンがモニターの前に座るサミラの肩に寄りかかり、二人で熱心に話し込んでいた。

「いったいどうなってる？」セルヴァズは戸枠に手をかけたまま尋ねた。

二人は話をやめて、目を見開き、入り口のほうを向いた。

二人と目があった。

そして理解した。

胸が詰まった。

「今、電話しようと思っていたのに……」エスペランデューが戸惑いながら言った。「電話するところだったんです。あなたの銃が……」

セルヴァズはまだ入り口に立っていた。耳鳴りが始まり、幽霊に会ったかのようにエスペランデューが自分を見ている。

左側で動きがあった。

廊下に顔を向けたとたん、体がこわばった。ランボーが大股でこちらに近づいてくる。

敵意をむきだしにして……。

「あなたの銃が……」オフィスのなかでは、エスペランデューが打ちのめされたように同じ言葉を繰り返した。「マルタン、くそ……」

続きを聞く余裕はなかった。

戸枠から手を放し、扉から離れる。

それからエレベーターに向かって歩きだした。

最初はゆっくりと、すぐに早足で。

「おい、セルヴァズ！」背後でランボーの声がした。

扉が開いたままだったエレベーターに駆け込み、磁気カードをかざす。

「セルヴァズ、どこへ行くつもりだ、戻れ！」

今やランボーもわめきながら走っているが、セルヴァズにはなんと言っているのかわからなかった。騒ぎを聞いて、廊下のあちこちに顔が出てくる。

エレベーターはまだ動きださない。

早く行け、行ってくれ！　ランボーがあと数メートルの距離まで迫っていた。突然、扉が閉まった。その寸前のランボーの顔には、悔しさと同時に、自分が正しかったという満足感が浮かんでいた。

思わず安堵のため息が出た。これからどうするか考えるために冷静になろうとしても、まったくうまくいかない。セルヴァズは追いつめられていた。今頃ランボーはあちこちに電話をかけ、警戒態勢を呼びかけるとともに、人手を集めているだろう。それを考えると鼓動はいっそう激しくなった。

きっと、下で待ちぶせするつもりだ。電話一本で、出ていけなくなるから……。

警察署の出入り口には、二〇一五年十一月十三日にパリで発生した同時多発テロ事件をきっかけに警備員が立ち、受付にも担当者が配置されて、ボタンで扉を開閉するようになっていた。

もはや袋のねずみだった。

いや、まだ生き残る道はある。建物が大きいので課の伝達がうまくいかないのだ。

ついにエレベーターが一階に到着し、入館ゲートの前で扉が開いた。だがセルヴァズは奥に立ったまま動かない。もう一度磁気カードをかざし、別のボタンを押す。軽い振動とともに、またエレベーターが動きだした。

地下に向けて。

荒くれ者どもを監視する留置施設がある地下に。

過ぎていく時間のことは考えるな……。

ランボーたちはすでに受付に連絡を入れていたはずだった。こっちの作戦が見抜かれるまで、どのくらいの猶予があるだろうか？

エレベーターが到着して扉が開き、セルヴァズは窓がなくて照明だけを光源とする冷えきったフロアに出た。

右に曲がるとガラス張りの部屋が並んでいた。明るい部屋と暗い部屋があって、明るい部屋のガラスの向こうで、男たちが床に寝そべっていた。みんなペットショップの子犬のように、無関心だったり、疲れていたり、怒っていたり、ただ興味深そうに見ていたりしている。

少し先に、明るい制服を着た警官のいる大きな部屋があった。

セルヴァズはその警官たちに挨拶しながらも、いつ部屋から飛びだしてきて自分を捕まえるのかと身構えた。ところが、みんな忙しそうに挨拶を返すだけだった。

今朝はわりと落ち着いていて、わめき声も騒ぎもない。警官たちは誰かを監視下に置こうとしているらしく、保安ゲートを通された男が、ＢＡＣに所属している三人の警官にあちこち調べられていた。

その様子を見て、セルヴァズの鼓動が速くなった。これはきっとチャンスだ。セルヴァズは保安ゲートを出て、そのまま進み……。

まずは右に曲がった。

駐車場に面した扉は……開いている！　しかも、なんてことだ！

暗がりのなか、駐車場の出口近くで、フォードのモンデオが警官たちの戻りを待っていた。なかには誰もいない……。セルヴァズは唾を飲むと、モンデオを一周して運転席をのぞき込んだ。

嘘だろう？　鍵がダッシュボードの上に出しっぱなしになっている！

決断までに一秒もかからなかった。本当の意味で、セルヴァズはまだ逃亡者ではない。だが、この車を盗んでしまえばもうあと戻りはできないのだ。後方を見ると、ＢＡＣの三人はゲートを通したばかりの男にかかりきりになっていて、自分にもモンデオにも注意を払わない。と、どこかで電話が鳴った。

やれ、今すぐやるんだ！

セルヴァズは車のドアを開けて運転席に座り、エンジンをかけ、ギアをバックに入れた。向こうで誰かが振り返るのが見える。クラッチをつなぐと、その誰かが驚いた顔をした。いったん車をバックさせて、一速に切りかえる。タイヤをきしませながらカーブを切り、車列の真ん中を突っ切って、スロープめがけてスピードをあげる。

三十秒だ……。

　三十秒あれば、上にある車用のゲートに到達できるはずだった。ゲートは出ていく車に対し自動的に開く仕組みになっている。しかも、そうした車はたいてい猛スピードで突っ込んでいくものだから……。

　ところがセルヴァズはスピードを出しすぎた。そのせいでスロープまできたときにハンドルをとられ、右前を車列の端の大型バイクにぶつけてコントロールを失い、まず左に、続いて右にスリップした。ぶつけられたバイクは隣のバイクを巻き込み、地下に轟音を響かせながら横転し、隣、そのまた隣を倒していく。

　それでもセルヴァズは、この轟音をほぼ耳に入れることなく全速力でスロープをのぼりきり、スピードバンプが設置された道にある給油ポンプの前に来たところで急ブレーキをかけて右折し、ゲートに向かって突っ込んだ。その先には大通りが待っている。

　これじゃまるで現場から逃げる強盗じゃないか……。タイヤがきしむ音は、署にいる全員の耳に入ったに違いなかった。

　汗びっしょりの手でハンドルを握りしめる。考えないようにしようと思っても、脳裏にさまざまな思いがよぎった。ゲートはきっとあがらない、誰かが出てきてとんでもないことになる、きっと自分の人生は終わってしまうんだ……。

　くそ、運転に集中しろ！

　ゲートは……。

あがった！　セルヴァズは自分の目が信じられなかった。希望が湧いて、全身をアドレナリンが駆けめぐる。大通りに入ったセルヴァズは、右方向からミニが来ているのを知りながら信号を無視して突っ走った。ミニはタイヤを鳴らして急ブレーキをかけ、けたたましくクラクションを鳴らした。今度は運河沿いの歩道をかすめながら左折して、全速力でミニム橋に向かう。

二十秒。

橋までの三百メートルに、ほぼこのくらいの時間がかかった。

十五秒後、運河を越えた。

そして今、オノレ・セール通りを走っている。

五十秒間スピードを落として走っただけで、まだサイレンの音が聞こえないのに、心臓は太鼓のように激しく脈打った。一瞬、Uターンして警察署に戻り、「みんな、ごめんな。馬鹿なことをしたよ」と言って許してもらおうかとすら思った。だが、すでに許される段階ではなく、戻れば自分で死刑台にのぼるようなものだろう。

まもなく目的地に到着する。セルヴァズは二百メートル先で左折して、ゴドラン通りに入った。なんとなく、サイレンの音が聞こえた気がした。百五十メートル行ってバランス通りに右折、シャレ地区の街路で数秒ロスして車を乗り捨て、走りだした。

煙草が吸いたくて、マルゴに会いたかったが、もちろんどちらもできない。ここでもまた、目に見えない扉が閉まったのだ。煙草はハルトマンに禁止されている。それだけにいっそう吸いたくてたまらなかった。歩道を早足で進みながら煙草を出したところで、どうにもならない孤独を感じた。

トゥールーズ・ブラニャック空港の到着階正面にある駐車場のなかほどに、ガラス張りになっているレンタカー会社の事務所があった。すでにアジア人グループ――セルヴァズには日本人、中国人、韓国人の区別がつかない――がいたのでそのうしろについた。順番が来ると、〈エミール・カッツァニーガ〉名のパスポートと身分証明書を見せて、貸し出し用の書類を受け取る。車を乗り捨てたあと、繁華街のギャラリー・ラファイエットで身の回り品と小さなスーツケースを買っていたので、それをトランクに詰めて、エンジンをかけた。

十五分後、セルヴァズはガソリン満タンの真新しいプジョー308GTiに乗って、輝く太陽を浴びながら地中海方面に向かっていた。しばらくは爽快な解放感に浸りつつ、制限速度よりはるかにゆっくり走っていることを確認せずにはいられなかった。ふと、ロングドライブは避けるようにと言っていた医者の言葉を思い出した。目的地までは十五時間かかる。到着前に使いものにならなくなってしまったら……。制限最高時速の百三十キロを出している最中に、高速道路上で心臓麻痺でも起こしたら……。セルヴァズはそうした考えを頭から追い払い、代わりに別のことを考えはじめた。ダムで会ったハルトマンとギュスターヴのこと、ひどく疲れはてていたマルゴのこと、「きみのことは一秒たりとも信じられない。私はきみが嘘をついていると証明してみせる」というランボーの言葉、闇を愛し、闇に取り込まれたシュステンの妹のこと。そしてシュステンが自分に告げた最後の言葉も――「お願いだから、わたしに『ありがとう』は言わないで」

シュステンは、本当にあんなことが言いたかったんだろうか？ あれを聞いて自分は具体的に何を思った？ 違う、自分が抱えているこれは恋愛感情ではないはずだ。それでも、ここ最近はシュステンのことで頭がいっぱいだった。だが、この先はどうなる？ 自分は逃亡中であり、シュステンはいずれノルウェーに帰らなければならない。やはり、二人の道は決定的に分かれてしまうのだろうか？

数時間後、ニームを過ぎて、強い北風（ミストラル）が吹くローヌの谷をのぼり、オランジュのあたりでA9号線からA7号線に移った。ブルゴワン・ジャイユー近くのサービスエリアで、ツナマヨネーズサンドイッチとダブルエスプレッソの昼食をとり、アルプス・アヌシー・ジュネーブ方面に向かったところで、あたりは夜になっていた。

その後はレマン湖に沿って北東へ進み、モルジュからヌーシャテル湖に北上して、真っ白な雪が積もるベルン地方に進路を取った。アルプスの山々は、黒いシーツに載せた巨大なメレンゲのように、雲一つない闇夜にくっきりと浮かびあがっていた。チューリッヒのあとはスイスを離れ、午後九時頃、ルステナウでオーストリアに入り、次はドイツの国境を越えてリンダウを目指す。ボーデン湖から真東に進んでミュンヘン近郊に到着したのが午後十時頃だった。

ザルツブルク近くでまた国境を越えてオーストリアに戻り、午後十一時を過ぎた頃、旧石器時代からこの地に住む人々を見守っていた偉大なる山々、ザルツカンマーグートの山頂に到達した。ところがアルプスの深い闇夜にあっては、真っ白な雪をかぶっていても、この力強い頂を目視することは難しかった。

夜中の零時をまわった頃、セルヴァズはついにハルシュタットに入った。ただしこの時間では、湖のほとりにある3Dポストカードのような村も、霧と夜の闇に沈んでしまっている。石畳の小道、チロルのシャレーを思わせる家々、噴水、展望台――この村はまるで『ハイジ』か『サウンド・オブ・ミュージック』の世界だった。

セルヴァズはハルトマンに指示されていたペンション・ゲシュルベルガーを訪ね、二十分後、おとぎ話に出てくるような羽毛布団でいっぱいの背の高いベッドに体を沈めた。

「セルヴァズは昨日の朝、ブラニャック空港にあるレンタカー会社でＶＩＳＡカードを使いました」ケンタールという名の警官が言った。「その数時間後に、ブルゴワン・ジャイユーのガソリンスタンド、最後は料金所でアヌマス／サン゠ジュリアン間の支払いをして、スイスに入った模様です」

「くそっ」ランボーが叫んだ。

「車はプジョー308。エミール・カッツァニーガという偽名で借りています」

「上出来だ。やつはヨーロッパのどこかにいるわけだな」またランボーが言う。

「フランスに戻ってきた可能性もあります」ＩＧＰＮの別の警官が声をあげた。「そのくらいのことはやりかねない男です」

署長のステーランは何も言わずに暗い顔で話し合いを追った。まさに悪夢だった。

「誰か、セルヴァズが行きそうな場所に心当たりはないか？」鋭い目でテーブルを見わたしながらランボーが訊いた。

サミラもエスペランデューも余計な口はきかず、ランボーがほかに注意を向けたタイミングで視線を交わした。

「スイスの高速道路を走るには、料金の支払い済みを証明する〈ヴィニエット〉がいるはずだ」またランボーが言った。「そいつを車両に貼り忘れ、スイス警察に捕まる可能性がないとは言えない。誰か、やつと連絡を取れる者はいるか？」

テーブルはこの世の終わりのような雰囲気だった。今後この部署は、どの司法官からも重要な捜査を任せてもらえなくなるかもしれない。エスペランデューは、トランプ政権が始まったワシントンも似たような状況に違いないと思った。こうなると、異動願いも考えなければならなくなるが……。それにしても、マルタンはいったいどうなってしまうのだろう？　本当にジャンサンを殺したのだろうか？　どう考えても信じられなくて、視線でサミラに同意を求めると、片手でそっと膝をなでられた。エスペランデューはあまりにも孤独だった。マルタンが列車の屋根で撃たれてから、なぜこうも暗転してしまったのだろう？　壊れてしまった警官なら何人も見てきた。だがマルタンは親友なのだ——少なくとも、昏睡状態におちいる前までは。

「それから、このノルウェー人の警官が今どこにいるかわかる者は？」ランボーはステーランのほうを見ながら尋ねた。

ステーランは、最後の望みがあるかと尋ねられた死刑囚のように、ゆっくりと首を横に振った。

「上出来だ」またランボーが言う。「では、インターポールにセルヴァズ警部に関する〈赤手配書〉の配布を依頼しよう」

そうならざるを得ないな、とエスペランデューは思った。メディアはこの赤手配書を便宜上〝国際逮捕状〟と呼んでいるが、実際のところ、〝逮捕状〟ではないのだ。どこかの国の警官が、別の国の司法による決定だけを根拠に、誰かを逮捕することはできない。よって赤手配書の本来の役割は、現地警察に所在の特定と身柄の拘束を求める注意喚起メッセージということになる。

「やつの詳細な特徴記述、それに写真と指紋、一切合切が必要だな」

ランボーがヴァンサンとサミラのほうを向いた

「きみたちに頼めるか？」ランボーが敵意のある口調で言った。

一瞬の沈黙があった。そのあとで、サミラがドクロの指輪がはまっている中指をぴんとテーブルの上に立て、席を立って出ていった。

「以下同文ということで」今度はエスペランデューが立ちあがった。

セルヴァズは午前中、絵はがきにあるような狭い路地と湖のほとりを散歩しながら、残っていたユーロを使って土産物屋で安い帽子を買ってかぶり、サングラスをかけ、首には厚手のウールのマフラーを巻いた。それから、カフェのテラス席に座ってうんざりするほどコーヒーを飲み、最後は見たくなくなってカップを向こうに遠ざけた。

人の注意を引くわけにはいかなかった。なにしろ住民の百倍はいる旅行者が、湖と山に挟まれたこの小さな村を歩きまわっているのだ。まわりからはあらゆる外国語が聞こえてくるが、ドイツ語を話す人はほぼいなかった。

それでもセルヴァズは、この素晴らしいパノラマの景色に感動せずにはいられなかった。段々に重なる真っ白な屋根、のどかでしゃれた家々の外観、湖のほとりに散らばる木の浮橋。その向かい側にそびえる、氷に覆われた壁でできた過酷で圧倒的な存在。その真っ白な山肌には、震える手で描いた絵のように水平の縞模様が描かれている。こうしたすべてが、薄く霧のかかったハルシュタット湖の凍える水に、墓石のように映り込んでいるのだ。

十二時五分前、セルヴァズは五十メートルほど先の、ルター派の教会の横にある、マルクト広場に向かって歩きだした。そこでも大勢の観光客が、カメラや携帯電話で、古い石かオーストリアの一部に見えるものなら、なんでも写真に撮りまくっている。

セルヴァズは、噴水や周囲を眺めるふりをしながら、ほぼ動かずにずっとそこで待った。そのあいだ、シュステンが自分のように旅行者に変装して姿を現してくれることを期待したが、どこにも見あたらず、しまいに心配になってしまった。それから、よく考えてみたらそれで正しいのだと思いなおした。誰かが監視している可能性がある以上、シュステンはリスクを取りたくないのだろう。

「マーラーもここに来たことがあるんですよ。知っていました？」

突然、横にいた旅行者の一人が写真を撮りつづけながら尋ねてきた。セルヴァズは、話しかけてきた男を見つめた。ポンポン付きの黄色い帽子をかぶり、金髪で日に焼けていて、健康そうな若者だった。背は自分より低いが、スポーツをやっているのか、相手のほうが体格はいい。

「荷物はもうまとめてありますか？」カメラのレンズにキャップをはめながら男が尋ねる。

セルヴァズはうなずいた。

「上出来。では、荷物を取りにいきましょうか」

数分後、二人は古いレンジローヴァーに乗って村を離れた。車は黒い煙を吐きながら、湖の西岸に沿って走った。

サミラ・チュンはヴァンサンを見つめた。サミラはその日、目のまわりを黒く塗りたくっていたので、お化け屋敷にいる女吸血鬼そっくりだった。

「あたしと同じこと考えてる？」

「なんの話だよ」

「ケンタールが会議で言ってたボスの足どりよ。スイスに行ったんでしょ？　スイスは近くに――」

「ああ、オーストリアがある。つまり、ハルシュタットも――」

「ボスはあっちに行ってると思う？」

「それは飛躍しすぎじゃないか？」

「でもルート上だからね」

エスペランデューもサミラを見つめる。右手にドクロの指輪が二つ、両手首に、十字架とスタッズとミニチュアドクロだらけの革のブレスレット。

「確かに……。ただし、ジュネーブに行くルートでもあるぞ。あっちはハルトマンの街だ。それはそうと、あのノルウェー人はマルタンと一緒だと思うか？」

サミラは質問に答えない。もうキーボードを打っていた。

「見て」

そばに寄って確認すると、何かのホームページが出ていて、〈Polizei Hallstatt, Seelände 30〉の文字が読めた。〈polizei.gv.at〉で終わるメールアドレスと、ウェブサイトもある。サミラが文字をクリックすると、こんな深刻な状況なのに、二人とも思わず笑ってしまった。バービーとケンに似たトップモデルスタイルの制服警官が、パトカーの近くに立っている。画面の二人には、アメリカ合衆国大統領の役を演じているスティーブン・セガールくらいの信憑性があった。

「ヴァンサン、ドイツ語は話せる？」

エスペランデューは首を横に振った。

「あたしもだめ」

「でも英語ならいける」エスペランデューは受話器をあげて言った。「オーストリア人だってブリティッシュは話すだろ？」


シュステンは、グリューナー・バウム・ホテルの二階の窓から、セルヴァズが黄色い帽子の男と話しているのを見ていた。二人は今まさに、マルクト広場から離れようとしている。シュステンはカーテンをおろすと部屋を出て、階段を駆けおりた。広場に出た瞬間、二人が小道に向かう姿が見えた。シュステンは二人のあとを追う代わりに、反対側に立ち去った。

エスペランデューは受話器を置いた。オーストリアの警官――レーガーとかそんなような名前だった――は驚くほど協力的だった。要求を聞いてしばらく無言になっていたが、フランスの警官に協力することは嬉しいらしい。きっとつまらないルーティンから抜けだせるからだと、エスペランデューは思った。ハルシュタットでは、一年にいったい何件の殺人があるのだろう？　レーガーの英語は、発音に多少のオーストリアなまりがあったが、それ以外はなめらかで完璧だった。

さっそくサミラに、いけそうだとサインを出すと、サミラはネットに出ていたメールアドレスに、セルヴァズの写真と英語のメッセージを送った。

午後二時頃、セルヴァズは帽子の男とともにハルシュタットに戻った。山の下にあるトンネルを通り、P1パーキングに車をとめ、徒歩で湖のほとりにある中心街に行く。外は寒く、湖の上に雪が降り、すでに午後の終わりのようにどんよりしていた。

「なぜこんな回り道をしたんだ?」セルヴァズはもう一度スーツケースを引っ張りながら尋ねた。

「尾行されてないか確かめるためですよ」

「これからどうする?」

「あなたはホテルに戻って待機です。迎えが来るまでそこにいてください。誰が相手でも電話はだめですよ、わかりましたか? アルコールも煙草も禁止です。コーヒーも避けてください。水を飲んだら、おとなしく寝ててくださいね」

セルヴァズと帽子の男がパーキングに車をとめた数分後、同じパーキングにプラハのナンバーを付けた緑のラーダ・ニーヴァが停車した。その車から、まずツェートマイヤーが現れた。いつものように、襟にカワウソの毛皮がついたコートを着て、毛の薄くなった頭にフェルト帽をかぶっている。古ぼけた車とはあまりに不釣り合いな格好だった。一方のジリは、シンプルなダウンジャケット、ジーンズ、毛皮のブーツという、いかにも観光客らしい格好をしていた。二人は駐車場に車を置いて村の中心地まで行くと、カフェに座り、雑多な観光客の群れを見つめていた。

ホテルの部屋にこもってから三時間が過ぎ、セルヴァズはついに部屋のなかをぐるぐると回りだした。打ちのめされてぐったりしていたマルゴの様子が気にかかり、娘のことが頭から離れなかった。自分はこうして、泥棒も同然の消え方をしたのだから、死ぬほど心配しているだろう。セルヴァズはそれを思うといっそう耐えられなくなり、どうしてもマルゴと話をしなければならないと思った。

ランボーはすでに判事から、盗聴器をしかける許可を得ただろうか？　まさか、こんなに早く出ないはずだ。いや、状況を考えたらあるかもしれないが……定かではない。フランスの警察と司法はテレビドラマのようには機能していないし、失敗も山ほどある。ヨーロッパ中の警察に手配されているテロリストたちを見てみればいい。何日も何週間も国から国へと渡り歩き、国境を越え、電車に乗った頃に、ようやく盗聴の許可がおりる。

一か八か、やってみるしかない。セルヴァズはそう決心すると、プリペイドカード払いの小さな携帯電話を出して番号を押した。これも、空港に行く前にトゥールーズの繁華街で買ったものだった。

「もしもし？」

「私だ」

「パパ？　どこなの？」

心配でたまらない声が聞こえた。

「教えられない」

マルゴが黙った。

「どういうことなの？」

またもや娘の声に怒りがにじむ。セルヴァズは、自分たちはもう一生このままなのかもしれないと思った。窓の向こうで、白い船が霧のなかを近づいてくるのが見えた。船は湖の向こう側にある鉄道駅で降車した観光客を、湖のこちら側に連れてこようとしている。

「いいか、これから誰かがおまえに私のことを訊きにくる。相手は警察だ。その警察の人間は、私のことを犯罪者のように言ってくるだろう」

「警察？　待って、警察はパパでしょ？　何言ってんの？　わけがわからないよ」

「説明が難しいんだ。それで、私は行かなければならなかった――」

「行く？　行くってどこに？　お願い、もっとはっきり――」

「いいから聞きなさい」セルヴァズはマルゴの声をさえぎった。「私は罠にかかった。やっていないのに、罪をなすりつけられている。だから逃げなければならなかった。だが、必ず戻る」

マルゴがまた黙った。

「怖いよ、パパ」突然マルゴが言った。

「わかってる。パパが悪かった」

「今は大丈夫なの？」

「ああ、心配しなくていい」

「心配するに決まってる。あたしはどうしたら――」

「もう一つ、おまえに言っておきたいことがある」

娘が耳を澄ましているのがわかり、セルヴァズは躊躇した。

「おまえには弟がいる。名前はギュスターヴ。五歳だ」

一瞬声がとぎれ、やがて返事があった。

「おと……うと？　ギュスターヴ？」

その声だけで、どれほど納得できない顔をしているのか想像することができる。

「母親は誰なの？」

セルヴァズは固まった。

「長い話になる」

ミニバーにあったボトルの水をグラスに入れていたので、セルヴァズはそれを飲みほした。

「時間ならあるから気にしないで」また冷たくなった声でマルゴが答える。

「ずいぶん前からの知り合いで、誘拐されてしまった人だよ」

「誘拐って、マリアンヌ？　相手はマリアンヌなの？」

「そうだ」

「なんてことなの……。じゃあやつが戻ってきたんだね？」

「誰のことだ？」

「わかってるでしょ」

「ああ」

「パパ、あり得ないよ。嘘だと言ってよ。またあのくそったれの悪夢が始まるんだ」

「マルゴ、私は――」

「その……子ども、どこにいるの？」

セルヴァズの胸に、ふとエスペランデューの言葉がよみがえった――「聞くんですよ、ダ、ダイレクトに。変にひねった質問はやめてくださいね。取り調べじゃないんです。あなたの娘なんだから」

「どこにいるかはどうでもいい。子どもがいるのは本当のことだから。それより、私もおまえに訊きたいことがある。いったいどうしたんだ、マルゴ。何があった？　ちゃんと答えてくれ。私は真実が知りたいんだ」

これまでよりさらに長い空白があった。

「パパは二人目の子どもができただけじゃなくて、おじいちゃんにもなるみたいだよ」

「なんだって？」

「もうすぐ三カ月になる」

セルヴァズはここしばらくのマルゴの様子を思い返した。確かに、前とは体つきも精神状態も変わっていた。朝方に吐いていたし、傷つきやすくなって、気分がころころ変わり、冷蔵庫は体にいい食材であふれ、体重が増えて……。

あれでわからないなんて、いったい自分は何を見ていたのだろうか？

ハルトマンですら気づいたというのに。

「父親は私が知っている相手か？」

「うん。エリアス」

セルヴァズは一瞬、誰のことかわからず、少ししてから思い出した。そうだ、マルゴが通い、かつて自分自身も通っていたマルサック高校の同級生だ。あそこで教員が殺害されたとき、マルゴとともに事件解決に一役買ってくれたのがエリアスだった。それだけではない。事件のあとでマリアンヌがハルトマンに誘拐され、自暴自棄になったセルヴァズがスペインの小さな村で酒浸りになっていると、マルゴがエリアスを連れて迎えにきてくれたのだ。当初は顔の半分が隠れるくらい前髪が伸びた、ひょろ長い子どもだったのに、いつのまにか大人になっていた物静かな青年。口数は少なくても、気遣ってくれているのはわかった。

「知らなかったよ、エリアスと続いていたんだな」

「そんなんじゃないよ。去年エリアスが旅行でモントリオールに来たの。会うのは三年ぶりだけど、たまに連絡は取ってたんだ。エリアスは一カ月後にパリに戻って、それからよく連絡を取りあうようになったの。そのあと、エリアスがまたカナダに来て、今度は本気だって言っていた……」

マルゴはいつでも、複雑な状況を簡潔な文章にまとめる力があった。

「つまり二人は——」

「パパ、今はそんな話をしている場合じゃないよ」

「だが……おまえたちはこれから一緒に暮らすのか？」

「そんなのどうでもよくない？　ねえパパ、何がなんでも帰ってこなきゃだめだよ。逃亡犯になるなんて無理だから」

「今すぐは帰れない。マルゴ、聞きなさい。私は……」

携帯電話の向こうで何かの音がした。扉が鳴る音のようで、そのあと声が聞こえた。

「マルゴ？　いるの？　ママよ」別れた妻のアレクサンドラだった。

「ママには何も言うな」

セルヴァズはそれだけ言って電話を切った。

ふと、はるか昔の幸せな光景がよみがえった。ついさっき、子どもを宿したと言っていたあの子が、本人にしか理解できない言葉をしゃべりながら、夫婦のベッドによじのぼってくる姿が。ほぼ毎日、まだ眠っている母親のところにそうやってのぼってきて、両親のあいだに体を無理やり押し込めていた。するとセルヴァズは、ぽっちゃりとした腹に鼻をうずめて、あの匂いを吸い込むのだ――今思い出しても、あれほど幸せな記憶はなかった。やわらかな髪の毛。息を吸ったときだけへこむ腹。哺乳瓶に入ったミルクの甘酸っぱい匂いと、コロンの匂いが混じりあった乳飲み子の匂い。目覚めの匂い……。私の娘、マルゴ……。あの子が、今度は自分の胎内に新しい命を宿している。

いい母親になってほしいと心から願った。そして、マルゴとエリアスの仲が、自分たちのように粉々に砕け散ってしまわないようにと願った。娘でいたときと同じくらい、母親として幸せであるように。子どもが仲むつまじい家族のなかで成長していけるように……。落ち着こうとしても、すべてがぐるぐると回りはじめ、巨大な二つの惑星と、それを取り巻く小さな惑星しか見えなくなった。あるいは一つの惑星と太陽か。だとしたらそれは黒い太陽だった。セルヴァズには、娘だったマルゴが、別のマルゴにとって代わられたような気がした。

自分の知らないマルゴ。

セルヴァズは窓のそばに行き、白い船と灰色の水の横に並ぶ、自分の亡霊のような顔を見つめた。そして、胸を詰まらせながら心のなかでつぶやいた。

大丈夫だマルゴ、おまえは素晴らしい母親になれる。おまえたちの子どもは幸せだ。これからあとどのくらい、こうして離れていることになるかわからないが、たまには私のことを思い出してほしい。そして、理解してくれたらと思っている……。

シュステンがケーキ屋とカフェの前でまた監視を始めたところに、携帯電話が鳴った。

「あらカスペル、元気？」

しばらく沈黙が続いた。ベルゲンでは今日もあいかわらず雨が降っているらしい。

「今どこにいる？」カスペル・ストランが尋ねた。

「ケーキ屋とカフェの前よ」

「今もホテルにいるのか？」

「なぜそれを知りたいの？」ふいにシュステンは言った。

「なんだって？」

「なぜ、私がどこにいるか知りたいの？」

「質問の意味が理解できない」

「なぜ、わたしがいる場所とやっていることに、そんなに興味があるの？」

また沈黙だ。

「何馬鹿なことを言ってるんだ？」カスペルが吐きすてるように言う。「きみがいる場所を知りたいわけは、ただ――」

「カスペル、わたし昨日オスロに電話したの。そしたら、こっちの様子がまったくわかってないみたいだったわ。子どもの足どりがつかめたことを、誰にも聞かされてないみたいなの。でも、わたしはあなたに言ったわよね。なぜ、それを誰にも言わないの？　なぜ、あなたはそれを上司に報告しないの？」

　もはや雨音以外、何も聞こえなくなった。

「わからない……」ようやくカスペルが声を出した。「きみが自分で報告すればいいと思ったのか……。だが、きみも誰にも言ってないようだな」

　あら、ワンポイントゲットね。シュステンは思った。

「警官を自認しているのはきみだけじゃない。おれだって、あのくそったれを見つけたいんだよ。おれには誰もフランス行きの旅費を払ってくれなかったがな……」

　ツーポイント。

「わかったわ、ごめんなさい。今、爆発寸前だったの」

「なぜだ？」少しあいだを置いてまた続ける。「なぜ、やつがまた現れたことをおれに言わない？」

「もう行かなきゃ」

「きみは何をするつもりなんだ？」

「知らない」

「気をつけてくれ」

「ええ」

　カスペルは電話を切り、港のほうを見つめた。あいかわらず激しい雨が降っている。

それから、口座に入った金のことを考えた。情報提供の見返りにもらった金だ。借金の一部の返済にまわされることが決まっている金。もっと欲しかったがしかたがない。カスペルは時間を確認してもう一本電話をかけた。警察とはまったく関係ない相手だった。

43　準備

「体調はどうだ、ギュスターヴ？」

ハルトマンは病室のベッドに寝ているギュスターヴを見つめてから、窓のそばに行った。一面に雪が積もった小さな駐車場の向こうに、ハルシュタットの白い屋根と湖の灰色の水が見える。このクリニックは村の高台に建っていた。

「いいよ、パパ」背後でギュスターヴが答える。

鉄道の駅がある反対岸から、船が近づいてくる。

「それはよかった」振り返ってハルトマンが言った。「いよいよ今晩だな」

今回は返事がない。

「怖がらなくていい、ギュスターヴ。すべてうまくいくから」

「では、行きましょうか」黄色い帽子の男が言った。「スーツケースを持ってください」

「どこに行くんだ？」セルヴァズは尋ねた。

もうミステリーにはうんざりだった。昨日は暗くなってからも、室内を行ったり来たりして、眠ってからは悪夢ばかり見ていた。

「クリニックですよ」

「きみの職業は？」

「え、おれ？」驚いたように男が言った。「看護師ですけど。クリニックに行くってのに、なんて質問なんですか？　おれはあなたを迎えにいくよう言われたんです」

「昨日歩きまわって、尾行がついてないか確認したのも迎えの一環か？」

セルヴァズが扉の鍵を閉めながら訊くと、男はまごついたように微笑んだ。二人は小さなエレベーターに向かった。

「おれは指示されたとおりにやっただけです」

「まったく疑問をもたなかったのか？」大人二人には小さすぎるエレベーターが閉まったところでセルヴァズは尋ねた。

「いや、ドレッシンジャー先生から、あなたはフランスじゃ有名で、マスコミとかパパラッチみたいなのが……嫌いだって聞いてたから……」

男の返事と同時にエレベーターの扉が開いたことに、セルヴァズは心の底から感謝した。セルヴァズは小さなフロントに行ってレトロな鍵を返すと、先ほど男に言われたことを思い返し、また疑問を覚えた。

「なぜ目立ってはいけないと思った？　きみのところのクリニックは、普段何をやっている？」

男は本心からびっくりしていた。

「いや、リフティングとか、鼻やまぶたの手術、乳房形成、インプラント。ああ、あとは陰茎形成や小陰唇形成もやってますよ」

今度はセルヴァズが驚く番だった。

「つまり、私たちはこれから美容整形外科に行くのか?」

車は石畳の小道をほんの数百メートルのぼり、小さな駐車場にとまった。クリニックは村の家々と湖を見おろす高台にあった。男が先にワーゲンから降りてトランクを開け、セルヴァズにスーツケースを渡した。セルヴァズは胃が痛む思いでそれを受け取った。インターネットで調べたところ、生体肝移植は受ける側にもドナーになる側にも負担を強いる繊細かつたいへんな手術で、十五時間もかかることがわかり、とたんに怖じ気づいていたのだ。セルヴァズは自分を励ますために、ハルトマンは息子を愛しているから、下手な医師には頼まないはずだと心のなかで言い聞かせた。

息子……。この言葉に今もまだ戸惑いがある。それでもセルヴァズは、血を分けた息子に自分の肝臓を与えるため、ここまで来たのだ。こんなふうに言うと、なんだかSF小説のように聞こえてしまうが。

「陰茎形成というのは?」駐車場を横切り、入り口の階段をあがっているところで、急にセルヴァズが尋ねた。

「ペニスの手術です」

「小陰唇形成は？」

「女性器のヒダです。大きすぎる場合は小さくするんですよ」

「そいつはいい」

ロータ・ドレッシンジャー医師は、美容整形手術の歩く広告塔と言っていいだろう。例の〈ビフォー／アフター〉というあれである。ドレッシンジャーはセルヴァズが会ったなかで一、二を争うほど容姿の劣る、まさしく〝ビフォー〟そのものの男だった。とんでもなく相性の悪い遺伝子の寄せ集めのような顔をしていたのだ。鼻と耳は肉が付きすぎ、目は小さすぎ、顎は狭すぎ、唇はまるでヒキガエル、頭はつるつるでとがっていて、復活祭の卵にしか見えない。しかも角膜が充血しているうえに白目が黄ばみ、肌のあちこちに、若かりし頃の梅毒の後遺症のようなクレーターができていた。

セルヴァズは、客はこうはなりたくなくて手術室に駆け込むのか、それとも、調子のいいことを言われようが、ものには限界があることを彼を見て学習するのか、どちらだろうかと思った。とはいえ、自然がこれほど無茶な采配をしたことには、それなりの意味があるはずだった。

一方で、ドレッシンジャーの手は驚くほど美しかった。白いシャツと白衣に隠れて見えなかったのが、顎の下で両手を交差させたときに、マニキュアを塗った指があらわになったのだ。

「道中は快適でしたか？」医師が英語で訊いてきた。

「そんなことが重要ですか？」

医師の黄色い目が不快なほどこちらを凝視した。

「いいえ、それほどではありません。重要なのはあなたの健康状態のほうだ」

「いい病院ですね。ここは美容整形外科で間違いない？」

「おっしゃるとおりです」

「では質問に答えてください。この種の手術はよくなさるんですか？」

「儲かる商売に転向する前は……こちらが私の専門でした。どうぞ調べてみてください。オーストリア以外の国にも知られるくらい評判はよかったです」

「私の正体をご存じですか？」

「子どもの父親でしょう」

「それ以外に……」

「わかりませんし、そんなことはどうでもいい」

「彼はあなたになんと言っていました？」

「何について？」

「この手術についてです」

「ギュスターヴは移植が必要だと。できるだけ早く」

「ほかには？」

「あなたは数カ月前に胸を撃たれ、しばらく昏睡状態にあったと」

「懸念材料とはなりませんか？」

「なぜです？　心臓でしょう？　肝臓じゃありませんよ」

「そのせいで……リスクが高くなることは？」

「もちろんありますね。どんな手術にもリスクはつきものですから」

ドレッシンジャーがピアニストのような手を振って話す。

「ただし、この手術はとてもデリケートだ。正確には、三種類の手術を同時にこなさなければなりません。まず、あなたの肝臓から三分の二を摘出する手術。次に、ギュスターヴの壊死した肝臓を摘出する手術。三つ目は、ギュスターヴに健康な肝臓を移植して縫合する手術。常にリスクがつきまといます」

セルヴァズは胃が痛くなった。

「しかし、私が二カ月前に心臓の手術を受けたことは、そのリスクを増大させませんか？」

「子どもに影響はありません。本来は脳死状態のドナーから提供されるのが一般的ですから」

「では私にとっては？」

「間違いなくあるでしょうね」

おどけた調子でそう返されて、セルヴァズは喉が詰まる思いがした。こっちが死のうが死ぬまいが、本当にどうでもいいんだな……。ハルトマンもそうなのか？

「こちらで殺人犯をかくまっているようですね」突然セルヴァズが言った。「それも超有名人を」

医師の顔がこわばった。

「ご存じでしたか？」セルヴァズは尋ねた。

ドレッシンジャーがうなずく。

「なぜです？」

「彼に借りがあるんです」ためらいながらも、ドレッシンジャーが答えた。

セルヴァズは眉をあげた。

「これほどのリスクを負うとは、どういった借りなんですか？」

「説明するのは難しくて……」

「どうぞ、やってみてください」

「なぜ私がそんなことをしなきゃならない？　あなたは警官ですか？」

「ええ」

ドレッシンジャーが驚いたような目で見つめてきた。

「ご心配なく」セルヴァズは続けた。「警官として来ているわけではありません。肝臓を提供するために来たことはあなたもご存じのはずだ。それで？」

「彼は私の娘を殺しました」

今度はなんの躊躇もなく答えが返ってきた。セルヴァズにはわけがわからなかった。医師の顔に、そっと哀しみのベールがおりる。ところが一瞬の弱さはすぐに消えて、ドレッシンジャーはまた厳しい目を向けてきた。

「よく理解できないんですが」セルヴァズが尋ねる。

「娘を殺したんです……私の頼みを聞き入れて。もちろん、殺す以外のことは何もなかった。もう十八年になります」

セルヴァズはますますわけがわからなくなり、ドレッシンジャーを見つめた。

「ハルトマンに自分の娘を殺してくれと頼んだんですか？　なぜです？」

「自然が言われるほど完璧でないことは、私の顔を見ればおわかりになるはずだ。娘の顔も父親の血を引いていたんですよ。そのせいで、ひどく……落ち込んでいました。だが、それだけでは足りないかのように、娘は不治の病にも冒されていた。しかも、ひどい苦しみをともなう、非常に稀な病気です。あの時代には治療法が一切見つかっておらず、遅くとも四十前には死ねることが唯一の救いでした。それまでは、日々増すばかりの苦しみに耐えなければならない。ある日、私はそのことをジュリアンに話しました。すると彼が、そうすることを提案してくれたんです。私自身、何度そうしようと思ったことか。しかし、この国では受動的な安楽死のみが許されており、私は刑務所に行くことが恐ろしかった。言ったでしょう？　私は彼に絶対に返すことのできない借りがあるんです」

「あなたも刑務所に行くリスクを冒せばよかったじゃないか……」

ドレッシンジャーは目を細めた。

「なぜです？　私を告発するつもりですか？」

セルヴァズは返事をしなかったが、冷却ジェルを飲んだような気になった。手術台の上にある自分の命は、この男の手に握られている。しかもこの男は断言していたのだ、ドナーは死体であってもかまわないと。

「これからのことを、もっと聞いておきたいですか？」ドレッシンジャーの口調がやわらかになった。

慎重にうなずきを返したが、本当に自分が知りたいと思っているのか、セルヴァズにはわからなかった。

「まず、あなたの肝臓を摘出します。それから肝切除術を行い――」

「肝、なんですって？」

「組織の摘出です。ギュスターヴの肝臓を切除するんですよ。これには靱帯、それから肝動脈と門脈という血管と、輸胆管の切除が含まれます。ギュスターヴの肝不全では凝固の問題が発生する可能性があるので、特に注意が必要です。最後にあなたから取りだした肝臓を移植します。最初は血管からです。血管がつながると、また臓器に血液が送られます。その次が輸胆管。最後に、周囲にたまっている血液、リンパ液、胆汁を排出するためのドレーンを設置して縫合です。もちろん手術は全身麻酔で行い、オペ時間は十五時間ほどになると思われます」

医療用語を英語で説明されたのですべてを理解できた自信はないが、セルヴァズは、自分にとっては意味のないことだと思った。それより、ハルトマンはどこにいるのだろう？ギュスターヴは？ ここに来てから、まだ二人には会っていなかった。直接医師の元に連れてこられたのだ。見てきた扉にも、麻酔、手術室1、手術室2、レントゲン室、薬局の文字があるだけだった。

すべてが白く、殺菌されて、完璧な衛生状態を保っていた。

「午前中に一連の検査を行います。終わったら、手術が始まるまで休んでいてください。ただし食べ物は一切口にできません。もちろん煙草もだめです」

「手術はいつですか？」

「今晩です」

セルヴァズは眉をあげた。

「なぜ今晩なんです？ 明日の日中じゃだめなんですか？」

「私のバイオリズムのピークが来るからです」笑いながらドレッシンジャーが言った。「朝の人もいれば夕方の人もいる。私は夜なんですよ」

笑いは返さなかった。実際のところ、セルヴァズは少しぼんやりしていて、非現実感がますます強くなっていた。それに、ドレッシンジャーと話していると、なんとなく薄ら寒いものを感じてしまう。

「では部屋に案内します。次は手術室でお会いしましょう。携帯電話をください」

「はい？」

「携帯電話をよこしなさい」

ドレッシンジャーは、オフィスを出た足音が廊下を遠ざかるのを待って、近くの扉を開けた。その先は小部屋になっていて、棚いっぱいに、数十冊のファイルとラベルを貼った箱が並んでいた。奥には小さな窓もあり、山々を背景に、こちらに背を向けたまま窓から外を眺めている長身のシルエットが見える。

「あの男は手術に耐えられる状態なのか？」後ろ手で扉を閉めながらドレッシンジャーが尋ねた。

「私が欲しいのは彼の肝臓だよ」振り向きもせずハルトマンが答える。「それに、ドナーが死んでいたほうが楽なんだろう？」

ハルトマンに見られていなくても、ドレッシンジャーはゆっくりとうなずいた。ただし、答えに大満足したわけではない。

「手術が成功してあの男が家に帰ることになったら、いったいどうなる？　私が告訴されることは考えなかったのか？　それより、やつが警官とは聞いてなかったぞ！」

ハルトマンは肩をすくめた。

「それはきみの問題だ。あの男の命はきみが握っている。生かしておくのか、殺してしまうのか、きみが好きなほうを選択すればいい」

ドレッシンジャーはまだぶつぶつと文句を続けた。

「死ねば死亡報告書を出さないといけないし、あの男が何をしたのか報告を求められる。そうすれば捜査が始まって、遅かれ早かれ真実が明らかになる。それはだめだ」

「だったら生かしておけ」

「それに、私は人を殺したことがない」ドレッシンジャーは感情のこもっていない声で言った。「私は医者なんだよ、ちくしょう……。私は違う……あなたとは——」

「きみは娘を殺した」

「違う！」

「いいや、殺した。私は手段として使われただけで、決めたのはきみだ」

ドレッシンジャーは黙り、ハルトマンが振り返った。強烈な視線を浴びて、いつものように体がこわばった。テーザー銃で撃たれたとしても、これほどの効果はないだろう。ドレッシンジャーはハルトマンにセルヴァズの携帯電話を渡した。

「だがな、ローター、もしギュスターヴに何かあれば、きみの命はないと思ってくれ」

ドレッシンジャーは自分の腹をヘビの巣穴にされたような気がしたが、それでも真っ向から言い返した。

「なかなかデリケートな手術なんだよ、ジュリアン。そんなふうに脅されては、助けにならない」

ハルトマンはあざ笑った。

「怖いのか？」

「もちろん、怖いさ。あなたがジャスミンにやってくれたことに対しては、永遠に感謝を捧げよう。だがあなたが死んでくれると、よく眠れると思うね」

うなり声かと思うほどの笑いが、小部屋いっぱいに響いた。


その朝、ペンション・ゲシュルベルガーから出てきたレーガー警官は、唇に笑みを浮かべていた。五軒目のホテルでさっそくわかったと聞けば、きっとフランスの警官は大喜びするはずだった。とはいえレーガーは、それほどの緊急案件ではないと勝手に判断し、報告前にマイスリンガーの店でカプチーノとペストリーを楽しんでいる。たっぷりクリームがかかったパンはことさらおいしかった。その一方で、最近太ってきたのは自覚していて、これから先も泥棒を追いかけたいなら、さっさとスポーツを始めるべきだとも思っている。だが、実際どの泥棒のことを言っているのか、わけがわからないのも事実だった。もちろんハルシュタットにも強盗はいるし、特に観光シーズンの夏はスリが多発して、ごくたまに乱闘もある。それでも二十二年のキャリアのなかで、レーガーが誰かのあとを追って走ったことはただの一度もなかった。

ちょっとしたお楽しみが終わると、レーガーはドレッシンジャー・クリニックに向かった。ペンションの主人は写真の男に気づいただけでなく、今朝出ていくときに一緒だったのが、地元の人間のシュトラウフだと教えてくれたのだ。シュトラウフはクリニックの看護師で、レーガーは彼が子どもの頃から知っている。普段と比べて、なんと刺激的な朝だろう。レーガーはまた唇に笑みを浮かべ、坂道をのぼっていった。

病室に入るなり、セルヴァズは入り口側の自分のベッドと、窓側に置かれた二台目のベッドを見つめた。子ども用のベッドだ……。シーツと掛け布団に、使った痕跡と人型が残っているが、今は誰もいない。

窓の外には、灰色の空の下で静かに揺れている枝と、駐車場に並ぶ車の列が見えた。セルヴァズは、案内の人間が病室を出ていくなり、しゃがみ込み、靴下に隠していたプリペイド式の携帯電話を出した。自分の電話が取りあげられるのは想定済みだった。ハルトマンのことは、限定的かつ一時的にしか信用していなかったのだ。セルヴァズは室内をざっと見わたして、もう一つある扉を開けた——トイレがついた小さな洗面所だった。水洗タンクの蓋を開け閉めして、部屋に戻った。

ベッドの上の照明か……。

そばに行き、コンセントのタップが付いたプラスチック製の枠のうしろに手を伸ばす。壁側に空間があった。セルヴァズは消音モードになっていることと電波が来ていることを確認してから、その空間に携帯電話を隠し、いったんうしろにさがって、表からは見えないことを確かめた。準備が終わると言われたとおりに服を着替え、ベッドで待った。

レーガーは受付のマリーケに笑顔で挨拶した。同じブリッジクラブのメンバーなので、レーガーは彼女のことをよく知っていた。離婚歴があり、一人で二人の子どもを育てるシングルマザーだった。

「やあ、マリーケ、子どもたちはどうしてる？　マティアスはまだ警官になりたいのか？」

レーガーが訊く。

十二歳になる長男のマティアスは、警官の制服を着たがっていた。ブーツとベルトと銃と許可証があれば、どんな制服でもかまわないのだろうが。

「あの子、インフルエンザにかかっちゃって寝ているわ」

「おや」

マリーケは少しぽっちゃりした金髪の美人で、離婚したあと、二人はほんのいっときつきあっていた。レーガーは、フランスの警官から送られてきた写真をカウンターに載せて言った。

「教えてくれ。この人物に似た患者は来ていないか？」

「来たわ。でもなぜ？」マリーケが戸惑ったように尋ねる。

「いつ来た？」

「今朝よ」

ホテルの主人の証言と一致した。レーガーはますます興奮した。

「何号室だい？」

マリーケはパソコンを調べてレーガーに教えた。

「名前は?」

「デュポン」

答えを聞いてレーガーはさらに興奮した。フランス人の名前だったからだ。

「ドレッシンジャー先生を呼んでくれないか」レーガーはそれだけ言うと、呼び出し音が鳴っている携帯電話を出して、苛立った声をあげた。「もしもし?」

そのまましばらく相手の話を聞いて、ようやく口を開けた。

「事故? どこだ。ハルシュテッターセ・ランデス通り? 正確な場所は? ひどいのか? わかったすぐ行く」

レーガーは電話を切ると、途方に暮れた目でマリーケを見た。

「先生にはまた来ると言ってくれ。おれはもう行かないと」

「大変な事故なの?」今度はマリーケが訊く。

「まあそうだな。大型トラックに二台の車が巻き込まれたらしい。死者も出ている」

「ここの住民?」

「マリーケ、それはおれにもわからないよ」

ジリはクリニックから五十メートルほど離れた場所の、少しだけ張りだした石垣のところに車をとめて、運転席に座ったまま双眼鏡で病室の窓を確認していた。どの窓も高さがあって部屋の横幅いっぱいにつくられ、しかも昼間だというのに煌々と明かりがついているので、ブラインドがおりていなければ、なかの様子がはっきりと見える。照明がついていない部屋は患者がいないのだろう。少なくともジリが見える角度からは、だいたい六部屋が使われていることがわかった。

その六部屋を確認しているところで、突然、双眼鏡を持つ手がとまった。一階にフランス人の警官がいる。窓側のベッドが空で、警官は奥のベッドにいたから、危うく見逃すところだった。

もう一度、窓側のベッドを確認した。子ども用のベッドだ……。こうなると、ジリの興奮はいやがうえにも高まった。

セルヴァズは駐車場に並んでいる屋根に雪を載せた車を眺め、ベッドに戻った。シュステンはどこだろうか。プリペイド式の携帯電話を使って三回電話をしたが、反応がない。ギュスターヴはどこにいる？　ハルトマンは？　みんな、いったいどこへ消えてしまったのだろう？　セルヴァズはじっとしていられず、ギュスターヴに会いたくてしかたがなかった。ギュスターヴが手術台の上に横たわったまま、自分がいた場所に旅立つことになったら……。セルヴァズは、昏睡状態にあった自分があの場所にいたという事実よりも、ギュスターヴが同じ場所に行くと想像するだけで怖くなった。ギュスターヴがあんな遠い場所から戻ってこられる保証はないのだ。

それに、自分も絶対に生きて戻らなければならないと決意した。手術が成功して、ギュスターヴが生還したことを確認するために。

私の息子……。

しかしセルヴァズは、またこの考えを頭から振りはらった。どうしても慣れなくて、考えるだけでおかしな気持ちになってしまう。自分になんの断りもなしに、いきなり人生に入り込んできた子どもだった。自分はそれを不当にも〝がん〟のようなものだと思った。自分のなかで静かに成長し、ある日その存在を無視できなくなるという点において。これから先いったいどうなるのだろう？ 手術が成功し、二人とも無事生還できたとしたら？ ハルトマンは黙って送りだすだろうか？ いや、そんなことにはならないだろう。だとすると、ギュスターヴと一緒にいたければ、ハルトマンから引き離さなければならない。だが、自分はそれを望むのだろうか？ それに、手術後の自分に、そんな策を弄する力はない。ああ、ハルトマンはどこにいるのだ？ なぜ姿を現さない？

いや、検査を受けるギュスターヴに付き添っているに決まっている。セルヴァズは冷静になってそう思いなおした。

と、ノックと同時に扉が開き、あの看護師が入ってきた。もう黄色い帽子はかぶっていなかった。

「では、行きましょうか」

これが彼の口癖らしい。

「まず、心電図と胸部超音波検査から始めます」廊下に出るなり看護師が言った。「これは心疾患を持っていないかの確認です。それから、喫煙者ということなので、胸部のレントゲン写真を撮ります。次は、腹部超音波検査で胆嚢の確認と肝臓のサイズを測って、最後は麻酔科医と面談ですね。時間がだいぶかかりますが、大丈夫そうですか？」

　看護師はちらっとこちらを見ながら尋ねた。

「今、このクリニックに患者はどのくらいいる？」

　セルヴァズは、看護師のあとについていきながら声をかけた。背中が大きく開いた検査着の下に服を着ておらず、頭にはメディカル・キャップをかぶり、足にはビニールのカバーがかかっていたので、なんだか自分がまぬけになったようだった。

「十人くらいですかね」

「そんなもので、これほどの施設を維持していけるものなのか？」

　思わず驚いて尋ねると、看護師が笑った。

「ええ。請求書の金額を見れば、大丈夫だとわかります」

　シュステンがホテルに戻ると、主人がカウンターから箱を出し、「お客さん宛てに荷物が届いていますよ」と言って渡してくれた。部屋に入ってからペーパーナイフで封を切り、箱を開けて布を広げる。なかには、グリースでいっぱいのビニール袋に包まれた銃が入っていた。スプリングフィールドＸＤのセミオートマチックピストル――軽くて頼りになるクロアチアの銃だ。それから、九ミリの銃弾が十五発入った弾倉が三つ入っていた。

午後四時頃、セルヴァズは部屋に戻された。すぐにスーツケースを開けてなかを確認すると、荒らされた形跡があった。もう隠すつもりもないのだろう。自分がいないあいだに服も一枚一枚調べたはずだ。セルヴァズは、ベッドの上部にあるプラスチック製の枠のそばに行き、裏に手を伸ばした。携帯電話はちゃんとそこにあった。

それから、窓際に行って外を眺める。山の上に大量の雲がおりていた。村はすっかりくすんだベールに包まれ、湖には、水面下で巨大な火事が発生しているかのように、もくもくと蒸気霧が立ちのぼっている。

まもなく雪が降るのだろう。そんな空気だった。

と、いきなり部屋の扉が開き、セルヴァズは振り返った。

子ども用のベッドのそばにストレッチャーが運ばれてくる。看護師がギュスターヴに、ストレッチャーから移るよう促した。うまくベッドに移ったところで看護師が笑いかける。それから寝具でギュスターヴを包み、手を叩きあってから部屋を出ていった。看護師と入れ替わりで、廊下から背の高いシルエットが現れた。

「やあ、マルタン」ハルトマンが言った。

セルヴァズは、思わず髪が逆立った。ハルトマンはひげが伸びっぱなしで、まぶたが赤く腫れ、ぼんやりとしてどことなく沈んでいた。まるで何かに取り憑かれているようだった――人に言えない秘密の感情に。突然、体がかっと熱くなった。暖房のせいにしようとしたが、そうでないことはセルヴァズにもわかっていた。ハルトマンが自分と同じ心配をしていると気づいたのだ。それとも、まだ何かあるのだろうか？　ほかに、心配の種になることが？　窓のそばに行き外を眺めるハルトマンを見て、セルヴァズもはっと身構えた。確かに、何かが光っていた。ハルトマンはブラインドを下ろした。

「いったい何があった？」セルヴァズは尋ねた。

ハルトマンは答えないままギュスターヴのそばに行き、優しく頭をなでた。ギュスターヴも信頼しきった目でハルトマンに笑いかける。セルヴァズは一瞬嫉妬に駆られたが、自分のほうを見るハルトマンの目に浮かんでいるものに気づき、背筋が凍った。ジュリアン・ハルトマンが何かに怯えている。いや、誰かに怯えているのか……。セルヴァズは初めて、ハルトマンの目に恐怖が浮かんでいるのを見た。そしてそれが、ほかのどの感情が浮かんでいたときよりも恐ろしかった。なぜなら、怯える理由が手術の結果以外にあることを、セルヴァズも気づいてしまったからだ。ついさっき、ハルトマンは窓のそばに行き、外を見てからブラインドを下ろした。

そのとき何かが起こったのだ――窓の外で。

シュステンは教会のそばに立ち、双眼鏡でプラハナンバーのラーダを監視していた。ホテルに届いたスプリングフィールドXDは、弾を込めた状態でベルトと腰のあいだに挟み、その上からコートをはおった。自分がうしろからラーダを見ているように、運転席にいる男も、双眼鏡でクリニックのほうを見ていた。

続いて、助手席にいる男の頭を確認する。次に、マルタンの病室にレンズを向けた瞬間、シュステンは固まった。ハルトマンが窓のそばに現れ、こっちを見ている。そのうしろにマルタンが立ち、ギュスターヴはベッドにいた。とたんに脈拍が速まった。部屋の明かりが、宵闇で青く染まった駐車場の雪を黄色く照らしていた。

と、ハルトマンがブラインドを下ろし、部屋の様子がつかめなくなった。

シュステンは双眼鏡を下ろした。運転席にいる男も双眼鏡をおろす。これで、同じ窓を見ていることは間違いなくなった。

さて、これからどうするか。

時刻は午後四時三十分。そうたいした動きはなさそうだった。

大混乱に陥っていたハルシュテッターセ・ランデス通りから、最後の救急車両が遠ざかっていった。それまでここは、ひしゃげた車体とバラバラになった死体、火事かと思うほどのライトと、発煙筒のような音を響かせる無線の指令、それから、車体に閉じ込められた人を救出するために使われたチェーンソーやエンジンカッターの音で、まさにカオスと化していた。ようやく静けさが戻り、残っているのはアスファルトについた油と血とタイヤ痕のみになったところで、レーガーは激しい片頭痛に襲われた。

ありがたいことに、即死状態だったフォードの運転手も、重傷を負った三人も、レーガーの知り合いではなかった。これから報告書を書かなければならないが、まだ両足の震えがとまらない。トラックの運転手がスピードの出しすぎでコントロールを失い、スリップしたまま対向車線に行って、ちょうど走ってきたフォードと正面衝突したのだ。そして、そのうしろに牧師が運転するBMWが突っ込んだ……。これほどの事故で死者が一人しかいないなんて、奇跡としか思えない。

ここまできて、レーガーはふと、事故の前にやり残していたことを思い出した。なんという一日だろう。いつもそうなのだ。まったく刺激のない日々が続き、あるとき突然、土砂降りの雨が降る。

クリニックにいた男はどうなっただろう？　レーガーは思った。この隙に逃げてしまっていたら、フランスの警官にどう申しひらきをすればいい？　オーストリア警察の評判が丸つぶれではないか！　レーガーは警察署にも寄らずに、携帯電話を出して、連邦警察で十年のキャリアを持つアンドレアスを呼びだした。

「いったい誰なんだ、その男は？」説明を聞かされ、アンドレアスは困惑して尋ねた。「なぜ追われているんだ」

確かにその点について、フランスの警官は詳しく教えてくれなかった。ただ、ちゃんと見張っておくように言われていたのだ。

「クリニックで落ちあおう」レーガーは言った。「病室の扉から目を離すんじゃないぞ。部屋から出た場合はあとを追ってくれ。だが、何があってもクリニックから出すな。いいな。何時間かしたらネーナに交代してもらおう」

「病室の窓から逃げられるんじゃないか？」

「そこは確認してある。一階の窓は常に施錠されてるんだ」

「それならいい。だがそのフランスの警官は、男をどうしたいか言わなかったのか？」

レーガーはアンドレアスに頼ったことを若干後悔した。こんなふうに、自分がすべきだった質問をされたときはなおさらだった。

「こっちに来たら全部説明すると言っていたし、複雑な事件なんだそうだ」

「そうか、複雑な事件か……。わかったよ。だが、そいつは逮捕されているのか？　どうなんだ？」

ため息だけついて、レーガーは携帯電話の赤ボタンを押した。

「マルタンはあっちにいる」受話器を置いてエスペランデューが言った。

時刻は午後七時。サミラはくるりと椅子を回し、エスペランデューのほうを見た。

「ホテルで一泊してから、荷物を持って男と出ていった」

サミラは続きを待った。

「ホテルの主人がその男を知っていた。知り合いだったそうだ。男の名前はシュトラウフ。

クリニックの看護師らしい」

「クリニックね」サミラは考え込んだ。

エスペランデューもうなずいた。

「レーガーがクリニックの職員に訊いたところ、マルタンは今朝着いたそうだ」

「それで、あたしたちはどうする？」

「とりあえずは単独行動だ。僕は休みを取ってマルタンに会いにいく。到着までボスを監視するよう伝えておいた」

サミラは眉をひそめた。

「何をするつもりなの？」

「こっちに戻って自首するよう説得する。それに、ちゃんと話がしたい」

「昨日あんなことがあったから、ボスがジャンサン殺しの犯人だと思ったわけ？」

トゥールーズ警察署ではセルヴァズの話でもちきりだった。

「まさか」

「言うことを聞いてくれなかったらどうするのよ」

「オーストリア警察に逮捕してもらおう」

エスペランデューは少しためらってから、不本意ながらそう言った。

「公的な依頼書がいるんじゃない？」

「作成中だから出来次第届ける、とでも言うさ。とにかくマルタンから目を離しちゃいけないんだ」

「結局何も届かないとばれたらどうなるわけ？」

「出たとこ勝負だな。それまでに僕が向こうに到着しておかないと。少なくとも、インターポールから赤手配書を受け取っているはずだ。目を通しているとは思えないけど」

サミラと話しながらも、エスペランデューはさかんに何か入力している。

「ちくしょう！」

「どうしたのよ？」

「トゥールーズからブリュッセル経由でウィーンに行く便が三日間ないんだ。トゥールーズからは、ザルツブルク行きもミュンヘン行きもない」

「パリから行けばいいじゃない」

「パリを経由しているあいだに、レンタカーでハルシュタットに行けてしまう。自分の車でもいいけど」

「着くのは明日になっちゃうけどね」

「当たり。それも、今すぐ出なきゃならない」

エスペランデューはすでに立ちあがり、上着をつかんでいた。

「状況を知らせてよ」サミラは声をかけた。

フランス人患者の居場所について訊かれたマリーケは、レーガーと、もう一人ののっぽで赤ら顔の警官をかわるがわる見つめた。

「手術室よ。今オペ中なの」

「手術を中断させるわけにはいかないか？」

「冗談でしょう？　全身麻酔を受けているのよ？　何時間かたたないと起きないわ」

こんなことになるとは思わず、レーガーは眉をひそめた。一瞬、どうしたものかと思ったが、よく考えたらそう焦ることでもないと気づいた。フランスの警官がここに来るまではあと数時間はかかるし、男が逃げる心配もない。

「よし、おまえは手術室のドアの前で見張ってくれ」レーガーはアンドレアスに言った。「それから、そのセルヴァズとかいう男が回復室に行くときと、部屋に戻るときに、つきそってくれ」


エスペランデューの想像どおり、ハルシュタットの警察署はどこから見ても牧歌的だった。建物はアルプスのシャレーそのもので、しかも窓には花を植えたプランターまで飾られていた。唯一、普通のシャレーと違うところは、車椅子用のスロープがあることだ。署に戻ってきたレーガーは、スロープ前の雪を掃いている職員に、ほがらかに挨拶した。署のなかに入るなり、レーガーはフランスの警官に電話をかけた。すると受話器の向こうから、声以外の物音が聞こえた。

「ちょうど今、運転中なんです。それで、監視を続けてくださっているんですよね？」

「現在は全身麻酔をかけられて手術室にいます。もちろん監視の人間も置いてありますよ。ところで、あの男は具体的に何をしたんですか？　逃亡中の犯人とのことですが、それだけではこちらもちょっと……」

「ある男を撃ち殺した疑いがかけられています。被害者は再犯のレイプ犯ですが」

「そうすると、国際逮捕状の対象者ですか？」レーガーは確認した。

「いや、国際逮捕状というのは存在しないんです」少し沈黙があって、また話が続いた。

「インターポールの赤手配書の対象となっています」

「では、ザルツブルクの連邦警察に応援を頼んだほうがいいですな」

「いいえ、僕が到着するまで何もしないでください。彼がほかの人に危害を加える恐れはありません。僕に対応させてください」

だんだん話がわからなくなってきて、レーガーは電話機の前で眉をひそめた。

「そうですか、わかりました」

レーガーは、電話を切ったらすぐ上司に報告しようと決めていた。

マリーケはああは言ったものの、セルヴァズはまだ、全身麻酔をかけられていなかった。実際には、不安で頼りない気持ちのまま手術台の上で横になり、酸素吸入と点滴を受けながら注射を待っている状態だった。同時に、医療チームがモニターで動脈圧、中心静脈圧、体温を監視している。

首を横に向けると、すでに隣の手術台の上で眠っているギュスターヴの姿が見えた。体は熱風循環式のマットとカバーに覆われて体温が保たれている。周囲には、現代技術の粋が集められていた。自分のところにあるのと同じモニター類、輸血バッグ、透明チューブとテープで固定された輸液ルート、自動連続注射器、保護用のクッション。と、ギュスターヴの血が、一本のチューブに流れはじめた。

セルヴァズは唾を飲み込んだ。

薬が効いてきて、最初のうちに感じていた強いストレスは、この過酷な環境を考えたらあり得るはずのない異常な幸福感に変わった。なけなしの理性が、これはいつわりの感情だ、信じてはいけないと叫んでいる。やがてその理性も消えてしまった。

もう一度、ギュスターヴの手を見つめた。そこから、血がチューブに逃げていく。セルヴァズは思った。いつだってそうだ。血は出ていきたがるもんなんだよ……。真っ白な肌に映える赤。透明なチューブのなかの赤。首を切られた馬のような赤。手首を切った宇宙飛行士が浸かっていた浴槽の湯の赤。銃で撃たれたのに、まだ動いていた自分の心臓の赤。

赤……。

赤……。

急に、やけに気分がよくなった。ＯＫ。たしかエスペランデューが言ってたな。これで終わりだと。いや、言ってたんじゃなくて歌ってたんだ。《ディス・イズ・ジ・エンド、マイ・フレンド》、わかりました。では、行きましょうか。これで終わりだ……。ギュスターヴはシュステンの息子。違う、間違えた。ギュスターヴは……誰の息子だ？ セルヴァズは思考をまとめられなくなってきた。脳にバグが発生している。

赤……。

そしてカーテンがおりた。

「セルヴァズはどこですか」ランボーが尋ねた。

トゥールーズ警察署のステーラン署長は、青白い顔でランボーを見つめた。ステーランの頭のなかには、これまでの完璧なキャリアが走馬灯のように駆けめぐっていた。ところが今、履歴書に広がりつつある染みが、こうした華麗な年月を消し去ろうとしている。まもなく自分はその染みとしか見てもらえなくなるのか……。ステーランはそう思った。数年越しの努力と野望と妥協が、たった一日で消えるのだ。熱帯低気圧がほんの数時間で海の楽園を破壊するように。

「わかりません」ステーランは答えた。

「セルヴァズがどこにいるかわからないんですか？ 行きそうな場所に心当たりもないと？」

「ええ」一瞬黙って、またステーランが言った。

「ではあのノルウェーの警官は？ たしかシュステン――」

「ニゴール。彼女の行方もわかりません」

「部下の一人が殺人犯で、そいつがパートナーのノルウェー人警官と消えたってのに、心配じゃないと？」

あまりに手厳しい口調に、ステーランの顔は凝固したミルクのような色になった。

「面目ない。今、署をあげてあの二人を捜しているところです」

「はっ。署をあげて、か」ランボーがせせら笑い、皮肉な調子で言う。「あのレイプ犯を殺したのはあなたの部下で、この署の人間なんですよ？　犯罪捜査部は恥を知るべきですね。うまく機能していない部署の典型例だ。だが、それをあなたが指揮している以上、全責任はあなたにある。あなたには償ってもらわねばならない」

冷酷に自説を押しつけると、ランボーは立ちあがった。

「とにかく、あの二人を見つけるために、やれることは全部やってください。それくらいなら間違わずにできるでしょう？」

ランボーが部屋を出ていくなり、ステーランは電話でエスペランデューを呼びだした。マルタンを一番よく知る人物はエスペランデューしかいない。ところが、電話口にはサミラが出た。

「すいませんが――」

「サミラか？　ヴァンサンはどこだ」

「休みです」一拍置いてサミラが答える。

と伝えるんだ、今すぐに！」

「今日一日？　こんなときに？　私のところに来るよう伝えろ。私が話をしたがっている

「今日一日休みをもらって——」

「なんだと？」

車内のラジオからは、ずいぶん前から交響曲やカンタータが響いていた。ジリはラジオをとめた。

「ラジオをつけてくれ」横に座っているツェートマイヤーが言う。

「いいや、おれがこの車にいるかぎりラジオはつけない。クラシックなんてくそ食らえだ」

ツェートマイヤーが憤慨したので、ジリは密かな満足感を覚えた。この横柄な老人が鼻につきはじめていたのだ。双眼鏡は膝の上に置いたままだった。クリニックの周辺はもう真っ暗で何も見えず、ブラインドはあがっていたが、部屋は空っぽだった。つまり、患者二人は手術室に運ばれ、手術が始まったということになる。ジリは二人の戻りを待って撃ち殺すつもりだった。二人とも手術後はもうろうとして、まったく反応できないだろう。もちろん警官であろうと、抵抗できるはずがない。

ハルトマンはどこだろうか。ジリはターゲットの居場所が気になったが、二人に付き添って、手術室に行っているはずだと思いなおした。情報提供者によると、ハルトマンは子

どもを溺愛しているらしかった。

それでも、ジリはあまり安心できなかった。この目で確認できないこと、すべてがコントロール下にないこと、ずっと見張っていなければならないことが不快でならない。いや、それ以上に心配なのは、実はこちらの存在が気づかれていて、遊ばれているような気がしてしかたないことだ。ハルトマンはわざと、姿を見せたり隠れたりしているのではないか。

自分を落ち着かせるために、周囲に目を配った。大丈夫、カードはすべてこちら側にあって、しかも切り札まで用意されていた。ジリは目を閉じて、ナイフでハルトマンの喉をかき切り、頸動脈から血しぶきが飛び散る場面を想像した。そうだ、どちらが上か思い知らせてやらねばならない。

横でツェートマイヤーが咳をした。いつもの、何か言いだすサインだった。ジリはぼんやりと耳を傾けた。

「あの者に残りの金を振り込もう」ツェートマイヤーが携帯電話を持って言った。「これで取引完了だ」

ベルゲン港のど真ん中に、レストランやバーが集まる複合施設がある。カスペル・ストランは、ケーブルカーのある丘から徒歩で下におりて、ライトアップされたその複合施設の正面を通りすぎた。それから、フィッシュマーケットの百メートル手前で曲がり、トーゲット通りの横にあるパブ目指して、照明で輝く石畳の広い遊歩道を歩く。ベルゲンで遅くまで開いている店はそこしかなかった。

雨がしとしと降っていた。ここ数日、霧雨が降りやまない。シュステンから得た情報を売ると決めて以来、自分に取り憑いて離れない罪悪感のようだった。それしか選択の余地がないと自分に言い聞かせても、自分がくそだという思いは、離れないどころか、大きくなるばかりだった。自分は数万クローネで魂を売ったのだから。

カスペルは、生粋のベルゲン人客しかいない小さなバーに入った。入り口の左手がカウンターで、右手奥の狭い空間に小さなテーブルがひしめいている。店はそれなりに賑わっていて、疲れた顔に厚化粧をした接客の女たちが、だいたい一人で男三人の相手をしていた。

情報を買ってくれる新聞記者の男は、真ん中あたりにある角のテーブルに座っていた。そこだけぽつんとほかのテーブルから離れている。

「どうも」カスペルが言う。

「どうも」記者の男も挨拶を返した。

三十歳になるかどうかの赤毛の若者で、狐かイタチ――判別は難しい――に雰囲気が似ていた。貼りついた笑顔をまったく崩さぬまま、わずかに飛びでた真っ青な瞳が、自分をとらえて放さない。カスペルはふと、この男は死んでも笑顔のままなのかと考えてしまった。

「またハルトマンが現れたっていうのは確かなのか?」男はいきなり尋ねてきた。

「ああ」

カスペルは嘘をついた。とはいえ、電話口で感じたシュステンの声と沈黙から、実はこれが嘘ではないと確信していた。

「くそっ！　大スクープじゃないか」男は大喜びだった。「それで、ハルトマンは息子のグスタフを自分で育てたんだな？」

「そうだ」

「二人は今どこにいる？」

「まあ……フランスだよ。フランスの南西部だ」

「あんたの同僚が、子どもとハルトマンを尾行しているんだな？」

男がメモを取りながら尋ねる。

「ああ」

「病気の子どもを助けるシリアルキラーかよ、ちくしょう！　そいつがノルウェーの女性刑事に尾行されているのか。もう待てないな、明日の紙面に出そう」

「明日？」

「明日だ。全部書いてしまいたい」

カスペルは唾を飲んだ。

「金は？」

男は周囲を確認すると上着から封筒を出し、差しだした。

「全額入ってる。二万五千クローネだ」

そうやって金を渡しながら、軽蔑を隠そうともしない。カスペルは一瞬、名誉のために封筒を押しもどそうかと思った。おい、嘘をつくんじゃない……。自分で自分を騙そうとしたことにカスペルは呆れはてた。自尊心はとっくの昔に捨ててしまったのだ。

あらためて、裏切りの代償となる封筒を見つめた。この金欲しさに、職業倫理と名誉を捨て、ノルウェーの新聞社に情報を売った。この金のために、シュステン・ニゴールが電話で話していたことを、そっくりそのまま記者に伝えた。カスペルは封筒を湿った上着のポケットに押し込めると、立ちあがり、雨の街に出ていった。


ステーラン署長が警官生命を脅かすたいへんな一日を過ごし、やっと家に帰れると思った矢先の出来事だった。七時少し前、オフィスの固定電話が鳴った。

「ノルウェー警察からお電話です。わたしは時間ですので、お先に失礼します」

署長の災難はまだ続くようだった。秘書の最後の言葉から、声に出さないメッセージが伝わってくる――なんでこんなに遅くまで働かされるのよ！　わたしが家庭生活を犠牲にしてまで仕事をしていることを、ちゃんとわかってもらわないと困るわ。

ステーランは、自分の母親そっくりの物言いをしそうな秘書を「お疲れさま」と言ってねぎらってから、きっとシュステンが所属するクリポスからだと思って電話に出た。ところが話しはじめたところ、実際はフランスで言うＩＧＰＮ、つまり監察総監からの電話で、受話器の向こうのしゃがれ声はノルウェー版のランボーだとわかった。

「シュステン・ニゴールはご存じですよね？」ノルウェー警察の男が言った。

「もちろんです」

「昨日から連絡が取れません。どこにいるかわかりますか？」

ステーランはため息をついた。

「いいえ」

「それは困りました。できるだけ早く帰国させねばならんのです」

「理由をうかがっても？」

男は一瞬躊躇して、また話を続けた。

「訴えられたんです……傷害容疑で。列車のなかで乗客に暴行を働いた疑いがあります」

「なんですって？」

「オスロからベルゲンに行く夜行列車のなかで、ヘルガ・グンヌルーという女性に」

「傷害容疑？　どういうことですか？」わけがわからずステーランは重ねて尋ねた。

「なんと言いますか、被害者の女性はめった打ちにされて病院に運ばれました。相手が警官だとわかっていたので報復を怖れ、被害届を出すまで時間がかかったようです。ヘルガなる女性はフィンセ駅から列車に乗り込み、しばらく二人は仲良く会話をしていたそうですが、シュステン・ニゴールが豹変（ひょうへん）し、攻撃的になったとのことです。ヘルガも怒りっぽいという自覚があり、互いに罵り合いがエスカレートして、結局シュステン・ニゴールのほうが手を出してきたとか、あとはもう、その色々と……」

ステーランは自分の耳が信じられなかった。あんなに美人で、あれほど冷たくよそよそしかったシュステンが、女性を病院送りにするほど殴るだなんて……。なんて馬鹿なことを。

「相手のでっちあげという可能性はありませんか？」ステーランは思わず尋ねた。

ノルウェーのランボーは機嫌を損ねたようだった。

「捜査はしっかり行われました。その結果、頭の痛いことに、シュステン・ニゴールに不利な証拠が出てきたんですよ。それを一番残念に思っているのはこの私なんです。まったく、なんて話だ……。そのうち新聞全紙にすっぱ抜かれるかもしれない。とにかく、このヘルガという女性があまりにおしゃべりで、黙っていられないんです。もうノルウェー警察の評判が改善されることはないんでしょうな……。本当にニゴールの行方がおわかりでない？」結局また、最初の質問に戻った。

ステーランはがっくりきて、ニゴールの行方がまったくわからないことと、ここトゥールーズでも彼女が心配ごとを増やしていることを伝えた。

「世の中がおかしくなってしまったということですな」

相手は奇妙にもそう締めくくった。

その後、トゥールーズ郊外の自宅に戻り、眠れぬ夜を過ごしたステーランは、早朝五時、キッチンで水を飲みながら、昨夜の電話のことを考えていた。ああ、そうだとも。調理台にもたれながらステーランは思った。マルタンは殺人の疑いをかけられて逃亡し、あのノルウェーの女性警官はサイコパスもどきかもしれないという。確かに、世の中はおかしくなってしまったらしい。

エスペランデューは、想定の時刻より二時間早くオーストリアに入り、レーダーもパトロールも一切気にせずに、スイスとドイツを猛スピードで走り抜け、その勢いのまま、ハルシュタット方面に向けてザルツカンマーグートを突っ走っていた。あたりは暗くなり、また雪が降ってきたが、今のところ路面に支障はない。ただし、ちょうど仕事帰りの時間帯に重なったのと、あちこちに配送のトラックがいて、思っていたより交通量が多かった。エスペランデューはだんだん苛ついてきた。向こうで何が待っているのか、見当がつかなかった。マルタンと会って、自首するよう説得しなければならない。完全に追いつめられてしまった今、それしか方法がないのだから。だがマルタンは納得するだろうか？　エスペランデューは嫌な予感がしてしかたなかった。もう手遅れかもしれないという予感だった。だが、何をするのに手遅れなのか、それはよくわからなかった。

44
餌

午前八時十分、空がようやく明るさを取り戻しつつある頃、明かりのついた部屋に、警官と子どもが看護師たちに付き添われて戻ってきた。ジリが双眼鏡で見ていると、ストレッチャーに乗った警官がベッドに移された。その直後、ブラインドがおりた。

ついに行動を開始するときがきた。ところが験(げん)の悪いことに、ジリが車の外に出たとたん、水を含んだ重たいぼた雪が落ちてきた。クリニックの上空には、雪雲が大挙して押し寄せていた。

ジリは石垣の横を通って、駐車場の手前にある凍結した坂を慎重に下り、車のあいだをすり抜けて入り口に向かった。冷たい風が吹き、枝が手旗信号のように揺れていた。

階段を駆けあがり、クリニックに入る。ここにはすでに二度——最初は花束を持って、二度目は手ぶらで——来ていたので、なかの様子はよくわかっていた。それに、病院はどこも同じで、〝一般人〟が手術室の集まる立ち入り禁止区域に入っていても、病院職員には透明人間としか映らない。

受付を回り、行き先がわかっている見舞い客の顔で二重扉を開け、右に曲がった。ポケットに突っ込まれた手には、銃が握られている。小さな銃だが、それだけで十分だった。

次は左に曲がると廊下に……。

ジリは思わず立ちどまった。

突きあたりの扉の前で、制服姿の女性警官が椅子に座っている。

ちくしょう！

想定外の事態に驚き、気づかれる前に急いで来た道を戻った。警官から見えない位置まで来て、壁に寄りかかって考える。ジリはチェスが得意だった。今回の殺しもチェスの対戦に倣(なら)って、双眼鏡で対象者を観察しながら、自分の手と相手の反応を予測し、様々な可能性を検討していた。

よし。打つ手が決まると、ジリは警官の逆方向に行って、非常階段で二階まであがった。この時間帯は看護師が各病室で忙しく働き、廊下のあちこちにワゴンが出ていた。ジリは迷いのない足どりで、開いていたり閉まっていたりする扉の数を数えながら廊下を進んだ。

ここだ。

ここの扉は閉まっていた。耳を近づけるが何も聞こえない。扉を開けてなかに入ると、顔に包帯を巻いた女がいた。この女こそ、ジリが車のなかから双眼鏡越しに目をつけていた患者だった。

部屋にはこの患者以外誰もおらず、病棟の看護師もここまで来ていない。

包帯でぐるぐる巻きにされ、目と鼻と口しかない女が、驚いたように自分を見ている。

ジリは堂々とその患者のほうに歩いていき、驚いている目もろとも顔を枕で覆い、口をふさいだ。枕からうめき声があがってくる。寝具の下の足が、地震計の針のように激しく動いた。

手を突っ張ってひたすらそのときを待つ。うめき声と揺れがだんだん収まってきて、やがて動きがとまった。ジリは圧迫を解いた。

ぐずぐずしている時間はない。

椅子の背を扉の取っ手に噛ませると、ベッドに戻り、寝具をはいで女の体を抱えた。術後服を着た女は羽のように軽かった。ジリは女を窓辺の床に置いて、窓を開けた。雪混じりの風が入ってきて、外の冷気と室内の熱い風が、河口の真水と海水のように混じりあっていく。

ジリはブラインドのコードをつかみ、女の首にまわした。一回、二回、三回……。

次にシーツを取って両端に結び目をつくり、片方を扉の取っ手に、もう片方を首にまわした。用意ができたところで女の体を起こし、窓から外に放りなげた。

それからジリは上着を脱ぎ、闇サイトで買っておいたオーストリア警察の制服を着た。

支度が終わると、扉の取っ手に噛ませていた椅子を外し、天井の真ん中にある火災警報器の下に運ぶ。

最後はその椅子に乗って、ライターの火を近づけた。

ハルトマンは廊下の入り口で立ちどまった。病室の前にいる警備が、背の高い男から女に代わっていた。制服で判断すると、同じくハルシュタット警察の人間だろう。ハルトマンは、この女を始末しなければならないと考えた。そうでないと、罠がうまく機能しないからだ。おまわりを見たら獲物がおじけづいてしまう。手術のあと、ハルトマンはギュスターヴを鋼鉄の扉の向こうにある安全な場所に移した。クリニックが名の売れた患者のために確保している特別室だ。鍵は自分だけが持っている。ツェートマイヤーと手下は、ギュスターヴがマルタンの部屋にいるはずだと思っているだろう。そう思わせるために、何度もブラインドを開け閉めしておいたのだ。だが扉の前に警官がいては、二人が部屋に近づいてくれない。いや、この女が二人を捕まえられるほど凄腕の警官なら、話は別ということか……。

そこまで考えたとき、いきなり火災警報器が鳴った。くそっ、何があった？　まさか、ギュスターヴ？　ハルトマンは特別室に向かって駆けだした。

ジリは二人がいる部屋に近づいた。扉が開いている。女性警官が気づき、そばにやってきて、制服を見つめた。

「あなた、誰ですか？」女性警官が尋ねた。

「誰かが警報を鳴らしたようです。女性患者が首を吊ろうとして窓の外に飛びおり、ここに落ちたと言われました」

女性警官が眉をひそめた。と、病室から悲鳴が聞こえ、開きっぱなしの扉から看護師が出てきた。

「誰かが……窓の外で首を吊っている！」

看護師はそう叫びながら廊下を走っていった。警官は遠ざかる看護師を見送って、また振り返り、男をいぶかしそうに見ている。

「あなた、誰ですか？」同じ言葉を繰り返す。「署で見たことないわ……。それに、その制服は何？」

ジリは銃床で警官の頭を殴った。

音が聞こえた。音が混濁した意識に染みてくる。けたたましい音が、頭のなかにある霧を引き裂く。目を閉じたまま震えているまぶたを通して、光を感じた。息をすると、鼻に無菌室の匂いが届いた。

何度もまばたきを繰り返す。毎度、雪のようなまぶしさが降ってきて、視神経に痛みを感じた。規則正しいベッドサイドモニターの音に、神経を逆なでするあのけたたましい音が、延々とかぶさっている。ここは自宅で、目覚ましのアラームが鳴っているのだと思った。だが違った。もっと強くて、もっと鋭い。

セルヴァズは目を開けた。

白い天井を見て、白い壁を見る。その白い壁に何か揺れるもの――影だ――があって、時計の振り子のように揺れる影が、ブラインド越しに、白と灰色の縞模様に重なっていた。

突然、ここがどこかわかって、その理由も思い出した。

右手でゆっくりと掛け布団を持ちあげて、術後服をめくる。もっと上までめくるために、少し尻を浮かせた。腹部に包帯が巻かれている……。少し引きつれる気がした。確かに自分は腹を割かれ、肝臓の半分を持っていかれて、腹を閉じられて、縫合されたようだ。

なんだ、生きている……。

けたたましい音が続いていた。廊下で誰かが騒いでいる。どこかで扉が開く音がして、声も聞こえた。

窓のほうに顔を向けた。ブラインドのうしろ、窓の向こうに何かがある……。灰色の空をさえぎって、時計の振り子のようにゆっくりと揺れる何か。セルヴァズは気がついた。ああ、そうか、窓の向こうに人の体がぶらさがっているんだ……。

とたんにパニックに襲われ、隣のベッドを見た。大丈夫、ギュスターヴはそこにいた。布団をかぶったまま、まったく動かない。セルヴァズは、ギュスターヴを起こして、具合はどうか訊きたかった。だが、長時間手術台の上にいたことを思うと、そっとしておかなければならない。

では、あの影のほうは、あの人体は、いったい誰なのだ？

揺れがだんだんとゆっくりになっていく。あれはやはり、雪の重みに負けて動く枝？

それとも、血液に残っている薬効成分が幻覚を見せているだけ？

違う、違う。やっぱりあれは人の体だ……。

セルヴァズは包帯の上から傷をさわり、そっと押した。それから寝具をはいで、体を動かしてみた。こんなことをやるべきではないと、頭ではわかっている。ベッドの端まで移動して、ゆっくりと上半身を起こし、ベッドに腰かけて、足を下ろした。足の裏が床につき、冷たさを感じる。セルヴァズは少しのあいだ、顎を引いて目を閉じ、考えた。これからやろうとしていることに、この体は耐えられるだろうか？　何かが引き裂かれることはないか？　ちくしょう、目覚めたばかりだというのに……。セルヴァズはこんなに早く動きだすことが怖かった。内臓が引きちぎれるかもしれない。だが、どうしても確かめなければならないのだ。窓のところに吊りさがっている影の正体を。

息を吸い、目を開け、顔をあげ、体を起こす。

人差し指の先に挟んであったものを外した。とたんに新しい音が鳴りだす。

慎重にナイトテーブルに手をついて、ゆっくりと立ちあがった。

頼りなく思えた足が、自分をしっかりと支えてくれている。転べば取り返しがつかないことになるはずだった。それでも、ゆっくりと窓に向かって歩きだした。影はほぼ動きをとめたまま部屋全体を覆い、自分のなかに入ってきて、脳内のまだぼんやりしている空きスペースにも広がったような気がした。

もう一度影を見つめると、今度はロープウェイのてっぺんからぶらさがる、不吉な黒い蝶に見えた。

本当は横になっていなければならないのに、腹部の痛みで立っていることを思い出し、めまいが始まって吐き気もした。それでもセルヴァズは、一メートル、また一メートルと前進する。なんとしても、あのくそみたいなブラインドをあげて、隠れている体を見なければ。

ようやく窓のところにたどり着いたとき、病室の扉の開く音がして、背後で女性の声が聞こえた。

「なんで立ちあがっているんですか！　戻りなさい、動いてはいけません！　言いつけに従わないなら強制退院させますよ！」

セルヴァズはコードを引いた。ブラインドがゆっくりあがっていく。

人影が現れた。

自分はまだ手術台の上にいて、意識が戻らないまま夢を見ているのだろうか。セルヴァズは考えた。なぜなら目の前に足があって、その上に漂う女性がいたからだ。女の人が浮かんでいる……。しかも、その顔はミイラのように包帯でぐるぐる巻きにされていた。ただしよく見ると、女性の首にシーツが結んであって、そのシーツは上の部屋から垂れているのだとわかった。

セルヴァズの背後で女性が悲鳴をあげた。廊下を駆けていく足音が聞こえた。けたたましい音はまだ続いていて、もっと激しくなった。

振り返ると、部屋に男が入ってくるのが見えた。

い。セルヴァズは男の目が気に入らなかった。男は誰かを探して部屋を見まわしている。

オーストリア警察の制服を着ているが、顔が警官のそれではなく、ひげ面で目つきが鋭い。セルヴァズは男の目が気に入らなかった。男は誰かを探して部屋を見まわしている。

男は最終的に、ギュスターヴのベッドを見つめた。セルヴァズは警戒を強め、男のところに駆けよろうとした。ところがまだ歩ける状態ではなく、目が回って足の力が抜けてしまい、倒れる寸前にどうにか壁に寄りかかった。全身がかっと熱くなったかと思うと寒くなって、また熱くなる。口を開けてあえぐように息を吸った。

男がギュスターヴのベッドに近づいていく。セルヴァズは腕を伸ばして男の行く手をはばもうとしたが、突き飛ばされて、今度こそひっくり返った。腹に強烈な痛みが走り、思わず顔をゆがめる。

男がホルスターから銃を出した。また扉のほうを確認し、ついにギュスターヴの布団をはいだ。

セルヴァズは声をあげるつもりが、男の目を見て悟った。男は信じられないという表情でベッドを見つめ、それからこっちを向いた。銃をベッドの上に投げ、近くまで来て、両手で勢いよく術後服の襟をつかむ。セルヴァズは無理やり体を引きあげられ、内臓に耐えがたい激痛を感じた。男の顔が近づき、首を揺さぶられて、またトラの爪で内臓を八つ裂きにされるような痛みが走る。

「やつらはどこだ！」男が吠えた。「子どもはどこだ！　ハルトマンはどこにいる！　やつらはいったいどこにいるんだ！」

45　生きるか死ぬか

と、そのとき、男の背後で扉が開いた。

シュステン！

シュステンが腰に手を伸ばして銃を抜き、すぐさまこちらに向ける。

「彼を放しなさい！」シュステンが叫んだ。

足を固定させ、両手で銃を構えている。教科書どおりの完璧な姿勢を見て、セルヴァズは、絶対にシュステンのほうが自分より腕がいいはずだと確信した。

「ファック！　放せと言っている」

男が襟を放したのでセルヴァズは尻もちをつき、衝撃で腹部にまた強烈な痛みが走った。汗が噴きだし、眉を伝って目に入る。何度かまばたきして袖で拭った。爆発が起こったような痛みを感じ、このままでは内出血で死ぬかもしれないと思った。

「私は警官だ。窓の前に首を吊った女性がいるんだ」男が言った。

「うしろを向いて、両手を後頭部に置きなさい」

「言っただろう、私は――」

「黙れ。両手をあげろ」

セルヴァズは一瞬自分が命令されたのかと思い、手をあげかけたが、横にいる男がそっと手をあげて、うなじをさわっていた。シュステンが近づいてくる。数センチ先のベッドの上に男の銃があるのが見えた。

「マルタン、大丈夫？」

いいや、無理だ！　痛くて死にそうなんだよ！

本当はそう叫びたかったが、ただうなずき、歯茎が震えるほど歯をくいしばった。と、そのとき、廊下に足音が響いた。足音はだんだんと大きくなって、病室の戸口でとまった。

「ギュスタ……」

セルヴァズが戸口を見ると、ハルトマンが茫然と立ちつくしていた。一瞬シュステンの注意がそがれ、銃口がほんの少し男からそれた。男はすかさずベッドの銃に手を伸ばすと思われたが、振り返ってシュステンの手首をねじり、その手に握られていた銃を奪った。そのまま、シュステンを盾にして戸口に銃口を向ける。しかし、男は引き金を引かなかった。いつのまにか、戸口から人影が消えていた。

ハルトマンが消えてしまった。

男はシュステンの手首をつかんだままその場でくるりと回転させると、耳元で何かささやき、銃口をシュステンのこめかみに押しつけた。金髪の黒くなった根元の部分があらわになった。

「よし、ここからずらかるぞ」

二人が部屋を出たあと、セルヴァズはどうにかベッドまで行って倒れ込んだ。汗びっしょりになって、腹部が燃えるように痛み、心臓が早鐘を打っている。術後服をめくると、包帯が真っ赤に染まっていた。


「どこに行くつもり？」シュステンがジリに尋ねた。

「非常口が見えるだろう」廊下の突きあたりにある鋼鉄の扉を指さして、ジリが言った。

「あそこから外に出る」

「それから？」

ジリは返事をせず、何度もうしろを振り返りながらシュステンを押して歩いた。後方では騒ぎを聞きつけ集まってきた医師と看護師が、距離を保ったまま『ウォーキング・デッド』のゾンビのようにぞろぞろとついてくる。そのなかに、病室の警備をしていた女性警官の姿もあった。ジリが銃床で殴った場所に、大きなあざができている。

だが、ハルトマンがいない。

「わたしは味方よ」突然、聞きとれるかどうかのかすかな声でシュステンが言った。

「なんだって？」

「あなたの雇い主に情報を送ったのはわたし」少しだけ声が大きくなった。「あいつを見つけたのはわたしのお陰だと言っているの。わかったら手を放しなさい」

くそ、ハルトマンはどこに行ったんだ！　ジリはまだ、腹のなかで悪態をついていた。

シュステンの手をつかんだまま、またうしろを確認して言った。

「情報源はおまえなのか？」

「さっきからそう言ってるじゃない！　わたしはあなたの味方なんだって！　信じられないならツェートマイヤーに確認しなさい。もう放して！」

「あいつはどこだ」ジリはそう言うと、セキュリティバーを押しさげて鋼鉄の扉を開け、先にシュステンを外に出し、自分も続いた。

すぐに雪まじりの冷たい風が吹きつけ、頰が一気に凍えた。

「誰のこと？」

「ハルトマンはどこだ！」

「知らないわよ！」

階段をおりたところでシュステンが氷に足を取られ、とっさにジリにしがみつく。

「おい、気をつけろ！」シュステンを助け起こしながらジリが言った。

手首をねじる力が強まり、シュステンは顔をしかめた。二人はそのまま雪のなかを進んだ。

「痛いって言ってるじゃない！」

「いいから前に進め」

ジリはクリニック裏手の壁に沿って右に行き、ラーダをとめている場所に向かった。周囲に霧が立ちこめ、煙に追われたスズメバチの大群のように雪が舞っていた。モミの木がじっと、真っ白な森に入ってくる人間を見つめている。

「前に進むんだ」

「どこに行くのよ！」

「黙れ」

まだサイレンの音は聞こえないが、あの女性警官がいたからには、いずれ応援部隊が来るだろう。ジリはひたすら、この苦境を打破する最後の一手を模索していた。ツェートマイヤー、ハルトマンと息子、あのおまわり、全員に目に物見せてやる……。誰がムショに戻るものか……。

ジリの思考は、燃えさかる小屋にいる家畜のようにもがいていた。それだけに気を取られていたせいで、モミの木の背後から人が現れたことに気づいたときには、相手はもう正面にいて自分に銃口を向けていた。

発砲の瞬間、シュステンが小さく叫んだ。弾丸はシュステンの右肩を貫通し、ジリに命中した。その衝撃で、ジリの手から銃が落ち、同時にシュステンからも手が離れた。シュステンは悲鳴をあげてジリから遠ざかり、ハルトマンは真っ直ぐジリを狙った。ジリは降伏の印に両手をあげた。

「どういうことよ、ジュリアン！」肩を押さえながらシュステンがわめく。「なんでわたしまで撃つの！」

「肩を狙っただけじゃないか。喜べ、外す可能性もあったんだからな」

ジュリアン・ハルトマンはそう言って、ジリが落とした銃を拾った。

46 デッドマン

ハルトマンが拾った銃をシュステンに差しだした。シュステンはしぶしぶそれを受け取って、ようやく体を起こした。

「さあ、行こうか」

続いてハルトマンは、自分の銃でジリを狙ったまま森に向かうよう命じた。ジリはハルトマンをじっと見つめ、言いつけに従った。モミの木の下を歩きながら、うしろを歩くハルトマンの様子を観察する。見れば見るほど手強く、興味深い男だった。

これほどの敵を前にして、どうやったらこの不利な状況から抜けだせるのか、ジリには見当がつかなかった。それでもこれまでの経験から、おそらくほんの一瞬、一度きりのチャンスが来ることもわかっていた。

モミの木の森はシベリアかカナダのように白一色に染まり、これ以上ないほど静まり返っていた。まだサイレンの音が聞こえてこないことに、ジリはさほど驚かなかった。これもまた経験から得た知恵だが、どこの国だろうと、警察が行動を起こすまでにかなりの時間がかかる。きっと通報が入ったときに限って、一番遠い、担当区域の反対側でパトロール中なのだろう。残念だ。今日くらいはおまわりが迅速に行動するところを見たかった。ジリは両手を上にあげたまま、くるぶしまで雪に埋まりながら、ゆるやかな勾配をのぼった。そのうしろに、ハルトマンとシュステンがついてきた。

「右に行け」大きなモミの木の手前でハルトマンが命じた。

すでに誰かがここに来ていたらしく、二人分の足跡が残っていた。一人は行って帰り、もう一人は……。

誰の足跡かは見る前にわかっていた。

ツェートマイヤーだ。

真っ裸にされて、服の山を前にロープで木の幹に縛りつけられていた。こんな、クリニックから五十メートルもない距離で……。

雪のように真っ白な体がガタガタと震えていた。ジリがいる場所からでも、歯が鳴る音が聞こえるほどだった。あの〝皇帝〟から傲慢な態度が消えていた。衰弱しきっていて、縛りつけられていなければ、体を起こしていられないようだった。胸が持ちあがり、太ももは真っ青になっている。ツェートマイヤーはひどく怯え、こちらに向いた顔が恐怖に支配されていた。ジリは思った。これが、人類でもっとも古くからある感情なんだろう。あの傲慢で横柄だったツェートマイヤーはどこに消えた？

「シュステン」ツェートマイヤーはシュステンがいることに驚いた。「シュステン……なぜだ……どうして……」

寒さでうまく話ができない。

「こんなところで何をしているかって？」

シュステンはあとを引き取ったが、質問には答えず、ハルトマンを見てからようやく口を開いた。

「わからない？」

ツェートマイヤーがなんとも釈然としない目をしている。

「あなたと殺し屋をここまでおびき寄せるためよ。全部罠だったの。あなたのウェブサイト、あなたのお金、あなたの復讐心、全部利用してここまで来てもらったわけ」

ハルトマンが真っ裸のツェートマイヤーにウインクした。ジリはハルトマンを見て、そういうことかと納得した。最初から全部、ハルトマンが裏で糸を引いていたのだ。ジリは尊敬の念すら覚え、彼こそが自分にふさわしい敵だと思った。

「服を脱げ」ハルトマンがジリに命じる。

「なんだって？」

「しっかり聞こえたはずだ。時間かせぎはやめろ」

ジリはハルトマンとシュステンを順番に眺めた。二人とも、自分が何をすべきかわかっている顔をしていた。こうなってしまうともうチャンスはない。きっと自分は、完全に追いつめられてしまったのだ。ジリはダウンジャケットを脱いで、シュステンをちらりと眺めた。銃は持ち主の元に戻ったが、右手ではなく左手で握られている。服の右肩部分に黒い染みができていて、シュステンが顔をしかめた。あれでは長くは保たないだろうが、その前に自分は死ぬのだろう。ハルトマンと一対一であればまだ何かできたはずなのに……。ジリは残念に思った。いや、そもそもあんな人間が相手なら、それも無理かもしれなかった。

「靴も脱げ。早く！」ハルトマンが命じる。

あわてて脱いで、積もったばかりの雪を踏んだら、靴下が濡れて足がかじかんだ。次はセーター、シャツ、Tシャツ。じっとしていると、顔と上半身から湯気があがる。

「下も脱げ。ズボン、ブリーフ、靴下。全部だ……」

「くたばれよ、ハルトマン」

直後、銃声が森の静寂をやぶり、山奥までエコーが響いた。ジリの体が二メートルうしろに吹っ飛んだ。

「お願いだ」ツェートマイヤーが懇願する。「頼む……こ、殺さないでくれ……」

ハルトマンはツェートマイヤーを見つめた。顔は寒さでこわばり、唇は紫で目は赤く、頬を伝う涙は落ちる前に途中で凍りつき、膝が曲がり、ペニスが縮こまって、ロープが胸に食い込んでいる。

「私はきみの娘を殺した。憎んでいるんだろう？」

「ちが、違う……。憎んでな……い」

「あの娘を殺す前にどんなことをしたか聞きたいか？」

「お願いだ……こ、殺さないで……」

ツェートマイヤーはいつまでも同じ言葉を繰り返した。足のあいだの雪に黄色い染みができて、湯気が立った。紫色になった耳の上で、数本の白毛が風に舞う。シュステンはそれを見て、傷ついて飛べなくなった鳥の羽のようだと思った。シュステンはツェートマイヤーに銃口を向け、引き金を引いた。ロープで縛られている体がびくりと跳ねて、顎だけ胸に落ちた。

「何をしている？」シュステンのほうを向いてハルトマンが言った。

「わかるでしょ？　証人を片づけているの」

今度は銃口がハルトマンを狙っていた。

ハルトマンも銃を持っていたが、腕はさがったままだった。

「何の真似だ？」雨や晴れの話でもしているように、ハルトマンが穏やかに尋ねた。

ようやく遠くでサイレンの音が聞こえた。

「私たちの遊びを気に入っていると思っていたのだが……」

「なんて言うか、飽きたのよ。もうすぐ警察が来るわ。わたし、残りの人生を刑務所で過ごすつもりはないの。あなたにも、誰にも邪魔はさせない。彼のおかげで」シュステンはツェートマイヤーの死体を指さした。「お金はたっぷりあるし。それに、あなたを倒せば、メダルがもらえるから」

「私がいなくなったら寂しくないか？」皮肉な調子でハルトマンが言った。

「ほんと、一緒にいて楽しかった。でもあなたを生かしておくつもりはないの」

ハルトマンの銃はまだ下を向いていて、シュステンの銃もまだハルトマンを狙っている。それでも二発は撃っておかないと、こっちが殺されるかもしれないとシュステンは思った。それくらい危険で予測不可能な男だった。

「だが、あの老人を撃ったのはきみの銃だろう?」ハルトマンは顎を、モミの木につながれたままのツェートマイヤーの死体に向けた。

「説明なんてどうとでもなる。それに、私がそこにいる男にさらわれたと、マルタンが証言してくれるわ。証人はいくらでもいるじゃない……」

「マルタン? ずいぶんと親密な仲になったものだ……」

「ごめんなさいね、ジュリアン。でももうおしゃべりしている時間はないの」

「妹のことは覚えているか?」唐突にハルトマンが言った。

シュステンの体がこわばり、また目が輝いた。

「きみは妹を憎んでいたな……。姉妹をあんなふうに憎む人間は見たことがなかった。確かに、きみの妹はすべてを持っていた。才能も、成功も、男も。親も妹をひいきしていた。その妹にとって、きみはペットだった。きみは生まれついての平凡で、妹の陰で生きる運命だった。だから私はきみのために殺してやったんだ、シュステン。あれは私からきみへの贈り物だ。きみが自尊心を取り戻すための。私はきみのすべてをさらけ出してやった。きみは私のおかげで、行けるはずのない高みに到達した。私が知るすべてを授けた……」

「ええ、あなたはいい教師だった。でも、忘れた？　あなたがあの廃工場でレイプして殺そうとしたのは、妹じゃなくて私のほうだったでしょう？」

ハルトマンはシュステンの目を真っ直ぐ見つめ、それから自分に向けられた真っ黒な銃口を見つめ、またシュステンに戻った。

「そうだ。きみは私に演出は不要だと言った。怖れてもいなかった。それでも私はあの不気味な場所を選んだ。悲鳴をあげたところで、誰一人聞くはずのない場所を。ところが、誰もが怯えるはずなのに、きみだけは怯えなかった。死ねば解放されると言わんばかりの態度が許せなかった。苦しむはずだと教えても、きみは怯えない。私は激怒した。私は自殺の道具じゃない。だが、きみはますます私をたきつける。きみを痛めつければ痛めつけるほど、私は追いつめられていった。言っておくが、あんなことは初めてだった。するときみは私に迫った――妹を殺してくれるなら、生きてやってもいいと。正気とは思えなかったよ。どうやって妹を殺したか知りたいか？　一度も訊いてきたことがなかったじゃないか。妹が泣き叫んだのか知りたくないか？」

「そうだったら嬉しいわ」シュステンが冷酷に答えた。「あのあばずれには、痛い目にあってほしかったから」

「大丈夫だ、そこは心配しなくていい。では、行くところまで行った今、二人が離れる以外に道はないんだな？　私たちは犯罪によって結ばれ、犯罪によって別れるわけか……」

「どうしたのよ、ジュリアン、いきなりロマンティックになって」

「一緒にやりたいと頼んできたときのきみはもっと素直だった。あのときのきみは、一番の贈り物を約束された小さな女の子のようだった。目がきらきら輝いていたんだよ。そうだな、きみが餌になってくれたから、女たちは簡単についてきた。女の警官を見てみんな安心していたんだ。きみのうしろなら、どこへだってついていっただろうね」

「そして不幸が彼女たちを襲った」シュステンが締めくくる。

遠くでサイレンの音が聞こえた。一台だけではなかった。

「なんという皮肉だろう。行方不明事件の捜査を任された者が、それを仕掛けた張本人だったとは。だが、秋冬のオスロは寒すぎて、この手の暇つぶしには向かないようだ」

「あなたまさか時間稼ぎをしてる？　あの老人みたいにすがってこないの？」

静まり返った森のなかで、ハルトマンは笑いだした。サイレンの音が近くなる。

「それでうまくいくと思えばしたかもしれないが。そう言えば、ホテルにその銃を届けたのは私だったな。こっちも、皮肉としては負けてないと思わないか？」

一人病室に残されたセルヴァズは、全身汗だくのままベッドフレームを握りしめ、扉に近づいていった。突然、戸口に懐かしい顔が現れた。セルヴァズは固まったまま、自分は頭がおかしくなったのだろうかといぶかしみ、にっこり笑って、すぐに顔をしかめた。

「やあ、ヴァンサン」

「うわ、やめてください！」エスペランデューが叫んだ。「そんな状態でどこへ行くつもりですか？」

エスペランデューはセルヴァズの隣に立ち、上半身に腕を通して支えた。

「絶対安静で――」

「あそこから出たい」

セルヴァズは部下の言葉をさえぎって、五メートルほど先にある非常口を指さした。エスペランデューの体がこわばった。

「なんですって？」

「言ったとおりにしてくれ、頼む。助けてほしい」

エスペランデューは室内とベッドと扉を見て、首を横に振った。

「そんなことをして、どう――」

「黙れ。だが、来てくれたことには礼を言う」

「どういたしまして。いつもこんなふうに受け入れてもらえると嬉しいですね。いやしかし、タイミングがよかった。僕だけ先に来たんですよ。でも、そのうち大群が押しかけてくると思います」

「よし、じゃあ行こうか」震える足でセルヴァズが言った。

「そんな状態で何を言ってるんですか？　話は聞きました。肝臓を半分取られたうえに、管だらけじゃないですか。馬鹿なことはやめてください！」

セルヴァズは支えを振りはらい、扉まで行こうとしてよろめいた。エスペランデューは飛んでいって、セルヴァズをもっと強く支えた。

「いいから助けてくれ！」セルヴァズはどなった。

二人は戦場で怪我を負った兵士のように互いに腕を組み、少しずつ前に進んだ。鋼鉄の扉のところまで来ると、エスペランデューが空いているほうの手でセキュリティバーを押した。

「せめて目的地を教えてください」

セルヴァズはうなずき、顔をしかめ、歯を食いしばった。痛みが引いてくれず、立っていられなくなっていた。

「シュステンが外に……男に連れていかれた……銃を持っている。きみの銃はトゥールーズに置いてきたんだろう？」

エスペランデューがなんとも言えない笑顔を見せて、ダウンジャケットに手を突っ込んだ。

「そういうわけでもないんですよ。本当に必要になると思いますか？」

「なってほしくはないが……準備はしておいてくれ。あの男は……危険だ」

エスペランデューは左手でセルヴァズを支え、右手に銃を持った。

「男って、誰ですか？　ハルトマン？」

「違う……別の……」

「応援を呼んだほうがいいんじゃないですか？」

「時間がない」

もう理解することを放棄するしかなかった。エスペランデューは、そのときが来れば説明してもらえるだろうと開きなおった。できれば悲惨な状況になる前に教えてもらいたい。それくらい、セルヴァズは具合が悪そうだった。こんな状態の上司を外に連れだし、銃を持った危険な男と対決しなければならないなんて、嬉しくもなんともなかった。二人は慎重に凍りついた階段をおりると、できたばかりの足跡を追って雪のなかを歩きだした。

セルヴァズは靴を履き、肩に毛布をかけていたが、凍える風が素足に吹きつけ、全身が震えあがった。面白いことに、燃えるような痛みと燃えるような寒さは、どちらも似たようなものだった。と、セルヴァズが立ちどまって嘔吐した。

「くそっ！　マルタン！」エスペランデューは悲鳴をあげた。

それでもセルヴァズは、汗びっしょりの額のまま体を起こした。そして、自分はすでに死んで、向こうの世界に行ってしまったのかと自問した。エスペランデューは正しかった。こんなのは正気の沙汰ではない。だが人間というものは、不可能を可能にするものだろう？　セルヴァズは思った。テレビが毎日そう言っているではないか。それなら自分だってやってやるしかない……。

「こんなふうに毛布をかぶって術後服を着ていると、キリストにしか思えないだろう？」

セルヴァズは笑顔のつもりで頬を引きつらせ、顔をしかめた。

「いいえ、ひげが足りません」エスペランデューが言い返した。

セルヴァズは笑う代わりに咳をして、また吐きそうになった。

と、いきなり銃声が二発聞こえ、二人は思わず立ちどまった。衝撃でモミの木に積もった雪が落ちる。そのまましばらく空気が震え、また静寂が戻った。場所は近い。

「きみの銃をくれ」

「はい？」

セルヴァズは奪うようにして銃をつかみ、足を引きずりながら前に出た。

「言っておきますが、僕のほうが腕はいいですよ！」エスペランデューがあとを追う。

前方にあるモミの木の向こうで笑い声がした。ハルトマンの声だ！ セルヴァズは足を速めた。めまいがして、胃が燃えるように痛む。

大きなモミの木を越えたところに四人の姿が見えた。男二人はすでに死んでいた。一人は裸のまま木に縛られ、もう一人――部屋に入ってきた男だった――は雪の上に倒れていた。そして、シュステンが銃口をハルトマンに向けている。

「くそっ！」セルヴァズのうしろからエスペランデューが叫んだ。

サイレンはすでに、クリニックの反対側の斜面の下まで迫っている。

「マルタン」セルヴァズは一瞬、自分を見るなり声をかけてきたシュステンが、苛立っているように感じた。「ベッドにいなきゃだめじゃない」

「マルタン」今度はハルトマンが言う。「彼女に撃つなと言ってくれ」

セルヴァズは、ハルトマンの手に銃が握られているのを確認した。

「この男はわたしの妹を殺したの」シュステンの声は怒りで震えていた。「こんなやつ、くたばってしまえばいい……」

「シュステン」なんとか落ち着かせようとして、セルヴァズが声をかける。

「拷問して、レイプして、殺したのよ……」シュステンの下唇が、手に握っている銃とともに震えていた。「こいつの人生が病院で終わるなんて許せない。逮捕されたところで、記者や精神科医にちやほやされるだけじゃない……。こんなやつに馬鹿にされたくないの、わたしは――」

「シュステン、銃を放せ」セルヴァズは、エスペランデューから奪った銃をシュステンに向けて言った。

「彼女は撃つつもりだ」またハルトマンが邪魔をする。「彼女をとめてくれ。きみが先に撃つんだ」

セルヴァズはシュステンを見て、ハルトマンを見て、またシュステンを見た。

「彼女の名前はシュステン・マルガレータ・ニゴール」ハルトマンが畳みかけるように言った。「股関節の付け根にタトゥーがあるはずだ。私はそれを知っている。なぜなら彼女は私の愛人で共犯者だからだ。彼女と寝たんだろ、マルタン？　それならきみも……」

ハルトマンに向いていたはずのシュステンの銃口が、いきなりセルヴァズに移った。

シュステンは引き金に置いた人差し指をゆっくりと引こうとしたが、手が震えて力が入らない。寒さ、疲れ、気力の喪失、痛み、激怒――これらのせいで手が震え、どうしても引き金を引くことができないのだ。

と、そのとき、突風が吹き、モミの木の枝が雪の重みで揺れた。冷たい風がシュステンのふくらはぎを刺し、セルヴァズに向いていた銃口が不安定に揺れる。

セルヴァズはとっさに引き金を引いた。

肩に衝撃が伝わり、腹部に痛みが走る。シュステンの目が「信じられない」と叫び、口はOの字に丸まっていた。モミの木の枝から雪が落ち、シュステンの腕がさがって銃が落ちる。それから膝が曲がり、全身を痙攣させながら真っ正面に倒れていき、美しい顔が雪に埋まった。

「よくやった、マルタン」ハルトマンが言った。

背後で叫び声か怒号が聞こえた。マルタンはドイツ語だろうと思った。おそらく、武器を捨てろと言っているのだ。こんな状況で撃たれるなんてまぬけすぎるだろう。セルヴァズは二人の男の死体と、少し遅れてシュステンの死体を見つめた。裏切りの味を嚙みしめていた。また裏切られたのかと思いながら……。

自分が馬鹿でお人好しで傷つきやすく、ひどく具合が悪いことはわかっていた。与えられたと思ったらまたとりあげられたのだ。また血が流れ、怒りと後悔、憤怒と哀しみが湧いた。また夜が勝って、影が復活した――いまだかつてないほど強く。朝は尻尾を巻いて、普通の人が普通に暮らす遠い世界に逃げかえった。そのあとですべてが消えた。セルヴァズはもう何も感じず、とてつもなく疲れていた。

「実を言うと、撃つ必要はなかったんだ」ハルトマンが言う。

「どういう意味だ？」

うしろから聞こえるドイツ語が、いっそう強く切羽つまったものになった。すぐそこまで近づいている。やはり、間違いなくこう言っているのだ――銃を捨てろ。捨てなければ、撃つつもりなのだ。

「シュステンの銃には実弾が一発しか入っていなかった。その一発は使われたから、残りは空包だったんだよ。マルタン、きみは撃つ必要のない相手を殺したんだ」そう言うと、ハルトマンはポケットから手に持っていたのとは別の銃を出した。

セルヴァズは眠ってしまいたかった。雪の上に倒れて、空から真っ直ぐ自分のほうに落ちてくる雪を眺めながら……。

命令に従って銃を放す。

それからセルヴァズは意識を失った。

エピローグ

あれからハルシュタット周辺は、連日雪が降りつづいた。ハルトマンは身柄を確保されたのち、まるで『サウンド・オブ・ミュージック』から抜けでたような外観の警察署に連行された。レーガーたちがドイツ語で尋問を始めたのを見たエスペランデューは、何度も繰り返し、英語でやってほしいと頼まなければならなかった。その後、ウィーンかザルツブルクからやってきた人物が、すべてを取りしきった。

ハルトマンの扱いをどうするかについては、まだ数日かかると思われた。今回ハルシュタットで一名の命を奪ったため、オーストリア当局も管轄に含まれることになったのだ。とりあえず、ハルシュタットは引き払って、今度は『リオ・ブラボー』タイプの警察署に移送されることが決まった。

この尋問に、セルヴァズは立ち会っていない。セルヴァズは、クリニックにいたほかの患者たちとともにバート・イシュルの病院に転院した。クリニックは一時的、あるいは完全に閉院状態で、あの院長は行方不明になっている。セルヴァズは無茶をしたせいでもう一度開腹手術を受けなければならず、その後は集中治療室を経て、要観察になった。

体調の回復を待って、セルヴァズ自身に対してもオーストリア警察の尋問が始まった。彼らは森のなかで何が起こったかを長々と尋ねた結果、こうした場合は通常矛盾点があっておかしくないのに対し、エスペランデュー、レーガー、ハルトマンの証言とほぼ合致したことを認めた。一方、森で立てつづけに三人が死んで、そのうちの、木の幹に縛られたままの裸の遺体が有名な指揮者だった理由については、どうやっても解明されそうになかった。

入院中のセルヴァズに、何本か電話もあった。マルゴからは日に三回、ほかにサミラ、デグランジュ、カティ・デュミエール、別れた妻のアレクサンドラと、エスペランデューの妻のシャルレーヌも……。エスペランデューは朝、昼、夜と病室に顔を出して、二日後にフランスへ戻った。帰国の報告に対し、セルヴァズはうっすらと笑いながらエスペランデューに言った。

「ここの警察は、私のことは放したくないようだな。それはそうと、ハルトマンの尋問はどうなった？」

「続いていますよ。オーストリアで一人殺してしまいましたから、すぐには返してもらえないでしょうね」

「そうか」

「早く治して、戻ってきてください」

セルヴァズは言わなかったが、一つ目はともかく、二つ目の頼みについては自分ではどうにもできないと思っていた。どこかで鐘が鳴り、あたりは雪化粧で真っ白になっている。ないのはクリスマスソングだけだが、数日のうちに病院のどこかから『きよしこの夜』が聞こえてくるだろう。その前には終わらせてしまいたかった。

エスペランデューが病室を出てすぐに、また電話が鳴った。

「具合はどうだ？」懐かしすぎる声が聞こえた。

「どうしたんですか、ランボー警視正」

「いいニュースと悪いニュースがある。どっちが先に聞きたい？」

「もっと気の利いたセリフが言えないんですか？」

「いいほうから聞かせる」セルヴァズの返事を無視してランボーが言った。「私のところにUSBが届いた。どうやらきみが手術を受けた日に、オーストリアから送られたものらしい。内容が知りたいだろう？」

セルヴァズは笑った。ランボーは何をどうやっても、人を苦しめずにはいられない人間なんだろう。

「さっさと言ってください」

「動画だ。胸に小型カメラを固定して撮影したようだな……ジャンサンが殺された日に。全部映っていた。ジャンサンがレイプを始めたところ。撮影者がジャンサンに襲いかかったところ。銃口をこめかみに押しつけて撃ったところ。森に逃げていくところ……。最後にカメラを自分のほうに回して、こっちに挨拶しやがった、あの野郎……」

「ハルトマンですか？」

「ああ、そうだ」

セルヴァズは枕にもたれかかり、天井を見て深くため息をついた。

「これでジャンサン殺しについては無実ということになる」ランボーが言った。「なぜこんなものをハルトマンが送ってきたかについては理解に苦しむがな」

「……だが？」

「だが、だからといってきみの行動すべてが帳消しになるわけではない。きみは警官としてあるまじきことをした。警察署から逃げて、偽造した身分証でオーストリアに入国し、しかもノルウェー警察の警官であるシュステン・ニゴールを殺したんだ。公的に、自分のものだと認められていない銃で」

「正当防衛です」セルヴァズは反論した。

「そういう言い方もできるだろう」

「なかなか結論を聞かせてもらえませんね」

「私はきみの罷免を請求するつもりだ。きみのような人間は、フランス警察にいてはならない。きみの友人のエスペランデューも懲戒処分の対象になる」

それだけ言うとランボーは勝手に電話を切った。

雪はその夜も次の日も降りつづいた。セルヴァズはその様子をベッドから眺めていた。まだ、立つことも歩くことも完全に禁止されている。医師たちは口を揃えて、あんな心臓の手術を受けたあとに生体肝移植のドナーになるなんてあり得ない、助かったのは奇跡だと言っていた。しかも、覚醒後一時間もたたないうちに誰かを銃撃するなんて、オーストリアの医学史が始まって以来の快挙であることもわかった。結局セルヴァズの体には、フランケンシュタインも真っ青の傷痕が二本できた。一つは心臓のあたりに。もう一つは胸骨を始点にして六センチ下に行き、脇腹に急カーブしていた。セルヴァズはいつもギュスターヴの様子を知りたがった。ギュスターヴは今、隣のブースで問題なく過ごしているが、父親に会いたがっているらしかった——そう、ハルトマンに。

五日目の朝、ついに立って歩く許可が出たので、まだ包帯の下でクリップが引きつれる感覚があったものの、セルヴァズはすぐに隣のブースへ駆けつけた。ガラス越しに見るギュスターヴは、ひどい顔色で目の下に隈ができていたが、当直医は、経過は順調だから安心していいと請けあった。移植された臓器が拒絶されないように与えられている免疫抑制剤がうまく効いているらしい。それでもセルヴァズは、悪化する材料が山ほどあることを考えて、半分ほどしか安心できなかった。

セルヴァズはなかに入った。ギュスターヴは親指をしゃぶったまま眠っていた。金色の長いまつ毛が軽く震えている。きっといろいろな夢を見ているのだろう。病院の上空をめまぐるしく流れていく雲のように。楽しい夢だといいのだが。顎まで寝具をかぶり静かに眠っているギュスターヴの顔を見つめながら、セルヴァズは思った。と、胸がふくらんだ瞬間、ギュスターヴの顔が穏やかになった。セルヴァズは来たときと同じように、そっと出ていった。

やがてクリスマスがやってきた。病院にはきらめくイルミネーションと、小さなクリスマスツリーが飾られ、セルヴァズとギュスターヴは楽しげな声をあげる看護師に囲まれて過ごした。翌月、インターネットの情報を信じるならば、フランスもオーストリアも大寒波に見舞われたこの一月に、ドナルド・トランプがアメリカ合衆国の大統領に就任した。二月、セルヴァズはついに退院してフランスに戻った。直後、懲罰委員会にかけられ、三カ月の無報酬の停職と警部補への降格が決まった。帰国後セルヴァズは数カ月の闘いののち、里親に預けられていたギュスターヴの親権を取った。そして五月、フランスに新しい大統領が決まったタイミングで、ギュスターヴを家に迎えいれた。最初のうち、ギュスターヴは頑として納得せず、泣きわめきながら〝本当の〟父親を求めるので、セルヴァズは自分が無能であることを嚙みしめ、気落ちして途方に暮れるしかなかった。ありがたいことに、エスペランデューがシャルレーヌと二人の子どもたちを連れて助けに駆けつけた。特に、セルヴァズが警察に復帰してからは、シャルレーヌがほぼ毎日来てくれて、ギュスターヴは少しずつ新しい生活に順応し、それを楽しむまでになった。セルヴァズにとっては、本当に久しぶりに感じる幸せだった。

ハルトマンはオーストリアの〝五つ星刑務所〟こと、レオーベンにできたガラス張りの超近代的な監獄に移された。フランスは引き渡しを要求したが、ハルトマンはまずオーストリアで裁判を受けなければならなくなった。また新しいクリスマスが近づいていたある夜、ハルトマンは吐き気と胃痙攣を訴えた。すぐに医師が呼ばれたが、これといった原因は見つからず、軽い胃の膨張かストレスだろうとの判断で、錠剤を二粒与えられた。医師が帰ってからすぐ、ハルトマンは若い看守に水を一杯頼んだ。

「子どもたちは元気にやっているか、ユルゲン？」ハルトマンは誰にも聞かれていないことを確かめてから、グラスを受け取って尋ねた。「ダニエルとサスキアだったな？」

看守の顔が真っ青になった。

「奥さんのサンドラは学校の先生だそうだね」

黒いガラスの向こうでは雪が降っていた。遠くのほうで風が鳴っていても、ハルトマンの声ははっきりと聞こえた。どこかで笑い声があがり、すぐ静かになった。

「うちの子どもたちの名前をどこで知った？」ユルゲンは尋ねた。

「ここで働いている職員の家族くらい全員知っているさ。外には知り合いが大勢いるんだ。心配させてすまないね、ちょっとした挨拶だよ」

「そんなわけがない」ユルゲンは毅然とした態度を取ろうとして苦労していた。

「確かに、きみの言うとおりだな。実はささやかな頼みがある」

「忘れろ、ハルトマン。おまえの頼みは何一つ聞くつもりはない」

「私は外に大勢知り合いがいるんだ」ハルトマンがささやく。「私もダニエルやサスキアに何かあってほしくないんだよ……」

「なんと言った？」

「本当にちょっとしたことだ。クリスマスカードを一枚。それを、私が指示する住所に送るだけでいい。厄介なことは何もないじゃないか」

「その前に、なんと言ったんだ。もう一度言ってみろ」

ユルゲンは怒りを込めてハルトマンをにらみつけた。ところが、目の前でハルトマンの顔が変わり、瞳孔に黒い影が流れて邪悪に輝くのを見た瞬間、怒りは不安に変わり、それから純粋な恐怖になった。冷たい蛍光灯の明かりの下で、その恐ろしい変化はハルトマンの視線にいっそう強烈な強さを与え、ユルゲンの目の前にあるのはもはや人の顔ではなく、狂気だけが生み出せる顔のように思えた。そして、女性的にすら見える口から力強くささやかれる声を、ユルゲンは絶対に忘れられそうになかった。

「いいか、おまえのかわいいサスキアが私のような怪物に凌辱（りょうじょく）された挙げ句、雪のなかでのたれ死ぬなんて耐えられないだろう？　だったら私の言うことを聞け……」


レジリエンスは不思議な力だ。人は何か深刻な事態に陥ったとしても、レジリエンスを発揮して体と心の均衡を回復させ、トラウマ的なショックを克服し、前を向いて歩いていけるようになる。

セルヴァズも時間がかかったが、このレジリエンスの力で安定を取り戻しつつあった。

そして迎えた二〇一七年のクリスマスの朝、セルヴァズとギュスターヴは、エスペランデューの家に招待されていた。ほかにも大勢集まって、リビングにあるクリスマスツリーの足元には、集まった人数以上のプレゼントが並んでいた。そこで一番甘やかされていたのは、もちろんギュスターヴだった。

ギュスターヴは、赤んぼうを腕に抱いたマルゴや、ヴァンサン、シャルレーヌ、二人の子どもたちに促され、小さな手で色とりどりの包装紙を破き、大急ぎで箱を開け、引っ張りだしたおもちゃを見ては、こちらが恥ずかしくなるくらいの奇声をあげて喜んだ。ギュスターヴが満面の笑みを浮かべると、セルヴァズも心のなかで笑顔になった。ところがその直後、肩にのしかかる責任を感じてどうしようもなく落ち込み、自分のような人間にとって、あまりに大きすぎる責任だと思うのだった。

このクリスマスの朝、セルヴァズはシュステンのことを考えた。もっとも、あれから彼女のことを考えない日はない。また騙されたという思いがどうしても拭えず、自分が油断したばっかりに嘘いつわりの侵入を許したこと、馬鹿げた希望を抱いたことを後悔した。あんな希望は絶望にしかならなかったのだ……。はたして、シュステンが誠実だったときはあったのだろうか。結局、自分はシュステンにとって、愛人であり師である人物のところに連れていかれるべき存在でしかなかった。そのために、自分とツェートマイヤーと殺し屋を罠にかけたのだ。セルヴァズは、あの親密だった時間のことを考えないようにしよう、記憶から消してしまおうと思った。それとも……互いの思いが違っていたことを理由に、自分の思いまで否定すべきだろうか？

「マルタン、ねえマルタン」シャルレーヌが楽しげに声をかけてきた。

目をあげると、正面にギュスターヴが立って、自分に『トランスフォーマー』のトラックを差しだしていた。セルヴァズは微笑んでおもちゃを受け取った。そのとき、呼び鈴が鳴ってエスペランデューが部屋を出た。

玄関で何か言いあっているようで、ヴァンサンが「ちょっと待ってください」と言っている。

ギュスターヴはトラックをいじっている自分を注意深く、でも少しあやしげな目で見ていた。と、ヴァンサンの声が聞こえた。

「マルタン、ちょっと来てください」

「すぐ戻ってくるよ」

セルヴァズはギュスターヴに声をかけて立ちあがり、玄関に向かった。

そこにはＵＰＳの茶色い制服を来た配達員が立っていた。十二月二十五日だというのに、この運送会社は社員を働かせることにしたらしい。

ふとエスペランデューの顔を見て、急に鼓動が速くなった。

「オーストリアからです」エスペランデューが言った。「あなた宛てだ。こ、ここにいるって、わかってるんだ……」

セルヴァズは封筒を受け取って開封した。

クリスマスカードだ。ヒイラギと、イルミネーションと、キラキラしたボールがデザインされた、どこにでもある安いカード。めくってみるとメッセージが書かれていた。

メリー・クリスマス、マルタン　ジュリアン

写真も入っている。誰の写真なのかすぐにわかった。最後に会ったときと同じ、細い編みベルトのついたカーキ色のチュニックワンピースを着て、カールした金髪が幾筋か顔の左側にかかり、薄く口紅を引いている。あれからまったく変わったように見えない――読んでいる新聞の日付から判断すると、わずか三カ月前に撮られた写真だというのに。

　笑っている。マリアンヌが。

「あのくそったれのゲス野郎が！」横でエスペランデューが叫んだ。「くそっ、クリスマスだっていうのに！　そんなものは捨ててください！　ただの合成写真だ！」

セルヴァズはエスペランデューを茫然と見つめた。合成写真でないことはわかっていたし、鑑識もそう判断するだろう。エスペランデューは間違っている。これは本物のマリアンヌの写真だった。

二〇一七年九月二十六日の新聞を読むマリアンヌ。

マリアンヌがドナーになれない理由を訊いたときに、ハルトマンが言っていた答え。セルヴァズはようやくあのときの言葉が理解できた。

「あれの肝臓は使えないのではないかな」

　確かに、ドラッグとアルコール漬けではドナーからはじかれるのも無理はない。

そう、マリアンヌは生きている……。
心臓がずしりと重くなり、どこまでもどこまでも落ちていった。

謝辞

本は孤独な冒険として始まり、やがてみんなの冒険になる。いつものように、書きはじめたその日から常に寛大な精神で伴走してくれた二人の編集者、エディット・ルブロンとベルナール・フィクソに感謝の意を捧げる。この本を執筆しているあいだ、彼らは私の羅針盤となってくれた。

それから〝紙の箱船〟が沈没しないように、安全な港に運んでくれた人々にも感謝を伝えたい。登場順で、まずはキャロリーヌ・リポール。彼女は暗礁に乗りあげる前に、航路から船を遠ざけてくれた。アマンディーヌ・ル・ゴフ、ヴィルジニー・プランタール、クリステル・ギヨーモにも感謝を。

XOエディションズのチーム全員へ。ヴァレリー・タイユフェール、ジャン＝ポール・カンポス、ブリュノー・バルベット、カトリーヌ・ド・ラルジエール、イザベル・ド・シャロン、ステファニー・ル・フォール、ルノー・ルブラン（とてもじゃないが、全員の名前をあげられそうにない）。きみたちと仕事ができることは特権と言える。コーヒーがおいしいうえに、オフィスからの眺めも素晴らしい。展望にはもってこいだ。

また、マリー=クリスティーヌ・コンション、フランソワ・ロラン、カリーヌ・ファニウスの揺るぎない熱意と、ポケット社およびユニヴァース・ポシュ社のすべての人々に感謝を捧げる。

なお、本作もトゥールーズ警察署に所属の有志の協力なしには書けなかったはずであり、それは彼らもわかっていることだろう。たとえミスがあったとしても、それは絶対に彼らのせいではなく、作者であるこの私に責任がある。どうか、夢見がちな語り手であるこの私を問いつめていただきたい。

パリ/メキシコ間のフライト中に、多くの情報を提供してくれたエールフランスのスタッフにも感謝する。残念ながら本作には使われなかったが、単に状況が変わったせいなので、今後の作品に期待してほしい。

妻のジョエル。きみが長年連れ添ってくれたおかげで、私の人生は楽になった。

寛大で個性的なジョー。さよならが早すぎる。きみがいなくてさみしいよ。

最後にローラ。理性的で情熱あふれるきみのおかげで、作者と本作は影から遠く離れた場所まで行くことができた。

おっと忘れていた。この人物にも感謝を。マルタン・セルヴァズ。ありがとう。

訳者あとがき

まずはシリーズ第一作『氷結』でセルヴァズ警部と出会い、『死者の雨』『魔女の組曲』と読みすすめてくださった方々へ。お待たせしました。あの天才シリアルキラー、ハルトマンが帰ってきます。第四作『夜』を、どうか存分にご堪能いただきたい。

初めてセルヴァズ警部シリーズをお手に取ってくださった方々へ。ご心配なく。本作『夜』単体で完全に楽しめるうえ、前三作も読みたくなること請け合いである（個人的には、未読の傑作が約束されている方々にむしろ羨望を覚える）。これまでのいきさつについては、本編でも折に触れ言及されるので安心して読んでいただきたいのだが、簡単なまとめがあっても邪魔にならないと信じ、ここでざっと過去を振り返っておこう（極力ネタバレを回避しつつ）。シリーズファンの方々も年代のおさらいがわりにどうぞ。

二〇〇八年十二月、スペイン国境にほど近いピレネー山麓の町、サン＝マルタン・ド・コマンジュ近郊の水力発電所で無残な馬の死骸が見つかったことをきっかけに、連続殺人事件が発生する。トゥールーズ署犯罪捜査部班長のセルヴァズ警部は、捜査線上に浮かんだ重要参考人と面会するために、国内外の凶悪犯罪者を収監するヴァルニエ精神医療研究所を訪ねる。その人物とは、元検事のスイス人殺人鬼、ジュリアン・ハルトマンだった。音楽を愛する二人は贔屓(ひいき)の作曲家マーラーを介して急速に距離を縮めるが、真犯人の判明と同時にハルトマンは研究所から逃亡し、姿を消す（『氷結』）。

二〇一〇年六月、セルヴァズの娘マルゴが通うマルサック高校で教師が殺害される。容疑者となった教え子ユーゴの母親は、かつてのセルヴァズの恋人、マリアンヌだった。マリアンヌはセルヴァズに息子を救ってほしいと頼み、二人はこれをきっかけによりを戻す。事件は紆余曲折のうえ、マルゴの協力を得て解決するかに思われた直後、ハルトマンがまさかの行動に出る（『死者の雨』）。

二〇一二年十二月。セルヴァズは、半年以上前に突然ハルトマンから送られてきた小包のせいで精神を病み、警察官専用のリハビリ施設で療養に専念していた。ところがひょんなことから、休職中にもかかわらず、正体不明の相手から執拗に狙われていたラジオパーソナリティーの女性に救いの手を差し伸べることになる。事件は意外な結末を迎えるのだった。（『魔女の組曲』）。

そして二〇一六年、ついに停止していた歯車が回りはじめる……。本作『夜』では、セルヴァズがシリーズ一作目の舞台、サン＝マルタン・ド・コマンジュに戻ってくるので、『氷結』をお持ちの方は、手元に置いて都度確認してみるのも楽しいだろう。なお『氷結』はイギリスのサンデー・タイムズ誌で「一九四五年以降のベスト・スリラー一〇〇選」のうちの一作に選ばれ、さらには本国フランスで二〇一七年にテレビドラマ化されたものが、ネットフリックスで世界一九〇カ国に配信された。本稿を執筆している現在はまだ日本では未配信なのだが、いつか見られることを期待したい。

さて、本作『夜』は、舞台をフランスではなく北欧ノルウェーに移し、幻想的な夜行列車のシーンから始まる。北海に面するノルウェー第二の都市ベルゲンの教会で女性の惨殺死体が発見され、オスロ警察に所属の女性刑事シュステンがこの夜行列車で現地に向かっているのだ。彼女がわざわざオスロからベルゲンに行く理由はここでは伏せておくとして、シュステンは容疑者を追って北海に浮かぶ石油プラットフォームに乗り込み、そこでハルトマンの痕跡を発見する。本文にもあるが、北海のプラットフォームはテロや海賊の脅威にさらされかねない特殊な環境にあり、のっけからよくまあこれほど絵になる場面をもってきたものだと感心するしかない。暴風雨のなかヘリで北海を渡り、たどりついた鋼鉄製の〝孤島〟で繰り広げられる怒濤の追跡劇。手に汗握る映画のようなシーンを是非ご期待いただきたい。

その後シュステンは、ハルトマンの置き土産を持ってノルウェーから単身フランス入りし、セルヴァズに合同捜査を願いでる。一方、職務中の大怪我から復帰したばかりのセルヴァズは、臨死体験のせいで精神的に不安定になり、周囲から孤立したところに殺人犯の濡れ衣を着せられ、ますます追い詰められていく。やがて事態は思ってもみない方向に進み、その決着はオーストリアのハルシュタットに持ち込まれるのだ。何の因果か、まったく射撃の腕がないセルヴァズなのに文字どおり体を張ったシーンの連続で、こちらも最後まで目が離せない。また本作ではトゥールーズを拠点に、ノルウェー、サン＝マルタン、オーストリアと場面が広範囲に転換することで、これまで以上に物語のスケール感がアップしている。荒波が打ちつける北海の石油プラットフォーム、雪に閉ざされたピレネー山麓の村、湖のほとりにたたずむ世界遺産の村ハルシュタット。ハルトマンが各所でどうかかわってくるかは、本編を読んでのお楽しみということで。

登場人物にも触れておこう。なんと言っても、氷の女と評したくなる絵に描いたようなクールビューティーのシュステンが、実に強烈な印象を放つ。ミニエが描く女性たちは、『氷結』『死者の雨』で活躍した憲兵隊大尉のジーグラーを初め、検事正のカティ・デュミエール、セルヴァズの部下サミラなど、みな惚れ惚れするほど強い。それでも、セルヴァズがまったく太刀打ちできないという点で、一番強いのは娘のマルゴかもしれない。本作では、成長したマルゴに対してセルヴァズがどう向きあうのか。それ以外の登場人物との関係性はどう変わったのか。このあたりを追ってみるのも、シリーズ作品の楽しみといえるだろう。

もちろん、新たに登場する少年ギュスターヴの存在を忘れるわけにはいかない。すでにお読みになった方は、彼のその後が気になってしかたがないだろう。ご安心あれ。二〇二二年春に、ハーパーBOOKSよりシリーズ五作目となる〝*Sœurs*〟（姉妹）日本語版の刊行が予定されている。ギュスターヴにはまたここで会えるので、ファンの皆さんはどうか楽しみに待っていてほしい。なお本国フランスでは、二〇二〇年にシリーズ六作目〝*La Vallée*〟(谷)が、そしてつい先日、七作目〝*La Chasse*〟(狩り)が刊行された。〝*La Vallée*〟は昨年のフランス国内ミステリーのベストセラー作品となり、作家別売り上げランキングでもミニエが七位を記録している。今後もセルヴァズから目が離せない。

最後に、本書の日本語版刊行のためにご尽力くださったすべての方々に御礼を申しあげたい。また、この素晴らしい作品を翻訳する機会を紹介してくださった翻訳家の坂田雪子さんに心からの感謝を。それからこの人物にも。マルタン・セルヴァズ、ありがとう。

二〇二一年四月

訳者紹介　伊藤直子

東洋大学文学部卒業。フランス語翻訳家。おもな訳書にミュレール『エレクトス・ウイルス』（竹書房）、プレヴォー『時の書』シリーズ（くもん出版）、監訳にジャック『スフィンクスの秘儀』（竹書房）、共訳にルブラン『怪盗紳士アルセーヌ・ルパン』シリーズ（KADOKAWA）など。

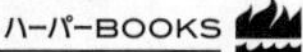

2021年5月20日発行　第1刷
2022年8月25日発行　第2刷

著　者　ベルナール・ミニエ

訳　者　伊藤直子（いとうなおこ）

発行人　鈴木幸辰

発行所　株式会社ハーパーコリンズ・ジャパン
東京都千代田区大手町1-5-1
03-6269-2883（営業）
0570-008091（読者サービス係）

印刷・製本　中央精版印刷株式会社

ISBN978-4-596-54154-3